DROEMER

Von Reginald Hill sind bereits folgende Titel in der Verlagsgruppe Droemer Knaur erschienen:
Das Dorf der verschwundenen Kinder
Die Launen des Todes
Der Lüge schöner Schein
Der Wald des Vergessens
Welch langen Weg die Toten gehen
Ein nasses Grab
Der Tod und der Dicke

Über den Autor
Reginald Hill (1936 – 2012) lebte über Jahrzehnte in der englischen Grafschaft Yorkshire, wo auch die allermeisten seiner Romane spielen, allen voran die berühmte Reihe mit den Ermittlern Dalziel und Pascoe. Er erwarb sich den Ruf, »einer der herausragenden englischen Krimiautoren« zu sein *(Sunday Telegraph)* und wurde mit zahlreichen Preisen ausgezeichnet, darunter bereits 1995 der Diamond Dagger der britischen Crime Writers' Association für sein Lebenswerk.

Reginald Hill

Der Tod heilt alle Wunden

Kriminalroman

Aus dem Englischen von
Karl-Heinz Ebnet

DROEMER

Die englische Originalausgabe erschien 2008 unter dem Titel
»A Cure for All Diseases« bei HarperCollins Publishers, London.

Besuchen Sie uns im Internet:
www.droemer.de

FSC
www.fsc.org
MIX
Papier aus verantwortungsvollen Quellen
FSC® C083411

Vollständige Taschenbuchausgabe Juni 2016
Droemer Taschenbuch

Ein Imprint der Verlagsgruppe Droemer Knaur GmbH & Co. KG, München

Die Passagen von Jane Austen werden zitiert nach: J. Austen, Sanditon,
aus d. Engl. neu übersetzt von Sabine Roth, Düsseldorf 2007.
Redaktion: Claudia Alt
Covergestaltung: ZERO Werbeagentur, München
Coverabbildung: Lenscap / Alamy
Satz: Adobe InDesign im Verlag
Druck und Bindung: CPI books GmbH, Leck
ISBN 978-3-426-30516-4

2 4 5 3 1

Gewidmet den Janeiten
weltweit

und besonders jenen, die mich 1998 in San Francisco beim Jahrestreffen der nordamerikanischen Jane Austen Society so herzlich willkommen hießen. Das Thema lautete damals »Sanditon – a new direction?« und legte den Grundstein für den hier vorliegenden Roman. Ich hoffe, meine Mitverehrer von Jane Austen billigen die Richtung, in die ich ihre unvollendete Geschichte geführt habe; falls sie zögern sollten, mir ihre Zustimmung zu erteilen, möchten sie sich an den Ratschlag erinnern, der auf dem Sweatshirt aufgedruckt war, das man mir nach meiner Rede damals überreichte (und dessen Sachdienlichkeit ich nie ganz kapiert habe):

– run mad as often as you chuse, but do not faint –

Und dann sollten sie mir wenigstens zustimmen, dass ich zuweilen wohl ein wenig verrückt geworden, aber bislang nicht in Ohnmacht gefallen bin!

Die Seeluft und das Bad im Meer, vereint waren sie nachgerade unfehlbar; vereint wurden sie noch mit jeder Krankheit fertig, ob es nun der Magen war, die Lunge oder das Blut; sie halfen gegen Krämpfe, Atembeschwerden, Sepsis, Übersäuerung und Rheuma gleichermaßen. Niemand erkältete sich am Meer, niemandem mangelte es an Appetit am Meer, niemandem fehlte es an Lebensgeistern, niemandem gebrach es an Kraft. – Sie heilten, linderten, entspannten – stärkten und erfrischten – anscheinend je nach Bedarf – manchmal das eine, manchmal das andere.

Jane Austen, Sanditon

Dann rief Sir Bedivere: Ah, mein Gebieter Arthur, was soll aus mir werden, nun, da Ihr fortgeht und mich zurücklasst inmitten meiner Feinde? Tröste dich, sagte der König, und tue, was du zu tun hast, denn mir mangelt es an Zutrauen, auf das sich andere stützen mögen; denn ich werde ins Tal von Avilion gehen, auf dass ich von meiner schwärenden Wunde geheilt werde: und solltest du nichts mehr von mir hören, so bete um meine Seele.

Sir Thomas Malory,
Le Morte d'Arthur

Wir sperren uns der Heilung, ist doch der Tod das Heilmittel aller Gebrechen.

Sir Thomas Browne,
Religio Medici

Erster Band

Kein Ort ist komplett ohne
seine Grande Dame.

1

VON: charley@whiffle.com
AN: cassie@natterjack.com
BETREFF: zerbrochene Krüge – dämliche Trottel – & Panzerfallen

Hallo, Cass!
Wie steht's im finstersten Afrika? Wunderlich & wunderbar – wette ich – aber nicht so w&w wie hier bei uns auf der Willingden Farm. Na los – rate mal! Okay – schon aufgegeben?
Hausgäste!
& damit meine ich nicht den schrecklichen Onkel Ernie & einen seiner berühmten Überraschungsbesuche. Nein, es sind *Fremde!*
Was ist passiert? – Nach dem schrecklich nassen Sommer wurde es im August endlich heiß – nicht so wie in Afrika, aber für Yorkshire doch ziemlich dampfig. Dad & George waren oben in der Mill Meadow zugange. Mum bat mich, ihnen einen Krug mit Zitronenwasser zu bringen – Dad, meinte sie, würde es gefallen, wenn ich *etwas guten Willen* zeigte. Zwischen uns herrscht nämlich gespannte Waffenruhe, seitdem ich klargestellt habe, dass sich meine Pläne nicht geändert haben – dass ich meine Doktorarbeit zu schreiben gedenke & mir keineswegs bezahlte Arbeit suchen würde – oder, noch besser, – einen gutbestallten Gatten – um *mich häuslich niederzulassen!* Aber das war natürlich kein Grund, nicht *etwas guten Willen* zu zeigen – außerdem hatte ich damit einen wunderbaren Vorwand, mit dem Quad zu fahren – also bin ich los.
Die Becher hatte ich vergessen – Dad sagte aber nichts, sondern trank gleich aus dem Krug, wie er es so gern tut – vielleicht hatte Mum also doch recht & er freute sich. Wir plauderten sogar ganz nett, aber plötzlich fing Fang an zu knurren. Hat die Hälfte seiner

Zähne verloren & kommt den Schafen nicht mehr hinterher – zu einem furchteinflößenden Knurren aber reicht's allemal. Dad sieht sich um, will herausfinden, was ihn geweckt hat – & auf einmal zieht er seine Rammschädel-Nummer ab.

– Was treibt denn dieser Armleuchter da? – brüllt er los.

Du erinnerst dich, Dads Demographie zufolge ist jeder, der nicht in der Gemeinde Willingden lebt, ein *Armleuchter,* bis er das Gegenteil bewiesen hat. In diesem Fall musste ich ihm aber halb zustimmen.

Der fragliche AL raste nämlich mit seiner Karre über den Weg neben der Mill Meadow. Wie er durchs Tor gekommen war, ist mir schleierhaft. Der RS hat die Kette & das Schloss abnehmen müssen, nachdem ihn im vergangenen Jahr Wanderer vor Gericht gezerrt haben – dafür hat er seitdem einen Schließhaken angebracht, so einen wie bei diesen Drahtpuzzles, mit denen wir als Kinder immer gespielt haben. Vielleicht hat der AL also einfach nur Glück gehabt – meinte er zumindest!

Er fuhr einen von diesen neuen Hybrid-Vierrad-Geländewagen – du weißt schon – das Gewissen ist beruhigt, auf Bequemlichkeit muss aber nicht verzichtet werden – & als er sah, wie gut der Weg war – (*Traktorreifen wachsen nicht auf Bäumen!* – du erinnerst dich?) – muss er sich gedacht haben – toll! – genau der richtige Offroad-Spaß.

Womit er nicht gerechnet hatte, war Dads *Panzerfalle,* wie George sie nennt – der Entwässerungsgraben, dort, wo der Weg um das oberste Tor herum & zur Ruine der Mühle hinaufführt.

Letztes Jahr sind neue Fremdenverkehrskarten herausgekommen – darauf ist die *Wassermühle* eingetragen – von der Ruine kein Wort. Ergebnis – eine Menge ALs, die meinen, es gibt dort ein Heritage Centre – geführte Touren & Tee mit Sahne! Nachdem er gegen die Wanderer verloren hatte, musste Dad gezwungenermaßen zulassen, das »langhaarige Wirrköpfe« durch sein Imperium streifen. Also hat er sich eines Tages mit dem Schaufelbagger ans Werk gemacht – & als er fertig war, erstreckte sich über den

Weg ein Entwässerungsgraben – eine schlammige Senke, in der sich Flusspferde suhlen könnten – die *Panzerfalle!*
Die meisten Fahrer kehren schon beim Anblick um – dieser AL aber, der offensichtlich meinte, seine Hybrid-Karre könnte Flüsse durchqueren & Alpen erklimmen, fuhr einfach weiter.
Keine gute Idee.
30 Sekunden lang sprühten die Räder – wie eine Kuh mit Kolik – braune klebrige Fäden in die Luft, dann rutschte der Wagen langsam zur Seite hin weg, bis er im 45-Grad-Winkel stand – mit der Fahrerseite nach unten.
– den Teufel werden wir tun & ihn rausziehen – sagte der RS mit nicht geringer Befriedigung.
Kurz darauf wurde die Beifahrertür aufgestoßen. Als Erstes erschien ein schlaffer, breitkrempiger Sonnenhut, wie ihn die Gärtnerinnen-Ladys in den alten Miss-Marple-Filmen tragen. Darunter die Frau, die sich aus dem Wagen zog – gefolgt von einem Schrei, der darauf hinwies, dass sie auf etwas stand, worauf sie aus Sicht des Fahrers nicht stehen sollte.
Sie blickte sich hilfesuchend um – & da standen wir – ich – Dad – George – & Fang – & starrten sie aus 50 Metern Entfernung an.
– Hilfe! – rief sie – bitte, können Sie mir helfen? –
George & ich sahen zum RS – G, weil er seinen Platz kennt – ich, weil ich neugierig war, was er machen würde.
Wäre es ein Mann gewesen, bezweifle ich, dass er auch nur einen Finger gerührt hätte – zumindest nicht, ohne vorher in ernsthafte Verhandlungen zu treten. Hier aber war eine Frau, die genau das machte, was Frauen machen sollten – sie bat um männlichen Beistand.
– Schätze, wir sollten mal einen Blick draufwerfen – sagte er – & mit dem *wir* meinte er sich & George – klar.
Er trank das Zitronenwasser aus – drückte mir den Krug in die Hände, als wäre ich eine gefügige Milchmagd – & machte sich auf zur Unfallstelle – G dichtauf – sogar der alte Fang trottete mit.
Ich ließ den Krug fallen. Murphy's Law – er fiel auf einen Stein &

zersplitterte. – O Scheiße! – sagte ich. Es war eines von diesen alten Steingutdingern, die seit Urzeiten im Haus sind. Würde man dem RS sein Zitronenwasser in irgendwas anderem bringen, könnte man den Abendmahlswein auch gleich aus einem Marmeladenglas reichen. Nun gut – von nun an würde er mit einer Plastikflasche vorliebnehmen müssen!
Ich marschierte ihnen hinterher. Es war die erste einigermaßen interessante Sache, seitdem ich nach Hause gekommen bin – & ich wollte sie mir auf keinen Fall entgehen lassen.
Die Frau war dünn & zierlich – Häubchen schief auf dem Kopf – um den Hals eine große Strohhandtasche, die aussah wie ein Futtersack. Sie wirkte so besorgt, das ich glaubte, der Fahrer müsste schwer verletzt sein – mittlerweile weiß ich, das der unbestimmte Ausdruck der Besorgnis, der ständig in ihrer Miene liegt, in diesem Fall nur einen Hauch schlimmer ausgefallen war. Noch etwas entdeckte mein scharfes Auge – auf die Wagentür waren Worte gesprayt – professionell gemacht – elegante kursive Lettern –

Sandytown – Stadt der Erholung & Gesundheit.

Können Sie bitte meinem Mann raushelfen? – sagte sie – ich glaube, er hat sich verletzt –
– Nein – es geht schon – ertönte eine Männerstimme – nur eine Verstauchung – nichts, worüber man sich Sorgen machen muss, Liebes – *aargh!* –
Dabei war sein Kopf auf Hüfthöhe der Frau aufgetaucht. Rötlich blondes Haar – sanfte braune Augen in einem schmalen, lebhaften Gesicht – gar nicht schlecht aussehend trotz seiner blutigen Nase & dem Fußabdruck auf der linken Wange – Mitte bis Ende 30. Er bemühte sich um ein höfliches Lächeln – bis er seinen Knöchel wahrscheinlich stärker belastete, als diesem guttat.
George sprang zum Wagen – schob der Frau die Hände unter die Achseln & schwang sie über den sumpfigen Morast hinweg Dad direkt in die Arme. Arnie Schwarzenegger sieht neben G mit sei-

nen 18 Lenzen wie ein Hobbit aus! Bei unserem Skiurlaub letzten Dezember hätte ich G stundenweise an meine Freundinnen vermieten können. Was ich vermutlich sogar getan habe, wenn man kostenlose *Glühwein*-Runden als Mietpreis durchgehen lässt!

Der Verletzte kam als Nächster dran & der RS reichte die Frau an mich weiter – er schien erleichtert zu sein, als er sie los war. Ich dachte kurz daran, einen blöden Kommentar abzusondern, so in der Art, ob ihm Männer lieber wären – er meint ja noch immer, Schwule sollten chirurgisch behandelt werden – beschloss dann aber, dass es dafür weder die rechte Zeit noch der rechte Ort war.

– Wie freundlich von Ihnen – vielen Dank – gleich geht's mir wieder besser – Mary, meine Liebe, alles in Ordnung? – brabbelte der Mann.

– O ja – sagte sie – aber deine Nase, Lieber – sie blutet –

– Das ist nichts – ich muss gegen das Lenkrad gekracht sein, als wir zum Stehen gekommen sind – sagte er & rieb sich an der roten Stelle oberhalb der Nase.

Die für mich wie ein Fußabdruck aussah. Ich musste ihm wegen seiner diplomatischen Fähigkeiten einiges zugutehalten. Mal was anderes als Dads alttestamentarische Gewohnheit, alles Unglück den Frauen zuzuschreiben.

Der AL beschloss, sich vorzustellen. Leider musste er sich dazu aus dem Griff des RS winden, damit er ihm die Hand hinstrecken konnte, was unvermeidliche Auswirkungen auf seinen Knöchel hatte.

– Tom Parker – sagte er – meine Frau Mary – *aargh!* –

Ein weiterer Pluspunkt – in Dads Augen allemal. Er musste ein Engländer sein – das Erste, was man uns im Psycho-Unterricht eingebleut hat, lautete: Nur Engländer gehen um der Höflichkeit willen das Risiko ein, Schmerzen zu erleiden.

– Lasst mich mal sehen – sagte ich – setz ihn hier ab, Dad –

Dad gehorchte. Musste das erste Mal gewesen sein!

– Meine Töchter sind im St.-John-Krankenhaus ausgebildet worden – sagte er stolz. Es hat mich doch etwas gerührt, aus seinem Mund zu hören, dass er mich rühmte – um dann wieder alles

kaputt zu machen, indem er dich mit reinzog! – Als sie aufs College wollte – fuhr er fort – hab ich ihr gesagt, mach einen Schwesternkurs wie deine Schwester Cassie – aber klar, genauso gut hätte ich mit dem Schädel gegen eine Backsteinmauer rennen können –
Das war das 1. Mal seit einer Woche, dass ich den berühmten Satz zu hören bekam. Ich hatte ihn schon glatt vermisst!
– Beachten Sie meinen Vater nicht – sagte ich – wenn er mal stirbt, bauen wir ihm einen Grabstein aus lauter eingerannten Backsteinen. & jetzt ziehen wir mal den Schuh aus, solange wir das noch können –
Der AL zuckte zusammen, als ich ihm Schuh & Socke entfernte – & betrachtete mit einer Art selbstzufriedenem Stolz seinen geschwollenen Knöchel. Ich wollte schon meine alles andere als sachkundige Meinung zum Besten geben, als er mir – an seine Frau gerichtet – zuvorkam.
– Schau, Mary – eine typische subkutane Schwellung – wird sich zweifellos zu einer ausgedehnten Ekchymose ausbilden – eingeschränkte Beweglichkeit des Fußwurzelknochens, Bewegung nur unter mildem bis akutem Schmerz möglich – eine Zerrung, würde ich sagen – sicherlich nichts Gravierenderes als eine Verstauchung. Gott sei Dank genese ich immer sehr schnell. Was werden sie zu Hause lachen, wenn sie mich fragen, wie ich mir die Verletzung zugezogen habe – & wir ihnen erzählen, es sei passiert, als wir auf der Suche nach einem Heiler gewesen sind! –
Diese seltsame Selbstdiagnose & ihre noch seltsamere Schlussfolgerung bestätigten Dads Verdacht, das er es hier mit einem besonders dämlichen AL zu tun hatte – & es platzte aus ihm heraus – Was zum Teufel haben Sie sich nur gedacht? Das hier ist ein Feldweg, keine öffentliche Rennstrecke! –
– Sie haben natürlich recht – erwiderte Parker – aber ich habe nicht erwartet, das selbst eine so weltfremde Person wie ein Heiler seine Anfahrt so schlimm verfallen lässt –
– Sie ist schlimmer als schlimm – sie ist gefährlich! – fiel seine

Frau ein – Er gehört dafür vor Gericht gestellt. Wie sollen denn da die Leute zu ihm ins Haus kommen? –
& George mischte sich grinsend mit ein – Aye – es gibt nicht viele, die an Dads Panzerfalle vorbeikommen –
Die Frau sah ihn argwöhnisch an, während Dad ihn finster anstarrte & signalisierte, er solle gefälligst den Mund halten – & dann das Thema wechselte & fragte – Haus? – Welches Haus? –
– Mr. Godleys Haus. Dort – sagte Parker.
Er deutete den Hügel hinauf zu den Ruinen. Von unten aus betrachtet – die Erlen standen voll im Laub – sah das Stück Mauer, das noch stand, aus, als könnte sich dahinter noch ein ganzes Gebäude befinden.
– Sie meinen die alte Mühle? Na, die Mühe hätten Sie sich sparen können – erklärte Dad – da oben gibt's nichts mehr zu sehen. Die Mahlwerke sind schon vor zwanzig Jahren rausgeholt worden – ein paar davon können Sie sich im Dales Museum ansehen – wenn Sie nicht wissen, wohin mit Ihrer Zeit. Das Gebäude – das Dach & die meisten Wände sind eingekracht. Ich hab vor Jahren den Rest plattgemacht, bis so ein Armleuchter die Sache unter Denkmalschutz stellen ließ –
Aber das kann doch nicht sein – protestierte der Mann – Liebes, gib mir doch mal die Zeitschrift –
Die Frau kramte in ihrer Tasche & brachte eine Ausgabe des *Mid-Yorkshire Life* zum Vorschein. Die Zeitschrift war umgeschlagen, zu sehen war ein kurzer Artikel mit dem Titel »Heilende Hände« – daneben das Bild eines Typen mit Vollbart, der aussah, als wäre ihm das alles irgendwie peinlich & der die fraglichen Hände von sich streckte. Sein Name – jetzt wirst du lachen – lautete Gordon Godley!
– Sehen Sie – sagte Mr. Parker triumphierend – hier steht ganz klar die Adresse. *Alte Mühle – Willingdene.* Auf unserem Rückweg von Harrogate – den Besuch hätten wir uns sparen können – früher mag es ein ernstzunehmendes Bad gewesen sein, mittlerweile hat es sich ganz dem Kommerz & der Frivolität verschrieben – fiel

uns das Straßenschild auf – natürlich bog ich ab & erfragte bei einem jungen Passanten den Weg zur Alten Mühle. Er wartete mit genauesten Richtungsangaben auf, die mich also hierhergeführt haben. Wollen Sie mir jetzt sagen, dass das nicht die Alte Mühle ist? –
Ich gebe dir Tom Parker wörtlich wieder, damit du ganz in den Genuss seiner Sprache kommst. Er hört sich an, als käme er direkt aus einem dieser angestaubten Schmöker.
Dad lächelte – du weißt, wie sehr er es genießt, *Armleuchter* zu belehren.
– Es war mal eine Mühle, jaja – & alt ist sie sicherlich. Aber da wohnt seit mehr als einem halben Jahrhundert keiner mehr & ich sag Ihnen auch, warum. Weil das hier Willing*den* ist – mit nur einem *e*. Willing*dene* liegt weiter oben am nördlichen Ende des Tals –
Wäre er ein Fußballspieler gewesen, wäre er jetzt über die Wiese gerannt & hätte sein Trikot über dem Kopf geschwungen! Er liebt es einfach zu gewinnen – ganz egal, wen er besiegt. Kannst du dich noch an Schnippschnapp erinnern, das wir immer zusammen gespielt haben?
Mr. Parker schienen diese Neuigkeiten mehr zu bedrücken als sein verstauchter Knöchel.
– Das tut mir leid, meine Liebe – sagte er zu seiner Frau – ich hätte mehr achtgeben müssen –
Wieder nahm er alle Schuld auf sich – obwohl sie doch die mit dem Zeitschriftenartikel war. Nett – dachte ich mir. Zur Belohnung sprang sie ihm auch weiterhin wie ein Terrier bei.
– Spielt keine Rolle – sagte sie – auf der Karte ist das als öffentliche Straße eingetragen, also sollte sich jemand darum kümmern, dass sie auch in einem vernünftigen Zustand ist –
– Charley – warf Dad eilig ein – wie sieht's mit diesem Knöchel aus? –
Ich fühlte mich nicht berufen, dem Patienten zu widersprechen.
– Ich glaube, Mr. Parker hat recht & es ist nur eine Verstauchung –

sagte ich – ein kalter Umschlag wird helfen & sicherlich sollte er das Bein nicht übermäßig belasten –
Wie war das, Schwester Heywood?
– Gut – sagte Dad – Charley, hol das Quad – schaffen wir Mr. & Mrs. Parker zum Haus – damit sie es sich ein wenig bequem machen können. George – sorg dafür, das der Wagen aus dem Morast gezogen wird. Mach ihn sauber & sieh nach, ob ihm was fehlt. Ich häng mich ans Handy & sag eurer Mutter, sie soll schon mal den Kessel aufsetzen – diese netten Leute werden eine hübsche Tasse Tee gut gebrauchen können –
Ich warf ihm einen Blick zu & quittierte seine Verwandlung vom entschiedenen Xenophobiker zum barmherzigen Samariter mit einem übertrieben überraschten Gesicht.
Er wurde doch tatsächlich rot! Dann lächelte er mich wie ein Schaf an, um mich zur Komplizin zu machen.
Ich grinste zurück & ging das Quad holen.
Eigentlich ist er kein so schlechter alter Knacker – oder? Solang er seinen Willen kriegt. Ein wenig wie du! Okay – & auch wie ich. Hättest du dich ihm nicht widersetzt & deine Schwesternausbildung durchgezogen – hätte ich kaum den Mut gehabt, an die Uni zu gehen & Psychologie zu studieren – & jetzt nach 3 Jahren – wenn er mal wieder kurz davor ist, mich in den Wahnsinn zu treiben – versuche ich ihn einfach als Fallstudie zu sehen!
Aber ich hab dir immer noch nicht erzählt, wie es dazu kam, das die Parkers unsere Gäste wurden.
Als nämlich G ihren Wagen aus der Panzerfalle zog, musste er feststellen, das er sich nicht mehr richtig steuern ließ. Die Werkstatt der Winstons meinte, sie könnten das schon reparieren – müssten aber erst ein Ersatzteil kommen lassen. Morgen – sagten sie – aber darauf würde man nicht wetten wollen, wenn man die Winstons kennt.
Als Parker das hörte, sagte er nur – Wunderbar, überhaupt kein Problem. Vielleicht – Mr. Heywood – könnten Sie mir die Nummer des Gasthofs geben, an dem wir im Dorf vorbeigekommen

sind – der sah mir recht komfortabel aus, dort könnten wir so lange absteigen, bis der Wagen fertig ist –
Ich sah regelrecht die Gedanken vor mir, die Dad durch den Kopf schwirrten, als hätte er ein Display auf der Stirn. Als der streitsüchtigste Einwohner der Grafschaft hätte er an Parkers Stelle sofort an Schadensersatzforderungen gedacht, sobald der Wagen in die Panzerfalle gekracht war. Die Ansichten, die er über die *Armleuchter* pflegt, sind in der Gegend wohlbekannt – er rühmt sich ja sogar diverser Taktiken, um alle Fremden abzuschrecken. Heutzutage aber – nachdem in den ländlichen Regionen der Tourismus mehr zählt als die Landwirtschaft – ist nicht mehr jeder seiner Meinung – & die Tratschköpfe am Tresen im Nags Head würden bei den Parkers keinen Zweifel darüber aufkommen lassen, wer an ihrem »Unfall« schuld war!
Daher war ich kein bisschen erstaunt, als ich ihn sagen hörte – Nags Head? – aye – schön & gut, aber die Böden sind uneben – die Treppen schmal – nicht unbedingt das, was jemand in Ihrer Verfassung jetzt braucht. Nein – Sie bleiben lieber hier, ich lass George Ihr Gepäck vom Wagen holen –
Die Parkers waren von Dads Großzügigkeit überwältigt. Überwältigt war auch Mum – vor Erstaunen! – aber sie erholte sich schnell – & ich zwinkerte Dad verstohlen zu – & er zwinkerte zurück!
So kam es also, dass wir Hausgäste haben – es ist an der Zeit, zum Abendessen runterzugehen. Ich halte dich auf dem Laufenden, wie sich der RS unter der Belastung benimmt.
Pass auf dich auf – & fang dir nichts ein, was ich mir auch nicht einfangen würde – & falls du dich in einen großen attraktiven Schwarzen verlieben solltest, dann mail mir ein Bild von dir & ihm – ich leg es dann in Dads Gebetbuch, damit er es am Sonntagmorgen in der Kirche als Erstes zu Gesicht bekommt!

Liebe, liebe Grüße
Charley X

2

VON: charley@whiffle.com
AN:cassie@natterjack.com
BETREFF: Sex – Sandytown – & Psychologie

O mein Gott Cass! Ich muss eine Hellseherin sein! Okay – du sagst, er ist nicht schwarz, sondern bronze-teakholzfarben. Ist doch das Gleiche – & ist er das überall? Ich meine, *wirklich* überall? & ein Doc ist er auch noch – genau wie in Mums Liebesromanen! Bringt dir wahrscheinlich einen Haufen Ärger mit irgendeiner betörenden, unwiderstehlichen Ärztin ein – die es dann so hindreht, als wärst du schuld, wenn sie versehentlich einen Patienten ins Jenseits befördert – aber mach dir mal keine Sorgen – zum Schluss wird alles wieder gut.
Ich will auf jeden Fall ein Bild. Hand aufs Herz, ich stecke es auch nicht in Dads Gebetsbuch – nicht, solange du nicht dein Okay dazu gibst! Aber kann ich es Mum erzählen? Sie sehnt sich ganz schrecklich nach Enkelkindern. Adam & Kylie machen ja keinerlei Anstalten, welche zu zeugen – & selbst wenn, Oz ist verdammt weit weg – kannst du dir vorstellen, dass sich der RS in einen Flieger setzt & achtzehntausend Kilometer zurücklegt? Rod ist die meiste Zeit auf See – & wir wissen ja, wie Seeleute so sind! Sie war am Boden zerstört, als ich von meinem Campingausflug mit Liam & Sam & Dot vorzeitig zurückkehrte – & ihr erzählte, es wäre alles aus – unüberwindbare Gegensätze – so sagen wir Psychologen das unseren Mums, wenn wir unseren Ex-Partner Liam dabei erwischen, wie er die – gegen eine Fichte gelehnte – Ex-Beste-Freundin Dot vögelt. Also – wenn du nicht bald sesshaft wirst & mit dem Kalben anfängst, wird sie mich wohl ans Bett schnallen & sich mit einem KB-Katheter über mich hermachen!

Verglichen mit deinen Neuigkeiten muten meine über die Parkers ziemlich öde an – aber du sagst, es würde dich interessieren, hier also die nächste Lieferung.

Wie es mit Hausgästen so ist, sind sie immer noch da! Die Winstons wurden – wie vorherzusehen – *vom Lieferanten im Stich gelassen* – wieder mal! Aus 1 Nacht wurden daher 3. Aber das ist okay. Ich mag Mary Parker sehr. Sagt nicht viel in Gegenwart ihres Mannes – außer das sie ihm zustimmt oder ihn verteidigt! Aber trifft man sie allein an, ist sie großartig.

Tom Parker ist ganz anders – er meint, schweigen dürfe man nur im Grab & die Lebenden hätten die Pflicht, sich dem zu widersetzen!

Sein Lieblingsthema – wenn nicht gar sein *einziges* Thema – ist Sandytown – so wie es auf seinem Wagen angepriesen ist!

Du erinnerst dich an Sandytown? Ich glaube, es war der letzte Familienausflug der Heywoods. Ich 9 oder 10 – du 13 – das Meer kalt & grau – der Sand grobkörnig – der Wind so heftig, das es unsere Windjacken davonblies – & Sandytown selbst schien geschlossen zu haben! Zu guter Letzt wurde es George auf dem Rückweg schlecht – was mich stinkewütend machte – & gleich darauf hatten wir uns alle in der Wolle! Dad sang auf dem gesamten Rückweg! Nach 3 Jahren Erfahrung als Psychologin glaube ich auch zu wissen warum. Er sah in dem Ausflug ein gelungenes Experiment zur Aversionstherapie!

Als daher Tom Parker beim Abendessen am ersten Tag über Sandytown zu schwadronieren anfing, wagte ich kaum, George in die Augen zu schauen.

Ich werde ihn wieder wörtlich wiedergeben – wirklich, so redet er!

Sandytown! – sagte er – das schöne Sandytown – die glänzendste Perle in der langen Kette von Badeorten an der Yorkshire-Küste! Verstehen Sie, Charlotte – (dabei richtete er seinen Blick auf mich – wahrscheinlich hält er mich für das intellektuelle Epizentrum der Heywood-Familie – vielleicht gefallen ihm aber auch

nur meine Titten!) – im englischen Tourismusgewerbe bricht ein neues Zeitalter an. Verglichen mit ihm muss das alte Zeitalter – das mit dem Aufkommen billiger Mittelmeerpauschalreisen zugrunde ging – nur als Probelauf gewertet werden. Zwei praktische Gründe für die Veränderung – globale Erwärmung & globaler Terrorismus! Reisen bereiten uns Angst & Reisen bereiten uns Unannehmlichkeiten. Unsere persönliche Habe – & sogar wir selbst – werden von Fremden mit harter Miene befingert. Wir sind gezwungen, Nahrung mit Werkzeugen zu uns zu nehmen, denen es an nötiger Festigkeit mangelt, so das sie für die verletzliche menschliche Haut keine Bedrohung darstellen –& die sogar beim Airline-Essen versagen. Selbst bei der Ankunft können wir uns nicht sicher fühlen. Für Terroristen sind Touristen weltweit weiche Ziele – während die globale Erwärmung – verstärkt noch durch die zunehmenden Emissionen der Flugzeugreisen – zu einem dramatischen Anstieg der Naturkatastrophen geführt hat – zu Überschwemmungen – Dürren – Hurrikanen – Erdbeben – Tsunamis – etc. –
Dad blieb vor Erstaunen die Spucke weg – Mum betrachtete ihn höflich interessiert – seine Frau mit liebevoller Bewunderung – & die Zwillinge mussten sich das Kichern verkneifen.
Mir war klar, dass Parker eine Art Verkaufslobhudelei rezitierte – eine, die er schon so oft vorgetragen hatte, dass die Platte bis zur letzten Rille durchlaufen würde, falls er nicht unterbrochen wurde. Als er daher innehielt, um nach Luft zu schnappen, schaltete ich mich dazwischen – Warum waren Sie auf der Suche nach einem Heiler, Tom? –
– Eine höchst scharfsinnige Frage, Charlotte – erwiderte er lächelnd – auf die meine Antwort lautet: der Gesundheit wegen! Lassen Sie es mich erklären. Wir leben in einer kranken Welt – einer Welt, die am tiefsitzenden Übel der Verschwendungssucht leidet – von dem Terrorismus & globale Erwärmung nur Symptome sind. Um das Ganze zu kurieren, müssen wir beim Kleinsten anfangen – dem Individuum! Die englische Tradition, in den Ferien

ans Meer zu fahren, hatte ihren Ursprung in der Suche nach Erholung im strengsten Sinn. Reine, frische Luft, um die Lungen zu reinigen – wogendes Salzwasser, um die Haut zu erfrischen & den Kreislauf anzuregen – Ruhe & Frieden, um den gequälten Geist zu regenerieren –

Da mir schwante, dass er wieder kein Ende finden würde, unterbrach ich ihn erneut – Klingt mir aber ganz so, als wäre ein Heiler das Letzte, was Sie brauchen! –

– Ein guter Punkt! – rief er voller Entzücken aus. (Eine wunderbare Methode – jedem Einwand mit Entzücken zu begegnen!) – Will man den Heiler verstehen, muss man natürlich die Geschichte kennen. Vor etwa 2 Jahren – als das Mid-Yorkshire Council den Entwicklungsplan für die östliche Region zur Diskussion stellte – brachten Lady Denham & ich den Vorschlägen für die Gegend um Sandytown natürlich höchstes Interesse entgegen …

– Wer ist Lady Denham? – fragte ich – was er mit erstauntem Schweigen beantwortete – & Dad – den es immer freut, etwas zu wissen, was ich nicht weiß – schaltete sich ein – Sind das die Denhams von Denham Park? –

– Sie kennen die Familie? – sagte Tom erfreut –

– Kenne einige – brummelte Dad – & wenig Gutes – schlechte Grundbesitzer – noch schlimmere Wirte – auch wenn sie schon lange den Bach runtergegangen sind –

– In gewissem Sinne sind sie das – stimmte Parker zu – aber Lady Denham – mittlerweile leider zum 2. Mal Witwe – kam nur durch die Ehe zu dem Namen. Ihre 2., wie der Zufall es wollte. Davor war sie Mrs. Hollis – & *davor* Miss Daphne Brereton – die einzige Tochter der Breretons von Brereton Manor – Sandytowns erster Familie – wohlhabend – hoch angesehen. Geld findet zu Geld – Besitz zu Besitz – meiner Erfahrung nach – wiewohl ich damit nicht andeuten möchte, dass die Liebe nicht mit im Spiel war, als Howard Hollis ein Auge auf sie warf –

– Hollis? – unterbrach Dad – Hog Hollis? – der, der von seinen eigenen Schweinen gefressen wurde? –

Die Zwillinge fuhren hoch. Alles Grässliche macht sie an!
– In der Tat – es gab da einen tragischen Unfall – sagte Tom – Sie kannten Mr. Hollis? –
– Hab ihn ein paarmal getroffen – sagte Dad leidenschaftslos – die Leute meinen, er hätte seine Schweine im Meer gehalten, damit das Fleisch so salzig & wässrig wurde! Hat ein Vermögen gemacht, war aber ein ganz erbärmlicher Kerl – hat wahrscheinlich nur einmal in seinem Leben gelächelt, damals, als sein Foto für die Schinkenpackungen gemacht wurde – die, die man überall im Supermarkt rumliegen sieht – & die waren wahrscheinlich gestellt! –
Ich tauschte mit Mum einen Blick aus – wahrscheinlich überlegte sie genauso angestrengt wie ich, wann Dad zum letzten Mal in einem Supermarkt gewesen war!
– Gewiss war er jemand – sagte Tom – der trotz des großen Erfolgs seinen Wurzeln immer treu geblieben ist. & vielleicht war es der Gegensatz, den Sir Harry Denham mit seinen kultivierten Umgangsformen für die Witwe verkörperte, das sie dessen Avancen günstig aufnahm. Das Schicksal aber – ach – entbehrte jegliche Sentimentalität – & nach nur allzu kurzer Zeit schied auch Sir Harry dahin –
– Ist der auch von den Schweinen gefressen worden? – warf David hoffnungsfroh ein.
Dad starrte ihn finster an. Er kann sagen, was er will, von seinen Kindern erwartet er aber, dass sie sich an die üblichen Gepflogenheiten halten.
– Ein Reitunfall – sagte Tom – & während Daphne Brereton aus ihrer ersten Ehe sicherlich mehr Reichtum zog, als sie selbst in die Ehe gebracht hatte – so bekam sie von ihrer zweiten – so ist allseits bekannt – kaum mehr als den Respekt, den ein alter Name mit sich bringt –
Innehalten für den Applaus. Stattdessen gab Mary P. einen verhaltenen Keuchlaut von sich – vielleicht ein unterdrücktes Niesen – das seinen Widerhall in Dads entrüstetem Schnauben fand.

Parker fuhr – ungerührt – fort – Sie & ich – als die größten Landbesitzer der Gegend – hatten schon lange vor den Plänen des Mid-Yorkshire Council beabsichtigt, Sandytown über die Grenzen hinaus bekannt zu machen. Sie hatte wesentlich dazu beigetragen, die Avalon-Stiftung nach Sandytown zu holen. Sie haben – natürlich – vom Avalon gehört? –
Diesmal nickten Dad & ich gleichzeitig. Ich muss dir kaum erzählen, was Dad erwidert hat!
– Oh aye – wir wissen alles über das Avalon. Als ich vor ein paar Jahren in der Zeitung gelesen hab, dass die Yanks unten an der Küste eine schicke Klinik hinstellen wollen – da hab ich zu unserer Cass gesagt – das wär doch ein toller Arbeitsplatz für dich – die Yanks wissen, wie sie ihre Schwestern zu bezahlen haben & du wärst in einer Stunde zu Hause – aber es war, als wäre ich –
– mit dem Schädel gegen eine Backsteinmauer gerannt! – kam es im Chor von den Zwillingen – die daraufhin vor Lachen fast zusammenbrachen.
Dad starrte sie noch finsterer an – & Tom Parker plapperte weiter.
– Lady Denham & ich waren bei unseren privaten Gesprächen bereits vorher zu den Schlussfolgerungen des Council gelangt, wonach Sandytown der perfekte Ort sei, um aus den – meteorologischen wie geistigen – Klimaveränderungen des Tourismus Vorteil zu ziehen – & hatten ein loses Bündnis geschlossen – sowie 1 oder 2 Projekte auf den Weg gebracht. Dann aber wandten wir uns an den Entwicklungsbeauftragten des Council, der schnell davon überzeugt werden konnte, dass es – wie von uns avisiert – zur Entstehung neuer Arbeitsplätze sowie zum Anstieg der Touristenzahlen kommen würde – & in unsere Pläne zur Schaffung einer gewissen Zahl erschwinglicher Unterkünfte mit einwilligte – & in die Bildung des Sandytown-Entwicklungskonsortiums – einer echten Partnerschaft zwischen öffentlichem & privatem Sektor – unterstützt – aufgrund der Gefälligkeiten meines Bruders Sidney – durch bedeutende Investmentgesellschaften der Londoner City –
Er hielt inne – kurzzeitig verloren im Dschungel seiner eigenen

Eloquenz – & seine Frau kam ihm mit einem Stichwort zu Hilfe – das Avalon, mein Lieber – & der Heiler –

In der Tat! – nahm er den Faden wieder auf – das ein solch berühmtes Zentrum medizinischer Pflege & Betreuung gleich vor unserer Haustür entstehen sollte, erschien mir nachgerade als himmlischer Fingerzeig. Im Zentrum unseres Entwicklungsplans steht die Umwandlung von Brereton Manor – wo Lady D. ihre Kindheit verbrachte – in ein 5-Sterne-Luxushotel & medizinisches Erholungszentrum. Alle herkömmlichen Attraktionen – Golf – Tennis – Reiten – Schwimmen – Beauty- & Wellnessbehandlungen – Sauna – Fitnessbereiche – & so weiter – werden hier angeboten – & werden auch allen Besuchern unserer Stadt zur Verfügung stehen – nicht nur jenen, die sich die notwendigerweise hohen Preise des Manor leisten können. Allerdings – damit wir uns in dem neuen Nischenmarkt festsetzen können, den Sandytown – das prophezeie ich Ihnen – bald dominieren wird, werden wir ebenfalls all jenen, denen die konventionelle, klassisch-westliche Medizin nicht genügt, eine Bandbreite ergänzender Therapieformen anbieten –

Er hielt inne – um Luft zu schöpfen, nicht, um auf den Applaus zu warten – & fuhr fort – Die alternative Medizin – werden Sie sicherlich zustimmen – gehört zu den großen Wachstumsbereichen des 21. Jahrhunderts. Wir haben bereits einige niedergelassene Praktiker – eine Akupunkteurin – einen Reflexzonenmasseur – einen Homöopathen – einen Third-Thought-Therapeuten – spirituelle Heiler sind allerdings schwerer aufzutreiben. Ich hatte gehofft, Mr. Godley zu treffen – den Gentleman in Willingdene in der Absicht, ihn dazu überreden zu können, als eine Art Gasttherapeut zu uns zu kommen –

Dad hatte jetzt genug gehört – eigentlich schon zu viel!

– Heiler? – platzte es aus ihm heraus – nichts als Hokuspokus! Ich – ich lass mich da lieber von meinem Tierarzt behandeln – auch wenn der Kerl ein Vermögen verlangt –

– Dann sollten Sie vielleicht diesen Artikel lesen – schlug Parker vor, der sich anscheinend durch nichts beleidigen ließ – da wird nämlich behauptet, Mr. Godley hätte ganz erstaunliche Erfolge auch bei Tieren erzielt –

Ein scharfer Blick von Mum sorgte dafür, dass Dad seine Erwiderung, was Tom seiner Meinung nach mit dem Artikel anstellen sollte, hinunterschluckte – David allerdings ließ sich davon nicht bremsen – Charley hält das auch für einen ziemlichen Scheiß! –

– David! – kam es streng von Mum – achte auf deine Sprache! –

– Aber es stimmt doch – verteidigte sich der kleine Scheißer – du hältst das doch alles für *Blödsinn* – oder, Charley? Du hast gesagt, du willst darüber deine Doktorarbeit schreiben –

Parker sah mich fragend an – Beachten Sie ihn nicht – sagte ich – seine Ohren sind größer als sein Gehirn. Da hat er nur was missverstanden, als ich sagte, ich würde meine Doktorarbeit über die Psychologie alternativer Heilverfahren schreiben. Dem medizinischen Establishment zufolge ist das angeblich alles Unsinn – alternative Therapeuten hingegen verweisen auf – ihrem Verständnis nach – gut dokumentierte Erfolge. Mir geht es nicht darum, mich in diese Debatte einzumischen – ich möchte mir nur eine Vielzahl dieser Heilverfahren ansehen & herausfinden, ob ihrer Ausübung & ihren Ergebnissen gewisse gemeinsame psychologische Elemente zugrunde liegen –

Gut – was? Sollte es auch sein. Parker ist nicht der Einzige, der wie ein Vertreter daherquasseln kann.

Der Rammschädel am Tisch mir gegenüber rollte schon mit den Augen – & ich hatte kaum zu Ende gesprochen, da platzte es auch schon aus ihm heraus – Da haben Sie es, Mr. Parker. Meine superschlaue Tochter hat schon drei Jahre damit vertan, ihre Nase in muffige Bücherstapel zu stecken – um sich irgendwelches nichtsnutzige Zeug über irgendwelches nichtsnutzige Zeug anzueignen – damit sie ihrem Namen ein paar Buchstaben voranstellen kann – & jetzt will sie weiß Gott wie viel Zeit noch dranhängen, damit sie noch ein paar Buchstaben mehr bekommt. & so weiter, bis sie das ganze Alphabet durchhat – & wohin soll das führen?

Das würde ich gern wissen. Ich hab sie zur Vernunft bringen wollen, aber es ist, als würde ich –
Finster starrte er zu den Zwillingen – sollten sie es ja nicht wagen, erneut den Satz für ihn zu beenden. David, glaube ich, hätte es getan – aber Freddie verpasste ihm unter dem Tisch einen Tritt. Ich wette, sie will ihm noch ein paar Kröten aus der Tasche ziehen für ihren Schulausflug im Herbst! Nachdem G & ich beim Skifahren waren, ist sie der Meinung, ihr stünde ein Monat in einem 5-Sterne-Hotel in Miami zu!
Tom Parker machte sich bei mir beliebt, indem er sagte – Aber das ist ja wunderbar, Charlotte – den Geist zu verstehen ist der erste Schritt, um am Leib zu genesen – wir brauchen mehr junge Leute wie Sie, um unsere kranke Welt wieder zurechtzubiegen! –
Siehst du – man muss sich nicht nach Afrika verdünnisieren, um zu einer Heiligen zu werden!
Später – als Mary Tom dabei half, aus dem Raum zu humpeln – sagte er zu Mum – Ein köstliches Mahl, Amy – das beste, das ich jemals genießen durfte – außerhalb von Sandytown – & Mary fügte hinzu – Ja – & danke schön Ihnen beiden für die Freundlichkeit. Sie haben eine wunderbare Familie, Amy –
Na, du weißt ja, wie gern Dad es hört, wenn Mum gelobt wird – daher stöhnte er kaum über unsere Gäste, als sie nach oben verschwunden waren – obwohl ich dachte, er würde gleich explodieren, als wir am nächsten Morgen hörten, der Wagen würde in den nächsten 3 Tagen auf keinen Fall fertig werden!
Ich tat das Meinige & achtete darauf, das sie ihm nicht in die Quere kamen. Kein Problem – wie gesagt, ich mag sie wirklich – & sie scheinen mich auch zu mögen. Tom war ehrlich am Thema meiner Arbeit interessiert – & heute sagte er – Charlotte – (sie nennen mich beide Charlotte – was ich nett finde) – Sie wissen, wir haben vor, auf unserem Rückweg Mr. Godley einen Besuch abzustatten – warum kommen Sie nicht einfach mit? Sie könnten mit ihm über seine Patienten reden – was Ihrer Arbeit zugutekommen würde –

– Aber – erwiderte ich – in Willingdene sind Sie doch schon fast zu Hause – Sie werden doch kaum wieder umkehren & den ganzen Weg zurückfahren wollen –
& Mary sagte – eigentlich dachten wir, Sie kommen gleich mit nach Sandytown & verbringen dort ein paar Tage mit uns im Kyoto-Haus –
– Kyoto? – sagte ich, weil ich dachte, ich hätte mich verhört.
– Ja – sagte Tom – vielleicht war ich ein wenig voreilig – das Kyoto-Protokoll hat sich ja als ziemlich wirkungslos erwiesen. Hätte ich noch etwas gewartet, wäre Al-Gore-Haus wahrscheinlich angemessener gewesen –
Mary sah nicht aus, als wollte sie zustimmen – aber sie nickte lebhaft, als Tom fortfuhr – Bitte kommen Sie – Sie können dann unsere anderen Therapeuten kennenlernen. Erweisen Sie uns die Ehre und nehmen an unserem großen Experiment teil. Außerdem – & das ist ja wohl am wichtigsten – hätten wir dann mehr von Ihrer Gesellschaft! –
Nun, es ist immer schön, begehrt zu sein – trotzdem hätte ich auch dann *danke, nein danke* gesagt, wäre nicht Dad ins Zimmer gekommen –
& plötzlich sprach er mit dieser Zauberer-von-Oz-Stimme, die immer dann zum Einsatz kommt, wenn er meint, Befehle erteilen zu müssen.
– Nein – erklärte er – sie ist noch keine 2 Minuten zu Hause – sie wird nicht gleich wieder ausbüchsen, bevor sie überhaupt ihre Bettlaken wechseln musste –
Vielleicht hätte ich gerührt sein sollen von seinem Wunsch, mich bei sich zu behalten. Aber ich wurde einfach nur sauer, weil er mich – mit meinen 22 Jahren – immer noch wie ein Kleinkind behandelt.
– Dad – sagte ich – ich will ja nicht auf deinen Hygienevorstellungen herumreiten – aber ich habe, seitdem ich hier bin, schon mindestens zweimal die Laken gewechselt. So – & um auf das fragliche Thema zurückzukommen – ich danke Ihnen – Tom &

Mary – ganz herzlich für die nette Einladung, die ich mit Freuden annehme –
Da hast du's. Hier bin ich also – ein vernunftbegabtes Wesen mit einem Abschluss, der bescheinigt, dass ich mich 3 Jahre lang akademisch damit auseinandergesetzt habe, wie andere Leute ticken – & was mache ich?
Werde an einen Ort fahren, bei dem nicht das Geringste dafürspricht, dass es mir dort gefällt – in Gesellschaft von Menschen, die ich kaum kenne – nur um zu beweisen, das ich kein Kind mehr bin!
Na, das zeugt von Reife – was?
Halt hier Ausschau nach meinem nächsten aufregenden Abenteuer aus dem dunkelsten Mid-Yorkshire.
& ich freue mich auf einige wahrhaft wollüstige Enthüllungen aus dem dunkelsten Afrika!

Alles Liebe
Charley xx

3

Einen Moment. Woher zum Teufel soll ich wissen, ob dieses verdammte Ding funktioniert?

Hallo! Hallo! Hier spricht Dalziel! Erblickt meine Werke, ihr Knülche, und verzweifelt!

Na, dann wollen wir doch mal sehen, wie das war ... ich drück da drauf, sagt der Bischof zu der ...

Großer Gott, hör ich mich wirklich so an? Kein Wunder, dass die Scheißer immer springen!

Funktioniert also. Na und? Hört alles, was ich sage, und spielt es Wort für verdammtes Wort wieder ab. Was soll daran so clever sein? Die alte Tante Mildred hat das auch gekonnt – plus gute Ratschläge dazugelegt! Also seist du getauft, in Ordnung? Mildred!

Aber hör zu, Mildred, ein Wort von dir, dass ich meine Wollweste anziehen soll, und du fliegst stante pede durchs Fenster! Trotzdem, dieser Dr. Katzenjammer hat schon recht. Hübsches Gadget, dieses Teil.

Herrgott, Andy, was redest du denn da? Hübsches Gadget! Vorsicht, Bursche, sonst wirst du noch wie die Kids mit ihren Pi-Pods, die mit einem idiotischen Grinsen in der Fresse rumlaufen und mit dem Köpfchen nicken wie die Narzissen im Gedicht. Zeichnen Sie die kleinen Gedanken auf, die sonst verlorengehen, hat Katzenjammer gesagt, und vielleicht auch die großen Fragen, die zu stellen Ihnen sonst die Zeit fehlt.

Richtig, Dalziel, scheiß auf die kleinen Gedanken, fangen wir mit der größten Frage überhaupt an.

Wie verdammt noch mal bin ich hier in Sandytown gelandet und brabbel wie der Dorfdepp vor mich hin?

Dann versuchen wir es mal und setzen es Stück für Stück zusammen, wie Ed Wield eine Fallakte zusammensetzen würde. Zurück zum Big Bang in der Mill Street, der alles ins Rollen gebracht hat.
Das war an diesem Feiertag, Ende Mai.
An den Juni kann ich mich kaum erinnern, vielleicht, weil ich den größten Teil davon im Koma verbracht habe.
Das Gute am Koma war, sagte man mir, dass die gebrochenen Knochen Zeit hatten zu heilen. Das Schlechte, dass es meinem Muskeltonus nicht besonders zuträglich war.
Wusste vorher gar nicht, dass ich einen Muskeltonus habe.
Musste ich erst auf die harte Tour feststellen.
Als ich das erste Mal allein aus dem Bett will, kippe ich einfach um.
Lasse eine Woche verstreichen, dann probier ich es noch mal. Aber diesmal habe ich dafür gesorgt, dass eine hübsche dicke Schwester da ist, auf die ich fallen kann.
Beim dritten Mal mache ich drei Schritte zur Tür und falle Pete Pascoe in die Arme.
»Wo willst du hin?«, fragt er.
»Nach Hause«, sage ich. »Sobald ich dazu in der Lage bin.«
»Und wie willst du das anstellen?«, sagt er in seinem Schnöselton.
»Ich werde zu Fuß gehen, wenn es sein muss«, sage ich.
Er lässt mich los und tritt zurück.
Ich knalle hin.
Dort liege ich dann und blicke würdevoll zu ihm auf.
Als ich ihn kennenlernte, war er Detective Constable, weich wie Scheiße und so nass hinter den Ohren, dass man mit ihm hätte Fenster putzen können.
Jetzt ist er mein DCI und hart genug, um mich hinfallen und liegen zu lassen.
Er hat einen weiten Weg zurückgelegt und wird noch viel weiter gehen.

»Okay, Klugscheißer«, sage ich. »Das war ein schlagendes Argument. Und jetzt schaff mich ins Bett.«

Bald darauf geht es auf August zu, und ich bin immer noch der Einzige, der davon redet, nach Hause zu kommen. Cap gibt aufmunternde Kommentare von sich, wechselt aber das Thema, wenn wir auf Termine zu sprechen kommen. Ich denke mir, scheiß der Hund drauf, sie können mich hier nicht festhalten, wenn ich nicht will!

In diesem Sinne erzähle ich das Pete, und der fährt gleich schweres Geschütz auf.

Er schickt seine Missus, Ellie.

Als ich sie vor Jahren kennenlernte, wusste ich gleich, dass sie hart genug ist, um mich hinfallen und liegen zu lassen. In diesen Anfangszeiten hätte es ihr wahrscheinlich sogar noch Spaß gemacht, mir einen kleinen Schubs zu geben.

Sie sagt: »Ich hab gehört, du willst dich selbst entlassen, Andy. Also, wer kümmert sich dann um dich, wenn du zu Hause bist?«

»Ich selbst. Hab ich schon immer gemacht«, sage ich.

Sie seufzt. Frauen haben zwei Arten von Seufzen. Ein langleidendes und ein Ach-was-macht-das-Spaß-Seufzen. Viele Männer kapieren den Unterschied nie.

»Andy«, sagt sie, »du bist von Terroristen in die Luft gesprengt worden, du warst schwer verletzt, hast wochenlang im Koma gelegen ...«

»Aye, und die meiste Zeit, seitdem ich aufgewacht bin, habe ich in diesem verdammten Bett verbracht. Wo ist also der Unterschied?«

»Übertreib jetzt nicht«, sagt sie. »Du unterziehst dich unter fachkundiger Aufsicht einer sorgfältig geplanten Physiotherapie. Du machst, wie man hört, gute Fortschritte, aber es wird noch ewig dauern, bis du dich wieder selbst versorgen kannst.«

»Dann lass ich mir eben vom Pflegedienst helfen. Deshalb zahl ich doch meine verdammten Steuern, oder?«

»Und wie lange, meinst du, wird das gutgehen?«, fragt sie.
»Bis ich von ihnen die Schnauze voll habe? Ein paar Wochen vielleicht. Bis dahin sollte ich wieder auf dem Damm sein.«
»Bis sie von dir die Schnauze voll haben, meine ich! Und wer wird sich dann um dich kümmern?«
»Ich hab Freunde«, sage ich.
»Die dir vielleicht in den Arsch kriechen«, sagt sie. »Aber Freunde, die dir auch den Arsch abwischen, sind dünner gesät.«
Manchmal verschlägt's einem bei ihr die Sprache! Vielleicht halte ich mir zu viel zugute, wenn es darum geht, Pascoe das Rückgrat zu stählen. Hätte wissen müssen, dass der Kerl die ganzen Jahre über zu Hause Nachhilfestunden bekommt!
»Das mag vielleicht auf dich zutreffen«, sage ich. »Behandle die Leute gut, und du wirst von ihnen gut behandelt, das ist mein Motto. Man wird bei mir Schlange stehen, um mir zu helfen.«
»Für eine Schlange braucht man zwei«, sagt sie. »Du sprichst von Cap, oder?«
Natürlich meine ich Cap. Cap Marvell. Meine Freundin … Gefährtin … Geliebte … mein Weib … nichts davon trifft es. Oder alles zusammen. Cap, die Wunderbare. Das ist sie für mich.
»Gut, ich meine Cap. Sie lässt mich nicht fallen. Sie ist da, wenn ich sie brauche.«
Ich habe es ein wenig pathetisch rübergebracht. Mir war gleich klar, dass ich nicht weiterkomme, wenn ich auf stur schalte. Selbst die ganz Harten schmachten manchmal nach ein bisschen Pathos. Verletzlichkeit, so nennt man das. Damit man das Gefühl hat, man brauchte die Hilfe anderer. Ist mir oft zugutegekommen, früher in meinen wilden Jahren.
Brauche aber nicht lange, bis ich merke, dass ich damit bei ihr nichts erreiche.
»Buhu«, sagt Ellie. »Du und Cap, ihr seid jetzt seit ein paar

Jahren zusammen. Aber ihr habt nie zusammen euer Zelt aufgeschlagen. Warum?«

Sie weiß verdammt genau, warum das so ist. Wir führen jeweils unser eigenes Leben, haben unsere eigenen Interessen, unseren eigenen Zeitplan. Ich hab ein paar Sachen in meinem Rucksack, von denen ich nicht will, dass sie damit in Berührung kommt. Und sie hat Sachen in ihrem, von denen ich nichts wissen will. Bei jeder Tierschutzdemo ertappe ich mich dabei, dass ich ihr Alibi überprüfe! Aber im Grunde geht es um diese vielen Kleinigkeiten – was wir von schlammverschmierten Stiefeln halten, wie wir den Tisch decken, das Besteck benutzen, Eingemachtes direkt aus dem Glas essen, Rugby im Fernsehen ansehen, die Musik ohrenbetäubend laut aufdrehen, welche Art von Musik wir ohrenbetäubend laut aufdrehen und so weiter.

»Ein Notfall ist was anderes«, sage ich.

»Dann ist das jetzt also ein Notfall? Gut. Und wo willst du das Notfallzentrum einrichten? In deinem Haus oder in Caps Wohnung? Und wie lang willst du Cap als deine Leibdienerin verpflichten, bevor du sie wieder freilässt?«

»Komm mir jetzt nicht metaphysisch, Liebes«, sage ich. »Was soll das heißen?«

»Stell dich nicht dümmer, als du bist, Andy«, sagt sie. »Caps Leben liegt auf Eis, seitdem du in die Luft geflogen bist. Du weißt, dass sie ein ziemlich unabhängiges Leben führt – das ist einer der Gründe, warum ihr nie zusammengezogen seid, richtig? Sie gehört nicht zu denen, die nur für ihren Typen leben, die den Boden küssen, auf dem du wandelst.«

»Ellie Pascoe, ich weiß, dass sie besser ist als die, verdammt noch mal!«, rufe ich, nun schon fast wütend. »Und ich weiß, dass sie willens und bereit ist, ein wenig Zeit aufzuwenden, um sich um mich zu kümmern, falls ich das nötig habe!«

»Natürlich macht sie das«, sagt Ellie mit dieser blasierten Miene, die Frauen immer aufsetzen, wenn sie einen aus der

Fassung bringen. »Die Frage ist nur, Andy, ob du ihr das wirklich zumuten willst.«

Keine Antwort darauf, zumindest keine, bei der ich ihr die Befriedigung geben will, sie von mir zu hören. Und ich sage auch nicht mehr viel, als sie vom Cedars draußen in Filey anfängt, dem staatlichen Sanatorium für alte, verrückte, blinde und gemeinhin kaputte Bullen. Alcatraz, so nennen wir es, weil man nur noch in einer Kiste rauskommt.

Mürrisch, wie es mürrischer nicht mehr geht, sage ich: »Hat dich Cap darauf angespitzt?«

Sie packt den Griff der Bettpfanne. »Das ist das Dümmste, das ich jemals von dir gehört habe, Andy Dalziel. Und wenn du Cap gegenüber auch nur im Entferntesten andeuten solltest, worüber ich mit dir gesprochen habe, dann schieb ich dir dieses Ding so weit in den Hintern, dass man einen Abschleppwagen braucht, um es wieder rauszuziehen! Und jetzt denkst du lieber darüber nach, was ich dir gesagt habe.«

»Ja, Miss«, sage ich schwach. »Weißt du, Mädel, Peter Pascoe ist ein sehr glücklicher Mann.«

»Meinst du?«, sagt sie, leicht verlegen.

»Aye«, sage ich. »Nicht jeder Mann hat eine so stramme Frau, die er aufs Dach schicken kann, wenn im Sturm die Dachziegel runterkommen.«

Sie lacht laut auf. Das liebe ich an Ellie Pascoe. Kein mädchenhaftes Gekichere. Sie lacht tief aus dem Bauch heraus.

»Du alter Scheißkerl«, sagt sie. »Ich muss jetzt los. Ich hab nämlich auch mein eigenes Leben. Peter lässt Grüße ausrichten. Ich soll dir sagen, in der Fabrik läuft alles wie geschmiert, so dass er gar nicht mehr versteht, wie sie jemals mit dir zurechtgekommen sind. Pass auf dich auf.«

Sie beugt sich zu mir herunter und gibt mir einen Kuss. Klug, kühn und charmant. Pete Pascoe kann sich wirklich glücklich schätzen.

Und sie hat hübsche Titten.

Wie auch immer, ich habe über ihre Worte nachgedacht, und ein paar Tage darauf sage ich zu Cap, ich überlege, ins Cedars zu gehen.

»Aber du hasst diese Einrichtung«, sagt sie. »Du hast mal jemanden dort besucht und gesagt, es wäre wie in einem Temperenzlerhotel, nur ohne die wilden Partys.«

Das ist das Problem mit den Worten: Immer fallen sie auf einen zurück.

»Vielleicht ist es aber genau das, was ich jetzt brauche«, lüge ich. »Ein paar Wochen Stille und Ruhe und Meeresluft schnuppern. Ich habe mich entschieden.«

Ich hätte es besser wissen sollen, Männer treffen Entscheidungen, so wie sie Betten machen – aber ist eine Frau in der Nähe, zieht sie die Laken wieder ab und fängt von vorne an.

Sie sagt: »Ich hab es mir durch den Kopf gehen lassen, Andy, und ich denke mir, das mit der Meeresluft stimmt. Aber ich glaube nicht, dass das Cedars das Richtige für dich ist. Dort bist du wieder nur von anderen Polizisten umgeben, und ihr redet über nichts anderes als Ganoven und Fälle und wie ihr wieder an die Arbeit zurückkönnt. Nein, wenn etwas das Richtige für dich ist, dann das Avalon.«

»Du meinst diese Yankee-Klinik?«, sage ich und werfe einen Blick auf die Broschüre.

»Die Avalon-Stiftung stammt ursprünglich aus Amerika, ja, aber sie ist so erfolgreich, dass sie mittlerweile weltweit Kliniken betreiben. Es gibt eine in Australien, eine in der Schweiz …«

»Ich gehe nicht in die Schweiz«, sage ich. »Die vielen Kuckucksuhren, da komme ich nie zum Schlafen.«

»Natürlich nicht. Du gehst nach Sandytown, wo es neben der Klinik und dem angeschlossenen Pflegeheim auch ein altes Haus gibt, das in eine Reha-Einrichtung umgebaut wurde. Meine alte Rektorin, Kitty Bagnold, du erinnerst dich vielleicht, verbringt ihre letzten Tage im Pflegeheim. Ich besuche sie von Zeit zu Zeit, für mich wäre es daher sehr günstig, wenn ich meine beiden invaliden Schäfchen in einem Stall hätte.«

Das ist natürlich ihr Trumpf – sie kann es so hinbiegen, dass es klingt, als würde ich ihr einen Gefallen tun, wenn ich dorthin gehe.

Ich frage, wer das bezahlen soll. Sie meint, meine Versicherung würde für den Großteil der Kosten aufkommen, und außerdem, hätte ich nicht immer gesagt, wenn man noch Leben übrig hat, nachdem das Geld alle ist, würde der Staat für einen aufkommen, aber hat man noch Geld übrig, nachdem das Leben zu Ende ist, sei man ein Idiot!

Da sind sie wieder, diese verdammten Worte, die einen verfolgen!

Jedenfalls poltere ich ein wenig, um der Show willen, knicke aber schnell ein. Als ich Ellie Pascoe davon erzähle, erwarte ich eigentlich, sie wäre darüber hocherfreut, aber sie scheint regelrecht enttäuscht, dass ich nicht ins Cedars gehe. Selbst als ich ihr versichere, ich würde nicht zulassen, dass Cap was dazuschießen müsste, scheint sie nicht sonderlich froh zu sein. Frauen, was? Man kann sie vögeln, aber man kann sie nicht ergründen.

Cap aber ist glücklich, und das heißt, ich bin mit mir selbst ganz zufrieden, als sie mich einige Wochen später nach Sandytown kutschiert.

Mit der Zufriedenheit aber war es schnell vorbei. Kaum hat sich Cap zum Parkplatz davongemacht, um nach Hause zu fahren, als mir klargemacht wird, dass das Avalon keineswegs ein 5-Sterne-Hotel ist, in dem die Wünsche der Gäste Gesetz sind.

»Rekonvaleszenz ist der in allen Phasen überwachte Fortschritt von Krankheit zu völliger Genesung«, erklärt die Oberin. (Namens Sheldon – nennt sich Oberschwester, aber mit ihren Titten, auf denen ein geiler Pfaffe seine Bibel ablegen könnte, wenn er das Evangelium nach dem Hl. Phallus pre-

digt, wäre sie die aussichtsreichste Kandidatin für die Rolle der Oberin in einer dieser Ist-ja-irre-Klamotten!)
»Oh aye«, sage ich angepisst. »Und Besuchszeiten an jedem dritten Sonntag von drei bis Viertel nach drei!«
»Ha, ha«, sagt sie. »Tatsächlich gibt es am Anfang überhaupt keinen Besuch, bis wir Sie eingehend beobachtet haben, Ihre Bedürfnisse einschätzen können und Ihnen Ihr persönliches Programm erstellt haben – Speisenabfolge, Medikation, körperliche Übungskurse, Therapiefahrplan – diese Dinge.«
»Großer Gott«, sage ich. »Kurse, Fahrpläne – da komm ich mir ja wie ein Eisenbahnzug vor.«
Sie lächelt – mir ist schon ein überzeugenderes Lächeln im Massagesalon untergekommen – und sagt: »Ja. Und unser Ziel ist es, dass Sie so schnell wie möglich wieder aus dem Bahnhof dampfen.«
Es ist ihr anzusehen, dass ihr ihr Witzchen gefällt. Aber ich streite mich nicht mit ihr. Ich will nur schlafen!
Das war vor ein paar Tagen. Die meiste Zeit seitdem hab ich geschlafen, denn jedes Mal, wenn ich wach werde, ist irgendein Kerl da und hat irgendwas in mich reingesteckt oder reingestochen oder reingeschoben. Nennen es Begutachtung. Boshaftigkeit trifft es eher.
Am dritten Tag taucht die Oberin auf, benimmt sich wie ein neckisch-scheues Mädchen, streicht meine Bettdecke glatt, schüttelt das Kopfkissen auf und sagt: »Ein großer Tag, Mr. Dalziel. Dr. Feldenhammer kommt heute persönlich zur Visite.«
Und so bekomme ich zum ersten Mal Lester Feldenhammer zu Gesicht, den Ober-Quacksalber im Avalon. Sobald er die Schnauze aufmacht, ist klar, dass ich es mit einem Yank zu tun habe. Nicht wegen des Akzents, sondern wegen der Zähne! Als würde man in eine altmodische Kloschüssel schauen, überall schimmerndes, weißglänzendes Porzellan. Wette, er gurgelt zweimal am Tag mit Essigreiniger.

»Mr. Dalziel«, sagt er. »Willkommen im Avalon, Sir. Ihr Ruhm eilt Ihnen voraus. Es ist mir eine Ehre, einem Mann die Hand zu schütteln, der an vorderster Front im großen Krieg gegen den Terrorismus verwundet wurde.«
Ich denke, der will mich verarschen, aber als ich ihn ansehe, wird mir klar, dass er es ernst meint. Das sind die Schlimmsten. Trau keinem, der seinen eigenen Mist glaubt.
Auf den, denke ich mir, musst du aufpassen.
Er schüttelt mir die Hand, als wollte er sich vergewissern, dass sie anständig befestigt ist, und sagt: »Ich bin Lester Feldenhammer, Direktor des Avalon und Leiter der klinischen Psychologie. Soweit ich weiß, haben wir Ihr Programm erstellt, die Genesung allerdings beschleunigt sich ungemein, wenn ihr von innen heraus nachgeholfen wird. Ich habe mir erlaubt, ein Selbsthilfe-Büchlein, von mir selbst verfasst, in Ihre Nachttischschublade zu legen. Damit Sie ein eingehenderes Verständnis dessen erhalten, was hier mit Ihnen geschieht.«
»Die Gideon-Bibel reicht dafür normalerweise völlig«, sage ich.
»Das eine bedingt das andere, wie wir glauben«, sagt er. »Ich freue mich darauf, Ihre Fortschritte zu überwachen, Mr. Dalziel. In physiologischen Fragen haben Sie natürlich Zugang zu unserem spezialisierten medizinischen Personal. Bei allen anderen Dingen bin ich Ihr Ansprechpartner. Egal, was Sie wissen wollen, Sie müssen nur fragen.«
»Wirklich?«, sage ich. »Also, was gibt's zum Abendessen?«
Er beschließt, dass das ein Witz sein muss, und wiehert wie ein Akkordeon los.
Dann zieht er einen kleinen, glänzenden metallischen Gegenstand heraus.
»Das schlucke ich nicht«, sage ich. »Und wenn Sie meinen, Sie könnten mir das auf eine andere Tour einverleiben, dann sollten Sie noch mal darüber nachdenken.«
Diesmal, vielleicht weil es ein Witz ist, lacht er nicht.

»Das ist ein digitaler Recorder«, sagt er. »Modernste Technik, funktioniert praktisch von allein. Mr. Dalziel, ich möchte, dass Sie eine Art Audio-Tagebuch führen. Zeichnen Sie Ihre Gefühle auf, Ihre Erlebnisse, alles, was Ihnen so durch den Kopf geht.«

»Sie meinen, ich soll anfangen, mit mir selbst zu quasseln?«, sage ich. »So wie ein Geisteskranker?«

»Nein, nein«, sagt er. »Nicht mit Ihnen selbst. Reden Sie einfach, als würden Sie mit jemandem sprechen, der absolut nichts über Sie weiß.«

»Wie Sie zum Beispiel?«, sage ich.

Sein Mund verzieht sich zu einem so breiten Grinsen, dass ich darauf hätte »Chopsticks« klimpern können. »Ich weiß allerdings ein bisschen was über Sie. Und es würde mir nicht gefallen, wenn Sie meinen, Sie müssten explizit mich ansprechen. Tatsächlich, lassen Sie sich das gesagt sein, Mr. Dalziel, werde ich mir ohne Ihre Einwilligung nichts davon anhören.«

»Wenn Sie es also nicht hören, was soll das dann?«, frage ich.

»Es geht darum, dass Sie was sagen, nicht, dass ich es höre«, sagt er. »Zeichnen Sie all die kleinen interessanten Gedanken auf, die uns so leicht wieder entwischen. Sie können sich aber auch die wirklich großen Fragen stellen. Sehen Sie es teils als Tagebuch, teils als Selbstverhör. Ich bin überzeugt, jemand mit Ihren Fähigkeiten wird in der Lage sein, die Wahrheit herauszuhören, und mag sie noch so sehr in einem Netz aus Ausflüchten und Täuschungen verwoben sein. Wollen Sie das für mich tun?«

»Vielleicht«, sage ich. »Aber wenn ich nicht bald was zu futtern bekomme, dann verschlucke ich es vielleicht doch.«

Lachend geht er davon. Und so kommt es, dass ich jetzt hier liege und wie ein Bekloppter mit mir selbst rede. Hat noch ein paar Tage gedauert, bis ich Katzenjammers kleines Spielzeug hervorgekramt habe. Wenn man im Bett liegt, braucht man schließlich was zum Spielen. Sonst gibt's auch nichts zu tun.

Die Zeitungen heutzutage taugen noch nicht mal mehr dazu, Chips darin einzuwickeln. Fernsehen ist noch schlechter, und zu futtern bekomm ich so wenig, dass ich noch nicht mal genüsslich aufs Klo kann!

Ausbüchsen kann ich auch nicht. Erstens, ich habe nichts anzuziehen. Habe mit Cap telefoniert, sie sagt, sie bringt mir beim nächsten Mal was mit. Zweitens, keine Ausflüchte, meine Beine tragen mich zwar wieder, aber zum Laufen reicht es nicht. Hab die tuntigen Ellbogenkrücken, die sie mir im Krankenhaus gegeben haben, weggeworfen und Cap dazu überredet, mir einen kräftigen Spazierstock zu kaufen. Kurze Sprints sind okay, aber nach einigen Minuten muss ich mich hinsetzen.

Muss mir immer wieder ins Gedächtnis rufen, dass da draußen eine Welt wartet, eine richtige Welt mit Menschen und Pubs, und wahrscheinlich ist sie voller Arschlöcher, die sich vor Lachen in die Hosen machen, weil ich hier drinnen festsitze und mit einer Maschine rede.

Sollen sie lachen.

Ich komme wieder.

So sicher wie das Amen in der Kirche.

4

VON: charley@whiffle.com
AN: cassie@natterjack.com
BETREFF: eine aufregende Reise!

Hallo!
Nichts von dir – hält dich vielleicht dein bronzefarbener Doc auf Trab? – nerv, nerv!
Ich hab's nach Sandytown geschafft & gerade im Kyoto-Haus meine Sachen ausgepackt – das Gebäude steht oben auf einem steilen Felsen, damit einem die gesunde Brise um die Nase wehen kann – sehr ökofreundlich – Solarpanels – windbetriebener Generator – etc. etc. Hübsches Zimmer – mit Blick auf die Nordsee – die im Moment tiefblau funkelt – aber ich hoffe, wir bekommen noch einen Sturm, bevor ich abreise. Schon komisch – das einzige Mal, als ich hier war, habe ich um warmen Sonnenschein gebetet – jetzt will ich Blitz & Donner!
Zunächst zur Reise – wie geplant legten wir in Willingdene einen Zwischenaufenthalt ein, um Gordon Godley, den Heiler, zu treffen.
Ich mochte ihn – hat einen Lattenschuss, dass die Tore wackeln – aber irgendwie ist er nett dabei.
Schwer zu sagen, wie alt er ist – 45? – 55? – sein schwarzer, silbrig durchzogener zerzauster Vollbart – wie ein Brombeerbusch an einem Herbstmorgen – macht das auch nicht leichter – aber sehr junge & sanfte graue Augen – Nase wie ein Strebebogen in einer Puppenkathedrale & ein liebenswürdiges Lächeln. Ich seh die holden Jungfern aus der Gegend geradezu vor mir, die Schlange stehen, damit er ihnen seine Hände auf die schmerzenden Glieder legt.
Glaube aber nicht, dass er an mir irgendwas fand. Tom tat ein

Übriges – stellte mich & meine Arbeit vor, als wäre ich die Großinquisitorin – raus mit ihm auf den Scheiterhaufen! Mr. Godley wagte es nicht, mir in die Augen zu schauen & antwortete auf meine Fragen mit einsilbigem Grunzen, weshalb ich die Konversation schnell aufgab.
Toms Vortrag aber lauschte er mit großer Höflichkeit – obwohl sich mir – aufgrund meiner geschärften analytischen Fähigkeiten – der Eindruck aufdrängte, das er über das Sandytown-Projekt bereits sehr viel mehr wusste, als er zugeben wollte. Schließlich – damit Tom endlich die Klappe hielt! – akzeptierte er, mal zu Besuch zu kommen, um zu eruieren, ob er seinen *Wirkungskreis* nicht dorthin verlegen könnte – Tom ist ganz versessen darauf, ihn bis zum sogenannten Festival der Gesundheit mit an Bord zu holen – es ist auf das Feiertagswochenende anberaumt – da werde ich längst wieder weg sein – dem Himmel sei Dank! –
Schließlich – auf Marys Bitte hin – legte Gord seine heilenden Hände auf Toms verstauchten Knöchel.
Als wir dann abreisten, behauptete Tom, seine Verletzung hätte sich wesentlich verbessert.
– Ich habe eine Wärme gespürt – versicherte er – definitiv eine Wärme – wie von einer starken UV-Lampe –
Im Wagen – außer Hörweite von Mr. Godley – kam mir, dass es mich wesentlich mehr beeindruckt hätte, wenn er – angesichts der Art seiner Verletzung – eine definitive Kälte wahrgenommen hätte.
Er drehte sich auf seinem Sitz um – eigentlich wollte er, das ich vorne sitze – aber ich bestand darauf, das er den Platz braucht wegen seines Knöchels –, lächelte mich erleichtert an & sagte – Siehst du, Mary, wie sehr Charlotte uns zugutekommen wird – wissenschaftliche Objektivität – das wollen wir doch. So können unter ihrem unvoreingenommenen Blick nicht irgendwelche Scharlatane den guten Ruf von Sandytown ruinieren! –
Ich weiß nicht, welche dauerhafte Wirkung die Hände des Heilers auf seinen verstauchten Knöchel haben – eines aber ist klar – Tom Parkers positive Lebenseinstellung ist unheilbar!

Mary fuhr & sie fuhr sehr vorsichtig. Hätte sie am Steuer gesessen, wären sie kaum in der Panzerfalle gelandet. Andererseits konnte ich es kaum bedauern, das es so gekommen war. Dass ich ihre Einladung angenommen hatte, mochte meinem Trotz zuzuschreiben sein – jetzt aber stellte ich fest, dass ich mich auf den Besuch richtig freute. Weiß nicht, ob dabei irgendwas Nützliches für meine Arbeit abfällt – nach dem Fehlstart mit dem göttlichen Gordon sollte ich vielleicht meine Interviewtechnik auffrischen – aber in die Rolle der distanzierten wissenschaftlichen Beobachterin gesteckt zu werden, reizt meine Phantasie.
Wie eine Kamera – so werde ich alles aufzeichnen & mich jeden Urteils enthalten.
Oder vielleicht nur ein kleines bisschen urteilen! Schließlich bin ich ja Steve Heywoods Tochter.
Der Unterschied allerdings ist – ich werde meine Urteile für mich behalten & keinem mitteilen!
Außer dir natürlich!

Eine kurze Unterbrechung.
Das älteste Kind – Minnie (= eine kleine Mary) – platzte herein, um mir mitzuteilen, dass in 20 Minuten das Essen fertig sei – & um nachzufragen, ob ich noch irgendwas brauchte. Tat so, als wäre sie geschickt worden – ich vermute aber, es war alles auf ihrem eigenen Mist gewachsen – damit sie die Neue in Augenschein nehmen konnte. Sie redete ununterbrochen – während ihr Blick alles verschlang – besonders mein Laptop. Sie ist 9, geht aber auf die 90 zu – erinnert mich sehr an mich selbst in diesem Alter. Habe mich bislang nicht sonderlich um die Sicherheit meines Computers gekümmert – werde vielleicht jetzt mal wieder das Passwort aktivieren!
Wurde sie – nur mit roher Gewalt – nach ein paar Minuten wieder los – jetzt also zum wirklich aufregenden Teil der Fahrt – dann pass mal auf!
Selbst mit Marys gemächlichem Tempo war es keine lange Fahrt –

allerdings lange genug, um etwas mehr über die Parkers zu erfahren. Alte Yorkshire-Familie – machte ihr Geld im Baugewerbe – Tom ist ausgebildeter Architekt – Büro in Scarborough, ergriff aber die Gelegenheit, die die moderne Technik bietet – & arbeitet von zu Hause aus – 4 Kinder – Minnie 9 – Paul 8 – Lucy 6 – Lewis 5 – seine Augäpfel – & die von Mary – aber Tom rangiert an erster Stelle. Ich hatte den Eindruck, das sie ihn nicht gern allein weglässt – nicht weil sie ihm in Sachen ehelicher Treue misstraut – sondern weil sie sich vor den Kalamitäten fürchtet, die sein Enthusiasmus mal wieder heraufbeschwören könnte. So wie seine Fahrt in die Panzerfalle – nehme ich an.

Er sprach – sehr liebevoll – von seinem Bruder Sidney, dem Finanzfachmann – der jünger ist – & seiner invaliden Schwester Diana – die älter ist. Ohne viel zu sagen, vermittelte Mary den Eindruck, das sie gegen Sid in der City nicht viel einzuwenden hat – aber gegen Schwester Di eine Menge Vorbehalte hegt!

In Mary steckt mehr, als es auf den ersten Blick scheint. Als Tom vom Kyoto-Haus zu plappern begann & ihre Zustimmung einforderte, es sei in jeder Hinsicht besser als das alte Haus der Parker-Familie, das sie dagegen eingetauscht hatten – erwiderte sie pflichtschuldig – Da hast du wahrscheinlich recht, mein Lieber – aber das alte Haus hatte so einen hübschen Garten – & war so geschützt –

– Ja – genau – erklärte er – als hätte sie damit alles bestätigt, was er gesagt hatte – es lag wirklich geschützt – vor den Wohltaten der Meeresluft & vor dem Ausblick – nichts zu sehen außer Felder & Bäume! Aber jetzt – vom Kyoto oben auf dem Nordkliff – kann man an einem klaren Tag halb nach Holland sehen – & wenn ich mir was für den Entwicklungsplan einfallen lasse, muss ich nicht an meinem Zeichentisch sitzen – ich gehe einfach hinaus in den Garten & sehe hinunter & alles liegt vor mir – so wie es ist! –

– Haben Sie Kyoto selbst entworfen? – fragte ich.

– Natürlich! – ein herrliches Gefühl – keiner, der einem am Zeichentisch über die Schulter schaut – Sie verstehen? Die Gelegenheit, die mir das Konsortium eröffnet – das Planen & Bauen im großen Stil – war nicht der geringste Reiz. Es wird etwas ganz Neues werden – das verspreche ich Ihnen – nichts Zusammengestöppeltes, nichts Zufälliges – jeder Schritt ist sorgfältig durchdacht – jedes Detail zweckdienlich & gewollt! – & ein CO_2-Fußabdruck wie der einer Katze! –

Das Licht vor uns trug das Versprechen des Meeres in sich. Vor dem tiefblauen Himmel erkannte ich nun die eher finstere Silhouette eines großen Hauses – mehr als eines Hauses – eines herrschaftlichen Anwesens – mit genügend Türmen & Türmchen, um den Eindruck zu erwecken, es hätte in jungen Jahren den Ehrgeiz besessen, sich zu einem Schloss auszuwachsen!

– Denham Park – sagte Tom.

– Wo Lady Denham wohnt? – riet ich.

– O nein. Sie wohnt in Sandytown Hall – erwiderte er – die ihr erster Mann – Hollis – angekauft hat – zusammen mit der Lordschaft der Hundert von Sandytown – ein alter traditioneller Titel – der käuflich erworben werden kann – anders als ihr nachfolgender Titel –

In meinen Ohren klang es, als hätte sie auch diesen käuflich erworben – & ich glaube wahrgenommen zu haben, das Mary dabei leicht zusammenzuckte. Wir Psychologen sind sehr sensibel für so was!

– Das Anwesen Denham – fuhr Tom fort – & natürlich auch der Titel eines Baronets ging an ihren Schwiegerneffen – Edward –

Hier wurde unser Gespräch unterbrochen – wir fuhren mit geöffnetem Schiebedach – um ganz in den Genuss der belebenden Luft von Sandytown zu kommen, nehme ich an – als sich plötzlich – & mit voller Wucht – das Wageninnere mit einem ganz & gar abscheulichen Gestank füllte.

Schweinescheiße! – & nicht zu knapp davon – unsere Güllelagune scheint dagegen ein Rosenteich zu sein!

Mary drückte – unter tausendfacher Entschuldigung – auf den Knopf, um das Schiebedach zu schließen.

– Der Hollis-Schweinehof – sagte sie – nur wäre es eine Beleidigung für jeden anständigen Bauern, wenn man ihn Bauernhof nennt! –
– Aber, aber, meine Liebe – sagte Tom milde – das ist doch ein natürlicher Geruch – & alles Natürliche schadet dem Menschen nicht –
– Aber wie die armen Tiere gehalten werden, daran ist nichts natürlich – sagte Mary.
Intensivlandwirtschaft ist der Preis dafür, dass wir nicht den Preis zahlen wollen, den wir ohne sie zu zahlen hätten – sagte Tom – außerdem kommt es äußerst selten vor, dass der Wind so steht, damit er dieses Aroma nach Sandytown weht –
– In der Tat! – sagte Mary – deswegen verbringt Daphne Brereton ja auch die meiste Zeit im Haus ihres ersten Mannes – selbst nachdem sie ihren zweiten geheiratet hatte! –
Ja – ich weiß – alles ziemlich mysteriös, aber es wird später erklärt werden. Wir fuhren anderthalb Kilometer oder noch länger an einem hohen Drahtzaun entlang, hinter dem ich unzählige Reihen von Betongebäuden erkennen konnte, die den Charme eines KZs hatten. Schließlich erreichten wir den Haupteingang zur Farm – versehen mit einem riesigen Doppeltor & einem Schild, auf dem stand *Hollis' Schinken – der Geschmack von Yorkshire* – nur hatte sich jemand daran mit einer Spraydose zu schaffen gemacht – & jetzt las man dort – *der Geschmack des Todes*.
Ein Mann mit einem Eimer & einer Scheuerbürste stand auf einer Leiter. Als wir vorbeifuhren, hielt er in seiner Arbeit inne & winkte uns zu. Tom ließ das Fenster herunter & rief hinaus – Morgen, Ollie! Wieder Probleme, was? – aber Mary bremste nicht ab, so dass der Mann keine Zeit für eine Erwiderung hatte – Tom schloss das Fenster, zuvor jedoch bekamen wir erneut eine nahezu tödliche Dosis des schweinischen Gestanks ab.
Ein paar Minuten darauf, als wir ein Schild mit der Aufschrift Sandytown via Nordkliff erreichten, setzte Mary den Blinker in Richtung Meer.

– Meine Liebe – sagte Tom – dreh doch die Runde über das Südkliff & durch die Stadt – dann kann Charlotte uns gleich mitteilen, was sie so aufnimmt – erste Eindrücke sind so wichtig –

Gehorsam schaltete Mary den Blinker aus & fuhr geradeaus weiter.

Ich verbesserte Tom nicht, was die ersten Eindrücke anbelangte. Von unserer berühmten Exkursion hatte ich – Diplomatin, die ich bin – nichts erzählt. Jetzt sah ich selbst, was Tom – wie konnte es anders sein? – mir bereits erzählt hatte – dass Sandytown – ursprünglich nur ein Fischerdorf – in einer breiten Bucht zwischen zwei einsamen, hohen Landvorsprüngen lag – dem Nordkliff & dem Südkliff.

Eine gewundene Straße führte vom Nordkliff hinunter zum Meer – durch das Dorf & dann über das Südkliff wieder hinauf zur Küstenstraße.

Kapiert? – oder soll ich's dir aufmalen? –

Als wir uns der Abzweigung zum Südkliff näherten, konnte ich erkennen, dass der Landvorsprung dort von einem Komplex mehrerer Gebäude beherrscht wurde. Eines davon sah wie ein altes Herrenhaus aus – grün vor Efeu – mit einem langen Anbau, im Stil passend zum alten Haus, aber definitiv jüngeren Ursprungs. Knapp zweihundert Meter weiter lag ein modernes zweigeschossiges Gebäude – aus leuchtend weißem Mauerwerk – breiten Spiegelglasfenstern, in denen die vorbeitreibenden weißen Wölkchen am blauen Himmel zu sehen waren. Längsseits davon ein langes eingeschossiges Gebäude im gleichen Stil.

Als wir von der Küstenstraße bogen – & noch vor dem eigentlichen Abstieg – hielt Mary auf Toms Bitte an einem vergoldeten Eingangstor an – es saß in einer dichten Dornenhecke, die die Grenze des Grundstücks markierte – ein wenig wie der Eingang zum Himmel in der »Pilgerreise«, die du damals als Preis in der Sonntagsschule bekommen hast – du erinnerst dich? – & aus der wir immer die Blätter rissen, um uns Kippen zu drehen!

Eine große, geschmackvolle Tafel begrüßte uns mit den Worten

Willkommen bei der AVALON-STIFTUNG. Aus dem kleinen Torwächterhaus erschien ein Mann – seine Miene entspannte sich zu einem Lächeln, als er den Wagen erkannte.
– Morgen, Mrs. Parker – Mr. Parker – rief er.
– Morgen, Stan – erwiderte Parker – wie geht's so? Die Familie gesund? –
– Ja, danke – alle wohlauf. & Sie? –
– Bestens, Stan – sagte Parker – was entweder ein wenig übertrieben war – oder Mr. Godleys heilende Hände hatten wirklich ihren Zweck erfüllt.
Während sie sich unterhielten, studierte ich den Lageplan unterhalb des Willkommensschilds. Daraus ging hervor, dass der moderne zweigeschossige Block die Avalon-Klinik war – der lange eingeschossige Bau war das Avalon-Pflegeheim – & das alte Haus war die Avalon-Reha-Klinik.
Das Handy, das der Torwächter am Gürtel befestigt hatte, klingelte. Er entschuldigte sich, wandte sich ab & nahm das Gespräch an.
– Was halten denn die Einheimischen von der Klinik vor ihrer Haustür? – fragte ich Tom.
– Waren anfänglich nicht sonderlich erfreut – es gab einiges Gerede über Verrückte & Aussätzige – erwiderte Tom – die Leute auf dem Land sind immer schnell bei der Hand, von Fremden nur das Schlimmste zu denken – aber sie besitzen auch ein natürliches Vertrauen in Autorität. Die hier Lady D. & – in geringerem Maß – ich selbst darstellen. Nachdem wir den Weg vorgegeben hatten, folgten sie uns alle – & ihr Misstrauen ist einigem Stolz gewichen –
– Die Arbeitsplätze & das zusätzliche Einkommen haben das Ihrige dazu beigetragen – bemerkte Mary trocken.
– Nein, definitiv nicht – sprach der Torwächter in sein Handy – keiner in der letzten Stunde – ja – ich halte die Augen offen – kann mir nicht vorstellen, das er in diesem Aufzug weit kommt! –
Er schaltete es ab – drehte sich zum Wagen um & sagte – Tut mir leid, Mr. Parker – einer unserer Rehis ist ausgebüchst – ein älterer

Herr – ist vielleicht ein bisschen neben der Kappe – ich rufe mal am besten sein Foto auf dem Computer auf. Ich hoffe, wir sehen uns bald wieder –

– Das hoffe ich auch, Stan – sagte Parker.

Mary fuhr los. Vor uns fiel die Straße zum Dorf hinunter ab.

– *Rehis?* – sagte ich.

– Was? – Ach, so nennt das Personal die Reha-Patienten. Patienten der Klinik sind *Klinis* – & die im Pflegeheim sind *Pflegis*. Wie *die* das Personal nennen, weiß ich nicht – *Mary – pass auf!* –

Mary Parker fuhr – wie gesagt – sehr vorsichtig & blieb im niedrigsten Gang – wir hatten daher kaum mehr als dreißig Sachen drauf, als sie abrupt auf die Bremse trat.

Dennoch wurde ich durch den plötzlich Halt nach vorn geschleudert & war froh, dass ich mich wenigstens einmal an die Vorschriften gehalten & hinten den Sicherheitsgurt angelegt hatte.

Wie sagt man so schön? – alles geschah blitzschnell – trotzdem erhaschte ich noch einen Mann, der auf der linken Seite den steilen Hang zur Hecke der Klinik herunterkullerte.

Dann prallte er auf die Straße & verschwand unter unseren Rädern.

Alles stand still. Der Wagen – die Zeit – unsere Herzen. Wir waren allesamt überzeugt, ihn überfahren zu haben. Aber dann hätte es doch holpern müssen? – sagte ich mir.

& dann kam das Holpern. Zumindest wurde der Wagen erschüttert.

Einen Augenblick lang fühlte es sich wie die zeitverzögerte Bestätigung unserer schlimmsten Befürchtungen an.

Aber das ergab doch keinen Sinn. Man kann doch nicht jemanden überfahren, nachdem man angehalten hatte!

Als sogar ich zu dieser logischen Schlussfolgerung kam, erhob sich ein breiter, fast kahler Schädel wie der aufgehende Mond am Horizont der Kühlerhaube – & mir wurde bewusst, dass die Erschütterung von dem Mann verursacht wurde, der sich vorn in den Wagen gekrallt hatte, um sich daran hochzuhieven.

Er beugte sich über die Kühlerhaube. Er war massig gebaut – & zumindest so viel war von ihm zu sehen, dass man sich ausmalen konnte, wie gewaltig es geholpert hätte, wäre es zum Schlimmsten gekommen.
Er stierte uns an – mit einer Miene, die sich Kinoanimateure für Oger ausdenken.
Sein Mund verzog & verknotete sich – & er redete.
Ich brauchte eine Weile, bis mir bewusst wurde, dass seine verknotete Grimasse ein Lächeln sein sollte – & die Worte, die er sprach, keine Bedrohung, sondern eine Begrüßung waren.
– Wie geht's, Leute, wie steht's? – sagte er.
Er tastete sich um den Wagen herum – langsam, wie ein Bär, dem es lieber gewesen wäre, hätte er auf allen vieren laufen können.
Er nickte Tom & Mary – die beiden immer noch schreckensstarr – freundlich zu, als er an ihnen vorbeikam. Dann griff er nach der Hintertür – & riss sie auf – & sah mich an.
– Wie geht's, Mädel – sagte er – auf dem Weg ins Dorf? –
Ich nickte & wagte es nicht, etwas zu sagen.
Wunderbar – sagte er – ist noch Platz für einen kleinen Mitfahrer? –
& ohne auf eine Antwort zu warten, wuchtete er sich rein & pflanzte sich neben mich.
Bis dahin hatte ich gedacht, er hätte ein grell gestreiftes Sommerhemd & eine Freizeitjacke aus Wolle an – erst jetzt sah ich ihn deutlich vor mir – & ich dachte mir – o Scheiße!
Er trug Pyjama & Morgenmantel. An seinem linken Fuß einen Lederpantoffel, der rechte Fuß war nackt. Laub & Dornen hatten sich im Stoff verhakt, im Gesicht hatte er einige blutende Kratzer abbekommen.
Bei näherer Betrachtung – was blieb mir anderes übrig? – wurde mir aber klar, dass er schwerwiegende körperliche Schäden erlitten haben musste, die nicht darauf zurückgeführt werden konnten, dass er durch eine Hecke gekracht & den Abhang zur Straße hinuntergerollt war.

Er war ein ziemlicher Brocken – aufgrund der blassen & schlaffen Haut in seinem breiten Gesicht musste er früher aber ein noch viel gewaltigerer Brocken gewesen sein. Mit deinem Krankenschwesterblick hättest du wahrscheinlich in einer halben Sekunde eine eingehende Diagnose stellen können – doch selbst ich konnte mir zusammenreimen, dass er vor nicht allzu langer Zeit ziemlich lädiert gewesen sein musste.
Ein entlaufener Irrer – dachte ich mir! Dann fiel mir das Telefonat des Torwächters ein. Es musste der ausgebüchste *Rehi* sein – was mich etwas, aber nicht viel beruhigte.
– Sie werden mich nie mehr vergessen, Liebes – sagte er.
Mir wurde bewusst, dass ich ihn anstarrte.
– Ja – sagte ich – tut mir leid – hallo – ich bin Charlotte Heywood –
Automatisch streckte ich ihm die Hand hin. Gute Manieren können nie schaden – du erinnerst dich, wie uns Dad das immer eingebleut hat? Um dann aufs Feld hinauszustürzen, um irgendeinen *Armleuchter* von seinem Grund zu vertreiben – mit der Flinte im Anschlag!
Der ausgebüchste Rehi nahm sie – & hielt sie überraschend sanft fest.
– Schön Sie kennenzulernen – sagte er – Andy Deal –
– Tom Parker. Meine Frau Mary – sagte Tom – bei Ihnen alles in Ordnung?
– Geht mir großartig – erwiderte er – hervorragende Reaktion, Liebes. Die meisten Frauen, die ich kenne, hätten mich längst überrollt gehabt, bis sie die Bremse gefunden hätten –
Irgendwie klang es wie ein ernstgemeintes Kompliment.
Mary lächelte ihn – erleichtert – an & startete den Motor.
Ich bemerkte, dass er noch immer meine Hand festhielt. Er starrte mir ins Gesicht & sagte – Heywood – Sie gehören nicht zufällig zu Stompy Heywoods Brut draußen in Willingden – oder? –
– Steve Heywood ist mein Vater – sagte ich – aber dass er Stompy genannt wird, ist mir neu –

– Liegt wahrscheinlich daran, das Sie ihm nie mitten in einem Gedränge in die Quere gekommen sind. Aye – dachte ich mir doch, dass da eine Ähnlichkeit ist –

Gesagt zu bekommen, das ich Dad ähnle, war nicht das schmeichelhafteste Kompliment, das man mir jemals gemacht hat. Ich bin ihm nicht ähnlich – oder doch?

Sag ja – & ich veröffentliche Einzelheiten deiner heißen Affäre überall im Internet!

Ich zog meine Hand zurück & starrte ihn finster an – & er grinste, als wäre meine Reaktion Bestätigung seiner korrekten Identifizierung.

Vor uns überspannte ein Banner die Straße – *Willkommen in Sandytown – Stadt der Erholung & Gesundheit* – & kündete an, dass wir nun ins Dorf kamen. Nur war es kein Dorf – eher eine Kleinstadt. Kehrt man an die Stätten seiner Kindheit zurück, scheint alles irgendwie *geschrumpft* zu sein – ich könnte dich mit der physiologischen Erklärung dieses Phänomens beeindrucken – aber das spare ich mir! Sandytown war anders – es war sehr viel größer, als ich in Erinnerung hatte – & vermittelte einen wohlhabenden Eindruck – unser Weg führte an mehreren Läden vorbei – einem kleinen, anscheinend gut besuchten Supermarkt – einer Kunsthandwerksgalerie – einer Töpferwerkstatt – einem netten Café – einem Thai-Takeaway – & einem Seafood-Restaurant namens Moby's!

Die gepflasterten Straßen waren sauber & ohne jeden Abfall – die Gebäude frisch gestrichen & renoviert. In der Ferne sah ich Badende, die sich in den dunkelblauen Wellen tümmelten – & Urlauber, die sich auf Liegestühlen im goldenen Sand fläzten. Überall Plakate, auf denen die Umrisse von Yorkshire abgebildet waren – an der Küste aber ein großes Kreuz – & darunter die Legende – *Sandytown: unsere Stadt – Machen wir sie über alle Grenzen hinaus bekannt!* – & über der Hauptstraße hing ein Banner mit der Aufschrift *Festival der Gesundheit* – es soll am Augustfeiertag stattfinden.

Möglicherweise hat uns der Rammschädel gar nicht hierher gebracht, sondern in irgendein heruntergekommenes Fischerstädtchen, damit uns für immer die Lust auf Familienausflüge verging! Tom Parker – augenscheinlich erfreut über all diese Aktivitäten – gab zu jeder Attraktion seinen Kommentar ab & lehnte sich gelegentlich aus dem offenen Beifahrerfenster, um Fußgänger zu begrüßen, während Mary uns langsam durch die Ortschaft kutschierte.
– Gut, Liebes – das reicht mir schon – sagte Mr. Deal plötzlich.
Ich sah hinaus & erblickte ein altes, frisch geweißtes Gebäude mit einem Schild, auf dem *The Hope & Anchor* stand – *Wirt A. Hollis*. Einer von der Schweine-Familie? – fragte ich mich. Mary hielt an. Deal beugte sich nach vorn & sagte – Danke fürs Mitnehmen, Liebes. Tut mir leid, dass ich euch da oben so einen Schrecken eingejagt habe. Ich nehme an, Prince Charming wird mich abholen kommen. Tom – Sie scheinen mir ein Einheimischer von einigem Ansehen zu sein. Ich wage zu behaupten, Sie kommen mit denen da oben vom Avalon gut zurecht? –
– Ja, schon – sagte Tom – ich kenne Dr. Feldenhammer sehr gut – bin oft zu Besuch –
Die falsche Antwort – ging mir durch den Kopf. Man überlebt als Studentin nicht drei Jahre, ohne ein Näschen für so was zu bekommen.
– Großartig. Folgendes – ich bin dort oben für ein paar Nächte abgestiegen & scheine meine Brieftasche vergessen zu haben. Wenn Sie mir also einen Fünfer – oder, besser noch, einen Zehner – leihen könnten, ich geb dann Lester die Kohle, die können Sie dann das nächste Mal von ihm abholen – einverstanden? –
Es hätte schon einen härteren Kerl als Tom Parker gebraucht, um abzulehnen.
Das Geld wurde überreicht – letztendlich ein 20er, wie ich bemerkte – & Mr. Deal stieg aus.
Er drehte sich um – Danke fürs Mitnehmen – Missus – & fürs Darlehen – Tom –

Tom Parker bekam ihn jetzt zum ersten Mal richtig zu Gesicht – in voller Größe – als er vor der offenen Wagentür stand – im Pyjama – der eine Fuß nackt. Augenscheinlich ein Schock – innerlich nahm Tom wohl bereits Abschied von seinen 20 Pfund – trotzdem gelang ihm ein strahlendes Lächeln, als er sagte – War uns ein Vergnügen – ein großes Vergnügen – auf Wiedersehen –
Jetzt richtete der Kerl seinen Blick auf mich.
– Auf Wiedersehen, Liebes – sagte er – richten Sie Ihrem Dad einen Gruß aus –
– Auf Wiedersehen, Mr. Deal – sagte ich.
Er befeuchtete die Lippen & beugte sich vor. Eine schreckliche Sekunde lang fürchtete ich, er würde mich küssen.
– *Dii-ell* – sagte er sehr betont – bringen Sie das mal lieber auf die Reihe – sonst kommen Sie nicht in den Himmel. *Dii-ell.* Cheers –
Er drehte sich um & humpelte ins Pub.
– Können Sie sich vorstellen, dass sie sich weigern, ihn zu bedienen, Tom? – fragte ich.
Er drehte sich zu mir um – dann lächelte er.
– Wissen Sie – nein, ich glaube nicht! – sagte er – aber die weiteren Abenteuer von Mr. *Dii-ell* betreffen uns nicht! Mary – fahr zu. Damit wir nach Hause & zu den Kindern kommen! –
Was wir dann auch taten.
Minnie ist gerade erneut hereingeplatzt, um mir zu sagen, dass das Essen fertig ist – anzuklopfen muss sehr spät auf dem Parker-Lehrplan stehen. Dann geh ich mal lieber. Halt hier Ausschau nach weiteren aufregenden Neuigkeiten aus dem sonnigen Sandytown!
& vergiss das Bild nicht!

Alles Liebe
Charley xx

5

Na, was hältst du davon, Mildred?
Ich hab's getan!
War mal wieder etwas voreilig, das hat sogar mich überrascht, und jetzt ist die Schande groß, die Quacksalber betütteln mich mit Pillen, der Busen der Oberin wogt wie Moby Dick in einem Hurrikan, Cap am Telefon spuckt Gift und Galle und nennt mich einen infantilen Trottel und meint, die einzigen Sachen, die sie mir mitbringen wird, sind frische Windeln.
Aber wert war es das allemal.
Glaub ich.
Auch wenn ich nicht behaupten kann, dass es mir sonderlich gutgetan hat. Um ehrlich zu sein, fühl ich mich im Moment wesentlich schlechter als bei meiner Ankunft.
Und kann mich noch nicht mal damit brüsten, einen besonders gerissenen Plan ausgeheckt zu haben.
Ich hatte nämlich überhaupt keinen Plan.
Das Wetter heute war so schön, dass man mir vorgeschlagen hat, das Mittagessen draußen zu mir zu nehmen. Das Futter ist ziemlich gut hier, nur frisches Zeug aus der Gegend, hübsch zubereitet, aber sie schaufeln einem nicht gerade den Teller voll. Als ich frage, ob ich ein Pint Ale haben könnte, um alles runterzuspülen, sagt das Mädel, das mich bedient: »In ein paar Tagen, vielleicht, Mr. Dalziel. Sie sind immer noch in der Begutachtungsphase. Kein Alkohol, bis Ihr Speiseplan ausgearbeitet ist, so lauten die Vorschriften.«
Sie lächelt dabei, ein ehrliches Lächeln, nichts Aufgesetztes. Ich lächle ebenfalls. Ist ja nicht ihre Schuld, außerdem ist sie ein hübsches Mädel mit nettem Hintern, dem ich bewundernd

hinterherschaue. Trotzdem bin ich ein bisschen angepisst, vor allem, weil ich mich auf der Terrasse umschaue und ein halbes Dutzend alte Furzer sehe, die an einem anderen Tisch Vino süffeln und richtige Kleidung tragen, als wären sie an der Costa Saga auf Urlaub.

Scheiß drauf, denk ich mir. Gibt keinen Grund, warum ich in meinem Aufzug nicht ein bisschen rumschlendern und das Gelände erkunden sollte. Hab bereits Physiotherapie mit Tony unten in seiner kleinen Turnhalle gehabt. Schwul wie ein Rudel Frisöre, aber er versteht sein Handwerk, und wenn ich mich auch noch lange nicht für Olympia qualifizieren werde, so fühle ich mich doch schon um einiges agiler als bei meiner Einlieferung.

Ich vergewissere mich also, dass keiner hersieht, dann steh ich auf und steig sehr vorsichtig die Stufen der Terrasse hinunter. Hab nämlich keine Lust, mir auch noch das andere Bein zu brechen.

Auf dem Rasen hab ich eigentlich bloß vor, ein wenig rumzuwandern, am leichtesten fallen mir aber immer noch die geraden Linien, und nachdem ich ein gewisses Tempo drauf habe, gehe ich einfach weiter, das Haus im Rücken, bis ich unversehens durch irgendeinen Strauch pflüge.

Dort bleibe ich stehen und sehe zurück. Das Haus ist außer Sichtweite. Das wird die Scheißer ganz schön aufschrecken, denke ich mir. Ein bisschen kindisch vielleicht. Aber wenn sie mich wie ein Kind behandeln, dann kann ich mich auch wie eins aufführen!

Also weiter, bis ich schließlich zur Hecke an der Grundstücksgrenze komme. Dicht und voller Dornen. Wie geschaffen, um Eindringlinge abzuwehren. Und die Gefangenen einzusperren.

Ich schlendere eine Weile daran entlang. Allmählich fühle ich mich erschöpft und will schon wieder umdrehen, als ich die Lücke entdecke.

Eigentlich keine richtige Lücke. Nur eine Stelle, an der zwei Heckenabschnitte aneinanderstoßen, ohne völlig zusammengewachsen zu sein.
Auf der Straße höre ich einen Wagen. Die Straße, die nach Sandytown führt.
Die Straße in die Freiheit.
Plötzlich verspüre ich den starken Drang, sie mir mal anzusehen.
Warum nicht?, denke ich mir. Ich bin kein Gefangener! Und mein Morgenmantel ist einer von der dicken, alten Tweed-Sorte, keiner von diesen fadenscheinigen Baumwoll-Kimonos oder wie man die nennt.
Also setze ich zu einem kleinen Spurt an, gut, langsames Trotten trifft es vielleicht eher, und zwänge mich mit der Schulter in die Bresche.
Ich meine, ich könnte einfach durchmarschieren, kein Problem. Aber es stellt sich heraus, dass die Lücke schmaler ist, als sie ausgesehen hat, und einen Augenblick lang fürchte ich, ich könnte stecken bleiben und müsste letzten Endes gar um Hilfe rufen.
Das gefällt mir nicht, also schiebe ich noch mal an und breche zum Seitenstreifen der Straße durch.
Nur ist es nicht der erwartete Seitenstreifen, flach und eben und grasbewachsen. Sondern ein steiler Abhang, der zur sechs Meter tiefer gelegenen Teerstraße abfällt.
An ein Halten ist nicht mehr zu denken. Mir bleibt nur, mich daran zu erinnern, was ich übers Fallen gelernt habe, kauere mich zusammen und versuche abzurollen. Klar, ausgerechnet jetzt muss ein Wagen den Berg runterkommen. Was, geht mir noch durch den Kopf, ich mir bei der Landung auf den Teer nicht brechen würde, sollte dann der Zusammenprall erledigen.
Dann liege ich unter den Vorderreifen und warte auf die Schmerzen.

Als sie sich nicht einstellen wollen oder zumindest nur so, als hätte man sich mit einem Ladyshave rasiert, stehe ich langsam auf.
Keine plötzlichen Höllenschmerzen, keine gebrochenen Knochen. Ich habe einen Pantoffel und meinen Stock verloren, aber ich bin am Leben und fühle mich nicht viel schlechter als dreißig Sekunden vorher.
Wenn wir nur genau hinsehen, können wir in allem Gottes Absicht erkennen, hat mir mal mein alter Kumpel Vater Joe Kerrigan gesagt.
Ich sehe genau hin.
Hier ist eine Straße, die nach Sandytown führt, wo es ein Pub geben muss, und ich lehne an einem Wagen.
Joe hat recht. Plötzlich erkenne ich Gottes Absicht.
Im Wagen sitzen nette Leute. Sehr hilfsbereit. Ich lasse mich hinten bei diesem Mädel nieder. Hätte dreizehn, hätte aber auch dreißig sein können, ist heutzutage nur noch schwer zu sagen. Es stellt sich heraus, dass ich ihren Dad kenne. Der hat damals, als ich mich zur Mid-Yorkshire Police meldete, gegen mich Rugby gespielt. Ein Bauer, und er hat so gespielt, als würde er ein morastiges Feld pflügen. Wollte nie so recht einsehen, warum hinter dem Gedränge noch andere Spieler sein sollten. Seiner Meinung nach sind sie nur dazu da, in rosa Tutus die Marklinie auf und ab zu hüpfen und *Fass mich nicht an, du Grobian!* zu plärren. Wir hatten viel gemeinsam, ich und Stompy.
Sie setzen mich vor dem Pub ab. Das Hope and Anchor. Ich habe kein Geld dabei. Höchstwahrscheinlich hätte ich den Wirt überreden können, es aufschreiben zu lassen, aber der Typ im Wagen, Tom, pumpt mir gleich freiwillig einen Zwanziger, ich muss also gar nicht meinen Charme spielenlassen.
Ich gehe ins Pub. Der Hauptraum ist voll mit Ausflüglern, die Sandwiches und Hühnchen-Tikka und solche Sachen verputzen. Auf der dem Eingang gegenüberliegenden Seite befindet

sich ein Nebenraum mit einem halben Dutzend Tischen, von denen nur einer besetzt ist, zwei alte Knacker, die an ihrem Pint nuckeln. Ich gehe rein, lege den Zwanziger auf den Tresen und sage: »Von deinem besten Pint, Wirt.«
Nehme an, er bekommt nicht viele Gäste in ihrem Schlafgewand zu Gesicht, aber ich muss ihm zugutehalten, dass er nicht zögert. Keine Sekunde. Zapft mir ein Pint, stellt es vor mich hin.
Ich nehme das Glas, setze es an die Lippen und trinke. Will ja kein Gierschlund sein, aber irgendwie ist das Glas, als ich es abstelle, leer.
»Dann brauchen Sie noch eins«, sagt er mit freundlichem Lächeln.
Ich kann mich für den Mann richtig erwärmen.
»Aye, und einen Scotch zur Gesellschaft«, sage ich. »Und eine Tüte Schweinekrusten.«
Ich nicke den alten Knackern zu, die ebenfalls nicken, als ich meine Getränke zu einem Tisch in der dunklen Ecke bringe. Wenn ein Wirt mich anständig behandelt, bin ich auch nett zu seinen Gästen.
Ich knabbere meine Schweinekrusten, nippe an meinem Scotch, stürze mein Bier hinunter und sehe mich um. Netter Raum, viel Eichenpaneel, kein Fernseher, keine Musikberieselung, überm Tresen ein farbiges Poster, das irgendein Festival der Gesundheit anpreist. Bei einer Medizin wie dieser, denke ich, kann nichts schiefgehen. Und zum vielleicht ersten Mal seit der Explosion in der verdammten Mill Street bin ich richtiggehend glücklich.
Es hält aber nicht lange an. Tut es selten. Laut Vater Joe ist dem so, weil Gott es gern sieht, wenn wir immer auf Trab sind.
Jedenfalls hält er mich auf Trab.
Hab kaum Zeit, den Augenblick zu genießen, als die Tür zum Barraum aufgeht und ein Mann im Rollstuhl hereinkommt.
Er bleibt kurz nach der Tür im einzigen Lichtstrahl stehen,

der durch das Fenster fällt. Sein Kopf ist so glattrasiert, dass das Licht davon abprallt und ihm eine Art Heiligenschein verpasst. Sein Blick schweift durch den Raum, bis er an mir hängenbleibt.

Vielleicht liegt was in der Luft von Sandytown, das die Leute davon abhält, ihre Überraschung zu zeigen. Der Wirt hat ungerührt dreingeschaut, als ein leicht blutender Mann im Schlafanzug und mit nur einem Pantoffel am Fuß in sein Pub marschiert kommt.

Der Typ im Rollstuhl setzt noch eins drauf. Sein Gesicht erhellt sich bei meinem Anblick tatsächlich vor Freude, als würde ich ihm Geld schulden und als hätten wir vereinbart, uns hier für die Rückzahlung zu treffen.

»Mr. Dalziel!«, ruft er aus und rollt auf mich zu. »Von allen Schnaps-Spelunken in der Welt müssen Sie ausgerechnet in meine kommen! Wie schön, Sie wiederzusehen.«

Ich muss zweimal hinsehen und traue meinen Augen nicht. Oder will ihnen vielleicht nicht trauen.

»Verfluchte Scheiße«, sage ich. »Franny Roote. Du solltest doch längst tot sein!«

6

Hab ein Nickerchen gehalten. Die verfluchten Tabletten! Wo war ich stehengeblieben?

Oh aye. Bei Franny Roote.

Ich hab ihn in diesem College kennengelernt, das nicht weit von hier an der Küste liegt und in dem Ellie Pascoe gearbeitet hat. Man hat dort die Leiche des alten Rektors unter der Gedenkstatue verscharrt gefunden. Roote war Vorsitzender der Studentengewerkschaft. Eine illustre Persönlichkeit. Hat schwer Eindruck auf alle gemacht. Besonders auf mich, als er auf meinem Schädel eine Flasche Scotch zertrümmerte. Zum Tatbestand des tätlichen Angriffs kam noch Beleidigung, es war nämlich meine eigene Flasche.

Er wurde eingesperrt – nicht für den tätlichen Angriff, sondern weil er am Tod des Rektors beteiligt gewesen war. Als er ein paar Jahre darauf rauskommt, taucht er wieder in Mid-Yorkshire auf, wo er an der Uni Recherchen für eine Doktorarbeit betreibt. Dann wird sein Doktorvater ermordet. Und noch ein paar andere Leute.

Wenn Roote in der Nähe ist, fallen die Leute immer reihenweise tot um.

Pete Pascoe war überzeugt, dass er was damit zu tun hat, was sich bei ihm zu einer regelrechten Manie auswuchs. Aber er hat es nie geschafft, ihn festzunageln. Dann fängt Roote an, ihm von überall her Briefe zu schreiben. Komische Sachen waren das, scheißfreundlich, oberflächlich betrachtet, in denen er ihm sagt, wie sehr er ihn bewundert. Aber Pete, der arme Kerl, flippt darüber total aus.

Schließlich, die große Wendung, wird Pascoes kleine Tochter Rosie von irgendwelchen Kanaillen, die Roote im Knast kennengelernt hat, als Geisel genommen. Roote schafft es, die Kleine freizukriegen, bekommt dabei aber eine Schrotladung in den Rücken gefeuert. Sieht aus, als würde er den Abgang machen. Aber er hält durch. Wird in irgendeine Spezialklinik im Süden verlegt. Pascoe bleibt in engem Kontakt. Kümmert sich um die Versicherung und die Entschädigungsforderungen. Meint, er schulde es ihm, besonders nach den niederträchtigen Gedanken, die er ihm zuvor entgegengebracht hat. Ich war ebenfalls sehr dankbar. Rosie ist ein großartiges Kind, sie vereint in sich das Beste von ihrer Mum und ihrem Dad. Aber nur, weil ich dankbar bin, sehe ich ihn noch lange nicht als Sankt Franny!

Pete versorgte uns mit den Krankenberichten. Anfangs deutet alles auf Tetraplegie hin, als es schließlich nur Paraplegie wird, führt Pascoe sich auf, als hätte er im Lotto gewonnen. Was mir einige Kopfschmerzen bereitet. Ich sage ihm, sei dankbar, schön und gut, aber das heißt nicht, dass du dich dein Leben lang für den Kerl verantwortlich fühlen musst. Als ich das Pascoe sage, knallt er die Tür hinter sich zu, und das nächste halbe Jahr oder noch länger hab ich nichts mehr von Roote gehört. Da schmollte einer ziemlich lange, weshalb ich dann irgendwann selbst die Sprache auf ihn brachte.

Es stellt sich heraus, dass Pascoe nichts erzählt hat, weil es nichts zu erzählen gibt. Er hat den Kontakt verloren. Als die Mediziner meinen, sie hätten alles für ihn getan, verschwindet Roote anscheinend einfach so. Pascoe hat seinen Weg bis Heathrow nachverfolgen können, wo er einen Flieger in die Schweiz bestieg. Wir wissen, dass er da früher schon mal war. Einige seiner komischen Briefe sind von dort gekommen. Diesmal gibt es keine Briefe, noch nicht einmal eine Postkarte. Unsere Mutmaßung: Er wäre nicht Roote, wenn er sich mit einem Leben auf Bauchnabelhöhe zufriedengeben würde. Wahrscheinlich will er also einen Teil seiner Entschädigung dafür aufwenden, um ganz geheilt zu werden.

Wäre uns nicht schwergefallen, ihn dingfest zu machen. Selbst in unserem grenzenlosen Europa hinterlässt ein Ausländer in einem Rollstuhl eine Spur. Aber ich nehme an, Ellie sagte zu Pascoe, wenn Roote keinen Kontakt will, dann ist das seine Entscheidung.

Und hier ist er jetzt also, in Lebensgröße, mitten in meinem Revier – gut, vielleicht am äußersten Rand davon –, und ich weiß nicht das Geringste darüber.

Das gefällt mir nicht. Okay, ich hab kürzlich ein paar Tage im Koma verbracht, was aber noch lange kein Grund ist, nicht zu wissen, was abgeht.

Er manövriert seinen Stuhl neben mich und sagt: »Ich habe von Ihrer Unpässlichkeit gelesen, es freut mich daher sehr, zu sehen, dass die Berichte von Ihrer Genesung nicht übertrieben sind. Aber sagen Sie mir doch, ist dieser nackte Fuß Teil einer neuen Therapie? Oder sind Sie doch noch den Freimaurern beigetreten?«

Das ist Roote. Nichts entgeht ihm, während er sich selbst für einen Komiker hält.

»Du siehst selbst ganz gut aus, Bursche«, sage ich.

Das stimmt. Er wirkt sogar jünger als das letzte Mal, als ich ihn gesehen habe – damit meine ich natürlich, bevor er angeschossen wurde. Der Wirt kommt an unseren Tisch und stellt ihm ein Glas hin, in dem etwas Purpurnes mit Bläschen schwappt. Vielleicht ist es das Lebenselixier. Wenn ein Kerl es findet, dann Roote.

»Danke, Alan«, sagt er. »Und Ihnen auch, Mr. Dalziel. Ja, es geht mir ausgesprochen gut. Also, was führt Sie ins sonnige Sandytown? Nein, sagen Sie es mir nicht. Lassen Sie mich raten. Ich würde sagen, Sie sind zur Rehabilitation im Avalon. Sie können noch nicht lange hier sein, Sie befinden sich noch in der Begutachtungsphase, die Sie, nachdem Sie ungeduldig wurden, abgekürzt haben, indem Sie den Weg in dieses ausgezeichnete Etablissement fanden.«

Sag ich doch, ein cleverer Bastard.
»Hätten wir dich früher in die Finger bekommen«, sage ich, »hätten wir einen Polizisten aus dir machen können, Roote. Aber ich beschwere mich nicht, dass wir dich erst später erwischt und stattdessen einen Sträfling aus dir gemacht haben.«
»Noch immer so unverblümt wie früher«, sagt er lächelnd. »Als Nächstes fragen Sie mich wahrscheinlich, was ich hier treibe.«
»Nicht nötig, meinen Atem zu verschwenden«, antworte ich.
»Was natürlich nichts anderes heißt, als dass Sie selbst dahinterkommen können«, sagt er.
Wie viele, die einem Spielchen nicht abgeneigt sind, geht auch Roote immer davon aus, dass andere ebenfalls ihre Spielchen treiben. Habe auch selbst nichts gegen ein Spielchen einzuwenden, solange ich die Regeln aufstelle.
»Nein«, sage ich. »Es heißt nur, dass ich dir kein Wort abnehme! Aber ich kann sagen, du bist schon lange genug hier, damit unser Wirt weiß, dass du Papageienpisse trinkst.«
»Eigentlich Cranberry-Saft«, sagt er. »Voller Vitamine, sollten Sie wirklich mal probieren.«
»Davor werde ich Moriskentänzer«, antworte ich. »Und was die Gründe für deinen Aufenthalt hier anbelangt, interessiert mich das nicht. Es sei denn, sie sind krimineller Natur, was mich nicht überraschen würde.«
»O Gott. Immer noch das alte Misstrauen.«
»Nein, nur alter Realismus«, sage ich.
Dann fahre ich fort, weil ich es ihm nie offen gesagt habe und es ausgesprochen gehört: »Hör zu, Bursche, ich bin dir ewig dankbar, was du für die kleine Rosie Pascoe getan hast. Das solltest du wissen. Das heißt nicht, dass ich die Augen vor schweren Verbrechen verschließen werde, glaub das ja nicht. Aber wenn du mal irgendwo in Mid-Yorkshire deinen Stuhl im absoluten Halteverbot parken willst, dann bist du herzlich dazu eingeladen.«

Seine Augen füllen sich mit Tränen. Ich weiß nicht, wie er das hinkriegt, aber der Kerl kann das aus dem Stegreif.
»Ich glaube, das ist das Netteste, was Sie mir jemals gesagt haben, Mr. Dalziel. Wie geht es dem Mädchen? Muss doch schon groß geworden sein. Und der freundliche Mr. Pascoe und seine liebenswerte Frau, wie geht es denen?«
»Allen gut. Er war ein wenig durcheinander, als er den Kontakt zu dir verloren hat. Was war da los?«
Er nippt an seinem Getränk. Ich muss den Blick abwenden. Wenn man schon das Rauchen verbietet, dann sollte man doch wenigstens auch Wandschirme aufstellen für Leute, die Zeug mit einer solchen Farbe trinken.
Dann sagt er: »Ich war tief gerührt von Mr. Pascoes mir entgegengebrachter Besorgnis. Ich bewundere ihn sehr. Nichts wäre mir lieber, als ihn als meinen Freund bezeichnen zu können. Doch genau deswegen vielleicht fürchtete ich, nachdem es mir allmählich wieder besserging, dass die Dankbarkeit, falls er sie irgendwann als Last empfinden sollte, nur allzu leicht in Groll umschlagen könnte. Mr. Pascoe ist ein Mensch mit intensiven Gefühlen. Manchmal vielleicht zu intensiven Gefühlen. Die Entscheidung fiel mir nicht leicht, trotzdem hielt ich es für angebracht, die Dinge zwischen uns etwas abkühlen zu lassen. Als ich zu dem Entschluss kam, die medizinischen Kapazitäten im Königreich hätten alles in ihrer Macht Stehende getan, und ich auf der Suche nach anderen Behandlungsmethoden ins Ausland ging, schien mir das eine gute Gelegenheit zu sein. Tut mir leid, wenn das für Sie zu altruistisch klingt, Mr. Dalziel, aber es ist die Wahrheit.«
Ich muss zugeben, ich hab es ihm geglaubt.
»Na«, sage ich, »da hast du wohl einmal in deinem Leben was richtig gemacht.«
Die Bartür geht auf, und eine junge Frau, mit Tragetaschen beladen, kommt herein. Sie ist groß und dürr wie eine Bogensehne. Schlank, so nennt man das in den Frauenmagazinen,

oder rank oder grazil, irgend so einen Blödsinn, für mich ist sie nur dürr. Ich mag Mädels, an denen was ist, woran man sich festhalten kann. Aber Bettler können es sich nicht immer aussuchen, ich habe viele Bogensehnen gekannt, die eine ganze Menge Wumms hatten, im Allgemeinen hab ich mich von den Dünnen und Ausgehungerten aber immer ferngehalten. Nicht dass dieses Mädel auf ihre hohlwangige Model-Art nicht schlecht aussehen würde, sie hat lockiges braunes Haar, einen schönen vollen Mund, ein entschlossenes kleines Kinn und sanfte blaue Augen, die sie auf Roote richtet.

»Franny, hallo«, sagt sie.

»Clara«, sagt Roote. »Hallo! Komm, ich möchte dir meinen alten Freund Andrew Dalziel vorstellen. Mr. Dalziel, das ist Clara Brereton.«

Sie kommt auf uns zu. Trotz der Taschen bewegt sie sich ganz großartig. Muss zugeben, dass ihr dürres Gestell ihr dabei zugutekommt, muss aber auch sagen, dass sich an meiner Cap auf dem Tanzboden kaum was aussetzen lässt.

»Schön, Sie kennenzulernen, Mr. Dalziel«, sagt sie, als wüsste sie, wie man das buchstabiert. Und auch sie zuckt noch nicht mal mit der Wimper, als sie meinen Aufzug bemerkt.

»Ebenso, Mädel«, sage ich.

»Nimm doch Platz«, sagt Roote, ganz der anbiedernde Charmeur.

Sie setzt sich. »Aber nur, bis Tantchen kommt. Teddy lädt uns zum Essen im Moby's ein. Wir treffen uns dort.«

Sie scheint erleichtert, die Taschen absetzen zu können.

»Gibt's hier keinen Lieferservice?«, frage ich, um Konversation zu machen.

»Doch, doch«, schaltet sich Roote ein, »aber das kostet ein wenig extra. Und warum soll man zahlen, wenn man seinen eigenen persönlichen Service hat?«

Sie lächeln sich an. Läuft da was zwischen den beiden?, frage ich mich. Bei Roote ist alles möglich. Ein Gentleman hätte vielleicht eine Entschuldigung vorgebracht und es dabei belassen, aber Gentlemen sitzen nicht in ihrem Morgenmantel in Pubs. Wie auch immer, ich will sehen, wie Roote sich macht. Doch dazu kommt es nicht mehr.

Erneut geht die Tür auf, und eine weitere Frau tritt ein, diesmal eine, die schon mehr nach meinem Geschmack ist. So, wie sie Clara und Roote ins Auge fasst, ist mir sofort klar, dass es die Tante sein muss. Sie ist in den Sechzigern, in Sichtweite der Siebziger, aber gut erhalten und wie ein Büffel gebaut und mit einem entsprechenden Blick gesegnet. Wenn an der jungen Clara nichts ist, was als Weihnachtsvorspeise ausreichen würde, dann gibt's an ihr genügend für den Hauptgang und ein paar Reste für den zweiten Weihnachtsfeiertag. Für ihr Alter sieht sie auch gar nicht schlecht aus, aber auf ganz andere Art als ihre Nichte. Statt glatter Blässe findet sich hier wettergegerbte Eiche. Die einzige Gemeinsamkeit ist das entschlossene Kinn, das ihr als eine Art Eisbrecher vom Alter ins Gesicht modelliert wurde. Eine Frau, die es gewohnt ist, ihren Willen durchzusetzen.

»Da bist du ja, Clara«, sagt sie. »Du hast die Einkäufe? Gut. Von Teddy keine Spur? Egal, solange er noch rechtzeitig auftaucht, um die Rechnung zu begleichen. Aber ich glaube, wir haben hier noch Zeit für ein schnelles Getränk. Alan!«

Auch jetzt kommt der Wirt ihr zuvor. Auf dem Tresen stehen bereits ein Gin Tonic und ein Orangensaft. Ist nicht schwierig herauszufinden, was für wen bestimmt ist.

»Guten Tag, Lady D.«, sagt Roote. »Ich hoffe, es geht Ihnen gut.«

»Es geht mir immer gut, Franny. Ich bin der festen Überzeugung, die meisten Gebrechen sind Erfindungen der Mediziner, damit sie den Dummköpfen Geld abknöpfen können.«

Sie wiehert lauthals darauflos, als wäre ihr nie in den Sinn gekommen, dass ein armer Schlucker in einem Rollstuhl den Kommentar überhaupt nicht witzig finden könnte. Roote grinst nur und sagt: »Wenn Tom Parker ein lebendes Zeugnis für die gesunden Eigenschaften von Sandytown brauchte, müsste er einfach nur Sie nehmen.«

Sie plustert sich ein wenig auf und sagt: »Nett, dass Sie das sagen, Franny. Es stimmt schon, ich bin mit einer starken und unverwüstlichen Konstitution gesegnet. Ich glaube sogar, dass ich mein ganzes Leben lang freiwillig keinen Arzt zu Gesicht bekommen habe, nur anlässlich der beiden unglücklichen Ereignisse, als man mir vom Tod meiner Ehemänner berichtete.«

Roote sieht ernst drein, dann sagt er hinterhältig: »Aber Lady D., Sie haben doch sicherlich Dr. Feldenhammer zu Gesicht bekommen, und das alles andere als unfreiwillig und anlässlich von Ereignissen, die nicht so unglücklich waren?«

Sie lacht schelmisch wie eine kaputte Drehleier, die das »Frühlingsrauschen« spielt, und ich schätze, hätte sie einen Fächer gehabt, hätte sie ihm damit auf die Finger geklopft, während sie sagt: »Sie unartiger Junge, Ihr loses Mundwerk wird Ihnen eines Tages noch zum Verhängnis.«

»Dann werde ich Sie anführen, damit Sie für meinen tadellosen Charakter bürgen«, antwortet Roote. »Darf ich Ihnen meinen alten Freund Andrew Dalziel vorstellen?«

Ihr Büffelblick hat während dieses Vorgeplänkels die ganze Zeit auf mir gelegen, und ich glaube nicht, dass ihr mein Anblick oder vielleicht auch nur mein Aufzug sonderlich gefallen hat.

Ich sage: »Sehr erfreut, Missus«, und als Erwiderung nickt sie mir derart zu, dass sie mir die Nase gebrochen hätte, wäre sie nah genug gewesen. Dann dreht sie sich um, wuchtet sich auf einen Barhocker und bringt dabei ihre fulminanten Gesäßbacken zur Geltung. Der Wirt stellt ihr den Drink hin, und sie beugt sich vor, um ihm mit leiser Stimme etwas zu sagen.

Das Mädel drückt Roote kurz und mitfühlend die Hand und geht zu ihrer Tante an den Tresen.

Ich nehme einen Schluck von meinem Ale. Schmeckt nicht mehr so gut wie zuvor. Liegt aber nicht am Bier. Sondern an mir. Hätte es bei einem bewenden und auf jeden Fall den Scotch ausfallen lassen sollen. Ich bin dem Zeug definitiv nicht gewachsen. Vielleicht liegt es daran, dass ich daraufhin voller Entschiedenheit sage: »Bursche, das führt zu nichts. Reiche Tanten suchen sich abhängige Nichten.«
Eines muss man Roote lassen: Er spielt vielleicht seine Spielchen, aber es sind keine dummen Spielchen, so, als müsste er so tun, als hätte er mich nicht verstanden.
»Abhängige Nichten haben ihren eigenen Willen«, sagt er und blinzelt mir theatralisch zu.
»Aye, den haben auch die reichen Tanten, und wenn es um ihren Letzten geht, sorgen sie verdammt noch mal dafür, dass jeder rausgestrichen wird, der nicht spurt«, sage ich. »Wie auch immer, wenn sie so fit ist, wie sie aussieht, kann es noch eine ganze Weile dauern.«
»O ja. Die liebe Lady Denham ist alles andere als nicht gesund. Und vermögend, natürlich«, murmelt er.
»Und klug?«, frage ich.
»Wenn es darum geht, Geld zu scheffeln und zu horten, sehr klug«, sagt er.
»Warum überrascht mich das nicht?«, sage ich. »Und ich wette, du weißt bis auf die letzte Dezimalstelle, wie viel sie hortet.«
Er grinst. »Sie vergessen wohl, dass ich auch ohne das Einkommen, das ich durch mein Schreiben erziele, dank Peter Pascoes Beistand und Begabung über bescheidene Nebeneinkünfte verfüge. Wenn einer wie ich überhaupt ein Interesse an der holden Clara haben sollte, dann würde es sich einzig und allein auf ihre Pilgerseele richten.«
Wenn ein Ex-Knacki anfängt, von Pilgerseelen zu fabulieren, weiß ich, dass er Mist redet. Selbst wenn er über sein finanzielles Auskommen nicht gelogen hat. Pete hatte in seiner Dank-

barkeit und seinen Schuldgefühlen Himmel und Hölle in Bewegung gesetzt, damit Roote als Opfer eines Kapitalverbrechens ein Höchstmaß an staatlicher Entschädigung erhielt. Daneben hatte der Freizeitkomplex, in dem er sich die Kugeln eingefangen hatte, eine Schadensfallklausel in seinem Versicherungsvertrag, die auf Rootes Fall zutraf, wie ein findiger Anwalt den zuständigen Richter überzeugen konnte. Am besten aber war: Roote war an dem Tag, an dem er angeschossen wurde, aus den Staaten zurückgekehrt, und als Pete die ganze Sache durchging, fiel ihm auf, dass die Reiseversicherung erst um Mitternacht auslief. Die Typen wanden und zierten sich, wie sie es immer tun, letztendlich aber zwang derselbe Anwalt, der schon den Freizeitkomplex verklagt hatte, sie dazu, die Kohle für Vollinvalidität herauszurücken. Die Summe reduzierte sich beträchtlich, als sich schließlich herausstellte, dass Roote in der Lage sein würde, einen Rollstuhl zu bedienen, aber es war trotzdem noch ein schöner Batzen Kohle.

Ich sage: »Nebeneinkünfte sichern einem noch lange kein sorgloses Leben.«

Ich meine damit die Finanzen, doch kaum habe ich es ausgesprochen, merke ich, dass er es auch als blöde Bemerkung über seine Lähmung auffassen könnte. Ich und die Büffelfrau haben viel gemein. Aber ich hüte mich, eine Entschuldigung anzuführen und darauf eins drüber gebraten zu bekommen, also fahre ich schnell fort: »Also, was ist das für eine Schreiberei, mit der du dein Vermögen machst? Du bist kein verkappter Lord Archer, oder?«

»Glücklicherweise nicht«, sagt er. »Und von einem Vermögen habe ich auch nicht gesprochen. Es handelt sich meistens um akademische Sachen, man bekommt also nur Peanuts, wenn überhaupt. Es ist mir gelungen, während der Reha meine Doktorarbeit fertigzustellen. Ja, genau gesagt, bin ich jetzt Dr. Roote, aber das muss Ihnen jetzt nicht unangenehm sein –

ich benutze den Titel nicht. Fremde sind darüber immer etwas verwirrt und wollen mir von ihren Rückenschmerzen erzählen. Im Moment schließe ich Sam Johnsons kritische Biographie von Thomas Lovell Beddoes ab. Sie erinnern sich noch an den lieben Sam, meinen Doktorvater, der so kaltblütig ermordet wurde, bevor er sein Meisterwerk vollenden konnte?«

»Aye, ich erinnere mich an den Fall«, sage ich. »Du hast einen Vorschuss bekommen, um über das Leben von diesem Typen zu schreiben?«

»Leider nicht«, sagt er. »Obwohl mir mein Verlag in Kalifornien, die Santa Apollonia University Press, ein großzügiges Forschungsstipendium gewährt hat. Es gibt jedoch profitable Nebenprodukte in Form von Artikeln und Interviews und Seminaren. Dazu erhalte ich ein kleines Pauschalhonorar für meine Arbeit als Berater für den Third Thought.«

Warum ist er so scharf darauf, mich damit zu beeindrucken, dass er sich seinen Lebensunterhalt redlich verdient, falls man dieses ganze verstiegene Zeugs redlich nennen kann?

»Third Thought?«, sage ich. »Du meinst diese abgedrehte Sekte, auf die die Müslifraktion so abfährt?«

»Wie gut Sie doch das grundlegende Wesen der Dinge erfassen, Mr. Dalziel! Was bleibt einem da noch zu sagen? Außer dass der Begründer der Bewegung, Frère Jacques, einige gewichtige Wälzer verfasst hat, um die subtileren Einzelheiten herauszuarbeiten.«

Mit Sarkasmus spart er nie, der Scheißer!

Er plappert fort über diesen Freier Jacques, der fast gestorben wäre und dabei bemerkt hat, dass er noch nicht bereit dazu war, worauf er seine Bewegung gründete, um den Leuten zu helfen, so dass sie sich schon mal damit vertraut machen können, bevor ihnen der Tod ins Gesicht lacht, sozusagen.

»Ein Hospiz für den Geist, so hat er es genannt«, sagt Roote. »Ursprünglich lag meiner Verbindung zum Third Thought, ich gestehe es freimütig, reines Selbstinteresse zugrunde. Dann

kam ich selbst dem Tod sehr nahe, und als ich dann schwer damit zu tun hatte, mich mit meinem Schicksal anzufreunden, wandten sich meine Gedanken immer häufiger den Lehren von Frère Jacques zu. Ich erneuerte die Verbindung, diesmal aber aus wahrer Leidenschaft. Schließlich lud Jacques mich dazu ein, ein bezahlter Gefolgsmann zu werden.«
Er sieht mich irgendwie musternd an, beugt sich vor und sagt mit leiser Stimme: »Mir scheint, Mr. Dalziel, Sie sind nach Ihrem kürzlichen Trauma möglicherweise ebenfalls auf der Suche nach einer neuen Daseinsphilosophie …«
Der Kerl versucht mich zu bekehren!
»Wenn du meinst«, sage ich, »dass du mir für diesen Plausch eine Rechnung schicken kannst, Bursche, rate ich dir, dass du darüber noch einen dritten Gedanken verschwendest.«
Er lacht so laut, dass die beiden Frauen am Tresen in unsere Richtung sehen, die Alte dabei mit einem finsteren, missbilligenden Blick. Wahrscheinlich denkt sie, ich hätte einen schlüpfrigen Witz erzählt.
Roote beruhigt sich etwas, nuckelt an seiner Papageienpisse und sagt: »Nun, wie kommen Sie zurück in Ihr Heim?«
»Auf meinen eigenen zwei Beinen, wenn es sein muss«, antworte ich. »Wenn du mir anbieten solltest, mich mitzunehmen, dann warne ich dich: Ich werde mich nicht auf deinen Schoß setzen!«
Er grinst und sagt: »Es wäre mir eine Freude, Sie in meinem Wagen zurückzufahren, obwohl ich vermute, das wird nicht notwendig sein.«
»Warum nicht?«
Er sieht auf seine Uhr. Die nicht billig wirkt.
»Ich vermute, in wenigen Minuten wird Personal vom Avalon eintreffen. Sie werden etwas zu trinken bestellen, sich umsehen, überrascht sein, Sie hier anzutreffen, sich kurz etwas zuflüstern, austrinken, zur Tür gehen und dann, ganz beiläufig, fragen: ›Hätten Sie was dagegen, wenn wir Sie mitnehmen,

Mr. Dalziel, oder haben Sie schon anderweitige Vorkehrungen getroffen?‹«

»Wie kommst du da drauf?«

»Nicht lange nach Ihrem Eintreffen dürfte Alan das Avalon angerufen haben, nur für den Fall, dass die noch nicht bemerkt haben, dass einer ihrer Schutzbefohlenen auf Abwege geraten ist. Und im Moment versichert er wahrscheinlich Lady Denham, sie müsse sich keine Sorgen machen, dass Sie hier den gesamten Nachmittag die etwas sensibleren Gäste verschrecken, weil Sie in weniger als zehn Minuten wieder fort sein werden.«

»Warum sollte sie sich da Sorgen machen?«

»Weil ihr das Hope and Anchor gehört«, sagt er. »Lady Denham besitzt eine ganze Menge Immobilien in und um Sandytown. Ich sagte Ihnen doch, sie ist nicht nur gesund, sondern auch vermögend. Das Moby's allerdings, wo sie sich zum Essen treffen, gehört ihrem lieben Freund Mr. Parker. Sie genießt das Essen dort, geht aber nur hin, wenn jemand anderes bezahlt, in diesem Fall ihr Neffe Teddy Denham, der sich das kaum leisten kann.«

»Für jemanden, der sich nicht für Geld interessiert, weißt du aber ziemlich genau, wie es die Leute ausgeben«, sage ich.

»Als Jünger des Third Thought«, sagt er, »habe ich ein tiefes Interesse an den Bedingungen der menschlichen Existenz. Sagt nicht schon der heilige Paul, die Liebe zum Geld sei die Wurzel allen Übels?«

»Der heilige Paul?«, sage ich. »Dachte, das wäre von Ringo. Nein, tut mir leid, liegt wohl etwas länger zurück. Adam Faith, richtig?«

Roote ist nicht oft zum Schweigen zu bringen, aber dieses Mal hab ich einen Volltreffer gelandet.

Die Frauen trinken aus und gleiten von ihren Hockern, das Mädel wie eine Schneeflocke, die alte Lady wie eine Lawine. Clara winkt verhalten, während ihre Tante sagt: »Alan, vielleicht ist mein Wirrkopf von Neffe direkt ins Moby's. Falls er hier auftauchen sollte, sagen Sie ihm, dass wir dort sind. Und vergessen Sie nicht, sich von ihm unsere Drinks bezahlen zu lassen. Ein Gentleman, der Gäste einlädt, kann nicht erwarten, dass diese selber bezahlen. Apropos, Ihre Ideen über die Renovierung des Kellers, ich denke, wir brauchen dafür eine eingehende Kalkulation. Ich brauche Berechnungen, keine Schätzungen. Falls ich Zeit finde, komme ich später noch mal vorbei, um mir die Sache genauer anzusehen.«

Der Wirt neigt ehrfürchtig den Kopf, vielleicht hat er aber auch nur Angst, man könnte ihm ansehen, dass das nicht die besten Neuigkeiten sind, die er an diesem Tag gehört hat.

»Natürlich, Lady Denham«, sagt er.

Dann sieht sie in unsere Richtung. »Tschüsschen, Franny. Vergessen Sie nicht, Sie sind diese Woche noch bei mir zum Mittagessen eingeladen.«

»Ist in meinem Herzen eingraviert, Lady D.«, sagt Roote.

Ihr Blick wandert zu mir, sie zieht den Kopf ein und stößt ein Prusten aus, als überlegte sie, ob sie auf mich losgehen soll, schlägt dann allerdings den Weg zur Tür ein.

»Zu Hummer im Moby's?«, murmle ich.

»Leider nicht. Schweinebauch in Sandytown Hall, fürchte ich«, sagt Roote mit leichtem Schauder.

Bevor ich fragen kann, was er damit meint, geht die Tür auf, der sich die beiden Frauen gerade nähern, und eine Yankee-Stimme überschlägt sich fast.

»Daphne, Clara, wie schön, Sie zu sehen. Wie geht es Ihnen, meine lieben Damen?«

Grinsegesicht Lester.

Na, wenigstens haben sie Prince Charming geschickt, um mich einzusammeln, nicht irgendeinen rotznäsigen Pfleger. Immer vorausgesetzt, dass er deswegen gekommen ist. Roote scheint sich genau das zu denken. Er sieht mich an. Fragend, glaub ich, nennt man so einen Blick. Genau wie Pascoe es manchmal tut. Vielleicht haben er und Roote mehr gemeinsam, als mir bewusst ist.

Katzenjammer tritt ein, richtet sein Scheinwerferstrahlen auf das junge Mädel und wird dann in den Armen der Büffelfrau zusammengefaltet. Es ist, als würde man den Cumberland-Ringern zusehen, nur patschen die nicht ihre Schnauze aufs Gesicht ihres Gegners und verabreichen deren Mandeln keine Zungenmassage. Jetzt wird mir klar, worauf Roote so verstohlen angespielt hat.

Schließlich befreit er sich und torkelt ein wenig wie ein Taucher, der zu schnell hochgekommen ist. Aber man muss ihm zugutehalten, er erholt sich schnell, und bald darauf plaudern er und Lady D. drauflos wie ein Elefantenballett in einem alten Disney-Cartoon – er ganz der Yankee-Charmeur, sie mädchenhaft flirtend. Der gute Katzenjammer tut mir fast leid. Habe den Eindruck, als könnte sie ihn zum Frühstück verspeisen und über der Couch in seinem Sprechzimmer wieder ausspucken. Schließlich gibt sie ihm einen Abschiedskuss, dem gegenüber sich der erste wie ein Probelauf ausnahm, und will los, bleibt aber wie angewurzelt stehen, da erneut die Tür aufgeht. Auf der Schwelle steht ein Mann.

Aber der ist anders. Hier gibt es keine Gefühlsergüsse, keine Küsschen. Wenn ich Gesichter lesen kann, dann würde ich sagen, keiner von beiden hätte auch nur unruhig geschlafen, wenn einer von ihnen auf der Stelle tot umgefallen wäre!

Der Neuankömmling steht mitten der Tür, so dass sie nicht vorbeikann.

»Wenn Sie erlauben«, sagt sie, arrogant wie eine Herzogin zu ihrem Wildhüter, den sie nicht vögeln will.

Er rührt sich nicht. Er sieht aus, als wäre er an die neunzig. Ich habe bei Exhumierungen schon gesündere Gesichter gesehen. Seine Augen sitzen in tiefen Höhlen, die wenigen Haarsträhnen krallen sich an den Schädel wie Schimmel auf einer Pflaume, und sein Bart gleicht einem Naturschutzgebiet. Trotz der

Hitze trägt er eine angeranzte alte dicke Jacke, ein altmodisches gestreiftes Hemd ohne Kragen und eine dieser ausgebeulten Hosen, die sich Bauern früher mit einem Strick umgebunden haben, nur würde jede Ratte, die etwas auf sich hält, davon absehen, auch nur hineinzuschnuppern.
Plötzlich fühle ich mich gar nicht mehr so underdressed.
Von ihm noch immer keinerlei Regung und kein Wort. Dann sagt der Wirt warnend: »Hen.«
Jetzt lächelt er. Nacktes Zahnfleisch vor allem, und die wenigen Zähne, die man durchs Gestrüpp hindurch zu Gesicht bekommt, sind grün-gelblich und verfärben sich zu den Wurzeln hin ins Schwärzliche. Ich erwarte fast, dass Katzenjammer in Ohnmacht fällt.
Dann tritt er zur Seite, vollführt eine lächerliche Verbeugung und sagt: »Ach, das tut mir leid, Eure Ladyschaft, sehr leid. Wie schrecklich, würde Eurer Ladyschaft doch nie im Weg stehen wollen.«
»Das werden Sie auch nicht«, sagt sie und rauscht an ihm vorbei. Die junge Clara, ein wenig peinlich berührt, ihr hinterher. Der alte Knacker tritt die Tür hinter sich zu. »Vorsicht, Hen«, sagt der Wirt. »Schließlich muss ich für die Einrichtungsgegenstände aufkommen. Das Übliche, Dr. Feldenhammer?«
Der Yank, der den Zwischenfall mit Interesse beobachtet hat, nickt. Das Übliche für ihn ist ein Kurzer. Dunkelbernsteinfarben, mit genügend Eis, um die *Titanic* zu versenken. Jack Daniel's vielleicht. Wenigstes ist er nicht purpurn. Lester schlürft daran, dreht sich um und lehnt sich an den Tresen. Sein Gesicht spaltet sich zu seinem Porzellanlächeln auf, während er so tut, als hätte er uns erst jetzt bemerkt.
»Na, hallo, Franny«, ruft er. »Und Mr. Dalziel, Sie sind auch hier? Schön, dass Sie etwas rumkommen, Sir. Sie sehen gut aus.«
Roote verpasst meinem Oberschenkel unter dem Tisch einen Hab-ich-doch-gesagt-Patsch. Ich hätte mit einem Erst-mal-

abwarten-Tritt gekontert, aber da er sowieso kein Gefühl in den Beinen hat, erscheint es mir die Anstrengung nicht wert.
»Aye, es geht mir nicht schlecht«, lüge ich. Die Wahrheit lautet: Mir ist ziemlich schwindlig. Der komische Kauz hat sich zu einem Pint verholfen, ohne dass er dafür den Mund aufmachen oder Geld rüberschieben musste, soweit ich sehen konnte. Zu einem anderen Zeitpunkt hätte es mich brennend interessiert, was da gerade abgegangen ist, im Moment aber interessiert es mich nicht die Bohne.
»Schön. Und Sie, Franny, wie geht es Ihnen? Ich hoffe, Sie kommen am Freitag zu Toms Treffen.«
»Aber natürlich. Aufregende Zeiten, Lester. Wollen Sie sich nicht zu uns setzen?«
Franny und Lester. Wie eine alte Music-Hall-Nummer. Roote scheint hier wirklich wieder auf seine nutzlosen Beine gekommen zu sein. Klingt, als wäre sein gesellschaftlicher Kalender ziemlich voll.
»Danke, aber ich kann nicht bleiben«, sagt der Yank. »Musste nur eine Expresssendung zur Post bringen. Meine Nichte in den Staaten hat Geburtstag. Fast hätte ich ein Kapitalverbrechen begangen und es vergessen. Einen kleinen Drink, dachte ich, hätte ich mir darauf verdient. Ich muss aber umgehend zur Klinik zurück.«
Das sind verdammt noch mal zu viele Details – so schlecht geht es mir noch nicht, dass ich das nicht bemerken würde. Dachte, ein Seelenpfuscher wüsste so was. Außerdem haben die meisten Postämter auf dem Land samstagmittags geschlossen.
Erneut geht die Tür auf. Langsam wird das zu einer französischen Farce. Der Neuankömmling ist ein gutsituierter junger Typ, einer von denen, in deren zerfurchtem Gesicht sich schon um halb zwei ein Fünf-Uhr-Schatten abzeichnet. Er benimmt sich, als schuldete ihm die Welt ein Vermögen und jede Frau einen Koitus.

»Alan, zufällig meine Tante gesehen?«, fragt er.
»War hier und ist schon wieder weg. Sagte, sie wartet auf Sie im Moby's.«
»O mein Gott. Sie war angearscht, oder? Das heißt Hummer Thermidor, fürchte ich. Aber die Flunder hätte sie ja sowieso nicht genommen!«
Er verzieht das Gesicht, um anzudeuten, dass er nur Spaß gemacht hat. Aber das hat er nicht.
Jetzt erst lässt er sich dazu herab, die anderen im Raum in Augenschein zu nehmen. Catweazel ignoriert er, mir und Roote wirft er ein großspuriges Grinsen hin und sagt, »ah, Franny, die Krankenschwester hat Sie auf einen Spaziergang mitgenommen?«, dann stutzt er zweimal, als würde er jetzt erst Lester bemerken, und ruft: »Sind Sie das, Dr. Feldenhammer? Hab Sie gar nicht erkannt, so sitzend, Sir. Ich hoffe, es ist alles in Ordnung. Darf Tantchen nicht warten lassen.«
Dann geht er, wüst vor sich hin pfeifend.
Lesters Gesicht läuft so dunkel an wie alter Port. Entweder ist er ziemlich narkotisiert, oder er steht kurz vor einem Schlaganfall.
Er kippt den Rest seines Drinks, als hätte er ihn bitter nötig, die Eiswürfel klappern so hart gegen die schneeweißen Zähne, dass dabei ein Eisbär aus dem Gleichgewicht geworfen würde. Er gleitet von seinem Hocker, nickt dem Wirt kurz zu und marschiert durch die Tür.
»Da hast du dich geirrt, Bursche«, sage ich zu Roote.
»Ich denke, das Spiel hat sich nur geändert, aber keine Sorge, er wird sich daran erinnern. Die Melodie, die Teddy Denham gepfiffen hat … der Text liegt mir auf der Zunge, will mir aber partout nicht einfallen.«
Womit er sagen will, dass er nicht den blassesten Schimmer hat, aber nur allzu gern wissen würde, was den Yank-Doktor so aus der Fassung gebracht hat. Ihm entgeht nicht viel, unserem Franny.

»Tut mir leid, keine Ahnung«, sage ich.
Was gelogen ist. Ich kenne das Liedchen, das allzu häufig in den hinteren Reihen des Rugby-Mannschaftsbusses geschmettert wird.
Ich nehme nicht an, dass Roote viel Zeit in Mannschaftsbussen verbracht hat, und sehe auch keinen Grund, warum ich ihn aufklären sollte.
Roote wirft mir einen Blick zu, mit dem er zu verstehen gibt, dass er weiß, dass ich ihn hinhalte. Dann wandelt sich seine Miene zu einem Ich-hab's-doch-gesagt!, die Tür geht wieder auf, und Lester steckt den Kopf herein.
»Mr. Dalziel, was mir gerade eingefallen ist – soll ich Sie mitnehmen? Oder haben Sie sich selbst schon um eine Fahrgelegenheit gekümmert?«
Hätte ihm wahrscheinlich sagen können, dass ich es vorziehe, zu Fuß zu gehen. Oder dass Roote mich mitnimmt. Aber scheiß drauf. Nur ein Trottel schlägt aus Stolz aus, was er eigentlich will, und was ich jetzt will, ist, mich in die Falle zu hauen.
»Nein«, sage ich. »Das wäre großartig.«
Ich sehe zu meinem Bierglas. Es ist halbvoll. Mir wird klar, dass ich es nicht mehr will.
Nur ein Trottel schlingt aus Stolz was in sich hinein, was er eigentlich nicht will.
Ich spüre, dass Roote mich beobachtet, und diesmal behält der Stolz die Oberhand.
Ich leere das Glas, setze es ab und hieve mich vom Stuhl hoch.
»Danke, Kumpel«, sage ich zum Wirt. »Gutes Pint, das.«
»Danke, Sir. Wir sehen Sie hoffentlich bald wieder«, sagt er.
»Keine Sorge, ich komme wieder.«
Roote ergreift meinen Arm und sagt leise: »Mr. Dalziel, eines noch. Mit Mr. Pascoe, das überlasse ich ganz Ihnen.«
Ob ich es ihm erzähle oder nicht, meint er.
Ich nicke und gehe.

Ich traue Roote nicht so weit übern Weg, so weit ich ihn werfen kann, was unter den gegebenen Umständen kein halber Meter ist. Aber, das muss ich ihm zugutehalten: Wie er das mit Pete gehandhabt hat, war tadellos.
Was mich jetzt, da sie mich endlich ins Bett verfrachtet haben und ich unter der Decke mit mir selbst rede, nicht davon abhält, mir so meine Gedanken zu machen. Wenn Franny Roote sich ins Ausland abgesetzt hat, ohne seine Adresse zu hinterlassen, damit Pete Pascoe sich für ihn nicht mehr verantwortlich fühlen muss, warum hat er sich dann bei seiner Rückkehr nach England dafür entschieden, sich in Mid-Yorkshire niederzulassen? Okay, am äußersten Rand unseres Reviers, aber trotzdem: Es ist unser Revier!
Bekomm die Melodie nicht aus dem Kopf, die der Neffe der Büffelfrau gepfiffen hat. Wie lautet der Text wieder? Mal sehen … irgendwas über eine Indianerin … aye, so geht es!

Es war eine Indianer-Maid,
die fürchtet' sich so sehr,
dass ein Cowboy ihr 'ne Leitung legt,
während sie im Schatten liegt.

Und so weiter. Wird noch schmutziger. Jedenfalls nicht das Liedgut, das Lester auf eine einsame Insel mitnehmen würde. Aber warum ärgert er sich darüber so?
Fragen, Fragen, viele, viele Fragen, die mir zu diesem feschen Liedchen durch den Kopf schwirren. Aber es ist immer dieselbe, die diesen Tanz anführt.
Was, verdammt noch mal, treibt Roote hier in Sandytown wirklich?
Keine Angst, so oder so, ich werde es herausfinden, bevor ich von hier verschwinde!
Aber jetzt will ich schlafen.
Also, gute Nacht, Mildred, und gute Nacht …

7

VON: charley@whiffle.com
AN: cassie@natterjack.com
BETREFF: Goldmine Min!

Hallo, Cass!
Danke für das Bild. Er ist wirklich phantastisch! Ich will auch so einen. Hat er einen Bruder? Nettes Lächeln. Worüber lächelt er – frag ich mich?!!!
Zurück zum langweiligen Sandytown! Nach dem Mittagessen gestern entschuldigte sich Tom – er müsse den Berg abtragen, der sich in seiner Abwesenheit aufgetürmt hatte – & Min – die offensichtlich beschlossen hat, mich ganz zu vereinnahmen! – fragte mich, ob ich mit ihr schwimmen gehe. Ich dachte, sie wollte freundlich sein & meinte, im Meer – deswegen sagte ich – ja, gern – es stellte sich aber heraus, das sie den Swimmingpool im 5-Sterne-Hotel meinte, von dem Tom gesprochen hatte – das Brereton Manor. Die Parkers sind wohl Mitglieder im Gesundheits- & Freizeitclub – logo – aber die Kids dürfen nur in Begleitung einer erwachsenen Aufsichtsperson rein – also hatte Min, das kleine Biest, mich dafür vorgesehen! Mary versuchte mir noch zu Hilfe zu eilen – aber ich wiegelte nur ab – nein, nein, kein Problem – & los ging's.
Minnie führte mich über die Straße & durch ein Tor – dann über einen Golfplatz, der in seiner letzten Bauphase zu sein schien.
– Hätte zu Ostern fertig sein sollen – sagte mir Min mit Besitzerstolz.
Hier – ging mir durch den Kopf – wurde einiges an Geld ausgegeben, was bestätigt wurde, als wir Brereton Manor erreichten. Muss mal ein tolles altes Haus gewesen sein – mittlerweile ziem-

lich umgebaut & erweitert – aufgepeppt mit all den ökofreundlichen – & kohlenstoffunfreundlichen – Dingen, die sich auch im Kyoto finden – aber geschmackvoll & mit kostspieliger Liebe zum Detail hergerichtet. Soll den Gästen wohl die Vorstellung vermitteln, sie wären zu einer Wochenendparty in den 1920ern eingeladen & müssten nicht ein kleines Vermögen für Bed & Breakfast lockermachen! Viele Leute waren nicht zu sehen. Man legte noch letzte Hand an. Offizielle Eröffnung ist in vierzehn Tagen – dem Feiertagswochenende – wenn Toms Festival der Gesundheit steigt – da werde ich nicht mehr hier sein – Gott sei Dank!
Auch diese Informationen stammen von Min!
Sie rauschte durch den Eingang wie eine Großherzogin – der Typ an der Rezeption begrüßte sie mit einem lautstarken *Hallo, Minnie!* & ließ auch mir ein Lächeln zukommen.
Jeder, den wir auf dem Weg zum Pool trafen, schien Minnie zu kennen. Der Pool – todschick, auch wenn er keine Wettkampfausmaße hat – aber groß genug, wenn man so was mag. Ich schwamm an die 10 Bahnen – ziemlich langweilig – vor allem, weil ich ständig anhalten musste, um Minnies Bruststil oder Rückenstil oder ihr Tauchen zu bewundern. Mit 9 will man sehr bewundert werden. Danach saßen wir auf sehr bequemen Stühlen im Cafébereich – tranken eine Coke & redeten. Oder besser – ich hörte zu! Störte mich nicht. So langsam interessiere ich mich dafür, wie Sandytown tickt – du kennst mich – ich bin nie zufrieden, wenn ich nicht hinter die Kulissen schauen kann! – & nichts, was hier abläuft, scheint Mins scharfen Augen & Ohren zu entgehen. Als sie fertig war, betrachtete ich sie als wahre Informationsgoldmine.
Das ursprüngliche Haus gehörte – soweit ich erfahren habe – den wohlhabenden Breretons – der Familie der berühmten Lady Denham – wurde dann allerdings überflüssig, als sie den noch wohlhabenderen Hog Hollis heiratete – einen Typen aus der Gegend, der es zu was gebracht & aus seiner Schweinefarm Hollis's Ham gemacht hatte – der Geschmack von Yorkshire. War zum

Schluss Herr über so ziemlich alles, was er überblicken konnte – Lord der Hundert von Sandytown – & residierte in Sandytown Hall.
Er starb & wurde zum Futter für seine Schweine, die ihn so herausgefüttert hatten – (ich musste Minnie mit Gewalt wieder von den blutrünstigen Details seines Todes weglocken, die zum größten Teil wohl erfunden sein dürften)! Seine Frau war nach seinem Tod noch reicher als bei der Eheschließung – daraufhin heiratete sie erneut – Sir Harry Denham – & Denham Park wurde ihr offizieller Wohnsitz; trotzdem verbrachte sie den Großteil ihrer Zeit in der Hall (der Schweinemief störte sie wahrscheinlich nicht, anscheinend wollte sie aber alles vermeiden, was ihren Schweineprofit hätte schmälern können).
Als dann Sir Harry an der Reihe war abzutreten – (ich weiß nicht, was sie mit den armen Kerlen anstellt!) – kehrte sie ganz nach Sandytown Hall zurück – & als ihr uralter Vater schließlich das Zeitliche segnete, weigerte sie sich, in das Haus ihrer Kindheit zu ziehen – weil – laut Minnie – die Hall mehr hermachte & das Manor etwas unbequemer zu erreichen war – außerdem war es mittlerweile so sehr verfallen, das es ein Vermögen gekostet hätte, es wieder herzurichten.
– Daddy gehört fast das ganze Land hier herum – erklärte Minnie – durch das die neue Zufahrt führt & wo der neue Golfplatz angelegt wird. Ich glaub, es war Onkel Sids Idee, das sie zusammenarbeiten & aus dem Manor ein tolles Hotel machen. Onkel Sid weiß alles über Geld – deswegen hört auch Lady D. auf ihn – sagt Mum –
– Wie nett – sagte ich – dann ist dein Onkel also so was wie der Finanzberater des Konsortiums, oder? –
– Glaub schon – sagte sie unsicher. Dann grinste sie & fuhr fort – Onkel Sid sagt, Lady Denham hält ihre Kohle zusammen wie eine Ente ihren Arsch – da kommt kein Tropfen Wasser mehr durch – & dabei sah sie mich erwartungsvoll an & wartete auf meine Reaktion.

Ich lachte nur – als Stompy Heywoods Tochter hat man schon Schlimmeres gehört – was sie dazu ermutigte, gleich noch eins draufzusetzen – Ich & Onkel Sid nennen sie nur Lady B. – nicht Lady D. –
– B wie Brereton? – riet ich.
– Nein, B wie Breitarsch – kreischte sie.
So langsam wurde ich auf diesen Sidney Parker neugierig, der mit seiner Nichte redete, als wäre sie ein intelligentes menschliches Wesen & nicht irgendein zurückgebliebener Zwerg – so hat nämlich der schreckliche Onkel Ernie immer mit mir geredet. Was er beruflich treibt, da blieb Min im Vagen – selbst von Mary bekam ich nichts Eindeutiges zu hören – *er ist im Bankgewerbe.* Musste dabei an Dads Antwort denken, als Mrs. Duxberry prahlte, ihr Blödmann von Sohn sei bei einer Bank – *oh aye? – Sie meinen – so wie Bonnie & Clyde?* –
Zur Familiendynamik der Parkers – OK – ich war eben neugierig, so wie immer – daher fragte ich nach der Schwester. Laut Min ist Tante Diana wirklich ein sonderbarer Fall – faselt immer davon, der Tod würde bald vor der Tür stehen – was Min, als sie noch klein war, immer einen gehörigen Schrecken einjagte – sie glaubte nämlich, die Tante meinte damit die Tür zum Speicher in ihrem alten Haus – dahinter musste nämlich der Tod wohnen! Onkel Sid hat dann ihr aufgewühltes Gemüt beruhigt & sie mit auf den Speicher genommen & ihr die Überbleibsel seiner Kindheit gezeigt – & ihr gesagt – Mach dir mal keine Sorgen um deine Tante, Min – wenn du irgendwann mal zur Ruhe gebettet wirst – so in 150 Jahren – dann wird Tante D. es sein, die dir Blumen aufs Grab legt! –
Ein etwas makaberer Trost – schien mir – aber Kinder lieben das Makabere, außerdem ist in Minnies Augen Onkel Sid die Vollkommenheit selbst!
Bin mir nicht sicher, ob Mary so weit gehen würde. Tom verschwand nach dem heutigen Abendessen – muss noch immer seinen Berg abarbeiten, sagt er – & nachdem die Kids ins Bett

geschickt worden waren – in Mins Fall war das nur durch grobe Gewaltanwendung möglich! – gönnten Mary & ich uns einen großen Baileys & unterhielten uns wie alte Freundinnen. Mir kommt es vor, als sehnt sie sich seit Jahren nach jemandem, dem sie sich anvertrauen kann – jemandem außerhalb der Familie & außerhalb von Sandytown. Wie schon gesagt – sie ist unglaublich loyal – aber ich habe den starken Eindruck, insgeheim fürchtet sie, dieser Entwicklungsplan werde noch in Tränen enden.
Sie bestätigte, was Min mir erzählt hatte – das Sid es war, der alles losgetreten hatte.
Sid war schon immer gut mit Zahlen – von klein auf verwaltete er die Finanzen der Familie – & erfolgreich dazu – wie Mary zugeben musste. Gute Investments – stete Einkünfte – was, als sie davon hörte, Lady D. auf den Plan rief – sie bat um seinen Rat – der, da sie eine Freundin der Familie sei, natürlich kostenlos war – & so profitabel, dass Sid schnell zu ihrem blauäugigen Blue-Chip-Boy wurde!
Wie auch immer – irgendwann hatte Sid die Idee, das die Kombination aus Brereton-Immobilien & Parkerschen Grundbesitz & Toms Architektur-Know-how zusammen eine hübsche kleine Einnahmequelle ergeben könnte. Jedenfalls, nehme ich an, dürfte er es so Lady D. verkauft haben. Tom gegenüber hatte er allem sicherlich einen eher visionären Anstrich verpasst – das Gute, das daraus entstehen möge – der Nutzen für die Gemeinde – Sorge für die Umwelt etc. – all diese Dinge, mit denen Tom sein Leben lang herumwurstelte.
So wurde also das große Sandytown-Entwicklungs-Konsortium ins Leben gerufen – & Sidney ist seitdem – wie ich aus dem Erzählten schließe – als dessen Finanzberater tätig, aber auch als Schiedsrichter, wenn Tom & Lady D. mal nicht einer Meinung sind. Lady D. ist alles andere als überzeugt, das Toms Anliegen für Alternativmedizin & Umweltschutz wirklich die großen Geldbringer für das Hotel sind. Die Freizeitbeschäftigungen der Oberschicht – Gesichtsbehandlungen – Maniküre – Massagen – dazu

vielleicht die neuesten Post-Pilates-Methoden, um sich Appetit für die Gourmetgerichte anzutrainieren & Durst für den abscheulich teuren Alkohol – das sind die Dinge, die ihrer Ansicht nach die stinkreichen Kunden anziehen. Aber Tom will da nicht nachgeben & besteht darauf, der gesamten Bandbreite an alternativer Heilkunde Platz einzuräumen – der die Familie schon immer & in manchen Fällen – wie Mary andeutete & was Min bestätigte – ein geradezu *manisches* Interesse entgegengebracht hatte. Zum Glück scheint Dr. Feldenhammer – Chef des Avalon – nach einigen ursprünglichen Zweifeln davon überzeugt worden zu sein, dass der Klinik durch das Alternativzeugs, falls man mit Tom an einem Strang zog, kein Schaden entstünde.
– Sehr aufgeklärt von ihm – sagte ich – überrascht, da die meisten Schulmediziner das alles für blanken Unsinn halten – ich eingeschlossen, wenn ich ehrlich bin – was ich in Gegenwart des lieben Tom natürlich niemals laut sagen würde!
– Ja & das Gute dabei ist – sagte Mary – das es Daphne Brereton ein wenig zum Schweigen bringt – angesichts der Gefühle, die sie Lester entgegenbringt –
– Äh? – sagte ich – Sie meinen doch nicht? –
– Doch, doch – jetzt hat sie ihn im Visier & will ihn auch in ihrem Bett haben – sagte Mary erbittert – wie abscheulich – eine Frau in ihrem Alter –
Vielleicht hat die Luft in Sandytown doch etwas Besonderes an sich! – ging mir durch den Kopf.
Schon klar, das Mary der Beziehung zwischen Tom & Lady D. mit gemischten Gefühlen begegnet. Natürlich hält sie zu ihrem Mann – aber sie sieht auch, dass nicht Toms Idealismus das Konsortium am Laufen hält, sondern Daphnes Gier nach Profit. Wenn Breitarsch – schon witzig, wie sich einem solche Spitznamen einprägen! – Tom seinen Willen lässt, läuft es immer darauf hinaus, das er *mehr* & sie *weniger* zahlt – dann sieht es so aus, als hätte Tom die Schlacht gewonnen – aber unter beträchtlichen Kosten – & Mary ist dann zu Recht besorgt, er könnte sich übernehmen.

Nicht, dass Tom irgendwelche Sorgen auf der Welt kennt! Schließlich tauchte er doch noch auf & entschuldigte sich überschwenglich, dass er mich vernachlässigt habe.
– Morgen sollte ich alles abgearbeitet haben – sagte er – dann führe ich Sie durch die Stadt – zu Fuß! So lernt man am besten einen Ort & seine Leute kennen! –
– Aber dein Knöchel, mein Lieber – protestierte Mary.
– Ist so gut wie neu – beharrte er – dank der Ersten Hilfe, die ich von unserem liebenswürdigen & talentierten Gast erhalten habe – (das bin ich, falls du das nicht kapiert haben solltest!) – & nicht zu vergessen die heilenden Hände von Mr. Godley –
Ich zog mich zurück, während sie weiter hin und her argumentierten – oder disputierten – mit Argumenten kann Tom ja nicht aufwarten!
Traf Minnie, die gerade aus dem Badezimmer kam & sehr theatralisch gähnte! Würde mich nicht überraschen, wenn sie Mary & mich belauscht hätte & sich verstecken musste, als ihr Vater aus seinem Arbeitszimmer auftauchte – trotzdem, ich mag sie. Sie wäre mir glatt in mein Zimmer gefolgt – hätte ich ihr nicht die Tür vor der Nase zugeknallt. Ich kann auch hart sein!
Schlaf gut schlaf fein

Alles Liebe
Charley xxx

8

VON: charley@whiffle.com
AN: cassie@natterjack.com
BETREFF: Auftritt Breitarsch

Hallo!
Habe beschlossen, den Morgen über zu faulenzen, weil ich annehme, das jede Expedition mit Tom kräftezehrend werden könnte! Er hatte den »Disput«, ob er zu Fuß gehen darf, gewonnen – allerdings hatte Mary darauf bestanden, das er einen kräftigen Spazierstock mitnimmt – mit dem er sich jedoch, schien mir, eher Schaden zuzog statt solchen abzuwenden. Er gebrauchte ihn nämlich als praktisches Zeigegerät, um auf unserem Weg das Kliff hinunter auf interessante Ausblicke hinzuweisen.
Im Wagen, auf dem Weg hinauf, hatte mir Tom bereits die Zufahrt zur Sandytown Hall gezeigt – das Zuhause von Lady D. In Brereton Manor hatte ich – mit Blick in Richtung Meer – hohe Kamine erhascht, die zur Hall gehören mussten. Sie erhoben sich hinter einem ausgedehnten Waldstück – damit Ihre Ladyschaft nicht vom Anblick des Hotels belästigt werden konnte – oder von den vielen modernen Bauten, an denen wir auf dem Weg den Hügel hinab vorbeikamen. Die meisten davon scheinen zum Entwicklungsplan zu gehören; exquisite Anlagen, durchsetzt – so versicherte mir Tom – mit bezahlbaren Ferienhäusern für Urlauber aus der Umgebung. Nicht schwer zu erraten, welcher der Geschäftspartner hinter was stand!
Wir trafen auf eine Menge Leute – Wagen hielten an, die Fahrer plauderten mit Tom – & ich wurde vorgestellt, als wäre ich die jüngste & tollste Neuerwerbung des Entwicklungsprojekts. Schließlich – unten am Hügel, wo das alte Dorf anfängt – blieb er

vor einem seltsamen alten Haus stehen – sehr pittoresk – erbaut aus rohen Sandsteinbrocken, die in der Morgensonne schimmerten – dazu hatte es einen kleinen, altmodischen Cottage-Garten – & der erste Stock war breiter als das Erdgeschoss, weil es in den Hang hineingebaut war.
Erinnerte mich an das Hexenhäuschen im Märchen – es überraschte mich daher nicht im Geringsten, als Tom sagte – Es wird das Hexen-Cottage genannt, weil – laut der Überlieferung – hier die letzte Hexe von Sandytown gelebt hat. Jetzt wohnt Miss Lee – unsere Akupunkteurin – hier. Sie werden sicherlich ihre Bekanntschaft machen wollen – Charlotte – Ihrer Studien wegen –
Schon hob er den Messingklopfer an & verpasste der Tür einen kräftigen Schlag, als ein alter Jeep vom Dorf heraufgeächzt kam. Er sah aus, als hätte er gerade einen Treck durch die Kalahari hinter sich – schlammverkrustet & viele Beulen & Kratzer – & die vordere Stoßstange wies Anzeichen einer noch nicht lange zurückliegenden gewaltsamen Begegnung mit einem Baum auf!
– Ah, schauen Sie – da ist Lady D. – sagte Tom – kommen Sie, ich stelle Sie vor –
Wir gingen den schmalen Pfad hinunter – & zwei Frauen stiegen aus. Wer Lady D. war, wusste ich sofort. Gewohnt, im Mittelpunkt zu stehen – rustikal – stämmig – Kopf nach vorn geneigt, als forderte sie ihren Gegner heraus – wäre ich ein Matador gewesen, hätte ich mich hinter die Barreras verzogen – zu ihrer Zeit wahrscheinlich gutaussehend – so in der Art von Fergie – von gesunder Gesichtsfarbe – verwittert – natürlicher Look – auch wenn ich einen Hauch von Lidschatten & verschmierten Lippenstift entdeckte – also nicht frei von Eitelkeit – (musste daran denken, was M. gesagt hatte, dass sie Dr. Feldenhammer nachstellt) – liebt es, wenn alle nach ihrer Pfeife tanzen – gerissen – aber vielleicht nicht so gerissen, wie sie gern sein würde.
& Minnie hatte recht, was ihren Arsch betrifft!
Das alles nach einem einzigen Blick! Bist du beeindruckt?
Die andere Frau war jung – mein Alter – vielleicht einen Zacken

älter? – hübsche schlanke Figur – mein Gott – selbst in meiner Anorexie-Phase hatte ich nie so eine Figur! – wir Heywoods sind eben grobknochig – die Familiengene; nur das diese andere – sie heißt Clara Brereton – sich als eine Verwandte von Lady D. herausstellte – warum sieht sie dann nicht aus wie ein marktreifes Hereford? Sie sieht nämlich einfach phantastisch aus – falls man auf modisch *dürre* Frauen steht – was bei den meisten Männern der Fall zu sein scheint – daher stand für mich fest – um ein weiteres Mal meine psychologische Objektivität walten zu lassen – dass ich sie nicht leiden konnte!
Tom & Lady D. begrüßten sich herzlich – was allem Anschein nach von beiden Seiten ehrlich gemeint war – trotzdem fiel mir auf, das sie ihn Tom nennt, während seine Vertraulichkeit nur so weit geht, um sie als Lady D. anzusprechen – anders als Mary, die von ihr – missbilligend – als Daphne Brereton spricht!
Aber man musste es ihr lassen – die Alte erkundigte sich nach Toms verstauchtem Knöchel. Er erzählte ihr, wie es dazu gekommen war – brachte die Geschichte sehr witzig rüber – & sie wieherte vor Lachen.
Während dieses Geplänkels sah ich mir den Jeep näher an & bemerkte, dass jemand dem allgemeinen Anschein der Vernachlässigung mit einigen Graffiti-Schmierereien noch nachgeholfen hatte – es war zwar weggewischt worden, aber so flüchtig, dass ich noch die Buchstaben V E R P S T R & M Ö D R erkennen konnte – die – wie ich anhand der Lücken vermutete – VERPESTER & MÖRDER ergeben hatten. Ich musste an das Schild vor der Schweinezucht denken. Es gab wohl noch andere außer Mary, die Lady D. nicht viel abgewinnen konnten.
Sie meinte, sie würde mal im Kyoto-Haus vorbeischauen – worauf Tom sagte, gehen wir doch gleich zurück zum Tee – sie lehnte ab, nein, das ginge nicht – Mary müsse doch so viel zu tun haben, so kurz nach ihrer Rückkehr – & er sagte, Mary & die Kinder würden ihm nie verzeihen, wenn sie erfahren, das er Lady D. nicht mit nach Hause gebracht habe – sie sagte, das schmeichle ihr

zwar, trotzdem könne sie ihnen nicht zur Last fallen – & irgendwann inmitten dieses Schlagabtauschs wurden Tom & ich auf die Rückbank des Jeeps verfrachtet.
Als ich einstieg, bemerkte ich am Hexen-Cottage, dass auf Toms Anklopfen jemand reagiert hatte – eine untersetzte, asiatisch aussehende Frau, die uns beobachtete – unergründlich – wie eine Statistin in einem Kung-Fu-Film. Tom – der zum Einsteigen um den Wagen herumgegangen war – bemerkte sie nicht – aber Lady D. – & sie rief ihr zu – Schönen Tag, Miss Lee – ich hoffe, es geht Ihnen & Ihren Anverwandten gut – was ich für eine Art chinesische Begrüßung hielt. Einen Moment lang ließ die Frau die Maske fallen & ihr Blick schien sich wie ein Dolch (oder – angesichts ihres Berufs – wie eine Nadel) in Ihre Ladyschaft zu bohren – dann verbeugte sie sich steif & kehrte in ihr Cottage zurück.
Mich beschleicht der Eindruck, von jedem, der in Sandytown lebt, wird erwartet, das er seinen Platz kennt; das heißt: Lady D. ganz oben – alle anderen darunter!
Lady D. sagte immer noch, sie wolle nicht mit reinkommen – da stand sie schon in der Tür – & 20 Minuten später meinte sie, sie bleibe auf keinen Fall zum Tee – da wurde die erste Tasse bereits eingeschenkt. Hübsche Technik, um alles zu bekommen, ohne sich dankbar zeigen zu müssen.
Alles in allem aber war ich bei diesem ersten Zusammentreffen von ihr eher amüsiert als abgestoßen. Sie ist guter Laune – solange sie ihren Willen bekommt; zeigte Interesse an Dad & der Farm – meinte, sie habe gehört, die Heywoods aus Willingden könnten ein Stierkalb von einem Heuballen unterscheiden – behandelte die Kinder auf die gute altmodische Art – schenkte jedem 50 Pence & ignorierte sie ansonsten.
Es dauerte nicht lange, bis sie & Tom auf ihre Pläne & das Entwicklungsprojekt & die Feriengäste etc. zu sprechen kamen. Hauptereignis kommenden Sonntag – um die bisherigen Fortschritte zu feiern & sich bei allen Beteiligten zu bedanken – ist

eine Party in Sandytown Hall, bei der eine Sau am Spieß gegrillt werden sollte. Es langweilte mich – & ich richtete meinen klinischen Blick auf Clara & versuchte, sie aus der Reserve zu locken. Genauso gut hätte ich versuchen können, dem alten Fang einen Knochen zu entreißen – nur dass sie dabei nicht knurrte.
Still wie eine Nonne – beherrscht – gab nichts von sich preis – vielleicht hat sie Probleme im zwischenmenschlichen Bereich – geschieht ihr recht, wenn sie so gut aussieht! Als es Zeit zum Aufbruch wurde, bot sie wenigstens an, beim Abwasch des Teegeschirrs zu helfen – aber Lady D. war bereits auf den Beinen & duldete keine Verzögerung. Was Tantchen will, bekommt das Tantchen auch!
Ich half Mary beim Abräumen. Tom verzog sich in sein Arbeitszimmer, um am Computer zu arbeiten – & verkündete noch, Lady D. sei wie Sandytown selbst – eine frische Brise; sie erfülle alte Ideen mit neuem Leben. Eher wie eine frische Brise CO_2 – hätte ich gesagt, nachdem ich ihre kühle Reaktion auf seine weniger kommerziellen Interessen bemerkt hatte. Aber Toms Enthusiasmus gehört zu der Sparte, die offenen Widerstand noch als versteckte Unterstützung wertet.
Mary sieht das alles sehr viel klarer. Beim Abwasch sprach ich sie auf Clara an – Hat sie schon immer bei ihrer Tante gewohnt?
– O nein – antwortete Mary – nur im letzten halben Jahr oder so –
Dauerte nicht lange, bis ich die ganze Geschichte erfuhr. Klingt ein wenig wie aus einem Roman aus dem 19. Jahrhundert – tatsächlich umgibt den gesamten Ort diese Aura – gemächlich & geruhsam an der Oberfläche, darunter aber brodeln alle möglichen interessanten Konflikte.
Daphne Brereton – Lady D. – von Geburt an wohlhabend & durch ihre erste Ehe noch wohlhabender geworden – ist natürlich Gegenstand zahlreicher Interessen – sowohl zu Lebzeiten als auch – & noch viel mehr – wenn sie tot ist! Die große philosophische Frage, die die Einwohner von Sandytown beschäftigt, ist nicht die

nach dem Sinn des Lebens – oder ob England jemals wieder Fußballweltmeister oder in irgendeiner Sportart Weltmeister werden kann – sondern, wer Lady D.s Kohle erben wird!
Mary hat einen netten Erzählstil – nur selten ist sie offen boshaft – doch spitzt sie die Lippen, wenn bestimmte Themen angeschnitten werden – & man erfährt die Botschaft & die Fakten!
Die Chancen stehen schlecht, dass das Geld Wohltätigkeitsorganisationen zufällt – so scheint es zumindest. Lady D. ist durchaus der Ansicht, das die Armen der Welt möglicherweise ein wenig Unterstützung verdient hätten – nur meint sie damit die armen alten Gäule, die zur Belohnung, dass ihnen in ihrer Blütezeit von breiten Ärschen das Rückgrat durchgebogen wurde, im hohen Alter ein Leben in Sorglosigkeit & Freiheit führen sollten! Sie selbst war mal eine scharfe Reiterin & Jägerin – hielt ein halbes Dutzend erstklassige Pferde; ihre einzige Extravaganz – sagt Mary. Gab das alles nach Sir Harrys Unfall auf. Jetzt hat sie nur noch eine alte Mähre – Ginger – um auf die Bauern herabzuschauen, wenn sie über ihre Ländereien kleppert.
Also – OXFAM – hier ist nicht viel zu holen! Nach Daphs ausdrücklicher Überzeugung sollte das Geld in der Familie bleiben; aber in welcher Familie? – das ist hier die Frage.
Top-Favoriten waren lange Zeit die Denhams – vor allem ein Neffe, der nach dem Tod von Lady D.s Gatten – Sir Harry – den Titel samt Denham Park geerbt hat. Sonst nichts – denn sonst gab es nichts – & selbst das Haus ist ein Schierlingsbecher – er bekam es als unveräußerliches Erbgut, so dass er es nicht verkaufen kann – & will er es wieder so herrichten, wie es früher war, würde es ein Vermögen kosten.
Von der Liebe mal abgesehen, bestand Sir Harrys Plan darin, das Herrenhaus der Familie – & sein Vermögen – durch eine »gute Partie« aufzubessern – ich sagte doch, es hört sich an wie ein Roman aus dem 19. Jahrhundert – aber er gab den Löffel ab, bevor das Vermögen seiner Bräute den Weg aufs Bankkonto der Denhams gefunden hatte.

Laut Mary habe Lady D. – ganz im Vertrauen – geäußert, das sie aus der Ehe mit Denham zwar nichts bekommen habe als den Titel – andererseits habe sie dafür auch nichts berappen müssen! Tolle Dame – was? Vielleicht lag es daran – & natürlich am Gefühl der Macht – das sie sich auf den neuen Baronet – Sir Edward – & seine Schwester Esther einließ, die sich plötzlich an sie ranwarfen. Lady D. hat es gern, wenn die beiden um sie herumschwarwenzeln – von Zeit zu Zeit wirft sie ihnen dann ein kleines Bonbon hin, um sich ihres Interesses zu vergewissern – lud sie zum Beispiel letzte Weihnachten zu einem Skiurlaub ein. Daher glaubten die beiden, sie stünden auf der Erbenliste ganz oben – welch ein Schock muss es daher für sie gewesen sein, als Lady D. kurz nach ihrer Rückkehr die Cousine Clara zu sich in die Hall beorderte! Als – vermeintlichen – Ausgleich verschaffte sie Sir Ed einen Job im Hollis-Schweineimperium – was – wie Mary andeutete – so gar nicht seine Sache ist, aber er musste annehmen oder es riskieren, dass er seinen Scharwenzel-Zugang einbüßte!
Der erste Gatte – Hog Hollis – schien aus dem gleichen Holz geschnitzt gewesen zu sein; er erwartete, dass die Verwandten sich seinem herrischen Gehabe unterordneten & froh waren um die Brosamen, die für sie möglicherweise abfielen. Ihm am nächsten – zumindest bei den Verwandtschaftsverhältnissen – stand sein Halbbruder Harold – als Hen Hollis bekannt. Die beiden schienen nie miteinander ausgekommen zu sein – & als sie die Familienfarm Millstone erbten, stürzte sich Hog, statt mit seinem Bruder zusammenzuarbeiten, auf die Schweine – & Hen aufs Geflügel – daher ihre Namen, kapiert?!
Es war zunächst ein Kopf-an-Kopf-Rennen – bis Hen schwer unter der damals grassierenden Salmonellenangst zu leiden hatte. Er brauchte dringend Geld – wandte sich an Hog, dessen Geschäfte gut liefen – Hog bot ihm ein Darlehen an – aber als echter Yorkshire-Bewohner verlangte er als Sicherheit Hens Anteil an Millstone. Als dann – trotz des Darlehens – das Hühnergeschäft pleiteging, vermittelte Hog seinem Bruder auf der Schweinefarm

einen Job – als Aufseher der Qualitätssicherung. Das nennt man echten Familiensinn – auf Yorkshire-Art. Ein Teil von Hens Lohn kam in Form der Miete zurück, nachdem der ihn weiterhin auf Millstone wohnen ließ – die nun ganz Hog gehörte.

Hog selbst hatte es sich mittlerweile in Sandytown Hall bequem gemacht – & von dort buhlte er um Daphne Brereton. Sie heirateten – Hog scheffelte noch mehr Geld; Hen & Lady D. kamen nicht miteinander aus – aber da man es gewohnt war, dass die beiden mit anderen nicht auskamen, war das nichts Ungewöhnliches; dann starb Hog & hinterließ so ziemlich alles seiner Witwe. Die nominelle Anerkennung der Familienbande bestand darin, dass er ihr Millstone lediglich treuhänderisch vermachte. Die Gebäude & alles auf dem Bauernhof würden an Hen zurückfallen, falls er seine Schwägerin überlebte.

Hier am Ort – sagt Mary – bekommt man eine Quote von 20 zu 1, wenn man darauf wettet, dass Hen Lady D. überlebt! Sie erfreut sich vitaler Gesundheit – er ist ein Säufer & Raucher & »Choleriker« – wobei sich sein Zorn in erster Linie auf die Witwe seines Bruders richtet, die nun genießt, was seiner Meinung nach – & der mehrerer anderer Hollis' – der Familie hätte zufallen müssen.

Angeführt von Hen, erhoben diese unzufriedenen Hollis' Einspruch gegen das Testament. Allerdings nicht alle – manche wie Alan Hollis, der Lady D.s Pub – das Hope & Anchor – betreibt, wissen durchaus, von wem die Butter auf dem Brot kommt. Die anderen erreichten nichts – Lady D.s cleverer Londoner Anwalt wischte schnell ihre fadenscheinigen juristischen Einwände vom Tisch. Lady D. zeigte sich gönnerhaft großzügig in ihrem Sieg – schließlich hätte sie an deren Stelle genauso gehandelt – doch als sie erfuhr, dass Hen eine neue Strategie verfolgte & Gerüchte verbreitete, wonach sie beim Tod ihres Mannes nachgeholfen haben sollte, drehte sie völlig durch!

Daph & Hen hatten eine heftige – & öffentliche – Auseinandersetzung, die damit endete, dass Hen sich weigerte, seine Vorwürfe

zurückzunehmen. Vielleicht hatte er vergessen, dass Lady D. jetzt sein Boss war. Er wurde sehr schnell daran erinnert, denn sie feuerte ihn – & als er zurückschlug & sagte, er hätte sowieso keine Lust, für die alte Vettel zu arbeiten – ließ sie ihn ihren Stiefel spüren & eine Vorladung zustellen, wonach er die Hollis-Farm zu verlassen habe – wozu sie gesetzlich berechtigt war.
Harmonische Familie – was? Dagegen ist unsere richtig beschaulich!
Wenigstens bleibt Hen die Genugtuung, das Daph ihn nicht davon abhalten kann, Millstone zurückzubekommen – wenn er sie überlebt. Die anderen aber – das heißt die Denhams & Cousine Clara – müssen nach ihrer Pfeife tanzen, egal, was für sie vielleicht einmal abfallen wird. Mary zeigt wenig Mitgefühl für den Baronet & seine Schwester, spitzt aber die Lippen zugunsten von Clara & deutet an, dass deren Position im Haushalt weniger die eines Ehrengastes als einer unbezahlten Haushälterin & einem allgemeinen Faktotum entspricht.
Hatte deshalb fast ein schlechtes Gewissen wegen meiner hässlichen Gedanken über sie – Clara meine ich – jetzt sehe ich sie als die *arme Verwandte* – liegt wahrscheinlich bibbernd in ihrem Zimmer unter dem Dach & schrubbt Böden & putzt Kamine für ihre tägliche Haferschleimsuppe – & den Presssack am Sonntag!
– Lady D. hält also ihr Geld zusammen? – fragte ich & konnte mich gerade noch zurückhalten, Onkel Sidneys Spruch anzubringen.
– So kann man es nennen – antwortete Mary.
– Trotzdem gibt sie nächsten Sonntag dieses große Grillfest – sagte ich.
Wieder spitzte Mary die Lippen. (Ich muss das unbedingt üben! Könnte mir zupasskommen, wenn Patienten mich um meine Meinung zu ihren amourösen Gefühlen gegenüber Haustieren bitten!)
– Das Fest wird vom Konsortium finanziert – sagte sie – Daphne Brereton stellt nur das Gelände zur Verfügung. Das Hope & An-

chor – das ihr gehört – liefert die Getränke – & soweit ich weiß, stellt sie dem Konsortium sogar das Schwein von Hollis in Rechnung – wie immer wird sie also auch noch einen saftigen Gewinn machen! –
Interessant – was?
Am Abend mit den Parker-Kids Schnippschnapp gespielt. Fiel mir schwer, nicht den Rammschädel zu geben & alle Spiele zu gewinnen; also rief ich zu Hause an – nur um mich daran zu erinnern, was ich vermisste. Nett mit Mum geplauscht – dann kam Dad an die Leitung. In guter Laune – hat das Haus wieder so, wie es ihm gefällt – keine Besucher – nur er & Mum & George plus die Zwillinge – & ich dort, wo er mich am liebsten hat – am anderen Ende der Leitung – wo wir am besten miteinander auskommen!
Erzählte ihm von unserem ausgebüchsten *Rehi* – Mr. Deal – alias *Dii-Ell* – der behauptet hatte, ihn zu kennen.
– Großer Kerl? – fragte er – sieht aus, als wäre seine Mum mit einem Preisbullen in die Zuchtbox gesperrt worden? –
Kann schon mit Worten, unser Dad – aber ich muss zugeben, er hat den Nagel auf den Kopf getroffen.
– Aye – ich erinnere mich an ihn – Andy Dalziel – (er hat's mir buchstabiert) – ist ein Bulle – ich weiß nicht, was er mit den Gaunern anstellt – aber auf dem Rugby-Feld hat er uns die Scheiße aus dem Leib geprügelt –
– Er hat an dich auch nur gute Erinnerungen – sagte ich – nannte dich Stompy –
– Daran hat er sich erinnert – ja? – sagte Dad; klang dabei ganz gerührt – Kein schlechter Kerl – dieser Dalziel – solang du ihn nicht verscheißerst. Kaum zu fällen – ich wette, Parkers Wagen hat jetzt eine Beule! –
Das war der, der in diesem Jahr von diesen Spinnern in die Luft gejagt worden ist – du hast wahrscheinlich davon gelesen – wenn du mal Zeit gehabt hast, einen Blick in die Zeitung zu werfen – zwischen Disco-Besuchen & Besäufnissen –

Interessante Vorstellung von akademischer Ausbildung – unser Dad!
– Wahrscheinlich ist er deswegen dort in der Reha – sagte ich.
– Dann haben sie alle Hände voll zu tun – sagte er – richte ihm Grüße aus, falls du ihm noch mal begegnen solltest –
Werde ich tun – sagte ich – auch wenn die Chance dafür sehr gering ist. Wahrscheinlich haben sie ihn nach seinem Ausbruch in eine Gummizelle gesteckt!
Jetzt also in mein einsames Bett – in Gedanken bei dir & wie du dich um deine bronzefarbene Begattungsmaschine schlingst! Nur weil ich Männer für immer aufgegeben habe, heißt das noch lange nicht, dass ich sie nicht stellvertretend genießen kann – also – besorg's ihm einmal für mich!

Alles Liebe,
Charley XX

9

Morgen, Mildred!
Ich liege immer noch schwer angeschlagen im Bett, also kann ich auch mit mir selber quasseln. Dann bekomm ich wenigstens was Sinnvolles zu hören!
Nein. Ich will nicht ungerecht sein. Wie meine Mama immer gesagt hat, es gibt Leute, zu denen musst du nicht nett sein, aber du solltest wenigstens immer versuchen, jeden gerecht zu behandeln.
Ich habe gedacht, ich würde nach meiner großen Flucht mit der Morgendämmerung aufwachen und mich pudelwohl fühlen. Stattdessen ist es fast Mittag, und ich platze fast, weil ich zum Pinkeln muss, aber als ich aus dem Bett gleiten wollte, bin ich beinahe der Länge nach hingefallen. Fühle mich schlimmer als im Central.
Die Oberin erscheint wie der Blitz – vielleicht hat sie mich verwanzt.
»Mr. Dalziel«, sagt sie. »Sie sollten nicht aufstehen!«
»Nein?«, sage ich. »Aber dann werde ich auf meiner Matratze herausgeschwemmt.«
Sie hat so viel Verstand, nicht eine von diesen Flaschen vorzuschlagen, sondern schlingt sich meinen Arm um die Schultern, packt mich an der Hüfte, und zusammen wanken wir auf die Toilette. »So«, sagt sie. »Ich mach nur mal schnell Ihr Bett, dann hol ich Sie wieder ab.«
»Lassen Sie sich Zeit«, sage ich. »Ich tu es auch.«
Ich spüle erst, als ich mir die Hände gewaschen habe, damit sie nicht vorgewarnt wird und mir zu Hilfe eilt. Zwei schnelle Schritte vom Klo zur Tür, und ich muss schon wieder stehen bleiben, um mich auszuruhen.

Die Oberin steht an meinem frisch gemachten Bett, in der Hand meinen Recorder.
»Hab das in Ihrem Bett gefunden, Mr. Dalziel«, sagt sie.
»Oh aye. Das ist ein Sexspielzeug«, sage ich.
»Wirklich?«, erwidert sie und hält es sich ans Ohr. »Was spielt es ab? Anleitungen für Anfänger?«
Freche Kuh! Aber ich muss lachen. Und sie grinst ebenfalls, als wüsste sie, dass mein einziges Interesse am Bett im Moment darin besteht, wieder reinzukommen, um weiterzuschlafen.
Ich wanke voran, schnappe mir den Recorder und falle auf die Matratze. »Ts-ts-ts«, kommt es von ihr, dann zieht sie mir die Decke über.
»Ich sehe, für morgen hat sich bei Ihnen Besuch angemeldet«, sagt sie. »Ich hoffe, Sie können morgens zu Ihrer Physio-Sitzung, sonst müssen wir das absagen.«
Aber sie grinst, als sie das sagt.
Doch nicht so übel, geht mir durch den Kopf. Könnte noch was gehen! Aber muss aufpassen, jetzt, da sie ihre scharfen Äuglein auf dieses Ding geworfen hat. Am besten, ich klemm es mir zwischen die Beine, bevor ich einschlafe. Wenn es dann jemand rauskriegt, ohne dass ich was merke, dann bin ich wirklich am Arsch! Trotzdem, in Zukunft brauch ich ein besseres Versteck, wenn ich nicht will, dass sie sich im Schwesternzimmer einen abgiggeln. Alter Trick, in eine Plastiktüte wickeln und in den Spülkasten im Klo stecken. Da würde ein Polizist als Erstes nachsehen, aber um Polizisten muss ich mich hier nicht kümmern!
So, Kopf aufs Kissen, und hoffentlich kann ich diese komischen Träume ausfallen lassen und an einer hübschen kleinen Phantasie über Cap feilen. Und morgen geht's weiter. Ein paar Stunden mit Cap, mehr braucht's nicht für die Physiotherapie.

10

Okay, Mildred, ich hätte auf dich hören und meine Wollweste anziehen sollen!
Schlechte Nacht. Meine erhoffte Phantasie über Cap blieb aus, stattdessen hatte ich wieder diese dämlichen Träume, in denen ich herumschwebe und mit Gott rede!
Aber in der Physio läuft es gut. Tony spitzte ein bisschen sein Mäulchen, als er den Blick über mich schweifen ließ. Doch als er mit mir fertig war, fühlte ich mich kregel genug, um Cap das Willkommen zu bereiten, das sie verdient hat!
Als Erstes aber musste ich ihr Gezeter über mich ergehen lassen, das ich, wie sie meinte, verdient hätte! Klatschmaul Katzenjammer muss ganz schön dick aufgetragen haben – welchen Schaden ich mir doch hätte zufügen können, weil ich mich auf und davon gemacht habe.
Ich versuche es also herunterzuspielen, gebe den brünstigen Stier und sage, »komm her, und ich zeig dir, wie schlecht es mir geht!«. Nun, sie kommt, und ich zeige es ihr, muss dabei aber feststellen, dass, wie Mama immer gesagt hat, die Augen größer sind als der Magen.
Als ich schließlich aufgebe, sagt sie: »Das reicht, Andy. Wenn sie dir sagen, dass du den Tag mit einem Eisbad anfängst, dann wirst du das von jetzt an verdammt noch mal machen! Wenn ich einen Eunuchen will, hätte ich mich in den Istanbuler Kleinanzeigen umgesehen.«
Ganz schön kesse Lippe, diese Cap.
Sie hat mir, wie versprochen, Zivilklamotten mitgebracht, und ich muss ihr versprechen, ein braver Patient zu sein und alles zu tun, was die Oberschwester sagt, sonst würde sie sie auf der Stelle wieder mitnehmen.

Auf meine Frage, ob es Neuigkeiten von der Fabrik gibt, sagt sie nichts, nur, dass Pete ihr erzählt habe, alles laufe wunderbar, und niemand vermisse mich. Er habe angefragt, ob er mich besuchen könne. Ich sage, auf keinen Fall, nicht, bis ich nicht wieder richtig auf den Beinen bin. Er hat mich im Central gesehen, wo ich noch zu nichts nütze war. Wenn er mich das nächste Mal sieht, will ich wieder voll unter Dampf stehen, sonst hat er womöglich noch Mitleid mit mir. Ich zweifle nicht, dass die Geier bereits über der Fabrik kreisen, und wenn Pete von seinem Besuch zurückkommt und ein langes Gesicht zieht, setzen sie zur Landung an!
Cap meint, ich benähme mich wie ein Idiot, ich brauche meine Freunde. Ich sage, ich wisse, was ich außer ihr noch brauche, aber sie rollt dabei nur mit den Augen und sagt, was ich sicherlich brauche, sei eine weitere Woche im Bett. Kurz darauf bricht sie auf. Will noch zum Pflegeheim rüber, um ihre alte Schuldirektorin zu besuchen, die es anscheinend nicht mehr lange macht.
Zum Abschied sagt sie: »Vielleicht hätte ich dich dort unterbringen sollen, Andy.«
Ich begleite sie zum Ausgang. Und als ich zu meinem Zimmer zurückkehre – wen sehe ich da herauskommen? Franny Roote!
»Was zum Teufel treibst du da?«, will ich wissen.
»Ich suche Sie, was sonst, Andy«, antwortet er. »Einige Ihrer Mitgefang… äh, Rekonvaleszenten sind am Third Thought interessiert, und nachdem ich mit denen fertig war, fragte ich Pet, wo ich Sie finden könnte.«
»Pet?«, sage ich.
»Schwester Sheldon. Ich habe angenommen, Sie würden sich mittlerweile bereits mit Vornamen ansprechen, Andy.«
»Nein, tun wir nicht. Und das gilt auch für dich und mich«, sage ich verärgert. »Und jetzt zieh Leine.«
Ich bin nicht in der Stimmung, um mit Roote zu plaudern, nachdem es mit Cap nicht sonderlich gut gelaufen ist. Weiß

nicht, wer gesagt hat, dass Vergnügungen immer ihren Preis haben, der Kerl hatte jedenfalls recht. Ich hatte das Vergnügen von zwei Pint Ale, von denen ich eines nicht recht genießen konnte, und was ist jetzt? Ich muss noch immer dafür blechen.

Apropos. Ich schulde diesem Parker noch zwanzig Pfund. Na, das wird warten müssen. Ich weiß, es ist erst Teatime, aber ich brauche meinen Schönheitsschlaf!

11

VON: charley@whiffle.com
AN: cassie@natterjack.com
BETREFF: adelige Sexmonster & beinlose Wunder

Hallo!
Keine Antwort auf meine gestrige Mail. Zu beschäftigt? Womit? – würde ich gern wissen.
Nun – ich bin auch beschäftigt – aber das hält mich nicht davon ab, dir alles zu erzählen – & du solltest es lieber auch lesen – es gibt nämlich einen Test!
Wenn es noch jemanden in Sandytown gibt, den ich noch nicht kennengelernt habe – jemanden von Bedeutung – dann muss er in einer Höhle leben! Am Morgen spät gefrühstückt – Tom & Mary sagten, ich soll alle Anzeichen frühen Gewecktwerdens getrost ignorieren – wie alle Kinder wollen auch ihre Kinder während der Schulzeit immer ewig schlafen, in den Ferien aber stehen sie mit den Lerchen auf. Minnie – vermute ich – musste bei Todesstrafe verboten worden sein, sich meiner Tür zu nähern, es schien jedenfalls gefruchtet zu haben – so kam ich erst gegen halb zehn nach unten!
Trank mit Mary einen Kaffee – Tom war wohl noch vor den Kindern ausgeflogen – als es an der Tür klingelte. Mary ging ran & kam mit einem regelrechten *Sexmonster* zurück – er steckte in einer engen schwarzen Motorrad-Ledermontur – du weißt, was das mit der Figur eines Typen anstellen kann.
Der hätte aber auch in Nadelstreifen gut ausgesehen.
1,90 – verteufelt hübsch – auf die altmodische Hollywood-Art – bevor dieser neue Look aufkam, bei dem sie alle aussehen, als wären sie schon seit 3 Tagen tot – athletische Statur – breite Schul-

tern – schmale Hüfte – hübscher Hintern – nicht unbedingt *bronzefarben* – sein Gesicht, meine ich – von seinem Hintern weiß ich das nicht – trotzdem! – er hat eine sehr gleichmäßige & natürlich aussehende leichte Bräune. OK – hält sich ganz offensichtlich für ein Gottesgeschenk – aber wie man so schön sagt – wenn du's hast, Baby, dann stell es auch zur Schau!

Das war Teddy Denham – kein Geringerer als Sir Edward Denham – Lady D.s Stiefneffe & einer der hoffnungsvollen Erben! Nachdem er von Lady D. gehört habe, das Tom zurück sei, hätte er sich sofort aufgemacht, um hallo zu sagen – & sich nach dem mittlerweile berühmten Knöchel zu erkundigen.

Mary stellte uns vor – er sagte, Lady D. hätte mich erwähnt – dabei grinste er leicht, um anzudeuten, das mich die Wortwahl ihrer Erwähnung wohl amüsieren sollte – & er gab mir die Hand, gerade herzlich genug, um den Händedruck persönlich erscheinen zu lassen.

Ich war so auf ihn fixiert, das ich seine Begleiterin kaum wahrnahm – was ganz OK war – denn sie gab ziemlich deutlich zu verstehen, das sie mich ebenfalls nicht für wert befand, wahrgenommen zu werden.

Das war seine Schwester – Esther – attraktiv gekleidet & selbst sehr attraktiv, wenn sie ihrem Gesicht eine Chance geben würde. Im ersten Moment glaubte ich, sie würde mir bekannt vorkommen – aber als wir uns vorgestellt wurden & sie mich ansah – das erste & einzige Mal – änderte ich meine Meinung.

Erinnerte mich an Dads Kommentar über die Frau des Pfarrers – *als würde sie sich runterbeugen, um an einer Blume zu riechen, & dabei bemerken, dass die in einem Kuhfladen wächst!* Wenn mich jemals jemand so angesehen hätte, dann würde ich mich daran erinnern.

Sie machte den Eindruck, als wollte sie eigentlich gleich wieder weg – er aber meinte, ja, er würde gern einen Kaffee mittrinken – & setzte sich neben mich & wir plauderten drauflos, als würden wir uns schon ewig kennen. Nach zehn Minuten tauchte Tom auf.

Er & Teddy begrüßten sich wie alte Kumpel – Esther nickte ihm wie ein kalter Fisch nur herablassend zu – was er wie eine liebenswürdige Umarmung auffasste. Dann fragte Teddy nach Toms Knöchel & bekam die gesamte Wunderheilungsgeschichte zu hören.

– Natürlich – erklärte Tom – kam mir sehr die augenblickliche & fachkundige Erste Hilfe von unserer lieben Freundin Charlotte zugute – (das trug mir ein *Na-bist-du-aber-talentiert*-Grinsen von Teddy, dem Baronet, ein) – aber – fuhr Tom fort – die unglaublich geschwinde Genesung muss ich auch Mr. Gordon Godley aus Willing*dene* anrechnen – (er betonte das lange e & lächelte, als wollte er sagen, wie froh er um den Irrtum war, der zu meiner Anwesenheit in Sandytown geführt hatte) – dem berühmten Heiler, den ich hoffentlich in die Mitte unserer fürsorglichen Gemeinschaft locken kann –

Während er das alles sagte, führte er einen kleinen Jig auf, um seine Gesundung zu demonstrieren. Esthers Antlitz hatte sich bei der Erwähnung des Wortes *Heiler* zusammengezogen wie ein Schweinearsch – & als sie den Jig sah, glaubte ich, sie könnte jeden Moment vor Abscheu kotzen. Zum Glück für die auf Hochglanz polierten Bodendielen klingelte in diesem Moment ihr Handy. Sie sah aufs Display – & ihre Miene veränderte sich so schnell, als wäre sie computeranimiert.

– Tante Daphne – trällerte sie – wie geht es dir? –

Sie erhob sich & entfernte sich – nicht ohne das übliche *Tut mir leid* zu äußern, das die meisten von sich geben, wenn sie in Gesellschaft anderer von ihrem Handy überrascht werden – sie jedoch sagte es, als hätte sie es vorgezogen, wenn *wir* den Raum verlassen hätten & *sie* hätte sitzen bleiben können!

Ihr veränderter Gesichtsausdruck aber rief erneut meinen ersten Eindruck wach – jetzt war ich mir nämlich ziemlich sicher, sie – oder ihren Zwilling – schon mal gesehen zu haben. Du erinnerst dich – letzten Dezember – beim Skifahren in der Schweiz in der Nähe von Davos – ich habe dir *ausführlich* von mir & dem lausi-

gen Liam berichtet – anders als das zensierte Zeug, das du mir schickst! Dad sprang im Dreieck – bis ich ihm zusagte, ich würde Weihnachten zu Hause sein – außerdem kostete es kaum was – Fahrt mit dem Bus – Übernachtung in der Jugendherberge – Stockbetten in Schlafsälen – was ihn – fälschlicherweise – zu der Annahme verleitete, dass nichts Unanständiges passieren würde. Aber erst als George fragte, ob er mitkönne, rang sich Dad seine Zustimmung ab. Der RS glaubte, George würde die Anstandsdame geben – ich glaubte, ich müsste ihn immer mitschleifen – wir sollten uns beide täuschen! Letztendlich bekam er – wie ich dir erzählt habe – genauso viel Action ab wie ich!
Wie auch immer – unser *Après-Ski* bestand aus einer biergeschwängerten Disco in der Bengel-Bar – eine Mischung aus Willingden Village Hall & dem Schwarzen Loch von Kalkutta – dort traf sich die abgebrannte Jugend – & dort sah ich auch diese säuerliche Visage – nur war sie nicht säuerlich – sie lachte, bis ihr die Tränen kamen – & zog eine heiße Dirty-Dancing-Nummer ab – mit einem dürren blonden Typen – dem reichten die Haare bis zu den Schultern & er hatte einen Schnurrbart, mit dem er Suppe filtern konnte. Er hieß Emil – Nachname laut George zufolge Geiger-Zähler – aber das war bloß eine Verballhornung von Künzli-Geiger oder Ähnlichem. G. lernte ihn irgendwie kennen – ich glaube, sie waren gemeinsam beim Pinkeln – so schließen Typen Bekanntschaft, steht alles in den Lehrbüchern! – & am nächsten Tag traf er ihn auf der Piste & sie fuhren eine Art Rennen – das G. verlor. G. war sichtlich beeindruckt, das ein so dürrer Typ wie Emil ihn beim Skifahren schlagen – & – vermute ich – obwohl er das nicht offen aussprach – noch dazu einen so großen Pimmel haben konnte! Muss G. danach fragen, wenn ich zu Hause anrufe. *Sie* hatte keinen Namen – nur eine Initiale – Ess – & eine von meinen Freundinnen taufte die beiden Ess & Em, nachdem sie sie tanzen sah – was ich George erklären musste – der das für das witzigste Wortspiel seit »Madam I'm Adam« hielt – du erinnerst dich? – & meine Freundin entsprechend belohnte.

Trotzdem fiel es mir schwer zu glauben, dass Dirty-Dancing-Ess & Sauertopf-Esther ein & dieselbe Person sein konnten – auch wenn ich mich daran erinnere, dass Mary erwähnt hatte, Lady D. habe die Denhams vergangene Weihnachten zu einem Skiurlaub eingeladen. Sie war in den Flur hinausgegangen – ihre Stimme aber blieb auf der Upperclass-Lautstärke, die nahelegte, dass Dienstpersonal & andere von dieser Sorte wie ich & die Parkers stocktaub sind – oder sein sollten. Wir hörten also sehr deutlich, wie sie sagte – nein – macht überhaupt nichts – nein – nur ein Höflichkeitsbesuch – unter diesen Umständen kannst du es als Krankenbesuch bezeichnen – eine verdrießliche Pflicht – aber eine Pflicht nichtsdestotrotz – wie du doch sehr gut verstehen wirst – Tante Daphne. Fünf Minuten – kaum länger –

Tom hatte unterdessen Sir Teddy gefragt, wie es mit der Arbeit stehe – & der Baronet verzog das Gesicht & antwortete – Sagen wir mal, ich hoffe, Tante Daph serviert nicht schon wieder Schweinebraten zum Mittagessen –

– Kommen Sie viel mit Schweinen in Berührung? – fragte ich.

– In der Tat – antwortete er verdrießlich – vom ersten Quieken bis zum endgültigen Tiefkühlprodukt – ich leite die Qualitätssicherung –

Das war Nepotismus auf Yorkshire-Art! – dachte ich.

Dann sagte Mary – Ich wünschte mir, man hätte dort auch jemanden für die Geruchskontrolle –

Teddy lächelte traurig & sagte – Sie sollten erst mal auf Denham Park wohnen, Mary –

Von der Tür ertönte Esthers Stimme – Teddy – wir müssen los – Tante Daphne möchte mit uns über eine Familienangelegenheit reden –

Es kam sehr entschieden – das Süßliche war ins Saure umgekippt – das Licht ausgeknipst – Dienst nach Vorschrift war wieder angesagt.

– Was soll die Panik, Ess – sagte Teddy & sah auf seine protzige Rolex – wir sind erst in eineinhalb Stunden verabredet –

Ha! Er hatte sie Ess genannt! Kurzform für Esther – ein Name, der es nötig hat, abgekürzt zu werden. Es musste sie sein – auch wenn die Ähnlichkeit wieder verblasst war, nachdem sie erneut die Sauertöpfische gab. Aber falls – wie G. sagte – Emil wirklich ein armer Student war – würde das erklären, warum sie sich mit ihm in der Bengel-Bar getroffen hatte – dort bestand kaum die Möglichkeit, dass sie auf Lady D. oder deren Kumpel traf, die sich wahrscheinlich drüben im Kloster einen hinter die Binde kippten.
– Warum kann sie das mit uns nicht einfach beim Mittagessen besprechen? – fragte Teddy.
– Vor Clara? – sagte Esther.
Sie sprach den Namen aus, als hafte ihm ein ekeliger Geschmack an.
– Clara gehört auch zur Familie – sagte Ted & holte sich damit einen Heywood-Fleißpunkt.
– Nicht zu *unserer* Familie – & außerdem wird das beinlose Wunder auch anwesend sein –
Tom & Mary tauschten einen missbilligenden Blick aus – aber keiner sagte etwas.
– Wirklich? Warum das denn? – fragte Teddy stirnrunzelnd.
– Er scheint sie zu amüsieren – & er isst nicht viel – hör zu – ich mach mich auf den Weg – du kannst ja nachkommen, wenn du dich in der Lage sehen solltest, dich von hier loszureißen –
Sie nickte den Parkers zu – sah mich noch nicht einmal an – & machte auf ihrem hochhackigen Absatz kehrt – einem sehr hohen, sehr spitzen Absatz – sie weiß sich zu kleiden – muss in der Familie liegen – der Baronet sah in seinem Leder zum Anbeißen aus – & ich konnte mir vorstellen, ihn herauszupellen – in der Art von James Bond – um einen makellosen ...... DJ freizulegen! (Reingelegt!)
Leider fiel es Teddy – trotz seiner Proteste – nicht sonderlich schwer, sich loszureißen – auch wenn er noch eine reumütige Entschuldigung herausbrabbelte, bevor er der Eiskönigin hinterhereilte.

Nachdem er fort war, sagte Tom zu mir – Kommen Sie, Charley – es ist an der Zeit, unsere Tour fortzusetzen –
Wenn Tom etwas beschließt, dann wird es auf der Stelle in die Tat umgesetzt – & wir waren schon aus dem Haus, als Esther gerade in einen Range Rover kletterte – was sonst? – einen ziemlich alten – aber der Landadel betrachtet neue RR wahrscheinlich wie neue Barbour-Jacken als Ausdruck von Neureichtum. Ted dagegen ließ sich rittlings auf einer neu aussehenden Buell Lightning nieder – in Mitternachtsschwarz – auf deren Tank in Silber die Worte *Sexy Beast* geschrieben waren. Narzissmus? Oder das Geschenk einer Verehrerin …?
Während sie über die Zufahrt davonrauschten, sagte ich – Ich dachte, sie wären ein wenig klamm, hat jedenfalls Mary erzählt – kein Wunder, wenn sie ihre Kohle für 7000 Pfund teure Motorräder ausgeben –
– So viel? – sagte Tom – na ja – er hat damals Glück gehabt – Ted hat es nicht gekauft, sondern bei einer Wohltätigkeitslotterie gewonnen – lass dein Brot über das Wasser fahren – was, Charlotte? –
Ted, der Glückspilz – dachte ich. Kein Wunder, dass er annimmt, die Welt schulde ihm immer einen Gefallen!
Auf dem Weg den Hügel runter fragte ich – ganz & gar beiläufig – ob es nicht Konflikte gebe zwischen seinem (Toms) Öko-Enthusiasmus & dem verdammt großen CO_2-Fußabdruck, den die Denhams – die jungen wie alten – auf allen Straßen in Sandytown hinterließen.
– Genau! – rief Tom aus, als wäre er von einem einfallsreichen & hilfreichen Aperçu entzückt – genau so sehe ich es auch. Arzt, hilf dir selber & reiche das Heilmittel weiter! Zu bekehren ist besser als zu verurteilen – zu überzeugen besser als zu verschreiben. Wir alle haben unsere sich ergänzenden Rollen – meine sehe ich als die des Zusammenträgers – ich bringe das ganze Spektrum unserer Fähigkeiten zusammen. Es hat nicht lange gedauert – liebe Charlotte – um zu erkennen, wie nützlich ein Talent wie

Ihres – nämlich zu beobachten & zu analysieren – für unsere kleine Gemeinde ist –
Mir dämmerte, dass ich in Toms Augen – genau wie Gordon Godley – eine Gelegenheit darstelle, die keinesfalls verpasst werden durfte. Der Kerl versuchte mich zu rekrutieren!
Doch ist er ein solches Schätzchen, dass ich nicht anders konnte, als mich geschmeichelt zu fühlen.
Als wir uns ein zweites Mal dem Hexen-Cottage näherten & ich mich an den kleinen Vorfall von gestern erinnerte, fragte ich, wie Miss Lee – die Akupunkteurin – mit Lady Denham zurechtkomme. Tom – der augenscheinlich der universalen Liebe huldigt – meinte – fein – fein. Aber er huldigt auch der durchschaubaren Ehrlichkeit – & so fügte er hinzu – Es gab da eine kleine Widrigkeit – glaub ich – bezüglich Miss Lees Mietvertrag – aber ich bin überzeugt, es ist eine für beide Seiten befriedigende Lösung gefunden worden –
– Sie meinen, Lady D. gehört das Hexen-Cottage? – sagte ich.
– Freilich – antwortete er – & noch vieles mehr übrigens – die Breretons waren große Immobilienbesitzer – & Hog Hollis – Lady D.s erster Gatte – ließ kaum eine Gelegenheit aus, um in Ziegel & Mörtel zu investieren –
Ich hätte gern noch mehr gehört – wäre mir nicht bewusst geworden, das ich von Tom sowieso nur eine gesäuberte Version jeglicher Unstimmigkeiten präsentiert bekommen hätte – weshalb ich mir vornahm, das Thema in Gegenwart des jungen Fräuleins aller ungesäuberten Versionen zu erwähnen – Minnie!
Am Cottage antwortete Miss Lee nach kurzer Verzögerung auf Toms Klopfen. Ich wurde – knapp – vorgestellt. Sie machte eine Art chinesischen Knicks – wie Pitti-Sing im Musical – & trug so was wie einen Kimono. Ihr Gesicht aber sah aus der Nähe sehr viel weniger asiatisch aus – mehr Plastik als Porzellan – & ich würde sagen, ihr Mandelblütenteint kommt aus der Dose. Ihre Stimme war ziemlich neutral – sehr klar – gelegentliche Yorkshire-Vokale deuteten darauf hin, dass sie schon seit einiger Zeit im Lande ist.

Sie habe einen Patienten – erklärte sie – würde sich aber gleich zu uns gesellen. Wir standen in einem schmalen Flur mit einer steilen Treppe zum ersten Stock & 2 Türen rechts & einer weiteren am Gangende – diese stand offen & ließ eine Küche erkennen. Miss Lee schlüpfte durch die erste Tür – vermutlich, damit wir nicht den armen Kerl zu Gesicht bekamen, der wie ein Igel mit Nadeln bestückt war! – & Tom führte mich durch die nächste Tür – er schien sich sehr zu Hause zu fühlen.
Diese Alternativsachen – schoss mir durch den Kopf – probierte er sie wirklich *alle* aus?
Wir befanden uns in einem dämmrigen Wohnzimmer – in den meterdicken Wänden kleine Fenster aus dem 16. Jahrhundert – mal was anderes als Bambus & Reispapier – oder findet man das eher in Japan? An der Wand einige Bilder – chinesische Kunstdrucke – & ein gerahmtes Berufsdiplom in chinesischen Schriftzeichen. Nein – ich habe mir nicht Chinesisch beigebracht – aber daneben im selben Rahmen befand sich, wie ich vermute, die englische Übersetzung – die der Welt verkündet, dass Yan Lee – mit Auszeichnung – das Pekinger Institut für Akupunktur & Moxibustion absolviert habe! (Klär mich auf – du bist hier die Medizinexpertin der Familie!)
Tom ließ sich in einem verstaubten Armsessel nieder, um eine verstaubte Zeitung zu lesen – & ich wanderte umher & unterzog das Bücherregal einer genaueren Prüfung. Wir Psychologen können eine Menge anhand der Bücherregale herausfinden! Hauptsächlich Romane – Liebesromane – historische Schmonzetten – einige Klassiker, die aussahen, als wären sie aus der Schule geklaut. Sachbücher beschränkten sich auf königliche Erinnerungen & Delia-Kochbücher – daneben – beinahe hätte ich es übersehen – ein sehr schmuddeliges Taschenbuch – *Akupunktur: Selbst beigebracht.* Pflichtlektüre des Pekinger Instituts?
Miss Lee tauchte wieder auf, als ich es gerade durchblätterte – deshalb schob ich es schnell zurück & hoffte, sie habe es nicht bemerkt. Tom plauschte ein, zwei Augenblicke über lokale Bege-

benheiten – dann fing er von meiner Doktorarbeit an – klang dabei, als wäre ich eine Stipendiatin der Royal Society bei einem von der WHO finanzierten Forschungsprojekt! Miss Lee lauschte – dann sagte sie – Sie wollen also mit meinen Patienten reden, um zu überprüfen, ob ich ihnen wirklich helfe? Ich sagte – Nein – ich würde mich gern mit jenen unterhalten, deren körperliche Gesundung nicht zu bezweifeln ist – um die damit verbundenen mentalen Prozesse verstehen zu können. Ich habe keinerlei Interesse daran, ein Urteil über den Status der Akupunktur als medizinisch wirksame Therapie abzugeben –
Sie lächelte verhalten – als würde sie nicht ein Wort davon glauben – & sagte – OK – ich werde mit ein paar reden – mal sehen, was sie davon halten – & mich dann bei Ihnen melden – jetzt muss ich wieder an meine Arbeit –
Danach scheuchte mich Tom zu seiner Aromatherapeutin – einem mitteläItlichen Madonna-Verschnitt – seiner Reflexologin – sieht aus wie die Empfangsdame in einem Bestattungsinstitut – blasse Haut – schwarzer Rock & schwarzes Top – in ihrer Teenagerzeit wahrscheinlich in der Gothic-Szene unterwegs & seitdem nicht willens oder fähig, sich ein Upgrade zu leisten; und seinen Herbalisten – komischer kleiner Kauz mit jung-altem Gesicht – würde einen guten Herr-der-Ringe-Elfen abgeben. Alle freuten sich, mir zu helfen – nachdem sie natürlich Rücksprache mit ihren Patienten gehalten haben; Tom klang wohl sehr überzeugend – wahrscheinlich aber sehen sie Toms Enthusiasmus für ein komplementäres Therapiezentrum im Manor nur als einen Weg an, um zu Ruhm & Reichtum zu gelangen – was er also will, das kriegt er auch!
(Zynisch? *Moi?* Die ich mein Leben lang daran geglaubt habe, das es die Liebe ist, die die Welt am Laufen hält? Die *Eigen*liebe oder die Liebe zum *Geld* natürlich – was sonst?)
Hätte auch gern noch Toms Homöopathen gesehen, doch der lag mit einer üblen Erkältung im Bett.
– Vielleicht kuriert er damit seine Lungenentzündung – sagte ich.

Tom hielt das für ziemlich witzig – nachdem er dahintergekommen war – & ließ es sich nicht nehmen, es jedem auf die Nase zu binden, den wir trafen – & fügte meinen anderen Talenten auch noch Wilde'schen Esprit hinzu. Er kicherte immer noch vor sich hin, als er mich ins Hope & Anchor führte – das Pub, vor dem wir Mr. Deal rausgelassen hatten. Hätte mich – nach allem, was Dad über ihn erzählt hatte – nicht überrascht, wenn wir ihn immer noch beim Bier angetroffen hätten. Aber keine Spur von ihm weder im Hauptraum, wo Touristen kleine Snacks futterten, noch im kleineren Zimmer, das wir ansteuerten. Hier wurde nichts gegessen – lediglich vier oder fünf Männer mit Pints & einer, der am Tresen lehnte & sich vertraulich mit dem Barkeeper unterhielt.
Tom stellte mich ihnen vor. Der Barkeeper war Alan Hollis – der Wirt – der andere war ebenfalls ein Hollis – Hen Hollis – der unzufriedene Bruder – & der Erste, den ich hier traf, der kein augenscheinlicher Fan von Tom ist. Ist wahrscheinlich nur aus dem gleichen Holz geschnitzt wie die Denhams. Apropos Holz – der erbärmliche alte Knacker sah aus, als wäre er seit seinem 21. Geburtstag nicht mehr mit einem Waschzuber in Berührung gekommen. Wenn es eine Familienähnlichkeit gibt – dann muss Lady D. ziemlich erleichtert gewesen sein, als der Gatte Nr. 1 von den Schweinen gefressen wurde! Tut mir leid. Man sollte nicht nach dem Aussehen urteilen – vor allem nicht in meiner Branche – aber er ist eben einer dieser großen, hageren Gesellen – fiese Äuglein in einem schmalen, langen Gesicht – & ein Bart, gegen den der von Mr. Godley aussieht, als hätte ihn Errol Douglas getrimmt – voller Schweinekrustenbrösel, die er sich – die Krusten – zwischen die spitzen gelben Zähne stopfte. Wie ein Frettchen auf Stelzen – & ihm gefiel mein Anblick auch nicht – sah mich finster an, als wäre ich die Hure von Babylon – wäre ich das nur! – bevor er sein Glas auf den Tresen knallte & ging.
Wirt Alan ist ganz anders – Mitte dreißig – nicht schlecht aussehend – man kann sich gut mit ihm unterhalten – schwer vorstellbar, das er mit dem schrecklichen Hen verwandt sein soll –

keine äußerliche Ähnlichkeit – einer von diesen ruhigen, nüchternen Typen, von denen man sich wünscht, sie rutschen auf den Pilotensitz, wenn die gesamte Besatzung wegen E-coli ausfällt – während Hen den Eindruck vermittelt, als pflege er vertrauten Umgang mit den meisten bekannten Bazillen! Aber seine Verwandten kann man sich nicht aussuchen – wie wir alle wissen.
Auch die Gäste am Tisch waren nett. Tom stellte mich vor – aber mir prägte sich nur einer von ihnen ein – ein Mann in einem Rollstuhl. Er heißt Franny Roote – & Tom machte großes Aufhebens darum, dass er einer seiner Alternativtherapeuten sei.
Dann sagte Tom – Aber sollten Sie nicht in der Hall sein – zum Mittagessen mit Lady D.? –
Schlagartig traf mich die Erkenntnis – das war also der, den Esther Denham als das *beinlose Wunder* bezeichnet hatte. Was für eine blöde Kuh!
– In Sandytown hat man kein Privatleben – antwortete Franny – ganz richtig, Tom – aber erst in zehn Minuten – & außerdem ziehe ich die Anwesenheit einer neuen Schönheit der Aussicht auf eine alte Schachtel vor –
Dabei grinste er mich an – ein breites, attraktives Grinsen – also – sagte ich mir – geh mal in dich, ob diese Therapie in dein Forschungsfeld fällt – ich plazierte mich neben ihn & wir kamen ins Gespräch, während Tom mit den anderen über irgendwelche Konsortiumsangelegenheiten redete.
Interessanter Typ, dieser Roote – hat was an sich, das anders ist – & damit meine ich nicht nur seinen Rollstuhl – es ist die Art, wie er einen ansieht & wie er spricht. Unvermittelt wurde mir bewusst, dass ich alles über mich & meine Pläne erzählte – & nicht nur über mich – sondern auch über dich & George & Adam & Rod & die Zwillinge & Mum & Dad & die Farm – OK – könnte eine Masche sein – aber irgendwie vermittelt er das Gefühl, das es ihn wirklich interessiert; strahlt eine unbändige Energie aus – als gäbe es nichts, wozu er nicht fähig wäre – dazu auch noch sexy – obwohl, wenn er von der Hüfte abwärts gelähmt ist, dann

gibt es vielleicht etwas, wozu er *nicht* fähig ist? – brauch hier ein bisschen professionelle Anleitung, Schwesterherz!
Du denkst dir vielleicht, ich müsste ziemlich frustriert sein – schwafle erst von Teddy dem sexy Baronet – & jetzt von Fran, dem appetitlichen Paraplegiker! Tom hat vielleicht schon recht – & es gibt was hier in Sandytown, was die roten Blutkörperchen zum Blubbern bringt – aber ich weiß, das mein Interesse wirklich rein professioneller Natur ist – ich mach mir nichts mehr aus Männern – du erinnerst dich!
Schließlich brachte ich ihn dazu, von sich zu erzählen – faszinierend – auf meine Forschungen bezogen wurde mir allerdings schnell klar, dass Franny überhaupt nicht reinpasst. Seine Sache ist der 3. Thought – schon mal davon gehört? Ich erinnere mich, im 1. Jahr an der Uni eine Vorlesung von einem gewissen Frère Jacques besucht zu haben – in Dads Worten ein Armleuchter, wie er im Buche steht! – der hat die Bewegung gegründet. Es ging dabei vor allem um das moderne Leben, durch das wir den Bezug zum Tod verloren haben – daher die Notwendigkeit, ein Hospiz des Geistes zu errichten – & so weiter in seinem Geschwafel, das uns cleveren Psycho-Erstsemestern wie gehobelter Schwachsinn vorkam – aber der Typ selbst war großartig – hatte eine Aura & einen hübschen Arsch. Franny ist genauso – nur dass seine Aura nicht so reinweiß ist wie die von Frère J. – eher gleicht sie Satin – schillernd & mysteriös – & seinen Hintern in Augenschein zu nehmen kam ich leider nicht dazu! Wie auch immer – jedenfalls gibt es beim *3. Thought* keine körperliche Behandlung – keiner erhebt sich aus dem Bett & marschiert davon – kann auch kaum überraschen – einem Typen in einem Rollstuhl werden kaum vielversprechende Wunderkuren angeboten. Für mich ist da also nichts zu holen – aber ich habe es sehr genossen, mich mit ihm zu unterhalten – & wenn ich ihn in mein Forschungsprojekt aufnehme, habe ich einen guten Vorwand, um mich noch mal mit ihm zu treffen! Daher tauschten wir unsere Handynummern & Mail-Adressen aus, bevor er sich zum Breitarsch auf den Weg machte.

Das war's für heute. Nach einem Sandwich im Pub verbrachte ich den Nachmittag damit, alle übrigen Einwohner von Sandytown kennenzulernen – jeden Einzelnen, wie mir schien! – dann zurück zum Kyoto. Beschaulicher Abend – lesen – die Kids beim Schnippschnapp in Grund & Boden gespielt! Aber vielleicht antwortest du einmal. Sehe nicht ein, warum ich dir alle Einzelheiten meines wilden Lebens erzählen soll, & von dir nur bedeutungsschwangeres (?) Schweigen. Also – keine Ausflüchte – ich will schlüpfrige Details – ich will Zentimeterangaben!

Alles Liebe
Charley xxx

12

VON: charley@whiffle.com
AN: cassie@natterjack.com
BETREFF: Kamillentee!

Hallo! Noch immer keine Silbe. Gemäß der Rammschädel-Devise, dass nur die Scheiße durch die Gans schneller unterwegs ist als schlechte Nachrichten, mach ich mir noch keine Sorgen – noch nicht!
Hier jagt eine Aufregung die andere – bin mir nicht sicher, ob ich mich dem allen gewachsen sehe!
Das nennt man übrigens Ironie – falls du alles vergessen haben solltest, was Mr. Big-Dickinson dir in Englisch beigebracht hat – auch wenn ich annehme, dass du – über dem Aufruhr deiner Hormone – nicht viel von dem gehört hast, was er so erzählte.
Als Erstes – Toms Schwester Diana tauchte auf! Keine der ungeschönten Hinweise auf ihre Seltsamkeiten bereitete mich auf die Wirklichkeit vor. Sieht nicht schlecht aus – klein & rank – voll der Worte & noch voller an Energie – so kam es mir jedenfalls vor – obwohl sie laut eigener Aussage – & der von Tom – die meiste Zeit an der Schwelle des Todes liegt – muss wirklich ein Hindernis für dessen Milchmann sein!
Der Tod jedoch musste heute auf Eis gelegt worden sein, so wie sie ins Kyoto gerauscht kam, wie ein kleiner Tornado.
– Bin soeben erst angekommen – rief sie laut aus – ich muss mich setzen – (was sie tat) – eure rauhe Seeluft – ich weiß, für manche ein Tonikum – für meine schwache Konstitution aber viel zu heftig. Wo sind die lieben Kinder – (sprang aus ihrem Sessel) – ich muss sie sofort sehen – & das ist Miss Heywood – ich kenne Sie aus Toms Briefen – meine Liebe – ganz richtig, Tom – ein zarter

Teint – mit *Ihrem* Kreislauf also keine Probleme – Tom – wie geht es deinem Knöchel? – lass mich sehen – (hier kniete sie sich hin & krempelte das Hosenbein des Bruders hoch & zog seine Socke herab) – sieht mir ganz gut aus – kaum geschwollen – (was nicht überraschte, betrachtete sie doch den falschen Knöchel) – du sagtest, der Heiler aus Willingdene hat seinen Anteil daran? – interessante Erwerbung – kommt für mich natürlich zu spät – jahrelange Fehldiagnosen inkompetenter Ärzte haben bei mir jegliche Hoffnung auf Heilung zunichtegemacht – aber ich setze mich rastlos für andere ein –

Als ich Dianas Wortschwall hörte, begann ich Toms Beschäftigung mit der Alternativheilkunde zu verstehen. Nach Ansicht seiner geliebten Schwester waren die Alternativen der Mainstream & sie stürzte sich auf die Alternativen zu den Alternativen! Schließlich gelang es Tom, ein Wort anzubringen – wo ihr Gepäck sei – fragte er – in der Annahme, sie würde im Kyoto übernachten – worauf Mary zusammenzuckte, bevor sie ihr höfliches Lächeln aufsetzte – aber die Rettung nahte bereits.

– Das hatte ich natürlich vor – sagte Di – aber wie du weißt, Tom, werde ich niemals müde, Loblieder auf Sandytown zu singen – & wie du vielleicht bemerkt hast – habe ich wesentlich dazu beigetragen, das eine Freundin von mir – die für sich & ihre Nichten im Teenageralter ein Ferienziel suchte – sich für Sandytown entschieden hat & nicht für eines der weniger zuträglichen Ressorts – daher habe ich gleich bei ihnen in der Seaview Terrace vorbeigeschaut, um mich zu vergewissern, das alles so perfekt ist, wie von mir versprochen –

– & war es das? – fragte Tom.

– Leider nein – antwortete sie – unglücklicherweise ist eine der Nichten ausgerutscht, als sie über einige Felsen an der Küste kletterte – sie hat sich am Bein verletzt – nicht allzu ernst – aber doch ausreichend, um zur Erholung nach Hause zurückzukehren – selbstverständlich in Begleitung ihrer Schwester. Sandy – meine Freundin – Mrs. Griffiths – ist noch unentschlossen, ob sie ihrem

Beispiel folgen oder allein hierbleiben soll. Eingedenk der Gefahr, ihre vorzeitige Abreise könnte Anlass für Gerüchte geben, wonach der Strand von Sandytown Risiken berge – während – wie du, Tom, weißt – wir hier in Wahrheit die am wenigsten rutschigen Felsen an der gesamten östlichen Küste haben – bot ich augenblicklich meine Dienste an – sowohl als Mitbewohnerin als auch als Begleiterin – um sie in die besten Zirkel der Gemeinde einzuführen – was Mrs. Griffiths – das heißt Sandy – mit Freuden annahm. Glaub mir – nur mein Verantwortungsgefühl für den guten Namen von Sandytown – & indirekt natürlich auch für deinen – Tom – ließen mich zu diesem für dich & Mary so enttäuschenden Schritt hinreißen –

Sie wartete auf Applaus – den sie von Tom bekam – während Mary nur was von vorbildlicher Höflichkeit murmelte & ich an nichts anderes als unverantwortliche Zudringlichkeit denken musste.

Tom – voll brüderlicher Besorgnis um ihre schwache Verfassung – beharrte darauf, sie zur Terrace zurückzufahren – wozu er mich ebenfalls einlud – vermutlich in meiner Eigenschaft als medizinisch gebildete Heilige Ambulanzia – falls der Schock der Meeresluft bei ihr einen Anfall auslösen sollte!

Sandy Griffiths – obwohl als »veganische Streiterin« vorgestellt – hatte keinerlei äußerliche Anzeichen von Beklopptheit, die meiner Meinung nach unabdingbare Voraussetzung war, um sich mit Todesschwellen-Di anzufreunden. Um die 40 – hübsches, kräftiges Gesicht – mit irritierendem stieren Blick – für jemanden, der sich vermeintlich von Sprossenfrikassee & Nusskoteletts ernährte, sah sie ziemlich gut aus. Sie hieß uns herzlich willkommen. Tee wurde aufgetragen – Kamille für Diana – natürlich – Typhoo für uns Übrige – dazu sehr leckere Cremetörtchen – die Di schaudernd von sich wies – ein Bissen davon, erklärte sie, wäre ihr Tod. Umso mehr blieb für mich! Ich bemerkte, das auch Sandy G. ein wenig davon naschte – also doch keine strenge Veganerin! & – so schien es – auch keine allzu dicke Freundin von Diana, was mich

zur Frage veranlasste, warum sie sich dazu hatte bewegen lassen, Di als Wohngenossin & Fremdenführerin aufzunehmen. Versuchte vorsichtig das Thema anzuschneiden – aber Sandy G. fixierte mich mit ihrem stieren Blick – also ließ ich es sein. Vielleicht bringt sie aufgrund ihres Namens Sandy der Stadt den gleichen Besitzerstolz entgegen, aus dem Diana keinen Hehl macht.
Tom selbst sieht an seiner Schwester nichts als die guten Seiten. Er ist wirklich ein Schatz – aber langsam sorge ich mich genau wie Mary, das manche Leute versucht sein könnten, seine Gutmütigkeit auszunutzen.
2 weitere Aufregungen – dann bin ich fertig. Will ja nicht riskieren, dass ich dich überreize!
Nachdem wir die Terrace verlassen hatten – auf dem Weg durch die Stadt – sahen wir Franny Roote, der sich in sein Auto hievte. Die Mühelosigkeit, mit der er das veranstaltete – & herauslangte, um seinen Rollstuhl zusammenzuklappen & nach hinten zu schwingen – deutete auf lange Übung hin – & mein Herz schmerzte seinetwegen. OK – ich weiß, was du sagen würdest – dass Behinderte Mitgefühlsbekundungen & Hilfsangebote als diskriminierend empfinden – aber ich kann nun mal nicht anders. Er ist jung & er verpasst so vieles, das es mir schlichtweg das Herz bricht – also!
Tom hielt neben ihm an & rief – hallo, Franny! – wie geht's? –
– Gut – sagte er – & lächelte mich an – & Ihnen, Charlotte? –
– Wunderbar – sagte ich – nettes Gefährt –
Idiotische Bemerkung – schließlich war es ein kleiner kastenförmiger Minivan – bewusst ausgewählt – würde ich sagen – weil die Schiebetüren doch vieles erleichtern.
– Ja – sagte er – konnte mich lange nicht zwischen dem & dem Porsche entscheiden –
Aber wieder bekam ich sein breites Lächeln geschenkt – mit dem er zeigte, dass ich ihn nicht beleidigt hatte.
– Sie denken an die Sitzung des Planungskomitees im Avalon am Freitag? – erinnerte ihn Tom.

– Oh, Aufregung über Aufregung – erwiderte er – am Freitag das Planungskomitee – am Sonntag Lady D.s Grillfest – dann bleibt kaum eine Woche Erholungszeit, bis das Festival ansteht – schweig still, mein närrisch Herz! –
Tom – der es mit Ironie nicht so hat – sagte besorgt – Fran – Sie haben doch keine Beschwerden? –
– Nein – nein – grinste Franny – natürlich werde ich kommen – Charlotte – bleiben Sie noch bis zum Feiertagswochenende & dem großen Festival der Gesundheit? –
– Nein – ich fahre diesen Samstag nach Hause – sagte ich.
Tom wirkte untröstlich – obwohl ich keinen Hehl daraus gemacht habe, dass genau das mein Plan war – & Franny zwinkerte mir zu & sagte – Dann kommen Sie doch am Freitag mit – nicht zur Sitzung – das würde ich meinem ärgsten Feind nicht wünschen – aber Lester wird nachher Getränke & Snacks spendieren. Es ist das Festival-Komitee – alle Therapeuten werden da sein – tolle Chance für Sie, Ihnen wegen Ihrer Doktorarbeit auf den Zahn zu fühlen – & ich werde als Erster in der Schlange stehen! –
Tom hielt das für eine ausgezeichnete Idee – & ich fühlte mich geschmeichelt von Frans Begeisterung, mich wiederzusehen. (OK – ich weiß – für ein nettes Wort lauf ich jedem nach!) Auch hätte ich nichts dagegen, das Avalon mal von innen zu sehen – also sagte ich zu – warum nicht? – & lächelte Franny an.
– Schön – sagte er – freut mich, Sie dort zu sehen –
– Ich auch – sagte ich & meinte es auch so.
Weiß nicht, was in mich gefahren ist! Vielleicht ist Sandytown einer dieser verzauberten Orte – wie Brigadoon oder Oz – man spaziert in sie hinein & wird von ihnen überwältigt.
Ja – das ist es – ein verzauberter Ort, definitiv. Aber von welcher Art Zauber, das weiß ich noch nicht! Schreib bald, bevor ich die wirkliche Welt dort draußen ganz vergesse.

Alles Liebe
Charley xxx

13

Hallo, Mildred!
Kann mich nicht erinnern, wann ich das letzte Mal so lang geschlafen habe, wenn man das Koma mal außer Acht lässt! War wohl bitter nötig, denn als ich heute Morgen aufgewacht bin, fühlte ich mich so gut wie lang nicht mehr. War bei meiner Physio-Sitzung mit Tony. Er meint, er wäre ganz zufrieden mit mir, und schlägt vor, alles mit einer Massage abzurunden. Ich lehne ab. Es ist eine Sache, Kniebeugen zu machen, während Tony danebensteht, um mich zu stützen, falls ich vornüberkippe, aber was anderes, auf dem Gesicht zu liegen, den Hintern in die Luft gereckt, während er Anlauf auf mich nimmt!
Darauf erscheint eine stramme Blondine, herzliches Lächeln, sagt, sie heiße Stiggi und sei überzeugt, mir helfen zu können, ob ich nicht meine Meinung ändere? Das tue ich.
Es ist wunderbar, nett und entspannend. Zu entspannend. Plötzlich, ich liege auf dem Bauch, sie rittlings auf mir, wird mir bewusst, dass ich kurz davorstehe, mich in eine peinliche Situation zu bringen.
Als sie mich daher umdrehen will, tue ich so, als wäre ich eingedöst. Sie verzieht sich, und ich werfe mich in meinen Trainingsanzug und Morgenmantel. Hab mich nicht mehr so flugs angezogen, seitdem ich vor über dreißig Jahren Sergeant Pocklingtons Missus gevögelt und ihn mit seiner Schuhgröße 50 die Treppe hochpatschen gehört habe! Jetzt brauche ich nur noch ein wenig mehr Rindfleisch auf dem Teller, und ich bin so weit, um Cap ihr

Einen Moment. Ich komme … ah, Sie sind es.
Hallo allerseits, Mr. Dalziel. Wie geht es Ihnen? Habe erfreuliche Dinge über Sie gehört, daher dachte ich, ich schau mal vorbei, um mich selbst zu vergewissern …
Oh aye? Na, da werfen Sie mal einen Blick drauf, Bursche. What you see is what you get, heißt es nicht so auf diesen ET-Anoraks?
IT meinen Sie wohl. Ja, das steht da, aber das trifft ebenso wenig auf mein wie auf Ihr Metier zu. Wir wissen beide, dass mit keinem Kniff der Welt einem Gesicht die jeweiligen Gedanken abzulesen sind, oder?
Wenn Sie mir sagen wollen, dass man Seelenklempner sein muss, um einen guten Polizisten abzugeben, dann sind Sie bei mir an der falschen Adresse. Ich sage nicht, dass das nicht nützlich sein könnte, aber ich hab smarte Kerle unter mir, die so überkandideltes Zeug für mich erledigen. Ich halte mich da lieber an das Handfeste, ich interessier mich eher für Fingerspiele, nicht für Seelen.
Seelen? Interessante Wortwahl, Mr. Dalziel.
Tut mir leid, mein begrenztes Vokabular. Mir fehlt das Lateinische, also muss ich mir mit dem behelfen, was ich habe.
Glaube ich gern. Und ich würde Sie gern auf diesem Weg begleiten, wenn Ihnen das recht ist. Offen gesagt, Mr. Dalziel, körperlich scheinen Sie mir wieder auf dem Damm zu sein nach Ihrem kleinen Ausrutscher. Sie sehen gut aus …
Ich würde viel besser aussehen, wenn ich nicht ständig wie ein prämierter Greyhound gefüttert werden würde.
Ich werde mal ein Wort für Sie einlegen. Aber wie gesagt, wie schnell Sie sich vom mentalen Trauma Ihres Erlebnisses erholen, können nur Sie sagen. Ich hoffe, Sie werden mir sehr bald so weit vertrauen, dass Sie mir darüber Auskunft geben können. Aber das liegt natürlich ganz bei Ihnen. Übrigens, wie kommen Sie denn mit dem Audio-Tagebuch voran?
Was? Ach, dieser Recorder. Tut mir leid, ist mir ganz entfallen.

Kann mich noch nicht mal erinnern, wo ich das verdammte Teil hingelegt habe.
Schon in Ordnung. Ich bin mir sicher, es wird wieder auftauchen. Also, bevor ich gehe, kann ich noch irgendwas für Sie tun – außer mich darum zu kümmern, dass Sie mehr Rindfleisch auf den Teller bekommen?
Eines, es gibt hier im Ort einen Typen, der heißt Parker. Sagt, er kommt öfters hier vorbei.
Tom Parker? O ja, ich kenne Tom gut. Ein wichtiger Mann in der Gegend. Hat große Pläne für Sandytown, er und seine Partnerin, Lady Denham.
Die aus dem Pub? Sie wollen mir doch nicht weismachen, dass er sie vögelt? Nein, hab ja seine Missus kennengelernt, zumindest hab ich angenommen, dass es seine Missus ist …
Nein, Pardon, ich gebrauche das Wort Partnerin im ursprünglichen vor-sexuellen Sinn. Ihre Verbindung hat viel mit dem Mammon und sehr wenig mit dem Hymen zu tun.
Kein Grund, gleich mit schweinischen Ausdrücken um sich zu werfen. Jedenfalls, ich schulde ihm zwanzig Pfund. Wenn ich Ihnen die gebe, könnten Sie sie ihm vielleicht weitergeben?
Wäre mir ein Vergnügen. Aber es gibt noch was Besseres. Morgen zur Mittagszeit gibt es ein kleines Zusammentreffen. Tom Parker hat mich davon überzeugt, dass das Avalon eine wichtige Rolle beim Festival der Gesundheit spielen sollte, das er zur Einweihung seines Hotels organisiert. Wir treffen uns, Vertreter meines Personals sowie seine Alternativheilkundler, um die Rollenverteilung klarzumachen. Danach wird es Drinks und Snacks geben, es sind auch einige andere Leute eingeladen, damit Schwung in die Sache kommt. Es wäre mir ein Vergnügen, wenn Sie sich zu uns gesellen würden, dann könnten Sie Ihre Schulden auch gleich persönlich begleichen, nicht wahr? Ich halte viel von Menschen, die ihre Schulden begleichen. In gewisser Weise handelt meine Arbeit von nichts anderem. Also, werden Sie kommen?

Ich lass es mir durch den Kopf gehen.
Ausgezeichnet. Schön, mit Ihnen gesprochen zu haben, Mr. Dalziel. So gegen ein Uhr. Petula wird Ihnen den Weg zeigen.

Praktisches kleines Ding, das. Hab vergessen, es auszuschalten, und einfach in die Tasche gestopft, nachdem Katzenjammer an die Tür geklopft hat. Hat jedes Wort aufgezeichnet, was er und ich gesagt haben.
Höchst sensibel, genau wie ich!
Trotzdem, sein Wieselauge ließ sich dadurch wahrscheinlich nicht täuschen. Schätze, er hat erst ein paar Minuten an der Tür gelauscht, bevor er klopfte. Hab es zurückgespult, klar, da war es, Rindfleisch auf dem Teller. Zufall? Vielleicht. In Zukunft werde ich besser aufpassen müssen. Am einfachsten wäre es, das Ding ins Meer zu werfen. Aber, sei fair, könnte sein, dass der Kerl noch was vorhat mit diesem Mit-dir-selber-Reden.
Gib zu, Dalziel, deine Eier jucken zwar schon wieder, aber im Kopf tickst du immer noch nicht richtig, zumindest nicht, solange du diese komischen Träume von deinen Gesprächen mit Gott hast!
Vielleicht liegt es an diesem post-menstrualen traumatischen Sündending, um das man heutzutage so viel Aufhebens macht. An einem Ort wie diesem muss es eine ganze Menge davon geben, kein Wunder, wenn ich eine Dosis davon abbekommen habe.
Wie auch immer, wenn das Quatschen hilft, dann quatsche ich eben. Aber ich werde dem Yankee-Blödmann auf keinen Fall mein Innerstes nach außen stülpen.
Großer Gott, schon wieder. Klopf, klopf, klopf. Wer da, im Namen des Beelzebub? Schon gut, ich komme. Am Kreisverkehr an der Scotch Corner wäre weniger Betrieb.

Ach, hallo, Oberin.
Entschuldigung, wenn ich Sie störe, Mr. Dalziel, aber Dr. Feldenhammer hat gesagt, Sie haben Probleme mit Ihrer Kost?
Nur das Problem, sie überhaupt zu sehen. Ich bin noch im Wachsen, ich will herausgefüttert werden.
Darüber will ich mit Ihnen nicht streiten. Kann ich offen mit Ihnen sein, Mr. Dalziel?
Solange es nicht darum geht, sich in die Lederkluft zu werfen.
Sie haben einen mächtigen Körperbau, und ich kann Ihren Wunsch verstehen, ihn wieder auszufüllen. Aber jetzt wäre ein guter Zeitpunkt, einmal innezuhalten und sich zu fragen, ob Sie wirklich wieder all das Gewicht zulegen wollen, das Sie während Ihres unglücklichen Erlebnisses verloren haben.
Woher wissen Sie, wie viel ich davor gewogen habe?
Wir haben Ihre Unterlagen. Keiner kommt ohne ausführliche medizinische Legende ins Avalon.
Ich bin also eine Legende, was? Ich sag Ihnen eins, Liebes. Sie päppeln mich heraus, bis ich das erreicht habe, was Sie als meine legendäre Form ansehen, und dann schauen wir weiter, wie wir von da an verfahren wollen, okay?
Klingt vernünftig. Nun, mir ist gesagt worden, ich werde Sie morgen zu Dr. Feldenhammers Mittagstreffen begleiten.
Wenn Sie Petula sind, dann ist das so, Oberin.
Ja, so heiße ich. Mein Titel ist übrigens nicht Oberin. Ich bekleide die Stelle der Leiterin des Pflegepersonals und werde gewöhnlich mit Mrs. Sheldon angesprochen.
Aber ich wette, unbekleidet werden Sie mit Pet angesprochen, oder? Nein, jetzt seien Sie nicht beleidigt, nicht wenn Sie so ein schönes Lächeln haben. Schon besser. Fangen wir von vorn an. Wenn wir zusammen ausgehen, werde ich Sie Pet nennen. Und wenn Sie mich wieder in meine angemessene Form gebracht haben, dürfen Sie mich Adonis nennen. Aber Andy tut es auch, falls Sie sich Sorgen machen sollten um das Gerede der Leute.

Andy also. Werden Sie sich dazu in der Lage sehen, zu Fuß zur Klinik zu gehen, Andy? Oder soll ich Ihnen einen Stuhl besorgen?
Ah, ich mag freche Frauen. So, und jetzt entschuldigen Sie mich bitte, ich würde gern duschen. Nehme nicht an, dass Sie mit reinkommen wollen? Ich hab immer solche Muskelschmerzen, wenn ich mir den Rücken schrubbe.
Tut mir leid, Andy, aber so viel bekomme ich auch wieder nicht bezahlt.
Oh, das wäre ja auch unbezahlbar, Pet.

Also, wer ist hier das Großmaul? Ein kleines Zucken, als die schöne Stiggi auf deinem Hintern sitzt, und du führst dich auf wie Don Juan! Und noch vor ein paar Tagen dachtest du, das Mädel würde eine gute Gulag-Wärterin abgeben! Schon komisch, wie sich der Blick auf die Welt ändert, wenn es einem bessergeht. Erinnert mich daran, was Pete Pascoe einmal gesagt hat, als ich einen zum Verhör gleich in die Fabrik zerren wollte. Fangen wir doch erst mal bei ihm zu Hause an, meinte er. Wenn er sich erst mal als Gefangener vorkommt, sehen alle anderen aus, als wären sie Wärter.
Der clevere Scheißer hatte recht, wie immer! Ich komme mir nicht mehr als Gefangener vor, und sofort ist diese Pet eine ziemlich gutaussehende Frau, vor allem jetzt, wo ich sie so weit habe, dass sie lächelt.
Zeit für die Dusche. Was ist das, Mildred? Soll ich's lieber kalt probieren?
So, dafür kommst du jetzt in den Spülkasten.
Ende!

14

VON: charley@whiffle.com
AN: cassie@natterjack.com
BETREFF: das Sexmonster & sein Schwengel!

Hallo!
Hat mich wirklich gefreut, von dir zu hören – war schon besorgt – aber um wie vieles besorgter wäre ich erst gewesen, wenn ich es gewusst hätte! Nein – hier kam nichts in den Nachrichten – kleines afrikanisches Krankenhaus unter Mörserbeschuss – keine Toten – schafft es nicht in die Schlagzeilen. Ist vielleicht auch gut so – wegen Mum & Dad, meine ich – rettet eine Menge Ziegelmauern davor, eingerannt zu werden!
Wie auch immer – hab ein richtig schlechtes Gewissen – ich lasse es mir hier an einem der sichersten, gesündesten Orte der Welt gutgehen & langweile dich mit meinen unbekümmerten Provinzpossen. Aber du sagst, es hilft dir, die Ruhe zu bewahren, wenn du weißt, es gibt auf der Welt noch Orte wie dieses verschlafene kleine Sandytown – hier also die nächste erregende Episode!
Oder, eher, die nächsten Episoden – von denen sich jede um einen Mann dreht – damit du nicht den Eindruck bekommst, du hättest Exklusivrechte!
Als Erstes Teddy – das Sexmonster mit dem Schwengel – buchstäblich gemeint! – wie ich mit eigenen Augen gesehen habe & wie du gleich hören wirst.
Das Wetter war heute wunderbar warm – deswegen dachte ich, geh mal zum Strand & sieh nach, ob es besser geworden ist seit dem berühmten Ausflug!
Tom hatte zu viel zu tun, um mich zu begleiten – Gott sei Dank – ich wollte schwimmen, nicht reden oder – in seinem Fall – zuhö-

ren. Er sagte, er habe mit Mr. Godley – dem Heiler – ausgemacht, das er heute zu Besuch käme & sich das alles hier mal ansehe – er hoffe, ich würde noch rechtzeitig zurück sein, damit ich ihn begrüßen könne – schließlich wisse er ja, wie sehr er mich bei meinen Forschungen unterstützen könnte – bei denen ich schließlich doch ein wenig vorankomme. Wenn ich daran denke, wie ablehnend mir der göttliche Gordon bei unser ersten Zusammenkunft gegenüberstand, verspreche ich mir nicht allzu viel von der Begegnung – aber natürlich sagte ich, das hoffe ich auch.
Noch etwas anderes sagte er mir – brachte es für seine Verhältnisse ziemlich verlegen rüber –
– Bezüglich des Treffens im Avalon – Charlotte – sagte er – wie er mich meistens – nein, immer nennt – wegen der Alternativtherapeuten erschien es uns – das heißt Lester Feldenhammer & mir – unnötig, Lady Denham einzuladen – sollten Sie ihr also zufällig begegnen – wäre es diplomatisch, nichts davon zu erwähnen! –
Ein Spiel mit dem Feuer, Tom – dachte ich mir. Aber ich war eher geschmeichelt, Teil eines Sandytown-Komplotts zu sein – also sagte ich nur – Keine Sorge! – & belohnt wurde ich dafür mit einem breiten jungenhaften Lächeln.
Die Kinder waren irgendwo allein unterwegs – ich musste also zu meiner Erleichterung nicht anbieten, sie mitzunehmen. Der Sprung in den Pool hat meinen Appetit auf richtiges Schwimmen geweckt – nicht irgendwo im Seichten herumzupaddeln & ein Auge auf die jungen Parkers zu haben.
Also machte ich mich auf den Weg – eingemümmelt in eine Decke – Handtuch über der Schulter.
Nur ein viertelstündiger Spaziergang zum Dorf runter – vielleicht ein bisschen länger, wenn man wieder den Hügel hochmuss – aber, dachte ich mir – groß ist das Elend – du erinnerst dich?
Traf einige Leute, die mich grüßten – wahrscheinlich mehr als in Willingden – als Tom Parkers Gast klettert man in der gesellschaftlichen Rangordnung weit nach oben!
Der Strand war ziemlich voll. Schulferien – viele Familien – ein

Eisverkäufer – ein Burger-Laden – Liegestühle – all das Zeug, womit man den Leuten das Geld aus der Tasche zieht. Auch das Hope & Anchor machte wahrscheinlich ein gutes Geschäft. Alles in allem scheint Sandytown zu boomen. Gute Nachrichten für das Konsortium – Tom ist zufrieden, weil der Wohlstand verteilt wird – Lady D., weil sie sieht, dass sich ihre Investition auszahlt. Mary hat – auf ihre indirekte Art – ziemlich klar zum Ausdruck gebracht, dass gesellschaftliche Verantwortung in Lady D.s Weltsicht keinen großen Stellenwert einnimmt. Was zählt, ist der Profit. Mit dem Geld ihrer Familie – plus dem Hollis-Vermögen – könnte sie den Rest ihrer Tage in Saus & Braus leben. Aber das viele, das sie haben, reicht den Reichen eben nicht. Sie will noch mehr!

Sorry – das langweilt!

Allmählich kannst du aufwachen. Ich nähere mich dem Strand – & dem Sexmonster.

Wie gesagt – der Strand war überfüllt – also schlenderte ich zum äußersten Ende der Bucht – gekennzeichnet durch einen Felsvorsprung, der sich am Fuß des Nordkliffs ins Meer hinaus erstreckt. Bei Ebbe könnte man wahrscheinlich darum herumgehen – jetzt aber – bei Flut – auch wenn sie schon wieder ablief – bildet er eine Barriere – untermauert noch durch ein Schild auf einem in den Fels geschlagenen Eisenpfosten, das die Warnung aussprach – KEIN ÖFFENTLICHER ZUTRITT – PRIVATSTRAND.

Genau das, was auch der RS errichtet hätte! Daher zögerte ich keinen Augenblick, die Felsen hinaufzuklettern.

Oben auf dem Felsvorsprung bot sich ein Blick auf eine weitere Bucht – sie war sehr viel kleiner als die von Sandytown – aber auch sehr viel leerer. Tatsächlich hielten sich hier nur vier Personen auf – es überraschte mich nicht sonderlich, Lady Denham zu sehen – daneben Teddy & seine Schwester & Clara Brereton.

Die Jüngeren trugen Badebekleidung – Clara einen gepunkteten Bikini, der ihre Brüste & ihren Hintern vorteilhaft betonte – schlank mag sie sein – aber selbst Böswillige können nicht sagen, dass an ihr nichts dran wäre. Wunderbare blasse Haut – weiß nicht, welchen Sunblocker sie benutzt, aber er ist jeden Penny wert, wenn er diesen herrlichen Perlenglanz bewahrt – wahrscheinlich badet sie jeden Morgen in Eselsmilch. Das war's dann mit meinem Mitleid für sie – selbst wenn sie Lady D.s Dienstmagd sein sollte!

Esther trug einen schwarzen Einteiler, der deutlich machte, dass auch sie keine Spinatwachtel war – aber während Clara – Eselsmilch hin oder her – ganz natürlich & einfach bezaubernd wirkte – haftete Esthers Charme etwas Künstliches, Käufliches an.

Kratz, kratz!

Bedenke – ich musste zweimal hinsehen – denn sie saß Lady D. zu Füßen – blickte zur alten Fledermaus auf & lauschte jedem ihrer Worte mit Interesse & Vergnügen – so dass von dem Sauertopf, dem ich am Tag zuvor begegnete, kaum was zu sehen war – nein – wieder musste ich an das schweißüberströmte lachende Mädchen in der Bengel-Bar-Disco denken.

Ihre Ladyschaft thronte – klar – auf einem Leinwand-Regiestuhl – während die anderen – ebenso klar – auf Decken im Sand lagerten.

Teddy – ja, ich komme zum Kern meiner Geschichte – lag ausgestreckt neben Clara – berührte sie fast, aber eben nur fast – sah zu ihr auf – mit einem Blick, den ich selbst aus der Ferne als heißen Schlafzimmerblick ausmachen konnte. Sie saß auf dem Hintern – die wohlgeformten Beine eng an den Körper gezogen – als hätte sie Angst, das jede Lockerung zum sofortigen Angriff auf ihr Allerheiligstes einladen könnte – ob für dieses züchtige Verhalten aber Sorge um ihre Ehre stand oder Lady D.s Nähe, vermochte ich nicht zu sagen.

& Teddy, der Baronet? Mit Freuden vermelde ich, dass er nicht zu jenen Kostbarkeiten gehört, bei denen die Verpackung mehr verspricht als der Inhalt. Lang – schlank – so wunderbar gebräunt, wie ausnehmend blass Clara war – nichts als wohlkonturierte Muskeln – genügend Haare auf der Brust, um Interesse zu wecken,

ohne dass er dabei gleich wie ein Affe aussah – kurz – oder in aller Ausführlichkeit – zum Anbeißen.
Ich wollte mich zurückziehen – da ich aber – in aller Objektivität – in Teddys Anblick versunken war, blieb ich länger, als ich eigentlich wollte – & plötzlich richteten sich Lady D.s Knopfaugen auf mich.
– Da ist ja jemand – zeterte sie – verdammte Gafferin! –
Alle sahen rüber – dann stand Teddy auf – eine einzige Bewegung – wie ein Panther – nur dass die nicht auf ihren Hinterbeinen stehen – oder? – aber du weißt, was ich meine. Er rief – Das ist Charley! – hey, Charley – kommen Sie doch zu uns rüber! –
Ich hätte eine Entschuldigung anbringen & gehen können – aber dann sah ich Schwester Esther, deren Miene sich von grübchenhafter Aufmerksamkeit in Packeis verwandelte – & das gab den Ausschlag!
– Hallo – sagte ich & kletterte nach unten – wollte nicht stören – aber der Strand dort hinten ist absolut dicht –
Eine kleine Übertreibung – ohne nachzudenken, hatte ich damit aber den richtigen Knopf bei Lady D. erwischt – für sie sind die Badenden am Strand gleichbedeutend mit Zaster auf der Bank – & sie sagte – Wem sagen Sie das, meine Liebe – jeder Freund von Tom ist uns hier immer willkommen –
Clara lächelte mich an – Esther ließ mir ein unmerkliches Zucken des Kopfes zukommen – dann – ihr Gesicht taute auf – wandte sie sich an Lady D. & sagte – Also, Tante – verlier nicht den Faden – nicht, wenn du mir von deinen faszinierenden Plänen für das Anwesen erzählst –
Ich überlegte, wie ich mich in der Nähe von Teddy niederlassen konnte, ohne dass der Kontrast zwischen meinen Küchentischbeinen & Claras Kunstwerken allzu große Aufmerksamkeit auf sich zog – als er das Problem löste, indem er sagte – Sie sind offensichtlich zum Schwimmen gekommen – schon bereit? – kommen Sie! –
Er packte mich an der Hand & führte mich den Strand hinunter.
– Was ist mit Clara? – fragte ich & er antwortete – ach, schon in

Ordnung – sie muss bei Tantchen bleiben, falls ihr jemand den Rücken kratzen oder was aus dem Haus holen muss –
Ich sah zurück – & hinauf. Der nackte Fels erhob sich an die 25 Meter in die Höhe – im Zickzack führte ein Pfad hinauf, kenntlich durch ein Geländer – auf den folgenden 10 bis 15 Metern wurde der Abhang flacher – Gras & Sträucher waren zu erkennen – bis er vermutlich flach zum Gelände der Hall hin auslief. Was für ein Weg, um ein vergessenes Handtuch zu holen! Aber ich nahm nicht an, dass Lady D. sich deswegen Gedanken machte; eines musste man ihr trotzdem lassen – es war – runter & rauf – eine ganz schöne Kletterei für jemanden ihres Alters. Sie muss fit wie ein Metzgershund sein – wie der RS so gern sagt!
– Muss schön sein, wenn man seinen Privatstrand hat – sagte ich.
– Genau genommen – sagte er – gehört er Tantchen gar nicht. Alles zwischen Niedrigwasser & Hochwasser gehört der Krone – & die Springtide reicht hier gut einen Meter den Felshang hinauf – aber da müsste schon jemand ganz Unverfrorenes kommen, um Tantchen den Abschnitt streitig zu machen –
Dagegen konnte ich nichts einwenden. Bald darauf waren wir am Wasser – wo er stehen blieb – aufs Meer hinausstarrte & etwas sagte, das ich nicht verstand.
– Wie bitte? – fragte ich.
Er sagte es noch einmal – deutlicher jetzt – trotzdem erschloss sich mir kein Sinn.
Als er es sah, lächelte er – altväterlich, wie mir schien – & wiederholte die Laute.
– Thalatta thalatta – deklamierte er – (so schreibt man es ich hab's im Internet nachgesehen) – das Meer – das Meer –
– Lässt sich nicht bestreiten – sagte ich – das ist das Meer – kein Zweifel –
– Das ist Griechisch – sagte er, obwohl ich nicht danach gefragt habe – das hat die griechische Armee beim Rückzug von Marathon ausgerufen – als sie über einen Hügel kamen & vor sich – erleichtert – die Ägäis sahen, da wussten sie, das sie zu Hause

waren – ich weiß, wie sie sich fühlen mussten – mir geht immer das Herz auf, wenn ich unsere geliebte Nordsee sehe –
Ich glaube, er wollte mich mit seiner klassischen Bildung – & seiner poetischen Sensibilität – beeindrucken, aber damit hatte er es ein wenig übertrieben – außerdem, als ich das Wort im Internet nachschlug, bekam ich auch den historischen Hintergrund dazu geliefert – der Armleuchter hatte noch nicht mal seine Fakten parat! Es war nicht Marathon – sondern ein Ort namens Cunaxa – & es war nicht die Ägäis, sondern das Schwarze Meer!
– Okay – sagte ich – jetzt wissen wir, was es ist – wollen wir jetzt darin schwimmen? –
– Natürlich – sagte er – & dann – du wirst es mir nicht glauben – schob er seine Hose runter & trat aus ihr heraus – so stand ich also neben diesem Typen, der nichts anhatte als seine große protzige Rolex – das ist seine Uhr – während das Weibervolk-Trio keine dreißig Meter entfernt war.
– Großer Gott! – sagte ich.
– Seien Sie nicht geschockt – sagte er – ich hüpf immer nackt rein –
– Ich hab 4 Brüder – sagte ich – & bin auf einem Bauernhof aufgewachsen – ich bin nicht schockiert – aber was ist mit Lady D. & den anderen? –
Er lachte & sagte – Ach, die sind das gewohnt – Tantchen tut so, als würde sie wegschauen – aber wie viele alte Ladys vom Land mag sie gut abgehangenes Fleisch – ich hab sie oft dabei erwischt, wie sie verstohlen hergelinst hat –
– Durch ein starkes Fernglas, meinen Sie? – sagte ich feixend – & unberechtigterweise – bei ihm wäre ein Esel neidisch geworden! – dann watete ich hinaus, bis das Wasser so tief war, um mit dem Kopf voran einzutauchen.
Er nahm seine Uhr ab – warf sie auf seine Hose – folgte mir – schloss zu mir auf – & blieb da – kraulte ganz leidlich – lächelte mir von Zeit zu Zeit zu, als wollte er mir sagen – keine Sorge, ich sprinte nicht davon & lass Sie allein – Ihnen passiert also nichts –

Nun – du kennst mich – ich bin nicht die Schnellste – aber ich kann endlos weiterschwimmen.

Etwa einen halben Kilometer vor der Küste gab es eine Boje – ich richtete den Blick darauf & fand meinen Rhythmus. Er hielt eine Weile lang mit – dann fiel er zurück – & als ich die Boje erreichte, dauerte es 3 oder 4 Minuten, bis er ebenfalls ankam. Er versuchte zu lächeln – aber es war ihm anzumerken, wie kaputt er war – & ich hatte Schuldgefühle. Nur weil seine Anmache ziemlich lausig war, hatte er es noch lange nicht verdient, zu ertrinken! & mit diesem Ding, das er unter sich herschleppte, musste er sich wie ein Flugzeug vorkommen, das mit tiefgestellten Landeklappen abheben wollte!

Wir klammerten uns ein paar Minuten an die Boje – dann sagte ich – Bereit für den Rückweg?

Er nickte – & ich schwamm los – diesmal Brust – sehr viel langsamer – & außerdem konnte ich da immer ein Auge auf ihn haben. Als wir den Strand erreichten, war er so geschafft, dass ihn eine kleine Welle umwarf, als er sich aufrichten wollte.

Zeit für den großen Test – würde er ausfällig werden oder es verkraften?

Er brach im Sand zusammen. Wir waren an die 10 Meter von der Stelle entfernt, wo er seine Hose liegengelassen hatte.

– Charley – keuchte er – tun Sie mir einen Gefallen – holen Sie mir meine Hose – ich möchte schicklich beerdigt werden – aber nicht auf See – bitte! –

War also okay. Ich habe nichts gegen Trottel, solange sie über sich selbst lachen können.

Ich holte ihm seine Uhr & die Hose – er machte sich wieder schicklich – dann saßen wir im Sand & wärmten uns in der Sonne, bis er wieder zu Atem gekommen war.

– Fahren Sie auch so gut Ski, wie Sie schwimmen? – fragte ich.

– Besser – sagte er – wird Sie freuen zu hören – aber dabei behalte ich meistens meine Kleidung an. Warum? –

– Ich war letztes Weihnachten in der Schweiz – sagte ich – in der

Nähe von Davos – mit ein paar Freunden von der Uni – dachte, ich hätte da Ihre Schwester gesehen – beim Tanzen – kann mich aber auch täuschen. Ein Lokal, wo wir armen Studenten zusammenkamen – eigentlich nicht ihr Ding – sollte man meinen –
Er verzog das Gesicht & sagte – Könnte gut sein – Tante Daph hatte einen Blutsturz im Kopf & lud Ess & mich letzte Weihnachten zum Skifahren ein – in der Nähe von Davos –
– Sehr großzügig von ihr – sagte ich – wo sind Sie abgestiegen? – im Morasinis? – dem Fluela? –
– O nein – lachte er – so großzügig ist Tantchen auch wieder nicht – wir hatten ein Chalet – der Gerechtigkeit halber muss man sagen, es war sehr komfortabel ausgestattet –
– Warum mischte sich Esther dann zum Tanzen unter den Plebs? – ließ ich nicht locker.
– Warum nicht? – antwortete er in der Beiläufigkeit, mit der die Oberschicht Ausflüchte kaschiert. – Vielleicht ein Skilehrer, auf den sie ein Auge geworfen hatte – ein Urlaubsflirt – keine Verpflichtungen – kein Schaden – aber für Tantchen nicht annehmbar –
– Was hatte das mit ihr zu tun? – hätte ich beinahe gefragt, aber das war gar nicht nötig. Schließlich bin ich eine gerissene Beobachterin menschlichen Verhaltens! Wer die Musik bezahlt, schafft auch an, was gespielt wird – richtig? Lady D. hätte sicherlich kein Gefallen daran gefunden, wenn ihr Geld – jetzt oder später – in den Taschen eines mittellosen Ausländers verschwindet. Falls die geliebte Nichte daher weiterhin in ihrer Gunst & ihrem Testament stehen will, muss sie sich ihre jungen Männer sehr sorgfältig auswählen. Der RS vertritt so ziemlich ähnliche Ansichten – wenn du daher so weitermachst, bekomme ich deinen Anteil!
Daneben glaubte ich mich ebenfalls zu erinnern, das – laut George – Emil ein Student gewesen sei – kein Skilehrer. Also, Teddy – dachte ich mir – entweder du lügst – oder Ess hat dich angelogen –
– Esther mischte sich also unter das gemeine Volk – & Lady D. hat nie was davon erfahren – sagte ich.

– Zum Glück – antwortete er – kümmerte sich Lady D. um ihre eigenen *Angelegenheiten,* die sie ablenkten –
Seine Betonung der *Angelegenheiten* machte mich neugierig – unser interessantes Geplauder musste allerdings beobachtet worden sein, denn in diesem Moment wurden wir vom Gebell eines Hauptfeldwebels unterbrochen – Teddy! – was machst du da? – Zeit zum Essen! –
Der Baronet zuckte zusammen & verzog das Gesicht – trotzdem stand er auf.
Er tanzt wirklich nach ihrer Pfeife – dachte ich mir, als wir zu den anderen zurückkehrten. Muss hart für die beiden sein, wenn man ständig aufpassen muss, auf wen man abfährt – für den Fall, dass er oder sie nicht Lady D.s Zustimmung findet. Welche Meinung sie wohl über mich hatte?
Ich sollte es bald erfahren.
Die Frauen waren auf den Beinen. Clara sammelte die Sachen ein – Taschen – Handtücher – Lady D.s Klappstuhl – während Esther aufs Meer hinausschaute, als versuchte sie, es einfrieren zu lassen. Lady D. begrüßte mich mit ernstem Blick – dann sagte sie – Miss Heywood – wenn Sie mir den Arm reichen könnten – das viele Sitzen macht mich ganz steif –
Wovon nicht viel zu merken war – bei dem Tempo, das sie anschlug, als sie mich von den anderen wegführte – aber es wurde schnell klar, dass sie mit mir eigentlich nur ein vertrauliches Gespräch führen wollte.
– Lassen Sie sich gesagt sein – begann sie – Teddy ist ein prächtiger junger Mann –
– Ja ist mir schon aufgefallen – sagte ich.
Das trug mir einen scharfen Blick ein – dann fuhr sie fort – Aber leider blenden seine Schmeicheleien möglicherweise –
– Sie meinen, er spielt mit der Zuneigung junger Frauen! – rief ich entsetzt aus.
– Natürlich meine ich das nicht! – Ich rede von seinen Verhältnissen – sagte sie – er macht vielleicht den Eindruck, als wäre er eine

gute Partie – großes Herrenhaus – teure Uhr – aber Denham Park ist ein unveräußerliches Erbgut – es kann nicht verkauft werden – & außerdem müsste man wahrscheinlich mehr in Reparaturen stecken, als man herausbekommt & was die Uhr angeht ...
– Ja – mir ist die Rolex aufgefallen – sagte ich mit funkelndem Blick – was konnte es schon schaden, der alten Schachtel einzureden, ich wäre eine Erbschleicherin? – Könnte sie in falscher Sicherheit wiegen, falls ich doch beschließen sollte, mit dem Baronet mein verruchtes Spielchen zu treiben! – Dafür würde jeder gut & gern 5000 hinlegen! –
– Ja, in der Tat – sagte sie triumphierend – ich habe sie hingelegt! – sie gehörte nämlich Sir Harry – meinem verstorbenen Mann – Teddys Onkel. Ich habe sie Teddy als Erinnerungsstück geschenkt – es stand dazu nichts im Testament – Sie verstehen – aber ich denke, Sir Harry hätte es so gewollt – die Familie hat ihm viel bedeutet – & wie die Verhältnisse nun mal waren, musste er sich von vielen Erbstücken aus Denham trennen – es ist gut, wenigstens eines davon zu haben – damit er sich an den lieben Harry erinnert – & an bessere Tage –
Was bedeutete – interpretierte ich – das Teddy es nicht wagen würde, sie zu verkloppen – weil sie ihn jedes Mal, wenn sie sich trafen, darauf ansprechen würde.
Nun – da hatte ich Neuigkeiten für sie – ich hatte mich nämlich gewundert, warum er die Rolex abgelegt hatte, bevor er ins Wasser ging – diese Dinger funktionierten normalerweise noch, wenn man sie aus einem 10 Jahre alten Schiffswrack hochholt. Als ich ihm daher seine Sachen brachte, nahm ich sie näher in Augenschein – definitiv ein Hongkong-Modell – 20 Mücken, frisch von einem Sampan – man könnte das »Gold«-Armband mit zwei Fingern verbiegen, wenn man es darauf anlegt! Ich schätze, Ted hat das Original versetzt & in ein Imitat investiert, um Tantchen zu täuschen. Könnte erklären, warum er sich eine Buell leisten konnte. Diese Lotterie-Geschichte hatte ziemlich lahm geklungen.
Schön für ihn! – dachte ich mir – zu ihr sagte ich – Ja – verstehe –

& ich bin mir sicher, jemand, der so attraktiv – & talentiert – ist wie Teddy, wird mühelos jemanden finden, der ihm an Rang gleichkommt – & an Einkommen übersteigt –
Nett ausgedrückt, was?
Sie nickte – & lächelte – & sagte – Wie schön, das wir uns verstehen – meine Liebe – aber jetzt muss ich mich diesen Pfad hochplagen, das Essen wartet –
Sie ließ meinen Arm los – & Ess – die unser Tête-à-Tête argwöhnisch beäugt hatte – verwandelte sich in einen hilfsbereiten Engel – sprang voran – vermutlich, um sicherzustellen, dass Lady D. mit dem Fuß nicht an einem Stein hängenblieb.
Ihre Ladyschaft sah sie gar nicht an, sondern richtete ihren taxierenden Blick auf mich. Wahrscheinlich wollte sie mich loben, weil ich eine so verständige Bäuerin war – wahrscheinlich, indem sie mich zum Essen einlud – worauf ich nicht scharf war – was ich aber trotzdem annehmen würde, nur um Esther zu ärgern!
Dann sagte sie – in sehr gemessenem, extrem herablassendem Tonfall – Miss Heywood, sagen Sie doch Tom Parker, er möge Sie zu meinem Grillfest am Sonntag mitbringen –
Ihrem Grillfest – für das – laut Mary – das Konsortium zahlte!
Ich widerstand der Versuchung, vor ihr zu knicksen – & sagte – Das wäre nett – aber wahrscheinlich fahre ich am Samstag bereits nach Hause –
Ich erwartete eigentlich eine erstaunte Reaktion, dass jemand es wagen konnte, eine königliche Einladung auszuschlagen – stattdessen sagte sie nur – Ja – natürlich – Ihre Familie muss Sie vermissen – die Familienbande sind ja so wichtig. Kommen Sie, falls Sie es sich anders überlegen – tun Sie sich hier aber keinen Zwang an & bleiben Sie, so lange Sie wollen – Sie dürfen auch gern jederzeit wiederkommen – wann immer der öffentliche Strand voll ist –
So! Damit war ich auf meinen Platz verwiesen – nicht wahr?
Am liebsten hätte ich ihr eine Handvoll Sand ins Gesicht geschleudert.

Aber ich sagte – sehr würdevoll – Danke – sehr freundlich – aber ich muss jetzt wirklich zu meinen Freunden zurück – & damit stolzierte ich davon!
Nach etwa einem Dutzend Schritte schloss Teddy zu mir auf.
– Achten Sie nicht auf die alte Schachtel – sagte er – sie kann nicht anders – meint immer noch, wir leben im Mittelalter! –
Was mich beeindruckt hätte, wenn er seine Worte – aus Angst, gehört zu werden – nicht geflüstert hätte. So viel also zu seiner Unabhängigkeit.
– Kehren Sie lieber mal zu den anderen zurück – sagte ich – sonst werden Sie noch ohne Abendessen ins Bett geschickt –
Er grinste – ja, er hat ein tolles Grinsen – & sagte – Was kümmert einen das Abendessen, solange man im Bett Gesellschaft hat? Hören Sie – ich würde Sie gern wiedersehen – bald –
Ich sagte – um es auf die Spitze zu treiben – Ist das eine Einladung nach Denham Park? – Oder brauchen Sie da auch eine Erlaubnis? –
Er zuckte zusammen & sagte dann – Natürlich nicht – aber ich muss Sie warnen – die sanitären Einrichtungen sind schrecklich! Am liebsten würde ich Sie aber zu einer Fahrt einladen – auf dem Beast, meine ich. Sie könnten Ests Lederklamotten nehmen. Der Trick dabei ist – wenn Sie es voll & ganz genießen wollen – sollten Sie darunter nichts tragen! –
Wer schreibt diesem Kerl das Drehbuch?!!
Aber es war wie bei einem guten Thriller – der mag auch bloß ein Haufen Mist sein, aber man kann nicht aufhören weiterzulesen!
– Ich werde es mir überlegen – sagte ich & kletterte über die Felsen zurück zum Hauptstrand, der jetzt noch voller war als zuvor. Plötzlich erschien mir die Ruhe & Freundlichkeit des Kyoto-Hauses als äußerst anziehend.
Also machte ich mich auf den Weg den Berg hinauf.
Damit aber waren meine aufregenden Abenteuer noch nicht zu Ende!

Allerdings musst du auf die nächste Episode warten – ich muss nämlich noch zum Interview mit einer Frau, die behauptet, sie sei durch einen Heidelbeeraufguss & einer Nesselölmassage 20 Jahre jünger geworden.
Du siehst – auch ich habe zu arbeiten!

Alles Liebe
Charley xxx

15

VON: charley@whiffle.com
AN: cassie@natterjack.com
BETREFF: Sex auf Rädern!

Hallo, da bin ich schon wieder!
Na, das war ein Spaß! Wenn die Beeren & Nesseln sie 20 Jahre jünger gemacht haben, muss sie vorher auf die 100 zugegangen sein. Passt unter meine *Strohhalm*-Kategorie. Bereit, alles zu glauben, außer, das sie irgendwann sterben wird.
Zurück ins Land der Lebenden. Also, wo war ich stehengeblieben ...? Ach ja. Am Fuß des Hügels.
Die Straße hinauf zum Nordkliff kam mir sehr viel steiler vor als auf dem Weg hinunter – & meine Angeberei gegenüber dem Baronet hatte mich doch mehr mitgenommen, als ich dachte. Als ich das Hexen-Cottage erreichte, musste ich erst mal eine Pause einlegen – also setzte ich mich auf die niedrige Gartenmauer. Vor dem Haus stand ein altertümliches Motorrad mit Seitenwagen. Irgendein armer Schlucker – theoretisierte ich – der sich Linderung für seinen sattelwunden Hintern versprach, wenn er sich Nadeln reinrammen ließ.
Hinter mir hörte ich die Tür aufgehen – ich drehte mich um & sah Yan Lee, die einen Mann verabschiedete. Er trug Motorradkleidung & setzte sich den Helm auf – das Dornengestrüpp seines Barts war nicht zu verkennen. Gordon Godley – der Heiler aus Willingdene. Ich erinnerte mich, dass Tom sagte, er habe sich einverstanden erklärt, zu kommen, um sich Sandytown anzusehen. Erinnerte mich auch an mein Gefühl, das er anscheinend sehr viel mehr über die Sache hier wusste, als er nach außen hin zeigte.

& als ich sah, wie sie sich umarmten & küssten – kein spitzes Küsschen auf die Backe – sondern volle Breitseite auf die Lippen – da dachte ich, na hallo! – doch nicht so unweltlich – das ist doch Geturtel, was sonst? – ob in der *Selbst-beigebracht*-Reihe auch ein Buch über Gesundbetung steht?
Als er mich auf der Mauer erkannte, blieb er wie angewurzelt stehen – als hätte er einen tollwütigen Dobermann erblickt. Miss Lee hinter ihm vollführte ihre asiatische Verbeugung – ging rein & schloss die Tür. So standen er & ich uns gegenüber – beide völlig regungslos – wie zwei Revolverhelden in einem Spaghetti-Western, die jeweils darauf warteten, dass der andere als Erster zog. Seine Biker-Klamotten hatten zwar nicht dieselbe Wirkung wie beim Baronet – aber sie machten ihn doch jünger – & ich korrigierte meine Alterseinschätzung um ein paar Grad nach unten – doch eher 45 statt 55 –
Er rührte sich als Erster & marschierte schließlich auf mich zu wie ein Mann auf dem Weg zum Schafott!
Komisch – es ist eben nicht sehr nett, wenn man auf jemanden eine solch abschreckende Wirkung hat – noch nicht einmal bei jemandem, der einem völlig schnuppe ist! Ich hätte mich verziehen können, ohne ihn überhaupt zu grüßen. Tom zuliebe aber meinte ich klarstellen zu müssen – falls es Mr. G. bei unserem vorherigen Treffen nicht geschnallt haben sollte – dass ich das Dorf nicht dauerhaft mit meiner Anwesenheit verunzieren werde. Ich wollte es nicht auf dem Gewissen haben, dass die Einheimischen meinetwegen nicht in den Genuss der heilenden Hände des göttlichen Gordon kamen!
Also sagte ich voller Freude – Hallo, Mr. Godley. Charlotte Heywood – Sie erinnern sich? (Obwohl daran wenig Zweifel bestand, so wie er mich ansah!) – Sie sind auf dem Weg zu Mr. Parker – nicht wahr? Ich wohne für ein paar Tage bei der Familie. Es ist schön hier – oder? (Tat mein Bestes, um für den Ort zu werben!) – auch wenn ich gut & gern darauf verzichten könnte, jeden Tag diesen Berg hochsteigen zu müssen –

Schon als ich es aussprach, dachte ich mir – O nein – klingt ja, als würdest du regelrecht darum betteln, mitgenommen zu werden! Klar – soweit ich sein Gesicht unter dem Gestrüpp wahrnehmen konnte, wechselte es ein paar Mal die Farbe – fast so wie bei dir, wenn du deinen ganzen Mut zusammennehmen musst, um vom höchsten Brett zu springen – dann murmelte er was vom Mitnehmen.
Meine erste Reaktion lautete insgeheim – nie & nimmer! –
Dann dachte ich mir – sei kein Idiot – du hast dir schon ins eigene Fleisch geschnitten, als du dich von Lady D. & ihrer herablassenden Unfreundlichkeit vom leeren Strand hast vertreiben lassen – wäre doch nur dämlich, so was hier noch mal abzuziehen.
Also saß ich kurz darauf im Seitenwagen & holperte den Berg hinauf.
Fast zwangsläufig musste ich die Godleysche Motorraderfahrung mit dem vergleichen, was Teddy Denham auf dem Sozius seiner Beast versprochen hatte. Hier fühlte es sich an, als würde man in einer alten Blechbadewanne hinter einem Traktor hergeschleift! Zumindest musste ich mich nicht auf Smalltalk einlassen.
Als wir das Kyoto erreichten, hüpfte ich heraus – bedankte mich – raste nach drinnen – & rief Tom zu, als ich an seinem Arbeitszimmer vorbeikam – Mr. Godley ist hier! –
Als ich mein Zimmer erreichte, kam Minnie gerade heraus. Sagte, sie hätte mich gesucht – aber ich ließ mich nicht veralbern. Ich erinnere mich noch gut, als ich in ihrem Alter war – ich habe keine Gelegenheit ausgelassen, um meine neugierige Nase in deine Sachen & dein Make-up zu stecken! Ich sagte, ich wolle aus meinem nassen Badeanzug – & ging rein – in der Erwartung, dass sie draußen bleiben würde. Aber sie folgte mir & setzte sich aufs Bett, während ich mich mit dem Handtuch abrubbelte – als wäre sie Punktrichterin bei einer Gymnastikübung – also forderte ich sie auf – Okay, wie viele Punkte bekomme ich? – & sie sagte wie aus der Pistole geschossen – 7 für den Vortrag – 8 für die Interpretation –

Dieser freche kleine Balg – aber man muss sie einfach gernhaben. Ich nutzte die Gunst der Stunde, um ihr Infos über Miss Lee & Lady D. zu entlocken – wobei ich sie nicht lange ködern musste. Miss Lee bekam das Hexen-Cottage anscheinend in Erbpacht von Lady D.s Immobilienmakler überschrieben – dessen Arthritis sie mit einigen wohlgesetzten Nadeln geheilt hatte. Dann wurde das große Konsortium ins Leben gerufen – & Lady D. dämmerte, dass das putzige alte Cottage mit seiner Hexenhäuschen-Anmutung – & seinen zauberhaften Geschichten – richtig Geld abwerfen könnte, wenn die Touristen erst mal strömten. Also wollte sie es zurückhaben. Nur dass Miss Lee einen Vertrag hatte – also sagte sie zu Lady D. – wie der chinesische Zugpassagier in diesem schrecklichen, politisch völlig unkorrekten Witz, den der RS so toll findet – *du dich velpisse – ich Ticket elste Klasse!*
Man zog in die Schlacht – Recht gegen Macht – Tom Parker in der Mitte, der zu vermitteln versuchte. Dann gab Miss Lee plötzlich nach – keiner wusste, warum – eine hohe Bestechungssumme, vermutete Min – & erklärte sich bereit, im Herbst auszuziehen & sich in neuen Räumlichkeiten einzurichten, die Tom für sie gefunden hatte.
Min war gerade mit der Geschichte fertig & ich war fast angezogen, als sie Motorengeräusche hörte – sie sah durchs offene Fenster & kreischte auf – Oh, schau – Onkel Sid kommt! – & schon schoss sie an mir vorbei durch die Tür.
Ich ging ans Fenster & sah hinunter.
Über die Anfahrt donnerte ein phantastisches dunkelrotes Maserati-Coupé.
Minnie musste fast genauso schnell unterwegs gewesen sein – sie kam durch die Eingangstür geflogen, als der Wagen zum Stillstand kam – & als der Fahrer sich elegant aus dem Sitz hievte, warf sie sich ihm in die Arme. Er hob sie hoch in die Luft & ließ sie herumwirbeln. Mir war, als heftete sich sein Blick auf mich, während er sich im Kreis drehte – ich stand im BH am offenen Fenster – also trat ich schnell zurück & zog mich ganz an. Sitt-

sam – was? Doch selbst diese kurze Begegnung hinterließ bei mir den Eindruck, dass Sidney – anders als Ted der Baronet – nicht durch aufblitzende nackte Haut zu beeindrucken war.

& warum sollte ich ihn beeindrucken wollen? Wegen des Wagens? Okay, vielleicht. Aufgrund dessen, was ich von ihm gehört hatte – dass er ein Überflieger & Finanzgenie ist? Auf keinen Fall! Nein – ich glaube, es lag daran, das er beim Aussteigen so makellos aussah wie sein Wagen & dann nicht die geringste Abneigung zeigte, als sich Min auf ihn warf & ihn umschlang – eine neunjährige Range – die – scheine ich mich zu erinnern – bemerkenswert schmuddelige Wesen sein können!

Na siehst du – wieder eine psychologisch ingeniöse Einschätzung deiner klugen jüngeren Schwester.

Außerdem – muss ich zugeben – sah er auf eine Hugh-Grant-Art zum Anbeißen aus.

Ich ließ mir genügend Zeit, damit er mit der Begrüßung der einzelnen Familienmitglieder durch war – dann schritt ich zu meinem Auftritt.

Ich hatte recht. Zum Anbeißen – & wie! – aber auch ziemlich gelackt – ohne schmierig zu sein.

Ein wenig größer als Tom – das gleiche lebendige, ausdrucksstarke Gesicht – die weichen braunen Augen der Parkers – er ist einer von denen, bei denen du weißt, dass sie immer das Richtige tun – nicht moralisch, meine ich – sondern, wenn du beim Tanzen dein Höschen verlierst, würde er es aufheben & in seine Tasche stecken, ohne aus dem Takt zu kommen! Er trug ein cremefarbenes Hemd unter einem Leinenanzug, der keinerlei Anzeichen von Minnies Übergriff aufwies – & der sicherlich nicht von Marks & Spencer stammte. An den Füßen hatte er weiche Ledersandalen – keine Socken – & Zehen, wie man sie sich nicht sexy genug vorstellen konnte. Okay – Zehen spielen in deinen erotischen Phantasien vielleicht keine große Rolle – aber glaub mir – Sids Zehen sind erstklassig!

Tom, der Hyperboliker (ich weiß nicht, ob man das so schreibt,

aber es ist mein Lieblingswort in diesem Monat), stellte mich vor – & Sidney setzte noch eins drauf. Anders als Ted der Baronet unternahm er keinerlei Anstrengung, um mich zu beeindrucken – was mich beeindruckte!
Tom drängte ihn natürlich dazu, im Kyoto zu übernachten – Mary unterstützte die Einladung – während Minnie bereit war, auf die Knie zu fallen, um ihn zu überreden.
Aber Sidney blieb hart.
– Ich habe im Hotel gebucht – sagte er – die Honeymoon-Suite! – Nein – Mary – ich bin nicht verheiratet – leider. Ich dachte mir, ich könnte mir mal ansehen, was die gesundheitsbewussten Flitterwöchner für ihr Geld bekommen –
Der Gedanke – Hilfe gefällig bei Ihren Recherchen, Sid? – huschte mir durch den Kopf.
Dann trafen sich unsere Blicke – & es war, als könnte er meine Gedanken lesen – & ich spürte, wie ich einen roten Kopf bekam.
Wir setzten uns auf die Terrasse. Tom – es war unvermeidlich – schwärmte über die Meeresbrise – die reine Luft – die Klarheit, die erlaube, an einem schönen Tag bis nach Holland zu sehen.
– Ich habe nie ganz verstanden – sagte Sid – warum du – lieber Tom – den Blick nach Holland so begehrenswert findest – selbst wenn das Land nur aus der Ferne zu sehen ist –
Dabei lächelte er mich verschwörerisch an. Ich ertappte mich dabei, wie ich Tom verteidigen wollte – doch die Zuneigung zwischen den beiden war so offensichtlich, dass mir klarwurde, es handelte sich nur um Sticheleien, wie sie auch ständig zwischen – sagen wir – George & mir – oder – wenn wir schon dabei sind – zwischen dir & mir vorkommen.
Wie auch immer – er zog mich – ganz mühelos – ins Gespräch – gab mir das Gefühl, zur Familie zu gehören – & ich – wie du dir vielleicht zusammenreimen kannst – musste feststellen, dass ich neben Minnie schnell zum Sid-Parker-Fanclub überlief!
Wahrscheinlich denkst du dir, deine kleine Schwester muss ja eine ganze Menge verdrängen. Erst 6 Tage in Sandytown – &

schon haben 3 Männer – Ted das Sexmonster – Fran der Rolli – & Sid der Gelackte – meine Säfte in Wallung gebracht.
Keine Sorge. Alles nur Phantasiespielchen. Der lausige Liam hat es mir für immer ausgetrieben. Ich bin eine Karrierefrau, ganz & gar. Wenn ich mich hier austobe, dient es nur der Entspannung.
Da waren wir also – plauderten, bis ich ein seltsames Geräusch hörte – als würde ein Reh bellen – & in der Tür stand der göttliche Gordon – der haarige Heiler – & räusperte sich, um auf sich aufmerksam zu machen.
In der Aufregung um Sidneys Eintreffen hatte Tom ihn ganz vergessen & ihn in seinem Arbeitszimmer sitzen lassen! Tom überschlug sich natürlich vor Entschuldigungen – zog ihn hinaus auf die Terrasse – hieß ihn Platz nehmen – & stellte ihn Sidney vor, mit Worten, die ihn als eine Mischung aus Gandalf & Jesus erscheinen ließen. Der gelackte Sid war – natürlich – äußerst charmant; aber ich spürte doch eine gewisse Reserviertheit – als sagte er sich – den Typen hat mein lieber Bruder angeschleppt, in den Finanzprospekten für meine City-Kumpel werde ich ihn lieber nicht erwähnen!
Mr. Godley war bald wieder auf den Füßen – meinte, er müsse sich auf den Weg machen – & lehnte alle drängenden Versuche ab, doch bitte zum Essen zu bleiben. Tom – bestrebt, ihn zur Teilnahme am Festival der Gesundheit zu überreden – erinnerte ihn an das Treffen im Avalon.
– Sie werden wirklich beeindruckt sein, wie offen Dr. Feldenhammer ist – sagte er – es ist eine hervorragende Gelegenheit für uns alle, neue Wege zu beschreiten, Wege, die nicht ausgetreten sind –
Sidneys Blick verschleierte sich zu einem Ausdruck, den wir Heywoods nur allzu gut kennen – & den wir alle aufsetzen, wenn Dad in Gesellschaft anderer mal wieder etwas besonders Unerhörtes von sich gibt & die Loyalität zur Familie uns zwingt, uns nichts anmerken zu lassen.
Mr. G. wirkte unsicher & murmelte etwas Unverständliches – was Tom ein wenig bedrückte – aber er war viel zu höflich, um noch

weiter in ihn zu drängen. Ich sehe es nicht gern, wenn Tom enttäuscht ist – als dann auch noch Sid sagte, er könne nicht zum Essen bleiben, weil er zum Hotel müsse, um seine Gäste zu begrüßen – & wir alle zusammen hinaus zur Anfahrt gingen – gesellte ich mich zu Mr. G., der gerade auf sein Motorrad stieg – & sagte – Ich glaube, ich hab mich noch gar nicht fürs Mitnehmen bedankt – es war toll – es wäre wirklich sehr anstrengend gewesen, den Berg hochzustapfen! –
Es war ihm sichtlich peinlich – klar – aber ich glaube, er freute sich auch. Also fuhr ich fort – Warum kommen Sie nicht zum Treffen in der Klinik? – Kann doch nicht schaden, sich den Laden mal anzusehen – oder? Normalerweise ist man ein Vermögen los, wenn man dort reinwill – kann ganz witzig sein, zu sehen, wie die dort auf jemanden reagieren, der ihre Patienten heilt, ohne einen Penny dafür zu verlangen! –
Er sah mich unumwunden an – ein wenig verwirrt – als wäre *witzig* ein Fremdwort für ihn. Dann fragte er – Sie werden da sein? – Offensichtlich fürchtete er, ich würde irgendwo in einer Ecke sitzen – skeptische Laute von mir geben & mir Notizen für die Doktorarbeit machen.
– Vielleicht nachher, wenn Erfrischungen gereicht werden, aber bestimmt nicht beim Treffen – sagte ich & patschte ihm beruhigend auf seinen Motorradhandschuh.
Wow! Man hätte denken können, ich hätte ihn mit einem Elektroviehstock berührt!
Er schoss in seinem Sattel hoch – riss die Hand von mir weg, so abrupt, dass er dabei fast den Handschuh verloren hätte & sagte – Mal sehen –
& los fuhr er – eingehüllt in eine blaue Rauchwolke – definitiv eher ein Gandalf als Jesus!
Keiner von den anderen bekam es mit – sie waren viel zu sehr damit beschäftigt, Sidney zu verabschieden. Ich ging zu ihnen hinüber & half mit, Minnie von der Wagentür loszueisen.
Seine letzten Worte zu mir waren etwas konventionellerer Na-

tur – aber trotzdem hoffnungsvoll. – Ich sehe Sie hoffentlich noch mal, bevor Sie abreisen – Miss Heywood –
– Das hoffe ich auch – sagte ich – & sagen Sie ruhig Charley zu mir –
– Warum nicht – sagte er lachend – Auf Wiedersehen! –
Minnie stand neben mir & sah zu, wie der Maserati über die Anfahrt davonschoss.
– Ist er nicht großartig? – sagte sie mit glänzenden Augen – wenn er nicht mein Onkel wäre, würde ich ihn heiraten! –
Dann nahm sie meine Hand & sagte – Er mag dich, Charley. Du könntest ihn heiraten & nach London ziehen – dann würde ich kommen & bei dir wohnen – den ganzen Sommer – & zu Weihnachten –
– Sonst nicht? – sagte ich – dann haben wir aber langweilige Ostern –
Sie grub ihre Fingernägel in meine Handfläche – nicht zu fest – & sagte – Aber du magst ihn doch auch – oder? –
– Ich mag seinen Wagen – sagte ich.
Diesmal tat es weh – & ich packte sie mir – wir rangelten miteinander, was damit endete, das wir über den Rasen rollten – & Tom strahlte uns zufrieden an – selbst Mary lächelte.
Marys Blick allerdings blieb auf das Ende der Anfahrt & die Straße zum Hotel gerichtet – & mit dieser wunderbaren Gabe des Gedankenlesens, die ich hier scheinbar entwickle – (vielleicht habe ich sie von Mr. Godley aufgeschnappt, als ich im Seitenwagen saß!) – vermutete ich, dass sie sich fragte, ob eine Krise der Hochfinanz Sidney hierhergetrieben hatte.
Später plauderte ich mit ihr & lenkte das Gespräch – beiläufig! – auf Sidney. Für Kritik ist sie viel zu loyal – außerdem mag sie ihn wirklich – aber es kam schnell heraus, dass sie sich – wie ich gemutmaßt hatte – Sorgen machte, Tom würde sich – in finanzieller Hinsicht – zu sehr auf seinen Bruder verlassen – & sie hatte das Gefühl, dass unter der gelackten Oberfläche so einiges schlummerte, von dem sie keine Ahnung hatte.

Genau wie Sandytown selbst – denke ich. Ich weiß nicht warum – aber es verfestigt sich mehr & mehr der Eindruck, dass unter der schimmernden Oberfläche wesentlich mehr abgeht, als es auf den ersten Blick scheint!
Okay – du wirst mich an damals erinnern, als ich überzeugt war, der Pfarrer habe seine Frau umgebracht & sie im Sarg von Les Turpins beerdigt – weil Les, als er starb, nur 45 Kilo wog & die Träger ins Stolpern kamen, als sie die Kirche betraten. Dann kam die Frau des Pfarrers zurück, sie hatte nur ihre kranke Schwester in Beverly besucht – & es stellte sich heraus, das einer der Träger in letzter Minute krank geworden war & man Iggy Earnshaw aus der Kneipe ziehen musste – & der hatte bereits sieben Pint intus!
Kann ja nicht immer klappen! Aber ich war die Erste, die vor allen anderen bemerkte, dass Mrs. Inlake – die vom Postamt – etwas mit einem Typen von einem Öltanker hatte!
Also, Inspektor, wie sieht der nächste Schritt aus? – wirst du dich fragen.
Wer weiß? Ich könnte genötigt sein, den gelackten Sid zu verführen, um herauszufinden, was hier abläuft …
Das sind so die Sachen, die wir Psychologen tun.
Pass auf dich auf. Im Ernst. & komm um Himmels willen nach Hause, wenn nächsten Monat dein Vertrag ausläuft! Ich kenne dich – wir sind uns ja – von Darmblutungen & Bettpfannen mal abgesehen – so ähnlich – & so wie ich mich von Sandytown vereinnahmt finde & allmählich bezweifle, ob ich jemals wieder abreisen kann – so geht es dir wahrscheinlich mit deinem minenverseuchten, unter Beschuss stehenden, von Krankheiten gebeutelten Landstrich in Afrika.
Der Unterschied ist nur – keiner hier in Sandytown versucht, jemanden umzubringen!

Alles Liebe
Charley xxxx

PS: Als ich letzte Nacht zu Hause anrief, hatte ich George in der Leitung – ich fragte ihn, ob er sich noch an Ess & Em von unserem Skiausflug erinnern könne. Nachdem er sich wegen des alten Witzchens endlich wieder eingekriegt hatte – er sollte wirklich öfter ausgehen – meinte er, ja, er könne sich sehr gut an Emil erinnern – tatsächlich – was für ein Zufall! – habe er ihn erst vor ein paar Tagen gesehen – hier in Yorkshire! G. war auf dem Weg nach Newcastle, um sich ein Fußballspiel anzusehen – hielt zum Tanken an der Scotch Corner & dort vor ihm in der Schlange an der Kasse stand Emil – unverkennbar – noch immer langes blondes Haar & Bart. G. klopfte ihm auf die Schulter – & nachdem er seine Überraschung überwunden hatte, plauderten sie kurz. Em sagte, er sei auf Urlaub hier – fahre so durchs Land – & G. kritzelte ihm seinen Namen & Adresse auf & sagte – schau doch mal in Willingden vorbei. Dann war Em an der Kasse & zahlte – & bis G. gezahlt hatte, stieg zu dessen Überraschung Em bereits in den Wagen & brauste davon. G. glaubt, es wäre jemand mit im Wagen gewesen, konnte die Person aber nicht richtig erkennen. G. war ein bisschen gekränkt – du weißt, wie er ist – meint immer, alle müssten so freundlich sein wie er selbst – ich denke mir aber – angenommen, zwischen Ess & Em läuft immer noch was – dann ist er eben rübergekommen, um sie zu sehen; sie aber will den Breitarsch nicht vergrätzen – weshalb sie sich heimlich treffen! Dass G. sie gesehen hat, sollte für sie nicht allzu riskant sein – trotzdem legt Em keinen großen Wert darauf.
Das jedenfalls ist meine Theorie. Okay – da spinnt sie wieder vor sich hin – höre ich dich sagen – & erfindet ihre Märchen! Aber vertraue mir – ich bin Psychologin! Alles Liebe C x

16

VON: charley@whiffle.com
AN: cassie@natterjack.com
BETREFF: Viva Las Vegas!

Hallo!
Eine weitere Lieferung, noch druckfrisch. Wenn man ein ereignisreiches Leben wie ich führt, bleibt kaum Zeit, Atem zu schöpfen. Ich schlief eine Nacht über die Einladung des Baronets – zufällig hatte ich einen peinlich ordinären Traum – (Details auf Anfrage – in einem ungekennzeichneten braunen Umschlag!) – der nicht das Geringste mit meiner Entscheidung zu tun hatte, heute alle in Erstaunen zu versetzen, indem ich früh aufstand & Tom fragte, ob ich mir den Wagen leihen könnte.
– Für Erkundigungen – erklärte ich.
– Gute Idee – begeisterte er sich – aber zum Essen im Avalon sind Sie doch wieder zurück? –
Ich hatte es glatt vergessen!
– Hören Sie – sagte ich – tut mir leid – natürlich, Sie brauchen den Wagen, um zum Meeting zu kommen –
– Kein Problem – sagte er – ich fahr mit dem Rad oben über die Küstenstraße – wird mir guttun – & nach dem Essen können Sie mich ja zurückfahren – damit ich nicht noch mehr Dinge tue, die mir guttun! –
Er ist wirklich ein liebenswürdiger Mensch.
Denham Park erwähnte ich nicht – Mary hätte das wohl kaum gefallen. Schließlich – dachte ich – könnte ich ja meine Meinung noch ändern.
Minnie meldete sich natürlich freiwillig als Expeditionsleiterin – was ich entschieden ablehnte. Ich wusste noch nicht, ob meine

Absichten ehrenwert waren – keinesfalls aber wollte ich, dass meine Optionen eingeschränkt wurden, falls ich Min an der Seite hatte, die alles penibel aufzeichnete!
Sie wollte schon zu einer längeren Diskussion ansetzen – aber Mary brachte sie schnell zum Verstummen & versprach ihr, mit ihr noch mal im Manor zum Schwimmen zu gehen, bevor Onkel Sid wieder abreiste! Reiner Eigennutz.
Erst auf dem Weg nach Denham Park kam mir, das es vielleicht ein wenig überheblich sein könnte, anzunehmen, Teddy würde den ganzen Tag rumsitzen & nur darauf warten, das ich auftauche. Es störte mich nicht sonderlich, falls er nicht zu Hause sein sollte – die Vorstellung aber, von seiner frostmienigen Schwester gesagt zu bekommen, dass ich versetzt worden war, gefiel mir ganz & gar nicht. Als ich daher an der Hollis-Schweinefarm vorbeikam, bog ich kurzerhand ab & wollte sehen, ob der alte RR – & das Sexy Beast – auf dem Parkplatz standen.
Kam nicht weit – die Zufahrt war durch eine Schranke blockiert – daneben stand eine kleine Hütte – vermutlich für den Wächter – aber niemand war drin. Ich stieg aus – schlüpfte unter der Schranke durch & ging in Richtung der Fahrzeuge, die vor dem nächsten Gebäude geparkt waren. Nach ein paar Schritten hörte ich eine Stimme – He! – Sie! – bleiben Sie auf der Stelle stehen – keine Bewegung! –
Ich drehte mich um – ein schwergewichtiger Typ kam hinter einem Stechginsterstrauch hervor & stapfte auf mich zu. Er fummelte am Reißverschluss seiner Hose herum – & ich dachte schon – o Gott – jetzt bist du auf den verrückten Lustmörder aus Sandytown gestoßen – nimm mal lieber die Beine in die Hand, Mädel!
Dann dämmerte mir, dass er den Reißverschluss nicht nach unten, sondern nach oben zog. Musste beim Pinkeln gewesen sein. Trotzdem wirkte er ziemlich bedrohlich – aber wir Psychologen verfügen ja über vielfältige spezielle Kunstgriffe, um Bedrohungen wie diese abzuwehren.

Ich starrte ihn an – & sagte – ganz Lady Bracknell – Was ist das für ein Hund? –
– Äh? – sagte er.
– Der Hund, den Sie so anplärren – was ist das für einer? – fragte ich.
Okay – es war kein spezieller Kunstgriff – ich war nur sauer, angeschrien zu werden, als hätte ich was verbrochen.
Er kapierte, dass ich sauer war – was ihn nicht erfreute – aber wenigstens war er nicht mehr der verrückte Lustmörder – eher ein wuchtiger Wachmann – als er sagte – Ach ja – mit den Hunden kennen Sie sich aus – das wissen Sie noch vom letzten Besuch – oder? –
Da fiel mir ein, wo ich ihn schon mal gesehen hatte – er war der Typ auf der Leiter, der bei meiner Ankunft das Schild gesäubert hatte – jener, den Tom aus dem Wagen heraus gegrüßt hatte.
– Ollie, nicht wahr? – sagte ich – vielleicht können Sie – Ollie – mir sagen, ob Teddy Denham auf dem Gelände ist –
Das ließ ihn auf der Stelle innehalten. Wie Freud schon sagte – die Typen beim Namen zu packen ist fast so gut, wie sie an den Eiern zu packen. Er sah von mir zum Wagen auf der anderen Seite der Schranke – & plötzlich wurde aus dem Wachmann Mr. Smiley – als hätte die gute Hexe aus dem Norden ihren Zauberstab geschwungen.
– Sie müssen Miss Heywood sein – sagte er – richtig? – die, die bei Tom Parker wohnt – Miss Lee hat mir von Ihnen erzählt – ich bin Ollie Hollis – wie wär's mit einer Tasse Tee? –
Er hatte Toms Wagen erkannt – klar, darauf gründete der Meinungsumschwung. Wenn du in Sandytown ein Kumpel von Tom bist, musst du okay sein.
Zwei Minuten später saß ich in Ollies Hütte & trank Tee.
Er war voll der Entschuldigungen. Anscheinend hatten sie Probleme mit Tierschutzgruppen – daher wird mit jedem, der ohne Erlaubnis auf dem Gelände angetroffen wird, kurzer Prozess gemacht. Der Hauptangriff – erklärte Ollie – hatte einige Jahre zuvor

stattgefunden – eine Menge Schaden war angerichtet worden – Schweine wurden freigelassen – viele tauchten nie mehr auf – & die halbe Bevölkerung der umliegenden Gegend ernährte sich bis Weihnachten von Schweinefleisch – fügte er mit breitem Grinsen hinzu.
– Sie sind also der Leiter des Wachdienstes? – fragte ich.
– Schön wär's – sagte er – das Gehalt könnte ich gut gebrauchen! – nein – ich bin nur der Schrankenwärter –
– Tut mir leid – sagte ich – ich dachte – da Sie auch Hollis heißen – würden Sie zur Familie gehören –
– Oh aye – sagte er – ich bin ein echter Hollis – es gibt einige von uns – aber Hog – mein Cousin – war der Einzige, der reich geworden ist – besonders freigiebig war er aber auch nicht! Aber man soll über Tote nichts Schlechtes sagen – außerdem hat er mir versprochen, es würde immer einen Job für mich geben – da hat er Wort gehalten. Hab früher bei den Schweinen gearbeitet – das hat meinem Asthma nicht gutgetan – also hat Hog mich hierher abgestellt – aber nicht zum Wachdienst – nur die Schranke. Seitdem die Extremisten uns ins Visier genommen haben, gibt es einen richtigen Wachdienst mit zwei großen Deutschen Schäferhunden, die wir nachts rauslassen –
Deswegen die Verwirrung mit den Hunden. Die militanten Tierschützer waren in der Nacht vor meiner Ankunft in Sandytown wieder aufgetaucht – hatten eine Leiter ans Haupttor gestellt – das Schild besprayt – & waren rübergeklettert.
– Da haben sie gemerkt, dass wir Schäferhunde haben – sagte Ollie fröhlich – wir haben alles auf dem Überwachungsvideo – Sie hätten mal sehen sollen, wie die geflitzt sind – die eine hat's geschafft – bei der anderen aber hat sich einer der Hunde das Hosenbein geschnappt, bevor sie rüber ist –
– Frauen? – fragte ich.
– Aye – hatten Wollmützen übern Kopf gezogen – aber man hat gleich gesehen, dass die Scheißkerle Mädels waren – (interessante Zusammenstellung – ging mir durch den Kopf) – so wie die

liefen – das sind die breiten Hüften, wissen Sie – deswegen war ich bei Ihnen ja so misstrauisch –
Ohne auf die verleumderische Aussage zu meinen Hüften einzugehen, fragte ich, ob sie erwischt wurden. Er sagte, ein Wagen hätte auf sie gewartet – war auf dem Videoband nur am Rand zu sehen – die Unverletzte half der Gebissenen in den Wagen – dann rasten sie davon.
– Beißer Whitby – Sergeant Whitby – unser Polizist hier – ist am Fall dran. Ich bezweifle also, das wir da noch viel hören werden –
Aus Eigeninteresse fragte ich ihn nach seiner Beziehung zu Miss Lee.
Wie vermutet – es ist sein Asthma. Ollie hatte sich bereits mit der üblichen Palette an Palliativa abgefunden, um den wiederkehrenden Anfällen entgegenzuwirken, bis er – auf Toms Vorschlag hin – Miss Lee aufsuchte – die seine Beschwerden wegnadelte! Wahrscheinlich ist er ihr Starpatient – logo, dass sie ihm gegenüber meinen Wunsch erwähnt hatte, ich würde mich gern mit Leuten unterhalten, um zu sehen, wie sie auf die Behandlung reagieren. Ich fragte ihn nach Teddy – & er sagte, der sei heute noch nicht da gewesen – & ich sagte – nur um mal zu sehen – Das überrascht mich nicht, Ted scheint mir keiner zu sein, der es sehr mit den Schweinen hat – was ihn zum Lachen brachte. Aber er meinte, Ted komme recht häufig vorbei – auch wenn es seine Hauptsorge sei, den Gestank einzudämmen – was ihm nicht zu verdenken ist! Ollie sagte, er rieche es gar nicht mehr – aber es wäre ihm sehr viel lieber, wenn die Tiere frei herumlaufen könnten – wie damals, als er noch klein gewesen ist – jetzt bekämen sie ja überhaupt kein Tageslicht mehr zu sehen. Er meinte, Hog Hollis wäre es zufrieden gewesen, im alten Stil weiterzumachen, hätten die Regierung – die EU – & die Supermärkte – ihn nicht gezwungen, zum Millionär zu werden.
Ich fragte, ob Hog wirklich von seinen eigenen Schweinen gefressen worden sei.
– O ja – sagte er leutselig – da mussten viele drüber schmunzeln –

vor allem, wenn sie ihren Frühstücksschinken essen – ist ja irgendwie poetisch – fast so wie in »On Ilkla Moor Baht'at« –
– Wie ist es passiert? – fragte ich.
– Weiß nicht genau – er muss spät noch gearbeitet haben – wollte in einer der Boxen was nachsehen – hatte einen Schlaganfall – oder so was – ist über dem Futtertrog zusammengebrochen – da wo das Fressen für die Viecher drin ist – & die sind es gewohnt, komische Sachen zu bekommen, das kann ich Ihnen sagen – bis sie ihn am nächsten Tag gefunden haben, war schon einiges von ihm weggemampft –
Ich trank meinen Tee aus & sagte, ich mache mich mal lieber auf den Weg nach Denham Park.
Er sagte – Das alles hier, wissen Sie, hat mal zu Denham gehört. Spielt keine Rolle, ob du Gutsherr oder Bauer bist – wenn du mal anfängst, Land zu verkaufen statt zu kaufen – dann ist das der Anfang vom Ende. Aber das muss ich Ihnen ja nicht sagen – wenn Sie eine Heywood sind! –
Die Regierung könnte sich Millionen für die elektronische Überwachung sparen – sie müsste nur ein paar hundert Typen aus Yorkshire übers ganze Land verteilen!
Ich schnupperte & sagte – Die Denhams mussten es ja ziemlich nötig gehabt haben, das sie Hog Hollis das Land verkauft haben, damit er vor ihrer Haustür eine Schweinezucht aufmachen konnte –
– Nein – sagte er grinsend – war nicht ganz so. Damals, als Daph Brereton noch Daph Brereton war – da hat sie diesem Blödmann von Sir Harry Denham – der war Jagdherr & sie war ja so eine tollkühne Reiterin – ein Angebot für dieses Land gemacht; ließ durchblicken, das sie die Genehmigung einholen will, um Häuser darauf zu bauen. Sir Harry hat ebenfalls schon die Baugenehmigung beantragt – die Denhams waren schon immer knapp bei Kasse – aber sein Antrag war abgelehnt worden – also hat er geglaubt, das alles wär nur so eine dämliche Idee einer Frau – & wenn sie schon Geld übrig hatte, dann konnte es ja nicht scha-

den, wenn er es nahm. Also hat er ihr das Land überlassen – zu besten landwirtschaftlichen Preisen – auch wenn man darauf höchstens ein bisschen Weidewirtschaft betreiben konnte – & hat geglaubt, ein tolles Geschäft abgezogen zu haben. & als Nächstes hört er, dass Daph & Hog heiraten – & dass Hog plant, seine Schweinezucht auf dem Land seiner Frau zu erweitern! –
– Aber haben sie dazu nicht eine Baugenehmigung gebraucht? – fragte ich.
– Kein Problem – landwirtschaftliche Erweiterung – außerdem bedeuten mehr Schweine mehr Arbeitsplätze – & ein größerer Hof bringt der Gemeinde mehr Steuern – sagte Ollie. Daneben ist Hog gut mit dem Vorsitzenden der Baubehörde ausgekommen. Hat also keinen interessiert, als Sir Harry Widerspruch einlegte. Man sagte, er hat Mrs. Hollis mit der Reitgerte gedroht, wenn sie das nächste Mal bei der Jagd auftauchen sollte –
– Stattdessen hat er sie später dann geheiratet – sagte ich – Warum? Damit er sie leichter auspeitschen konnte? –
– Nein – das ist wieder eine andere Geschichte – grinste er & forderte mich heraus, ihn nach weiteren Einzelheiten zu fragen. Aber die Zeit raste dahin & ich hatte genug über Lady D. an diesem Morgen erfahren. Je mehr ich über sie hörte, umso weniger mochte ich sie.
Also sagte ich ihm, ich müsse aufbrechen, würde mich aber gern mit ihm noch über seine Erfahrung zu Miss Lees Behandlung unterhalten – & er sagte – Wahrscheinlich sehen wir uns beim Grillfest? –
– Das – sagte ich – bezweifle ich – obwohl ich irgendwie eingeladen war. Sie auch? –
– Ich bin für den Grill zuständig – sagte er stolz.
– Wow – sagte ich & gab mich beeindruckt – er hielt es offensichtlich für eine sehr wichtige Tätigkeit – Was machen Sie da – das Tier aufspießen & die Kurbel drehen? –
– Gehört schon ein wenig mehr dazu – sagte er – Hog hat es ins Leben gerufen – nachdem er sein Vermögen gemacht & die Hall

gekauft hat & zum Lord der Hundert geworden war. Gab jedes Jahr ein großes Fest für die Stadt – haben es zuerst mit einem Spieß probiert – aber das war harte Arbeit – wenn da eine ausgewachsene Sau draufsteckt – & ich mit meinem Asthma. Also hat Hog seinen Bruder Hen eine Grillvorrichtung bauen lassen. Hen war immer geschickt mit den Händen – mit Zahlen & Geflügel weniger. Wie auch immer – bis zu Hogs Tod hab ich Hen immer mit dem Grill geholfen. Danach ist das Grillfest eingeschlafen – ich war ziemlich überrascht, als ich gehört habe, dass es ein neues geben sollte – & hocherfreut, als ich gebeten wurde, den Grill fürs Fest vorzubereiten & ihn zu bedienen –

– Ich dachte, Hen sei der Experte? –

– Ach, Hen hätte sie nie gefragt – lachte er – sie haben keine 2 freundlichen Worte mehr gewechselt, seitdem Hen Hogs Testament angefochten hat – na ja – jedenfalls mach ich in der Hall seit Jahren so dies & das – ich war also zur Stelle – sozusagen –

Ich sagte, ich würde mich freuen, ihn dort zu sehen – & brach nach Denham Park auf.

Genau wie beim ersten Anblick war ich auch jetzt wieder beeindruckt von der wunderbaren Lage des Hauses – hoch auf seinem Hügel – während das Gelände nach Osten hin zum Meer abfiel – & nach Westen zur Schweinefarm!

Aus der Nähe betrachtet wirkte es noch größer als vom Horizont – aber wie bei einem alten Kinohelden waren auch hier in der Großaufnahme die Falten & Risse nicht zu übersehen. Mit liebevoller Restaurierung war hier nichts mehr zu holen – es hätte von Grund auf erneuert gehört. Der arme Teddy – kann es nicht verkaufen – & wenn er nicht bald was unternimmt, würde er noch nicht mal mehr lange hier wohnen können!

Doch als ich vor dem Haus anhielt, verschwendete ich keinen Gedanken mehr daran.

Der alte RR stand davor – daneben aber ein leuchtend rotes Maserati-Coupé!

Sidney Parker war da!

Verdammt! – dachte ich. Nicht, dass ich mich nicht gefreut hätte, Sid wiederzusehen. Aber bekam er nicht einen falschen Eindruck, wenn er mich dabei ertappte, das ich das Sexmonster von Baronet besuchte? – den falschen Eindruck, dass zwischen uns was lief?
Mit anderen Worten – ja – ich wollte beide wiedersehen – aber nicht gleichzeitig!
Das ist das Problem von uns geschulten Psychologen – man spielt mit den Gedanken anderer immer Schach!
Ich überlegte, ob es nicht das Beste wäre, auf der Stelle umzukehren. Dann hörte ich hinter mir dieses kehlige Dröhnen – & als ich mich umdrehte & Teddys Motorrad erkannte – die Beast – das über die Anfahrt geröhrt kam – dachte ich, ich hätte mich getäuscht – Sid sei also hier, um Ess zu besuchen – was mir wiederum ein *verdammt!* entlockte.
Schwer zufriedenzustellen, was?!
Als das Beast jedoch neben mir anhielt & die schwarze Ledergestalt den silbernen Helm abnahm, erkannte ich, dass es nicht Ted war – sondern Esther!
War das die Ledermontur, die Ted mir hatte leihen wollen – & trug die Eiskönigin irgendwas darunter?!
– Miss Heywood – sagte sie – welch eine Überraschung – werden Sie erwartet? –
Aus ihrem Mund klang es, als wäre das so wahrscheinlich wie die Wiederkunft Christi.
– Teddy – sagte ich – meinte, ich soll mal vorbeischauen – aber wie ich sehe, hat er Gesellschaft –
– Ja, sieht wohl so aus – sagte sie mit Blick auf den Maserati. Ich hätte darauf wetten wollen, dass sie daraufhin annahm, eine wohlerzogene Person – aus ihren Kreisen – hätte eine Entschuldigung gefunden & sich wieder auf den Weg gemacht. Aber sie überraschte mich, als sie plötzlich lächelte – kein freundliches 500-Watt-Strahlen – & schon gar nicht vergleichbar mit dem Leuchten, das beim Dirty-Dancing mit Emil über ihr Gesicht geflimmert war – aber definitiv ein Lächeln.

Sie glitt elegant von der Maschine & sagte – Aber wenn Sie schon mal da sind, müssen Sie auch mit reinkommen – die beiden werden sich sicherlich freuen, Sie zu sehen –
Plötzlicher Anfall von Noblesse oblige – oder was?
Warum nicht?, dachte ich mir – könnte Spaß machen, den gelackten Sid neben dem Baronet zu sehen – dann könnte ich sie vergleichen & unterscheiden – & Punkte auf unserer alten Heywood-Skala vergeben – du erinnerst dich? Höchstwertung 10 Punkte für Kohle, fahrbaren Untersatz & Social Skills, 20 für Sex-Appeal!
Um die Wahrheit zu sagen – glaub ja nicht, ich hätte hier irgendeine Wahl gehabt. Obwohl Ess mich gar nicht berührte, wurde ich durch die Tür in eine einst wunderschöne Halle geschoben – man konnte sich gut vorstellen, wie Fairbanks oder Flynn sich in einer der alten Lieblingssendungen von Mum den breiten Treppenaufgang herunter- oder hinauffochten – in den Ecken allerdings standen keine Rüstungen – keine Marmorbüsten in den Nischen – keine feingewebten Tapisserien an den Wänden – nichts außer blasse Rechtecke, die anzeigten, wo früher mal Bilder gehangen hatten – das alles passte zur gefälschten Rolex – Teddy hatte die Familienschätze verscherbeln müssen, um Leib & Seele zusammenzuhalten.
Ess riss zwei Türen auf – kurz erhaschte ich weitere Räume, die aussahen, als hätten marodierende Wikinger sie aller Wertgegenstände beraubt – bis sie bei der dritten Tür Glück hatte.
Auch hier war nicht viel zu sehen – einige antike Stühle & ein Sofa – auf dem Teddy & Sid saßen – die Köpfe eng zusammengesteckt – in ernster Unterhaltung.
Sie sahen uns an. Ted sprang auf – errötete, als er mich erkannte – die Einladung, die er ausgesprochen hatte, war ihm sichtlich entfallen!
Sid dagegen ließ mir ein freundliches Lächeln zukommen – als wäre ich das Beste, was ihm den gesamten Tag widerfahren konnte.

– Charlotte – sagte er – wie schön, Sie wiederzusehen – & so bald –
– Ihr kennt euch also – sagte Teddy & klang dabei – hoffte ich – ein wenig eifersüchtig.
Natürlich – als ich Tom meine Aufwartung machte. Hallo, Esther. Was sind unsere langweiligen Beratungen unter Männern gegen zwei strahlende weibliche Schönheiten –
Okay – blumige Schaumschlägerei – aber er besaß so viel Stil, um damit durchzukommen.
Ich grinste ihn an wie eine Idiotin & gab ihm volle 10 Punkte für Social Skills! – (& dabei war es noch nicht mal sein eigenes Haus!) – gleichzeitig aber fragte ich mich – welche Beratungen? – was heckten die beiden aus?
Ess' Miene nach zu schließen ging ihr der gleiche Gedanke durch den Kopf. Aber alles, was sie sagte, war – Wie bequem hier – setzen wir uns doch & trinken Kaffee – Miss Heywood wird sicherlich einen brauchen –
So, wie sie den letzten Satz sagte, war mir klar, wie angepisst sie war!
Ted sagte – Ja, klar – gut – wunderbar –
Da klang Dad enthusiastischer, wenn Mum ihn bittet, dem Frauenbund einen Vortrag über Diversifikation zu halten!
Zum Teufel damit – dachte ich mir – ich bleibe nirgends, wo ich nicht erwünscht bin. Außerdem dürfte Ess wahrscheinlich sowieso erwarten, dass ich den Kaffee mache!
– Danke, aber nicht für mich – sagte ich – wollte nur mal hallo sagen – muss gleich wieder zurück – ich hab Tom versprochen, ihn zum Avalon-Meeting zu fahren –
Nicht unbedingt eine Lüge, sondern eher eine Anpassung der Wahrheit – ich habe Seminararbeiten über diese Unterscheidung verfasst! & da ich mich an Toms Bitte erinnerte, Breitarsch gegenüber von diesem Meeting nichts zu erwähnen, nahm ich an, das auch die Denhams nichts davon wussten.
Okay – wahrscheinlich hätte ich auch ihnen gegenüber meinen

Mund halten sollen – jetzt, wo ich wusste, wie sie kratzten, wenn es Lady D. irgendwo juckte – aber ich konnte der Versuchung einfach nicht widerstehen, Teddy gehörig eins zu verpassen, nachdem er mich vergessen hatte.
Es funktionierte traumhaft.
– Welches Meeting? – fragte Ted.
Ich antwortete, ganz die Überraschte – Ach – tut mir leid – ich dachte, Sie wären auch eingeladen – es geht um die letzten Vereinbarungen für das Festival der Gesundheit – Sie wissen schon – ist es nicht ganz wunderbar von Dr. Feldenhammer, dass er für neue Ideen so aufgeschlossen ist? –
– & was hat das mit Ihnen zu tun? – fragte Ess.
– Ach, nichts – sagte ich – natürlich nicht – ich gehe nur zur Lunch-Party im Anschluss –
Okay – ich weiß – Getränke & Knabberzeugs können kaum als Lunch-Party bezeichnet werden – aber ich hatte von den Denhams gehörig die Schnauze voll!
Ich eilte hinaus in die Halle.
Ess folgte mir. Ich dachte, sie würde mich – wie eine gute Gastgeberin – zur Tür begleiten – aber dann ging sie einfach die Treppe hinauf.
– Ich finde schon allein den Weg zur Tür – sagte ich.
Sie hielt es noch nicht einmal für angebracht, kurz innezuhalten – von einer Antwort ganz abgesehen – genauso gut hätte ich das Hausmädchen sein können! – dachte ich – Scheiß drauf!
– Ach, übrigens, Esther – trillerte ich – hat Teddy es Ihnen schon gesagt? – Wir sind uns wohl vergangene Weihnachten in Davos über den Weg gelaufen – in der Bengel-Bar – Sie haben mit einem gutaussehenden Einheimischen getanzt – Emil, glaub ich, hieß er – Sie erinnern sich? –
Jetzt blieb sie stehen!
Erwischt! – dachte ich mir.
Ich weiß nicht, was sie erwidert hätte – denn bevor sie etwas sagen konnte, klingelte hinter mir auf einem Sims ein Telefon.

– Gehen Sie doch ran! – sagte Esther.
& unwillkürlich – wie ein gutes Hausmädchen – ging ich ran! Doch gesegnet sind die Demütigen – denn sie werden alles zurückbekommen!
– Hallo – sagte ich – Denham Park –
– Wer ist dran? – erklang Lady D.s unverkennbare Stimme.
– Hier ist Charley Heywood – Lady Denham – sagte ich & sah auf, damit mir die Reaktion der Eiskönigin nicht entging. Es kam nicht viel – allerdings glaubte ich unter der frostigen Oberfläche ein Flackern erkannt zu haben.
– Was zum Teufel machen Sie dort? – lag Lady D. wohl auf der Zunge, aber sie sagte nur – sehr gebieterisch – Ich würde gern meinen Neffen sprechen –
Hätte nicht die Eiskönigin mitgehört, hätte ich beinahe geantwortet – Er ist gerade dabei, sich anzuziehen –
Stattdessen sagte ich – Er ist im Moment beschäftigt – ein geschäftliches Treffen – mit Sidney Parker –
Das führte dazu, dass sie scharf Luft holte, die sie dann – explosionsartig & sehr Lady-Bracknell-gleich – ausstieß – *ein geschäftliches Treffen!* –
Ted tat mir fast schon wieder leid – nicht nur wird er dabei ertappt, dass er eine übel beleumdete Frau empfing – nein, er trifft sich auch noch heimlich mit Daphs Finanzberater –
Ess kam wieder die Treppe herunter – aber bevor sie bei mir war, kam Ted aus dem Salon. Auch wenn er mir leidtat, so hielt mich das nicht davon ab, ihm das Telefon entgegenzuhalten & zu sagen – Ihre Tante –
Er zuckte zusammen, als wäre der Hörer glühend heiß – & ich machte mich auf die Socken – blickte noch nicht einmal auf, um zu sehen, wie weit Esther mittlerweile gekommen war.
Als ich den Wagen erreichte, rief eine Stimme – Charley –
Ich drehte mich um & mein Herz machte einen kleinen Hopser. Sid war nach draußen gekommen, um mich zu verabschieden.
Er stand auf der Terrasse & sah zu mir hinunter & lächelte – & ich

hatte ein schlechtes Gewissen. Es war eine Sache, Ted reinzureiten – aber es gab für mich keinen Grund, Sid bei Breitarsch anzuschwärzen.
– Schade, das Sie schon wieder wegmüssen – sagte er – wir hätten nicht mehr lange gebraucht. Tatsächlich dürfte unser Treffen durch einen abrupten Aufbruch beendet werden – wenn – wie ich annehme – das die liebe Daphne am Telefon ist – wenn Sie also vielleicht doch noch ein paar Minuten erübrigen könnten – würde ich mich gern mit Ihnen unterhalten –
Egal was gerade abging – Sid ließ sich sein gelacktes Äußeres von niemandem ruinieren.
Die Versuchung war groß. Aber man zeigt keine Schwäche – was? – also widerstand ich & sagte – nein – ich muss wirklich los – aber Sie werden doch sicherlich noch mal zum Kyoto kommen – oder? – Minnie wäre sonst zu Tode betrübt –
Er klimperte mit seinen langen, seidenen Wimpern – könnte ich mir so was transplantieren lassen?
– Falls das Wohlergehen einer holden Jungfrau auf dem Spiel steht – dann muss ich natürlich kommen – & sollte die Hölle im Wege stehen! –
Wie ich schon sagte – man braucht schon einiges an Stil, um mit solchem Kitsch durchzukommen!
Wir lächelten uns an – sein Lächeln zeugte von ausgefeilter Ironie – meines war eher ein idiotisches Grinsen – & ich dachte – er ist es – definitiv!
Dann trat Ted der Baronet durch die Tür auf die Terrasse & stellte sich neben Sid – & plötzlich war ich mir nicht mehr ganz so sicher.
Schwer zu vergleichen, die beiden – aber ich gab mein Bestes! Ted, der Macho, das Sexmonster – daneben Sids geschmeidige Glätte – hängt ganz davon ab, wonach einem gerade der Sinn steht. Am Strand, denke ich, hätte der Baronet hauchdünn gewonnen. 20 Punkte gegenüber 19+ für Sex-Appeal. Hier allerdings war es gerade andersherum. & dann gab es noch den Ma-

serati. Mindestens doppelt so viel wert wie der verbeulte alte Range Rover – oder gar das Beast.

Ted sah bei weitem weniger ramponiert aus, als ich erwartet hatte. Im Grunde schien er sogar mit sich zufrieden zu sein. Wie hatte er überlebt? – fragte ich mich.

Dann kam mir die Antwort – Ablenkungstaktik! Bevor sie ihn über sein geschäftliches Treffen mit Sid ausfragen konnte, hatte er ihr auf die Nase gebunden, dass ihr Gespiele Feldenhammer im Avalon eine Party schmiss, zu der sie nicht eingeladen war!

Scheiße – dachte ich – du hättest den Mund halten sollen, Mädel –

– Schade, dass Sie schon fortmüssen, Charley – sagte Ted – unsere Motorradtour holen wir aber nach, was? –

Wenn du glaubst – dachte ich – ich würde Frostbeulen im Schritt riskieren, wenn ich mir die Klamotten der Eiskönigin überstreife, dann irrst du dich!

Der vernichtende Blick, der diesen Gedanken begleitete, war allerdings verschwendet – denn er hatte sich bereits Sid zugewandt – ihm den Arm um die Schulter gelegt – & zog ihn nach drinnen.

Als sie ins Haus gingen, wandte Sid allerdings noch mal den Kopf & zwinkerte mir zu – aber wie er das machte – so lässig & sexy & vielversprechend – wenn man *das* Zwinkern nannte, hätte man seinen Maserati auch als Nuckelpinne bezeichnen können.

Ganz langsam fuhr ich davon – versuchte meine Gedanken auf die Reihe zu bringen – & es dauerte nicht lange, bis ich dachte, ich hätte es! Irgendwas lief hier ab – & es lief hinter Lady D.s Rücken ab. Musste mit Geld zu tun haben – das Teddy verzweifelt brauchte – & das war Sids Beruf. Teds einzig verbliebener Vermögenswert war – soweit ich es beurteilen konnte – Denham Park. Er konnte damit alles machen, was er wollte, nur nicht verkaufen – hatte mir Mary erzählt. Es in ein weiteres Hotel umwandeln, als Konkurrenz zum Brereton Manor? Möglich – aber um Investoren anzuziehen, brauchte man noch was anderes – irgendetwas,

das nichts mit Gesundheit & Fitness & Erholung auf dem Land zu tun hatte.
Ein Spielkasino – dachte ich. Möglich – nur war das Anwesen nicht sonderlich gut zu erreichen – & selbst der süße Duft des Geldes konnte nicht den Gestank der Hollis-Schweine kaschieren. Wie wäre es mit einem Altenheim? Verlieren nicht alte Leute ihren Geruchssinn, Schwesterlein? Aber ich konnte mir Ted & Ess beim besten Willen nicht als lustige Altenpfleger vorstellen!
Was immer sie planten – Lady D. & auch Tom waren im Moment außen vor.
Dass es Sid nichts ausmachte, Lady D. übers Ohr zu hauen, wollte mir noch eingehen – aber nicht, dass er hinter dem Rücken seines Bruders Spielchen abzog – nur um schnell Kohle zu machen.
Wie immer dieses Spielchen aussah – ich hatte es – vorsätzlich – Lady D. verraten. Aber ich nahm mir vor, Tom gegenüber nichts davon zu erwähnen – sowohl ihm zuliebe – aber auch, weil ich den beiden appetitlichsten Jungs in der Stadt nicht noch weiter auf den Wecker fallen wollte!
Ich beschloss also, mein schlechtes Benehmen wiedergutzumachen & rechtzeitig ins Kyoto zurückzukehren, um Tom das Fahrrad zu ersparen.
Meine Sorgen waren unnötig – Franny Roote war kurz vorher aufgetaucht & hatte Tom angeboten, ihn ins Avalon mitzunehmen – also sagte er mir, ich solle doch – wie geplant – zum Lunch dorthin fahren. Tom war in noch größerer Plauderlaune als sonst – voller Zuversicht, dass das Meeting positiv verlaufen würde – & froh, weil er den göttlichen Gordon angerufen & der ihm gesagt hatte, er würde ebenfalls teilnehmen!
Ich gab einen Kommentar zu seiner Überzeugungskraft ab & ertappte Franny dabei, wie er mich angrinste – gerade so, als würde er wissen, das auch ich meinen kleinen Anteil daran hatte – was natürlich nicht sein konnte. Ich unterzog auch ihn dem Test. Vermögen – höchstens 4, würde ich schätzen. Fahrbarer Untersatz –

nur 1 für seine Mini-Ambulanz. Social Skills – das war schwierig – ich bin überzeugt, er könnte mühelos den Frauen schmeicheln – kam mit allen Situationen zurecht – war ein anregender & witziger Gesprächspartner – aber ich hatte auch das Gefühl, dass es ihm von Zeit zu Zeit gefiel, eine Handvoll Steine ins Getriebe zu werfen. Also 8 von 10 hier.
& Sex-Appeal – unmöglich, Punkte zu verteilen, wenn nicht mehr Infos zur Verfügung standen. Wäre so, wenn man Sid 10 von 10 Punkten für seinen fahrbaren Untersatz gibt & dann feststellt, dass sein Maserati keinen Motor hat!
Ein harsches Urteil – sagst du? Nun – wer hat dem Sohn des Apothekers sofort 5 Punkte abgezogen, als er erfuhr, dass er Diabetiker ist? Die Vorstellung, er müsste erst seine Nadel zücken, bevor er seinen Pimmel zückt – deine Worte! – war ein eklatanter Liebestöter!
Tom & Fran fuhren los – mir blieb also eine gute Stunde, bevor ich mich auf den Weg machen musste – daher dachte ich, ich könnte dich auf den neuesten Stand bringen.
Jetzt sollte ich mich aber beeilen. Freue mich schon darauf, die berühmte Klinik mal von innen zu sehen. Hab irgendwie das Gefühl, dass Breitarsch versuchen wird, die Party zu sprengen. Falls das passiert, fliegt hoffentlich nicht auf, wer da das Plappermaul gewesen ist.
Um draufzukommen, braucht es keinen Sherlock Holmes – höre ich dich sagen – nicht, wenn deine kleine Schwester ein größeres Mundwerk hat als Julia Roberts.
& du nimm dich in Acht, Schwester. Wenn du mit deiner bronzenen Arzt-Trophäe im Schlepp nach Hause kommst, wirst du jeden Freund brauchen, den du finden kannst.

In Liebe
Charley xxxx

17

Also, Mildred, hier bin ich wieder, gerade von meinem ersten offiziellen Ausflug zurück, hocke auf dem Klo und fühle mich definitiv nicht so, als könnte ich die ganze Nacht durchtanzen.

Das Erste, was mir durch den Kopf schoss, als ich gesehen habe, dass es nichts als Blubberwein gibt: O meine Fresse! Mein erster Chef, der alte Wallie Tallentire, hat immer gesagt, Blubberzeugs ist nur für eines gut – den Mädels das Höschen um die Knöchel zu wickeln.

Ich jedenfalls hab die Hosen anbehalten!

Apropos Hosen, darf nicht vergessen, Cap dafür zu danken. Als ich die Hose anzog, die sie mir mitgebracht hat, war ich überrascht, wie gut sie mir passt. Dann, als ich nachsah, musste ich feststellen, dass sie nagelneu und drei Größen kleiner ist als meine alte, die mir um die Beine geschlappt wäre wie ein Großsegel bei Flaute. Kluges Mädel! Dalziel, guter Mann, du weißt, wie man sie sich aussuchen muss!

Also, wenn ich schon hier hocke wie so eine verdammte Statue der Geduld, kann ich ja auch ein paar Dinge über Katzenjammers kleine »Festivität« aufzeichnen, solange noch alles frisch ist. War bislang ja immer stolz darauf, dass ich mir bei laufenden Ermittlungen keine Notizen machen musste. Wenn ich mich an was nicht erinnern kann, dann ist es verdammt noch mal auch nicht wert, erinnert zu werden! Große Worte! Dann wollen wir doch mal die Probe aufs Exempel machen.

Die Klinik ist eine phantastische Einrichtung. Dagegen sieht unser Central Hospital wie ein Altertumsmuseum aus. Wette, die meisten Bazillen und Viren machen auf dem Absatz kehrt und ziehen wieder in die Stadt ab, wenn sie sehen, was sie dort

erwartet. Ein Blick auf den Parkplatz sagt schon alles. Da stehen genügend Vehikel, deren Schadstoffausstoß allein ein kleines Loch in die Erdatmosphäre reißt. Wenn die Behandlungskosten entsprechend sind, sollten viele Patienten das Gefühl haben, sie hätten für absolute Privatsphäre bezahlt.
Pet führt mich also in die Lounge, wo ein paar Leutchen mit einem Glas in der Hand herumstehen. Ich kenne nur zwei davon. Einer ist der Wirt aus dem Pub. Er unterhält sich mit Stompy Heywoods Mädel, neben der ich gesessen habe, als ich aus dem Avalon ausgebüxt bin. Ich geselle mich zu ihnen.
»Hallo, Mädel. Wie geht's Ihrem Dad?«
Sie wirkt einen Augenblick lang verwirrt, dann sagt sie: »Ach, Sie sind es, Mr. Deal, nicht wahr? Hab Sie nicht gleich erkannt, jetzt, wo Sie bekleidet sind. Alan Hollis vom Hope and Anchor dürften Sie ja bereits kennen.«
»Aye«, sage ich und lache. Ich mag geistreiche Mädels. »Schön, Sie wiederzusehen, Mr. Hollis.«
»Geht mir ebenso, Mr. Dalziel«, sagt der Wirt. »Sie haben sich seitdem gar nicht mehr blicken lassen.«
»Anweisung des Arztes«, sage ich. »Aber er lässt mich heute von der Leine, ich werde also bald wieder unten sein, darauf können Sie wetten.«
Pet kommt mit einem Schampusglas, das ich auf der Stelle wegkippe.
»Am besten bringen Sie mir gleich noch eines, Liebes«, sage ich. »Halt, warum nicht gleich eine ganze Flasche, dann kommen Sie wenigstens nicht ins Schwitzen, wenn Sie ständig zwischen mir und der Bar hin- und herwetzen müssen.«
Sie sieht mich finster an, marschiert aber brav los.
Zu Hollis sage ich: »Dann kümmert sich heute Ihre Missus um das Pub?«
»Ich bin nicht verheiratet, Mr. Dalziel«, sagt er. »Aber ich habe gutes Personal. Beim Grillfest am Sonntag wird es genauso sein.«

Typisch – Provinzler reden immer so, als wäre das, was in ihrem Dorf passiert, so wichtig, dass Fremde davon wissen müssten!
»Was meinen Sie?«, frage ich.
»Wissen Sie es denn nicht?«, sagt er überrascht. »Lady Denhams großes Fest in der Sandytown Hall. Alle werden da sein, das heißt, alle, die wichtig sind. Eine Art Dankeschön des Konsortiums an alle, die mitgeholfen haben, die Stadt über die Gemeinde hinaus bekannt zu machen. Ich werde mich um die Getränke kümmern, das Pub wird also auf sich selbst aufpassen müssen.«
Wenn die Büffelfrau schnaubt, springt jeder, denke ich mir.
Pet kommt mit der Flasche zurück. Ich nehme sie entgegen und fülle alle Gläser auf. Das meine natürlich am vollsten, ich muss ja aufholen.
»Lady Denham scheint ja wirklich wichtig zu sein«, sage ich. »Ist sie auch anwesend?«
Pet und Hollis sehen sich an, dann antwortet Hollis: »Nein, ich glaube nicht.«
Ich sage, um dem ein wenig auf den Zahn zu fühlen: »Oh? Sie kommt mir vor wie jemand, den man nicht so leicht abwimmeln kann, schließlich sind sie und Dr. Feldenhammer doch ganz dicke miteinander.«
Pet schnaubt, Hollis richtet den Blick auf den Boden, sogar die junge Heywood grinst. Aber bevor ich noch ein wenig nachstochern kann, geht die Tür auf, und die Leute aus dem Meeting strömen herein.
Ich sehe Franny Roote in seinem Rollstuhl. Er winkt mir zu, ich starre finster zurück. Dann entdecke ich Parker, weshalb ich mich entschuldige und zu ihm gehe, um meine Schulden zu begleichen.
Er unterhält sich mit einem Vollbarttypen in ausgebeulter Hose und einer von diesen flauschigen Jacken, wie Wanderer sie tragen. Entweder ein vom Weg abgekommener Landstrei-

cher oder ein exzentrischer Millionär, der hier mal Patient war, schlussfolgere ich.

»Hallo, Mr. Parker«, begrüße ich ihn. »Hier ist der Zwanziger, den Sie so freundlich waren mir zu leihen. Vielen Dank.«

Er erkennt mich sofort. Vielleicht hat Katzenjammer ihn aber auch nur vorgewarnt.

»War mir eine Freude, Ihnen aushelfen zu können, Mr. Dalziel«, sagt er und strahlt mich an. »Und wie schön, Sie wiederzusehen.«

Es klingt glatt, als meint er es ernst – und nicht nur wegen des Geldes.

»Darf ich Sie Gordon Godley vorstellen?«, sagt er. »Gordon, das ist Mr. Dalziel, der im Avalon zur Reha weilt. Mr. Godley ist ein Heiler, den ich überzeugen konnte, sein Tätigkeitsfeld nach Sandytown zu verlegen.«

Doppelt falschgelegen. Weder Landstreicher noch Patient, sondern einer von den seltsamen Kauzen, von denen Roote gesprochen hat.

Ich strecke ihm die Hand hin. Godley scheint darüber nicht in Begeisterung auszubrechen, und als er sie ergreift, berührt er sie kaum und lässt sie schnell wieder los. Vielleicht hat er Angst, ich erhole mich von was Ansteckendem.

»Heiler, was?«, sage ich. »Worum geht's da? Warzen im Mondlicht auf dem Friedhof wegzaubern oder Leprakranken wieder die Nasen anstecken?«

Ich wollte nur freundlich sein, aber mir wäre lieber, ich hätte es nicht gesagt. Denn er schaut mich mit seinen großen grauen Augen an wie ein Spaniel, dem man gesagt hat, dass man mit ihm heute nicht Gassi gehen würde. Ich will gerade noch mehr Öl ins Feuer gießen, als ich hinter mir eine Stimme höre:

»Ich bin überzeugt, Mr. Godley kann Ihnen bei Ihren Warzen helfen, wenn Sie darunter leiden, Mr. Dalziel. Welches Körperteil ist denn davon betroffen?«

Es ist das Heywood-Mädel, das mich so ansieht wie früher ihr

Dad, bevor er einem in der Gasse die Eier zerquetscht hat. Godley, der noch verwirrter und unglücklicher aussieht als zuvor, murmelt irgendwas und zieht ab.
Heywood sieht mich verärgert an. »Jetzt sehen Sie mal, was Sie angerichtet haben!«, sagt sie. »Waren Sie schon immer so ein Tyrann, oder lernt man das in Hendon?«
Ich muss lachen. Diese Kids. Wissen alles, kapieren nichts. Aber ihr Stil gefällt mir.
Parker scheint ihre Verärgerung gar nicht bemerkt zu haben. Noch immer lächelnd, sagt er: »Ich bin ja so froh, dass Gordon zum Meeting gekommen ist, Charlotte. Er ist eine so kostbare Erwerbung. Die Methoden aller anderen Therapeuten beruhen auf körperlicher Interaktion. Er bietet eine rein spirituelle Dimension. Charlotte, stellen Sie Mr. Dalziel doch den anderen Gästen vor, ich muss noch unter vier Augen etwas mit Dr. Feldenhammer besprechen.«
»Das Meeting muss gut verlaufen sein«, sage ich, als er geht. »Er wirkt ja ganz glücklich.«
»Tom ist immer glücklich«, sagt sie. »Er glaubt immer, alles ist zum Besten in der besten aller Welten. Ziemlich das Gegenteil Ihrer Weltsicht, nehme ich an, Mr. Dalziel. So, und über wen wollen Sie nun als Nächstes herziehen?«
Ich besorge mir einen weiteren Drink oder eigentlich eine weitere Flasche, nachdem sich die erste von selbst geleert zu haben scheint. Dann führt mich Charley durch die Runde und stellt einige der anderen vor – eine klobige Chinesin, die Nadeln in Leute steckt; einen Kräuterkundler, den man grün anstreichen und in einem Gartencenter als Kobold verkaufen könnte; und eine Frau, die aussieht, als wäre sie zu einer Halloween-Party eingeladen worden, aber ihre Termine durcheinandergebracht hat. Hab nicht mitbekommen, was sie treibt, denn als wir uns die Hand geben, hoffe ich bloß, dass ihre schwarzen Fingernägel nicht mit irgendwas Giftigem bemalt sind. Ich frage mich, wie der propere Lester sich auf diesen

Traumtänzer-Haufen hat einlassen können. Wenn ich herausbekommen sollte, dass die in meinem Revier ihr Lager aufschlagen, lass ich sie in aller Höflichkeit über die Grenze nach Lancaster eskortieren. Dort drüben sind sie an solche Spinner gewöhnt.

Als mich Charley schließlich einer Frau vorstellt, die sie als Parkers Schwester bezeichnet, denke ich, Gott sei Dank, jetzt bist du wieder bei den Vernünftigen. Weit gefehlt! Nach zehn Sekunden ist klar, dass sie so rappelig ist wie das Suspensorium eines Franzosen. Die Frau in ihrer Begleitung scheint ganz okay zu sein. Heißt Sandy oder so. Starrt mich seltsam an, als Charley mich vorstellt – vielleicht sieht sie große sexy Männer aber immer so an! Hoffe ich!

Zumindest bei einem hab ich richtiggelegen. Plötzlich wird nämlich die Tür aufgerissen, und die Büffelfrau stürmt herein. »Lester!«, ruft sie aus. »Es tut mir ja so leid, dass es so spät geworden ist.«

Parker und Katzenjammer haben drüben am Tisch mit den Getränken die Köpfe zusammengesteckt. Ich bekomme mit, wie sich die beiden anstarren, ein Blick, der nur den Bruchteil einer Sekunde dauert, aber ich würde darauf wetten, dass sich in diesem Moment jeder gedacht hat: Sie haben mir gar nicht gesagt, dass Sie sie eingeladen haben!

Parker allerdings, dieser hirnrissige Optimist, und Katzenjammer, der schwärmerische Yank, haben beide kein Problem, ihr schönstes Strahlen aufzusetzen, und kommen ihr zur Begrüßung entgegen.

»Lady D.! Jetzt sind wir vollzählig«, jubelt Parker.

»Willkommen, liebe Daphne«, flötet Lester, bietet ihr eines dieser Luftküsschen, aber sie dreht im letzten Augenblick den Kopf und trifft ihn voll auf die Lippen, so hart, dass er sich dabei wahrscheinlich das Zahnfleisch aufschürft.

Ihr Körpereinsatz mag etwas rustikal sein, die alte innere Verbrennungsmaschine aber läuft noch auf vollen Touren!

Auch beim Wegschlabbern des Schampus ist sie nicht langsam, wie mir auffällt. Sie stürzt einige Gläser mit einer Schlagzahl hinunter, bei der ich mir als Methodist vorkomme, und wirft sich auf das Knabberzeugs, als hätte sie seit Faschingsdienstag nichts mehr zu essen bekommen.
»Ich wette, die fiese alte Schachtel hat ein Doggybag mitgebracht«, murmelt die junge Heywood.
»Über jemanden hinter dessen Rücken herziehen ist also okay?«, sage ich.
»Konstatiere nur die Tatsachen«, erwidert sie schnippisch. »Sieht so aus, als wären Sie auch auf ihrer Speisekarte.«
Kapiere erst nicht, was sie meint, bis ich wieder zu Lady D. sehe, die mir mit ihrem Glas zuwinkt und mich anlächelt wie ein beleuchtetes Kürbisgesicht.
Was zum Teufel habe ich getan, dass ich vom bekloppten Patienten zum lieben alten Kumpel aufgestiegen bin?
Vielleicht ist es die Wir-haben-uns-alle-lieb-Stunde in Sandytown, denn plötzlich taucht der junge Typ auf, der im Pub »Die Indianer-Maid« gepfiffen hat, und gibt Heywood einen schmatzenden Kuss. Hier aber mit umgekehrter Wirkung. Er zielt definitiv auf den Mund, eine kleine Drehung des Kopfes ihrerseits aber lässt ihn zum Wangenknochen abgleiten.
»Charley, hier sind Sie ja«, sagt er. »Welch eine Freude, Sie wiederzusehen.«
Er klingt wie ein altmodischer Schauspieler, der auf ernstes Fach macht. Gutaussehender junger Bursche, und das weiß er auch. Schadet ja auch nichts. Wenn du's hast, dann halt nicht hinterm Berg damit. Schon immer mein Motto.
Sieht aber nicht so aus, als würde er bei der Heywood viel zum Schmelzen bringen. Sie sagt, sehr anklagend: »Sie haben also Ihrer Tante vom Meeting erzählt?«
»Natürlich«, antwortet er. »Aber nur in der glühenden Hoffnung, dass sie darauf besteht, hier aufzukreuzen, damit ich eine weitere Gelegenheit bekomme, Sie zu sehen.«

Das Mädel rollt zwar mit den Augen, aber es ist unverkennbar, dass ihr das gefällt. Der junge Gockel hat gelernt, was alle erfolgreichen jungen Gockel schnell kapieren – dass man sich keine Sorgen machen muss, wenn man bei den Frauen zu dick aufträgt. Wenn sie mitkriegen, worauf man aus ist, kommen sie sich cleverer vor, und genau das wollen sie. Aber wenn von dem zu dick Aufgetragenen dann nicht doch was hängenbleiben soll, müssen sie schon verdammt clever sein.

»Mr. Dalziel«, sagt sie, »das ist Teddy Denham. Sir Edward, wenn Sie Titel mögen.«

»Tu ich«, sage ich. »Detective Superintendent Andy Dalziel.«

Da gefriert ihm für eine Sekunde das Lächeln, als wir uns die Hand geben.

Noch zwei Weitere sind im Schlepp der großen Dame mitgekommen, zwei Mädels, eine kenne ich nicht, die andere ist die gertenschlanke Nichte Clara, die ich im Pub gesehen habe. Überrascht mich nicht, dass Roote sich auf sie stürzt wie der Wolf auf das Lämmchen. Er kommt vor ihr zum Halt, streckt den Arm aus, greift sich einen Stuhl und zwingt sie regelrecht dazu, sich neben ihn zu setzen, damit sie mit ihm auf einer Höhe ist. Bemerkt nicht – vielleicht kümmert es ihn auch nicht –, dass er damit der anderen, die aussieht, als hätte sie zu Mittag einen Rettichsalat verspeist und würde das jetzt bedauern, den Weg versperrt. Sie könnte leicht um ihn herumgehen, aber das tut sie nicht. Sondern packt sich die Lehne des Rollstuhls, schwingt ihn um neunzig Grad herum und geht zum Fenster an der gegenüberliegenden Seite, während Roote die Wand anstarrt. Clara sieht ziemlich verärgert aus, aber Roote grinst nur, während er sich wieder in Position manövriert. Dem Scheißer muss man nicht mehr beibringen, wie man um Mitgefühl heischt.

Teddy Denham neben mir trägt immer noch dick auf, diesmal gibt er vor der jungen Heywood damit an, wie belesen er ist. Er lässt den Blick durch den Raum schweifen und erklärt:

»Das ist genau eines dieser Zusammentreffen, die Austen immer so brillant beschreibt, meinen Sie nicht auch, Charley? Aber vielleicht ziehen Sie ja den dunkleren Blick von George Eliot vor?«

»Ich weiß nicht«, sagt sie.

»Wie steht's mit Ihnen, Mr. Dalziel? *Aimez-vous* George Eliot?«

Es ist an der Zeit, den ungehobelten Banausen zu geben.

»Hä?«, sage ich.

»Mögen Sie George Eliot?«, übersetzt er es mir ganz langsam.

»Oh, aye«, sage ich. »Meine Großmutter mochte den sehr gern. Hat ständig ›By the Silvery Moon‹ gespielt. Entschuldigen Sie mich.«

Ich grinse Heywood an, bevor ich gehe, und sie grinst zurück und zwinkert mir zu. Interessantes Mädel. Nicht dumm, nur jung. Und würde auch gar nicht schlecht aussehen, wenn sie es zulassen würde, dass sie in ihren Körper reinwächst. Erinnert mich ein wenig an Cap.

Leute, die allein sein wollen, gehen meiner Erfahrung nach mit dem Gedanken schwanger, dass sie sich entweder umbringen oder das Silber klauen wollen. Also geselle ich mich zu der sauertöpfischen Frau am Fenster, um herauszufinden, wie es um sie steht. Sie starrt hinüber zum Reha-Heim. Von ihrem Standort aus sind die Erweiterungsbauten nicht zu sehen. Der Blick geht zum Meer, davor die hohen Kamine und der viele grüne Efeu, der sich an die satten roten Backsteine heftet – das alles würde ein wunderbares Titelbild für eine Haus-und-Garten-Zeitschrift abgeben.

»Muss früher, als es noch in Privathand war, ein wunderbarer Ort gewesen sein«, sage ich.

»Ja, das war es«, sagt sie leise. »Herrlich. Es hat früher meiner Familie gehört. Eine Art Wittum. Meine Großmutter hat hier gewohnt. Ich bin immer gern bei ihr gewesen …«

In der Fensterscheibe kann ich ihr Gesicht und ihren ver-

träumten Gesichtsausdruck erkennen. Ein hübsches Mädel. Dann bemerkt sie mein Spiegelbild, und sofort kehrt die Rettich-Miene zurück.
Sie dreht sich zu mir um.
»Andy Dalziel«, sage ich und strecke die Hand aus.
Ihr Handschlag ist ein Luftkuss. Dagegen ist der vom Heiler ein regelrechtes Armdrücken.
»Esther Denham«, sagt sie.
»Oh aye. Dann sind Sie mit Lady Denham verwandt?«
Ihr Gesicht verzieht sich, als hätte sie auf ein Salatblatt gebissen und dabei eine Schnecke entdeckt.
»Durch Heirat«, sagt sie. Sie spricht das Wort aus, als handele es sich dabei um einen operativen Eingriff unter Vollnarkose. Dann ertönt Lady D.s dröhnende Stimme. »Esther, meine Liebe, da bist du ja. Komm und leiste mir Gesellschaft. Und du auch, Edward.«
Es ist, als würde man vor einem Kind stehen, das gesagt bekommt, es könne das Bonbon nicht haben, weil ihm stattdessen ein Tuttifrutti angeboten wird. Als sie sich von mir abwendet, erhellt sich ihr Gesicht, als hätte jemand einen Lichtschalter betätigt.
»Komme schon!«, ruft sie fröhlich.
Und sie läuft zur Büffelfrau wie ein verlorenes Schäfchen zu seiner Mutter.
Sir Teddy, sehe ich, hat die junge Heywood ebenso schnell verlassen, weshalb ich zu ihr zurückkehre.
»So wie die beiden springen, muss die Alte wirklich wissen, wo die Leichen verscharrt sind«, sage ich.
»Ich glaube eher, wo das Geld auf der Bank liegt«, erwidert sie.
»Oh aye? Dachte mir schon so was. Sie sind Bruder und Schwester, oder? Und wollen ihren Anteil vom Familienvermögen, wenn die Tante mal abtritt?«
»Sie ist nur eine angeheiratete Tante, es ist daher wohl ver-

ständlich, wenn sie meinen, sie müssten dafür was tun«, sagt sie.
»Klingt ganz danach, als würden Sie auf ihrer Seite stehen«, sage ich. »Oder nur auf Teddys Seite?«
»Nein. Ich gehe objektiv und analytisch vor. Ich bin Psychologin.«
Ich muss lachen. Nichts erlebt, nichts gemacht, und sie ist Psychologin!
»Was ist daran so komisch?«, will sie wissen, erneut aufgebracht.
Mir ist klar, dass ich ihr das nicht auf die Nase binden muss, also sage ich: »Hab mir gerade gedacht, der alte Stompy musste ja hocherfreut gewesen sein, als er herausfand, dass er eine von denen gezeugt hat.«
Sie wirft mir einen missbilligenden Blick zu, dann grinst sie.
»Ich sehe, Sie kennen meinen Vater ziemlich gut, Mr. Dalziel«, sagt sie.
»Gut genug. Wie kommt es, dass Teddy so klamm ist, dass er nach der Pfeife seiner Tante tanzt?«, frage ich. »Seine Schwester sagt, das alte Haus und wahrscheinlich das gesamte Grundstück hat früher ihrer Familie gehört. Sie müssen doch ein Vermögen gemacht haben, als sie es ans Avalon verkauft haben.«
»Ein Vermögen, ja, aber nicht für die Denhams, leider«, erklingt eine bekannte Stimme.
Ich sehe nach unten. Roote lächelt zu mir herauf. Das dürre Mädel ist in die Umlaufbahn ihrer Tante zurückgesogen worden – vielleicht hat der Anblick des tänzelnden Gefolges, das die jungen Denhams bilden, sie dazu bewogen, ebenfalls ihre Interessen zu wahren.
»Oh aye? Für wen dann?«, frage ich ihn.
Er lächelt und senkt die Stimme, so dass ich mich zu ihm hinunterbeugen muss. Auch das Mädel tut das. Ich habe den Eindruck, dass sie nicht viel verpassen will.

»Soweit ich weiß«, murmelt er, »und soweit man sagt, kam es nach dem tragischen, wenngleich angemessenen Ableben von Hog Hollis zu einer Wiederannäherung zwischen seiner Witwe und Sir Harry Denham, die einige Jahre lang nicht das beste Verhältnis zueinander gehabt hatten. Er machte sie dafür verantwortlich, dass der süße Odeur ihrer Schweine durch sein Salonfenster waberte, wann immer er seinen Nachmittagstee zu sich nahm.«

»Wird das eine längere Geschichte?«, frage ich. »Falls dem so ist, würde ich mich nämlich an ein ruhiges Plätzchen zurückziehen und *Krieg und Frieden* lesen, bis du zum Höhepunkt kommst.«

»Verzeihung«, sagt er. »Ich habe mich so den ländlichen Gewohnheiten angepasst. Also, um auf den Punkt zu kommen. Sir Harry, mittlerweile kurz vor der Insolvenz, ersann einen schlauen Plan, um sowohl sein finanzielles als auch sein olfaktorisches Problem mit einem Schlag zu lösen. Er hielt um ihre Hand an. Er war von angenehmem Äußeren, bekanntermaßen viril – ein wichtiger Punkt für die liebe Lady –, und natürlich hatte er etwas, was nur für Geld zu haben war, einen Titel. Das, denke ich, gab den Ausschlag. Sie willigte ein.«

»Da kommen einem gleich die Tränen«, sagt die junge Heywood.

Ich sehe sie tadelnd an. Hab nichts dafür übrig, wenn junge Leute zynisch sind. Wenn sie nicht irgendwelchen romantischen Schwärmereien nachhängen, was sollen dann alte Furzer wie ich ihnen noch austreiben?

Roote faselt weiter. Auf den Punkt kommen, hat er gesagt. Aber nicht ohne vorher einige verbale Schleifen zu drehen. Wieldy hätte schon vor einer halben Stunde alles ausformuliert, getippt und mir auf den Schreibtisch gelegt!

»Als die Hochzeit nahte, schlug er vor, alles, was noch fehlte, um sie beide glücklich zu machen, sei eine geruchlose Schwelle, über die er sie tragen konnte. Nachdem Denham Park nun auch ihr stattliches Zuhause war, sei doch vielleicht die Zeit dafür gekommen, die Schweinefarm umzusiedeln. Sie schien einverstanden, gab allerdings zu bedenken, dass sie zuerst einen geeigneten Standort finden müssten. Es gab noch freien Platz auf dem Land, das zur Millstone Farm gehörte, dem alten Hollis-Bauernhof, aber den wollte sie nur ungern dafür verwenden …«

»Weil sie wusste, wenn sie vor ihrem Schwager abkratzte, würde der Bauernhof und alles auf dem dazugehörigen Land an Hen fallen«, zirpt die junge Heywood.

Roote lächelt anerkennend.

»Psychologie ist offenbar ein Beruf, bei dem man zuhören muss«, sagt er. »Ja, der lieben Lady D. behagte es wenig, dass Hen von ihrem Tod mehr profitieren sollte als nötig. Nach allem, was man hört, ist ihr Hass nicht von schlechten Eltern. Am Ende schlug sie Sir Harry vor, dieser Abschnitt des zu Denham gehörenden Landes hier am Südkliff wäre doch der ideale Standort, genügend weit von Denham Park entfernt und hoch über der Stadt gelegen, um jegliche Störung auszuschließen. Und das alte Haus könnte man als ausgezeichnetes Verwaltungszentrum für das Geschäft verwenden.«

»Wenn das schnell sein soll, bin ich Speedy Gonzales«, sage ich.

»Ich hab so was läuten hören«, sagt Roote. »Haben Sie Geduld. Das Ende naht. Sir Harry war entzückt, umso mehr, als sie auf einem offiziellen Vertrag bestand, durch den Hollis's Ham Ltd. das Land erwarb. Die Transaktion wurde beschlossen, beide Transaktionen, wobei die Heirat zum Top-Thema in allen Hochglanzmagazinen in Yorkshire wurde. Für die Flitterwochen begaben sie sich auf eine Karibik-Kreuzfahrt, finanziert, so sagt man, von dem Geld, das Hollis's Ham für das Südkliff-Grundstück gezahlt hatte. Das musste Sir Harry ein Lächeln abgenötigt haben. Das Geld seiner Frau kam für ihre Flitterwochen auf, und so, hoffte er, würde es in den kommenden Jahren auch weitergehen. Und nun stellen Sie sich seine Bestürzung vor, als sie einige Monate später zurückkehrten und er entdeckte, dass Planierraupen angerückt waren und sich im wahren amerikanischen Tempo die Avalon-Klinik bereits zu erheben begann.«

»Die hatte das alles schon eingefädelt, bevor sie überhaupt in die Flitterwochen aufbrach?«, frage ich.

»Natürlich«, kommt es von Roote bewundernd. »Klar, nach dem anfänglichen Schock musste er sich mit dem Gedanken getröstet haben, dass die Transaktion einen hübschen Profit abwarf. Aber ich denke, auch darin wurde er enttäuscht. Die viktorianischen Gesetze zum Besitzstand in Ehen waren längst außer Kraft gesetzt. Das Land war Hollis's Ham überschrieben, dem Unternehmen seiner Frau, und alles, was er von ihrem Geld abbekam, war, was sie ihm zugestand. Er zeterte und polterte und lernte schnell seine Lektion, dass Zetern und Poltern nur dazu führte, ohne Essen ins Bett geschickt zu werden. Er war nicht mehr Herr im eigenen Haus, aber noch war er Jagdherr, bis die Regierung die Fuchsjagd abschaffte. Angeblich soll er getobt haben: ›Nur über meine Leiche!‹ Am ersten Tag der Saison ritt er mit den Hunden aus, und als sie einen Fuchs aufspürten, jagte er ihm im wilden Galopp hinterher, sprang über eine Mauer und landete mit gebrochenem Hals in einem Graben. Wenn schon sonst nichts, so war er offensichtlich ein Mann, der zu seinem Wort stand.«

»Und sie zog mit einem Titel im Briefkopf und dem Avalon-Geld in der Tasche ab, nachdem sie ihn unter die Erde gebracht hatte«, sagt Heywood.

»Das alte Haus und das umliegende Land gehörte also alles mal den Denhams«, sage ich. »Kein Wunder, dass das arme Mädel Esther so angesäuert dreinschaut.«

Das trägt mir einen überraschten Blick von Heywood ein, die sagt: »Ach, die sieht immer so aus, außer sie kriecht Lady D. in den Hintern.«

Ich sage: »Muss schön sein, so einen klugen, verständnisvollen Kerl wie Stompy zum Vater zu haben, da müssen Sie anderen nicht in den Hintern kriechen.«
Roote lacht laut auf. »Bravo, Andy. Ihr Mitgefühl spricht wirklich für Sie.«
»Es gibt Grenzen«, sage ich. »Lady Denham hat also die Kohle, und Sir Teddy und seine Schwester kleben an ihr wie die Scheiße am Laken, in der Hoffnung, ein Teil vom Zaster rollt in ihre Richtung, wenn es sie von der Stange haut?«
»Das fasst es wohl ganz gut zusammen«, sagt Roote.
»Da können sie aber wahrscheinlich noch lange warten«, sage ich. »Die Alte sieht aus, als könnte sie es noch dreißig Jahre oder mehr machen. Und hat sie nicht auch eigene Verwandte, so wie dieses dürre Mädel Clara?«
»Na, Mr. Dalziel, da merkt man gleich den detektivischen Spürsinn«, sagt Heywood, die sich von meinem kleinen Rüffel erholt hat. »Richtig. Eine ganze Menge, soweit ich weiß. Die meisten allerdings sind wohl eher sehr entfernt mit ihr verwandt, aber es stehen noch eine ganze Reihe Verwandte ihres ersten Mannes auf der Matte.«
»Da bin ich nicht der Einzige, der mit detektivischem Spürsinn gesegnet ist«, sage ich. »Kaum zwei Minuten hier, und schon den gesamten Klatsch der Einheimischen aufgezeichnet und analysiert! Also, eine reiche alte Lady, viele hoffnungsfrohe Verwandte. Hoffentlich schließt sie in der Nacht die Fenster und geht nicht nach Sonnenuntergang aus.«
»Ihre Arbeit«, sagt sie, »hat ganz offensichtlich Ihren Blick auf die Menschen getrübt.«
»Meinen Sie?«, sage ich. »Und Sie haben das Think-Pink-Seminar absolviert, oder?«
Ein wenig trotzig erwidert sie: »Ich weiß, es ist ein Klischee, aber ich glaube wirklich, dass in jedem Menschen etwas Gutes steckt, wenn man nur genau hinsieht.«
»Ich auch«, sage ich. »Deshalb bin ich Polizist geworden –

damit ich mein Leben lang Steine umdrehen und danach suchen kann.«
Ich sehe zu Roote hinunter, als ich das sage, aber er grinst mich nur an, als hätte ich ihm ein Kompliment gemacht, und sagt: »Liebe Charley, ob ich Sie wohl damit belästigen kann, mir ein Glas Obstsaft zu bringen. Granatapfel, wenn es so was gibt, aber ein herkömmlicher Orangensaft tut es auch. Und ich sehe, Andys Glas ist ebenfalls leer ...«
»Natürlich«, sagt sie. »Hätten Sie es gern in einem Krug?«
»Was soll das mit dem Krug?«, frage ich, als sie abzieht.
»Ach, die süßen Rätsel der Worte einer Frau«, sagt Roote. »Es ist uns nicht bestimmt, eine Bedeutung darin zu suchen. Andy, da wir jetzt allein sind, möchte ich Sie etwas fragen.«
»Nur zu«, sage ich. »Eines – nur weil ich niemanden in einem Rollstuhl schlage, heißt das noch lange nicht, dass wir uns mit Vornamen anreden.«
»Tut mir leid«, sagt er. »Ziehen Sie den offiziellen Titel vor? Lady D. war jedenfalls sehr beeindruckt, als ich ihr erzählte, Sie wären der Leiter des Mid-Yorkshire CID.«
Daher also rührt das veränderte Betragen der Büffelfrau. Sie genießt die Macht, und jeder, der ihren Geruch verströmt, macht sie wahrscheinlich an.
»Mr. Dalziel reicht schon«, sage ich.
»Ach, herzlichen Dank«, lächelt er albern. Das sauertöpfische Mädel, das ihn zur Seite geschoben hat, wächst mir mehr und mehr ans Herz.
»Also, was willst du mich fragen?«, herrsche ich ihn an.
Er wird ganz ernst. »Folgendes: Es geht mir um die Revision meines Falls, in der Hoffnung, dass das Urteil aufgehoben wird. Ich habe gehofft, Sie unterstützen meine Eingabe.«
Es gibt nicht viele, die es schaffen, dass mir die Spucke wegbleibt, aber irgendwie hat Roote den Dreh raus.
»Wie?«, sage ich.
»Es geht darum, zur Publikation meiner Beddoes-Biographie

nach Amerika zu reisen. Der Dekan der St.-Poll-Universität hat sich vor einigen Jahren sehr dafür eingesetzt, mir eine Ausnahmegenehmigung zu verschaffen – aber seit 9/11 weigern sich die Amis ja bereits, wenn man nur drei Punkte wegen überhöhter Geschwindigkeit hat. Ich muss dort sein, für Interviews und Signierstunden. Es mir zu verweigern ist eine eklatante Verletzung meiner grundlegenden Menschenrechte, die mir zugestehen, meinen Lebensunterhalt zu verdienen!«
In diesem Moment kommt Heywood mit einem Getränketablett zurück. Ansonsten hätte ich alle Skrupel fahrenlassen und Roote mitsamt seinem Rollstuhl durchs Fenster befördert. Stattdessen kippe ich meinen Schampus auf ex, greife mir ein weiteres Glas, ihres, nehme ich an, und trinke das ebenfalls. Bei Rootes Saft halte ich inne. So schlimm steht es noch nicht um mich. Heywood sagt nichts, sondern zieht erneut zum Getränketisch ab.
Endlich habe ich meine Sprache wiedergefunden.
»Du willst, dass ich die Revision deiner Verurteilung unterstütze, die aufgrund meiner Beweise zustande gekommen ist? Eine Verurteilung, die mich nur insofern geärgert hat, weil die verhängte Haftstrafe meiner Meinung nach doppelt so lang hätte ausfallen müssen!«
»Genau«, sagt er. »Sie verstehen, Ihre Unterstützung würde das Gericht wirklich beeindrucken.«
Ich weiß nicht, ob ich lachen oder weinen soll.
»Ich brauch noch einen Drink«, sage ich.
Ich wäre dem Mädel nachgestiefelt, nur scheinen meine Beine nicht mitmachen zu wollen.
Roote ergreift meinen Arm.
»Wirklich, Sie dürfen sich nicht so viel zumuten«, sagt er allen Ernstes.
»Was zum Teufel meinst du damit?«, frage ich.
Er zieht mich zu sich hinunter, so dass er mir direkt ins Gesicht flüstern kann.

»Wenn man dem Tod so nahe kommt wie wir beide«, sagt er, »dann macht man nicht einfach nur einen Schritt zurück, um wieder der zu sein, der man vorher war – es ist eine lange, lange Reise.«

»Danke, Dr. Roote«, sage ich. »Und ich hab mich schon gefragt, was ich in dieser beschissenen Reha-Klinik soll, aber jetzt hast du es mir gesagt. Ich bin auf einer beschissenen Reha!«

»Ich rede nicht nur vom Körper«, sagt er. »Es ist ein langer Weg zurück zum eigenen Selbst. Meist meinen wir, es reicht, wenn wir uns wieder so verhalten wie früher. Wir erinnern uns daran, wie wir früher gewesen sind, und wenden unsere ganze Energie auf, um wieder so zu werden, auch wenn das heißt, noch vor dem Frühstück fünfzehn Pint zu trinken. Aber das ist nur ein Aspekt davon, Andy. Jetzt, während Sie noch dabei sind, alles wieder zu erlernen, ist es an der Zeit, innezuhalten und darüber nachzudenken, wer dieses Wesen eigentlich ist, das alles wieder von Neuem erlernt.«

In meinem Kopf dreht sich alles. Weiß nicht, ob es von Lesters Blubberzeugs oder Rootes Gebrabbel kommt. Ist mir auch egal. Ich reiße meinen Arm los und wäre fast hingeknallt, hätte mich nicht jemand am anderen Arm festgehalten. Ich höre Pet Sheldon sagen: »Zeit, sich auf den Weg zu machen, Andy.«

Dort, wo ich normalerweise saufe, traut sich keiner, mir die Sperrstunde auszurufen. Ich zwinge die Welt wieder in den Fokus. In der Ferne sehe ich die Büffelfrau, die mir zuwinkt, als wäre ich der Oberkellner. Ich lächle sie an und sage zu Pet: »Da haben Sie recht, Liebes. Bringen Sie mich ins Bett.«

Die frische Meeresluft trifft mich wie einen fliegenden Fisch, ich muss mich schwer auf Pet stützen, als wir uns zum alten Haus lavieren.

Ein Geklapper ertönt wie von einem Webstuhl in einer alten Baumwollmühle, und ein altertümliches Gefährt mit Seitenwagen rattert vorbei. Der Fahrer hat seinen Helm auf und das Visier heruntergeklappt, aber ich erkenne Mr. Godleys Bart. Komisch, wahrscheinlich ist es die frische Luft, aber bei seinem Anblick geht es mir gleich wieder besser.

»Da fährt er hin, der Heiler«, sage ich und schaffe es, mich ein wenig aufzurichten. »Wenn Lester ihn einstellt, dann verlieren Sie alle vielleicht Ihren Job.«

»Da mach ich mir keine Sorgen«, sagt sie. »Will man die Kranken wieder gesund machen, muss man sie pflegen, nicht mit Kräutern vollstopfen oder mit Nadeln piesacken.«

»Nein, Mädel, machen Sie sich nicht lustig über das, was schon in der Bibel steht«, sage ich.

»Das mit dem Handauflegen?«, sagt sie. »Wir sind seitdem ein Stück weiter, hoffe ich. Nur weil der Kerl wie Jesus aussieht, heißt das noch lange nicht, dass er Sie von den Toten auferstehen lässt. Also bringen wir Sie ins Bett, nicht wahr?«

»Genau davon spreche ich, Mädel«, sage ich. »Die Therapie des Alten Testaments. Siehe König David und Abischag, die Schunemitin. Wäre es möglich, mir auch so was zukommen zu lassen?«

Sie kennt ihre Bibel, denn sie muss lachen.

»Meine Großmutter hat immer gesagt, der Teufel kann die Heilige Schrift aufsagen. Und jetzt halten Sie den Mund, oder ich lass Sie hier mitten auf die Anfahrt fallen, damit Lady Denham Sie mit ihrem Rostkübel überrollen kann. Die Frau ist eine Bedrohung.«

Es kommt so vehement von ihr, dass mich der Verdacht beschleicht, es könnte mehr dahinterstecken.

Was hat sie bloß getan, um deinen Zorn zu erregen?, frage ich mich.

Es braucht noch ein halbes Dutzend Schritte, bis ich es habe. Ich habe es doch selbst gesehen, eine halbe Stunde zuvor, vor dem Big Bang.

Katzenjammer! Auch Pet ist scharf auf ihn! Es muss sie ziemlich fuchsig machen, wenn sie sieht, wie er um sie herumscharwenzelt und sie ihn wie ihr Privateigentum behandelt.

»Na«, sage ich und verschleife dabei ein wenig die Worte, um sie zur Indiskretion zu verleiten, »ist für sie eben Zeit, wieder zu heiraten. Hat es schon zweimal probiert, sie muss also ein gewisses Faible dafür haben.«

»Eine Frau in ihrem Alter sollte es besser wissen«, sagt Pet sehr schmallippig. »Müssen Sie sich wirklich so fest auf mich stützen? Ein paar Gläser Wein, und Sie wackeln wie ein Pudding. Ich dachte immer, Polizisten würden nie genug kriegen!«

Ich richte mich etwas auf, aber es fällt mir schwer. Muss an dem Dreck liegen, den mir die Quacksalber reingepumpt haben. Schon zum zweiten Mal haben ein paar Gläser die Wirkung erzielt, für die sonst fünfzehn Pint nicht reichen.

Pet schafft mich auf mein Zimmer, legt mich ins Bett, lacht, als ich sie dazu einlade, sich zu einem platonischen Dialog kurz zu mir zu legen, und zieht ab. Sobald sie fort ist, stehe ich auf und überprüfe meine versenkten Schätze im Klokasten. Eine halbe Flasche Malt und Mildred. Vergewissere mich, dass sich keiner an einem davon zu schaffen gemacht hat, und nehme einen Schluck vom kaledonischen Edelstoff.

War immer überzeugt, dass Dr. Scotch das Heilmittel für alles sei, diesmal aber habe ich meine Zweifel. Deswegen sitze ich jetzt auf dem Klo und rede mit Mildred. Guter Platz zum Meditieren. Man braucht keinen fabelhaften Computer, wenn man ein komfortables Klo hat – der Fall ist bald gelöst.

Was zum Teufel quassel ich da? Welcher verdammte Fall? Verblöde ich hier? Vielleicht habe ich Entzugserscheinungen, nachdem ich so lange nicht mehr in der Arbeit war. Und jetzt sieht alles so aus, als warten nur alle auf den Fall ... das Opfer ist bereitet ... die Verdächtigen an Ort und Stelle ... Motive sind klar ... toller Polizist in der Nähe ... alle warten auf den Autor, der das Startzeichen gibt ...

Verdammte Scheiße, du dämlicher Blödkopf, du hast diesen Roote in dein Gehirn gelassen! Der ganze Mist über das Wiedererlernen. Und auch der Ort hier. Das Avalon. Sandytown. Je schneller du vom Klo und ins Bett kommst, umso besser. Trotzdem habe ich das bestimmte Gefühl, dass da etwas Schlimmes bevorsteht … etwas überaus Konkretes …

O Gott! Hier ist es schon …!

18

Oh, Mildred, was habe ich getan?

Beim Aufwachen habe ich mich großartig gefühlt, irgendwie sauber und rein. Kein Wunder nach dem, was auf dem Klo alles rausgekommen ist, und wenn mir das keiner glauben will, dann kann ich dank Mildred die Geräuschkulisse vorspielen!

Besser, wenn's draußen ist, sagt man, und diesen Morgen fühle ich mich wirklich besser. Hab meinen Bademantel angezogen und auf der Terrasse das Frühstück eingenommen. Pet ist zu einem Plausch vorbeigekommen, sagte mir, ich sehe aus wie Noël Coward, worüber wir beide lachen mussten. Dann bin ich auf mein Zimmer zurück, und ich und Mildred haben uns noch mal angehört, was ich auf der Party gesagt und getan habe, als es an der Tür klopft. Es ist Pet, sie lächelt nicht mehr. »Besuch für Sie, Mr. Dalziel«, sagt sie ganz förmlich, und bevor ich nachhaken kann, wird sie auch schon von der Büffelfrau zur Seite geräumt, die sagt: »Danke, Schwester Sheldon, ich werde Sie jetzt nicht weiter von Ihren Pflichten abhalten.« Dann tritt sie ins Zimmer und knallt Pet die Tür vor der Nase zu!

Ich denke mir, pass bloß auf, Bursche. Wahrscheinlich hat sie es auf deinen lilienweißen Körper abgesehen, noch dazu, wenn du noch im Morgenmantel bist! Ich vergewissere mich, dass Mildred angeschaltet ist, nur für den Fall, dass die Sache vor Gericht landet.

Hätte mir keine Sorgen machen müssen, sie hat es auf meinen Verstand, nicht auf meinen Körper abgesehen. Vielleicht hätte ich mir deshalb aber umso mehr Sorgen machen sollen. Mittlerweile hab ich mir die Aufzeichnung ein halbes Dutzend

Mal angehört und weiß immer noch nicht, ob ich das alles ernst nehmen soll oder nicht.
Ich meine, viele reiche alte Puten glauben, dass jemand sie umbringen möchte, oder?
Wie auch immer, ich meine sie beruhigt zu haben. Jedenfalls war ich froh, als ich sie wieder los war. Danach hab ich mich nicht mehr so frisch gefühlt wie zuvor, also hab ich mich ausgezogen und bin unter die Dusche. Zehn Minuten leicht geköchelt, dann dreißig Sekunden schockgefroren, danach bin ich üblicherweise wieder kampftauglich! Das leichte Köcheln hat seine zauberhafte Wirkung entfaltet, ich habe meinen heiteren Gesang genossen – wollte sehen, an wie viele Strophen von der Indianer-Maid ich mich noch erinnern konnte –, als hinter mir die Dusche aufgeht und zwei Arme sich um meine Hüfte schlingen und zwei weiche Kürbisse sich gegen meinen Rücken pressen.
Ich denke mir, hast doch recht gehabt, Dalziel! Sie hat es in der Tat auf deinen lilienweißen Körper abgesehen. Dann bereite dich mal darauf vor, die Enterer zurückzuschlagen!
Ich fahre herum, lege die Hände an die Kürbisse, um sie wegzuschieben. Da gibt's aber eine ganze Menge zu schieben, das kann ich dir sagen!
Dann klärt sich der Dampf ein wenig, und ich bemerke, dass die Kürbisse, die ich in der Hand halte, nicht die von Lady D. sind, sondern von Pet Sheldon!
Ich sage: »Was ist los, Liebes?«
»Sie haben doch gesagt, Sie hätten Probleme, sich den Rücken zu schrubben.«
»Dann sollte ich mich am besten mal umdrehen, oder?«, sage ich.
Und sie sagt: »Ach, nein, ich glaube, ich kann ihn auch von hier aus erreichen.«
Und irgendwie während dieser Unterhaltung ist aus meinem Schieben ein Pressen geworden, und sie muss sich gar nicht

mehr so weit strecken, weil ich ihr, wie ich bemerke, entgegenkomme.

Nun, wie so viele Zeugen sagen, danach kann ich mich nicht mehr an viel erinnern, weil alles so schnell geschehen ist. Plötzlich liege ich auf dem Bett, und Pet, breit über mich drapiert, sagt mir, wie toll es gewesen sei. Ich weiß bereits, dass es mir damit nicht gutgehen würde, meine Pein wird nur etwas durch das Lob gelindert, das sie über mich ausschüttet, bis mir bewusst wird, dass sie, während sie mein Ego streichelt, ganz zu schweigen von meiner Unterlafette, dazwischen Fragen über Daph Denham einstreut und was diese von mir gewollt hätte. Selbst da bin ich noch in jeder Beziehung so beglückt, dass ich nur darüber lache und sage, die dumme alte Schachtel meint, irgendwer will sie umbringen, bevor mir dämmert, dass dieses Frage-und-Antwort-Spiel das eigentliche Ziel der Übung ist.

Die Stoßrichtung ihrer Fragen sagt mir, dass ihre Hauptsorge diesem Katzenjammer gilt. Weiß nicht, wie ich mich fühle, von einer Frau gevögelt zu werden, nur weil sie mich über eine andere ausquetschen will, und das alles wegen des Kerls, auf den sie eigentlich steht! Letztlich bekomme ich davon Kopfschmerzen, aber da ich nun mal ein Mann bin, kann eine Lappalie wie Kopfschmerzen nicht die wiederbelebende Wirkung verhindern, die Pets geschäftige Finger erzeugen.

Ich weiß, ich muss eine Entscheidung treffen. Sollte ich mich jemals Cap zu erklären haben (was der Himmel verhüte!), dann könnte ich zur Rechtfertigung des Vorfalls in der Dusche nur auf Überraschungsangriff und lange Abstinenz meinerseits plädieren. Hier auf dem Bett aber würde ich mich weit offenen Auges hineinstürzen. Obwohl die Aussicht nicht unattraktiv ist, überrasche ich mich selbst und Pet, indem ich mich vom Bett rolle und sage: »Danke für alles, Liebes, aber ich kann nicht den ganzen Tag rumliegen und es mir gutgehen lassen. Ich habe zu tun.«

Sie sagt nichts, zieht sich nur an und geht, aber ihr ist anzusehen, dass sie das alles jetzt nicht mehr für eine so gute Idee hält. Damit ist sie nicht allein!
Mir ist nach einem Drink und ein wenig Ruhe, in der ich ihn zu mir nehmen kann, also ziehe ich mich an, schlendere zum Tor hinunter und bitte Stan, mir ein Taxi zu rufen. Schicke es zum Hope and Anchor. Als wir dort ankommen, ist jedoch alles zugesperrt. Der Taxifahrer lacht nur, als er mein Gesicht sieht, und sagt: »Woher kommen Sie denn, Kumpel? Wie ein Franzose sehen Sie mir nicht aus. Hier in der Gegend gibt es nicht viele Pubs, die vor zehn Uhr morgens offen haben.«
»Es wird für mich aufmachen«, sage ich.
Ich will keine Szene, indem ich gegen die Eingangstür hämmere, also gehe ich hintenherum, wo die Kellerluke offen steht und unten jemand zu hören ist.
»Hallo«, rufe ich. »Sind Sie da unten, Alan?«
Kurz darauf taucht unter mir sein Gesicht auf, und wieder erweist er sich als ein Wirt ganz nach meinem Geschmack. Wie beim ersten Mal zeigt er keinerlei Überraschung, sondern brüllt nur herauf: »Kommen Sie runter, Mr. Dalziel. Sollten Sie keine Lust auf die Rutsche haben, werden Sie feststellen, dass die Hintertür offen steht.«
Die Zeiten sind vorbei, in denen ich einfach kopfüber runtergerollt wäre, aber Tempus fuckit, also gehe ich durch die Küche und über die Stufen nach unten, die so ausgetreten und schmal sind, dass die Rutsche die bessere Option gewesen wäre. Und was ich unten vorfinde, lässt mich wünschen, ich wäre nicht so zimperlich gewesen.
Der Keller ist wie aus einem alten Horrorstreifen. Schummrig, voller Spinnweben, schwarzer Käfer und modriger Ausdünstungen und von einer einzigen nackten Glühbirne beleuchtet. Er ist die beste Werbung für Aluminiumfässer und Plastikschläuche, die mir jemals untergekommen ist.

»Großer Gott, Bursche«, sage ich, »so was wird heute gar nicht mehr gebaut!«
»Aye«, sagt er, »das Pub gibt es schon seit König Charles goldenen Zeiten, und seitdem ist wahrscheinlich auch nicht mehr viel verändert worden. Ich versuche Lady D. davon zu überzeugen, dass wir ein wenig modernisieren müssten.«
Ich betrachte die Gestelle, auf denen die Bierfässer aufgereiht sind. Eichenes Kernholz, das war es vielleicht im siebzehnten Jahrhundert, jetzt aber sieht es eher wie verfaultes Kernholz aus. Das ganze wacklige Gerüst lehnt an der unebenen, unverputzten Wand, gehalten von zwei Latten, die man höchstens als Wäschestangen bezeichnen kann.
»Von wegen überzeugen«, sage ich. »Holen Sie die Gewerbeaufsicht, die rückt ihr schon den Kopf zurecht. So wie das alles aussieht, kann es jeden Moment runterkommen.«
»Da haben Sie wahrscheinlich recht«, sagt er. »Aber Ihre Ladyschaft hält nicht viel von Beamten und anderen, die ihr sagen, was sie zu tun hat. Keine Sorge, irgendwann krieg ich sie schon dazu. Aber gehen wir doch nach oben, und ich besorg Ihnen Ihr Pint.«
Habe nichts davon erwähnt, aber wie ich schon sagte, eine Perle von Wirt.
Ich schlürfe mein Ale, er hat sich selbst ein halbes eingeschenkt, um mir Gesellschaft zu leisten. Ich bin nicht wirklich besorgt wegen dem, was Daph mir gesagt hat, es ist daher mehr, um Konversation zu machen, als ich frage: »Lady D. gehört wohl eher zu den nervösen Typen, oder?«
»Soll wohl ein Witz sein«, sagt er. »Die hat Nerven wie Stahlseile. Bei der Jagd war sie berühmt dafür, dass sie über Hecken und Mauern setzte, vor denen viele Männer zurückschreckten.«
»Aber das hat sie doch aufgegeben?«
»Aye, na ja, der Anblick ihres Mannes, bei dem der Kopf verkehrt herum auf den Schultern saß, schien ihr eine kleine War-

nung gewesen zu sein. Aber das hatte nichts mit ihren Nerven zu tun – sie genießt das Leben einfach zu sehr, um vorzeitig abtreten zu wollen.«

»Wie ist es denn, für sie zu arbeiten?«, frage ich.

»Problemlos, solange man alles so macht, wie sie es will«, sagt er. »Wie Sie vermutlich selbst erkennen werden, wenn Sie lange genug bleiben. Es sei denn, Sie wechseln auf die andere Seite über.«

Ich denke, er meint damit den Tod, daher sage ich: »So schlecht sehe ich doch nicht aus, oder?«

Er grinst. »Nein, tut mir leid. Was ich meine: Auf die eine oder andere Art arbeiten die meisten hier in Sandytown entweder für Lady Denham oder für Tom Parker.«

»Aber die stehen doch auf der gleichen Seite, oder?«

»Sie werden wahrscheinlich feststellen, dass sich Tom für die Stadt einsetzt, Daphne aber nur sich selbst im Blick hat. Wenn Sie es vermeiden können, dann halten Sie sich da raus. Werden Sie schnell gesund, und reisen Sie ab! So, jetzt muss ich wieder runter zu den Spinnen. Wenn Sie noch eins wollen, dann zapfen Sie sich eins, okay?«

Eine Perle von Wirt, hab ich das schon gesagt? Ich meine, ein Prinz.

Wie auch immer, Mildred, das ist bislang die Geschichte dieses Tages, warum ich um zehn Uhr morgens hier mit dir rede, mit einem Pint im Bauch, einer Nummer auf dem Gewissen und im Kopf eine Geschichte von einem Mordversuch.

Was hält der Rest des Tages bereit?

Nichts! Lass es dir gutgehen und hau ab, sagt Alan Hollis. Klingt nach einem guten Ratschlag. Lass dich in nichts reinziehen, Dalziel. Vergiss alles, was heute Morgen passiert ist, sowohl mit Daph als auch mit Pet. Pet wird nichts ausplaudern. Sie mag dazu bereit sein, wegen Lester die Beine breitzumachen, aber das wird sie ihm nicht auf die Nase binden! Und Daph, wahrscheinlich ist sie bloß ein übergeschnapptes

altes Frauenzimmer. Halt dich am besten von ihr fern. Sie hat mich zu diesem Barbecue eingeladen, das sie morgen gibt. Alle werden da sein, hat sie gesagt. Na, ich jedenfalls nicht! Nein, ich habe meine Lektion gelernt. Kümmere dich um deinen eigenen Scheiß, iss dein Gemüse, mach deine Physio, zieh fest den Reißverschluss zu, sperr nachts die Tür ab, und in einer Woche bist du so fit, dass du nach Hause darfst.
Siehst du, Mildred, kein Grund, sich meiner zu schämen.
Ich bin ein anderer Mensch geworden!
Und jetzt ist es an der Zeit für dieses zweite Pint.

19

VON: charley@whiffle.com
AN: cassie@natterjack.com
BETREFF: Mord!

Cass – o mein Gott, wie habe ich mich getäuscht – keiner wird in Sandytown umgebracht – das hab ich gesagt! Hör zu – komm nicht nach Hause – wahrscheinlich ist es dort, wo du bist, sicherer – nein, das ist Blödsinn! – was ist ein Mord verglichen mit dem, was du gesehen hast? – & warum bin ich so aufgeregt – nicht nur erschreckt & verängstigt – das schon auch – sondern erregt – kennst du dieses Gefühl? – oder bin ich bloß völlig übergeschnappt?
Tut mir leid – ich plappere & du fragst dich bestimmt, worüber? Hier also die Ereignisse – in geordneter Reihenfolge – muss alles seine Ordnung haben – erste Regel der Psychologie, sagt mein Dozent – sei ein regloser Punkt inmitten des Chaos – also – tief durchatmen – ich bin ein regloser Punkt – & los.
Erstens – ich bin immer noch in Sandytown – warum? – weil ich sie nicht mehr alle habe – deshalb!
Nach dem Empfang im Avalon dachte ich mir – ich weiß nicht warum – das sich hier irgendwas zusammenbraut. Ich weiß nicht was!, aber als ich gestern aufwachte, hatte ich das Gefühl – wenn du jetzt nach Hause fährst, wäre das so, als würdest du gerade dann das Kino verlassen, wenn die Orks aus den Toren von Mordor marschieren! Gut – das mag ein wenig übertrieben sein – dachte ich! – aber plötzlich kam mir Lady D.s Grillfest als ein Höhepunkt vor, den ich nicht verpassen wollte.
Diesmal hätte ich mir gewünscht, ich hätte danebengelegen!
Also fragte ich die Parkers, ob ich noch einen Tag länger bleiben

könnte. Man hätte meinen können, sie hätten einen Sechser im Lotto gewonnen! Minnie schlang die Arme um mich & gab mir einen Kuss. Es ging mir richtig gut.
Ich rief zu Hause an – der RS war außer sich – klar! – aber Mum freute sich – ich glaube, sie meinte, ich hätte einen *netten jungen Mann* kennengelernt, der sich mit einigem Glück als eine Mischung zwischen ihren Lieblingen Harrison Ford & Tom Hanks herausstellt.
Den gestrigen Tag verbrachte ich daher mit der Aufbereitung der von mir gemachten Notizen – die meiste Zeit aber hing ich nur faul rum.
& heute – das Grillfest!
O Gott – was für ein Name – du wirst sehen!
Alle waren da – alle Parkers – natürlich – Di hatte Sandy G. mitgebracht – obwohl sie auf der Schwelle des Todes kampierte, hielt sie also ihr Versprechen, ihre Freundin in die Gesellschaft Sandytowns einzuführen! Toms Wirrkopfhaufen war ebenfalls anwesend – inklusive des göttlichen Gordon – Leute aus dem Avalon – Feldenhammer – Miss Sheldon, die Oberschwester – dazu eine Menge Leute, die ich nicht kannte – in ihrer Mitte ein Typ mit einer Goldkette um den hageren Hals – wahrscheinlich städtische Beamte, die es sich auf Kosten anderer gutgehen ließen – zu was anderem taugen diese Typen laut Dad ja nicht. & – natürlich – das Baronetmonster & die Eiskönigin. Er sah aus, als wäre er mit dem falschen Fuß aus einem fremden Bett gestiegen – nicht meinem! Stritt sich mit seiner Schwester & erfasste meinen Blick, sah aber schnell wieder weg, als ich ihm freundlich zuwinken wollte. Scheiß drauf!, dachte ich mir. Aber dann – zu meiner Überraschung – strahlte mich die EK an, als glaubte sie, mein Winken hätte ihr gegolten – na, vielleicht hatte sie auch nur jemand Wichtigen hinter mir gesehen!
Lady D. hielt eine Begrüßungsrede – sehr huldvoll; dankte allen Freunden & Unterstützern des Konsortiums für ihre Bemühungen, Sandytown über die Grenzen hinaus bekannt zu machen – freute

sich bereits darauf, wenn alle die Früchte ernten durften – wobei es ihr gelang, den Eindruck zu erwecken, als wäre das Ganze ihr Privatfest – entschuldigte sich, weil es mit dem Grill ein kleines Problem gegeben habe – Fleisch gäbe es daher erst in einer Stunde oder so – dafür stünden aber viele andere Leckereien & eimerweise Getränke bereit!
Die Meute musste dazu nicht mehr eigens eingeladen werden! Es gab alles umsonst – & es gab viel! Man hatte keine Unkosten gescheut. Getränke erster Qualität – keine Plörre – & tonnenweise Essen – Porzellanteller – richtiges Besteck – kein Plastik – alles gedeckt auf Tischen, die auf dem Rasen vor der Hall aufgebaut waren. Ich hatte erwartet, beim Grillfest würde es Gegrilltes geben, sonst nichts – weit gefehlt. Es war für alle Geschmäcker gesorgt.
Auch ein halbes Dutzend Kinder waren da – unter ihnen Minnie & Paul – die ausgerüstet waren, um am Privatstrand zum Schwimmen zu gehen. Nicht ohne einen Erwachsenen – wie Lady D. beharrte.
Einige Erwachsene meldeten sich freiwillig – darunter Miss Lee – die mit den langen Nadeln – auch Teddy schloss sich an – wollte sich damit zweifellos einige Pluspunkte verdienen! Er scheuchte die Kinder zum Umziehen ins Haus.
Ich marschierte los, um mir die berühmte Grillmaschine anzusehen – die ein gutes Stück von der Hall entfernt aufgebaut war – vermutlich aus Sicherheitsgründen – & zum Haus hin hinter einem dichten Rhododendronbusch versteckt lag & zum Meer hin durch ein Kiefern- & Buchengestrüpp vor den vorherrschenden Ostwinden geschützt wurde.
Ollie Hollis war anwesend – wirkte ein bisschen niedergeschlagen – so, als wäre gerade ein wütender Elefant über ihn hinweggewalzt – vermutlich fühlt man sich eben so, wenn man gerade von Lady D. zusammengestaucht worden ist. Aber als ich ihn freundlich darum bat, war er gern bereit, mir die Maschine zu zeigen.

Das Grillgerät selbst besitzt keinen Spieß, sondern einen eiförmigen Metallkorb, in dem die Sau befestigt wird & der sich über einer langen, mit glühender Holzkohle gefüllten Rinne langsam um die eigene Achse dreht. Der Mechanismus wird durch ein sorgfältig ausbalanciertes Gewicht angetrieben – so ähnlich wie eine Standuhr – Ollie braucht an die zehn Minuten, um das Gewicht aufzuziehen – aber dann dreht sich der Korb die nächste Dreiviertelstunde ohne jegliches Zutun. Das Ganze steht auf großen Stahlrädern – die wiederum auf Schienen laufen – die in eine Holzhütte mit Wellblechdach führen, wo das Gerät wettergeschützt untergebracht ist. Der Boden fällt von der Hütte aus leicht ab – der Korb kann daher ohne große Anstrengung in Position gebracht & mittels einer Winde wieder in die Hütte gezogen werden. Ollie schien nicht erpicht darauf zu sein, mir die Hütte zu zeigen – vielleicht hatte er darin eine Frau versteckt! – dachte ich – & an der Holzkohle war es zu heiß, um dort lange auszuharren – es herrschte nämlich schwülwarmes Wetter – viel Sonne & blauer Himmel, aber im Osten brodelten dicke, finstere Wolken. Vielleicht – ging mir durch den Kopf – bekam ich doch noch das Unwetter am Meer, nach dem ich mich so gesehnt hatte – daher eilte ich zum Haus zurück.
Kam gerade rechtzeitig, um den Aufbruch der Strandgänger mitzuerleben – Ted sah wie ein griechischer Gott aus – gewölbte braune Muskeln & schwarze, gekräuselte Körperbehaarung (waren die griechischen Götter am Körper behaart?) – dazu eine Badehose, die der Vorstellungskraft gerade noch Stoff genug lieferte! Ich hoffte, er hatte so viel Verstand, nicht nackt in die Fluten zu springen. Ist doch ein großer Unterschied, ob man vor einer reifen jungen Frau – das bin ich! – seine Hosen runterlässt oder vor einer Horde Kinder. Heutzutage bekommt man dafür zehn Jahre – ohne das da irgendwelche Fragen gestellt werden.
Mittlerweile hatten sich alle zerstreut – manche erkundeten die Waldpfade – Ältere saßen in Gartenstühlen auf dem Rasen – die städtischen Beamten achteten darauf, sich nicht zu weit vom

Tisch mit den Getränken zu entfernen. Plauderte mit Sandy G. Erkundigte mich nach ihrer Nichte. Wurde dafür komisch angestarrt – dann sagte sie – oh, es geht ihr gut – ohne in irgendeiner Weise besorgt zu klingen. Vielleicht war sie froh, die beiden Teens gegen Diana eingetauscht zu haben! Jedem das Seine – wie der RS immer sagt.

Lief Esther übern Weg – zu meiner Überraschung wurde ich erneut freundlich angelächelt – sie nannte mich Charley & bestand darauf, mir meinen Schampus aufzufüllen.

– Aber hallo – dachte ich. Wenn die Eiskönigin schmilzt – dann mach dich aber auf eine Überschwemmung gefasst!

Muss jedoch zugeben – wenn sie ihren Charme spielenlässt, kann man sich kaum vorstellen, wie mürrisch sie normalerweise ist! & natürlich sah sie phantastisch aus in ihrem knappen Top & dem Organdy-Rock. Claras blasser Look ist ihre Sache nicht. Lange goldene Gliedmaßen, ohne jeden Hinweis darauf, das die Bräune irgendwo aufhören könnte!

Dann fiel sie in ihr wahres Selbst zurück, als Franny seinen Rollstuhl in unsere Richtung steuerte – machte auf dem Absatz kehrt & verschwand irgendwo in den Büschen.

– Tut mir leid – sagte Franny – wollte Ihr trautes Beisammensein nicht stören – Sie beide scheinen gut miteinander auszukommen –

– Keine Sorge – sagte ich – beruht wahrscheinlich nur auf einem Irrtum – vielleicht hat ihr jemand erzählt, ich hätte mal mit einem Typen gevögelt, der das Mädchen gevögelt hat, das Prinz Harry gevögelt hat –

Darauf kicherte er so heftig, das er beinahe aus seinem Rollstuhl fiel.

Aus dem Augenwinkel heraus spähte ich immer wieder zum göttlichen Gordon – der mich beobachtete, aber jedes Mal den Kopf wegdrehte, wenn ich zu ihm sah! Schließlich beschloss ich, beim nächsten Mal zu ihm zu gehen & ihn zu fragen, ob mein Slip herausschaut – einzig & allein, damit ich ihn erröten sehe, wenn

ich *Slip* sage – nur dass er mich daraufhin – natürlich – nicht mehr beobachtete, sondern sich ein wenig abseits hielt – am Rand der Büsche zwischen dem Rasen & dem Saugrill – & anscheinend in eine heftige Auseinandersetzung mit Lady D. verstrickt war, in die ich keinesfalls mit hineingezogen werden wollte.
Bald wurde klar, das sich das Wetter definitiv ändern würde – Wind kam auf – Wolken schoben sich in das Blau des Himmels – es wurde heißer & noch schwüler. Mary – ihre beiden Jüngsten im Schlepp – machte sich zunehmend Sorgen um Minnie & Paul am Strand. Ich sagte, es würde ihnen schon nichts passieren – Teddy sei ja bei ihnen – aber wenn es sie beruhigen sollte, würde ich mich anerbieten & nachsehen.
Oben am Strandpfad traf ich erneut auf Esther. Sie wirkte ein wenig aufgelöst & erhitzt – ganz & gar nicht wie eine Eiskönigin – & diesmal war ich mir sicher, das es nichts mit mir zu tun hatte.
– Charley – sagte sie – haben Sie Teddy gesehen? –
– Ist er nicht unten am Strand? – fragte ich.
– Nein – ich war gerade unten –
– Scheiße! – die Kids sind doch nicht allein beim Schwimmen – oder? –
– Was? – nein – jemand ist bei ihnen – sagte sie – aber ich hatte den Eindruck, dass sie das wenig kümmerte, selbst wenn die Kinder von einem Killerwal geholt werden würden!
Sie machte sich auf den Weg in Richtung Rasen, wo nun alle ins Haus strömten – mit Ausnahme von Franny – er saß da in seinem Rollstuhl – ein Glas Schampus in der Hand & lächelte über den allgemeinen Rückzug. Zu meiner Überraschung blieb Ess tatsächlich bei ihm stehen & sprach mit ihm.
Es musste ihr wirklich viel daran gelegen sein, Teddy zu finden – dachte ich mir – wenn sie sich sogar dazu herabließ, das beinlose Wunder anzusprechen.
Ich ging den Pfad hinunter. Erst recht mühelos – der Weg fiel sanft ab & schlängelte sich durch Heidekraut & Rhododendronbüsche – dann wurde er steiler & führte zu einem langen, mit einem

Geländer gesicherten Felsvorsprung. Ein Abschnitt der Holzbalken war lediglich mit einer Kordel an die Eisenpfosten gebunden – eine handgeschriebene Tafel ermahnte – *Nicht ans Geländer lehnen!* Gut, das Mary davon nichts wusste!, dachte ich mir. Wie ich mich von meinem Strandbesuch erinnerte, begann von dieser Stelle aus der eigentliche Abstieg – im Zickzack führte der Pfad steil die Klippe hinab – auf ganzer Länge von einem Handlauf begleitet.

Ich blieb auf dem Felsvorsprung stehen & sah zum Strand hinunter – im zunehmend fahleren Licht waren Gestalten zu erkennen – Kinder & zwei Erwachsene, die sie zusammenzutreiben schienen. Nach einigen weiteren Schritten aber hörte ich hinter mir ein Geräusch – ich sah zurück zum Felsvorsprung & bemerkte, dass davor ein schmaler Pfad weg- & wieder hinauf über die Strauch- & Vegetationslinie führte. Wieder hörte ich das Geräusch – sehr schwach nur im anschwellenden Wind – aber ein menschlicher Laut, der meinen berühmten scharfen Ohren nicht entging – also – nur für den Fall, dass Minnie gemeint hatte, sich auf eigene Faust auf Erkundungstour zu begeben – ging ich zurück, um nachzusehen.

Der Pfad führte zu einem besonders dichten Rhododendronstrauch. Ich schob einige Zweige zur Seite & starrte in eine Art Höhle – eigentlich eher ein Überhang – der aber unter dem dichten Laub dunkel & schattig wirkte.

& dann zerteilte draußen über dem Meer ein gewaltiger Blitz den Horizont – & in dessen momentanen Lichtschein sah ich die beiden.

Einen erkannte ich sofort – obwohl ich nur seinen Rücken sah. Die muskulösen Oberschenkel & strammen Waden gehörten unverkennbar dem Sexmonster von Baronet. Die Geräusche stammten von ihm – eine Art rhythmisches Stöhnen. Er lag auf einer anderen Gestalt – deren Gesicht ebenfalls nach unten zeigte. Alles, was ich von ihr sehen konnte, waren die langen weißen Beine – weit gespreizt – aber das reichte. Lady D. mochte meinen, sie könnte Teddy & Clara nach Belieben herumscheuchen – aber das Feuer im Blut hatte mit ihren Marionettenfäden kurzen Prozess gemacht! & während ich so zusah, wurde aus dem sanften Auf-&-ab-Hopsen seiner runden, rosafarbenen Hinterbacken (war wohl nicht oft genug nackt ins Wasser gehopst, damit sie den gleichen satten, rostbraunen Farbton der Beine & des Oberkörpers annehmen konnten) ein rasendes Schwirren – & das Stöhnen war nicht mehr menschlich!

Großer Gott! – dachte ich – erst Liam am Baum – jetzt das – vielleicht ist mir vom Schicksal bestimmt, jeden Typen, auf den ich ein Auge geworfen habe, auf frischer Tat zu erwischen!

Obwohl ich wusste, den Kindern würde nichts passieren, war ich doch ziemlich stinkig, dass Teds Angebot, die Aufsicht zu übernehmen, nur ein Vorwand für das hier gewesen war. Ich weiß, es klingt nicht sehr logisch – aber ich fühlte mich verraten – daher wollte ich meine Anwesenheit mit einem lauten Husten kundtun! Aber es ging in einem mächtigen Donnergrollen unter – & nach dem Lärm, den Teddy jetzt veranstaltete, war die Gefahr wohl gering, von ihm bemerkt zu werden, es sei denn, man hätte ihm einen kräftigen Tritt gegen den Rücken verpasst!

Auf dem Rückweg zum Felsvorsprung brach das Unwetter nun richtig los – Blitze & strömender Regen gingen auf dem Meer nieder – der auffrischende Wind trieb mir dicke Regentropfen ins Gesicht.

Ich war sehr erleichtert, als ich auf die Kinder traf, die den Pfad hocheilten – unter ihnen Minnie & Paul – er ein wenig ängstlich – sie mächtig aufgeregt. Dahinter kamen Miss Lee & ein Typ, den ich nicht kannte.

– Sind das alle? – fragte ich Miss L.

– Ja – ich hab sie nachgezählt – sagte sie.

Bis wir das Haus erreichten, waren wir alle patschnass. Die anderen hatten sich bereits in die schützenden Räumlichkeiten zurückgezogen – viele davon drängten sich in den nach Osten gelegenen, riesigen Wintergarten, um das Unwetter zu beobachten.

Andere hatten es sich in den tiefen Armsesseln der Empfangsräume gemütlich gemacht – in einem davon hatte Alan Hollis den Tisch mit den Getränken aufgebaut – & die städtischen Beamten hatten sich in aller Fröhlichkeit darum versammelt.
Ich erstattete bei Mary Meldung – nahm die beiden Kinder & machte mich auf die Suche nach Handtüchern. Sie hielten es für ein großes Abenteuer – Minnie war vor Aufregung kurz vorm Delirieren. Im Badezimmer des ersten Stocks rieb ich sie einigermaßen trocken – als ich mich dann jedoch über ihren Bruder hermachte, schoss sie durch die Tür davon. Ich trocknete Paul, so gut es ging – rubbelte auch mich ein wenig ab – gegen unsere nasse Kleidung war sowieso nicht viel zu machen – aber es war noch immer so warm, dass sich kaum einer eine Erkältung holen würde.
Wir machten uns auf die Suche nach Minnie. Ich nahm an, dass sie nicht nach unten, sondern eher nach oben gerannt war – & fand sie schließlich kniend auf dem breiten Sims eines Erkerfensters im zweiten Stock, wo sie – wie gebannt – hinausstarrte. Ich konnte es ihr nicht verdenken – es war ein schrecklicher & herrlicher Anblick zugleich.
Draußen war es mittlerweile schwarz wie die Nacht – nur die zuckenden Blitze erhellten gelegentlich die Umgebung – über den aufgewühlten Gewässern der Nordsee ergoss sich eine Regenwand, die sich unmittelbar vor uns teilte – so dass der von den Böen gepeitschte Wald zu erkennen war, als würden die Bäume im Einklang mit den Meereswellen tanzen. Nach dem ersten Guss schien der Regen fast aufgehört zu haben. Wir sahen einen Blitz in einer hohen Kiefer einschlagen – der Stamm wurde von oben nach unten gespalten – dann wieder Dunkelheit – bis der nächste Blitz einen wüsten Laub- & Aschewirbel erhellte, dort, wo der Baum gestanden hatte.
Was war mit den beiden in der Höhle? – fragte ich mich.
Suchten sie dort immer noch Unterschlupf – klammerten sie sich aneinander, während die Luft um sie herum zu explodieren

schien? Fast hätte ich Clara beneidet. Bei einem solchen Ereignis ein solches Risiko einzugehen – da musste ihr beider Verlangen schon von elementarer Natur sein – & das Unwetter erst – als wollte Gott ihrem Treiben damit seinen Stempel aufdrücken! Werde ich religiös? Vielleicht – bei einem Unwetter wie diesem habe ich immer das Gefühl, es müsse »etwas« geben – was allerdings danach geschah, ließ mich daran zweifeln, ob ich auch nur irgendwas mit diesem potenziellen »Etwas« zu tun haben möchte.

Weiß nicht, wie lange wir dort blieben. Schließlich – weil mir der Gedanke kam, Mary könnte sich wieder Sorgen machen – nötigte ich Minnie, nach unten zu gehen. Langsam ließ der Sturm nach. Ich sah mich um. Sofort entdeckte ich Clara – sie mussten es also ins Haus geschafft haben. Kaum zu glauben, aber ihre Kleidung sah noch nicht einmal feucht aus. Klar – als das Unwetter losbrach – hatte sie nichts an & sich im Schutz der Büsche aufgehalten – vielleicht war sie also nur darunter nass.

Teddy, sah ich, unterhielt sich mit Sid – weit von Clara entfernt. Sie hielten großen Sicherheitsabstand, damit die gorgonenäugige Daphne nicht misstrauisch wurde – obwohl von ihr nichts zu sehen war. Vielleicht – dachte ich mir – unterhielt sie Dr. Feldenhammer ganz privat in ihrem Boudoir – denn auch von ihm war nichts zu entdecken.

Nach einer Weile spürte man, dass die Anwesenden auf jemanden warteten, der ihnen sagte, wie es nun weitergehen würde. Draußen brachen Sonnenstrahlen durch die Wolkendecke – vom nassen Gras & den Büschen stieg Dunst auf – das Gewitter war nur noch ein fernes Grummeln & zog sich wie eine besiegte Armee auf den Kontinent zurück. Sollten wir uns im Haus einrichten? Rausgehen & – gemäß dem alten englischen Spiel – so tun, als wäre nichts geschehen? Danke sagen & uns verabschieden? Man brauchte jemanden, der die Sache in die Hand nahm – jemanden, bei dem man sich bedanken konnte – aber von Lady D. fehlte jede Spur.

Es war – natürlich – Teddy, der die Sache in die Hand nahm.
– Also, Leute – rief er & klang dabei ziemlich überdreht – es gibt noch Getränke, die es zu leeren gilt – (es waren nicht mehr so viele – die städtischen Beamten hatten die Gelegenheit weidlich genutzt) – & Essen, das verzehrt werden muss – was sind schon die paar Tropfen für einen wahren Engländer? –
Er führte die Gesellschaft nach draußen.
Sein Versprechen auf Essen fiel ins Wasser – soll ein Witz sein – keiner hatte daran gedacht, die Häppchen zu retten, als die Stampede ins Haus einsetzte – & ich bezweifelte, dass durchweichte Canapés noch sonderlich attraktiv aussahen – trotz all der hungernden Kinder in China, an die der RS uns immer erinnert!
Unsere Aufmerksamkeit wurde allerdings von einem Wimmern abgelenkt, das vom Ende des Rasens, in der Nähe der Büsche, zu kommen schien. Eine Gestalt lag dort im Gras & winkte. Einige gingen darauf zu – zögernd zunächst – dann – als sie erkannten, um wen es sich handelte – in größerer Eile.
Es war der arme Franny Roote, der neben seinem umgekippten Rollstuhl lag. Er sah arg mitgenommen aus – nass bis auf die Haut & schlammbedeckt. Keuchend erzählte er, sein Rollstuhl sei im tiefen Boden stecken geblieben – man konnte die Rillen sehen – & schließlich umgefallen bei seinem Bemühen, vorwärtszukommen – vergeblich habe er während des Unwetters versucht, ihn wieder aufzurichten.
Schwester Sheldon war als eine der Ersten bei ihm – worüber ich froh war – denn ich dachte schon, ich müsste erneut meine Erste-Hilfe-Kenntnisse zur Anwendung bringen. Ich half mit, den Rollstuhl aufzustellen & die Schwester hievte ihn wie einen Sack Kartoffeln hinein. Klar, ihr Schwestern seid dafür ausgebildet – das erklärt auch deine herrlich modulierten Muskeln!
Wieder im Rollstuhl, funktionierte Franny wie immer – doppelseitige Lähmung hält einen Kerl offenbar nicht davon ab, den Macho zu geben! – & er sagte – Danke – danke Ihnen allen – alles wieder in Ordnung – das war es wert, sich mitten in einem Gewitter auf-

zuhalten – ich darf die Erfahrung als Teil der Third-Thought-Therapie allen empfehlen – es war, als sähe man dem Allmächtigen direkt ins Auge! –

Miss Sheldon – noch mehr als ich an solch männlichen Scheiß gewöhnt – sagte – & wenn wir Sie nicht gleich trocken rubbeln, werden Sie ihn aus noch größerer Nähe sehen –

Fran – entschlossen, gelassen zu bleiben – zwinkerte mir zu & sagte – Was sollte mich mehr in dieser Welt verankern als die Aussicht, von Ihnen, Miss Sheldon, trocken gerubbelt zu werden? –

Sie schnaubte – wenig beeindruckt – & schob scheinbar mühelos den Rollstuhl über den Rasen zum Haus.

Wir anderen folgten, als Teddy sagte – Leute, soll ich euch was sagen – ich hab mordsmäßige Lust auf eine saftige Scheibe vom Schwein mit dicker Kruste – schauen wir doch, was Tante Daphnes Sau macht –

– Ist die Holzkohle nicht vom Regen ertränkt worden? – fragte Tom.

– Ich seh mal nach – sagte Clara.

& schon war sie unterwegs – durchquerte die Büsche, die den Grill vom Rasen trennten.

Einen Augenblick lang herrschte Stille. Vollkommene Stille. Der Wind hatte nachgelassen – vom Donner war nichts mehr zu hören – keiner sagte etwas – keine Vögel sangen –

Dann – der schrecklichste Laut, den ich jemals gehört habe – ein Schrei – kaum noch menschlich – hoch – rein – gleichmäßig – ein einziger Ton, gerade noch so im menschlichen Hörbereich – der anhielt – nicht enden wollte – immer weiterging –

Teddy rannte zuerst los. Wir alle ihm nach – wir liefen dorthin, wo dieser schreckliche, markerschütternde Ton herkam – denn Unwissenheit ist schlimmer als Wissen. Dachten wir.

Es dauerte ein paar Sekunden, bis alle begriffen, was sie vor sich sahen.

Ich war unter den Ersten, die dort ankamen. Clara war wie versteinert – Teddy stand bei ihr & hielt sie fest umschlungen – beide

starrten auf den Grillkorb, der sich immer noch langsam über der Holzkohle drehte. Trotz des strömenden Regens – die Bäume mussten einen gewissen Schutz geboten haben – war die Kohle stellenweise noch glühend rot. Langsam drehte sich der Korb – & in der Luft hing der Geruch von verbranntem Fleisch.
Jemand hätte das Schwein mit Fett übergießen sollen – dachte ich mir.
& dann erst ließ mein Verstand zu, was meine Augen schon längst registriert haben mussten.
– & der hohe Schrei, den ich hörte, war nicht mehr der von Clara, sondern mein eigener.
Arme schlossen sich um mich. Sie gehörten zu Gordon Godley. Was mir in dem Moment nicht bewusst war – ich war nur froh, mich an jemanden anlehnen zu können – auch wenn er patschnass war.
Ich versuchte die Augen zu schließen. Half nicht viel. Immer noch sah ich alles vor mir, auch mit geschlossenen Augen.
Einige Meter hinter dem Grill ragten unter einer Dampfwolke – wie tropfende Kerzenhalter – 4 leckere Schweinsfüße aus dem hohen, nassen Gras.
Es war die Grillsau.
& dann – obwohl ich immer noch schrie – kam mir der Gedanke, dass Tom Parker jetzt die Schlagzeile hatte, die Sandytown wirklich über alle Grenzen hinaus bekannt machen würde.
Hollis's Schinken – ein Mordsgeschmack!
Denn das, was in dem sich langsam drehenden Korb gegrillt wurde, war die tote Daphne Denham.

Zweiter Band

Mich werden Sie weder diesen adoleszenten
Emanationen das Wort reden hören,
die nichts weiter sind als Konglomerate
diskordanter Prinzipien ohne jedwede innere Einheit,
noch jenen schalen Aneinanderreihungen alltäglicher
Vorkommnisse, aus denen sich keinerlei
erhellende Deduktionen ableiten lassen.

1

Und du bist dir sicher, dass das *unser* Franny Roote ist?«, sagte Pascoe und starrte auf den rot unterstrichenen Namen auf der Gästeliste.

Sergeant Edgar Wield nickte und sah den Chief Inspector unergründlich an – was ihm mit einem Gesicht wie die dunkle Seite des Mondes nicht schwerfiel. Trotzdem suchte Pascoe etwas zum Kritteln.

»Tut mir leid, Wieldy. Ich bezweifle es ja nicht«, knickte er ein. »Aber *Franny Roote!* Ich dachte, der ist tot.«

»Lady Denham ist tot«, sagte Wield. »Laut dem Arzt mit bloßen Händen erwürgt. Todeszeitpunkt, ein bis drei Stunden bevor er sie zu Gesicht bekam. Dass sie über Holzkohle gegrillt wurde, macht die Zeitbestimmung nicht einfacher.«

Sein Ton passte zu seiner Miene. So neutral wie der von Jeeves. Kein Anflug von Auflehnung gegen den jungen Herrn. Trotzdem fühlte Pascoe sich getadelt.

Er wusste, er hatte es allemal verdient.

Ein Detective Chief Inspector, der neunzig Minuten nach seinem Sergeant am Tatort eintraf – dank eines platten Reifens und eines noch platteren Ersatzreifens – und feststellte, dass eine provisorische Einsatzzentrale eingerichtet war, Zeugenaussagen aufgenommen wurden und eine Einheit der Spurensicherung, in mystisches, reinweißes Nylon gekleidet, geschäftig ihrer Arbeit nachging, hätte auf die Knie fallen und seinen Dank bekunden sollen.

Klar, der Sergeant hieß Edgar Wield, und das bedeutete, dass seine Vorgesetzten vom Mid-Yorkshire CID nichts anderes erwarten konnten. Für sie war er in er Tat genau das, was Jeeves für Bertie Wooster war. Er wirkte Wunder, still und effizient,

sein Verstand verarbeitete Information mit der Geschwindigkeit von Siliziumchips, und er achtete darauf, dass seine Überlegenheit die Vorgesetzten nicht in Verlegenheit stürzte.
»Außerdem«, wie Andy Dalziel bemerkt hatte, als ihm die Parallelität nahegelegt worden war, »brauchst du Jeeves' Kater-Kur nicht mehr, wenn du am Morgen als Erstes sein Gesicht zu sehen bekommst.«
Pascoe holte tief Luft und riss sich zusammen. Er sollte sich auf die über dem eigenen Grill geröstete adelige Lady konzentrieren.
»Also, Wieldy, bring mich auf den aktuellen Stand.«
Wield brauchte dafür zwei Minuten. Andy Dalziel hätte wahrscheinlich drei gebraucht, Pascoe selbst dreieinhalb, die meisten anderen CID-Beamten um die fünf, Streifenpolizisten sechs oder sieben, ein eloquenter Zivilist mindestens zehn Minuten, und Molly, die in der Zentrale den Tee kochte, eineinhalb Stunden.
»Das Opfer«, schloss Wield, »wurde nach bestätigten Berichten zum letzten Mal gegen halb drei gesehen – da hat es sich mit einem der Gäste, einem Mr. Godley, lebhaft unterhalten.«
»Lebhaft wie in *Wenn mir die Worte ausgehen, erwürg ich dich?*«
Wield zuckte mit den Schultern. Er zog es vor, sich so lang wie möglich auf dem festen Boden der Tatsachen aufzuhalten, bevor er sich in den Morast der Spekulationen begab.
»Er ist so was wie ein Heiler«, sagte er.
»Und ist der Tod nicht das Heilmittel aller Gebrechen?«, sagte Pascoe. »Ich freue mich darauf, mit ihm zu reden. Ich nehme an, du hast, wie im Goldenen Zeitalter üblich, Mr. Godley und die anderen Gäste in die Bibliothek gepfercht, wo sie die Ankunft des Großen Detective erwarten?«
»Wusste nicht, dass er kommen würde«, sagte Wield. »Nein, tut mir leid. Erstens, es gibt keine Bibliothek. Zweitens, viele von ihnen scheinen schon nach Hause gefahren zu sein, bevor

der Sergeant vor Ort, Whitby, hier eintraf. Und von denen, die da noch übrig waren, hatten sich die meisten, bis ich kam, auch schon verzogen.«

»Dieser Whitby hat keine Anstalten gemacht, sie aufzuhalten?«, fragte Pascoe.

»Wie auch?«, sagte Wield, der sich immer hinter die Sergeants stellte. »Einer allein kann nicht viel ausrichten. Man kann es ihnen ja auch kaum verdenken, dass sie bei *dem da draußen* nicht weiter rumhängen wollten.«

Sie standen am Fenster der Einsatzzentrale, die in einer leerstehenden Wohnung über den Ställen eingerichtet worden war. Sie bestand aus einem Wohnzimmer, einem Schlafzimmer, einer winzigen Küche und einer Toilette. Im Gegensatz zu den gepflegten Ställen unten machte die Wohnung einen verwahrlosten Eindruck, auch nachdem man das Schlimmste an Staub und Unrat rausgefegt hatte.

Pascoe und der Sergeant hielten sich im Schlafzimmer auf. Durch die rissige, verdreckte Fensterscheibe konnten sie über den Rasen zu den Sträuchern sehen, hinten denen sich, gerade noch zu erkennen, das graue Zelt wölbte, das über den fürchterlichen Grill gespannt worden war.

»Was macht Sergeant Whitby jetzt?«, fragte Pascoe, um den Moment hinauszuzögern, an dem er die schreckliche Szenerie selbst in Augenschein nehmen musste. »Nach Hause gefahren, um Tee zu trinken?«

»Nein, ich hab ihn weggeschickt, er soll einen von denen holen, die schon fort sind«, sagte Wield. »Einen Typen namens Ollie Hollis. War für den Grill zuständig. Er schien mir, alles in allem betrachtet, derjenige zu sein, mit dem man sich wirklich mal unterhalten sollte.«

Pascoe überflog die Liste.

»Hollis? Hier ist nur ein Alan Hollis aufgeführt, kein Ollie.«

»Weil er nicht zu den Gästen gehörte«, erklärte Wield. »Arbeitet für Lady Denham. Schrankenwärter in der Hollis-

Schweinefarm. Hollis's Ham, der Geschmack von Yorkshire. Howard Hollis war Lady Denhams erster Ehemann, sie hat von ihm das Geschäft geerbt.«

»Das wird die Verkaufszahlen nach oben treiben«, sagte Pascoe. »Einen Moment. War dieser Howard Hollis nicht als Hog bekannt? Und war da nicht was bei seinem Tod?«

»Erlitt im Schweinestall einen Schlaganfall. Wurde von den Viechern ein bisschen angeknabbert, bevor er gefunden wurde. Wir haben es uns damals angesehen, erinnere ich mich. Seltsame Sache, aber nichts Verdächtiges.«

»Großer Gott, von jetzt an halte ich mich an Blätterteig. Dieser Ollie ... gehört der zur Familie?«

»Aye. Genau wie Alan. Wirt vom Pub, das dem Opfer gehört hat. Die Hollis' scheinen gespalten zu sein, einige ereiferten sich darüber, dass Hog alles seiner Witwe vermachte, andere hielten den Mund, weil sie ihre Stellungen und Jobs behalten wollten. Hog hat für seine Arbeiter und die Einheimischen jedes Jahr ein Grillfest gegeben. Eine raffinierte Konstruktion, wie du, wie ich zu sagen wage, ja selber noch sehen wirst.«

Pascoe ignorierte die Spöttelei. Seine Abscheu vor widerlichen Tatorten war wohlbekannt. Er hatte sich nie die gleichmütige Distanziertheit eines Andy Dalziel zu eigen machen können, der beim Anblick dreier durch eine Kettensäge verstümmelter Leichen gesagt hatte, er habe im Glasgow Empire schon Schlimmeres gesehen.

»Lady Denham hat also an der Tradition dieser jährlichen Feier festgehalten?«, fragte er.

»Nein. Tatsächlich hat es seit Jahren keins mehr gegeben, nicht mehr seit Hogs Tod. Das hier war eine einmalige Sache. Ollie Hollis hat früher immer mitgeholfen, also wurde er gebeten, den Grill zu bedienen.«

»Und wo war er, als das Schwein durch die Leiche ersetzt wurde?«

»Das werden wir erst erfahren, wenn Whitby ihn auftreibt«, sagte Wield. »Hat sich wohl irgendwo verkrochen. Es gab ein heftiges Unwetter, nach allem, was man hört, hat es hier am schlimmsten gewütet. Da will man nicht in der Nähe von so einem Metallgestell sein, wenn es blitzt und donnert. Und die Hütte, in der der Grill untergebracht ist, hat ein Blechdach.«

»Woher weißt du das alles über diesen Hollis, wenn er nicht auf der Liste steht?«

»Eine Verwandte wohnt bei Lady Denham. Clara Brereton, wohl so eine Art Gesellschafterin und Dienstbotin. Sie hat Ollie erwähnt, als sie mir die Liste gab. Ich hab von ihr eine vorläufige Aussage und sie gebeten, einen Bericht über das Fest zu verfassen, inklusive der Vorbereitungen dazu. Könnte ganz hilfreich sein, schließlich hat sie hier alles organisiert. Außerdem war sie diejenige, die die Tote entdeckt hat.«

»Muss ja hart drauf sein, wenn sie so was findet und dann immer noch funktioniert, Gästelisten erstellt, schriftliche Aussagen anfertigt«, sagte Pascoe. »Lohnt sie einen näheren Blick?«

»Aye, auf jeden Fall«, sagte Wield. »Du wirst noch zwei weitere Verwandte im Haus antreffen. Sir Edward Denham und seine Schwester Esther, Neffe und Nichte durch die zweite Heirat.«

»Die wohnen auch hier?«

»Nein«, sagte Wield geduldig. »Ihre Adresse steht auf der Liste, wenn du mal einen Blick darauf wirfst. Denham Park, ein paar Kilometer von hier an der Küste. Sir Edward war es, der sagte, wir könnten hier unsere Einsatzzentrale einrichten.«

»Wollte uns also nicht im Haus haben«, sagte Pascoe und sah sich unzufrieden um. »Wäre wahrscheinlich sehr viel bequemer gewesen als in dieser Bruchbude. Die Pferde unten sind besser untergebracht! Warum wohnte Lady Denham nicht in diesem Denham Park?«

»Weil Edward als Mann beim Tod seines Onkels Sir Harry, des zweiten Gatten des Opfers, den Titel und das Anwesen

geerbt hat. Sandytown Hall, den Ort hier, hat Lady Denham von Hog Hollis geerbt, ihrem ersten Mann«, erklärte Wield.
»Das Familiengut der Hollis'?«
»Nicht so ganz. Hog Hollis hat es gekauft, als er zu Geld gekommen war. Dazu auch gleich einen der Titel hier, Lord der Sandytown-Hundert. Lady Denhams Titel allerdings, den sie aus ihrer zweiten Ehe erhalten hat, ist ein echter Adelstitel.«
»Wirklich? Du überraschst mich, Wieldy. Ich dachte, heutzutage wären alle Titel auf die eine oder andere Art käuflich. Und in diesem Elendsquartier, das uns Sir Edward so generös überlassen hat, wohnt doch hoffentlich niemand?«
»Jetzt nicht mehr«, sagte Wield. »Früher, als sie noch viele Pferde hatten, war hier der Stallmeister oder so untergebracht.«
»Gibt es noch Personal?«
»Niemanden, der hier wohnt, außer du rechnest Miss Brereton dazu. Sie scheint hier das Sagen zu haben.«
»Und da sie eine Verwandte ist, macht sie es wahrscheinlich für Kost und Logis«, mutmaßte Pascoe. »Also, wenn Sandytown Hall zum Hollis-Erbe des Opfers gehört und diese Cousine zweiten Grades und Gesellschafterin das Sagen hat, warum meint dann der Neffe überhaupt, dass er dich rumscheuchen kann?«
Und warum lässt du dich überhaupt rumscheuchen? – diese Frage hing in der Luft.
Aber wenigstens schien Pascoe nun ganz bei der Sache zu sein.
»Ich habe Miss Brereton gefragt, wo es am besten wäre«, sagte Wield. »Bevor sie darauf antworten konnte, mischte sich Sir Edward ein. Als wollte er Besitzansprüche geltend machen.«
»Das heißt, er glaubt, das Haus wird ihm zufallen«, sinnierte Pascoe. »Eine Information, die jemand, der schuldig ist, eher kaschieren würde, richtig?«

»Es sei denn, er ist ein ganz Schlauer, so wie du«, sagte der Sergeant.

»Herzlichen Dank«, erwiderte Pascoe, obwohl er sich nicht sicher war, ob es wirklich so herzlich gemeint war. »Aber leider bin ich nicht schlau genug, um den schrecklichen Moment noch weiter hinauszuzögern. Ich sollte mich also mal lieber am Tatort blicken lassen und mir den Appetit verderben. Ist der Arzt da?«

»War da und ist schon wieder weg. Hat den Tod bestätigt und, wie gesagt, auf Erwürgen getippt, vermutlich zwischen vier und sechs. Sagte ihm, ich würde ihn anrufen, falls du noch was wissen willst, aber er hat Gäste zum Abendessen.«

»Hoffentlich gibt es keinen Schweinebraten«, erwiderte Pascoe. »Und du hast alles in die Wege geleitet, um die flüchtigen Gäste zu befragen? Gut. Wen haben wir eigentlich in unserem Team?«

»Glück gehabt. Bowler, Novello und Seymour waren alle verfügbar. Hab ihnen gesagt, sie sollen mit den Parkers anfangen. Alteingesessene Familie, außerdem bestehen, soweit ich mitbekommen habe, enge Geschäftsverbindungen mit der Verschiedenen. Habe es für das Beste gehalten, sie gleich zu befragen, bevor sie lange herumsitzen und die Ereignisse durchkauen können, um dann alle mit der gleichen Version der Geschichte zu kommen.«

Pascoe zog eine Augenbraue hoch, ein Trick, den er nach jahrelanger Übung nun endlich beherrschte.

»Eine Verschwörung, meinst du?«

»Ncin. Nur die menschliche Natur«, sagte Wield. »Einige Gäste von der Avalon-Klinik. Chef und Oberschwester. Dachte mir, die willst du dir selber vorknöpfen.«

»Weil der Superintendent bei denen ist, meinst du?«, interpretierte Pascoe. »Cap Marvell sagt, er will noch keine Besucher sehen.«

»Mag sein, aber wenn vor seiner Haustür ein Mord geschieht,

dann wird er uns wahrscheinlich besuchen kommen, falls er nicht bald ins Bild gesetzt wird.«

Pascoe schauderte.

»Du hast recht. Ich werde rübergehen, sobald ich mir den Tatort angesehen und mit der CSI gesprochen habe.«

Pascoe, immer schon ein wenig pedantisch, hatte sich lange dieses amerikanischen Ausdrucks verwehrt, schließlich aber hatte sogar er sich der Macht des Fernsehens beugen müssen.

»Eines noch«, sagte Wield. »Sammy Ruddlesdin ist hier. Ist kurz nach mir aufgetaucht.«

»Hat uns wieder abgehört. Der alte Schlingel«, sagte Pascoe. »Was hast du mit ihm gemacht?«

Ruddlesdin war Mid-Yorkshires erster Kriminalreporter. Er und Pascoe pflegten seit langem gute Beziehungen, was sich wieder mal auszahlte. Andere Journalisten hätten es skrupellos ausgeschlachtet, dass sie eine Stunde vor dem obersten Ermittlungsbeamten am Tatort eingetroffen waren.

»Hab ihn rausgeschmissen. Wahrscheinlich zieht er gerade durch die Stadt für Hintergrundrecherchen. Meinte, er würde wiederkommen.«

»Könnte noch nützlich sein«, sagte Pascoe.

»Vielleicht«, kam es von Wield, der aber nicht sehr überzeugt klang. »Was Roote angeht, Pete. Soll ich seine Aussage aufnehmen?«

»Dafür wäre ich dir dankbar.«

»Ich sage ihm, du würdest später mit ihm reden, ja?«

»Was meinst du? Was ich ihm schulde, kann ich ihm nie und nimmer zurückzahlen«, sagte Pascoe. »Was nicht heißt, dass ich ihm keinen Anschiss verpassen werde, weil er sich einfach so aus dem Staub gemacht hat. Apropos, das werde ich auch den Dicken fragen. Warum zum Teufel hat er mir nicht Bescheid gesagt, dass Franny hier ist.«

»Vielleicht hat er es selbst nicht gewusst«, schlug Wield vor.

»Soll wohl ein Witz sein! Kauft man nicht zwei Sperlinge um

einen Pfennig? Und wenn dem so ist, dann weiß der alte Dreckskerl, falls er keinen Rückfall hatte, ganz genau, wer von den beiden Dreckspatzen auf die aufgehängte Wäsche gekackt hat! Nein, Andy hat es gewusst. Er hat nur beschlossen, dass ich es nicht zu wissen brauche. Er wird mir einiges zu erklären haben.«

Er polterte die Treppe hinunter. Durch das Fenster sah ihn Wield über den Rasen gehen.

»Klar«, murmelte er vor sich hin, »wenn wir vor dem Allmächtigen auf sind, müssen wir uns auch noch dafür rechtfertigen.«

2

Etwa eine halbe Stunde vor Pascoes Eintreffen in Sandytown hatte Detective Constable Shirley Novello ihren Fiat Uno vor dem Kyoto-Haus geparkt.

Wield hatte sein DC-Trio angewiesen, mit den Parkers anzufangen, es allerdings ihnen überlassen, wer sich wen vorknöpfen wollte. Es gab drei Adressen für die Familienmitglieder. Aufgrund seiner Dienstjahre wäre Dennis Seymour die erste Wahl zugestanden, aber da er nicht nur der Dienstälteste, sondern auch sonst vom alten Schrot und Korn war, sagte er: »Ladys first, außer du hältst das für sexistisch, Shirley.«

»Doch nicht bei dir, Den«, sagte sie lächelnd. »Wenn ihr mal über dreißig seid, habt ihr verheirateten Typen doch alles über den Sex vergessen.«

Dabei studierte sie die Liste und ging die Möglichkeiten durch. Erledigte man das Routinezeugs zur allgemeinen Zufriedenheit, wurde man als zuverlässig angesehen, was ganz in Ordnung war. Aber fischte man aus dem ganzen Mist einen wertvollen Indizien-Baustein, galt man als intelligent, und das war um einiges besser. Angesichts der Zeugenbefragungen versuchte die ehrgeizige DC herauszufinden, wo der funkelnde Preis am wahrscheinlichsten zu holen war.

Nur eine der drei Adressen bezeichnete einen festen Wohnsitz. Ihrer Erfahrung nach war das der Ort, den sie aufzusuchen hatte. Bei Mordermittlungen begann man immer im nächsten Umfeld. Am besten bei den Verwandten, aber der weise alte Wield hatte die Cousine sowie die Nichte und den Neffen bereits für sich reserviert.

Die anderen beiden Parkers waren nur Besucher. Möglich, dass der Grund ihres Besuchs einen näheren Blick wert war, wahrscheinlich aber hielten sie sich lediglich wegen der Meeresluft hier auf.

»Ich mach das Kyoto-Haus«, sagte sie.

Dabei beobachtete sie insgeheim Hat Bowlers Reaktion. Er war ihr direkter Konkurrent beim Erklimmen der glitschigen CID-Leiter. Seinen Fähigkeiten brachte sie gesunden Respekt entgegen. Sie erhaschte ein leises Lächeln, das er sofort unterdrückte. Was sie kurz beunruhigte. Aber dann dachte sie sich, wenn er die erste Wahl gehabt hätte, hätte sie ebenfalls leise gelächelt, nur um ihn zu beunruhigen. Damit in ihrer Wahl bestätigt, machte sie sich auf die kurze Fahrt zum Kyoto-Haus.

Sie stieg aus dem Wagen und sah nach Osten. Der Ausblick war phantastisch, wenn man darauf stand, meilenweit nichts anderes als Meer und Himmel zu sehen. Novello fand ihn langweilig. Der Natur hatte sie noch nie viel abgewinnen können, es sei denn, sie kam in Form muskulöser junger Männer mit einem Faible fürs Ringen daher. Das Haus andererseits war ganz okay, die moderne Linienführung, die großen Fenster und die Offenheit sagten ihr wesentlich mehr zu als die efeudrapierte Altertümlichkeit der Sandytown Hall.

Als sie auf den Eingang zusteuerte, öffnete sich die Tür, darin stand ein acht- oder neunjähriges Mädchen. »Wer sind Sie?«, wollte es wissen.

»Ich bin Polizistin«, erwiderte Novello. »Und wer bist du?«

Das Kind allerdings war davon alles andere als eingeschüchtert.

»Sind Sie gekommen, um uns zu verhören? Ich bin eine Zeugin. Ich habe alles gesehen!«

Sie trat vor und hätte wohl die Tür hinter sich geschlossen, um jegliche weitere Störung zu unterbinden, aber eine Stimme hinter ihr rief: »Minnie, wer ist da?«

Novello grinste. »Pech gehabt«, dann drückte sie die Tür auf und rief zurück: »DC Novello, Mid-Yorkshire CID.«

Kurz darauf erschien ein Mann, um die dreißig, schlank, abgekämpft, zerzaustes blondes Haar.
»Mr. Tom Parker?«, fragte Novello.
»Ja. Geht es um das, was in der Hall passiert ist? Natürlich, ja. Tut mir leid. Dieses schreckliche Ereignis, ich bin ganz durcheinander. Kommen Sie rein, kommen Sie rein.«
Novello folgte ihm ins Haus, warf aber noch einen Blick zurück zum Kind, das mittlerweile zu ihrem Uno geschlendert war und ihn mit einer Miene inspizierte, die Novello von den Überwachungskameras in Parkhäusern kannte. Hatte sie den Wagen abgesperrt? Natürlich. Egal, wo sie parkte, dienstlich oder privat, machte sie das automatisch. Das Mädchen würde also enttäuscht sein, es sei denn, sie war entsprechend ausgerüstet, was heutzutage und in ihrem Alter nicht überraschen sollte.
Sie wurde in ein großzügiges Wohnzimmer geführt, wo eine Frau sich zur Begrüßung erhob.
»Mary, das ist Detective Constable … Entschuldigung …?«
»Novello.«
»Ja. Novello. Das ist meine Frau.«
Mary Parker war so schlank wie ihr Mann, hatte strähniges blondes Haar und eine besorgte Miene, sah aber sehr viel weniger abgekämpft aus.
»Möchten Sie Tee?«
Novello hätte Kaffee vorgezogen, aber da bereits eine Teekanne auf dem Tisch stand, sagte sie »Ja, bitte«. Sie wollte keine weitere Verzögerung. Und spontan entschied sie, dass es nützlich wäre, die beiden gemeinsam zu befragen. Manche Paare hielt man so weit wie möglich voneinander getrennt, die Parkers aber, schätzte sie, würden sich gegenseitig auf die Sprünge helfen.
Ihre Einschätzung erwies sich als richtig. Schnell hatte sie einen anscheinend ziemlich vollständigen Bericht über deren Aktivitäten während des Festes. Besonderes Augenmerk legte

sie darauf, was die anderen Gäste laut ihrer Erinnerung wann und wo getrieben hatten. Aufgrund der großen Zahl an Zeugen würde für Wield einiges an Arbeit anstehen, wenn er die Ereignisse in der Hall rekonstruieren wollte – wobei 99 Prozent davon für die Ermittlungen wahrscheinlich irrelevant sein würden, aber Novello wollte sichergehen, dass ihr Beitrag dazu bis ins kleinste Detail stimmte.

»Sie haben Lady Denham also zum letzten Mal wann gesehen …?«

Tom Parker blieb im Ungefähren.

»Es waren so viele Leute da, mit denen ich reden musste, so vieles, worüber wir reden mussten, tut mir leid, das kann ich nicht mehr sagen …«

Novello konnte es sich vorstellen. Die Frau wusste mehr zu sagen.

»Kurz vor vier Uhr. Die meisten Gäste hielten sich auf dem Rasen auf, wo das Essen und die Getränke aufgebaut waren. Ich habe sie weggehen sehen. In Richtung der Grillstelle, wie ich annahm.«

»Warum?«

»Es war zu einer Verzögerung gekommen, was ihr ganz und gar nicht gefallen hat. Sie mag – mochte – es nicht, wenn es nicht so lief, wie sie sich das vorstellte.«

Kein großer Fan vom Opfer, mutmaßte Novello.

»Können Sie mit Sicherheit sagen, dass sie zur Grillstelle wollte?«

»Sie ging jedenfalls in die Richtung. Vom Rasen aus konnte man den Grill nicht sehen, er stand hinter dem Haus, Büsche waren auch dazwischen. Außerdem galt ihr nicht mein besonderes Augenmerk.«

»Nein? Wem galt denn Ihr besonderes Augenmerk, Mrs. Parker?«

»Dem Wetter«, sagte sie prompt. »Es war zu sehen, dass sich ein Gewitter zusammenbraute.«

»Verstehe. Und Sie hatten Sorge, es würde Lady Denhams Fest stören?«
»Nein. Meine beiden Ältesten waren am Strand, an sie musste ich denken.«
»Und das war definitiv das letzte Mal, dass Sie Lady Denham gesehen haben?«
»Ja. Das Gewitter setzte etwa eine halbe Stunde später ein. Charlotte sagte, sie würde sich darum kümmern, die Kinder vom Strand zu holen, deshalb bin ich mit meinen Jüngeren ins Haus.«
»Charlotte – das ist Miss Heywood, die hier wohnt? Ist sie mit Ihnen verwandt?«
»O nein. Sie ist nur eine Freundin, die einige Tage bei uns bleibt.«
»Ich würde gern mit ihr reden«, sagte Novello. »Ist sie hier?«
»Sie ist oben in ihrem Zimmer, um sich auszuruhen«, sagte Mary. »Sie hat die tote Daphne gesehen. Es hat sie ziemlich mitgenommen. Soll ich sie fragen, ob sie sich einem Gespräch mit Ihnen gewachsen fühlt?«
»Das kann ich doch gleich selbst tun. Und dann auch gleich erklären, was ich von ihr will.«
Sie erhob sich bereits. Denn, so ihr Gedankengang, es wäre für die mitgenommene Frau ein Leichtes, Mary Parker zu sagen, *tut mir leid, ich fühle mich dem nicht gewachsen, sagen Sie ihr, sie soll verschwinden!* Dagegen war nichts einzuwenden. Also ihr gar nicht die Wahl lassen, es sei denn, man wollte sie auf die Probe stellen – das hatte sie früh gelernt, wenn es um Zeugenbefragung ging.
Diskret klopfte sie an die Tür, bereit, wenn nötig, ein gebührendes polizeiliches Pochen anzuschließen. Doch die Tür wurde im nächsten Augenblick geöffnet. Zum Vorschein kam eine junge Frau, die sie mit dem gleichen unfreundlichen Gesichtsausdruck anstarrte wie das Kind an der Eingangstür und auch dessen Worte wiederholte: »Wer sind Sie?«

»Detective Constable Novello«, sagte sie und ließ ihren Ausweis aufblitzen. »Entschuldigen Sie die Störung. Ich kann verstehen, dass Sie sich nach einem solchen Schock etwas ausruhen wollen, aber es ist wichtig, dass wir möglichst schnell mit den Zeugen reden.«

»Ja, gut. Aber ich hab mich nicht ausgeruht«, sagte Charlotte brüsk. Sie zögerte kurz, bevor sie fortfuhr: »Kommen Sie rein!«

Vielleicht, ging Novello durch den Kopf, hatte sie überlegt, ob sie nach unten gehen sollte, doch dann würden ihr die besorgten Gastgeber auf die Pelle rücken. Möglicherweise hatte sie etwas zu erzählen, was diese nicht hören sollten.

Keines der beiden Doppelbetten war zerknittert, was darauf hinwies, dass sie die Wahrheit gesagt hatte. Auf dem Toilettentisch stand ein geöffneter Laptop. Die Frau klappte den Deckel zu und bedeutete Novello mit einem Nicken, auf einem der Stühle Platz zu nehmen, während sie sich auf das Bett daneben setzte.

»Gut, Miss Heywood«, sagte Novello. »Charlotte, nicht wahr?«

»Ja. Und Sie heißen Shirley, nicht wahr?«

»Richtig«, sagte Novello. Musste eine ganz Schnelle sein, wenn sie in diesem kurzen Augenblick den Namen auf ihrem Ausweis erfasst hatte. Lieber also zunächst bei Miss Heywood bleiben. »Fangen wir ganz von vorn an. Sie sind hier nur zu Besuch, richtig? Können Sie mir Ihre Adresse geben, falls wir Sie später noch mal kontaktieren wollen und Sie dann nicht mehr hier sind?«

Charley gab sie ihr.

»Gar nicht so weit von hier«, sagte Novello.

»Heute kommt es mir verdammt weit vor«, sagte Charley.

»Kann ich verstehen.«

Die beiden Frauen sahen sich an. Novello erfasste eine nicht unattraktive junge Frau, mit kantigem Kinn und vollen kasta-

nienbraunen Haaren. Sie hatte genügend Make-up aufgetragen, um das Kinn etwas zurückzunehmen und die intelligenten braunen Augen zu betonen. Gut ausgebildete Schultern, die auf Hanteltraining oder Langstreckenschwimmen hindeuteten; hübsche Figur, würde aufpassen müssen, wenn die jugendlichen Aktivitäten im Wohlleben der mittleren Jahre zum Stillstand kamen, sonst würde sie wie ein Hefeteig auseinandergehen.
Charley sah eine stämmige Frau mit kurzen, ungekämmten schwarzen Haaren, breitem Mund, wachsamen grauen Augen, ohne eine Spur von Make-up, die ein weites, grau-weißes Top trug, beige Tarnhosen und schwarze Turnschuhe.
Eine Lesbe?, fragte sie sich. Vielleicht hätte sie doch nach unten gehen sollen!
»Die Parkers ... Sie sind mit ihnen befreundet?«, fragte Novello.
»Ich denke doch. Warum?«
»Na ja, Sie sind nicht in ihrem Alter. Deshalb frage ich mich ...«
»Ja? Wird man von der Polizei per se wegen seines Alters und wegen alles anderem auch diskriminiert?«
Novello lächelte, was ihr Gesicht kurz völlig veränderte.
»Studentin«, sagte sie. »Entweder noch dabei oder gerade den Abschluss gemacht, richtig?«
»Wie kommen Sie darauf?«
»Wenn man eine Taste drückt und ein Twix bekommt, weiß man, dass man es mit einem Schokoriegel-Automaten zu tun hat«, sagte Novello, erneut lächelnd.
Diesmal erwiderte Charley das Lächeln.
»Okay, Sie haben recht.«
»Was studieren Sie?«
»Psychologie.«
»Oh. Dann muss ich aufpassen.«
»Das Gefühl beruht auf Gegenseitigkeit.«

Die Atmosphäre entspannte sich. Beide bemerkten es, und beide bemerkten, dass es die jeweils andere bemerkte.

»Hören Sie, es tut mir leid, wenn ich Sie auffordere, sich wieder das Barbecue ins Gedächtnis zu rufen, aber ich brauche eine Zeugenaussage, und nach allem, was ich gehört habe, waren Sie als eine der Ersten am Tatort. Aber fangen Sie nicht da an, beginnen Sie mit Ihrer Ankunft in der Hall, erzählen Sie mir alles, woran Sie sich erinnern können, an die Leute, Ereignisse – egal, wie banal sie scheinen mögen –, Zeitpunkte.«

Charley erhob sich vom Bett und ging ans Fenster. Der Abendhimmel wirkte nach dem Gewitter wie frisch gewaschen, und obwohl der Wind immer noch stark genug war, um den Wellen weiße Kronen aufzusetzen, schienen sie der Küste jetzt eher entgegenzutanzen und nicht mehr wie eine Invasionsarmee heranzurollen.

»Das Fest fing so um zwei Uhr an«, sagte sie. »Komische Zeit, weder Mittag- noch Abendessen, aber gegen Ende August kann es nach fünf Uhr schon kühl werden, und es mag keiner, wenn dann alle um den Grill stehen müssen, um warm zu werden …«

Ihre Stimme verlor sich. Novello dachte, es läge daran, dass sie wieder an das Bild der toten Frau im Grill denken musste, doch als Charley sich ihr wieder zuwandte, zeigte sich in ihrer Miene nicht Schmerz, sondern Verwirrung.

»Es klingt blöd«, sagte sie. »Ich bemühe mich wirklich, aber ich kann mich kaum noch an was erinnern. Verrückt. Ich bin danach hierhergekommen – Mary wollte die Kinder so schnell wie möglich fortschaffen; kann man ihr nicht verdenken –, und nachdem wir sie hier hatten, bin ich sofort hoch, hab mich an meinen Laptop gesetzt und meiner Schwester eine Mail geschrieben, ich musste einfach mit jemandem reden, nicht reden, Sie verstehen schon, sondern es loswerden, bei jemandem, der mir nahesteht. Cass, das ist meine Schwester, wir haben uns immer alles erzählt, als wir noch klein waren, das machen wir immer noch, obwohl sie jetzt als Krankenschwester in Afrika arbeitet. Also habe ich alles rausgelassen, das war es wahrscheinlich, ich habe alles rausgelassen und bin es losgeworden, und jetzt ist es nicht mehr in meinem Kopf! Klingt das verrückt?«

»Sie sind die Psychologin«, sagte Novello. »Aber es spielt keine Rolle. Wenn Sie alles in Ihrer Mail aufgeschrieben haben, dann müssen wir doch nur die Mail lesen.«

Die scharfen braunen Augen sahen sie eindringlich an. »*Wir?*«, sagte die Frau in einem so kalten Ton, dass sich Novello unweigerlich fragte, ob das eine gute Idee gewesen war.

»Tut mir leid«, sagte sie und hob entschuldigend die Arme. »Wollte nicht in Ihrer Privatsphäre rumschnüffeln. Ich meine nur, Sie könnten die Mail ja noch mal lesen, oder? Das Gedächtnis auffrischen.«

»Ja, das könnte ich.«

Novello erhob sich, damit sich Charley an den Toilettentisch setzen konnte. Sie klappte den Laptop-Deckel hoch und rief die Liste der versandten E-Mails auf. Novello erfasste sofort, dass die meisten an cassie@natterjack.com adressiert waren. Charlotte klickte auf die letzte in der Reihe, betrachtete sie einen Augenblick und stand dann auf.

»Wie dumm von mir«, sagte sie. »Die arme Frau ist tot, und ich sorge mich um den Schutz meiner Privatsphäre. Hier, lesen Sie selbst. Ist sowieso besser, dann sehen Sie auch gleich die Lücken, die Sie gern gefüllt hätten.«

»Sie sind sich sicher?«, sagte Novello, während sie bereits auf den Stuhl glitt.

Sie las schnell. »Wow«, sagte sie dann.

»Was?«

»Die beiden, die in der Höhle vögeln. Das sind …«

»Teddy Denham, das heißt Sir Edward, Lady D.s Neffe. Und Clara Brereton, ihre Cousine zweiten Grades, die in der Hall wohnt. Sie müssen doch da nicht nachgraben, oder?«

Sie klang alarmiert.
»Nicht, wenn es nicht relevant ist«, versicherte ihr Novello, die sich insgeheim dachte: *Zwei enge Verwandte mit einer engen Beziehung? Mal abwarten, bis wir das Testament sehen!* Noch etwas hatte ihre Aufmerksamkeit erregt.
»Dieser Typ im Rollstuhl, Franny Roote. Ist das ein Einheimischer?«
»Nein, bestimmt nicht, obwohl er schon eine ganze Weile hier zu wohnen scheint. Ich nehme an, er wurde im Avalon behandelt, das ist die Klinik außerhalb der Stadt.«
Franny Roote. Novello erinnerte sich an einen Franny Roote – Pascoes Franny Roote, wie sie ihn nannte. War das dieser Kerl hier? Und wusste der DCI, dass er sich in Sandytown aufhielt? Konnte hübsche Pluspunkte geben, wenn sie die Neuigkeiten überbrachte. Andererseits musste der Name auch auf der Gästeliste auftauchen, die sich in Wields Besitz befand, und seinen scharfen Augen dürfte der Name kaum entgangen sein. Wie auch immer, könnte natürlich auch sein, dass Pascoe Rootes Anwesenheit als schlechte Neuigkeit aufnahm, für deren Übermittlung man dann keinen Preis gewann.
Sie stellte noch wesentlich mehr Fragen und machte sich Notizen. Dabei erfuhr sie, wie Heywood nach Sandytown gekommen war, und erkannte, dass die Geisteshaltung, die die Frau zum Psychologiestudium bewogen hatte, sie auch zu einer scharfen und etwas vorwitzigen Beobachterin menschlichen Verhaltens machte. Vielleicht aber, überlegte sie, beobachtete sie nicht nur, sondern zeichnete auch alles auf?
»Charley«, sagte sie, »... was dagegen, wenn ich Sie Charley nenne?«
»Wenn ich Sie dann Shirl nennen darf?«
»Aber nur, wenn Sie es mit aufgeplatzter Lippe aussprechen können.«
Beide lachten, dann fuhr Novello fort: »Mir fiel unweigerlich

auf, dass Sie ziemlich viele Mails an Ihre Schwester geschrieben haben. Ich nehme an, Sie haben ihr Ihre Eindrücke von diesem Ort mitgeteilt, richtig?«
»Das ist richtig.«
»Wäre es möglich, diese früheren Nachrichten zu sehen? Mir scheint, Ihnen entgeht nicht viel, vielleicht findet sich ja etwas, was uns helfen könnte. Egal, wie viele Fragen wir stellen, wir werden nie das erfahren, was ein Insider weiß.«
Charley schüttelte vehement den Kopf.
»Da stehen private Dinge drin. Die nicht nur mich betreffen, sondern auch meine Schwester.«
»Ich verstehe«, sagte Novello. »Sie könnten ja die Mails ausdrucken und mit einem Marker die Stellen, die Sie für sich behalten wollen, schwärzen. Ich würde nicht fragen, wenn Sie nicht – nach allem, was ich gesehen habe – ein Talent hätten, die Dinge zu erfassen. Außerdem haben Sie eine nette Art, sich auszudrücken.«
»Sie meinen, ich bin neugierig und geschwätzig?«, sagte Charley.
»Genau«, erwiderte Novello. »So wie ich. Nur fehlt mir das Latein, deswegen bin ich Polizistin geworden statt Psychologin.«
Sie sah, dass sie fast am Ziel war, und war klug genug, nicht weiter zu drängen.
Zögernd sagte Charley: »Und Sie werden die Einzige sein, die das liest?«
Novello lächelte beruhigend. »Sie können sich auf mich verlassen. Natürlich muss ich die Stellen, die mir als sachdienlich erscheinen, an meinen Boss weiterleiten. Ich meine, ansonsten hätte es ja keinen Sinn, oder? Wahrscheinlich wird es nicht nötig sein, aber in so ernsten Fällen wie diesem müssen wir jeder Eventualität nachgehen.«
Sollte die Kirche jemals Frauen als Priesterinnen zulassen, wäre sie die Erste, die sich bei den Jesuiten bewerben würde.

»Okay«, sagte die Frau schnell entschlossen. »Tom hat in seinem Arbeitszimmer einen Drucker … Ich bin mir sicher, er hat nichts dagegen, wenn ich ihn mal benutze …«
»Großartig! Ich bringe derweilen schon mal meine Notizen in Ordnung. Mein Sergeant hat es gern, wenn alles geschniegelt und gebügelt ist, sonst schickt er einen ohne Abendessen ins Bett.«
Was natürlich eine üble Verleumdung von Edgar Wield war. Aber sie hatte ihn in der Turnhalle Gewichte stemmen sehen, bei deren Anblick allein ihr das Wasser in die Augen getreten war; seine Schultern waren also breit genug, um das auszuhalten.

3

Hat Bowlers Lächeln war keineswegs der subtile Versuch, Novello auf eine falsche Fährte zu locken, wie diese geargwöhnt hatte.

Er war als erster der drei DC in Sandytown Hall eingetroffen. Wield, der aussah, als wäre er bereits seit Stunden hier, war mit der Einrichtung der Einsatzzentrale beschäftigt. Er wies den Neuankömmling in seiner gewohnt knappen und prägnanten Art ein und schickte ihn dann ins Haupthaus, um die Gästeliste zu besorgen, die Miss Brereton, Gesellschafterin und Cousine zweiten Grades des Opfers, ausdruckte.

»Und behandle sie schonend, Bursche«, sagte der Sergeant. »Sie war als Erste am Tatort. Mr. Pascoe wird mit ihr reden wollen, wenn er eintrifft. Ich habe sie gebeten, einen vollständigen Bericht über das Fest zu erstellen, über die Vorgänge davor und so weiter. Sieh nach, wie sie damit zurechtkommt, und sag ihr, ich bin vor allem an der Reihenfolge interessiert, in der die Gäste eingetroffen sind, die genauen Zeiten.«

»Was Bestimmtem auf der Spur, Sarge?«, fragte Bowler mit Feuereifer.

»Dumme Frage. Ich bin seit zwei Minuten hier. Ich will nur, dass das Mädel beschäftigt ist. Wenn sie nichts zu tun hat, wird sie wahrscheinlich zusammenklappen, und dann nützt sie keinem mehr von uns.«

Kam es ihm nur so vor, fragte sich der junge DC, als er ging, oder fuhren Wield und der DCI eine härtere Schiene, seitdem der Super fort war?

Zu seiner Erleichterung schien Miss Brereton keineswegs kurz vor dem Zusammenklappen zu stehen. Was er als Anzeichen ihres Schmerzes hielt – dunkle Schatten unter den Augen, zerzauste Haarsträhnen, die ihr über die blassen Wangen fielen –, akzentuierte nur ihre Schönheit. Eingedenk Wields Warnung und aus Sorge, sein Mitgefühl könnte die von ihr errichteten Barrieren zum Einsturz bringen, trug er die Botschaft des Sergeants eher brüsk vor, erhielt die Liste, betrachtete sie, sah, dass eine Reihe von Parkers am Anfang stand, und sagte: »Also nicht in alphabetischer Reihenfolge?«

»Nein. Mr. Wield sagte, er möchte sie in der ursprünglichen Reihenfolge, so, wie ich die Liste mit meiner ... mit Lady ...« Ihre Stimme brach, worauf er schnell hinzufügte: »Also in der Reihenfolge der Priorität? Diese Parkers müssen sehr wichtig sein.«

Sein Ablenkungsmanöver funktionierte. Ihr entging nicht viel, wie er feststellte, und als er zu Wield zurückkehrte, wusste er ziemlich gut Bescheid über die Beziehung der einzelnen Parkers zur toten Lady. Er teilte Wield die wesentlichen Punkte mit, sah aber keinen Grund, der noch reduzierteren Zusammenfassung des Sergeants irgendetwas hinzuzufügen, als dieser DC Seymour instruierte, die Zeugenbefragung zu organisieren. Hat verstand, warum sich Novello für die ortsansässigen Parkers entschied, und es missfiel ihm ganz und gar nicht, dass er mit den Besuchern vorliebnehmen musste. Er haderte nicht mit seiner Wahl. Clara Brereton hatte angedeutet, dass Sidney, der im Hotel abgestiegen war, als eine Art Finanzberater für Lady Denham fungierte. Die Schwester hatte sie nur einmal in der Seaview Terrace getroffen, und über sie wusste sie lediglich zu sagen – ohne es unverblümt auszusprechen –, dass sie wohl ziemlich seltsam war.

Also kein Problem für einen aufgeweckten jungen Detective. Seltsamkeiten waren manchmal ein ausreichendes Motiv für einen Mord, allerdings war es eben das Geld, das die Welt am Laufen hielt.

Auf dem Weg zum Brereton Manor Hotel waren seine Gedanken ganz allein auf die vor ihm liegende Aufgabe konzen-

triert. Als er jedoch auf den Parkplatz einbog, verschwamm sein Fokus, hatte er doch eine Vision von atemberaubender Schönheit.
Vor ihm, wie ein Paradiesvogel in einer Krähenkolonie, stand ein leuchtend rotes Maserati-Coupé, das gut und gern seine sechzigtausend wert war – und scheiß auf die Emissionen.
Es war geradezu ein Sakrileg, seinen blauen Suzuki Swift daneben abzustellen.
Vor noch gar nicht so langer Zeit hatte Bowler einen heißgeliebten MG in der nahezu gleichen Farbe wie der des Maserati gefahren. Der Wagen hatte einen Unfall gehabt, und nach der Reparatur hatte sich der Wagen nicht mehr wie zuvor angefühlt. Aber vielleicht hatte nur er sich nicht mehr wie zuvor angefühlt. Dann hatte Wield vorgeschlagen, jemand in seinem Gewerbe wäre vielleicht ganz gut beraten, einen etwas weniger auffälligen Wagen zu fahren, was ihm seltsam vorgekommen war, röhrte der Sergeant doch auf einer alten Triumph Thunderbird durch die Stadt. Aber er wollte es nicht auf eine Diskussion ankommen lassen. Der Swift war ein Kompromiss gewesen, ein hübscher kleiner Wagen, vernünftige Fahreigenschaften, der kaum Aufmerksamkeit auf sich zog.
Jetzt aber …
Er stieg aus und ging langsam um das wunderschöne rote Wesen herum, ergötzte sich an den eleganten Linien, der Form gewordenen Kraft, bevor er vor der Frontpartie stehen blieb.
So versunken war er, dass er zusammenzuckte, als eine Stimme sagte: »Gefällt Ihnen der Wagen, oder überprüfen Sie nur meine Steuerplakette?«
Er drehte sich um. Der Mann vor ihm, in den Dreißigern, trug die Art von Sweatshirt und Freizeithose, die zu teuer waren, um ein sichtbares Designer-Label zu benötigen; kein Möchtegern, der nur protzen wollte, sondern jemand, der die selbstsichere Gelassenheit eines Mannes ausstrahlte, dem es in die Wiege gelegt war, einen Maserati zu fahren.

Die Anspielung auf die Steuerplakette ließ Hat kurz glauben, der andere sei geblitzt worden, doch das Lächeln auf seinem Gesicht war nicht das Lächeln, das die Leute sonst Polizisten zukommen ließen.

»Er ist toll«, sagte er. »Wie fährt er sich?«

»Wie ein Traum. Elektronische Schwingungsdämpfung, Paddle-Schaltung, Leistung im Überschuss. Ich hab ihn mal auf zweihundertfünfzig hochgejagt, und da waren noch genügend Leistungsreserven. Wollen Sie einen Blick ins Innere werfen?«

Es war verführerisch, aber es stand Arbeit an. Außerdem hatte der Kerl bereits einen Verstoß gegen die Verkehrsordnung zugegeben, und er hatte keine Lust, ihn zu noch mehr anzustacheln.

»Liebend gern«, sagte er, »aber dafür fehlt mir im Moment die Zeit. Danke.«

Er machte sich auf den Weg ins Hotel. Der Mann begleitete ihn. »Wollen Sie hier übernachten? Wenn Sie später mal Zeit haben und ich zufällig hier bin, kommen Sie einfach vorbei. Übrigens, Sidney Parker mein Name.«

Er streckte ihm die Hand hin.

O Scheiße, dachte Hat.

Der Ausruf galt einzig und allein sich selbst und seiner stillschweigenden Annahme – denn er hatte sich auf einen Provinzbuchhalter eingestellt, nicht auf den nächsten James Bond. Statt ihm die Hand zu geben, fasste er in die Tasche und zückte seinen Ausweis.

»Mr. Parker«, sagte er, »ich bin Ihretwegen hier. Detective Constable Bowler, Mid-Yorkshire CID. Tut mir leid. Ich wusste nicht, dass Sie es sind.«

Das Lächeln flackerte keine Millisekunde, auch zog er nicht die Hand zurück, die Hat nun doch ergriff.

»Kein Grund, sich zu entschuldigen«, sagte Parker. »Ich habe Sie auch nicht für einen Polizisten gehalten. Muss ganz nützlich sein bei Ihrer Arbeit.«

Dann wurde seine Miene ernst, und er fuhr fort: »Es geht sicherlich um die schrecklichen Ereignisse in der Hall, nicht wahr?«

»Richtig, Sir. Nur ein paar Fragen.«

»Natürlich. Gehen wir rein. Auf mein Zimmer, wenn Sie nichts dagegen haben, dort sind wir ungestört.«

Einige Minuten später saßen sie in Parkers Zimmer, das sich als luxuriöse Suite herausstellte, die doppelt so groß war wie Hats gesamte Wohnung.

»Also, was machen Sie beruflich, Mr. Parker?«, fragte Hat und sah sich um.

»Sie meinen, was muss man tun, um einen Wagen wie diesen zu fahren und in solchen Hotelzimmern abzusteigen?«, sagte Parker erneut lächelnd.

»Nur fürs Protokoll, Sir«, sagte Hat. Er wollte es so formell wie möglich halten.

»Ich arbeite für Harpagon in der Londoner City. Hier, meine geschäftliche und meine private Visitenkarte. Nur fürs Protokoll.«

»Harpagon«, wiederholte Hat und betrachtete die Karte, die außer dem Namen und der Adresse keinerlei weitere Informationen preisgab. »Hier steht nicht, was Sie machen.«

»Pardon. Man rechnet nicht damit, dass wir Visitenkarten an Personen verteilen, die uns nicht kennen. Wir sind ein Finanzkonzern. Stellen Sie sich uns einfach als eine Privatbank vor …«

»Ja. Und Sie sind aus geschäftlichen oder aus privaten Gründen in Sandytown?«

»Ein wenig wohl von beidem. Für mich sind es heimatliche Gefilde – die Parkers leben seit langem hier –, ich komme also gern hierher, wenn immer es meine Zeit erlaubt, um meinen Bruder Tom und seine Familie im Kyoto-Haus zu besuchen. Es gibt jedoch auch einen geschäftlichen Grund, da ich als Finanzberater für Tom tätig bin. Und für Lady Denham. Sowie für sie gemeinsam in ihrer Rolle als Begründer des Sandytown-Entwicklungskonsortiums. Aber ein intelligenter junger Detective wie Sie wird das sicherlich bereits alles wissen.« Dabei zeigte er ein dermaßen einnehmendes Lächeln, dass Hat nicht umhinkam, es zu erwidern.

»Beruht diese Beratertätigkeit auf einer privaten Vereinbarung, Sir, oder fungieren Sie hier als Angestellter von Harpagon?«, fragte er förmlich.

»Sie beruht eher auf einer *persönlichen* Vereinbarung. Das ist nichts, auf das sich Harpagon sonst einlässt – für sie wäre es nur Kleinkram –, aber natürlich halte ich meinen Arbeitgeber über meine Aktivitäten auf dem Laufenden, und man hat nichts dagegen, wenn ich dafür meine beruflichen Quellen und Kontakte nütze.«

Hat war sich nicht klar, ob das eine Antwort auf seine Frage war.

»Und deshalb wurden Sie auch zum Barbecue eingeladen?«

»Zum Teil, nehme ich an. Doch selbst ohne die geschäftliche Beziehung hätte mir die Tatsache, dass ich Toms Bruder bin und unsere Familie schon lange in dieser Gegend ansässig ist, wahrscheinlich eine Einladung eingetragen – das heißt, falls ich gerade hier sein sollte. Ich bewundere Ihre Gründlichkeit, Mr. Bowler, verstehe allerdings nicht recht, was das alles mit Ihren Ermittlungen in dieser fürchterlichen Sache zu tun haben soll.«

Hat sah zu der eleganten Person, die entspannt auf dem tiefen Sofa saß, in der Hand ein langes Glas mit einer perlenden Flüssigkeit. Er selbst saß auf der äußersten Kante eines Armsessels, der vielleicht ganz bequem sein könnte, wenn er sich nur zurücklehnen würde. Ein Getränk hatte er ebenfalls abgelehnt. Dalziel an seiner Stelle hätte mittlerweile mindestens zwei davon hinuntergekippt und würde ausgestreckt auf dem Sofa liegen. Bei Pascoe und Wield war er sich nicht so sicher. Spielte keine Rolle. Er hatte es auf die harte Tour gelernt, dass

DCs vorsichtig auftreten mussten, wollten sie nicht sang- und klanglos untergehen. Wenn er erst einmal den Dienstgrad erreicht hatte, der Exzentrizitäten zuließ, dann war dafür noch immer genügend Zeit.

»Möchte mir nur über einige Dinge klarwerden, Sir. Wenn Sie mir jetzt erzählen könnten, was sich beim Barbecue zugetragen hat, soweit Sie sich daran erinnern können.«

Zwanzig Minuten später war er damit fertig. Sidney Parkers Darstellung des Festes war klar und prägnant. Nichts davon würde ihnen bei den Ermittlungen weiterhelfen, soweit Hat es beurteilen konnte. Als er Lady Denham zum letzten Mal gesehen hatte, war es erst halb drei gewesen.

»Danach haben sich unsere Wege nicht mehr gekreuzt«, sagte er. »Von Zeit zu Zeit habe ich noch irgendwo ihre dröhnende Stimme gehört – sie hat ... sie hatte eine sehr eindringliche Art zu sprechen –, aber beschwören möchte ich das nicht. Wenn Sie mehr erfahren wollen, was sie während des Festes im Einzelnen gemacht hat, rate ich Ihnen, mit Dr. Feldenhammer vom Avalon zu sprechen.«

»Warum ausgerechnet mit Dr. Feldenhammer?«, fragte Hat.

Wieder ein Lächeln, diesmal aber flüchtig, verstohlen, möglicherweise sogar ein wenig maliziös?

»Sie fühlte sich, denke ich, stark zu ihm hingezogen«, sagte er und beobachtete dabei eindringlich den jungen Mann.

»Hingezogen? Sie meinen ...?« Hat suchte nach dem Wort. Parker lachte.

»Ich fürchte, Sie hegen kleinliche Vorurteile, Constable Bowler. Lady D. mochte in Ihren Augen ein Oldie gewesen sein, aber sie war noch lange kein, wie sagt man so schön, Grufti. Sondern eine Dame mit ausgeprägten, nun ja, Gelüsten. Aber das alles weiß ich nur vom Hörensagen, nicht aus eigener Erfahrung. Wenn Sie sich darüber ein eigenes Urteil bilden wollen, müssen Sie mit anderen reden.«

Zur Familie und den Finanzen können wir also noch Sex hinzufügen, dachte Hat. Falls Parker den Sex nicht lediglich zur Ablenkung ins Spiel gebracht hatte.

»Als ihr Finanzberater«, sagte er, »können Sie da sagen, wie viel sie so auf der hohen Kante hatte? Ich meine, nur ganz allgemein. War sie reich? Sehr reich?«

»Das hängt ganz von den Kreisen ab, in denen Sie sich bewegen«, sagte Parker. »In der City hätte sie wohl als wohlsituiert gegolten. In Sandytown als stinkreich.«

»Hat sie jemals angedeutet, wer nach ihrem Tod ihr Vermögen bekommt?«, fuhr Hat fort.

»Leider nein. Und wenn, dann hätte ich es nur mit Vorbehalt zur Kenntnis genommen. Sie war niemand, dem es Spaß gemacht hat, Geld auszugeben. Also musste sie sich auf die anderen Vergnügungen konzentrieren, die Geld zu bieten hat.«

»Die sind?«

»Im Grunde sind es zwei. Zum einen Spenden zu wohltätigen Zwecken. Das, darf ich Ihnen versichern, stand auf Daphnes Prioritätenliste nicht sehr weit oben. Gerüchten zufolge soll sie am Volkstrauertag immer die Mohnblume getragen haben, die ihr Vater 1920 gekauft hat.«

»Und das Zweite?«

»Ihr nahestehende Menschen zu zwingen, sich zum Affen zu machen, weil sie dann hoffen durften, ihr Vermögen zu erben. Dazu gehört natürlich, dass man sie über die eigenen Absichten im Unklaren lässt. Ich meine, wenn man weiß, dass man definitiv nicht im Testament steht, warum sollte man sich dann noch zum Affen machen?«

»Sie haben also keine Ahnung, wer der Nutznießer ist?«

»Nun, es ist allgemein bekannt – schließlich steht es so im Testament ihres ersten Mannes Howard alias Hog Hollis –, dass ihr Schwager aus dieser Ehe, Harold alias Hen Hollis, Millstone bekommen wird, den Bauernhof der Hollis'.«

»Harold Hollis, sagen Sie?«, kam es von Hat, der seine Liste überflog. »Warum wird er Hen genannt?«

»Er warf sich auf die Geflügelzucht, während sein Bruder Schweine vorzog. Daher Hen und Hog.«
»Ich hab einen Alan Hollis auf meiner Liste, aber keinen Harold.«
»Alan ist Wirt des Hope and Anchor in der Stadt. Gehört ebenfalls zur Familie, war aber so schlau, es sich mit Daphne nicht zu verderben. Anders als Hen. Er und Lady D. konnten sich absolut nicht ausstehen.«
»Sie kamen also nicht miteinander aus. Und er profitiert auf jeden Fall von ihrem Tod …«
Er hatte die Worte nicht laut aussprechen wollen, und schon gar nicht mit diesem Eifer, aber sie waren ihm nun mal herausgerutscht. Parker lächelte breit.
»Jugendliches Ungestüm«, sagte er. »Wäre schön, wenn sich herausstellen würde, dass es so einfach wäre, nicht wahr, Mr. Bowler? Ich hoffe Ihretwegen, dass dem so sei.«
Hat runzelte die Stirn und versuchte die Situation zu retten, indem er ernst sagte: »Eine letzte Frage, Mr. Parker. Warum haben Sie die Hall so früh verlassen?«
»Ich habe schon vor der … *Entdeckung* beschlossen, dass es Zeit zum Aufbruch wäre. Ich fragte alle, wo ich Lady Denham finden könnte, um ihr meinen Dank auszusprechen, als der Aufruhr losbrach und meine Frage beantwortet wurde. Natürlich war ich wie alle anderen schockiert und entsetzt, aber mir wurde sehr schnell klar, dass es für mich nichts zu tun gab. Andere gingen ebenfalls. Ich sah keinen Grund, mich ihnen nicht anzuschließen. Um Ihnen die Wahrheit zu sagen, ich hatte das Gefühl, je weiter ich Sandytown Hall hinter mir lasse, umso besser.«
»Aber sehr weit sind Sie nicht gekommen«, unterbrach Hat. »Etwa drei Kilometer.«
»Wenn Sie es denn wörtlich nehmen wollen«, erwiderte Parker stirnrunzelnd. »Ich wollte der Atmosphäre dort entfliehen. Außerdem konnte ich mich kaum weiter entfernen, nicht,

wenn ich wusste, dass jemand wie Sie irgendwann aufkreuzen wird, um mich zu befragen.«

»Sehr verantwortungsbewusst«, sagte Hat.

Es kam etwas spöttisch rüber.

»Ja, nicht wahr?«, sagte Parker. »Sagen Sie mir, Mr. Bowler, haben Sie draußen auf dem Parkplatz wirklich nicht gewusst, wer ich bin?«

»Nein. Woher sollte ich?«

»Ihr Interesse am Maserati war also ehrlich?«

»O ja. Sehr sogar.«

»Dann gilt mein Angebot noch, dass Sie einen Blick ins Innere oder unter die Motorhaube werfen können. Und falls Sie, bevor Sie fahren, noch eine kleine Spritztour machen wollen …? Apropos, ich sollte Ihnen noch sagen, als ich die zweihundertfünfzig fuhr, befand ich mich auf der Rennstrecke von Brand's Hatch. Ein Freund von mir hat das eingefädelt.«

Klar, dachte sich Hat. Viele Freunde, die viel einfädeln konnten. »Nein, das geht nicht, Sir«, sagte er. »Ich habe zu tun. Tut mir leid.«

»Natürlich. Wie dumm von mir. Sie werden sich die Hacken wund laufen. Aber falls Sie sich in den kommenden Tagen mal eine kurze Pause gönnen können, zögern Sie nicht, sich bei mir zu melden.«

»Nein, Sir. Wir zögern nie, uns zu melden«, sagte Hat.

Dann, nachdem ihm das ein wenig zu scharf erschien, grinste er und sagte: »Aber es wäre schön. Falls ich Zeit habe.«

»Gut«, sagte Parker und erhob sich. »Mr. Bowler, es war schön, Sie kennenzulernen.«

Wieder streckte er ihm die Hand hin.

Diesmal ergriff Hat sie, ohne zu zögern.

Auf dem Weg nach draußen blieb er an der Rezeption stehen. Die junge Frau hatte natürlich bereits vom Mord gehört. Ihre Augen funkelten vor Aufregung, als er ihr seinen Ausweis hinhielt.

Hat beugte sich über die Rezeption. »Sie stammen hier aus der Gegend, oder?«

»Ja. Warum?«

»Wenn Sie eine von diesen Polinnen oder Tschechinnen wären, die in Hotels arbeiten, könnten Sie mir nicht weiterhelfen. Sie sind wirklich hier aus der Gegend? Ich meine, Sie kommen mir ein wenig exotisch vor, mit diesen hohen Wangenknochen und Ihrer tollen Figur …«

Das Mädchen lachte. »Nett von Ihnen, dass Ihnen das auffällt, aber meine Familie lebt hier schon seit Jahrhunderten, sagt jedenfalls meine Großmutter.«

»Dann sind Sie die Richtige für mich. Ein Typ namens Hen Hollis, wo wohnt der denn?«

4

Dennis Seymour fuhr langsam die Seaview Terrace entlang.

Hübsch, dachte er sich. Schmale edwardinische Häuser, jeweils mit einem großen Erkerfenster versehen, netter Blick aufs Meer, nur kurz über die Straße (eine Sackgasse) und über eine niedrige Mauer, und schon war man am Strand – genau das Richtige für Bernadette und die Zwillinge. Wie viel sie in der Saison dafür verlangten? Vielleicht nicht ganz professionell, wenn man solche Dinge bei einer Zeugenbefragung anschnitt, aber es kostete ja nichts, später mal nachzufragen.

Er hatte das Gerangel seiner jüngeren Kollegen mit leisem Amüsement verfolgt. Früher hatte er sich ebenfalls in der Hahnenkampfarena aufgeplustert und nach den anderen gepickt, aber diese Zeiten waren vorbei. Er hatte sich längst damit abgefunden, dass das, was er hatte, alles war, was er je bekommen würde. Doch wie sollte er unglücklich darüber sein, wenn dazu eben seine wunderbaren Zwillingstöchter und seine tolle Frau gehörten, deren feuriges irisches Temperament hervorragend zu seinem gelassenen, gleichmütigen Wesen passte? Auch finanziell gab es keine Probleme. Dank Bernadettes Job als Geschäftsführerin des Restaurants im größten Kaufhaus der Stadt hatte die Familie mehr als genug, um über die Runden zu kommen.

Sollten also Novello und Bowler spitzfindigen Indizien nachjagen, die den ganzen Fall aufdröseln würden. Seymour war mehr als zufrieden, hier am Strand zu sein, um die wunderliche Schwester zu befragen.

Die Tür wurde von einer kleinen, hübsch verpackten Frau geöffnet, die mit scharfen Äuglein seinen Ausweis inspizierte, sich als Diana Parker zu erkennen gab und sagte: »Treten Sie doch bitte ein. Das ist eine schreckliche Sache, eine ganz schreckliche Sache. Sie hat jeden ganz durcheinandergebracht. Es war ja abzusehen, dass alles durcheinandergeriet, weil sich niemand imstande sah, ordnend einzugreifen, ich wäre ja in der Hall geblieben und hätte meine Dienste angeboten, aber meine Konstitution ist von sehr feinfühliger Natur und wird von jedem Schock und jeder gewalttätigen Wendung der Ereignisse sofort aus dem Gleichgewicht gebracht, was gravierende und lang anhaltende körperliche Folgen nach sich zieht. Ich musste sofort zurückkommen, in Griffweite meiner Medikamente. Fast hätte ich es nicht geschafft, glücklicherweise war meine Freundin, Mrs. Griffiths, an meiner Seite und bot mir ihre Unterstützung an. Hier ist sie. Sandy, das ist Detective Constable Seymour, er ist gekommen, um mich als Zeugin der schrecklichen Ereignisse in Sandytown Hall zu befragen.«

Dieser rasende Wortschwall, der ihr umgehend zu einer Stelle als Ansagerin bei Five Live hätte verhelfen können, ergoss sich in den Raum zwischen der Tür und dem gemütlichen Wohnzimmer, in dem eine gutgebaute Frau mit kräftigen Gesichtszügen und kurzen, gelockten schwarzen Haaren an einem offenen Schiebefenster stand und eine Zigarette rauchte. Sie nahm einen letzten Zug, schnippte den Stummel durch das offene Fenster, drehte sich um und begrüßte Seymour mit einem schroffen Nicken.

Diana Parker ging zum Fenster und zog es mit einem heftigen Knall herunter.

»Der Durchzug bringt einen um«, sagte sie anklagend.

Seymour konnte sich gerade noch zurückhalten, nicht mit einem schnippischen *Aber nicht im Fall von Lady Denham* zu antworten, sondern sagte: »Was dagegen, wenn ich mich setze? Danke. Nun, besonders interessieren mich die Gespräche, die Sie beide mit der Verschiedenen, mit Lady Denham, geführt, und wann Sie sie im Lauf des Festes gesehen haben.«

Und Diana legte los.
Seymour merkte schnell, dass eine dezidierte Befragung unmöglich war. Er konnte nur mit gezücktem Stift dasitzen und versuchen, die potenziell wichtigen Fakten aufzuschnappen, während sie vorüberflogen.
Was er auf seinem Notizblock unterstrich, war Dianas Versicherung, am Nachmittag gesehen zu haben, dass Lady Denham mit einem der Gäste eine Auseinandersetzung gehabt hatte.
»Sein Name lautet Godley – er ist ein Heiler –, mein Bruder hat uns zuvor schon bekannt gemacht. Der liebe Tom meint, Mr. Godley könnte vielleicht in der Lage sein, einige meiner chronischen Symptome zu lindern – was ich mit Bestimmtheit bezweifle; um ehrlich zu sein, aus Erfahrung weiß ich, dass ich mich ausschließlich auf mein eigenes Verständnis meiner fragilen Konstitution verlassen kann, wenn ich Linderung erfahren will – aber ich komme von meiner Geschichte ab. Dieser Godley und Lady Denham hatten jedenfalls einen Wortwechsel miteinander und keinen sehr höflichen, nach ihrem Aussehen zu schließen, als sie im Anschluss an diesen Vorfall an mir vorbeieilte; sie war nämlich sehr errötet – ich habe sie ja schon immer für ein cholerisches Temperament gehalten, was sie in ihrem Alter besonders anfällig für hohen Blutdruck macht. Besorgt bot ich ihr an, mich um Hilfe zu kümmern – nicht durch mich persönlich, Sie verstehen, so vermessen bin ich nicht –, obwohl ich aufgrund meiner langen Erfahrung in Krankheitsdingen bei Notfällen mich doch als sehr nützlich erweisen könnte – nein, ich bot ihr an, Schwester Sheldon zu rufen, die auf dem Fest ebenfalls anwesend war. Lady Denham fasste mein Hilfsangebot leider nicht in dem Geiste auf, in dem es ausgesprochen wurde, sie sagte nur: ›Mir geht es ausgezeichnet, Miss Parker – und bevor Sie diesen Trampel rufen, schicken Sie lieber nach einem Leichenbestatter!‹«

Als die Flut schließlich abebbte, wagte Seymour nicht, durch weitere Fragen eine Wiederholung auszulösen, er sagte nur: »Wunderbar, Miss Parker. Nun, Mrs. Griffiths, haben Sie dem irgendwas hinzuzufügen?«
Die Frau betrachtete ihn einen Augenblick lang nachdenklich, dann sagte sie: »Tut mir leid, nein. Ich bin hier nur zu Besuch. Miss Parker … Diana … war so freundlich, mich mit zu diesem Fest zu nehmen. Ich sah Lady Denham bei unserer Ankunft, danach habe ich sie noch nicht einmal mehr wahrgenommen.«
»Sie haben die Begegnung mit Mr. Godley nicht miterlebt?«
»Tut mir leid.«
»Irgendetwas aufgefallen, das Ihnen ungewöhnlich vorgekommen ist?«
»Als Fremde kann ich wohl kaum sagen, was ungewöhnlich gewesen wäre, nicht?«
Seymour war, wenn es Zeugen zu befragen galt, nicht der Gerissenste, aber er wusste, wenn es zu nichts führte. Und er sah, dass die andere Frau geradezu danach fieberte, eine weitere verbale Lawine lostreten zu wollen.
Entschieden schlug er seinen Block zu, erhob sich und sagte: »In diesem Fall möchte ich Ihnen für Ihre Mitarbeit danken, meine Damen. Sollte Ihnen noch etwas einfallen, dann zögern Sie nicht, sich bei uns zu melden.«
Diana folgte ihm zur Tür.
»Eines noch, Constable Seymour«, sagte sie.
Er blieb stehen und wartete. Kam jetzt der entscheidende Hinweis, der es ihm erlaubte, ganz allein den Fall zu lösen und sich die Beförderung zum Detective Sergeant zu erwerben?
Sie sagte: »Meiner Erfahrung nach sind rothaarige Menschen den schlimmen Einflüssen ultravioletter Strahlung besonders ausgesetzt. Mir ist unweigerlich aufgefallen, dass Sie bereits jetzt Anzeichen einer zu hohen Sonneneinstrahlung aufweisen. Aloe-vera-Gel eignet sich hervorragend zur Linderung

der Symptome, bei einer rauhen Haut wie Ihrer gibt es allerdings einfachere und weniger kostspielige Heilmittel, so können Sie die betroffenen Stellen in kaltem Tee baden oder Essigkompressen auflegen – das heißt, Kompressen mit Weißweinessig –, das sollte Ihnen gute Dienste erweisen.«

»Ja, ich danke Ihnen sehr herzlich, Miss Parker«, sagte er. »Ich werde es mir merken.«

Als er in seinen Wagen stieg, bemerkte er, dass das Fenster erneut nach oben geschoben war. Sandy Griffiths stand dahinter und beobachtete ihn, in der Hand eine weitere Zigarette. Lächelnd fuhr er davon.

5

Pascoe sah hinab auf die sterblichen Überreste von Daphne Denham.

Der Leichnam lag auf dem Boden, wo er nach der Entnahme aus dem Grillkorb abgelegt worden war. Da die Tote voll bekleidet und die Hitze nicht stark genug gewesen war, um das Gewebe in Brand zu setzen, war der Körper an sich nur wenig verkohlt, visueller Horror selbst in abgeschwächter Form aber zeitigte bei Pascoe enorme Wirkung. Er hatte alles probiert, von geistlosen Witzchen bis zu vedischen Mantras, Anblicke wie diese aber berührten ihn immer noch zutiefst und liefen später nahezu ausnahmslos vor seinem geistigen Auge als Horrorstreifen ab, was zum Fluch der Einsamkeit werden kann.

Es war ihm daher eine große Erleichterung, als er, nach erfüllter Pflicht, die Entfernung der sterblichen Überreste anordnen und sich praktischeren Dingen zuwenden konnte.

Der Leiter der Spurensicherung war ein alter Bekannter, Frodo Leach, ein energischer junger Mann, der sich in seiner Arbeit glückselig schätzte und dessen Kritiker ihm lediglich vorwerfen konnten, dass er aus seiner Begeisterung an der Arbeit für die Spurensicherung keinen Hehl machte.

»Na, Peter, da haben Sie es aber mit einem wahren Prachtstück zu tun«, erklärte er fast neidisch. »Nerven aus Stahl, wer immer der Täter sein mag.«

»Wieso?«

»Denken Sie nur an den Zeitaufwand. Erst tötet er das Opfer, wo, wissen wir noch nicht, könnte also heißen, dass er sie ein gutes Stück weit schleppen musste. Dann musste er hier mit der Winde den Korb von der Holzkohle wegziehen, das

Schwein rausnehmen, die Leiche reinlegen und das ganze verdammte Ding daraufhin wieder an Ort und Stelle schieben.«

»Könnte einer allein das schaffen?«

»Wenn er gut beieinander ist. Für eine Frau ist es aber wahrscheinlich zu viel.«

»Bei zwei oder mehreren Tätern hätte es wohl nicht so lange gedauert, oder?«

»Nein. Wenn viele anpacken, geht die Arbeit leicht von der Hand. Aber wenn viele herumtrampeln, ist der Boden ziemlich vermatscht. Hier sind so viele herumgetrampelt, dass aus den Spuren kaum noch Rückschlüsse zu ziehen sind.«

»Fingerabdrücke?«

»Ziemlich aussichtslos. Außerdem trug er wahrscheinlich Schutzhandschuhe. Wir haben ein Paar davon in der Hütte gefunden. Gehörten vermutlich zum Grill. Das Gestell muss verdammt heiß werden.«

»Aber wenn er keine Handschuhe trug, müsste er Brandblasen an den Händen haben«, sagte Pascoe hoffnungsfroh.

»Ja, schon, aber ich würde nicht gleich die Handschellen zuschnappen lassen, nur weil sich jemand die Finger verbrannt hat«, sagte Leach fröhlich. »Ich möchte behaupten, Sie werden hier einige finden, die sich nicht nur Verletzungen zugezogen, sondern auch ihre Kleidung eingesaut haben, als sie mithalfen, die alte Dame aus dem Korb zu nehmen. Noch eines – Sie haben es vielleicht bemerkt –, ihre Bluse weist vorn einen ausgedehnten roten Fleck auf. Ich sage, rot – jetzt, nachdem er der Hitze ausgesetzt war, ist er braun. Dachte im ersten Moment, es wäre Blut, aber so viel Glück ist uns leider nicht beschieden. Wahrscheinlich handelt es sich bei dem Fleck um Wein.«

»Sie hat ihr Getränk verschüttet?«

»Vielleicht. Aber das Erste, was eine Frau in einem solchen Fall tut – sie eilt ins nächste Badezimmer und versucht den Fleck auszuwaschen.«

»Also hat sie ihren Wein verschüttet, kurz bevor sie angegriffen wurde. Oder der Angriff war vielleicht der Grund dafür.«

»Wo ist dann das Glas? Hier ist nichts davon zu finden. Klar, sie könnte woanders angegriffen worden sein. Wenn Sie in dem Fall das Glas finden, haben Sie auch den Ort des Angriffs. Aber das ist alles reine Spekulation. Wir werden weitersehen, nachdem wir sie erst mal ins Labor geschafft haben.«

Das Problem mit Leachs Enthusiasmus war – manchmal machte er einem den Mund wässrig auf ein Bankett, obwohl er im Grunde nichts anderes als einen Snack anzubieten hatte.

»Haben Sie also irgendwas für mich, das nicht nur reine Spekulation ist?«

»Nun, da wäre die Hütte, in der die Winde steht.«

Er drängte Pascoe zur Hütte, als wäre er ein Immobilienmakler, der es kaum erwarten konnte, die Vorzüge des zu verkaufenden Anwesens anzupreisen. Durch die offene Tür waren einige weißgekleidete Gestalten zu erkennen, die mit minutiösen Untersuchungen beschäftigt waren.

»Der Täter musste hier gewesen sein, um die Winde zu betätigen«, sagte Leach. »Andere hatten kaum einen Grund, sich hier aufzuhalten, mit Ausnahme des Typen natürlich, der für den Grill verantwortlich war. Können Sie den für uns auftreiben, damit wir Proben nehmen und ihn ausschließen können?«

»Schon getan. Wir haben jemanden losgeschickt, um ihn zu holen«, sagte Pascoe, der keinen Grund darin sah, den Diven von der Spurensicherung das Gefühl zu geben, sie wären die Einzigen, die ganze Arbeit leisteten.

»Wunderbar! Also, Folgendes haben wir bislang gefunden.«

Er zeigte auf einen Drahtkorb an der Tür, der drei oder vier Indizienbeutel enthielt.

»Champagnerkorken. Ein halbes Räucherlachscanapé. Ein wenig Schokoladenéclair. Einige Schnipsel Silberfolie, wahrscheinlich vom Champagnerverschluss. Ein, zwei Zigaretten-

kippen. Möglicherweise finden sich Fingerabdrücke, auf jeden Fall aber DNS-Spuren.«
Was bewies, dass Ollie Hollis sich an den gereichten Erfrischungen gütlich getan hatte, dachte Pascoe. Konnte kaum als Durchbruch bezeichnet werden. Aber nur ein Dummkopf oder ein sehr, sehr mürrischer Alter hätte sich Leachs Begeisterung verschließen können.
Sie unterhielten sich noch eine Weile, bevor sich Pascoe auf den Weg in den Einsatzraum machte.
Hinter den Büschen stieg ihm Tabakgeruch in die Nase.
Er blieb stehen. »Okay, Sammy, du kannst rauskommen.«
Eine lange dünne Gestalt mit einem Gesicht, so alterslos wie das einer Schildkröte, schlug sich durchs Gebüsch. Die Zigarette zwischen den Lippen glühte auf, als er den Rauch einsog. »Wie geht's, Pete«, sagte er.
»Du solltest nicht hier sein, das weißt du, Sammy«, sagte Pascoe. »Wie zum Teufel bist du eigentlich reingekommen?«
Eine überflüssige Frage. Wie Wield bereits angemerkt hatte, war der weitläufige Grund der Hall zur Straße hin durch eine Mauer abgetrennt, die unbedingt erneuert gehörte, die anderen Grundstücksgrenzen bestanden im besten Fall aus einer dicken Hecke, im schlimmsten aus einem verfallenen Zaun. Das Tor an der Zufahrt hing an seinen Angeln. Vom Stall mal abgesehen, hatte Lady Denham nicht viel davon gehalten, ihr Geld für den Unterhalt des Anwesens zu verschwenden.
Ruddlesdin zuckte mit den Schultern. »Wenn die landesweiten Sender auftauchen, wirst du hier ein Problem haben. Hier kommt man leichter rein als ins Parlament, in das ja auch jeder Idiot reinkommt.«
»Und warum sind die noch nicht hier?«
»Ich nehme an, weil du eine absolute Nachrichtensperre angeordnet hast, bis du dir einen Überblick verschafft hast.«
Das kam der Wahrheit ziemlich nahe, auch wenn die Nachrichtensperre von Chief Constable Dan Trimble befohlen

worden war, dessen Frau mit Lady Denham in einigen Komitees saß. Trimble hatte Pascoe angerufen und ihn gedrängt, so schnell wie möglich den Deckel draufzuhalten. Pascoe hatte ihm versichert, er werde alles in seiner Macht Stehende tun, um baldmöglichst Ergebnisse vorzulegen, ohne unbedingt darauf hinzuweisen, dass er sich zum Zeitpunkt des Gesprächs noch vierzig Kilometer vom Tatort entfernt aufhielt und auf einen Wagen von einer Werkstatt wartete, der einen neuen Reifen brauchte.

»Und du hast die Sache auch noch nicht rausgegeben, Sammy. Nett von dir«, sagte er.

»Hab meine Story schon fertig«, sagte Ruddlesdin. »Wollte nur noch deinen Kommentar dazu hören. Könnte für dich eine große Sache werden.«

»Inwiefern?«

»Na ja, du blinzelst nicht zwischen den Arschbacken des Dicken heraus. Das ist deine Chance zu glänzen.«

Pascoe und der Reporter hatten, getragen von gegenseitiger professioneller Wertschätzung, von Anfang an eine für beide Seiten profitable Beziehung aufgebaut, die allmählich zu einer behutsamen Freundschaft gereift war. Dalziel hingegen war der Ansicht, dass die Gentlemen von der Presse nur eines verstünden: Angst. Bei den landesweiten Sendern war das natürlich nur schwer durchzusetzen, aber auf lokaler Ebene bekamen alle, die ihm auf seine großen Zehen traten, früher oder später zu spüren, dass ihnen diese mit großer Wucht in den Hintern gerammt wurden.

»Nett, dass du das sagst, Sammy. Hast du irgendwas, was meinen zukünftigen Glanz noch etwas aufpolieren könnte?«

»Hab schon meine Schlagzeile: *Spitzen-Detective Pascoe löst mysteriösen Mordfall in Rekordzeit.*«

»Nicht gerade schmissig, oder? Mal davon abgesehen, dass sie noch weiter von der Wahrheit entfernt ist als deine sonstigen Schlagzeilen.«

»Na, nur weil du hinter dem Job vom Dicken her bist, heißt das nicht, dass du auch so klingen musst«, erwiderte Ruddlesdin. »Wie auch immer, jedenfalls erzählt man sich im Ort, dass man zwischen den beiden Hauptverdächtigen nur die Münze entscheiden lassen muss. Die meisten setzen ihre Kohle auf den vermutlichen Haupterben, Sir Edward Denham, es gibt aber auch welche, die meinen, ihr Schwager aus erster Ehe, Hen Hollis, wäre ebenfalls einen Blick wert. Vor allem, wenn es stimmt, was man sich über ihren Tod erzählt. Stimmt es, Pete?«

»Hängt davon ab, was man sich da erzählt.«

»Na, sie wäre lebendig auf dem eigenen Grill geröstet worden.«

»Das habe ich befürchtet. Nein, es stimmt nicht. Ja, sie wurde im Grill gefunden, aber sie war davor bereits tot.«

»Wie ist sie umgekommen?«

»Wahrscheinlich erwürgt, aber das ist noch nicht bestätigt«, sagte Pascoe. Man musste auch geben können, wenn man etwas bekommen wollte, und je schneller die Gerüchte verstummten, die die sowieso schon schlimme Sache auch noch grotesk verzerrten, umso besser. »Warum sollte dieser Hen so davon angetan sein, sie auf dem Grill zu rösten?«

»Hasste sie anscheinend wie die Pest. War immer schnell bei der Hand, wenn es darum ging, über ihren Tod zu phantasieren. Außerdem scheint er den Grill für seinen Bruder gebaut zu haben. Entscheidend aber ist: Laut dem Testament seines Bruders wird nach ihrem Tod die Familienfarm an Hen zurückfallen.«

»Die Familienfarm? Du meinst Sandytown Hall?«, sagte Pascoe überrascht.

»Nein! Sieht das hier wie ein Bauernhof aus? Nein, der Hof heißt Millstone. Ihre Ladyschaft hat ihn, wie man so hört, völlig verfallen lassen. Aber wie heißt es doch? Nirgends ist es schöner als zu Hause.«

Sie näherten sich den Stallungen. Wield musste sie gesehen haben, denn er trat ihnen bereits entgegen.
»Sammy, ich hab dir gesagt, du sollst dich hier nicht blicken lassen«, sagte er.
»Ich hab's gehört. Deswegen bin ich durch die Stadt geschlendert und hab für deinen Boss dieses und jenes aufgeschnappt«, erwiderte der Reporter.
»Wofür ich dir sehr dankbar bin«, sagte Pascoe. »Aber jetzt ist es wohl an der Zeit, dass du wieder davonschlenderst.«
»Aye, und ich poliere noch die Schlagzeile auf. Vergiss nicht, Pete, wenn du die Presse hinter dir hast, bist du nicht mehr zu stoppen!«
»Dieses und jenes?«, sagte Wield, als sie dem Journalisten hinterhersahen.
Pascoe gab weiter, was er von Ruddlesdin und der Spurensicherung erfahren hatte. Im Gegenzug reichte der Sergeant ihm einen ziemlich umfangreichen Plastikordner.
»Damit du auf dem Laufenden bist, was wir bislang so haben«, sagte der Sergeant.
»Gut, schön«, sagte Pascoe. »Dieser Ollie Hollis – die Spurensicherung möchte ihn so schnell wie möglich für Fingerabdrücke und DNS-Proben haben. Und ich bin auch ganz scharf darauf, mit ihm reden. Wissen wir da schon was Näheres?«
»Whitby hat eben angerufen. Hollis wohnt für sich allein in Lowbridge, einem kleinen Flecken einige Kilometer weiter an der Küste. Er ist dort nicht aufzutreiben, die Nachbarn haben ihn seit heute Morgen nicht gesehen. Whitby hat's im Pub am Ort versucht. Keine Spur von ihm. Jetzt sucht er die anderen Lokale in der Gegend ab, bevor er nach Sandytown zurückkehrt. Die Sache muss Hollis ziemlich erschüttert haben, wäre also keineswegs überraschend, dass er bei einem Drink Trost sucht. Und vielleicht auch in Gesellschaft.«
»Vielleicht«, sagte Pascoe. »Haben wir jemanden vor Hollis' Haus, solange Whitby die Pubs abklappert?«

»Hab mich schon darum gekümmert. Du findest dazu einen Vermerk in der Akte.«

»Noch etwas?«

»Ich habe einen unserer Burschen sämtliche Leute auf der Gästeliste in den Computer eingeben lassen. Steht ebenfalls in der Akte.«

»Gib mir die Kurzfassung, Wieldy.«

»Nur das Übliche, meistens Verkehrsvergehen. Und natürlich Roote, aber von dem wussten wir das ja bereits. Die einzige andere Person mit einem Eintrag ist das Opfer.«

»Lady Denham?«, sagte Pascoe. »Sag mir, dass sie Verbindungen zur russischen Mafia hat, und mein Tag ist gerettet!«

»Nein, es sei denn, die Countryside Alliance wird von Moskau aus gesteuert. Vor dreißig Jahren, tätlicher Angriff auf eine Fuchsjagd-Demonstrantin, zur Bewährung ausgesetzt.«

»Das ist alles? Tolle Arbeit, Wieldy«, sagte Pascoe. Seine alte Bekanntschaft mit Wield erlaubte es ihm, sich in einem Maße als ungnädig zu erweisen, wie er es bei Leach nie gewagt hätte. »Na, dann schau ich mal bei dieser Gesellschafterin in der Hall vorbei. Du sagtest, du hättest eine Aussage von ihr?«

»In der Akte«, erwiderte Wield mit der skrupellosen Gewissheit eines Mephistopheles im Gespräch mit Faust.

»Was ist mit der Nichte und dem Neffen? Lass mich raten, auch in der Akte? Sind sie noch hier?«

»Darauf kannst du wetten. Haben Angst, jemand zieht mit den Silberlöffeln ab, sobald sie ihm den Rücken kehren«, sagte Wield. »Und du gehst dann noch zum Avalon, um dich mit dem Oberquacksalber und seiner Krankenschwester zu treffen, oder, Pete?«

»Ich hab's nicht vergessen. Und bevor du fragst, ja, ich sehe auch bei Andy vorbei und sage guten Tag. Sammy Ruddlesdin scheint nicht zu wissen, dass er in der Nähe ist, Gott sei Dank. Roote auch nicht. Ich wage gar nicht daran zu denken, was passiert, wenn er es herausfindet.«

Was, dachte Wield, sollte denn schon passieren? Und wen kümmerte es?

»Apropos Roote«, sagte er, »dachte, ich mach mich auf die Socken und bring das mal hinter mich. Ach, und der Chief hat angerufen.«

»Um sich nach mir zu erkundigen?«, fragte Pascoe.

»Nein. Wollte nur wissen, welche Fortschritte wir machen. Ich nehme an, Lady Denham hatte eine Menge Verbindungen. Ich sagte ihm, du hättest im Moment zu viel zu tun und würdest dich später bei ihm melden.«

»Um ihm hoffentlich zu sagen, dass der Spitzen-Detective den Fall in Rekordzeit gelöst hat«, sagte Pascoe. »Wir sehen uns später, Wieldy.«

Der Sergeant sah ihm mit einiger Besorgnis nach. Der Fall, dachte er, machte ihn nervös und gereizt. Kaum verwunderlich, nachdem Roote von den Toten auferstanden war, der Chief Constable unruhig wurde und der Dicke finster am Horizont dräute!

Er ging zu seinem Motorrad und gab Rootes Adresse in sein neues Satelliten-Navi ein. Das Ding, speziell für Motorräder entworfen, war ein Geschenk von seinem Lebensgefährten Edwin. Er hatte es zu Hause ausprobiert, und obwohl die weibliche Retortenstimme, die die Richtungsangaben sprach, ihm gehörig auf die Eier ging, hatte es sich doch als ganz nützlich erwiesen. Die Fahrt zu Roote auf den berüchtigten irreführenden Nebenstraßen von Yorkshire würde ein erster ernsthafter Test sein.

Was, wie er vermutete, auf Pascoe ebenfalls zutraf.

6

Vor dem Eingang zur Sandytown Hall schob ein uniformierter Constable Wache. Das Grundstück selbst mochte nicht abzuschotten sein, aber Wield hatte dafür gesorgt, dass zumindest keiner ohne Erlaubnis das Gebäude betrat.
Pascoe kannte den jungen PC nicht, dessen zackiger Salut bestätigte jedoch, dass dieser Pascoe kannte. Er grüßte ihn mit einem freundlichen Lächeln und ging die schmale Treppe zur Eingangsveranda hoch.
Die Tür stand weit offen, trotzdem drückte er auf die Klingel. Es gab keinen Grund, jemanden zu überrumpeln, solange es nicht notwendig war.
Eine große, schlanke junge Frau, Anfang zwanzig und von blasser Schönheit, erschien. Pascoe begrüßte sie. »Hallo, Miss Denham, richtig?«
»Nein«, sagte die Frau leicht irritiert. »Ich bin Clara Brereton. Wer sind Sie?«
Pascoe stellte sich vor und verbarg (hoffentlich) seine Überraschung. Anders als Hat Bowler, der jung genug war, um in den Genuss einer modernen englischen Schulausbildung zu kommen, die das Gehirn nicht mit Dingen wie Geschichte und Literatur verstopfte, hatte Pascoe bei dem Namen Clara und dem Ausdruck Gesellschafterin das Bild einer vertrockneten alten Jungfer vor sich gesehen, die zu ihren Stricknadeln griff, wenn sie etwas Spaß haben wollte. Wield, dachte er sich, hätte ihn doch ins rechte Bild setzen können. Aber auch das stand vermutlich in der verdammten Akte!
Er folgte Clara Brereton durch die nicht ganz so prächtige Eingangshalle in einen getäfelten Gang und anschließend in ein kleines Zimmer, in dem ein altes Sofa, ein Aktenschrank

und ein Computertisch standen. Sie setzte sich auf den Schreibtischsessel, er nahm auf dem Sofa Platz, was hieß, dass er zu ihr aufblicken musste.
Ihre Blässe war zum einen ihr natürlicher Hautton – eine Art perlender Glanz –, zum anderen wohl auch Folge des erlittenen Schocks. Wie auch immer, es stand ihr jedenfalls. Angesichts des aufgelösten Haars und der geröteten Augen, folgerte er, gehörte sie zu jenen glücklichen Menschen, denen Schmerz und Trauer gut zu Gesicht standen.
Oder zu jenen unglücklichen Menschen – je nachdem, wie man es betrachten wollte.
»Ich würde Ihnen gern einige Fragen stellen, wenn Sie sich dem gewappnet fühlen«, sagte er.
»Wenn ich beschäftigt bin, muss ich mich nicht erinnern«, sagte sie. »Ich habe alles aufgeschrieben, woran ich mich bei Tante Daphnes … Fest erinnern kann.«
Konnte es nicht über sich bringen, von *Grillfest* zu reden, dachte sich Pascoe. Bei der Erwähnung der Toten füllten sich ihre Augen erneut mit Tränen, so dass sie noch heller glänzten.
»Lady Denham war also Ihre Tante?«, fragte er. Wield hatte von Cousine zweiten Grades gesprochen. Ein Lapsus?
»Nein«, sagte Clara, »mein Großvater war ihr Cousin, dann bin ich also … na ja, Tante war auf jeden Fall einfacher.«
Sie lächelte schwach – Sonnenschein, der durch eine aufgerissene Wolke brach, ein Aprilhimmel.
Pascoe, so stellte er fest, wollte die Wolken noch mehr vertreiben.
Huch!, dachte er. Erinnere dich an die Worte des Meisters: Der Erste am Tatort ist immer der Hauptverdächtige, solange du keinen Besseren findest.
»Ich werde Ihren Bericht später natürlich lesen«, sagte er, »ich weiß, wie schwer einem so etwas fällt. Aber wenn man sich mit jemandem unterhält, fallen einem manchmal Dinge ein,

die man bei der schriftlichen Aufzeichnung übersehen hat. Ich gehe davon aus, bei einem Ereignis wie diesem waren Sie den ganzen Tag über beschäftigt?«

»O ja. Es gibt viel zu tun. Was nicht heißen soll, dass ich alles selbst gemacht habe. Aber es lag an mir, dafür zu sorgen, dass alle, die Caterer und so, pünktlich da waren und wussten, was zu tun war.«

»Sie führten also die Aufsicht? Lady Denham hat Sie damit allein gelassen?«

»Mehr oder weniger. Normalerweise legt sie immer selbst mit Hand an, aber diesen Morgen schien sie ein wenig abgelenkt zu sein. Sie hatte ein Treffen mit Sidney Parker, das wohl nicht gut gelaufen ist. Sidney versteht es besser als jeder andere, sie zu beruhigen, wenn sie sich aufregt ... aufgeregt hat. Aber heute hat es anscheinend nicht funktioniert.«

»Sie sprechen von Sidney Parker ...« Pascoe sah auf die Notizen, die Wield ihm gegeben hatte. »Tom Parkers Bruder?«

»Ja. Er arbeitet in London, er ist eine Art Finanzberater für das Konsortium sowie für Tante Daphne – privat, meine ich.«

»Dann ging es bei diesem Treffen wahrscheinlich um finanzielle Dinge?«

»Das nehme ich an.«

»Um wie viel Uhr war das?«

»Etwa halb eins.«

»Und das Fest sollte um zwei beginnen, oder?«

»Ja. Die Caterer waren gerade eingetroffen. Sie haben ihre Tische aufgebaut. Alan Hollis – der Wirt des Hope and Anchor – war aufgetaucht und hat sich um die Getränke gekümmert. Teddy Denham war draußen und hat alles beaufsichtigt ...«

»Ich dachte, das wäre Ihre Aufgabe gewesen?«

Sie zuckte mit den Schultern. »Teddy hilft gern. Er gehört zur Familie, das wissen Sie? Er und seine Schwester Esther. Teddy hat nach dem Tod seines Onkels Sir Harry den Titel geerbt und Denham Park sowie das dazugehörige Anwesen übernommen, auch wenn davon nicht mehr viel übrig war. Tante Daphne hat natürlich ihren Titel behalten, sie war sehr stolz darauf … tut mir leid, ich komme ins Quasseln, nicht wahr?«

»Sie machen genau das, worum ich Sie gebeten habe«, sagte Pascoe. »Also quasseln Sie einfach weiter. Sie sagten, Lady Denham sei nach dem Treffen mit Sidney Parker nicht in der glücklichsten Verfassung gewesen. Beruht das auf Ihrer Beobachtung, oder hat sie Ihnen gegenüber etwas verlauten lassen?«

»Nein. Es war nur – Sid kam nach draußen, wo die Tische aufgebaut wurden, und sprach mit Teddy. Dann rief Tante Daphne durch ein offenes Fenster aus dem Haus, ›Teddy, komm doch bitte rein‹. Und Teddy sagte, ›ich sorge dafür, dass die Tische richtig aufgestellt werden, Tante‹, und sie sagte, ›ich weiß nicht, warum du dir einbildest, für die Organisation meines Festes verantwortlich zu sein. Rein jetzt! Auf der Stelle!‹«

»Wow! Hat sie immer so mit ihm gesprochen, als wäre er ihr Schoßhündchen?«

Wieder bekam er seine Aprilpracht, diesmal mit mehr Sonne als Regenwolken.

»So hat Tante Daphne manchmal mit jedem und mit einigen immer gesprochen«, sagte sie. »Aber heute schien sie mit Teddy besonders verärgert gewesen zu sein. Eigentlich fing es schon vorgestern an. Erst dachte ich, sie ist sauer, weil sie nicht zum Treffen im Avalon eingeladen wurde …«

»Halt. Ich bin fremd hier, vergessen Sie das nicht.«

»Tut mir leid. Es gab ein Treffen in der Avalon-Klinik. Hatte mit den letzten Vorbereitungen für das Festival der Gesundheit zu tun, das nächsten Samstag stattfinden soll. Tom Parkers Lieblingsprojekt. Er hat es mit alternativen Heilmethoden. Dieses ganze Getue um Gesundheit und Heilung – das sind die Grundlagen, wie Sandytown sich seiner Meinung

nach entwickeln sollte. Tante Daphne ist … war etwas kommerzieller gestrickt.«
»Aber sie sind doch Partner bei dieser Entwicklungssache?«
»Dem Konsortium. Ja.«
»Wie funktioniert das dann? Wenn sie sich noch nicht einmal auf eine grundsätzliche Richtung einigen können. Gab es Reibereien?«
Sie schüttelte vehement den Kopf. »O nein. Ganz und gar nicht. Es gibt nichts, was zu … ich meine, Tom Parker ist der sanfteste Mensch, den man sich vorstellen kann … Jeder, der ihm eine Gewalttat unterstellt, ist nicht ganz richtig im Kopf!«
Pascoe bemühte seine sacht verwirrte Miene und sagte: »Niemand hat ihm das unterstellt, Miss Brereton, und gewiss habe ich so etwas nicht angedeutet. Ich wollte nur verstehen, wie die Dinge zwischen Lady Denham und ihrem unmittelbaren Freundeskreis lagen.«
»Nun, was das Konsortium betrifft, da war es wohl ein gegenseitiges Geben und Nehmen. Wie in den meisten Beziehungen. Das heutige Fest ist das beste Beispiel. Anfangs sollte es nur ein kleiner Empfang im Hotel sein, als Anerkennung für alle, die am Entwicklungsplan maßgeblich beteiligt waren – lokale Investoren, der städtische Planungsausschuss, solche Leute eben. Aber ich nehme an, weil Tante Daphne von der Idee, ein Festival der Gesundheit abzuhalten, nicht besonders angetan war, legte sich Tom Parker ins Zeug und sorgte dafür, dass ihr hier die führende Rolle zufiel. Daher einigte man sich schließlich auf eine Party in der Hall, damit wollte man das traditionelle Grillfest …«
Sie schauderte nur leicht, als sie die Worte aussprach. Pascoe nickte ihr aufmunternd zu.
»… ihres ersten Mannes wiederbeleben, und sie konnte sich dabei gegenüber allen, die von Bedeutung waren – und auch gegenüber einigen wenigen, die in ihren Augen nicht zählten –, als spendable Lady erweisen.«

»Wie großzügig von ihr«, sagte Pascoe.
»O nein. Das war ja das Schöne daran. Sie heimste die Lorbeeren ein, die Rechnung aber ging ans Konsortium.«
»Verstehe. Und trotzdem war sie verärgert, als sie herausfand, dass sie nicht zu diesem Treffen in der Klinik eingeladen war?«
»Wäre es nur ein Treffen des Komitees gewesen, hätte es ihr wahrscheinlich nichts ausgemacht. Aber Dr. Feldenhammer ließ danach Getränke und Essen reichen, zu dem auch mehrere Personen eingeladen waren, die nichts mit der Festival-Organisation zu tun hatten.«
»Was hat sie also gemacht, als sie es herausfand?«
»Natürlich ist sie dort aufgetaucht. Und sie hat Teddy und Esther und mich gezwungen, sie zu begleiten. Sie liebte Auftritte mit Gefolge.«
»Aber Sie haben das Gefühl, dass sie mit ihrem Neffen wegen einer anderen Sache verärgert war.«
»Es kommt mir so vor. Ihn von Denham Park antanzen zu lassen und zu zwingen, mit ihr in die Klinik zu gehen, war ihre Art, die Peitsche zu schwingen.«
»Und hatten Sie das Gefühl, dass sie auch bei Ihnen die Peitsche geschwungen hat?«, fragte Pascoe lächelnd.
Als Antwort erhielt er ein weiteres Schimmern. »O nein. Die Aufgabe einer Gesellschafterin ist es ja, sie zu begleiten, es sei denn, ihr wird ausdrücklich etwas anderes gesagt. Aber gestern schien sie außerordentlich verstimmt gewesen zu sein. Gleich am Morgen war sie fortgefahren, wohin, weiß ich nicht. Und als sie zurückkehrte, war sie sehr in Gedanken versunken. Dann versuchte sie Sidney zu fassen zu bekommen, aber er war nicht zu erreichen, was ihr überhaupt nicht gefiel.«
»Verstehe. Sie sagen, sie hat auch heute noch bei Teddy die Peitsche geschwungen?«
»Ja. Ich muss gestehen, ich war sehr froh, als sie ihn reinrief. Er veranstaltet immer einigen Wirbel, im Grunde aber ist er ziemlich unorganisiert. Alan Hollis ist da ganz anders. Er ver-

richtet die Arbeit ruhig und effizient. Wir waren also schon fertig, als Teddy wieder nach draußen kam. Aber er hatte keinerlei Interesse mehr, die Leitung zu übernehmen.«

»Nein? Wie wirkte er auf Sie?«

»Er sah aus, als würde er jeden Moment explodieren. Ich würde ja vermuten – tut mir leid, das wollen Sie nicht hören, oder? Nur was ich mit eigenen Augen gesehen habe, hat Sergeant Wield gesagt.«

»Sergeants ist es nicht gestattet, über die Tatsachen hinauszugehen«, sagte Pascoe ernst. »Chief Inspectors dürfen maximal drei Vermutungen pro Tag hören.«

Damit verdiente er sich einen weiteren Sonnenstrahl.

»Auf mich machte er den Eindruck, als hätten er und Tante Daphne sich gerade fürchterlich gestritten ...«

Abrupt hielt sie inne und starrte ihn anklagend an.

»Hören Sie, das ist doch dumm. Ich will damit nicht sagen ... ich meine, sie haben sich ständig gestritten, das haben wir alle getan. So hat Tante Daphne nun einmal getickt. Sie meinte, die Leute damit auf Trab halten zu können. Man gewöhnt sich daran, dass man eine Weile ihre Favoritin ist, und dann fällt man von heute auf morgen in Ungnade. Das hatte nichts zu bedeuten!«

»Das behauptet auch niemand«, sagte Pascoe. »Erzählen Sie mir einfach, was Sie gesehen haben. Was hat Ted gemacht, als er wieder auftauchte?«

»Er ging zu Sid Parker, und sie unterhielten sich, das heißt, eigentlich hat nur Teddy geredet ... Dann kam Tante Daphne nach draußen, um zu überprüfen, ob alles in Ordnung war.«

»Wie war sie?«

»Noch immer ziemlich gereizt, denke ich. Sie starrte Teddy und Sid finster an, bis sie sich verzogen. Dann vergewisserte sie sich, dass alles bereitet war, sie sagte sogar, wie schön alles aussieht. Dann fragte sie Alan Hollis, ob er ein paar Minuten Zeit habe, um mit ihr ein paar Papiere zum Pub durchzusehen, worauf sie zusammen im Haus verschwanden. Ich legte draußen noch letzte Hand an und ging auf mein Zimmer, um mich umzuziehen. Kurz bevor die ersten Gäste kamen, ging ich wieder nach unten.«

»Erzählen Sie mir davon. Wer kam als Erstes?«

»Miss Sheldon, die Oberschwester der Klinik, tauchte kurz nach zwei auf, ein wenig besorgt, sie könnte zu früh dran sein. Dann gleich darauf Miss Lee, die Akupunkteurin, dann Dr. Feldenhammer, der Leiter des Avalon, und dann strömten sie in Scharen. Ich habe versucht, sie in die richtige Reihenfolge zu bringen, worum Sergeant Wield mich gebeten hat, aber das ist nicht einfach. Letztendlich mussten sich die Neuankömmlinge selbst mit den anderen im Garten bekannt machen, weil wir einfach zu viel zu tun hatten und dafür sorgen mussten, dass jeder etwas zu trinken bekam und so weiter.«

»*Wir* – das waren Sie und wer noch? Die Denhams?«, fragte Pascoe.

»Na ja, eigentlich nicht. Teddy und Esther wurden von irgendwelchen Gesprächspartnern mit Beschlag belegt, und Tante Daphne musste natürlich alle Gäste begrüßen. Ihre Stimmung hatte sich mittlerweile wesentlich gebessert. Sie war sehr entspannt, fröhlich und eine gute Gastgeberin.«

»Dann blieb die ganze Arbeit also an Ihnen hängen?«

Erneut ein Lächeln – diesmal ein wenig wehmütig?

»Ja, war wohl so. Aber nachdem die Leute erst mal herausgefunden hatten, wo die Getränke und das Essen standen, kümmerten sie sich selbst darum, und ich musste nur noch ganz allgemein ein Auge auf alles haben.«

»Natürlich. Betraf das auch den Grill?«

Das Licht erstarb in ihrem Gesicht, aber irgendwann musste es erwähnt werden. »Nein. Ich mach mir nicht viel aus Fleisch, Mr. Pascoe, schon gar nicht, wenn es in einer Form vorliegt, die seine Herkunft so anschaulich zum Ausdruck bringt. Dafür war Ollie Hollis zuständig.«

»Erzählen Sie mir von ihm.«
»Er ist Pförtner der Hollis-Schweinefarm im Denham Park. Soweit ich weiß, ein entfernter Verwandter von Tante Daphnes erstem Mann, der den Betrieb gegründet hat. Tante Daphne lässt … ließ ihn oft kommen, wenn es im Garten was zu tun gab. Er hat wohl schon zu Lebzeiten von Mr. Hollis beim Grill mitgeholfen. Damals hat das Fest noch jährlich stattgefunden.«
»Ihre Tante hat die Tradition nicht fortgeführt? Warum?«
»Ich denke mir, zweite Ehemänner wollen nicht gern an ihren Vorgänger erinnert werden. Das jährliche Grillfest war nun mal vor allem Mr. Hollis' Fest.«
Pascoe fiel auf, wie sorgfältig sie ihre Worte wählte. Sie ließ sich von niemandem etwas vormachen, schätzte er, und keinesfalls war sie eine duckmäuserische Gesellschafterin. Es gab wohl nicht viel, was ihr entging. Im Augenblick war das schreckliche Ereignis noch zu nah, er konnte sie nicht drängen, frank und frei zu erzählen, wie ihre »Tante« wirklich getickt hatte. Aber später könnte sie sich in dieser Hinsicht vielleicht als ganz nützlich erweisen.
»Und wann haben Sie Lady Denham zum letzten Mal gesehen?«, fragte er.
»Wie ich schon Sergeant Wield sagte, das letzte Mal, bei dem ich es sicher weiß, war so gegen halb vier. Sie hat sich sehr eindringlich mit Mr. Godley unterhalten …«
»Ein Streit, hatten Sie dem Sergeant gesagt.«
»Hab ich das? Nun, ja, vielleicht war es das, aber ich möchte nicht andeuten …«
Wieder die Angst, jemand anderen ins falsche Licht zu rücken?
»Wie man mir sagte, ist Mr. Godley ein Heiler«, sagte Pascoe. »Nach allem, was Sie über Lady Denham erzählt haben, scheint sie der Alternativmedizin nicht den gleichen Enthusiasmus entgegengebracht zu haben wie Mr. Tom Parker?«
»Nein«, sagte Clara. »Offen gesagt, glaube ich, Tante Daphne

hätte am liebsten keinen von denen zum Fest eingeladen. Aber da alles vom Konsortium bezahlt wurde, blieb ihr nichts anderes übrig. Trotzdem, sie mochte Tom auf ihre Art sehr gern und wollte ihn nicht kränken, wenn es nicht unbedingt sein musste.«

»Und danach haben Sie sie nicht mehr gesehen?«

»Ich glaube nicht. Ich hatte viel zu tun, verstehen Sie, ich hab Alan Hollis mit den Getränken geholfen. Man kann die Leute mit dem Essen allein lassen, aber wenn man nicht die Bar beaufsichtigt, wird es ziemlich chaotisch. Alan konnte von seinem Personal im Pub niemanden erübrigen – es ist Ferienzeit –, daher hat er alle Hilfe gebraucht, die er bekommen konnte. Und dann, als das Unwetter losbrach, hatten wir alle Hände voll zu tun, um die Sachen von der Bar ins Haus zu schaffen, bevor alles weggespült wurde.«

»Das war alles sehr hilfreich. Ich danke Ihnen«, sagte Pascoe. Er betrachtete seine Kopie der Gästeliste. »Mir ist aufgefallen, dass unter Tom Parkers Adresse auch eine Charlotte Heywood aufgeführt ist. Ist sie auch eine Verwandte?«

»Nein. Eine Freundin zu Besuch«, sagte sie. »Keine abhängige Mittellose so wie ich.«

Sie sagte es mit einer Portion Selbstironie.

Pascoe lächelte. »Aber so sehen Sie sich nicht?«

»Aber so erscheine ich wohl in den Augen mancher Leute.«

»Was sich aber bald ändern könnte«, sagte er und musterte sie eindringlich.

»Pardon?«

»Ich meine nur, nach dem tragischen Tod Ihrer Tante hat Ihre Abhängigkeit oder zumindest der Anschein dessen ein Ende. Und was Ihre Mittellosigkeit anbelangt, weiß ich weder etwas über Ihre Verhältnisse, noch, welche Auswirkungen Lady Denhams Tod darauf haben könnte.«

»O Gott«, sagte sie entgeistert. »Sie meinen, ich mache mir darüber wirklich Gedanken?«

»Unter den Umständen wäre es doch nur natürlich ...«
»Für Sie in Ihrem Beruf vielleicht«, sagte sie.
Sie klang, als stünde sie kurz davor, die Beherrschung zu verlieren, dann atmete sie einige Mal tief durch, und als sie fortfuhr, hatte sie ihre Stimme wieder unter Kontrolle.
»Tante Daphne hatte eine Menge Fehler, und es gibt viele, die nur darauf warten, ihr das alles anzukreiden. Ich weiß nur, dass sie zu mir immer sehr freundlich war und mich eingeladen hat, bei ihr zu wohnen, als ich jemanden brauchte, der freundlich zu mir war. Und zu ihrem Testament – ob sie mir nun viel oder weniger oder gar nichts vermacht, das spielt nicht die geringste Rolle, wie ich um sie trauere und wie ich sie in Erinnerung behalte.«
»Tut mir leid«, sagte Pascoe beeindruckt, war sich aber nicht sicher, ob dies auf ihren starken Gefühlen oder ihrer starken Aufführung beruhte. »Ich wollte Sie nicht beleidigen.«
»Das haben Sie nicht«, versicherte sie. »Hören Sie, ich bin ebenso sehr wie Sie daran interessiert, dass dieses Ungeheuer, das für diese entsetzliche Tat verantwortlich ist, seine gerechte Strafe bekommt. Offensichtlich wollen Sie mit allen reden, die von Tante Daphnes Tod profitieren könnten. Die Vorstellung ist mir ein Greuel, dass Sie Ihre Zeit damit verschwenden, mich auf Ihre Liste zu setzen, das ist alles.«
»Sehr lobenswert«, murmelte Pascoe. »Aber vielleicht können Sie, nachdem Sie sich nun selbst von dieser Liste gestrichen haben, mir einige Namen nennen, die darauf stehen sollten.«
Sie sah ihn mit einer Miene an, die eher zur Lady des Hauses passte, nicht zur armen Verwandten, und sagte: »Da ich weiß, wie es ist, verdächtigt zu werden, können Sie von mir nicht erwarten, dass ich mit dem Finger auf irgendeinen anderen armen Teufel zeige, oder?«
»Nein? Na, vielleicht wollen Sie doch nicht so sehr, dass das für diese entsetzliche Tat verantwortliche Ungeheuer seine gerechte Strafe bekommt.«

Er machte eine Kunstpause, bevor er fortfuhr: »Jedenfalls danke ich Ihnen für Ihre Hilfe. Nun, da Sir Edward und seine Schwester noch hier sind, würde ich gern mit ihnen reden.«
Sie sah ihm unverwandt in die Augen, erhob sich und führte ihn durch den Gang zu einer großen Eichentür. Sie drückte sie auf und entfernte sich ohne ein weiteres Wort.
Schmollte sie, oder dachte sie nur nach?, fragte sich Pascoe. Steckte bei Miss Brereton mehr dahinter, als im ersten Moment ins Auge fiel? Jedenfalls war das, was einem bei ihr ins Auge fiel, hübsch anzusehen.
Er schob den Gedanken beiseite und trat durch die offene Tür.

7

Das Zimmer, das Pascoe betrat, war von einem anderen Kaliber als der winzige Computerraum, den er gerade verlassen hatte. Es war großzügig geschnitten und hoch genug für einen Kristall-Kronleuchter, doch alles, was vom reichverzierten Stuckrund hing, war eine kreuzförmige Holzfassung für vier Birnen, wie man sie in jedem Baumarkt kaufen konnte. Die Stuckverzierungen sowie die entsprechenden Randleisten an der Decke zeigten goldenes Blattwerk, das seit langem renoviert gehörte. Über einem riesigen Marmorkamin hing das Ölgemälde eines Mannes in scharlachroter Jagdkleidung, im Hintergrund eine ländliche Idylle, durch die eine Hundemeute jagte. Die Möbel waren alt und ziemlich schäbig.

Zwei Personen hielten sich im Raum auf. Auf einer Chaiselongue fläzte eine junge Frau mit einem hohen Cocktailglas in der linken Hand. Bekleidet war sie mit einer ausgebeulten, geflickten Jeans und einem Oberteil, das für Pascoe ein weiter Schlabber-Pulli war, trotzdem gelang es ihr, unglaublich elegant auszusehen, als sie ihren kalten Blick auf ihn richtete und sagte: »Wer, verdammt noch mal, sind Sie denn?«

»Detective Chief Inspector Pascoe, Mid-Yorkshire CID«, verkündete er mit bewusst sonorer Stimme.

Der Zweite im Raum, der mit dem Rücken zur Tür an einem Mahagonisekretär stand, drehte sich um und machte einige forsche Schritte in Richtung Tür. Es handelte sich um einen muskulösen jungen Mann, der sich mit sportlicher Geschmeidigkeit bewegte; gutaussehend auf leicht altmodische Art, nachdem heutzutage blutleerer Steifheit einem Fünf-Uhr-Schatten auf kantigem Kinn der Vorzug gegeben wurde. Seine

Locken waren zerzaust, er trug Designer-Freizeithosen und die Art Polohemd, das möglicherweise wirklich von Polospielern getragen wurde – vielleicht war es aber auch nur seine arrogante Miene, die diesen Eindruck erweckte. Lose am linken Handgelenk schlenkerte eine teuer aussehende Uhr, so, als wäre der Verschluss gebrochen, aber vielleicht trug die Oberschicht ihre Spielsachen ja so, um Gleichgültigkeit gegenüber ihrem Reichtum zur Schau zu stellen.

Er musterte Pascoe von Kopf bis Fuß und sagte: »Sind Sie der Boss hier?«

Sein Tonfall grenzte ans Schroffe und war definitiv aristokratisch.

»Sir Edward Denham, nehme ich an«, sagte Pascoe. »Und Miss Esther? Es sind traurige Umstände, unter denen wir uns treffen. Mein Beileid.«

Mit ernster Trauermiene streckte er ihnen die Hand entgegen. Wie Furtwängler, der vergeblich mit seinem Taktstock fuchtelte, damit sein Händedruck mit Hitler nicht gefilmt wurde, werkelte Denham am Verschluss seiner Uhr herum, aber Pascoe ließ die Hand einfach ausgestreckt. Schließlich ergriff er sie herrisch und murmelte: »Danke.«

Und dann, vermutlich, um seiner gesellschaftlichen Überlegenheit wieder zu ihrem Recht zu verhelfen, blaffte er: »Sie haben sich Zeit gelassen, bis Sie gekommen sind, was?«

Kurz wirkte Pascoe verwirrt, dann lächelte er leise, als hätte er einen nur allzu verständlichen Irrtum entdeckt, und erklärte: »Es gehört nicht zu meinen Prioritäten, Sir, so schnell wie möglich hierherzukommen. Mein Sergeant ist mehr als befähigt, den *technischen* Ablauf der Ermittlungen in Gang zu setzen. Ich habe mich unverzüglich in den Polizeicomputer eingeloggt. Für Ermittlungsleiter gehört es heutzutage zum Standardprozedere, sich zunächst mit dem vertraut zu machen, was über bedeutsame Zeugen vorliegt, bevor sie zum *locus in quo* eilen.«

Er ließ die Bedeutung dessen bei seinem Gegenüber einsickern, während er an Denham vorbeitrat und auf den Sekretär starrte. Alle Schubladen standen offen, die Tischoberfläche war mit Papieren bedeckt, von denen einige auch zu Boden gefallen waren.

»Haben Sie etwas verloren, Sir?«, fragte er höflich.

»Nein!«, erwiderte Denham. Die Uhr hatte sich wieder gelockert. Er gab es auf und steckte sie in die Hosentasche. Also doch keine modische Laune. »Suche nur Tantes Adressbuch. Es gibt einige, denen die traurigen Neuigkeiten mitgeteilt werden sollten, bevor sie es aus dem Radio erfahren.«

»Sehr rücksichtsvoll von Ihnen, Sir«, sagte Pascoe. »Haben Sie es gefunden?«

»Nein, eigentlich …«

»Macht nichts. Vielleicht kann Ihnen Miss Brereton weiterhelfen. In der Zwischenzeit könnten Sie mir vielleicht einige Fragen beantworten …?«

Denham holte tief Luft, entspannte sich und sagte: »Klar. Sie haben Ihre Arbeit zu machen, nicht? Nehmen Sie Platz, Pascoe. Drink gefällig?«

Der Baronet war klug genug, um einzusehen, dass seine Hochnäsigkeit zu nichts führte, dachte Pascoe. Die Schwester hingegen sah immer noch so aus, als hätte sie am liebsten die Hunde auf ihn gehetzt. Der Gedanke führte seinen Blick wieder zum Gemälde über dem offenen Kamin. Der Porträtierte wies eine vage Ähnlichkeit mit dem Baronet auf und sah mit leicht fragendem, arrogantem Blick und der Andeutung eines Schielens in den Raum.

»Nein, schon gut«, sagte er. »Ist das möglicherweise der verschiedene Mr. Hollis?«

»Großer Gott, nein«, sagte Denham. »Das ist mein Onkel, Sir Harry. Das hier ist Hollis.«

Damit ging er zu einem kleinen, mit Goldbronze überzogenen Tisch an der Wand, an der auch der Sekretär stand, und

nahm ein silbergerahmtes Foto zur Hand. Das Bild zeigte einen grauhaarigen Mann mit wettergegerbtem, von dichten Bartstoppeln überzogenem Gesicht, dessen zusammengekniffene Augen – typisch für die Bauern aus Yorkshire – deutlicher als alle Worte zum Ausdruck brachten: *Der Scheißer muss erst noch geboren werden, der mich aussticht!*
Tut mir leid, Hog. Man kann nicht immer gewinnen, dachte Pascoe nicht ohne Mitgefühl. Wenn irgendwas vom menschlichen Bewusstsein überdauern sollte, wie musste Hog Hollis sich dann fühlen, wenn er durch seinen eigenen Salon spähte und sah, dass der Ehrenplatz seinem Nachfolger vermacht worden war!
Er wandte sich wieder Sir Harrys Porträt zu, dann sah er zu Edward. Kein Schielen, aber der gleiche arrogante Gesichtsausdruck.
»Natürlich. Jetzt sehe ich die Ähnlichkeit«, sagte er. »Schönes Porträt. Und sehr … groß.«
»Hätte nie von Denham Park weggebracht werden dürfen«, sagte die Frau. »Es ist ein Geschmiere.«
»Ach, so schlecht ist es auch wieder nicht«, sagte Pascoe.
Die Frau warf ihm einen Blick zu, der verächtlich gewesen wäre, wenn sie ihn ihrer Verachtung überhaupt für wert befunden hätte. Aber ihr Bruder lachte nur und sagte: »Bradley Geshmeray, einer aus der Huddersfield-Schule, sehr anerkannt, die Preise für ihn sind seit seinem Tod vor zehn Jahren nach oben geschossen. Na, jetzt kann er wieder an seinen rechtmäßigen Ort zurück.«
»Dann ist er hier nur ausgeliehen und gehört nicht zum Besitz der verstorbenen Lady Denham?«, fragte Pascoe unschuldig.
Esther Denham gähnte, als erschien ihr diese Bemerkung zu öde, um darauf einzugehen, ihr Bruder jedoch antwortete eilfertig: »Ausgeliehen trifft es wohl ganz gut. Als meine Tante nach dem Tod meines Onkels Harry hierherzog, wollte sie natürlich ein Erinnerungsstück. Wir erhoben keinerlei Ein-

wände, als sie sich für das Porträt entschied. Aber es war immer klar, dass es zu Denham Park gehört. Kein Problem. Ob nun ausgeliehen oder testamentarisch vermacht, es kommt auf jeden Fall wieder zu mir.«

Na, na, dachte sich Pascoe. Zeit, mit offenen Karten zu spielen, was? Damit er, Pascoe, sich denken würde, dass niemand, der so offen war, irgendetwas zu verbergen hätte?

Der raffinierte Schachzug eines raffinierten Verstandes?

Oder hatte vielleicht die scharfsinnige Schwester, die den Baronet nicht für so gewieft hielt, um ihn, Pascoe, hinters Licht zu führen, ihn zu dieser Taktik animiert?

»Na, in der Hinsicht sollten wir einfach abwarten«, sagte Pascoe. »Versprechen werden gebrochen, Testamente geändert. Und vielleicht wäre es, um die Dinge nicht noch verworrener zu machen, und auch zu Ihrem eigenen Schutz besser, alle Papiere und Besitztümer der Hall als Privateigentum anzusehen, bis die juristischen Formalitäten geklärt sind.«

Er ließ seinen Blick zum offenen Sekretär schweifen.

Denham schien kurz davor, sich wieder aristokratisch-indigniert zu geben, aber diesmal war es seine Schwester, die den versöhnlichen Weg einschlug.

»Hab dir doch gleich gesagt, du sollst da nicht rumwühlen, Teddy«, sagte sie. »Dafür haben wir doch die Polizei. Komm, gehen wir nach Hause.«

Abgang – und der dankbare Dämlack von Bulle stottert seinen Dank, dachte sich Pascoe.

»Auf ein Wort noch«, sagte er, als die Frau die Beine von der Chaiselongue schwang.

»Ein Wort noch? Die Worte sind mir vergangen, Inspector«, sagte sie. »Sie wissen doch, wir haben schriftliche Aussagen verfasst und sie einem Ihrer Leute gegeben, ich weiß seinen Namen nicht mehr, dem mit dem *interessanten* Gesicht.«

Sie zog das Adjektiv dermaßen in die Länge, dass es beleidigender klang als jede Beleidigung.

»Ja, ich weiß«, sagte Pascoe. »Und das war sehr hilfreich. Eindrücke kurz nach dem Ereignis sind immer sehr wertvoll. Aber manchmal, nachdem ein wenig Zeit vergangen ist, tauchen vielleicht Dinge auf, die beim ersten Mal noch nicht ins Bewusstsein gesickert sind.«

Esther Denham erhob sich und schüttelte den Kopf.

»Tut mir leid, nichts davon trifft auf mich zu«, sagte sie.

Der Schlabber-Pulli hing locker an ihr, die Ärmel baumelten gut zehn Zentimeter weit über ihre Hände. Die Maschen des Gewebes waren jedoch so weit, dass Pascoe peinlich bewusst wurde, dass sie darunter keinen BH trug.

Er stand zwischen ihr und der Tür, und als er keine Anstalten machte, ihr aus dem Weg zu gehen, gähnte sie ihm ausgiebig ins Gesicht und sagte: »Hören Sie, wenn Sie meinen, uns hier festhalten zu wollen, haben Sie dann was dagegen, wenn ich mir noch etwas zu trinken besorge. Oder mache ich die Dinge damit ebenfalls nur noch verworrener?«

»Solange Sie sich nicht gleich über die ganze Flasche hermachen«, sagte Pascoe, der diese junge Frau nur allzu gern nicht gemocht hätte, wenn er sich denn sicher gewesen wäre, dass ihr Bestreben, von ihm nicht gemocht zu werden, nicht bloß als Ablenkungsmanöver aufzufassen war.

Sie lächelte verhalten und ging zu einem langen Sideboard, auf dem eine Wodkaflasche und ein Eiskühler standen. Ihre linke Hand schlängelte sich sexy aus dem langen Ärmel, ließ einige Eiswürfel in ein Glas fallen und füllte es mit Wodka auf.

Ihr Bruder beobachtete sie nervös. Er trank nichts. Um einen klaren Kopf zu behalten?

»Und bei Ihnen, Sir?«, sagte Pascoe. »Ist Ihnen irgendwas eingefallen, seitdem Sie Ihre Aussage abgegeben haben?«

»Leider nein«, antwortete Edward. »Sicherlich ist das letzte Zusammentreffen mit der armen Tante Daphne ganz entscheidend. Ich habe mir das Gehirn zermartert, ob bei unserem kurzen letzten Gespräch etwas von Bedeutung geäußert wurde.«

»Denken Sie an gar nichts, löschen Sie einfach alles aus, Sir«, riet Pascoe, was ein verächtliches Schnauben seitens der Schwester provozierte. »Und warten Sie, ob irgendwas hochkommt.«

Denham schloss eine Weile die Augen, dann schüttelte er den Kopf.

»Nichts. Wie ich Sergeant Wield schon sagte, das Fest hatte kaum angefangen, als ich sie das letzte Mal sah. Einige Kinder, die da waren, wollten an unserem Privatstrand schwimmen gehen, und ich hab mich gemeldet, um ein Auge auf sie zu haben. Ich war also am Strand, aber da mehr Erwachsene da waren, als nötig gewesen wäre, beschloss ich, zum Fest zurückzukehren. Wenn es guten Schampus gibt, stehe ich nur ungern daneben, und Tantchen hatte es diesmal wirklich krachen lassen.«

»Und Sie haben Lady Denham nach Ihrer Rückkehr nicht mehr gesehen?«

»Nein. Tut mir leid.«

»Wie steht es mit Ihnen, Miss Denham?«

»Ach, gelegentlich hab ich sie kurz gesehen. Mir ist nur aufgefallen, dass sie den armen Lester Feldenhammer in die Ecke getrieben hat. Hat ihn wahrscheinlich dazu eingeladen, ihren Unterleib einer Untersuchung zu unterziehen.«

»Ess, um Gottes willen!«, protestierte Denham. »Sie ist erst seit ein paar Stunden tot.«

»Entschuldigung«, sagte Pascoe, »da fehlt mir etwas. Sie meinen damit Dr. Feldenhammer vom Avalon, nicht wahr?«

»Ja. Komm schon, Teddy, meinst du wirklich, die Polizei wird das nicht herauskriegen? Das ist doch ihre Spezialität, Inspector, das Herauskriegen?«

»*Chief* Inspector, um genau zu sein, Miss Denham. Jede Unterstützung Ihrerseits beim Herauskriegen wäre mir sehr willkommen.«

Sie lachte, und zum ersten Mal sah sie ihn an, als wäre er möglicherweise doch mehr als nur ein Lakai, den man nicht weiter zu beachten hatte.

»Das ist kein großes Geheimnis«, sagte sie. »Plaudern Sie mit irgendjemandem im Hope and Anchor, und man wird Ihnen sagen, dass es Tantchen auf Feldenhammer abgesehen hatte.«

»Sie sagen, es gab eine romantische Beziehung zwischen Lady Denham und Dr. Feldenhammer?«

Esther Denham lachte wieder.

»So hätte ich es nicht formuliert. Daphne gefielen die Männer. In jeder Hinsicht. Aber ihr gefiel auch ihr gesellschaftlicher Status, also keine Lady-Chatterley-Spielchen. Wobei es sie nicht gekümmert hätte, wenn sie mit einem gutbestückten Bauern beim Heumachen erwischt worden wäre. Nein, was sie wollte, war ein Gefährte, der ihr gesellschaftlich und sexuell zu Diensten war. Hollis, ihr erster Mann, brachte Reichtum und lokalen Einfluss mit in die Ehe. Onkel Harry, ihr zweiter, brachte ihr gesellschaftlichen Status und, weil sie einen Verstand wie eine Rechenmaschine hatte, wesentlich mehr Profit, als sie aus dem Denham-Anwesen jemals hätte herausschlagen können. Seit seinem Tod war sie auf der Suche nach einem Nachfolger, der all ihre Bedürfnisse abdeckte.«

»Und warum kürte sie Dr. Feldenhammer dazu?«, fragte Pascoe.

Sie zog über seine Wortwahl die Augenbrauen hoch. »Er würde als Ehemann eine ziemlich beeindruckende Trophäe abgeben. Nicht mehr so jung, um als Gespiele durchzugehen, der sie der Lächerlichkeit preisgegeben hätte, aber nicht so alt, um keinen mehr hochzukriegen. Wahrscheinlich nicht reich, aber so gut verdienend, dass er ihr nicht auf der Tasche liegt, außerdem beruflich so weit anerkannt, dass von seinem Licht auch einiges auf sie abstrahlt. Und natürlich sollte man nicht vergessen – auch wenn sie sich immer gerühmt hat, ihr ganzes Leben lang nie krank gewesen zu sein –, dass es ihr in ihrem

Alter sowohl vernünftig als auch rentabel erscheinen musste, den Arzt permanent im Haus zu haben.«

Sie mochte sie nicht besonders, dachte sich Pascoe. Aber wie weit würde sie in ihrer Abneigung gehen?

»Und Dr. Feldenhammer hat diese Aufmerksamkeit ... wie aufgenommen?«

»Wie ein von einem ausgehungerten Kannibalen verfolgter Missionar«, erwiderte Esther. »Als er merkte, dass er mit seinen Gebeten nicht weit kam, versuchte er es mit Flucht. Er ließ sich sogar für ein halbes Jahr ins Schweizer Avalon in der Nähe von Davos versetzen, aber sie nahm sofort die Verfolgung auf.«

»Beschwer dich nicht, Schwester. Das hat uns einen Skiurlaub eingebracht«, grinste ihr Bruder, der nach seinem anfänglichen Protest anscheinend froh war, sich ihrer unbeschwerten Offenheit anschließen zu können.

Menschen gingen ganz unterschiedlich mit Schmerz um, dachte sich Pascoe, bemüht, sich jeglicher Voreingenommenheit zu enthalten. Wenigstens versuchten die beiden nicht, ihm was vorzumachen.

»Warum hat der Doktor nicht einfach gesagt, nein danke, ich will nicht spielen?«, fragte er.

»Wenn Tante Daphne etwas konnte, dann, das Spielfeld zu ihren Gunsten zu manipulieren«, sagte Ted Denham.

»Und Lester«, schaltete sich seine Schwester schnell dazwischen, »ist auch kein Neuling auf diesem Gebiet. Im letzten halben Jahr hat er sie ziemlich geschickt umtänzelt und ist immer wieder ausgewichen. Aber egal, wie gut man boxt, wenn man gegen Tante Daphne antritt, findet man sich über kurz oder lang in einer Ecke wieder. Im Grunde hat er mir leidgetan. Es hat schon so ausgesehen, als bliebe ihm nur noch, mit dieser fetten Nightingale durchzubrennen.«

»Wie bitte? Ich stehe schon wieder auf dem Schlauch.«

»Petula Sheldon, Oberschwester des Avalon. Ist dem Tantchen bis aufs letzte Pfund ziemlich ähnlich und hat dazu noch zwanzig Jahre Altersvorteil, ein Buchmacher hätte es trotzdem als ungleichen Kampf bezeichnet.«

»Diese Schwester Sheldon steht Dr. Feldenhammer nah, wollen Sie mir das sagen?«

»Das hätte sie jedenfalls gern. Krankenschwestern sind doch immer auf der Jagd nach Ärzten, oder? Was er für sie aber empfindet, das weiß der liebe Gott allein. Im Vergleich zu Tante Daph sieht sie wahrscheinlich sehr attraktiv aus. Könnte aber sein, dass sie jetzt, nachdem Daph tot ist, an Reiz verliert. Schließlich ist sie ja doch nur eine Angestellte. Apropos, *Chief* Inspector, gilt Ihr Verbot, in Tantes Sachen herumzuwühlen, auch für Clara Brereton?«

»Pardon?«, entfuhr es Pascoe, den der abrupte Themenwechsel sichtlich aus der Bahn warf.

Sie rollte mit den Augen, als flehte sie zu einem Gott der Oberschicht, um sie vor der Dummheit des Proletariats zu schützen. »Sie scheinen von der Furcht getrieben, mein Bruder könnte versucht sein, sich im Haus zu schaffen zu machen, falls er hierbliebe«, sagte sie langsam und überdeutlich. »Miss Brereton aber wohnt hier. Wer hält sie davon ab, sich im Haus zu schaffen zu machen, wenn sie heute Abend allein ist?«

»Großer Gott!«, rief Denham aus. »Daran hab ich noch gar nicht gedacht.«

Einen Augenblick glaubte Pascoe, er teile den hartherzigen Argwohn seiner Schwester. Doch dann fuhr er fort: »Die arme Clara wird sicherlich nicht allein die Nacht hier verbringen wollen, nicht nach dem, was passiert ist. Wir müssen sie zu uns einladen.«

Er eilte aus dem Zimmer.

Schön zu sehen, dass wenigstens einer von ihnen einige menschliche Gefühle hegte, dachte sich Pascoe.

»Sieht so aus«, sagte er gleichmütig, »als bekämen Sie einen Hausgast, Miss Denham.«

Sie leerte ihr Glas und sah ihn lächelnd an. Ein spöttisches Lächeln, hier brach kein Sonnenstrahl durch Aprilwolken, eher stachen Weidenäste durch den Sumpfnebel. Aber er konnte nicht verhehlen, dass sie sehr gut aussah.
»Ich glaube nicht«, sagte sie. »Zehn zu fünf, dass sie nicht kommen wird.«
»Glücksspiele sind mir im Dienst untersagt, Miss«, sagte Pascoe.
Was ganz gut war, sonst hätte er verloren.
»Sie meint, sie kommt hier schon zurecht«, sagte Denham, als er ins Zimmer zurückkehrte.
Er klang ernüchtert. »Es überrascht mich«, sagte seine Schwester liebreizendst, »dass du ihr nicht angeboten hast, hierzubleiben und ihr die Hand zu halten, Teddy.«
Er ging darauf nicht ein. »War das alles, Chief Inspector?«
»Eines noch, Sir«, sagte Pascoe. »Der Privatstrand, den Sie erwähnt haben, wie erreicht man den?«
»Es führt ein Pfad das Kliff hinunter.«
»Gibt es unten etwas, das Unbefugte daran hindert, hochzukommen?«
»Was? Ach, verstehe, worauf Sie hinauswollen. Nein, abgesehen von einem Schild, das den Strand als privat kennzeichnet, und natürlich der Furcht, Tantchen über den Weg zu laufen, gibt es dort nichts, was einen Eindringling abschreckt. Sie glauben doch nicht …«
»Keine Sorge, wir gehen nur alle Möglichkeiten durch. Noch etwas, Sir. Mir ist zu Ohren gekommen, Sie haben mit Ihrer Tante vor Beginn des Festes ein Gespräch geführt.«
»Wir haben ständig Gespräche geführt«, platzte es aus ihm heraus. »Wir sind sehr gut miteinander ausgekommen.«
»Davon bin ich überzeugt. Aber selbst in der herzlichsten Beziehung kann es hin und wieder etwas schroffer zugehen. Ich habe gehört, dieses Gespräch soll ein wenig hitzig gewesen sein.«

»Wer sagt das?«, wollte Denham wissen.
Seine Schwester, die die Gelegenheit dieses Wortwechsels ergriffen hatte und ihr Glas nachfüllte, gab ein Schnauben von sich, als wäre die letzte Frage so ziemlich das Dümmste, was sie jemals gehört hatte.
»Sie sagen also, dieses Gespräch habe niemals stattgefunden?«, sagte Pascoe.
Denham starrte ihn finster an.
Er versuchte sich die Umstände ins Gedächtnis zu rufen, was er abstreiten und was er nicht abstreiten konnte, dachte sich Pascoe.
»Ach ja«, kam schließlich die Antwort, »Tantchen wollte mich zusammenstauchen, weil ich mich beim Aufstellen der Tische für die Getränke und das Büfett eingemischt habe. Ich erklärte ihr, Clara würde sich deswegen ins Hemd machen, und ich wollte ihr doch nur helfen, aber sie sagte, das Mädel soll aus ihren Fehlern lernen. Das war alles.«
Eine geistreiche Erklärung, die auf den bekannten Fakten basierte. Vielleicht war er doch nicht so dumm.
»Danke schön, und danke Ihnen beiden für Ihr Entgegenkommen«, sagte Pascoe. »Es kann sein, dass ich mich mit Ihnen noch mal unterhalten möchte, ich wäre Ihnen daher sehr dankbar, wenn Sie mich darüber unterrichten würden, falls Sie in den nächsten Tagen vorhaben sollten, Denham Park zu verlassen.«
»Machen Sie sich mal keine Sorgen. Wir werden nicht weit sein, solange die Dinge hier nicht geregelt sind.«
»Wir machen, was wir können, Sir«, sagte Pascoe, obwohl er keinen Augenblick glaubte, dass Denham die Ermittlungen meinte.
Er stellte sich neben die Tür und gab ihnen damit deutlich zu verstehen, das Zimmer zu verlassen. Esther trank aus und setzte ihr Glas ab. Sie hatte, wie Pascoe bemerkte, sowohl zur Zubereitung als auch jetzt zum Abstellen ausschließlich die

linke Hand benutzt. Eine Beobachtung, wie sie seiner Meinung nach einem ranghohen Polizeibeamten gut zu Gesicht stand und die ihn von der unschicklichen Beobachtung der festen braunen Brüste ablenkte, die wie Baby-Seehunde gegen das grobmaschige Wollgewebe stupsten.

Nachdem sie das Zimmer verlassen hatten, machte er sich über den Sekretär her. Er ging die offen herumliegenden Papiere durch, fand aber nichts, was seine Aufmerksamkeit erregt hätte. Wield sollte später jemanden damit beauftragen, eine detaillierte Liste zu erstellen. Dann würde er zumindest wissen, wonach Sir Edward *nicht* gesucht hatte. Das Einzige, was sein Interesse weckte, war ein kleines Tagebuch, doch als er es aufschlug, musste er feststellen, dass darin nichts außer Termine verzeichnet waren. Er ließ es zur späteren Begutachtung in seine Jackentasche gleiten.

Er verließ den Salon und kehrte zu Clara Breretons Zimmer zurück.

»Ich habe gehört, Sie haben Sir Edwards Einladung, nach Denham Park zu kommen, ausgeschlagen«, sagte er.

»Ja.«

»Es ist natürlich Ihre Entscheidung, aber vielleicht wäre es besser, wenn Sie die Nacht nicht hier verbringen würden.«

»Besser für wen?«

»Für Sie.«

»Aber werden Sie nicht veranlassen, dass Polizisten über das Grundstück patrouillieren?«

»Möglich. Trotzdem …«

Sie musterte ihn kurz, dann sagte sie: »Teddy hat in den Papieren gewühlt, nicht wahr? Und Esther glaubt, ich würde das auch machen.«

Er war sich immer noch nicht im Klaren, wie clever der Baronet wirklich war oder ob seine Schwester lediglich über eine fadenscheinige Durchtriebenheit verfügte, die das Ergebnis einer piekfeinen Schule und dem tiefverwurzelten Gefühl der eigenen Überlegenheit war. Clara gegenüber hatte er diese Zweifel nicht.

»Vielleicht«, sagte er. »Falls Sir Edward herumgewühlt hat, was hätte er denn finden können? Wo zum Beispiel könnte Lady Denham ihre privaten Unterlagen aufbewahrt haben?«

»Ich bin mir nicht sicher. Im Sekretär im Ost-Salon vielleicht.«

»Dort habe ich die Denhams getroffen, oder? Und war der Sekretär immer abgeschlossen?«

»Gewöhnlich nicht. Aber ich bezweifle, dass sie darin wirklich vertrauliche Unterlagen aufbewahrte. Solche Dinge hat sie immer Mr. Beard gegeben, ihrem Anwalt.«

»Der von hier stammt, oder?«

»O nein. Aus London. Tante Daphne hielt nicht viel davon, ortsansässige Kanzleien mit privaten Dingen zu betrauen. Den Rat hat sie mir auch gegeben. Sie gab gern Ratschläge. Ortsansässige Anwälte mögen sehr kompetent sein, aber sie beschäftigen ortsansässige Leute. Eine kluge Frau achtet darauf, dass ihre Korrespondenz mit dem Anwalt nicht von der, sagen wir, Tochter ihrer Putzmacherin eingesehen werden kann. Das hat sie mir gesagt.«

»Ich bin mir sicher, Sie nehmen sich das zu Herzen«, sagte Pascoe lächelnd. »Ist sie zu Mr. Beard gefahren, oder kam dieser hierher?«

»Er kam ziemlich regelmäßig vorbei, soweit ich das mitbekommen habe.«

»Dann hatte sie viele Rechtsgeschäfte?«

»Es hat ihr Spaß gemacht, das Testament zu ändern«, sagte sie und verzog das Gesicht.

»Ach. Und das letzte Mal war Mr. Beard wann hier?«

»Vorletzte Woche.«

»Und da ging es um eine Testamentsänderung?«

»Da werden Sie schon ihn fragen müssen«, antwortete Clara Brereton trocken. »Ich war ihr vielleicht eine Art Cousine, in

gewisser Hinsicht aber doch eher die Tochter einer Putzmacherin.«
»Haben Sie Mr. Beards Adresse?«
»Gray's Inn Road, glaube ich. Die Nummer finden Sie in Tantes Adressbuch. Soll ich es Ihnen holen?«
Pascoe schüttelte den Kopf.
»Nein. Lieber nicht. Miss Brereton, wenn Sie nichts dagegen haben, sollten Sie ein paar persönliche Dinge zusammenpacken und für einige Tage aus der Hall ausziehen.«
»Das klingt jetzt mehr nach einer Anweisung als nach einem Vorschlag. Und wo soll ich hin?«
»Sie könnten bezüglich Sir Edwards Einladung Ihre Meinung ändern.«
Sie schüttelte den Kopf. »Nein, kann ich nicht.«
»Gibt es dafür irgendeinen besonderen Grund?«
Bevor sie darauf antworten konnte, klingelte das Telefon neben dem Computer.
»Darf ich rangehen?«, fragte sie.
»Natürlich.«
Sie nahm den Hörer ab. »Hallo ... ja, ich bin's.«
Sie hörte eine Weile zu, dann sagte sie: »Ja, die Polizei hat auch schon vorgeschlagen, dass ich für die nächste Zeit woanders wohnen sollte ... das ist sehr nett von Ihnen ... wirklich sehr nett. Danke.«
Sie legte auf. »Sie haben doch nicht mit Tom Parker geredet, oder?«
»Nein. Einer meiner Beamten sollte ihn mittlerweile befragt haben, aber ich persönlich bin ihm noch nicht begegnet. Warum?«
»Weil es so zusammenpassen würde. Es war Tom. Ihm und seiner Frau wäre soeben bewusst geworden, dass ich ganz allein hier wäre, deshalb haben sie mich zu sich ins Kyoto-Haus eingeladen.«
»Das ist sehr freundlich von ihnen. Und reiner Zufall, wie ich

Ihnen versichern darf«, sagte Pascoe. »Sie haben nichts dagegen einzuwenden?«
»Es sind nette Leute«, sagte Clara. »Nein, ich habe nichts dagegen einzuwenden. Dann sollte ich jetzt lieber mal packen. Wollen Sie mich dabei beaufsichtigen?«
»Bitte, Miss Brereton«, sagte Pascoe mit sanfter Stimme, »fühlen Sie sich nicht schikaniert. Sie haben etwas ganz Schreckliches erlebt. Ich gebe zu, auch andere Dinge in meine Überlegungen mit einzubeziehen, dennoch ist es meine feste Überzeugung, dass es für Sie besser wäre, wenn Sie diese Nacht bei Freunden verbringen würden. Haben Sie einen Wagen?«
»Keinen eigenen. Manchmal leihe ich mir den Jeep meiner Tante, aber das lasse ich lieber. Sonst verlangt Esther noch, dass Sie mich wegen Diebstahls verhaften.«
Eine Spitze gegen die Schwester, bemerkte Pascoe, trotz ihres leichten Tons.
»Okay. Ich kümmere mich um eine Fahrgelegenheit. Und jetzt packen Sie.«
Sie nickte und verließ den Raum.
Pascoe zog sein Handy heraus und rief Wield an.
»Sofort einen Wagen zur Hall, er soll Miss Brereton zum Kyoto-Haus bringen, dem Anwesen von Tom Parker. Und wenn sie fort ist, schick ein paar Leute vorbei, damit sie sich mal das Haus vornehmen.«
»Suchen wir nach irgendwas Bestimmtem?«
»Eigentlich nicht, aber Sir Ted hat hier irgendwas gesucht, und ich glaube nicht, dass er fündig geworden ist. Wahrscheinlich das Testament. Lady Denhams Schlafzimmer könnte ein guter Ausgangspunkt sein.«
»Wegen des Grundsatzes, dass Frauen dort meistens ihre Geheimnisse aufbewahren?«
»Es überrascht mich, dass du solche Dinge weißt, Wieldy«, sagte er und beendete das Gespräch.
Clara Brereton kehrte mit einem kleinen Koffer zurück.

»Das ging aber schnell«, gratulierte er ihr.

»Ich habe nicht vor, lange fort zu sein«, sagte sie.

Er lächelte, während er an Ellie denken musste, die ihm erklärt hatte, für einen kurzen Ausflug zu packen sei sehr viel schwieriger als für eine lange Reise, bei dem man einfach alles hineinstopfen konnte.

Und auf welche Reisedauer würde er sich bei diesem Fall einstellen müssen?

»Dann schaffen wir Sie mal fort«, sagte er.

8

Shirley Novello hatte allen Grund, mit sich zufrieden zu sein, als sie das Kyoto-Haus verließ.

Okay, sie hatte nicht die alles entscheidende Information ausgegraben, mit der der Fall gelöst werden könnte, aber das geschah sowieso nur in Krimis. Was sie hatte, waren drei Zeugenaussagen, eine jede vollgepackt mit nützlichen Details, dazu als Bonus Charley Heywoods Mail-Beobachtungen zu den jüngsten Ereignissen und den Aktivitäten der Hauptprotagonisten. Wie nützlich diese waren, müsste man noch sehen. Wahrscheinlich ein Haufen Geschwätz von Schwester zu Schwester.

Sie öffnete die Tür ihres Wagens.

Vom Beifahrersitz grüßte sie Minnie Parker. »Hallo.«

»Wie zum Teufel bist du hier reingekommen?«, herrschte Novello sie an.

»Es war nicht zugesperrt«, sagte das Mädchen.

»Es war zugesperrt, verdammt noch mal«, sagte Novello.

Angesichts dieser Entschiedenheit ließ es das Mädchen auf keine Diskussion ankommen, sondern sagte nur: »Gut, aber das Fenster stand einen Spaltbreit offen.«

»Ach ja? Damit hast du dir gewaltsam Zutritt verschafft, ich könnte dich deswegen belangen. Was machst du hier überhaupt?«

»Ich hab darauf gewartet, befragt zu werden«, sagte Minnie.

»Wie bitte?«

»Das haben Sie doch gemacht, oder? Die Zeugen befragt? Na ja, ich war doch auch bei dem Grillfest. Ich bin eine Zeugin.«

Wo die Kleine recht hatte, hatte sie recht, dachte sich Novello. Die Kinder standen nicht auf Clara Breretons Gästeliste. Und

Wield hatte es nicht bemerkt. Wie auch? Aber Novello lief ein leichter Freudenschauder über den Rücken, dass sogar der alte Super-Sarge seine kryptonischen Momente hatte.

Aber das stellte sie auch vor ein Problem. Die Vorschriften sahen vor, dass die Befragung in Anwesenheit eines Erziehungsberechtigten und vorzugsweise von einer besonders dafür ausgebildeten Beamtin vorgenommen wurde. Voraussichtliches Ergebnis: *nada.* Aber das war Wields Problem. Oder Pascoes, wenn er auftauchte.

Konnte ja nicht schaden, wenn sie mal ein wenig vorfühlte …

»Okay, raus mit der Sprache, Kleine. Was hast du gesehen?«

Minnie verdrehte die Augen, als strengte sie ihr Erinnerungsvermögen an. Oder ihre Phantasie.

»Hör zu, Kleine«, sagte Novello, »es geht nicht darum, dass da ein Verrückter mit einer Axt rumgelaufen ist. Was uns weiterhilft, sind die ganz gewöhnlichen Sachen, solange sie der Wahrheit entsprechen. Du bist zum Schwimmen gegangen, oder?«

»Stimmt.«

»Du und wer noch?«

»Paul, das ist mein Bruder, und die Heeley-Zwillinge – Lynn und Larry, und Tony Jebb.«

Novello machte sich Notizen.

»Wie alt sind die?«

»Die Zwillinge sind neun, Tony ist elf.«

»Also älter als du.«

»Ja, aber ich kann besser schwimmen«, feuerte Minnie zurück.

»Toll. Und von den Erwachsenen?«

»Mr. Jebb, Tonys Dad. Und Miss Lee. Mr. Jebb hat den Souvenirladen. Miss Lee ist Akupunkteurin. Sie ist Chinesin oder so was, glaub ich. Ach ja, und der Dad der Zwillinge, Mr. Heeley, ist Tischler.«

Novello war beeindruckt, wie bereitwillig das Mädchen nützliche Informationen herausrückte und wie leicht ihr *Akupunkteurin* über die Lippen kam, aber schließlich war sie ja auch Tom Parkers Tochter. Sie sah auf ihrer Liste nach. Jebb wurde von Seymour befragt. Heeley gehörte ihr, Miss Lee war Bowler aufgetragen worden.

Das hieß, dass ihre Kollegen irgendwann feststellen sollten, dass auch Kinder auf dem Fest gewesen waren. Wie würde Wield reagieren, wenn man ihm sagte, er hätte etwas übersehen? Das sollte vielleicht am besten einer der anderen herausfinden.

»Waren sie auch beim Schwimmen? Die Erwachsenen, meine ich.«

»Nein. Die haben nur rumgesessen und sich unterhalten. Als das Gewitter gekommen ist, haben sie uns rausgerufen. Das war doof. Die anderen hatten Angst, aber ich hätte es richtig cool gefunden, wenn wir weiter hätten schwimmen können, wenn es blitzt und donnert. Schwimmen Sie auch? Sie sehen so aus, als könnten Sie es.«

»Ach ja? Soll das heißen, dass ich schlank und silbrig bin wie eine Forelle? Oder breit und speckig wie eine Robbe?«

»Na ja, Sie sehen stark aus«, sagte das Mädchen vorsichtig.

»Das kannst du wohl glauben. Okay, ihr musstet also aus dem Wasser. Und dann?«

»Wir sind den Felspfad hochgelaufen. Charley ist runtergekommen, um uns zu holen, sie hat mich und Paul gepackt, und dann sind wir ins Haus gerannt, und Charley hat uns nach oben gebracht, um uns abzutrocknen, und dann hat sie uns oben in einem der Fenster sitzen lassen, damit wir das Gewitter anschauen können.«

»Das war aber nett von ihr. Du magst Charley?«

»Sie ist toll. Sie wird meinen Onkel Sidney heiraten, wissen Sie das?«

»Wirklich? Nein, das habe ich nicht gewusst. Sie kennt ihn schon lange?«

Minnie überlegte. »Nicht *sehr* lange. Und es ist ein Geheimnis, Sie sollten es vielleicht nicht weitererzählen.«
Charley war erst seit einer Woche hier und hatte laut eigener Aussage die Parker-Familie nicht mehr als drei Tage zuvor kennengelernt, daher sagte Novello: »Ist das eines dieser Geheimnisse, von denen noch nicht einmal Charley und dein Onkel Sid was wissen?«
»Kann schon sein«, sagte das Mädchen.
»Dann werde ich es definitiv für mich behalten. Okay, ihr habt das Unwetter beobachtet. Und dann?«
»Dann, als es vorbei war, sind wir runter zu Mum gegangen, und alle sind nach draußen, und dann haben die Leute rumgeschrien, weil sie Breitarsch gefunden haben …«
»Wie bitte?«
»Ich meine, Lady Denham. Stimmt es, dass sie neben dem Schwein gegrillt worden ist?«
»Mehr oder weniger«, sagte Novello, die es für besser hielt, wenn die Kids in gruseliges Entzücken ausbrachen statt Alpträume davon bekamen. »Hast du sie überhaupt gesehen?«
»Nein. Ich wollte gucken gehen, aber Mum hat uns sofort weggeschleift«, sagte das Mädchen bedauernd.
Novello stieß sie in die Seite. »Ich meinte vorher, Dummie.«
»Nur als wir angekommen sind.«
»Wie war sie da?«
»Richtig nett.«
»Ist das ungewöhnlich?«
»Na ja, sie macht immer ein großes Trara, wenn sie bei uns zu Besuch ist und mich und die anderen sieht, aber das dauert nur ein paar Sekunden, dann hat sie uns alle schon wieder vergessen.«
»Aber dieses Mal …?«
»Sie hat sich, glaub ich, richtig gefreut, alle zu sehen.«
»Wie gefreut?«
»Na ja, Sie wissen schon, so wie Erwachsene, wenn sie ein

paar Gläser Alkohol getrunken oder miteinander Sex gehabt haben.«

Versuchte sie sie zu schockieren? Oder zu beeindrucken? Oder war sie wirklich so abgebrüht, wie sie klang?, überlegte Novello. Wie auch immer, das war jedenfalls nicht der Weg, den sie außerhalb einer ordnungsgemäßen Minderjährigen-Zeugenbefragung einschlagen wollte.

»Was hast du also gesehen, nachdem ihr vom Strand zurückgekommen seid?«

»Eine Menge Leute. Alle sind wild herumgerannt, um sich vor dem Gewitter in Sicherheit zu bringen.«

»Kannst du ein bisschen spezifischer sein? Ich meine, kannst du dich an jemand Bestimmten erinnern?«

»Ich weiß, was spezifisch bedeutet«, kam es von Minnie gereizt. »Ich hab Teddy Denham gesehen. Er hat auch seine Badehose angehabt, aber er war nicht beim Schwimmen. Jedenfalls nicht mit uns.«

Natürlich nicht, dachte sich Novello. Sie wusste, was er getrieben hatte.

»Noch jemanden?«

»Viele Männer. Vom Stadtrat, glaube ich, weil der Bürgermeister mit seiner Kette bei ihnen war. Die haben sich die Flasche und die Gläser von der Bar geschnappt, um sie reinzubringen, dann ist Mr. Hollis vom Pub gekommen und hat gesagt, er würde sich darum kümmern. Keiner hat sich um das Essen gekümmert, ich wollte mir was holen, weil wir noch gar nichts gehabt haben und das Schwimmen mich immer hungrig macht, aber Charley hat gesagt, nein, wir sollen gleich reingehen.«

»Charley hat da also auf dich aufgepasst? Was war mit den anderen Erwachsenen?«

»Mr. Jebb war da mit Tony, und Mr. Heeley hat sich um die Zwillinge gekümmert. Miss Lee hab ich nicht gesehen. Die ist irgendwie verschwunden, als wir den Pfad hochgekommen

sind. Als wir dann jedenfalls wieder rauskonnten, war das ganze Essen verdorben. Ich glaube, das war Claras Schuld, die kümmert sich normalerweise in der Hall um solche Dinge, und Breitarsch, ich meine Lady Denham, hätte ihr wahrscheinlich ziemlich die Hölle heißgemacht, wenn sie gesehen hätte, dass das schöne Essen vergeudet war.«
Der Satz und die Intonation ließen vermuten, dass sie nur wiedergab, was sie irgendwo aufgeschnappt hatte.
»Und dann fand man …«, begann Novello und hielt inne, um nach einer schonenden Umschreibung zu suchen.
»Die Leiche«, kam es von Minnie voller Ungeduld.
»Richtig. Haben deine Eltern dich daraufhin sofort nach Hause gebracht?«
»Ja. Ich wollte noch bleiben und sehen, was als Nächstes passiert, aber Sie wissen ja, wie Erwachsene so sind.«
Leicht geschmeichelt, als Nicht-Erwachsene eingestuft zu werden, sagte Novello: »Ja. Ich arbeitete für ein paar Erwachsene, und die können einem ziemlich auf die Nerven gehen.«
Sie beugte sich über das Mädchen und öffnete die Beifahrertür. »Okay«, sagte sie. »Das reicht. Vielen Dank.«
»War's das schon?«, fragte Minnie enttäuscht. »Sie wollen nichts mehr von den anderen hören?«
»Welchen anderen?«
»Die ich vom Fenster aus gesehen habe, als draußen das Gewitter war.«
O Gott, dachte sich Novello. Sie hätte Minnie sofort aus dem Wagen werfen, Wield informieren, ihm von ihr und den anderen Kindern erzählen sollen, damit er sich um deren vorschriftsmäßige Befragung kümmerte.
Andererseits, nachdem sie schon so weit gegangen war und nun vielleicht wirklich etwas Entscheidendes herausfand, sollte doch jeder Anschiss, den sie kassierte, nur pro forma sein.
Oder auch nicht.
»Na, dann erzähl mal«, sagte sie.

Das Mädchen kniff angestrengt das Gesicht zusammen. Novello musste an ihre Beichten in der Kindheit denken, als sie, eifrig bestrebt, Vater Kerrigan nicht zu enttäuschen, die Grenzen der Tatsachen verschwimmen ließ, damit sie ihm von bedeutsamen Sünden erzählen konnte. Mit dem Einsetzen der Pubertät verschwammen die Grenzen dann immer noch, ihre Motive aber hatten sich ins Gegenteil verkehrt.
»Ich hab aus dem Fenster geschaut und dem Gewitter zugesehen, und unten auf dem Rasen war Miss Denham …«
»Einen Moment«, sagte Novello. »Alle haben gesagt, es war schwarz wie die Nacht, es goss in Strömen, und der Wind trieb Blätter und anderes Zeug durch die Luft. Du musst sehr gute Augen haben.«
»Ja, hab ich«, sagte Minnie nicht ohne Selbstgefälligkeit. »Und wenn die Blitze runtergekommen sind, war es so hell wie am Tag.«
»Während der Blitze hast du also … was genau gesehen?«
»Miss Denham. Warum wollen Sie mir nicht glauben?«, beharrte das Kind wütend.
»Minnie, es geht nicht darum, was ich glaube«, erwiderte Novello ganz ruhig. »Sondern darum, was du glaubst. Vergiss nicht, worüber wir uns hier unterhalten. Es geht um eine wirklich schreckliche Angelegenheit. Das ist kein Spiel. Also erzähl mir, was du gesehen hast.«
Die Predigt verfehlte ihre Wirkung nicht.
Etwas zögernd fuhr das Mädchen fort: »Ich hab wirklich jemanden gesehen, und ich glaube, es war Miss Denham. Jedenfalls könnte sie es gewesen sein, und jemand war bei ihr … ein Mann …«
»Wer?«
»Das weiß ich nicht!«, rief sie. »Er ist mir irgendwie bekannt vorgekommen, aber ich hab ihn nicht richtig gesehen. Sie sind aus den Sträuchern zwischen dem Rasen und dem Grillplatz gekommen …«

Novello versuchte sich die Lage des Hauses, des Rasens und des Grills ins Gedächtnis zu rufen.
»Das muss ja an die dreihundert Meter entfernt gewesen sein. Und das im spitzen Winkel. Du hast gute Augen.«
»Sag ich doch«, erwiderte das Mädchen.
»Und das hast du alles im Licht von einem Blitz gesehen?«
»Ja. Und beim nächsten waren sie verschwunden.«
Zeit, um hier aufzuhören, dachte sich Novello. Sie hatte bereits wesentlich mehr als nur vorgefühlt. Wenn man sie deswegen zur Rechenschaft zog, wäre es von Vorteil, wenn sie eine entscheidende Entdeckung vorweisen könnte – aber die bisherigen Informationen waren nichts Halbes und nichts Ganzes.
»Haben noch andere diese beiden Leute gesehen – dein Bruder oder Miss Heywood vielleicht?«
»Ich glaube nicht.«
»Und du hast denen auch nicht erzählt, was du gesehen hast?«
»Nein. Ich meine, ich hab doch nicht gewusst, dass es wichtig sein könnte, oder?«
»Das weißt du jetzt auch nicht«, sagte Novello. »Gut. Danke. Und jetzt verschwinde.«
»Muss ich denn nichts unterschreiben? Und hätten Sie das nicht alles auf Tonband aufnehmen müssen?«, wollte das Mädchen wissen.
»Später«, sagte Novello. »Du wirst das alles vielleicht noch mal über dich ergehen lassen müssen, aber dann in Anwesenheit deiner Mum oder deines Dads. Dann wird auch vielleicht alles aufgenommen, und du musst unterschreiben. Das hier, das war so eine Art Probelauf, okay?«
»Okay«, sagte Minnie, rührte sich aber nicht. »Und wo fahren Sie jetzt hin?«
»Was geht dich das an?«
»Vielleicht könnte ich ja mitkommen. Ich kenne hier alle Abkürzungen.«

»Jetzt mach mal halblang. Wer braucht denn hier in so einer kleinen Stadt Abkürzungen?«, sagte Novello, die Stadtpflanze, für die jede Ansiedlung mit weniger als fünfzigtausend Einwohnern ein Dorf war. »Und solltest du nicht im Bett sein?«
»Ich werde bei meinem nächsten Geburtstag zehn!«, erklärte Minnie indigniert.
»Was willst du also? Ein Telegramm von der Queen? Jetzt raus, oder ich muss dich verhaften.«
Sie sah, wie die Augen des Mädchens ob dieser Möglichkeit funkelten, daraufhin verpasste sie ihr einen unsanften Schubs, der sie durch die offene Tür auf den Rasen beförderte.
»Bis dann«, rief Novello, zog die Tür zu, drehte den Zündschlüssel um, drückte das Gaspedal durch, ließ den Wagen auf dem Kies herumschleudern und raste über die Anfahrt davon. Im Rückspiegel sah sie, dass das Mädchen auf die Beine gekommen war, dem Wagen hinterherlief und ihr etwas verärgert zubrüllte.
Natürlich hörte sie nichts, und dem Mädchen von den Lippen abzulesen war so gut wie unmöglich.
Trotzdem glaubte sie die Worte zu erkennen: »Sie haben auch einen Breitarsch!«

9

Ziel erreicht«, ertönte die Etepetete-Frauenstimme voller Zuversicht.

»Verdammte Lügnerin«, raunzte Edgar Wield.

Anfangs war er beeindruckt gewesen, wie das Etepetete-Frauenzimmer ihn durch das Gewirr nicht verzeichneter Nebenwege gelotst hatte, labyrinthisch genug, um einen Minotaurus-Jäger zu verwirren, letztendlich aber hatte sie ihn doch im Stich gelassen. Das Gebäude, neben dem er angehalten hatte, trug ein Schild mit der Aufschrift Lyke Farm, er jedoch wollte zur Lyke Farm Barn.

Zeit für menschliche Kontaktaufnahme.

Er stieg von der Thunderbird und pochte mit dem löwenköpfigen Klopfer gegen die Eichentür.

Er hatte seinen Ausweis bereits aufgeschlagen. Normalerweise vertraute er darauf, dass die Leute ihn nahmen, wie sie ihn vorfanden, aber in abgelegenen Gebieten erforderte die Kombination aus Ledermontur und seinen verbotenen Gesichtszügen sofortige Beschwichtigungsmaßnahmen.

Die Tür ging auf. Der Rahmen wurde von einem riesigen, rotgesichtigen Mann ausgefüllt, der aussah, als würde es ihn auch nicht kümmern, wenn der Leibhaftige höchstselbst auf der Matte stand.

»Detective Sergeant Wield«, sagte Wield, um sicherzugehen.

»Oh aye? Geht wohl um den Mord. Sie wollen zum jungen Fran, würde ich sagen.«

Wield war nicht überrascht. Die Geschwindigkeit, mit der sich Nachrichten durch den leeren Raum im ländlichen Yorkshire verbreiteten, würde Bill Gates mit Neid erfüllen. »Richtig, zu Mr. Roote«, sagte er. »Ich suche die Lyke Farm Barn.«

»Na, da haben Sie nicht aufgepasst. Einen halben Kilometer zurück auf der Straße nach Sandytown, da biegt der Weg ab, kurz vor der toten Eiche, und da steht auch ein verdammt großes Schild für alle, die lesen können.«
Wield fühlte sich keineswegs brüskiert. Er lebte mittlerweile lange genug in einem abgelegenen Yorkshire-Dorf, um zu wissen, dass der scheinbar ruppige Ton dem vertrauten höflichen Umgang in großstädtischen Gebieten entsprach.
»Danke, Mr. ... äh?«
»Sedgwick. Wally Sedgwick. Sie haben ihn also noch nicht?«
»Wen?«
»Den, der Daph Brereton den Garaus gemacht hat, natürlich.«
»Nein, wir haben ihn noch nicht. Sehen Sie Mr. Roote oft?«
»Wenn er vorbeischaut, um die Miete zu zahlen. Meine Frau bekommt ihn öfter zu Gesicht, die putzt nämlich bei ihm.«
»Dann gehört die Scheune Ihnen.«
»Oh aye. Hab sie vor ein paar Jahren ausgebaut, als es die Regierung einem unmöglich gemacht hat, von ehrlicher Landwirtschaft zu leben. Diversifizieren soll man, haben sie gesagt. Feriengäste aufnehmen, Tee mit Sahne servieren. Scheiß drauf, hab ich gesagt. Ich lass mir doch nicht von irgendwelchen Fremden mein Klo verstopfen. Aber wir haben einen Zuschuss bekommen, um die Scheune in ein Feriencottage umzuwandeln.«
»Und jetzt wohnt Mr. Roote dort fest?«
»Hat für ein Jahr einen Mietvertrag, kann verlängert werden. Hab ja nicht geglaubt, dass es funktionieren würde, als ich gesehen hab, in welchem Zustand er ist, aber es gibt nur ein Erdgeschoss, und er hat ein wenig Geld lockergemacht für ein paar Umbauten. Meint, er will was Ruhiges zum Schreiben. Und meine Frau meint, wäre ja so viel einfacher, als wenn man im Sommer jede Woche einen Neuen hat und im Winter das Ding leersteht. Wahrscheinlich hat ihr der Bursche auch ein

bisschen leidgetan, und er hat ein verflixtes Mundwerk, wenn er mit den Frauen redet, das muss man ihm lassen! Haben uns also auf einen Preis geeinigt, plus etwas mehr fürs Putzen, und manchmal kocht sie auch für ihn, und alle sind's zufrieden.«

»Aye, klingt ja richtig kuschelig«, sagte Wield. »Sie kocht für ihn, sagen Sie? Dann hat er oft Gesellschaft?«

»Glaub nicht. Maisie macht Kasserollen und solche Sachen, nur für Mr. Roote selbst. Stellt es ihm in den Kühlschrank. Klar, er ist da so abgeschieden, wahrscheinlich könnte er jede Nacht wilde Partys schmeißen, aber die Einzigen, die ich jemals bei ihm gesehen hab, sind Tom Parker und dieser Denham-Typ auf seinem Motorrad.«

»Sir Edward, meinen Sie?«

»Aye. Fährt wie ein Verrückter. Diese Dinger gehören verboten, wenn Sie mich fragen.«

Roote dürfte also allein leben, ging Wield durch den Kopf, während er sich bedankte und wieder auf die Thunderbird stieg.

Einige Minuten darauf bremste er ab, als er vor dem Abendhimmel die skelettartige Silhouette eines großen abgestorbenen Baumes erkannte. Hier ging der Weg ab. Auch was das Schild betraf, hatte der Bauer Sedgwick recht gehabt, wenngleich nicht in jedem Punkt, dachte sich Wield, als er mit dem Stiefel wuchernde Brennnesseln zur Seite trat, hinter denen ein Granitbrocken zum Vorschein kam, auf dem mit bereits abblätternder weißer Farbe *Lyke Farm Barn* geschrieben stand.

Ein altertümliches Tor, an noch älteren Torpfosten aus Sandstein befestigt, verwehrte die Zufahrt. Es ließ sich mühelos auf den rostigen Angeln bewegen, dennoch musste es für einen Kerl im Rollstuhl verflucht lästig sein.

Vorsichtig fuhr er den Weg entlang, der mit tiefen Furchen und Schlaglöchern übersät war. Kein Problem für einen Traktor oder einen Wagen mit Vierradantrieb, der Aufhängung eines normalen Autos aber war es eher abträglich. Und wenn es regnete, musste alles im Schlamm versinken. Nach etwa hundert Metern hörte er trotz der eigenen Motorgeräusche, wie röhrend eine Maschine angelassen wurde. Nach einer Kurve, durch die das Gebäude in Sicht kam, erblickte er das andere Motorrad. Der tief über den Lenker gebeugte Fahrer in schwarzer Ledermontur, mindestens doppelt so schnell wie er selbst, kam auf ihn zugerast. Kurz schien ein Zusammenstoß unausweichlich. Wield hielt an und bereitete sich darauf vor, über Bord zu gehen. Der andere Fahrer lehnte sich allerdings nur zur Seite und rauschte an ihm vorüber, so nah, dass Wield den Fahrtwind abbekam.

»Wichser!«, brüllte Wield.

Das alles war so schnell abgelaufen, dass er noch nicht einmal die Nummer mitbekommen hatte, aber sollte er raten, würde er sagen, dass die Maschine eine Buell Lightning gewesen war, die Langversion.

Er fuhr wieder los. Der Weg führte zu einem gepflasterten Hof, auf dem ein blauer Kangoo vor der umgebauten Scheune geparkt war. Kaum etwas an dem langen, niedrigen, mit cremefarbenem Kieselrauhputz versehenen Gebäude wies noch auf seinen ursprünglichen Zweck hin, vom unverhältnismäßig breiten Eingang vielleicht abgesehen, der für einen Rollstuhlfahrer allerdings sehr nützlich sein musste.

Die Tür stand offen, und als Wield abstieg, tauchte an der Schwelle ein Mann in einem Rollstuhl auf.

»Sergeant Wield! Wie schön, Sie zu sehen. Ich habe mich schon gefragt, wer da kommen mag. Sie fahren noch immer die Thunderbird, wie ich sehe. Dachte ich mir doch, dass ich das dumpfe Grollen kenne.«

Die Begrüßung war formvollendet, Roote jedoch schien ein wenig außer Atem zu sein, sein Gesicht war leicht gerötet.

»Ich wundere mich, dass Sie bei dem Krach der Lightning überhaupt etwas gehört haben. War das Edward Denham? Ich dachte schon, er wollte glatt durch mich durch.«

»Ach, Gott«, sagte Roote. »Das tut mir leid. Ja. Das war Teddy. Gut beobachtet, und dabei sind Sie kaum zwei Minuten hier! Der Ruf Ihrer Gründlichkeit ist wohlverdient. Ich werde Teddy den Marsch blasen, oder sollte ich lieber sagen, ihm die Straßenverkehrsordnung einpauken? Aber zum Glück haben Sie ja überlebt, und es ist eine Freude, Sie zu sehen, Sergeant Wield. Wie geht es Ihnen? Sie sehen gut aus, überhaupt nicht verändert.«

»Es geht mir gut, Mr. Roote«, sagte Wield, der sich natürlich fragte, was Ted Denham zu dieser Zeit zur Lyke Farm Barn geführt hatte.

»Kommen Sie doch rein«, sagte Roote, wendete seinen Rollstuhl und fuhr ins schlicht eingerichtete Wohnzimmer voran. Auf dem mit Granitplatten belegten Boden standen lediglich ein niedriger Tisch und eine dreiteilige, holzgerahmte Polstergarnitur. Die Wände waren geweißt, statt einer Decke erhob sich nach oben hin das Dachgestühl mit seinen Balken, das dem Raum etwas Kirchenartiges verlieh. Das 21. Jahrhundert wurde durch einen Flatscreen-TV repräsentiert, der an einer der Stirnwände hing, sowie einer Computer-Workstation auf Rollstuhlhöhe.

Roote, dem nicht entging, dass sein Besucher das alles wahrnahm, sagte: »Ursprünglich lagen Teppiche auf dem Boden, damit alles ein wenig heimeliger wirkte, aber ich bat Maisie, sie zu entfernen. So konnte ich besser rollern, und ihre Teppiche halten länger.«

»Sie meinen Mrs. Sedgwick?«

»Tut mir leid, hätte ich anmerken sollen. Aber wozu, wenn man mit Sergeant Wield zu tun hat? Wen Peter so sehr wertschätzt, der muss anderen immer eine Nasenlänge voraus sein. Wie geht es ihm übrigens? Und seiner lieben Frau? Und natürlich der entzückenden Tochter?«

Für eine Sekunde fühlte sich Wield geschmeichelt, bevor er das Lob dem Mülleimer überantwortete. Er war mit Roote bei weitem nicht so gut bekannt wie Pascoe oder Dalziel, aber von ihren Erzählungen und den Akten wusste er, dass er es hier mit einem Meister der Irreführung zu tun hatte, gegenüber dem sich die meisten politischen Spin-Doctors wie Moderatoren einer Kindersendung ausnahmen.

»Es geht ihnen gut, allen dreien«, sagte er.

»Wunderbar! Nun, kann ich Ihnen eine Erfrischung anbieten, Mr. Wield?«, sagte Roote. »Keinen Alkohol, natürlich. Sie sind im Dienst. Aber ich weiß, wie der Dienst Sie manchmal auffressen kann, so dass kaum Zeit bleibt, etwas zu sich zu nehmen. Eine Tasse Tee also und ein Stück Kuchen? Maisie backt einen ganz unglaublichen Madeira-Kuchen.«

»Nein danke«, sagte Wield. »Es geht nur um ein paar Fragen, kein Grund, sich gleich die Haare zu raufen.«

»Nun, soll mir recht sein«, grinste Roote und fuhr sich über den glattrasierten Schädel. »Entschuldigen Sie meine alberne Nervosität. Wirklich, eine ganz schreckliche Sache, mit Folgen, die weit über die unmittelbare schauerliche Tragödie hinausreichen. Aber ich bezweifle nicht, dass Ihre Sensoren schon Witterung aufgenommen haben.«

»Bin immer froh, wenn Einheimische uns auf die richtige Spur bringen«, sagte Wield einladend. Wenn Zeugen die Richtung der Befragung vorgeben wollten, war es seiner Erfahrung nach immer hilfreich, sie gewähren zu lassen und zu sehen, wohin es führte.

»Lady Denham ist ... Entschuldigung ... war eine sehr wichtige Persönlichkeit in Sandytown. Damit meine ich nicht nur gesellschaftlich, sondern auch wirtschaftlich. Die Zeiten, Mr. Wield, ändern sich, und sie ändern sich schneller als jemals zuvor. Stillstand ist Rückschritt. Entwicklung ist alles. Und hier in Sandytown lag der Hauptteil jeder weiteren Entwicklung in den sicheren Händen zweier charismatischer Gestalten, Lady D. und Tom Parker. Haben Sie Tom schon kennengelernt?«

»Nein, aber er wird gerade befragt«, sagte Wield. »Die beiden kamen gut miteinander aus?«
Roote runzelte die Stirn. »Es ist unmöglich, mit Tom nicht gut auszukommen, aber es stimmt schon, er und Lady D. sind ganz unterschiedliche Charaktere. In den Händen von einem allein wäre das prächtige Schiff Sandytown wahrscheinlich schnell auf Grund gelaufen – zerschellt an den Klippen des schnellen Profits und persönlichen Gewinns, wäre Lady D. am Ruder gestanden, oder aufgelaufen auf den Untiefen eines vagen Idealismus und emotionalen Überschwangs, hätte Tom Parker den Kapitän gegeben. Mit anderen Worten, zusammen bildeten sie ein Team, das mehr war als die Summe seiner Teile. Doch ach, nachdem Daphne nun verschieden ist ...«
Er schüttelte den Kopf und setzte eine tragische Miene auf. Was er sehr gut machte, wie Wield sich eingestehen musste. Aus dem Mund anderer hätten diese schwülstigen Worte nur aufgeblasen geklungen, Roote jedoch hauchte ihnen Kraft und Leben ein.
»Wollen Sie damit sagen, das könnte vielleicht ein Motiv für den Mord an Lady Denham sein?«, fragte Wield. »Um das, was sie für das Konsortium geleistet hat, zu ruinieren?«
»Auf Toms Betreiben hin? Nie und nimmer. Aber andere sehen diese Dinge vielleicht anders, das wäre also möglich. Sie könnten es zu Ihrer Liste der gewöhnlichen Motive hinzufügen.«
»Die wären?«
»Geld – wer ist der Erbe? Sex – wer ist zum Gespött der Leute gemacht worden oder nicht zum Zug gekommen? Geistige Unzurechnungsfähigkeit – wer hat nicht alle Tassen im Schrank?«, erwiderte Roote prompt.
»Sie haben sich anscheinend einige Gedanken dazu gemacht.«
»Ich hatte mehrere Jahre Zeit, über das weite Feld der Mordermittlungen zu sinnieren, Sergeant Wield, unter besonderer Berücksichtigung, zu welchen Irrtümern eine vorzeitige fal-

sche Annahme selbst den ehrlichsten und gewissenhaftesten Ermittler führen kann.«

Dabei sah er Wield unumwunden in die Augen.

Wenn der Kerl ihm einen Gebrauchtwagen verkaufen wollte, würde er jetzt nach seiner Brieftasche greifen, dachte sich der Sergeant, der zunehmend Gefallen an dem Gespräch fand. Schließlich sah ein Experte nichts lieber, als wenn sein Gegenüber auf der Höhe des Spielgeschehens war.

Aber genug war genug. Er hatte gesehen, wohin Roote ihn führen wollte, daher war es an der Zeit, die Zügel anzuziehen.

»Richtig«, sagte er. »Danke. Und jetzt zum Fest in der Sandytown Hall. Um wie viel Uhr trafen Sie dort ein, Mr. Roote?«

Er nahm seinen Notizblock heraus, schlug ihn auf, klickte auf seinen Kugelschreiber und machte sich bereit. Aber der junge Mann war nicht gewillt, das Zepter so leicht aus der Hand zu geben.

»Mr. Wield, das ist nicht nötig«, sagte er lächelnd. »Ich wusste, dass Sie eine Aussage wollen, also setzte ich mich gleich nach meiner Ankunft, als mir noch alles frisch in Erinnerung war, hin …«

Er griff sich einen Schnellhefter, der auf dem Boden lag, und reichte ihn Wield.

»… und schrieb das hier auf.«

Wield öffnete den Hefter.

Aussage von Francis Xavier Roote, Lyke Farm Barn bei Sandytown, Yorkshire

»Soll ich uns nicht doch eine Tasse Tee machen, während Sie sich das ansehen, dann können Sie mir ergänzende Fragen stellen, und ich werde alles in Ihrer Anwesenheit unterzeichnen?«, sagte Roote.

»Ich bin beeindruckt, Mr. Roote«, sagte Wield. »Und wenn ich komme, um Sie zu verhaften, dann finde ich Sie bereits in Handschellen vor.«

Roote brach in schallendes Gelächter aus.

»Ich sehe schon, Sie und ich kommen ganz hervorragend miteinander aus, Sergeant«, sagte er.
Er fuhr zu einer Tür, die sich bei seiner Annäherung öffnete und Wield einen kurzen Blick in die Küche erlaubte. Alles war auf Rollstuhlhöhe: die Arbeitsflächen, die Spüle, der Herd. Roote hatte die Änderungen vermutlich auf eigene Kosten vornehmen lassen und würde, wenn er auszog, die Wiederherstellung des ursprünglichen Zustands auch noch bezahlen müssen. Die Gerüchte über die Höhe der Entschädigungszahlungen, die er zumindest teilweise aufgrund Pascoes Bemühungen erhalten hatte, mussten also stimmen. Eine Einrichtung wie diese samt der Automatiktüren dürfte nicht billig gewesen sein. Vor allem der niedrige Herd, fand Wield, verdeutlichte die Veränderungen im Leben des jungen Mannes wesentlich besser als sein Anblick im Rollstuhl. Er konzentrierte sich auf die schriftliche Aussage.
Sie war klar in der Sprache, genau in der Beschreibung, prägnant im Ausdruck. Immer, wenn Lady Denham erwähnt wurde, war die betreffende Stelle hervorgehoben. Keine davon schien von Bedeutung zu sein. Der einzige Abschnitt, der Wields Interesse weckte, befand sich am Schluss. Nachdem das Unwetter hereingebrochen war, hatte Roote im Wintergarten Zuflucht gesucht, hatte dort in einer ruhigen Ecke gesessen und dem Spiel der Blitze am Osthimmel zugesehen.

Als das Unwetter abflaute, überkam mich das Bedürfnis nach frischer Luft. Ich verließ den Wintergarten und rollte hinaus auf den gepflasterten Bereich. In den Büschen am Rand des Rasens bemerkte ich eine Bewegung. Ich erhaschte eine Person, ganz kurz nur, und noch dazu unter schlechten Lichtverhältnissen, darüber hinaus war sie etwa fünfundzwanzig bis dreißig Meter entfernt, aber ich bin mir sicher, einen Vollbart erkannt zu haben. Der einzige Vollbartträger auf dem Fest war Gordon Godley, der Heiler, dennoch vermag ich nicht

definitiv zu sagen, ob er es war. Wenn überhaupt, dann ähnelte er eher Harold, bekannt als Hen Hollis, dem Bruder von Lady Denhams ersten Mann. Dagegen aber spricht: Hens Anfechtung des Testaments seines Bruders führte zum Zwist mit Lady D., weshalb ich es für äußerst unwahrscheinlich halte, dass er zum Grillfest überhaupt eingeladen worden war.
Neugierig, warum sich jemand draußen im Regen aufhalten sollte, rollte ich auf das Gras und wollte dem nachgehen. Unglücklicherweise war der tieferliegende Abschnitt des Rasens nach dem Gewitterguss so durchweicht, dass ich mit den Rädern einsank und stecken blieb. Es kam noch schlimmer: Der Regen, der sich bis auf einige zu vernachlässigende Tropfen abgeschwächt hatte, frischte erneut auf, ein letzter Schauer, wie sich herausstellte, was mich, da ich ihm entkommen wollte, zu einer solchen Anstrengung bewog, dass ich mit dem gesamten Stuhl umfiel und ausgestreckt auf dem Rasen landete. Dort lag ich, bis die anderen aus dem Haus kamen und Petula Sheldon, die Oberschwester der Avalon-Klinik, mich rettete und auf trockenes Land zurückrollte.
Kurz darauf wurde die Leiche der armen Lady Denham entdeckt. Eine Weile lang herrschte Chaos. Gefangen in meinem Rollstuhl, tropfnass und äußerst betrübt wegen der Neuigkeiten, sah ich keinerlei Möglichkeit, irgendwie von Hilfe zu sein. Im Vertrauen, dass den Behörden eine Liste aller Gäste zugänglich gemacht würde, folgte ich dem Beispiel vieler anderer und begab mich nach Hause, wo ich mich, nachdem ich meine Kleidung gewechselt hatte, an die Abfassung dieser Aussage machte.

Gezeichnet in Gegenwart von .... durch ....

Roote klapperte noch immer mit dem Geschirr in der Küche – ein wenig lauter als notwendig?
Vielleicht wollte er ihm Zeit geben, ein wenig herumzu-

schnüffeln, dachte sich Wield. Dem wollte er freudig nachkommen.
Er stand auf und ging zum Computer. Es war ein topmodernes Gerät. Jemand mit entsprechendem Know-how konnte damit wahrscheinlich so ziemlich alles anstellen, was er wollte. Die Versuchung musste groß sein für jemanden, der im Rollstuhl saß … nein, verbesserte sich Wield, für jeden mit entsprechendem Know-how, wie er aus eigener Erfahrung wusste!
»Irgendwelche Fragen?«, kam es von Roote, der aus der Küche zurückkehrte. Auf den Lehnen des Rollstuhls befand sich ein Tablett mit Tassen, Teekanne, Zuckerdose, Milchkännchen und einem Kuchen.
»Aye. Haben Sie diesen Mann mit dem Vollbart noch einmal gesehen, als Sie auf dem Rasen lagen?«
»Nein«, sagte Roote. »Ich meinte etwas zwischen den Büschen gehört zu haben, so, als wollte sich jemand hindurchzwängen, aber gesehen habe ich nichts.«
»Schade«, sagte Wield und kehrte zu seinem Stuhl zurück. »Und schade auch, dass Sie nicht geblieben sind, um uns diese Information sehr viel früher zukommen zu lassen, Mr. Roote. Sie sind nicht der Einzige, der genügend Zeit hatte, um nach Hause zu gehen und sich umzuziehen.«
»Ich weiß nicht, wann Sie in der Hall eingetroffen sind, Mr. Wield, aber ich vermute, die Person, die ich gesehen habe, hätte bis dahin ebenfalls genügend Zeit gehabt, um das alles zu machen.«
»Möglich, aber Sie hätten es Sergeant Whitby sagen können, der sehr viel früher am Tatort war.«
»Ach, ja, Sergeant Whitby.«
Hätte er deutlich ausgesprochen, was sein Ton andeutete, hätte Wield sich aufgrund seiner Loyalität zu anderen Sergeants berufen gefühlt, Whitby in Schutz zu nehmen. Doch so wurde das Schweigen mit Schweigen quittiert, und er nahm die Tasse Tee an, die Roote ihm einschenkte.

So viel also dazu, die Kontrolle über die Befragung behalten zu wollen, dachte er sich, als er die Zähne in das Stück Madeira-Kuchen schlug. Zumindest in der Einschätzung dessen hatte Roote vollkommen richtiggelegen. Er war köstlich.

»Also, darf ich nun unterschreiben?«, sagte der junge Mann.

»Aye, das sollte reichen. Vorerst.«

Roote nahm die Aussage entgegen, unterschrieb schwungvoll, reichte sie Wield und sah zu, wie dieser gegenzeichnete.

Dann sagte er: »Und jetzt erzählen Sie mir vom lieben Peter Pascoe. Weiß er, dass ich hier bin? Wann darf ich hoffen, ihn zu sehen?«

»Aye, er weiß davon. Hat Ihnen Sir Edward gesagt, dass er hier ist?«

»Ja, ich glaube. Obwohl ich es gemutmaßt habe. Wem sonst sollte man im Moment denn einen Fall wie diesen anvertrauen, nachdem der arme Mr. Dalziel *hors de combat* im Avalon weilt?«

»Dann sind Sie Mr. Dalziel begegnet?«

»O ja. Das Schicksal hat unsere Wege zusammengeführt, obwohl das für das Schicksal an einem Ort von der Größe Sandytowns keine allzu mühselige Aufgabe sein kann. Er ist, meiner Einschätzung nach, noch nicht wieder wie früher, dennoch majestätisch in seinem lädierten Zustand. Bei unserem zweiten Treffen freute es mich zu sehen, dass er auf dem besten Weg ist, wieder ganz der Alte zu werden. Seine Fortschritte waren tatsächlich so beträchtlich, dass ich mich imstande sah, ihn um Unterstützung bei meinem Berufungsverfahren zu bitten.«

»Ihr Berufungsverfahren?«

»Die Revision meiner Verurteilung, was, wie ich hoffe, in einem Freispruch endet.«

Wield nippte an seinem Tee und sagte in einer Stimme so flach wie Norfolk: »Sie haben den Superintendenten gebeten, Ihnen bei der Revision des gegen Sie erlassenen Urteils zu helfen?«

»Genau.«
Wield nippte erneut an seinem Tee.
»Und er erwiderte …?«
»Er wolle es sich ernsthaft überlegen. Ich habe ihn schon immer als jemanden mit Verstand und Mitgefühl eingeschätzt. Sein äuß're Anschein, er straft Lügen seiner Seele Unermesslichkeit.«
Wield trank seinen Tee aus.
Da musste irgendwas drin sein, dachte er. Magic Mushrooms vielleicht.
Er faltete die Aussage zusammen, legte sie in seinen Notizblock, stand auf und sagte: »Ich mach mich lieber mal auf die Socken. Danke für den Tee. Und den Kuchen. Übrigens, was hat Sie hier nach Sandytown geführt?«
Es war ganz beiläufig gedacht, aber Roote grinste breit. »Natürlich, Peter wird Sie danach fragen. Die Antwort lautet: Vertrautheit und Zufall, Mr. Wield. Als ich meine Suche nach Heilung aufgab und beschloss, nach England zurückzukehren, wohin sonst hätte ich kommen sollen als nach Yorkshire, das in meinem Leben eine so wichtige Rolle gespielt hat?«
»Wo Sie im Gefängnis saßen, wo Sie angeschossen und wo Sie verkrüppelt wurden?«, sagte Wield. Wenn, dachte er sich, der Kerl auf klare Worte stand, dann konnte er sie haben!
»In der Tat, obwohl ich mich mit diesen Dingen nicht lange aufhalten möchte. Das Schicksal mag mich dazu auserkoren haben, das Leben eines Gnomen zu führen, aber ich versuche es wie ein Gnomon aufzuzeichnen, der nur die sonnigen Stunden anzeigt.«
Er hielt inne, als erwartete er Applaus, wobei nicht klar war, ob für seine mentale Stärke oder verbale Gewandtheit. Wields Antlitz blieb so unlesbar wie die Autobiographie eines Fußballers. Roote lächelte. »Das erklärt Yorkshire. Aber warum Sandytown, fragen Sie sich womöglich. Während meiner Wanderungen durch Europa auf der vergeblichen Suche nach

gesundheitlicher Wiederherstellung – ich besuchte sogar Lourdes, Gott möge mir helfen, was er aber nicht getan hat – erfuhr ich wirksamste Linderung an einer meiner ersten Anlaufstellen, der Avalon-Klinik in Davos. Dorthin kehrte ich letztes Jahr zurück, als ich mir meine Niederlage endlich eingestand. Nicht zur Behandlung – ich wusste, das wäre zwecklos –, sondern weil ich an einem Ort sein wollte, wo man mir Verständnis ohne Mitleid entgegenbrachte. Anerkannt zu werden ist der erste Schritt zur Anerkennung, würden Sie dem nicht auch beipflichten, Mr. Wield?«

»Möglich«, sagte Wield und sah verstohlen auf seine Uhr.

»Um es kurz zu machen«, fuhr Roote fort. »Enttäuscht musste ich feststellen, dass Herr Professor Doktor Alvin King, der Leiter der Klinik, zu dem ich ein gutes Verhältnis aufgebaut hatte, für ein halbes Jahr fort war. Aber bald bemerkte ich, dass der Kollege, mit dem er die Stelle getauscht hatte, Lester Feldenhammer, sogar noch mehr auf meiner Wellenlänge lag. Die Gespräche mit ihm, dazu natürlich mein neuerliches Engagement beim Third Thought, machten mir klar, dass das Leben in seiner ganzen Fülle ausgeschöpft und nicht verschwendet werden sollte, indem man einem nebulösen Traum hinterherjagt. Als ich herausfand, dass Lesters angestammte Klinik das Avalon hier in Yorkshire ist, nahm ich das als Zeichen. Daher ließ ich mich letzten Januar hier nieder, und das war die beste Entscheidung, die ich jemals getroffen habe.«

Sollte nicht schwierig sein zu eruieren, wohin ihn seine anderen Entscheidungen geführt haben, dachte sich Wield.

»Wie hat Dr. Feldenhammer das aufgenommen?«, fragte er.

»Er war erfreut. Vom Patienten wurde ich zu einer Art Kollege, unbezahlt, natürlich. Lester ist ungeheuer offen und empfänglich. Die meisten Schulmediziner hätten Tom Parkers Enthusiasmus für alternative Heilmethoden im besten Fall als Schrulle angesehen, im schlimmsten als schlicht gefährlich. Lester jedoch hat seine Energie und die Mittel des Avalon ganz in den Dienst von Toms Festival der Gesundheit gestellt.«

Erneut sah Wield auf seine Uhr, diesmal ganz offen. »Sehr interessant. Aber ich sollte jetzt los. Nochmals vielen Dank.«

»War mir eine Freude. Richten Sie Peter meine besten Grüße aus, und sagen Sie ihm, ich würde ihn nur allzu gern sehen. Aber es liegt an ihm, sich zu melden. Sollte ihm diese Idee nicht zusagen, habe ich dafür größtes Verständnis. Das muss für ihn ein sehr wichtiger Fall sein, nehme ich an.«

»Ach? Wie kommen Sie darauf?«

»Na, nachdem Mr. Dalziel außer Gefecht ist ... muss ich noch deutlicher werden? Ich hoffe sehr, dass sich Peter wacker schlägt.«

»Ich werde es ihm ausrichten. Auf Wiedersehen.«

Nachdem er sich verabschiedet hatte, ließ sich Wield die Begegnung mit Franny Roote noch einmal durch den Kopf gehen. Im besten Fall, schätzte er, hatte er ein Unentschieden erzielt, insgeheim beschlich ihn aber das Gefühl, als hätte der Mann im Rollstuhl knapp gewonnen. Es war ihm nur wenig Trost, dass er sich an eine Bemerkung Dalziels erinnerte: *Wenn du jemals meinst, du hättest den Scheißer in der Tasche, dann bist du wirklich verratzt.*

Sein Handy klingelte, als er sich dem Ende der Zufahrt näherte. Er hielt an und nahm das Gerät ans Ohr. »Wield ... was? Einen Moment ... der Empfang ist lausig.«

Er fuhr das Motorrad zwischen den dichtstehenden Bäumen auf die Straße.

»Besser jetzt? Okay, Hat. Was hast du gesagt?«

Er lauschte, dann sagte er: »Hast du Mr. Pascoe informiert? Mach das! Ich bin schon unterwegs.«

Er verbannte Franny Roote aus seinen Gedanken und röhrte auf der Thunderbird zurück nach Sandytown.

10

Peter Pascoe befand sich in einem Dilemma, als er sich der Avalon-Klinik näherte.
Wen sollte er als Erstes aufsuchen? Die beiden Zeugen Dr. Feldenhammer und Schwester Sheldon – oder Andy Dalziel? Die Vorschriften sahen vor, dass er als Ermittlungsleiter umgehend die Zeugen kontaktierte.
Aber Dalziel, obwohl krankgeschrieben, war nach wie vor sein Boss, und nachdem er sich nun seit einiger Zeit hier aufhielt, könnte er einige nützliche Hintergrundinformationen liefern …
Nein, streich das!
Das war lediglich eine Ausrede. Damit wollte er nur kaschieren, was ihm sehr wohl bewusst war – dass eines der Hörner dieses Dilemmas größer und schärfer war und sehr viel tiefer in ihn eindringen konnte als das andere; etwas, was ihm nur noch stärker bewusst wurde, je mehr Gefallen er an seiner Unabhängigkeit fand.
Während all der Jahre im Mid-Yorkshire CID hatte Pascoe sich daran gewöhnt, nur sich selbst und Dalziel gegenüber Rechenschaft schuldig zu sein. Die Abwesenheit des Dicken hatte eine große Lücke hinterlassen, die keiner der hochrangigen Beamten ausfüllen konnte. Anfangs war ihm das ständig bewusst gewesen. In den letzten Wochen jedoch hatte sich dieses Gefühl mehr und mehr gelegt, nicht, weil irgendjemand die Lücke ausgefüllt hätte, sondern weil er irgendwie in sie hineingewachsen war.
Irgendwann aber würde Vater Bär zurückkommen und Goldlöckchen aus seinem Bett rütteln. Das war der unvermeidliche Lauf der Dinge. Doch das lag noch in ferner Zukunft. Gegen-

wärtig war Dalziel ein Kollege auf Reha, der von bürokratischen Regularien und dem ärztlichen Regime außen vor gehalten wurde, und noch nicht ein großer Fall, der unglücklicherweise mitten auf seiner Schwelle detonierte, würde ihn dazu berechtigen, wieder seinen angestammten Platz einzunehmen.

Dilemma also gelöst. Berufliche Pflicht als Erstes, Krankenbesuch danach.

Die goldenen Tore des Avalon ragten vor ihm auf. Er drückte auf die Hupe. Aus einem Torwächterhäuschen erschien ein Mann, der die Tore öffnete und ihn durchwinkte.

Er hielt neben dem Wärter an und ließ die Scheibe hinunter.

»Detective Chief Inspector Pascoe, ich möchte zu Dr. Feldenhammer.«

Pascoe hörte, wie die Fondtür geöffnet wurde. Die Federung des Wagens ächzte unter dem plötzlichen Gewicht. Er sah in den Rückspiegel, obwohl er bereits wusste, wen er sehen würde. Es war noch immer ein Schock. Obwohl es keiner mehr sein sollte. Warum überließ Gott die wichtigen Entscheidungen den Sterblichen, wenn er sie doch so leicht selbst treffen könnte?

»Du hast dir Zeit gelassen«, erklang die allzu vertraute Stimme. »Okay, Stan, das ist der Bursche, von dem ich dir erzählt habe.«

»Gut, Mr. Dalziel. Wir sehen uns später.«

Der Torwärter winkte den Wagen voran.

Pascoe gehorchte.

»Hier links«, kommandierte der Dicke. »Genau, zum alten Haus.«

»Wo ich ohne Zweifel Dr. Feldenhammer finden werde«, sagte Pascoe, bemüht, wieder auf gleiche Augenhöhe zu kommen.

»Stell dich nicht so an. Der gute Lester kann warten. Außerdem hat er gerade Pet bei sich oben. Wahrscheinlich vergnügen sie sich ein bisschen miteinander. Übliche Reaktion auf traumatische Erlebnisse, so steht's geschrieben.«

Das war der Punkt, an dem der Wagen anzuhalten und wieder die Herrschaft zu übernehmen war. Stattdessen hörte Pascoe nur sich selbst fragen: »Wo steht das geschrieben? Und wer ist Pet?«

»Pet Sheldon, Oberschwester. Und geschrieben steht's in Katzenjammers eigenem Buch. *Posttraumatischer Stress – Wegweiser für Patienten.* Eingängiger Titel, was? Wahrscheinlich hast du den Film gesehen. Er hat mir ein Exemplar gegeben. Wette, er hat nicht geglaubt, dass ich's lese, aber ich hab's nur so durchgezogen, immer auf der Suche nach den schlüpfrigen Stellen. Hier parkst du!«

Pascoe hielt den Wagen an, ließ aber den Motor laufen. Er hatte sich entschieden. Bis hierher und nicht weiter.

»Sir …«, begann er, aber es war schon zu spät. Die Hintertür ging auf, und der Wagen seufzte vor Erleichterung auf, als der Dicke ausstieg und sich zum Haus aufmachte, ohne sich auch nur einmal umzudrehen, ob er ihm folgte.

»Scheiße«, sagte Pascoe und stieg aus.

Sie überquerten eine Terrasse, wo einige wenige an runden schmiedeeisernen Tischchen saßen und Kaffee oder Wein tranken. Die frühe Abendluft war mild, das Unwetter hatte lediglich alles ein wenig aufgefrischt, kündete aber keineswegs vom Ende des Sommers. Die Patienten auf der Terrasse hätten Gäste in einer italienischen Villa sein können, die auf die Rückkehr des Duce von seinem Abendspaziergang warteten, gefolgt von seinem treuen Leibwächter.

Schließlich kamen sie in einem Zimmer der luxuriösen Hotelkategorie an. Jedenfalls lag es einige Sterne über dem Cedars, der Reha-Klinik der Polizei.

Beglich Cap die Rechnung? Dalziel dürfte sich damit keinesfalls einverstanden erklären. Vielleicht hatte er eine Versicherung. Oder vielleicht hatte die dankbare Verbrechergilde Spenden gesammelt, um dafür zu sorgen, dass er möglichst lange aus dem Verkehr gezogen war.

»Hör zu …«, versuchte er es erneut, aber der Dicke schnitt ihm das Wort ab: »Das Wichtigste zuerst. Setz dich.«
Er öffnete eine Schublade und nahm eine Flasche Scotch und zwei Gläser heraus.
Pascoe ließ sich auf dem einzigen Lehnsessel nieder und sah zu, wie Dalziel einen Fingerbreit in das eine und drei Fingerbreit in das andere Glas schenkte.
Zu seiner Überraschung erhielt er das vollere Glas.
»Slainte!«, sagte der Dicke und ließ sich aufs Bett plumpsen. »Willkommen im Zombie-Land. Schön, dich zu sehen, Pete, auch wenn du keine Trauben mitgebracht hast.«
»Wie gesagt, ich bin dienstlich …«
»Bursche, es muss immer Zeit sein, die Blumen am Wegesrand zu pflücken. Oder die Trauben. Wie auch immer, wie lautet das Urteil?«
»Ist noch zu früh, aber ich bin für alles offen«, sagte Pascoe.
»Äh? Über mich, nicht über den Fall, du Trottel! Du beäugst mich wie ein Totengräber aus Aberdeen, der nicht weiß, ob er nach Zentimetern oder Gramm abrechnen soll.«
»Ich denke, ich werde ihnen sagen, sie sollen mit den Blumen noch warten«, sagte Pascoe. »Im Ernst, du siehst gut aus. Fast wieder der Alte, und das weißt du, denn wenn du nichts Sachdienliches zu meinen Ermittlungen hättest, würde ich jetzt kaum hier mit dir plaudern.«
»Sachdienliches? Plaudern? Ich habe dich vermisst, Bursche, aber nicht viel. Gut, machen wir es auf die förmliche Art. Fragen?«
»Fangen wir mit dem Grundlegenden an. Warst du mit der Verstorbenen bekannt?«
»Der Büffelfrau, meinst du. Daph Denham. Aye, hab sie ein paar Mal getroffen. Das erste Mal im Hope and Anchor. Das Pub am Ort. Vernünftiges Ale. Der Wirt kennt sein Bier und weiß, wie er seine Kundschaft glücklich macht. Heißt Hollis …«

»Ein Name, der ständig auftaucht«, sagte Pascoe und sah auf seine Liste. »Das muss dann Alan sein …?«
»Richtig. Gut, Bursche. Sind alle mit dem berühmten Hog Hollis verwandt, du weißt schon, der Geschmack von Yorkshire. Wie auch immer, da sind Daph und ich uns zum ersten Mal begegnet. Hab aber keinen guten Eindruck hinterlassen. Sie sah mich an, als wäre ich gerade aus Dartmore ausgebrochen. Konnte es ihr nicht verübeln, hatte ich doch meinen einen Pantoffel verloren. Aber beim nächsten Mal war es anders, vorgestern, bei Katzenjammers Party …«
»Katzenjammers Party?«, unterbrach Pascoe, der diesem surrealen Wortschwall Sinn zu geben versuchte.
»Lester Feldenhammers Party. Hier jagt ein Vergnügen das andere. Entweder wirst du dabei kuriert, oder du landest im Grab, das Motto des Avalon. Wo war ich? Der Büffelfrau. Sie hat mich wohlgefällig betrachtet. Vielleicht ist sie meinem jugendlichen Charme erlegen, hab ich mir natürlich gedacht – sie war, nach allem, was man so hört, ziemlich kregel – ein wenig betagt, trotzdem lässt sich auf einem alten Kontrabass noch so manch schönes Liedchen spielen …«
»Könnten wir beim Thema bleiben?«, sagte Pascoe scharf. »Vorausgesetzt, es gibt eins!«
»Oh, hochnäsig ist er auch noch! Was kommt als Nächstes? Gummischlagstock? Auf der Party hab ich mit ihr nicht geredet. Aber gestern Morgen kam sie in mein Zimmer gestürmt wie eine hitzige junge Kuh.«
»Sag mir einfach, was sie wollte«, sagte Pascoe mürrisch.
»Nichts Besonderes. So dummes Frauenzeugs«, kam es von Dalziel. »Sie wollte meine polizeiliche Fachkenntnis anzapfen. Bildete sich nämlich ein, dass jemand versucht, sie umzubringen.«
Er hätte es wissen sollen, dachte sich Pascoe. Dem Mistkerl machte es Spaß, ihn herumzuscheuchen, aber er hätte ihn kaum abgefangen, wenn er es nicht für wichtig erachtet hätte.

»Du hast Einzelheiten dazu, nehme ich an?«, sagte er.
»O ja«, sagte Dalziel. »Ich hab Einzelheiten dazu.«
Er griff mit der rechten Hand unter die Matratze und brachte ein Gerät zum Vorschein, das wie ein MP3-Player aussah.
Jetzt lässt er Musik laufen, falls wir verwanzt sein sollten, dachte sich Pascoe.
»Darf ich vorstellen, Mildred«, sagte Dalziel fast stolz. »State-of-the-Art-Recorder, sensibler als der Schwanz eines Pfaffen. Geschenk von Katzenjammer. Meint, das Führen eines Audiotagebuchs hätte wohltätige Wirkung, therapeutisch gesprochen.«
Hübsche Imitation – falls Feldenhammer wirklich wie W.C. Fields redete!
Was kommt als Nächstes?, fragte sich Pascoe erneut. Dalziel, der von State-of-the-Art-Technologie schwafelte, war wie der erste Akkord von Dylan auf der elektrischen Gitarre.
»Und hat es das?«, fragte er.
Zu seiner Verblüffung kam von Dalziel keine wutschnaubende blasphemische Leugnung, sondern er zögerte kurz, bevor er sagte: »Weiß nicht. Vielleicht. Aber wie ich schon sagte, es ist ganz nützlich, die Lücken aufzufüllen, bis mein Gedächtnis zu meinen Knochen aufschließen kann. Wichtiger in dem Fall aber ist, dass es auch aufzeichnet, wenn ich es in meiner Tasche stecken hab.«
»Du meinst, du hast tatsächlich aufgezeichnet, was Lady Denham dir gesagt hat?«, sagte Pascoe erstaunt. »Aber warum …?«
»Ich hatte es zufällig bei der Hand, als sie reingestürmt kam, und nur für den Fall, dass sie hinter meinem lilienweißen Körper her war, schaltete ich es an. Schließlich muss ich ja auf meinen guten Ruf achten, du weißt schon. Aber da hab ich mich ausnahmsweise geirrt. Hör zu.«
Er drückte einen Knopf, und die Stimme einer Frau war zu hören, kräftig, tief und gebieterisch.

11

Tut mir leid, Sie stören zu müssen, Superintendent.
Sie stören mich nicht, noch nicht jedenfalls. Aber wenn Sie mich weiterhin im Schlafanzug erwischen, zerreißen sich die Leute noch das Maul. Nehmen Sie Platz. Ach, haben Sie schon. Also, was kann ich für Sie tun, Liebes?
Ich glaube, jemand will mich umbringen.
Überrascht mich nicht. Nein, nehmen Sie es nicht persönlich. Sie müssten schon eine Heilige sein, um so alt zu werden wie Sie, ohne dass jemand den Wunsch verspürt, Sie unter die Erde zu bringen. Mir fallen auf Anhieb ein gutes Dutzend ein, die barfuß auf meinem Grab tanzen würden, selbst wenn ich in einem Misthaufen verscharrt würde – denn da würden mich diese Leute am liebsten sehen. Aber wenn Sie wirklich besorgt sind, dann setze ich mich mit der Polizei in Verbindung.
Sie sind die Polizei.
Na, Mädel, das ist richtig und falsch. Ich bin ein krankgeschriebener Polizist auf Reha. Ich meine, wäre ich ein krankgeschriebener Klempner, würden Sie ja auch nicht im Avalon anrufen, damit ich Ihr verstopftes Klo freipuste, oder? Sie sollten sich an die örtliche Dienststelle wenden. Wen haben Sie denn hier in diesem Kaff? Oh aye, ich erinnere mich. Sergeant Whitby, einer vom alten Schlag. Nicht der Schnellste, aber vom alten Schlag, der Beißer. Er wird Sie sofort empfangen.
Er ist ein Einfaltspinsel. Ich hab noch seinen Vater gekannt, und der war auch schon ein Einfaltspinsel. Im Grunde kann ich mich an keinen aus der Familie erinnern, der kein Einfaltspinsel gewesen wäre. Wenn ich das offiziell angehen würde, Superintendent, dann würde ich Dan Trimble anrufen, Ihren Chief Constable, dessen Frau ich sehr gut kenne. Aber unterm

Strich würde dabei nicht mehr herauskommen, als wenn ich Sergeant Whitby anrufe.
Einen Moment. Ich weiß, der Chief ist nur eins zwanzig groß und kommt aus Cornwall, aber das ist noch lange kein Grund, ihn als Einfaltspinsel zu bezeichnen …
Das habe ich nicht getan. Nur, wenn ich mich offiziell an die Polizei wende, dann wird es … offiziell! Überall würde es von Polizisten wimmeln, Aussagen werden aufgenommen, alle werden sich fragen, was hier los ist. So ist das hier in Sandytown: Wenn die Leute nicht schon vor dir wissen, was du treibst, dann finden sie es bestimmt am nächsten Tag heraus. Ich will nicht, dass derjenige, der mich umbringen will, vorgewarnt wird. Daher dachte ich mir, jemand wie Sie, der mit den glänzendsten Referenzen ausgestattet ist …
Muss an den rauhen Handtüchern liegen, die man hier bekommt. Wer hat das über mich gesagt, Daph?
Es steht mir nicht zu, darüber zu reden, aber ich darf Ihnen versichern, Sie gelten als einer der besten Detectives im Land. Der genaue Wortlaut, glaube ich, war, wenn Sherlock Holmes' älterer Bruder einen älteren Bruder gehabt hätte, dann wäre es Andy Dalziel. So, was halten Sie davon?
Ich denke mir, Sie sollten nicht alles, was Franny Roote so von sich gibt, als Evangelium betrachten.
Ich habe nicht gesagt, dass es von Mr. Roote ist.
Aye, und der Papst sagt nicht, dass er am Sonntag in die Kirche geht. Hören Sie zu, Folgendes werde ich tun. Sie erzählen mir, was Ihnen auf dem Herzen liegt, und wenn ich meine, es lohnt sich, damit vielbeschäftigte Bobbys zu belästigen, werde ich es weiterleiten. Keine Sorge, ich hab da einen Burschen, den ich mir heranziehe. Der kümmert sich um den Laden, solange ich weg bin, und der ist so diskret, dass den Mördern schon lebenslänglich aufgebrummt wird, bevor die überhaupt wissen, dass er sie verhaftet hat. Das ist das Beste, was ich für Sie tun kann. Ansonsten bleibt nur der Beißer Whitby.

Sie lassen mir kaum eine andere Wahl.
Ärgern Sie sich nicht. Wird sowieso überbewertet, die Wahlfreiheit. Also, wie geht's weiter?
Als Erstes sollten Sie wissen, dass Sie es nicht mit einer hysterischen alten Frau zu tun haben. Ich bin es gewohnt, dass ich bedroht werde. Fuchsjagddemonstranten und militante Tierschützer haben mein Anwesen angegriffen und mich persönlich bedroht, solange ich mich erinnern kann. Das lässt mich kalt. Ich ergreife Vorsichtsmaßnahmen, ich bin nicht dumm. Aber ich lasse mir von denen nicht den Schlaf rauben oder den Appetit verderben. Außerdem, als Hollis, mein erster Mann, starb …
Der, der von seinen Schweinen aufgefressen wurde?
Richtig. Manchmal glaube ich, wäre er bei dem Versuch gestorben, die Queen vorm Ertrinken zu retten, würden es die Menschen eher vergessen. Als er starb, erhielt ich Anrufe und Hassmails voller falscher Anschuldigungen und Drohungen. Und auch als Denham, mein zweiter Mann, starb …
Helfen Sie mir auf die Sprünge. Als er die Queen retten wollte?
Ein Jagdunfall. Wieder gab es Anrufe und Briefe, andere diesmal …
Na, ist doch klar, Liebes. Wenn ein Adelstitel mitschwingt, haben die Beleidigungen ein anderes Niveau.
Ich hoffe, Sie nehmen mich ernst, Superintendent.
Natürlich. Und nennen Sie mich nicht ständig Superintendent. Andy reicht völlig. Und Sie sind Daphne, oder? Also, können wir das alles ein wenig beschleunigen? Ich war in letzter Zeit etwas unpässlich, es fällt mir schwer, mich zu konzentrieren.
Tut mir leid. Ich werde es versuchen. Die Nachrichtenflut unmittelbar nach Sir Harrys Tod ließ schließlich nach. Aber irgendwas ist immer. Graffiti, Tierteile in der Post, seltsame Anrufe. Ich versuche es zu ignorieren. Seit kurzem nahmen sie allerdings eine andere Form an, oberflächlich betrachtet, weniger aggressiv, aber irgendwie erschienen sie mir wesentlich beunruhigender.

Oh aye. Worum handelt es sich?
Ich bekam Anschreiben von mehreren Tierschutzvereinigungen, den großen, nicht nur den militanten. Sie schrieben, es würde sie freuen zu hören, dass ich den Gedanken hege, sie in meinem Testament zu bedenken, und legten Broschüren bei, wie es am besten anzugehen wäre.
Wir alle bekommen solches Zeugs, Liebes.
Mag schon sein. Aber ich muss zugeben, es beunruhigt mich. Dann, letzte Woche, erhielt ich einen Brief. Sein Ton war freundlich, trotzdem fühlte ich mich mehr bedroht als durch alles, was ich bislang bekommen habe. Der Verfasser schreibt, er hofft, ich hätte mein Testament entsprechend den Vorschlägen der letzten Postsendungen abgeändert.
Aber es wurde keine explizite Drohung ausgesprochen?
Beurteilen Sie es selbst. Ich habe ihn dabei. Ich dachte, Sie brauchten ihn für Ihre Untersuchung.
Wusste gar nicht, dass mir so was bevorsteht. Nein, so früh am Morgen ist das Lesen noch nichts für mich. Fassen Sie ihn einfach zusammen.
Hier steht: Wir alle stehen in Gottes Schuld, und je länger wir leben, umso näher kommt der Tag der Abrechnung. Eine Frau Ihren Alters wäre gut beraten, ihre Angelegenheiten zu ordnen. *Und hier steht:* Die Tür, durch die Sie abtreten werden, steht aller Wahrscheinlichkeit nach bereits weit offen. *Ist das nun eine Drohung oder was?*
Es ist eher poetisch, was durchaus ein wenig bedrohlich sein kann. Ich sehe ein, es könnte jemanden von nervöser Disposition beunruhigen. Aber nicht, dass Sie sich deswegen besondere Sorgen machen müssten.
Da haben Sie natürlich recht. Ich legte den Brief beiseite und ging wieder zur normalen Tagesordnung über. Dann, vor ein paar Tagen, versagten die Bremsen meines Autos. Ich kam vom Nordkliff herunter und wollte abbremsen, um in meine Anfahrt einzubiegen. Es gelang mir gerade noch, runterzu-

schalten, und ich schlitterte daraufhin in einen meiner Rhododendronbüsche.

Deswegen haben die Götter den Rhododendron doch erfunden, zur Verkehrsregelung der Oberschicht. War das alles?

Nein, das war nicht alles. Einige Male in letzter Zeit musste ich bemerken, dass sich jemand auf das Grundstück der Hall geschlichen hat. Mir ist bekannt, dass es nach den heutigen Gesetzen nahezu unmöglich ist, mit solchen Subjekten anständig zu verfahren …

Aye, nicht so wie in der guten alten Zeit, als mit ein paar Fallen und Gewehrschüssen alles geregelt werden konnte.

Genau. Trotzdem, ich hätte die Person sicherlich gestellt, aber sie verzog sich sehr schnell, als ich sie anbrüllte.

Na, sehen Sie? Nichts passiert. Wahrscheinlich irgendein armer Bauer, der eine Abkürzung genommen hat.

Möglich. Aber gestern Morgen ging ich über den Pfad von meinem Garten zum Strand hinunter. Anfangs ist es nur ein leichter Abhang, dann erreicht man einen Felsvorsprung, an dem das Kliff fünfundzwanzig bis dreißig Meter tief fast senkrecht abfällt. Dort beginnt ein Geländer, das dem Pfad bis nach unten folgt. Ich hatte gerade den Felsvorsprung erreicht, als ich ein Geräusch hörte, ich sah auf, und ein großer Felsbrocken kam über den Pfad auf mich zugeholpert. Ich drückte mich gegen das Geländer, um dem Brocken aus dem Weg zu gehen, doch der Geländerlauf löste sich vom Pfosten, und ich hing in der Luft. Glücklicherweise hielt der zweite Pfosten, und ich konnte mich ohne sonderliche Schwierigkeiten wieder nach oben hangeln. Zum Glück verfüge ich über eine starke Konstitution. Eine schwächere Frau wäre ziemlich sicher in die Tiefe gestürzt.

Aye, hier sind viele schwache Frauen, Gott sei Dank. Was haben Sie also getan?

Ich habe mir das Geländer angesehen. Die Pfosten sind aus Eisen, der Lauf aber ist aus Holz. Es war an mehreren Stellen

verfault, mir kam es aber so vor, als hätte es jemand sorgfältig vom Pfosten gelöst und einfach nur wieder draufgesetzt, so dass es den Anschein erweckte, es wäre sicher.
Weiß nicht, warum Sie einen Polizisten brauchen, Daph, wenn Sie das alles selbst so gut können. Können wir das ein wenig beschleunigen? Ich glaube mich an eine Verabredung erinnern zu können. Was war als Nächstes?
Ich rief meinen Neffen Teddy an.
Ist das der gutaussehende Bursche, der sich selbst so gut gefällt? Warum haben Sie den angerufen?
Na ja, ich bin eine alleinstehende Frau, mehr oder weniger, daher habe ich mich zu einem Zeitpunkt wie diesem wohl an einen nahen männlichen Verwandten gewandt …
Quatsch! Er ist der heiße Favorit im Erbschaftsrennen, hab ich recht? Als Sie sich daher in den Kopf gesetzt haben, dass jemand Ihr Geländer manipuliert und Steine nach Ihnen geworfen hat, dachten Sie sich, mal sehen, wo gerade Ted, der junge Erbe, steckt, oder?
Mr. Dalziel, das ist eine Unverschämtheit …
Nein, und das wissen Sie auch. Außerdem dürfen Sie mich Andy nennen. War er zu Hause?
Ja, er war zu Hause, aber warum er da war, obwohl ich ihm einen Haufen Geld bezahle, damit er seiner Arbeit nachgeht, weiß ich nicht.
Keinen Sinn mehr für Verantwortung, diese Kids heutzutage. Haben Sie ihm von Ihren Befürchtungen erzählt?
Nein. Ich wurde von verschiedenen Dingen abgelenkt. Er sagte mir … ich meine, er erinnerte mich an den kleinen Empfang im Avalon, also sagte ich ihm, ich würde ihn und Esther dort treffen. Das ist seine Schwester.
Aye, ich hab sie kennengelernt. Was ist mit dem gebrochenen Geländer? Haben Sie es reparieren lassen?
Ollie Hollis war in der Hall. Ich habe ihn gebeten, mal einen Blick darauf zu werfen.

Ollie Hollis? Wer ist das? Ein Verwandter auf Besuch?
Nicht in dem Sinne, obwohl er zur umfangreichen Familie meines ersten Mannes gehört. Er hat den Grill vorbereitet, für mein Grillfest morgen.
Und was ist er nun? Schreiner? Mechaniker?
Nein. Pförtner in der Schweinefarm.
Bei Gott, Liebes, Sie wissen aber, wie man sich seine Experten aussucht. Was hat er gesagt?
Ich hab ihn nicht um seine Meinung gefragt. Ich wollte nicht, dass sich andere darüber den Mund fusselig reden. Er hat es mit einer starken Schnur festgebunden und ein Warnschild drangehängt. Kaum nötig, da es ein Privatweg ist und jeder ihn auf eigenes Risiko benutzt. Aber wenn mein Anwesen morgen voller Gäste ist, sollte man nichts außer Acht lassen.
Weise Entscheidung, Daph. Ich denke, Sie sollten sich vielleicht auch sonst dran halten.
Ich weiß nicht recht, was Sie damit meinen, Super… Mr. Dal… Andy.
Was ich meine: Wahrscheinlich ist das viel Lärm um nichts. Aber in dem unwahrscheinlichen Fall, dass jemand wirklich versuchen sollte, Sie unter die Erde zu bringen, würde ich aus meiner langen Erfahrung sagen, das wahrscheinlichste Motiv ist Geld. Daher, auch wenn ich meine, dass Sie nichts zu befürchten haben, wäre es das Einfachste, auf Nummer sicher zu gehen und das Motiv zu beseitigen. Ändern Sie Ihr Testament, und sorgen Sie dafür, dass jeder, den es interessiert, auch davon erfährt! Auf diese Weise haben alle ein Interesse daran, Sie lange am Leben zu erhalten, damit Sie das Testament wieder rückgängig machen! Das ist alles, Liebes. Den Rat geb ich Ihnen umsonst. So, jetzt ist es für mich an der Zeit, zu duschen und mich anzuziehen. Aber Sie müssen nicht gleich davonspringen. Für peinliche Situationen bin ich zu alt.
Guten Tag, Mr. Dalziel!

12

Der Dicke schaltete den Recorder aus.

»So also«, sagte er. »Weiß nicht, ob ich mit ihr recht viel anders geredet hätte, wenn ich wirklich auf Draht gewesen wäre. Aber als ich die Neuigkeiten hörte, hatte ich doch ein schlechtes Gewissen.«

»Klingt ja fast, als hättest du sie gemocht«, sagte Pascoe.

»Aye, kann schon sein. Sie war ein herrisches Weibsbild, das alle, die sich ihr in den Weg stellten, wie ein Bierfass überrollte, aber sie muss mal ein fesches Mädel gewesen sein, und davon hatte sie immer noch eine ganze Menge. Es wäre für jeden ein lausiger Abgang gewesen, für Daph Denham aber ist es wirklich eine Schande.«

»Sie hatte einen Eintrag im Strafregister«, sagte Pascoe. »Wusstest du das? Ging mit ihrer Reitgerte auf eine Fuchsjagddemonstrantin los und wurde dafür zu einem Bußgeld verdonnert.«

»Und deswegen hat sie es verdient, auf ihrem eigenen Grillfest geröstet zu werden?«

»Das hab ich nicht gesagt, wie du sehr wohl weißt. Ich sage nur, es könnte wesentlich mehr Leute mit Motiven geben, als wir uns vorstellen. Hat sie den erwähnten Brief dagelassen?«

»Aye, hier ist er. Taugt nicht mehr viel für die Spurensuche – ich hab ihn einfach in meinen Morgenmantel gestopft.«

»Trotzdem, einen Versuch ist es wert«, sagte Pascoe, fasste das zerknitterte Blatt an einer Ecke an, gab es in einen Beweisbeutel und strich es unter dem transparenten Plastik glatt. Tintenstrahldrucker, schätzte er, auf qualitativ hochwertigem A4-Papier. Kein Datum, keine Einleitung, nur die Botschaft.

Mittlerweile sollten Sie Zeit genug gehabt haben, um zu ent-

scheiden, welche der großen Tierschutzvereine Sie in Ihrem Vermächtnis berücksichtigen wollen, so das Sie wenigstens im Tod ein wenig Wiedergutmachung für die vielen Grausamkeiten leisten, die Sie zu Lebzeiten begangen haben. Die Zeit drängt, zögern Sie nicht. Wir alle stehen in Gottes Schuld, und je länger wir leben, umso näher kommt der Tag der Abrechnung. Eine Frau Ihres Alters wäre gut beraten, ihre Angelegenheiten zu ordnen, denn wenn Sie diesen Brief erhalten, steht die Tür, durch die Sie abtreten werden, aller Wahrscheinlichkeit bereits weit offen.

»Interessant«, sagte Pascoe.

»Mehr fällt dir dazu nicht ein?«, kam es zornig von Dalziel. »Also, was als Nächstes, Klugscheißer? Bring mich auf den neuesten Stand. Bislang war das alles hier ziemlich einseitig.«

Pascoe war versucht, darauf hinzuweisen, dass das die übliche Richtung im Nachrichtenfluss zwischen Ermittler und Zeuge war, beschloss dann aber, nicht darauf herumzureiten. In Anbetracht der Situation war es schon schwer genug, nicht zu klingen, als habe er es auf die Zustimmung des Dicken abgesehen.

»Was hat dieser Ollie Hollis zu seiner Rechtfertigung zu sagen?«, fragte der Dicke. »Er war doch für den Grill verantwortlich, oder? Was hat er getrieben, als die arme Daph in den Korb gesteckt wurde?«

»Ich habe ihn noch nicht erreicht«, sagte Pascoe. »Wie die meisten Gäste war er bereits verschwunden, als wir eintrafen.«

»Er hat nicht zu den Gästen gehört. Und warum hat Beißer Whitby nicht dafür gesorgt, dass er geblieben ist?«

»Vermutlich war er bereits fort, als Whitby ankam. Er ist jetzt auf der Suche nach Hollis. Warum nennst du ihn Beißer?«

»Whitby, Dracula, Beißer, hast du denn von nichts eine Ahnung? Pete, du musst die Sache mal in den Griff kriegen. Drei Stunden hier, und noch immer laufen Hauptzeugen frei herum. Setz die Scheißer fest, das ist die erste Regel, und dann lässt du sie erst wieder frei, wenn du sie wie eine Zitrone ausgepresst hast!«

»Tut immer wieder gut, deine Meinung zu hören, Sir«, murmelte Pascoe, entschlossen, sich nicht provozieren zu lassen. »Und danke für die Informationen zu diesen Drohungen.«

»Freut mich, wenn ich helfen kann, Bursche. Meinst du, da ist was für dich drin?«

»Na ja, die schriftlichen Androhungen sind ja nicht besonders anschaulich formuliert – falls wir uns wirklich an diesen Brief halten wollen. Und die angeblichen Mordversuche, auch wenn sie wahr sein sollten, haben nicht viel mit dem gemein, was tatsächlich passiert ist.«

»Daph ist tot, das ist schon verdammt viel, was sie gemein haben.«

»Ja, aber die ursprüngliche Absicht war doch, alles wie einen Unfall aussehen zu lassen. Das mit dem Grill ist doch ganz anders. Es hat etwas Theatralisches an sich, es ist eine große Groteske, es ist krank! Und unnötig riskant. Statt die Leiche zu verstecken und abzuhauen, um sich ein Alibi zu verschaffen, nimmt der Täter das Schwein vom Grill und legt dafür die Leiche in den Korb, alles sehr zeitaufwendig. Das Unwetter zieht ab. Die Wahrscheinlichkeit, dass jemand vorbeigeschlendert kommt und einen dabei sieht, ist ziemlich hoch. Aber dieses Risiko nimmt einer auf sich. Warum? Mir scheint, als wäre hier was anderes im Spiel als bloße Gier, etwas Tieferes, Dunkleres. Die ganze Sache kommt mir vor, als sollte damit eine Aussage gemacht werden.«

»Eh, hübsch gesprochen, Pete. Sparst dir wahrscheinlich ein Vermögen an Groschenromanen«, sagte der Dicke.

»Deswegen bin ich so reich. Hör zu, Andy, ich muss Feldenhammer aufsuchen, wenn es also sonst nichts mehr …«

»Ich werde darüber nachdenken. Und mich nicht vom Fleck rühren.«

Warum klang das wie eine Drohung?
»Du warst eine große Hilfe«, sagte Pascoe. »Übrigens, wäre sehr nützlich, wenn ich mir die Aufzeichnung deines Gesprächs mit Lady Denham ausleihen könnte.«
Dalziel schürzte die Lippen. »Es ist kein Tonband, das weißt du. Sondern ein Flash-Speicher.«
»Ja, natürlich. Wie du schon sagtest, State-of-the-Art«, sagte Pascoe, der sich an den neuen technokratischen Dalziel nur schwer gewöhnen wollte. Dann dämmerte es ihm. Der Dicke hatte daneben noch andere Sachen gespeichert, die andere nicht hören sollten.
»Wie wär's, wenn ich Wieldy anhaue, dass er es transkribiert?«
Dalziel überlegte kurz. »Ja, warum nicht?«
»Wunderbar. So, jetzt muss ich aber los. Pass auf dich auf.«
In der Tür drehte er sich noch einmal um. »Andy, warum hast du mir nicht gesagt, dass Franny Roote hier ist? Du weißt, dass ich auf der Suche nach ihm bin.«
Die Frage schlüpfte ihm einfach so heraus, trotz seines Vorsatzes, persönliche Dinge außen vor zu lassen.
Dalziel antwortete nicht gleich, sondern führte das Glas an die Lippen. Zu Pascoes Überraschung trank er nicht, sondern schnupperte nur daran. Und dann stellte er das Glas mit der unerschütterlichen Entschlossenheit eines Cäsaren, der die angebotene Krone von sich wies, auf den Nachttisch.
»Das Auge war wohl größer als der Magen«, sagte er traurig. »Roote sagt, ich soll es als Chance verstehen, nicht als Problem. Aber so sieht der Bursche ja die meisten Dinge.«
»Auch, dass er das Leben in einem Rollstuhl verbringen muss?«, kam es von Pascoe scharf.
»Aye, das auch. Bringt ihm eine Menge Mitgefühl ein. Aber mir kommt es vor, als hätte er es auf Clara Brereton abgesehen. Die ist zwar recht mager, aber ich gehe davon aus, dass ihre fette reiche Tante das schon ausgleicht.«
»Was willst du damit andeuten, Andy?«, fragte Pascoe.

»Ich? Gar nichts! Außer vielleicht, dass er ein gerissener Scheißkerl ist, aber das weißt du ja selbst schon.«

»Du hast meine Frage nicht beantwortet«, kam es von Pascoe. »Warum hast du mir nicht gesagt, dass er hier ist?«

»Er hat mir erzählt, er hätte die Verbindung abreißen lassen, weil er nicht wollte, dass du dich weiterhin für ihn verantwortlich fühlst«, sagte Dalziel. »Und ich hab ihm geglaubt. Okay?«

Bevor Pascoe etwas darauf erwidern konnte, klingelte sein Handy.

Er sah aufs Display, sagte, »lausiger Empfang hier drinnen«, winkte zum Abschied mit dem Gerät und schloss fest die Tür hinter sich.

Während er durch den Gang marschierte, nahm er das Gespräch an. »Hallo, Hat.«

Als er das Gespräch beendete, war er an seinem Wagen angelangt.

»Bin schon unterwegs«, sagte er.

Kurz zögerte er und sah zurück zum Gebäude. Er kam sich illoyal vor, als er davonbrauste, ohne dem Dicken Bescheid zu sagen, dass und warum er seine Pläne geändert hatte.

Aber wie die Geschichte lehrt, ist Loyalität stets das erste Opfer der Unabhängigkeit.

Er ließ den Motor an und fuhr Richtung Tor davon.

13

Eigentlich hatte Hat Bowler nach der Befragung von Sidney Parker vorgehabt, die Straße am Nordkliff hinunterzufahren, um die nächste Zeugin auf seiner Liste anzusteuern, eine Frau namens Lee, die unten am Hügel in einem Haus mit dem vielsagenden Namen Hexen-Cottage wohnte.

Doch angesichts Parkers Auskünften sowie der Informationen, die er bei dem vergnüglichen viertelstündigen Flirt mit der Hotelrezeptionistin erhalten hatte, änderte er seine Meinung. Nachdem das Landvolk den Mund nicht halten konnte, würde es nicht lange dauern, bis jeder im Team wusste, dass Hen Hollis nicht nur den Saugrill konstruiert, sondern das Opfer auch abgrundtief gehasst hatte. Hatte also keinen Sinn, hier noch länger rumzuhängen, wenn er sich an die Spitze der Meute setzen wollte, womit er natürlich ausschließlich Shirley Novello meinte.

Laut der Rezeptionistin lebte Hen in einem Cottage gleich an der Küstenstraße, einige Kilometer südlich der Stadt. Ihre Richtungsangaben erwiesen sich als nicht sehr hilfreich. Da sie davon ausging, dass jeder wusste, was sie meinte, wenn sie *die Erste links* sagte, wies sie nicht auf den geteerten Weg hin, der sich bald in einen schlammigen Pfad verwandelte, der im Nirgendwo endete. Und warum etwas erwähnen, was sowieso jeder wusste, dass nämlich das erste Cottage, zu dem er kam, von einem einsiedlerischen Kleinbauern mit einer Rotte unterernährter Höllenhunde bewohnt wurde?

Schließlich, er kam sich wie der Pilger am Ende seiner Reise vor, erreichte er seinen Zielpunkt, nur um festzustellen, was sein unkendes Herz ihm schon vor einer halben Stunde zugeraunt hatte, nämlich dass Hen Hollis nicht zu Hause war.

Das war der Zeitpunkt, sich auf seine Erfahrung zu berufen und wieder die Spur aufzunehmen, indem er umkehrte und am Hexen-Cottage vorbeischaute – und dabei betete, dass Wield nicht bemerken würde, wie viel Zeit er vergeudet hatte. Doch als er erkannte, dass er Sandytown über die Straße am Südkliff erreichen konnte, beschloss er, die Route zu ändern und zunächst Alan Hollis im Hope and Anchor aufzusuchen. Lass nie eine Gelegenheit aus, um in ein Pub zu gehen, hatte Andy Dalziel einmal in seiner Gegenwart verlauten lassen. Außerdem bekam er hier vielleicht Hinweise auf Hen Hollis' Aufenthaltsort.

Das Pub war nicht schwer zu finden. Es lag direkt an der Hauptstraße, war frisch gestrichen, ein buntes Schild zeigte eine leichtbekleidete, kurvenreiche Blondine (vermutlich die Hoffnung), die auf einem recht phallischen Anker saß. Alles sah recht einladend aus, ein Eindruck, der bestätigt wurde, als er die Tür zum Gastraum öffnete. In manchen Yorkshire-Pubs verstummt die Unterhaltung bei der Ankunft eines Fremden schlagartig, so, als würde man eine Kröte im Pudding finden, doch die Atmosphäre im Hope and Anchor legte sich um ihn wie ein wohliger altvertrauter Mantel.

Der Gastraum war voll mit Familien, die sich an Köstlichkeiten wie Fish and Chips oder Steak mit Kidney-Pie labten, von mediterranen Salaten war trotz des warmen Wetters nichts zu sehen. Die Kochgerüche umschmeichelten Hats Geschmacksknospen, und für einen kurzen Moment fühlte er sich in Versuchung geführt.

Sein Berufsethos allerdings behielt die Oberhand, und als eine junge Barfrau, die für die Hoffnung hätte Modell stehen können, ihn nach seinem Wunsch fragte, sagte er, er wolle Alan Hollis sprechen.

»Der ist dort im Nebenzimmer«, sagte sie und klang dabei etwas enttäuscht. »Wirklich nichts zu trinken?«

Hat hatte sich, seitdem eine frühere Beziehung in einer Tragödie geendet hatte, nicht mehr viel aus Frauen gemacht, das Geplauder mit der Hotelrezeptionistin hatte er aber trotz des unbefriedigenden Ergebnisses genossen, und jetzt stellte er fest, dass er sie anlächelte und sagte: »Später vielleicht.«

Anders als das Gastzimmer war der Nebenraum nicht ganz so einladend. Nur zwei Gäste waren anwesend, einer saß in der Ecke, den Kopf in einer Ausgabe der *Mid-York News* vergraben, der andere lehnte an der Theke und unterhielt sich mit dem Barkeeper.

Der Gast an der Theke ging auf die siebzig zu, er war hager und unrasiert, schwacher Bauernhofgeruch umwehte ihn, seine mürrische Miene wurde durch die kantigen Gesichtszüge und den zerzausten Bart noch hervorgehoben statt gemildert. Bei Hats Eintreten warf er ihm einen finsteren Blick zu, als wollte er ihm sagen, dass er jetzt lieber nicht gestört werden wollte.

Der Mann hinter der Theke dagegen lächelte freundlich, fast erleichtert, und sagte: »Was wünschen Sie, Sir?«

»Mr. Hollis?«, sagte Hat.

Die beiden Männer tauschten Blicke aus, dann sagte der Barkeeper: »Alan Hollis, ja.«

Hat zeigte seinen Ausweis. »Ich würde mich gern kurz mit Ihnen unterhalten, Sir.«

Der andere setzte das Glas an die Lippen, leerte den letzten Rest, ging zur Tür und zündete sich, bevor er ging, eine Zigarette an, so dass er sich für einige Sekunden strafbar machte.

Ein Akt der Höflichkeit?, fragte sich Hat. Oder einfach nur der Hunger nach Nikotin?

»Es geht um Lady Denham, oder?«, sagte Hollis.

»Richtig«, antwortete Hat. »Wir wollen mit allen reden, die auf dem Fest waren.«

»Natürlich, aber ich glaube nicht, dass ich Ihnen da viel weiterhelfen kann.«

»Alles kann dazu beitragen, um Licht in den Fall zu bringen, Sir. Also, wann sind Sie in der Hall eingetroffen?«

»Ich musste früh dort sein – so gegen halb zwölf, glaub ich. Die Getränke, wissen Sie, wurden vom Pub gestellt, und ich musste die Tische aufbauen …«

»Aber Sie waren doch auch als Gast anwesend, nicht nur als Lieferant?«, unterbrach Hat.

»Ja. Das Grillfest war ja nicht nur ein gesellschaftliches Ereignis. Die Grundidee war, alle zusammenzubringen, die am Entwicklungsplan für Sandytown beteiligt waren, Händler, Leute aus dem Tourismusgewerbe, die Behörden und so weiter.«

»Und Sie waren nicht nur eingeladen, sondern hatten auch noch das Glück, die Getränke liefern zu dürfen?«

Hollis lächelte.

»Das hatte mit Glück wenig zu tun«, sagte er.

»Wie bitte?«

»Das wissen Sie nicht? Lady Denham ist … war meine Pachtherrin. Ihr gehört … gehörte das Hope and Anchor. Ich bin nur ihr Wirt. Bei allem, was mit Getränken zu tun hatte, sorgte sie dafür, dass der Gewinn in ihre Tasche floss.«

»Aber als Gastgeberin zahlte sie doch sowieso für alles, oder?«

»Falsch. Die Rechnung geht ans Konsortium. Das Konsortium umfasst die Privatinvestoren des Entwicklungsprojekts, das sind vor allem sie und Tom Parker, neben ein paar anderen.«

»Aber dann zahlt sie ja doch als eine der Hauptbeteiligten?«

»Schon, aber nur einen Teil und indirekt, während der Gewinn des Pubs voll und ganz für sie abfällt. Deshalb war der Schampus auch richtiger Champagner, nicht der Cava, den sie sonst so ihren Gästen auftischt. Sie war in solchen Dingen sehr genau.«

Es kam nicht als Anschuldigung herüber. In Yorkshire galt *sehr genau* nicht als Makel.

»Gut, dann erzählen Sie mir von dem Fest und Ihren Eindrücken, Sir. Natürlich sind alle Begegnungen mit Lady Denham von besonderem Interesse.«

Darin täuschte er sich. Hollis hatte laut eigenen Angaben mit der Frau nur einmal gesprochen, und das war gleich zu Beginn, um ihr zu versichern, dass genügend Getränkevorräte vorhanden seien. Zu allem, was eventuell mit dem Mord zu tun haben könnte, hatte er nicht das Geringste beizutragen.

»In den ersten Stunden kamen wir kaum mit dem Ausschenken nach. Die Stadträte kippten das Zeug weg wie Kamele, denen ein Marsch durch die Wüste Gobi bevorsteht. Hätte mir nicht Lady Denhams Cousine geholfen, hätte ich es kaum geschafft.«

»Das ist Miss Brereton«, sagte Hat.

»Ja. Clara. Dann, als das Unwetter aufzog, hatten wir beide alle Hände voll zu tun, um die Getränketische reinzuschaffen, bevor alles weggespült wurde.«

»Aber nicht das Essen?«, sagte Hat, der noch den Anblick der durchweichten Speisen auf den langen Biertischen vor dem Haus in Erinnerung hatte.

»Die gingen mich nichts an«, sagte Hollis. »Ob das Essen weggeputzt wird oder verdorben ist, kommt aufs Gleiche raus. Aber Getränke, die nicht getrunken werden, kann man zurückgeben.«

Nach der Entdeckung der Leiche, als er sah, dass die Leute sich auf den Heimweg machten, sammelte er die ungeöffneten Flaschen ein, lud sie in seinen Laster und fuhr zum Pub zurück.

»Hatte sowieso vor, nicht so spät zurückzukommen. Zu der Jahreszeit ist bei uns immer viel los.«

Aber nicht so viel, dass er sich nicht mit seinem abgerissenen Freund zu einem vertraulichen Plauderstündchen ins Nebenzimmer verziehen konnte, dachte sich Hat.

»Zu Ihrem Namen, Sir«, sagte er. »Hollis. War nicht Lady Denham mit einem Mr. Hollis verheiratet?«

»Das stimmt. Ihr erster Mann. Ich bin der Sohn seines Cousins. Wir sind eine große Familie.«

»Die zusammenhält«, sagte Hat. »Ich meine, sie hat Sie schließlich zum Wirt gemacht.«
»Das war Hog, ihr erster Mann, er hat mir den Job verschafft. Aber Lady D. hatte nichts dagegen, dass ich weitermache. Sie weiß Familienloyalität zu schätzen, solange es auf Gegenseitigkeit beruht.«
»Wie bei Ihnen, was? Bei ihrem Schwager, Hen Hollis, wie ich gehört habe, war das wohl anders. Deren Verhältnis war doch sehr angespannt?«
Der Mann sah ihn fragend an. »Vielleicht, vielleicht auch nicht. Schade, dass er schon fort ist, sonst hätten Sie ihn selbst fragen können.«
Hat brauchte einen Moment, um die Information zu verarbeiten. »Das war Hen, mit dem Sie sich bei meiner Ankunft unterhalten haben?«
»Oh aye. Haben Sie das nicht gewusst? Nein, wahrscheinlich nicht.«
Scheiße, dachte sich Hat. Er hatte ihn direkt vor der Nase gehabt. Wehe ihm, wenn Novello davon erfuhr.
»Und worüber haben Sie sich unterhalten, Sir?«, fragte er. »Ich meine, der Mord muss doch erwähnt worden sein. Was hatte Mr. Hen Hollis dazu zu sagen?«
»Nicht viel.«
»Hat er sich nicht gefreut?«
Hollis sah ihn entsetzt an.
»Jetzt mal halblang! Gut, sie waren sich nicht grün, und ich bezweifle auch, dass Hen sonderlich um sie trauern wird, aber wir wissen hier, wie man sich benimmt. Wir führen keine Freudentänze auf, wenn Leute, die wir nicht mögen, sterben.«
»Ich bitte um Verzeihung«, sagte Hat. »Ich meinte bloß …«
Die Erklärung blieb ihm erspart, denn hinter ihm ging die Tür auf, und Hollis' empörte Miene verwandelte sich in ein breites Lächeln. »Wo ein Polizist ist, ist der zweite nicht weit. Das Übliche, Beißer?«

Hat drehte sich um. Ein uniformierter Sergeant betrat den Raum. Er war von stämmiger Statur, Ende fünfzig, hatte ein rotes Gesicht und blickte gequält drein.
»Aye, und ich schätze, das hab ich mir auch verdient. Zwei Stunden lang bin ich wie ein rotärschiger Floh durch die Gegend gestochen, um den dämlichen Trottel von deinem Cousin aufzutreiben. Ganz nach Lowbridge raus, da war er aber den ganzen Tag nicht. Also rauf zum Lonely Duck, wollte sehen, ob er da versackt ist, aber in Bale Bottom ist durch das Unwetter der Bach über die Ufer getreten, ich bin stecken geblieben, und Jimmy Kilne hat mich mit dem Traktor rausziehen müssen. Und als ich dann endlich im Duck war, hat man dort von ihm auch nichts gesehen, also zurück über die Straße durchs Moor, wollte den Bach nicht noch mal riskieren, dachte mir nämlich, ich könnte es noch im Black Lamb versuchen, aber da war er auch nicht, und jetzt bin ich wieder hier, wo ich aufgebrochen bin. Du hast ihn nicht zufällig gesehen, Alan?«
Hollis lachte. »Aye, vor knapp einer Stunde war er noch hier. Du hättest dir den Ausflug sparen können, wenn du etwas vorausgedacht hättest!«
»Entschuldigung«, sagte Hat, »wovon reden Sie?«
Der Sergeant sah ihn lediglich verächtlich an. »Polizeiangelegenheiten, Sir. Wäre schön, wenn Sie sich nicht einmischen würden.«
»Ja, ich weiß, Sergeant«, erwiderte Hat und zückte seinen Ausweis.
Der andere studierte ihn eingehend und sagte dann: »Sie sind einer von Ed Wields Burschen?«
»Richtig. Bowler. Hat Bowler.«
»Oh aye. Ich bin Whitby. Wenn Sie für Ed arbeiten, dann sind Sie wahrscheinlich in Ordnung. Was machen Sie hier?«
Hat erklärte es ihm und erfuhr daraufhin, dass es noch einen weiteren Hollis gab, Ollie, der für den Saugrill verantwortlich gewesen war. Während dieses Gedanken- und Informations-

austausches zapfte der Wirt zwei Pint. Whitby leerte sein Glas fast in einem Zug. Hat sah keinen Grund, dem Vorbild des Ranghöheren nicht zu folgen.
Die Tür zum Gastraum ging auf, und das kurvenreiche Mädchen kam herein.
»Uns sind die Buds ausgegangen, Alan«, sagte sie. »Hallo, Sergeant Whitby.«
»Hallo, Jenny«, sagte Whitby.
»Ich hol welche hoch«, sagte Hollis. »Hier, nimm so lange die hier.«
Er holte ein halbes Dutzend Flaschen aus dem Kühlschrank.
»Also, Alan«, sagte Whitby, »hat Ollie gesagt, wo er hinwill? Wenn ich noch mal den ganzen Weg raus nach Lowbridge muss, bring ich ihn um.«
Hollis runzelte die Stirn, als überlegte er angestrengt. Jenny blieb auf dem Weg in den Gastraum stehen und drückte sich den Armvoll Flaschen gegen den Busen. Das, dachte Hat sehnsüchtig, nahm ihnen die Kälte. Das Geplauder mit der Rezeptionistin schien seine Betriebstemperatur um ein paar Grad erhöht zu haben.
»Du suchst Ollie?«, sagte sie. »Na, dem ging's gar nicht gut, was, Alan? Kein Wunder, nach dem, was in der Hall passiert ist. Die kleinste Aufregung, und er hat einen seiner Anfälle. Hat kaum noch Luft bekommen, ich hab schon gedacht, ich müsste den Krankenwagen holen, aber er hat dann an diesem Ding gesaugt, das er hat, und als es besserging, meint er, jetzt würde ihm nur eine Sitzung bei Miss Lee helfen.«
»Richtig, Beißer«, sagte Alan Hollis. »Wollte dir gerade sagen, wenn du Ollie suchst, dann solltest du ins Hexen-Cottage.«
Hexen-Cottage. Miss Lee. Die Hat auf seiner Liste ganz nach unten verbannt hatte. Was aber nicht so schlimm sein konnte. Oder?
»Hätte ich auch gleich drauf kommen können«, sagte Whitby und trank sein Bier aus. »Seit dem Anblick dieser schrecklichen

Toten wollen meine grauen Zellen nicht so richtig. Ich fahr gleich hin, hoffentlich ist er nicht schon wieder weg.«
»Einen Moment, Sarge. Ich komme mit«, sagte Hat.
»Wenn Sie wollen«, sagte Whitby nicht besonders begeistert.
Als sich die Tür hinter ihnen schloss, ließ der Gast in der Ecke seine Zeitung sinken, trank aus und nahm das Glas mit zur Theke.
»Dasselbe noch mal, Sir?«, fragte Hollis.
»Lieber nicht. Wunderbares Pint, aber ich muss noch fahren«, sagte Sammy Ruddlesdin. »Bis zum nächsten Mal dann.«
Er ging hinaus zum Parkplatz.
Vor ihm sagte Hat zu Sergeant Whitby: »Diese Miss Lee, was genau macht die gleich wieder?«
»Die ist Akupunkteurin. Eine von Tom Parkers komischen Vögeln. Kann mir nicht vorstellen, dass das hilft, wenn man den Leuten Nadeln in die Haut sticht«, sagte Whitby. »Aber wie der Pudding schmeckt, weiß man erst, wenn man ihn probiert, und Ollie jedenfalls ist ein anderer Mensch, wenn er seine Sitzung im Hexen-Cottage hinter sich hat.«
Jegliche Erwartungen, die der Name geweckt hatte, wurden einige Minuten darauf enttäuscht, als Hat das Cottage zu Gesicht bekam. Gut, es sah ziemlich alt aus, hatte aber nichts *Hexenartiges* an sich. Es machte sogar einen äußerst gepflegten, hübsch antiquierten und einnehmenden Eindruck. Der äußere Schein konnte natürlich trügen. Vielleicht enthielt der kleine Garten exotische Kräuter, von denen ein Zweiglein ausreichte, um jemanden in Trance zu versetzen oder in Liebe entbrennen zu lassen oder eine Mandelentzündung zu heilen. Falls dem so war, so lagen sie gut verborgen hinter den Stockrosen und Mesembryanthemen versteckt.
Zumindest hätte es einen Türklopfer in Form eines Totenschädels geben müssen. Stattdessen aber war nur ein moderner Klingelknopf angebracht, den Whitby ignorierte, weil er die nur angelehnte Tür einfach aufdrückte.

Sie betraten einen winzigen Flur. »Hallo, Miss Lee!«, rief der Sergeant.
Hinter einer Tür zu ihrer Linken, die einen Spaltbreit offen stand, war eine Bewegung zu hören.
Hat, der näher stand, drückte sie ganz auf und sagte freudig »Miss Lee?«, denn darauf waren seine Lippen programmiert, obgleich sein Verstand bereits berechnete, wie hoch die Wahrscheinlichkeit sein konnte, dass Miss Lee einen graumelierten Vollbart ihr Eigen nannte. Aber zu Zeiten und an Tagen wie diesen, wenn man im Todesfall einer älteren adeligen Dame ermittelte, die auf ihrem eigenen Grill gebraten worden war, wäre es dumm gewesen, irgendetwas auszuschließen.
Später wurde ihm bewusst, dass diese irrelevanten Gedanken der Nebelvorhang waren, mit dem sein Unbewusstes die groteske Szene vor seinen Augen etwas abzumildern versuchte.
Der Bärtige hatte sich halb zur Tür hin gewandt, seine Miene das Abbild überraschter Schuld. Er stand neben einem Tisch mit Polsterauflage. Darauf, mit dem Gesicht nach unten, lag ein Mann mit nacktem Oberkörper, den Kopf auf den untergeschlagenen Armen. Aus Rücken und Schultern ragte etwa ein halbes Dutzend Nadeln, sie glichen Federkielen ohne Federflaum und waren zehn bis zwölf Zentimeter lang.
Bis auf eine.
Diese, in der Mitte des Rückens, oben am Nacken, stand noch höchstens fünf Zentimeter heraus, und die rechte Hand des Bärtigen hielt sie fest umfasst.
Hat spürte, wie er zur Seite gestoßen wurde, als sich Whitby an ihm vorbeischob.
»So, du Mistkerl, jetzt haben wir dich!«, brüllte er.
Der Mann leistete keinerlei Widerstand, während Whitby ihm die Hände auf den Rücken bog und Handschellen anlegte. Dann stieß er den Gefangenen zu Hat, sagte »passen Sie auf ihn auf!« und widmete sich der Gestalt auf dem Tisch.
Der Bärtige sah Hat unumwunden in die Augen. Er schien

etwas sagen zu wollen, brachte aber kein Wort über die Lippen.
Whitby hatte den Kopf der liegenden Gestalt angehoben, er fuhr mit den Fingern über den Hals und suchte nach dem Puls. Schließlich setzte er den Kopf sacht auf die gekreuzten Arme.
»Er ist tot«, sagte er ungläubig.
»Ist das Hollis?«, fragte Hat ängstlich.
»Aye, das ist Ollie. Er ist tot!«
Es war, als müsste er es noch mal aussprechen, um sich die Situation zu vergegenwärtigen.
Er fuhr herum, schob sich mit dem Gesicht nah an den Gefangenen heran und herrschte ihn an: »Du Scheißkerl! Wenn es in diesem verweichlichten Scheißland noch irgendeine Gerechtigkeit gäbe, würdest du dafür hängen!«
Und dann zu Hat in frustriertem Ton, der sich in den Ohren des jungen Constable wie eine Anklage anhörte: »Fünf Minuten! Wären wir bloß fünf Minuten früher gekommen!«

Dritter Band

Doch, doch, meine Liebe, verlassen Sie sich drauf,
auch Sie werden sich eines Tages den Kopf
über Fleischpreise zerbrechen.

1

VON: charley@whiffle.com
AN: cassie@natterjack.com
BETREFF: der Wahnsinn geht weiter!

Was für eine Katastrophe!!
Sie haben Mr. Godley verhaftet! Es ist nicht zu fassen – sie müssen verrückt geworden sein – & nicht nur wegen eines, sondern wegen zweier Morde! Stand heute Morgen alles in den *News* – die Einzelheiten zum Mord an Lady D. & einem weiteren am Abend. Ollie Hollis – der Pförtner der Schweinefarm, der den Grill betreut hat – wurde auf Miss Lees Behandlungscouch umgebracht – & im Artikel steht, Mr. Godley wäre auf frischer Tat ertappt worden, als er Ollie eine von Miss Lees Akupunkturnadeln in den Rücken rammte.
Es muss ein Irrtum sein. Okay – er ist bekloppt – aber seine Beklopptheit rührt von der Überzeugung her, das er imstande sei, Menschen zu heilen – nicht, sie umzubringen! Der *News*-Artikel kriegt sich gar nicht wieder ein – faselt was von dem Typen, der die Ermittlungen leitet – irgendein Idiot namens Pascoe – & dass wir jetzt alle wieder ruhig in unseren Betten schlafen können, wenn ein kriminalistisches Genie wie er auf der Gehaltsliste der Polizei steht. Purer Schwachsinn – darauf setze ich meine berufliche Reputation – wenn ich denn mal eine habe!
Aber ich greife vor – wie immer.
Bedeutsames hat sich seit der letzten Mail ereignet.
Als Erstes – eine Polizistin tauchte auf, um von Tom & Mary & mir Aussagen aufzunehmen; sie klappern alle ab, die beim Grillfest waren – logo.
Sie schien mir ganz in Ordnung zu sein – macht ein bisschen auf

Understatement – kein Make-up – triste Klamotten – könnte der Schwesternschaft angehören, eine von der militanten Sorte – aber da bin ich mir nicht sicher. Heißt Novello – irgendwo klingelt's da bei mir – irgend so ein altes Schwarzweiß-Musical, das wir uns mit Mum ansehen mussten – erinnerst du dich?
Wie auch immer – ich mochte sie jedenfalls – gab meine Aussage ab – stützte mich dabei auf die Mail, die ich an dich geschrieben habe – sie war noch ganz druckfrisch – um zu überprüfen, ob ich mich auch richtig erinnerte – & als sie das sah, fragte sie, ob sie sie auch lesen könnte – & schon laufe ich los & drucke alles aus, was ich dir von meinen Impressionen in Sandytown geschildert habe!
Kaum war sie fort, dämmerte mir, dass das vielleicht keine so gute Idee gewesen ist. Sie hat versprochen, das nur sie einen Blick draufwerfen würde – mehr oder weniger – aber ich musste an die Crime-Soaps denken, in denen die Bullen immer bei Bier & Chips rumhängen & sich die konfiszierten Porno-Videos reinziehen, bis ihnen der Sabber aus dem Maul tropft! Trotzdem, ich fand sie ganz in Ordnung – & wenn wir Mädels uns untereinander nicht mehr trauen können – wem dann?
Pause für spöttisches Gelächter.
Jedenfalls war das alles ganz schnell vergessen, als Mary erschien & mich mit der neuesten Entwicklung konfrontierte. Der liebe freundliche Tom hatte sich Sorgen um Clara gemacht – die arme Verwandte – die vielleicht gar nicht mehr so arm ist – wer weiß?! – aber jetzt ganz allein in der Hall ausharren musste. Also rief er sie an & lud sie ein, die Nacht im Kyoto zu verbringen – & sie sagte zu. Zimmer gibt's genug – obwohl ich bereits eines belege, sind immer noch zwei frei – Mary aber meinte – unter den gegebenen Umständen sei es vielleicht nicht so toll, wenn man Clara in einem fremden Haus in einem fremden Zimmer unterbringen würde – deshalb sei ihr der Gedanke gekommen, es wäre doch nett, wenn sie sich vielleicht mit jemandem in ihrem Alter – d. h. mit mir – ein Zimmer teilen könnte – ich sollte mich aber keinesfalls

genötigt fühlen. Ich kann nicht behaupten, das ich davon begeistert war – aber wie wir alle wissen, fühlt man sich niemals mehr genötigt, als wenn man sich nicht genötigt fühlen soll – ich stimmte daher natürlich zu – alles überhaupt kein Problem – es sei denn, Clara hätte was dagegen.

Als sie ankam, war ich froh um meine Entscheidung – sie war ziemlich durch den Wind! Ich nehme an, das Tohuwabohu in der Hall nach dem Eintreffen der Polizei hatte sie am Laufen gehalten – jetzt aber – als sie sich entspannen & überhaupt erst verarbeiten konnte, was geschehen war – rauschte sie durch die ersten Stadien des Schockzustands.

Mary trug ihr ihre Überlegungen vor – & sie sagte zu allem ja und amen – ich hatte den Eindruck, hätte man ihr gesagt, sie solle im Treibhaus schlafen, hätte sie auch nichts dagegen gehabt. Ich brachte sie auf mein Zimmer – ich hatte vorher bereits meinen Müll vom anderen Bett geräumt, auf dem sie jetzt Platz nahm. Sie hatte auf dem Weg nach oben keinen Piep von sich gegeben – & ich wusste auch nicht, was ich sagen sollte – ich, die große Psychologin! – also meinte ich, ich würde sie jetzt am besten allein lassen, damit sie ihre Sachen auspacken kann – & das tat ich dann.

Unten waren Tom & Mary in ein Gespräch vertieft – & die kleine Miss Minnie saß in der Ecke & tat so, als würde sie ein Buch lesen, aber ihr entging nichts. Die anderen Kinder waren bereits im Bett. Min – die auf ihre Rechte pocht – z. B. dass sie ihr eigenes Zimmer hat – besteht darauf, dass sie eine halbe Stunde länger aufbleiben darf. Heute Abend – in all der Aufregung – hatte sie es sehr viel länger hinausgezögert – aber Mary entdeckte sie schließlich & sagte – Minnie, du solltest doch schon längst im Bett sein. Auf der Suche nach einer Ablenkung – darin ist sie gut – platzte es aus ihr heraus: Sie hätte auch mich & Paul & die anderen befragen sollen – wir sind auch da gewesen – wir sind auch Zeugen! –

Im Grunde hatte sie damit recht – dachte ich mir. Tom & Mary tauschten einen Blick aus – dann sagte Tom: Ja, schon, aber ich glaube nicht, das du von irgendwas Zeuge geworden bist –

– Doch, das bin ich – sagte Min, die es liebt, im Mittelpunkt des Geschehens zu stehen – ich hab Leute gesehen, die sind im Unwetter rumgelaufen – glaub ich wenigstens –
– Hast du das, meine Liebe? – sagte Mary – aber ich glaube nicht, dass das sehr wichtig ist –
– Die Polizistin meinte schon! – entgegnete Min.
Damit hatte sie ihre Aufmerksamkeit.
– Sie hat mit dir geredet? – fragte Tom – sie hat dir Fragen gestellt? –
Er klang dabei so furchteinflößend, wie ich ihn noch nie gehört hatte – Novello tat mir jetzt schon leid.
– Ja – irgendwie – sagte Min – sie meint, ich müsste es noch mal machen, aber dann richtig – mit Tonband – für die Akten –
Auch ihr Ton hatte sich verändert – sie wirkte etwas kleinlaut – als wüsste sie, dass ihr Dad jetzt ziemlich stinkig war.
Mary sagte – Sei doch vernünftig – wenn Minnie mit der jungen Frau reden wollte, hätte nichts auf der Welt sie davon abhalten können –
– Das mag schon sein – trotzdem hätte sie sofort einen von uns holen müssen – sagte Tom unversöhnlich. Dann wandte er sich mit normaler Stimme & einem breiten Lächeln an Min – Schon gut, Liebes – gib mir einen Kuss – & jetzt ist es meines Erachtens für dich an der Zeit, ins Bett zu gehen –
Die Rückkehr zur Normalität war für Min eine große Erleichterung. Sie umarmte ihn fest – dann ihre Mum – dann mich – & sagte – Kommst du mit & deckst mich zu, Charley? –
Ich sah zu Mary, die lächelnd nickte.
Worauf es Minnie das Biest – natürlich – abgesehen hatte, war eine Gelegenheit, mich auszuhorchen – aber als sie bemerkte, dass ich dazu nicht in der Stimmung war, änderte sie die Marschrichtung & sagte – Ich wünschte, ich könnte auch bei dir schlafen, Charley – ich hab wirklich Angst, heute Nacht allein zu sein – das alles kam so jämmerlich daher, dass man damit einen Gletscher hätte zum Schmelzen bringen können.

Ich sagte – Das ist ja schrecklich, Minnie – ich sag dir was – ich frag deine Mum, ob du bei Paul & den anderen schlafen kannst – Das brachte sie zum Schweigen & ich machte mich davon – aber vorher musste ich ihr noch versprechen, dass ich mit ihr morgen im Hotel zum Schwimmen gehe! Wahrscheinlich glaubt sie, Onkel Sid wäre – als Mann – leichter auszuquetschen! Großer Gott – die fangen früh an heutzutage!

Bevor ich wieder nach unten ging, sah ich noch bei Clara vorbei, wie sie zurechtkam.

Sie lag mit dem Gesicht nach unten auf dem Bett – die langen blassen Beine breit von sich gestreckt – & schamvoll muss ich gestehen, das Erste, woran ich denken musste, waren die Halloween-Apfel-Backen des Baronets, die zwischen ihnen auf und nieder hopsten.

Dann erst bemerkte ich, dass sie weinte – nein, schluchzen trifft es besser – Schluchzer, die von ganz tief drinnen kamen – wie isländische Geysire.

Ich setzte mich neben sie & legte ihr die Arme um die Schultern – war von mir wohl ein wenig voreilig gewesen, sie & Lady D. als Sara & Miss Minchin in der *kleinen Prinzessin* abzutun. Sie hatte wirklich Kummer. Falls nicht – dann hätte sie eine ganze Schubkarre voller Oscars verdient!

Ich sagte – schon gut, schon gut – & andere tröstende Worte, die wir Profis so draufhaben – aber es half nicht, so dass ich bald darauf ebenfalls vor mich hin schniefte – interessante Form mimetischer Reaktion – erinnerst du dich noch daran, wie wir uns immer selbst hochgeschaukelt haben? – & Mum auch – wie damals, als sie uns in *Die Brücken am Fluss* geschleppt hat & wir aufgefordert wurden zu gehen!

Schließlich versiegte der Tränenstrom – wir trockneten uns die Augen – & nachdem die Schranken gefallen waren – zumindest für einen Moment – erzählte sie mir, dass sie Lady D. wirklich einiges schuldete – sie war von ihr aufgenommen worden, als sie am Tiefpunkt angelangt war – war gerade von ihrem Freund in die

Wüste geschickt worden – (was mir zum ersten Mal seit Tagen wieder den ruchlosen Liam ins Gedächtnis rief!) – außerdem kam sie mit dem neuen Lebensgefährten ihrer Mum nicht zurecht (ihr Dad hatte sich schon vor ihrer Geburt verdünnisiert). Dann tauchte Lady D. auf. Claras Großvater war anscheinend Lady D.s Lieblingscousin gewesen – & als sie sagte, komm doch zu mir, da kannst du wohnen, war das ein Angebot, das sie nicht ausschlagen konnte. Und auch gar nicht wollte.

– Wäre ich nicht nach Sandytown gekommen – sagte sie mir – dann glaube ich nicht, dass ich jetzt – na ja, ich weiß nicht, was aus mir geworden wäre, aber sicherlich nichts Gutes. Ich werde Tante Daph wirklich vermissen – ich verdanke ihr alles –

& du hast es ihr vergolten, indem du den brünstigen Baronet vögelst – für den sie doch was Besseres vorgesehen hatte – dachte ich mir – meine gemeine Ader meldete sich wieder zu Wort.

Aber zum Teufel, was soll's – an ihrer Stelle hätte ich wahrscheinlich das Gleiche getan!

Doch jetzt waren wir die besten Freundinnen – tauschten Theorien über das Vorgefallene aus – sie schrieb es einer militanten Tierschutzvereinigung zu – ich jemandem, mit dem sie auf Kriegsfuß stand – wobei Hen Hollis ganz oben auf der Liste stand. Beide Theorien basierten auf den grotesken Umständen – Clara sah den Leichnam auf dem Grill als ideologische Aussage – für mich äußerte sich darin nur fortgeschrittene Demenz.

Sie erzählte mir von den Polizisten, die sie befragt hatten – ein Sergeant & ein Inspector – musste Pascoe gewesen sein – beide ziemlich intelligent – meinte sie. Ich erzählte ihr von meinem Mädel & dass ich von der auch beeindruckt gewesen sei.

Geht doch nichts über ein Gespräch mit einer ausgebildeten Expertin, um sich wieder aufzurappeln – & schließlich fühlte sie sich stark genug, um mit nach unten zu kommen & ein wenig Kraftbrühe zu sich zu nehmen – aber es überraschte mich nicht, dass sie sich bald darauf entschuldigte & ins Bett ging.

Als ich nach oben kam, schlief sie bereits tief & fest unter dem

Laken, ich musste mich also nicht mehr über ihre langen, blassen Beine ereifern. Dachte, ich könnte nicht schlafen, kippte dann aber weg wie ein Stein. Wachte am Morgen früh auf – aber nicht so früh wie Clara. Traf sie, als sie aus dem Bad kam & wir wichen einander aus – behandelten uns wieder mit der gleichen höflichen Distanz wie zuvor. Wahrscheinlich bedauert sie es, sich mir letzte Nacht geöffnet zu haben – die übliche Reaktion.

Aber das alles trat schlagartig in den Hintergrund, als ich nach unten kam & Mary & Tom völlig verdattert auf den *News*-Artikel starrten. Ich sah sofort, dass sich das Frühstück verzögern würde – also eilte ich nach oben zu meinem Laptop, um dir ein Update zukommen zu lassen.

Sandytown – Stadt der Erholung und Gesundheit – das ich nicht lache! Ich wette, deine tägliche Todesration – Krankheiten & Angriffe durch marodierende Aufständische – kommt dir jetzt ziemlich läppisch vor!

Weiß der Himmel, was der heutige Tag bringen mag – ich gehe jetzt zum Frühstück – muss bei Kräften bleiben – aber wenn du was Neues erfahren willst, dann weißt du, wo du es findest!

Alles Liebe
Charley xxxx

2

Hab kaum noch die Augen offen halten können, nachdem Pascoe gestern gegangen ist. Musste aber noch Cap anrufen. Aus reinem Eigennutz. Sie interessiert sich kaum für die Nachrichten – meint, seien doch sowieso alles Lügen und samt und sonders schlecht! –, aber sobald sie hört, dass Sandytown erwähnt wird, würde sie am Telefon hängen, und ich wollte mir doch meinen Schönheitsschlaf nicht stören lassen.
Ich hatte recht. Sie hat von nichts gewusst. Ich erzähle ihr alles, worauf sie ganz still wird, dann sagt sie, sie habe von Lady Denham gehört, aber keiner hätte es verdient, auf diese Art zu sterben. Ich frage sie nicht, woher sie von ihr gehört hätte, weil ich annehme, dass sie auf irgendeiner ANIMA-Todesliste steht! Sie hofft, ich würde mich nicht in die Ermittlungen mit reinziehen lassen. Ich sage, nie und nimmer, bin doch ausschließlich zur Kur hier. Wie auch immer, jedenfalls hätte Pete Pascoe die Leitung, und er hätte mir ziemlich deutlich zu verstehen gegeben, dass ich ihm nicht über die Schulter schauen soll. Das scheint sie zu beruhigen. Ellie und sie betrachten sich ja immer ein wenig argwöhnisch, aber Pete, glaubt sie, hätte einen guten Einfluss auf mich.
Nach dem Gespräch bin ich ins Bett gefallen und habe wie ein Baby geschlafen. Bin früh und munter aufgewacht und hab mich so gut wie seit Jahrzehnten nicht mehr gefühlt. Muss wohl daran liegen, dass ich Pete wiedergesehen habe. Das Geplauder mit ihm über den Fall hat mich wieder auf Vordermann gebracht; war genau wie in den alten Zeiten. Dann beim Frühstück kommt Pet vorbei und sagt, es hätte sich ein weiterer Mord ereignet.

Jedes Mal, wenn wir uns sehen, sagen Sie mir, dass einer abgenippelt ist, sag ich zu ihr.
Seit unserer Session in der Dusche gehen Pet und ich freundlich, aber förmlich miteinander um, keiner von uns spricht die Sache direkt an, aber irgendwas schwingt trotzdem immer mit. Zumindest bei einem in meinem Alter. Die Youngster heutzutage nehmen so was vielleicht im Vorbeilaufen mit, so wie sie sich ein leckeres Take-away gönnen!
Wie auch immer, gibt nichts Besseres als einen Mord, um sich vom Sex abzulenken, und als sie sagt, die *Mid-Yorks News* hätte die Schlagzeile dazu, bitte ich sie, mir eine Ausgabe zu besorgen.
Muss gar nicht auf den Verfassernamen sehen. So wie Pete dargestellt wird, als Mischung aus Jesus und Herkules Plumeau, kann das nur dieser Schreiberling Ruddlesdin gewesen sein. Er und Pete waren sich schon immer viel zu nah. Meiner Meinung nach holt man sich nur dreckige Fingernägel, wenn man einem Journalisten den Rücken kratzt. Hoffe, der Kerl hat diesmal recht, sonst steht Pete als elendiger Armleuchter da.
Wobei ich gar nicht weiß, warum ich mein Mitgefühl für ihn verschwende. Das muss der Anruf gewesen sein, als er im Aufbruch begriffen war. Und der verkommene Scheißer hat es nicht für nötig erachtet, noch mal reinzukommen und mich ins Bild zu setzen!
Als Pet sagt, Pascoe wäre nicht mehr zu ihr gekommen, um sie oder Lester zu befragen, ist mir das Bestätigung genug. Die Rotznase hält sich wohl für was Besseres. Und ich überschlage mich dabei, ihm nicht im Weg zu stehen.
So, damit ist es jetzt vorbei. Wenn Ruddlesdin recht hat und sie ihren Mann haben, dann haben sie ihn die ganze Nacht in die Mangel genommen, und wenn er eingeknickt ist, dann ist jetzt der rechte Zeitpunkt zum Feiern.
Und wenn Ruddlesdin danebenliegt, wird Pete jede Unterstützung brauchen, die er kriegen kann.

Ich sage Pet, ich müsste flugs-flugs runter zur Hall, und sie meint, sie würde mich hinbringen. Denke natürlich, es läge an meinem umwerfenden Charme, dass sie mir so bereitwillig hilft, aber mir wird schnell klar, dass wieder ein Verhör auf der Agenda steht, was in ihrem Auto leichter zu bewerkstelligen ist als unter der Dusche.
Sie will unter allen Umständen herausbekommen, ob die Ermittlungen wirklich abgeschlossen sind. Vielleicht hat sie die ganze Nacht wach gelegen und sich Sorgen gemacht, dass Katzenjammer, vor der Wahl, die alte Daph zu bespringen oder zu beseitigen, aufs Ganze gegangen ist! Sie muss wirklich ganz scharf auf den Kerl sein. Das ist wahre Liebe, wenn sie bereit ist, seinetwegen mit mir ins Bett zu hopsen! Vielleicht bin ich aber auch nur ein alter Romantiker, und sie hat selbst was zu verbergen.
Sie setzt mich vor der Hall ab und sagt, ich soll sie auf jeden Fall anrufen, wenn ich zurückwill, ist also ganz versessen darauf, ein zweites Mal von den Kirschen zu naschen.
Hätte auch nichts dagegen, ein zweites Mal an ihr zu naschen, wenn ich nicht gelobt hätte, ein braver Junge zu sein.
Vor dem Eingang steht ein Uniformierter und raucht in aller Ruhe eine Zigarette. Verschluckt sie fast, als er mich aus dem Wagen steigen sieht. Heißt Sproggs, wie ich mich erinnerte. Leidlich hübscher Bursche, auch wenn er aus Mexborough stammt. Ich frage ihn, wo ich den DCI finde. Sagt, er hätte in der provisorischen Einsatzzentrale eine Besprechung einberufen. Es überrascht mich zu hören, dass die nicht in der Hall eingerichtet wurde. Typisch für Pete. Also ich für meinen Teil hätte mir dafür einen der großen Salons mit den schönen bequemen Sofas ausgesucht.
Ich klopfe dem jungen Sproggs auf die Brust, bevor ich abziehe, und sage ihm: »Hör zu, Bursche, wenn ich dort reinplatze und feststelle, dass ich erwartet werde, dann komm ich zurück, und wenn ich dann deinen persönlichen Sender ausein-

andergenommen und wieder zusammengesetzt habe, wirst du Five Life beim Furzen empfangen können.«
Er sagt nichts, aber ich glaube, die Botschaft ist angekommen.
Als ich die Tür zur Einsatzzentrale aufdrücke, denke ich, es würde so sein wie beim alten John Wayne, wenn er in einen Saloon reinmarschiert und alle erstarren und sich dann in Deckung werfen. Stattdessen aber, nach einem Moment des Schocks, lächeln mich alle breit an und sagen mir, wie schön es sei, mich wiederzusehen, sie schütteln mir die Hand, und ich komm mir schon wieder wie der alte Scrooge vor. Petes Lächeln ist vielleicht einen Hauch bemüht, und bei Wieldy lässt sich schwer sagen, ob er grinst oder gerade eine harte Wurst rausdrückt, aber ich schwöre, der junge Bowler hat Tränen in den Augen, und Shirley Novello umarmt mich doch glatt!
Es ist sofort zu sehen, dass hier keine Frühstücksfeier abgezogen wird. Bestätigt wird das durch Pete, der sagt: »Fein, dich zu sehen, Sir. Ich nehme an, du hast die heutige *News* gelesen? Es wird dich wahrscheinlich nicht überraschen, wenn ich sage, dass der Bericht über meine Apotheose ein wenig übertrieben ist. Also, nimm Platz, und wenn du etwas sagen möchtest, werden wir uns sicherlich alle freuen, es zu hören.«
Der Bursche ist gut, kein Zweifel. Wäre er in die Politik gegangen, wäre er mittlerweile schon Premierminister.
Im Raum ist alles vorbildlich eingerichtet, nichts anderes hatte ich von den beiden erwartet. Ich betrachte die Schautafeln. Alles ist ordentlich verzeichnet, Verbindungen sind mit unterschiedlich bunten Bändern kenntlich gemacht, genau das, was die Truppe braucht. Schon in Ordnung, wenn man alles auch auf dem Computer hat, aber ein Bildschirm ist doch nur ein finsteres Glas. Erst auf einer Schautafel hat man es wirklich vor Augen.
Kann Pete auch nichts vorwerfen, wie er das Treffen leitet. Wieldy ist eine große Hilfe, klar, vor allem dann, wenn Pete wieder mit seinen Wörtern anfängt, die aus mehr als drei Sil-

ben bestehen. Er hat alle da, sogar den Beißer Whitby für lokale Insiderinformationen. Vernünftige Denkweise. Ein kluger Polizist sorgt dafür, dass sein Team den Wald samt den Bäumen sieht. Wenn sich alle aufteilen, entgehen ihnen mögliche Querverbindungen. Pete weiß das.
Na ja, sollte er ja auch, oder? Schließlich hat ein kluger Polizist ihm alles beigebracht.
Es ist ihnen anzusehen, dass keiner von ihnen viel geschlafen hat, aber Wieldy hat eine Kaffeemaschine organisiert, es gibt rauhe Mengen davon, dickflüssig und schwarz und süß, wie ihn Polizisten mögen, nichts von diesen modernen siebenundfünfzig verschiedenen Arten, die alle nur Pipiwasser sind.
Natürlich beginnt Pete mit Ollie Hollis. Alle wissen, sie haben einen Verdächtigen in Haft, aber alle sehen auch, genau wie ich, dass nicht mit Champagnerkorken geknallt wird, weshalb ihnen der Grund dafür gesagt werden muss. Oder weshalb sie sich den Grund dafür zusammenreimen müssen, weil Pete es ist, der es ihnen sagt.
Er sagt: »Die in den Rücken getriebene Nadel verletzte das Rückenmark zwischen den Wirbeln C3 und C4, was zur Paralyse der Arme und Beine führte. Der Schock darüber führte möglicherweise auch zu einem heftigen Asthmaanfall. Da er sich aufgrund der Paralyse in seiner liegenden Position nicht bewegen konnte, dürfte er unter gravierenden Atembeschwerden gelitten haben, Asphyxie war letztendlich die Folge davon.«
Ich habe eine Weile gebraucht, um dahinterzukommen, dass Pete absichtlich so redet. Ich persönlich rede freiheraus, damit auch der Dümmste es verstehen kann. Pete hat es lieber, wenn sich die Scheißer richtig konzentrieren, Fragen stellen, Schlüsse ziehen müssen. Die Hellen unter ihnen wie Bowler und Novello wissen, dass sie dann glänzen können.
Bowler unterbricht als Erster. Hab später von Wieldy erfahren, dass der dämliche Jungspund sich heftige Vorwürfe macht,

weil er nicht zum Hexen-Cottage kam, bevor Ollie Hollis umgebracht wurde. Vielleicht freut er sich deswegen so, mich zu sehen – entdeckt er da in mir vielleicht ein freundliches Gesicht?

Er sagt: »Sie meinen, zwischen dem Reinstecken der Nadel und seinem Tod kann geraume Zeit vergangen sein?«

»Möglicherweise bis zu einer halben Stunde«, sagt Pete. »Das bedeutet ...«

Für Hat bedeutet das, je früher die Tat stattgefunden hat, umso besser ist es für seine Schuldgefühle! Aber um das zu sagen, ist der Bursche viel zu klug.

»Dann«, sagt Hat, »ist es doch kaum wahrscheinlich, dass dieser Godley die ganze Zeit mit der Hand an der Nadel rumgestanden hat, oder?«

»Nein«, antwortet Pascoe. »Was heißt, dass seine Geschichte, er hätte Hollis entdeckt und versucht, die Nadel rauszuziehen, der Wahrheit entsprechen könnte.«

Obwohl alle genau das erwartet haben, geht ein enttäuschtes Stöhnen durch den Raum.

»Dann lassen wir ihn also frei?«, fragt Bowler.

»Noch nicht«, sagt Pete. »Was er über Hollis erzählt, entspricht vielleicht der Wahrheit, aber laut mehreren Zeugenaussagen hatte er eine heftige Auseinandersetzung mit Lady Denham, und solange wir dazu keine befriedigende Erklärung haben, wird er nirgendwohin gehen.«

Verständlich, aber gefährlich. Wenn die übrige Presse, die sauer ist, dass ihr ein Provinzschreiberling die Show stichlt, mitbekommt, dass Ruddlesdin völlig danebengelangt hat, würde sie Godleys fortwährende Inhaftierung als trotzigen Akt der Willkür bewerten.

Pete leitet zum Mord an Daph über oder zurück.

Wieldy hat den Bericht des Rechtsmediziners und trägt ihn mit seiner üblichen Prägnanz vor.

Todesursache Erdrosselung. Kontusion an der Augenbraue,

rührt wohl eher von einem Fall gegen einen harten Gegenstand her und weniger von einem Schlag mit einer Waffe. Jedenfalls hatte der Täter umgehend entschieden, die Sache mit den bloßen Händen zu Ende zu bringen. Vielleicht auch die *Täterin,* als sie sah, dass sich Daph nicht mehr wehren konnte.

Die gute Nachricht: Sie war bereits tot, als sie auf den Grill gelegt wurde. Die Bestimmung des exakten Todeszeitpunkts wurde durch die Hitze erschwert, man gehe aber davon aus, dass der Tod etwa eine halbe bis eine Stunde vor Entdeckung des Leichnams eingetreten sei.

Und dann fanden sich Samenspuren in ihrer Vagina.

»Sie meinen, sie ist vergewaltigt worden?«, unterbricht Novello, was nicht clever ist, da Wieldy sich rühmt, nur das zu sagen, was er auch meint.

Pete schaltet sich ein. »Es gibt keinerlei Anzeichen von Gewaltanwendung im Genitalbereich, außerdem hat der Koitus nach übereinstimmender Einschätzung mehrere Stunden vor dem Tod stattgefunden, es scheint daher wahrscheinlich, dass er im beiderseitigen Einvernehmen erfolgt ist.«

Wield fährt fort.

Die Kleidung war versengt, ein großer roter Fleck vorn an ihrem Kleid ist als Rotwein identifiziert worden. Das Verlaufsmuster lässt darauf schließen, dass die Flüssigkeit nicht einfach verschüttet, sondern eher dagegen geschleudert wurde. Am Tatort war kein Glas gefunden, aus der Hütte sind jedoch ein Champagnerkorken, Silberfolie, Zigarettenkippen und Essensreste sichergestellt worden. Die Essensreste könnten möglicherweise DNS-Spuren liefern. Auf der Silberfolie befinden sich Fingerabdrücke.

»Wir brauchen daher von allen Gästen Fingerabdrücke«, sagt Pete.

»Da haben wir alle Hände voll zu tun«, sagt Wield.

»Woher sollen wir sie sonst nehmen?«, sagt Pete.

Sie ziehen eine hübsche Nummer ab, die beiden, und bekommen dafür herzliche Lacher.

»Fragen, Kommentare«, lädt Pete ein.

Bowler wartet nur darauf.

»Klingt ganz so, als hätte jemand in der Hütte seine eigene kleine Party abgezogen, hat dann alles aufgeräumt und die Gläser und Flaschen entsorgt. Warum, stellt sich die Frage.«

»Und zu welchem Ergebnis kommen Sie, Hat?«, fragt Pete.

»Könnte doch sein, dass neben Ollie Hollis noch jemand da war, aber das wollten sie nicht an die große Glocke hängen«, schlägt er vor.

»Guter Punkt«, sagt Pete. Natürlich ist auch er schon zu diesem Schluss gekommen, aber, wie gesagt, es gefällt ihm, wenn die Scheißer selber denken.

Jetzt schaltet sich auch Novello ein. Nichts aktiviert die Gehirnzellen mehr, wenn man sich von seinem Rivalen ausgestochen fühlt.

»Wenn Ollie Hollis unter Asthma litt«, sagt sie, »dann ist es doch nicht sehr wahrscheinlich, dass er geraucht hat, oder?«

Ich bin mir ziemlich sicher, dass Pete auch bereits daran gedacht hat, aber er schenkt Shirley ein breites Lächeln und sagt, »ausgezeichneter Punkt. Wir prüfen das nach. Es gibt nicht mehr so viele, die rauchen. Sprechen Sie das bei jeder Zeugenbefragung an. Jetzt sollten wir uns aber den Motiven in beiden Fällen zuwenden, die vielleicht – vielleicht auch nicht – etwas miteinander zu tun haben könnten. Keine vorschnellen Annahmen, solange wir keine eindeutigen Indizien für einen Zusammenhang haben. Also zu den Motiven.«

Laut Pete könne man sie in zwei Sparten einordnen, am offensichtlichsten natürlich das Übliche: Geld.

Wer profitiert davon? Daphs Anwalt, Beard, wolle telefonisch keinerlei Auskünfte erteilen, sei aber bereits auf dem Weg nach Norden. Es geht also um eine beträchtliche Summe. Diese Londoner Advokaten berechnen für jeden Kilometer,

den sie über Hampstead hinausmüssen, ein zusätzliches Prozent.
Die einzige Person, die definitiv von Daphs Exitus profitiert, sei Hen Hollis. (Als sein Name erwähnt wird, wirft Novello dem jungen Bowler ein Grinsen zu, worauf er zusammenzuckt. Er ist nicht nur zu spät im Hexen-Cottage eingetroffen, er scheint auch noch Hen übern Weg gelaufen zu sein, ohne es gewusst zu haben. Die Scheiße fliegt dir nie tröpfchen-, sondern immer kübelweise um die Ohren.) Beißer Whitby, der meines Erachtens wesentlich mehr Schuld als Hat daran hat, Ollie nicht früher aufgespürt zu haben, wurde angewiesen, Hen ranzuschaffen. Darauf, denke ich mir, würde ich nicht wetten wollen.
In die andere Sparte fallen die Tierschützer. Hollis' Ham sei Ziel von Anschlägen gewesen, Daph selbst sei persönlich bedroht worden, und in mehreren angeblichen Mordversuchen werde momentan ermittelt. (Dabei sieht er zu mir, als wollte er mir zu verstehen geben, halt bloß deinen Mund über deine Verwicklung in der Sache – hab ich also gemacht.) Dass ihre Leiche im Korb des Grills abgelegt worden war, lasse auf eine mögliche Verbindung schließen.
Erneut hält er inne, um auf Fragen und Kommentare zu warten. Die Jungen stürzen sich natürlich sofort wie die Geier darauf, um Fleißpunkte zu sammeln. Bowler versucht verlorenen Boden gutzumachen, indem er Tom Parkers Bruder Sidney aufs Tapet bringt. Wie er sich kleidet, welches Auto er fährt, lebt offensichtlich auf großem Fuß und lässt die Sau raus.
Pete zuckt zusammen – er mag es nicht, wenn man geschmacklose Witze reißt –, aber ich nehme an, es war nur ein Ausrutscher. Passiert mir ständig. Bowler lässt nicht locker: Wäre vielleicht ganz lohnend, sich mal näher anzusehen, was er als Finanzberater des Opfers mit ihrem Geld angestellt hat. Novello gibt die Vermutung zum Besten, dass Sid Parker und Ted

Denham möglicherweise hinter Lady Denhams Rücken irgendeinen Deal abziehen wollten. Zufällig wisse sie, dass sie sich in aller Heimlichkeit im Denham Park getroffen hätten, vielleicht, spekuliert sie, ging es dabei um die Umwandlung des stattlichen Hauses von Denham in ein Spielcasino oder ein Pflegeheim. Statt sie zu fragen, woher zum Teufel sie dieses ganze Zeug hat, nickt Pete zustimmend. Er muss dazu also irgendwas wissen.

»Sehen wir uns etwas eingehender diese Parkers an«, sagt er. »Zahlreiche Bezugspunkte zum Opfer, dazu angebliche Spannungen im Sandytown-Konsortium zwischen den beiden führenden Mitgliedern, Tom Parker und Daphne Denham.«

Seymour scheint die bekloppte Diana und ihre Gefährtin befragt zu haben. Dennis hat bislang nur dagesessen, mit seinem Laptop rumgespielt und sich nicht ins Gehacke der jüngeren DCs eingemischt. Pete fragt ihn ganz sarkastisch, ob er zu den »sehr reichhaltigen« Aussagen, die er beigesteuert habe, irgendwas hinzufügen könne. Den Burschen lässt das ziemlich kalt. Er grinst nur freundlich und sagt: »Eigentlich nicht. Miss Parker kommt mir wie eine Klospülung ohne Klo vor, aber es kommt nicht viel dabei raus.«

»Gut, danke für Ihre wie immer hilfreiche Analyse, Dennis«, sagt Pete, und Novello und Bowler sehen sich an, diesmal in harmonischem Einverständnis, dass der alte Dennis keine Gefahr darstellt bei ihrem privaten olympischen Parcours.

Aber dann sagt Seymour: »Eins noch, Sir, diese Tierschutzsache ...«

»Ja?«, sagt Pete.

»Ich hab mir die alte Akte angesehen, und dabei ist mir aufgefallen, dass Lady Denham vorbestraft ist ...«

Es ist nicht zu übersehen, dass das den meisten neu ist.

»Hat eine Fuchsjagddemonstrantin mit der Reitgerte geschlagen, ist dann mit Bewährung davongekommen«, wirft Wield ein. »Das ist dreißig Jahre her, weiß nicht, ob es überhaupt

relevant ist, es sei denn, du hast uns was anderes zu erzählen, Dennis.«
Bei Pete hätte es sarkastisch geklungen, aber bei Wieldy weiß man das ja nie.
»Ich dachte mir nur, ich prüf es mal nach«, sagt Seymour. »Die Demonstrantin war ein sechzehnjähriges Mädel, Alexandra Lambe. Sie hat den Hunden ein Spray in die Nasen gesprüht, damit sie die Fährte verlieren, worauf Lady Denham auf sie losgegangen ist. Damals wäre so etwas gar nicht verfolgt worden, nur tauchte das Mädel mit einem schlimmen blauen Auge vor Gericht auf.«
»Dennis, mir schwinden allmählich die Sinne«, sagt Pascoe. »Kommen Sie auf den Punkt, wenn Ihre Geschichte denn überhaupt einen hat.«
»Worum es mir geht, Sir«, sagt Seymour, »diese Mrs. Griffiths, mit der ich in der Seaview Terrace gesprochen habe, deren Vorname lautet Sandy.«
Er hält inne und strahlt uns an, als erwarte er einen Kuss auf jede Wange und einen Orden.
»Der Punkt«, sagt Pete mürrisch.
»Ich habe eine Nichte, die heißt Alexandra, wird aber auch immer nur Sandy gerufen«, sagt Seymour.
»Und Ihre Nichte ist hier relevant? Ist sie wegen Mordes verurteilt worden? Gehört sie vielleicht der Stadtguerilla an?«, sagt Pete.
Novello und Bowler grinsen wie zwei Schimpansen.
»Nein, Sir, sie ist erst acht«, sagt Seymour. »Es war nur, dass diese Mrs. Griffiths so ein komisches Auge hat. Nicht witzig-komisch, sondern es bewegt sich nicht im Einklang mit dem anderen.«
Ich denke mir, mein Gott, das erklärt ihren seltsamen Blick. Ich mit meinem großen Ego schreib es der Begegnung mit mir zu, während der unkomplizierte Dennis sofort sieht, dass es ihr Auge ist! Nicht nur das, er zieht daraus auch so seine

Schlüsse, denn er fährt fort: »Bei diesem Lambe-Mädel, hab ich herausgefunden, stellte sich ein paar Jahre darauf heraus, dass das blaue Auge von damals mittlerweile seine Sehkraft eingebüßt hatte. Steht alles in den Akten, weil sie Schadensersatz habe wollte und ihr Anwalt die Gerichts- und Polizeiunterlagen zu dem Fall anforderte. Kam nie was dabei heraus. Das war alles schon zu lange her, und es ließ sich kein Arzt finden, der bestätigt hätte, dass der Schlag damals die Ursache gewesen wäre.«

Den DCs ist das Grinsen vergangen, und Petes Stimme hat ihren sarkastischen Unterton verloren, als er sagt: »Sie wollen damit also sagen, diese Sandy Griffiths und diese Alexandra Lambe sind vielleicht ein und dieselbe Person?«

»Nein, Sir. Kein Vielleicht. Hab gerade auf meinem Laptop die Bestätigung dafür bekommen. Es ist definitiv dieselbe Person«, sagt Seymour. »Hat 1987 geheiratet, acht Jahre später wurde sie Witwe. Da liegt noch mehr vor, Sir. Sie hat ein Strafregister. Im Zusammenhang mit Tierschutzaktivitäten, hat ihre Gewohnheiten also beibehalten. Ein paar Bewährungsstrafen, drei Bußgelder, vier Wochen Gemeindearbeit und ein halbes Jahr wegen Nötigung, auf Bewährung ausgesetzt. Sie ist Mitglied einer Gruppe, die sich ANIMA nennt. So, falls es kein Zufall ist, dass sie jetzt in Sandytown Urlaub macht ...«

Muss Pete bewundern. Kein noch so verstohlener Blick in meine Richtung, obwohl er genauso gut weiß wie ich, dass ANIMA die Demonstrantengruppe ist, die meine Cap gegründet hat!

»Gute Arbeit, Dennis! Alle anderen sollen sich hinter die Ohren schreiben: Solche nützlichen Zusammenhänge spürt man nur auf, wenn man alle Fakten in Betracht zieht. Holen wir sie her, mal sehen, was sie zu sagen hat. Dennis, das machen Sie, die Ehre gebührt Ihnen.«

»Soll ich mitkommen, Sir?«, fragt Shirley Novello. »So von Frau zu Frau, könnte doch ganz nützlich sein.«

Will sich nichts entgehen lassen, denke ich mir.
»Nein«, sagt Pete. »Für Sie hab ich eine andere Aufgabe. Okay, Leute, das war's. Halten Sie mit Sergeant Wield Rücksprache, falls Sie Zweifel haben an dem, was Sie gerade tun. Und wie gesagt, nehmen Sie sich an Dennis ein Beispiel. Ich will Ergebnisse! Shirley, auf ein kurzes Wort.«
Er sammelt seine Papiere ein, reckt den Kopf in meine Richtung und marschiert durch die Tür hinter sich. Novello folgt. Ich auch. Muss das Schlafzimmer der Wohnung sein. Aber vom Bett ist nichts zu sehen, nur ein Tisch, einige Stühle und ein Recorder. Die Befragungsräume in der Fabrik nehmen sich dagegen wie eine Suite im Ritz aus.
Pete nimmt meine Anwesenheit zur Kenntnis, sagt aber nichts. Zu Shirley sagt er: »Ich will, dass Sie zum Kyoto-Haus fahren und Miss Heywood auf ein Schwätzchen hierher einladen.«
»Ja, Sir«, sagt Shirley. »Wegen der Mails ...«
»Nicht nötig, dass Sie die erwähnen, Shirley«, sagt er. »Machen Sie sich auf den Weg.«
Das Mädel zieht ab.
»Welche Mails?«, frage ich.
»Eine Miss Heywood, der du, glaube ich, schon begegnet bist, ist im Augenblick bei den Parkers zu Gast und hat ihrer Schwester per Mail recht ausführliche Berichte über ihre Erlebnisse hier geschickt. Sie ist anscheinend Psychologiestudentin, und Novello, die meinte, der Blick einer Fremden auf die Verhältnisse hier könnte von Interesse sein, hat sie dazu überreden können, ihr die Mails mal zu zeigen. Und interessant sind sie, aus ganz unterschiedlichen Gründen.«
Er klopft auf einen Papierstoß auf dem Tisch.
»Lass mich raten«, sage ich, »Shirley hat die Mädels-Verständnis-Nummer abgezogen und diese Sachen zu sehen bekommen, unter dem Vorwand, dass sie nur für ihre Augen bestimmt wären. Kein Wunder, dass sie nicht unbedingt erfreut ist, die Heywood wiederzusehen.«

»Shirley ist Katholikin, die kann mit Schuld umgehen«, sagt Pete gleichgültig. »Außerdem ist sie eine sehr gerissene, sehr ehrgeizige Polizistin. Wie auch immer, Andy, es tut wirklich gut, dich zu sehen. Du bist heute Morgen fast wieder ganz der Alte. Gut geschlafen?«

»Ja, hab ich. Und ja, hab ich getan, und ja, ich nehm Zucker«, sage ich. »Nett von dir, dass du gestern Nachmittag davon abgesehen hast, mein armes invalides Gehirn mit weiteren schlechten Neuigkeiten in Aufruhr zu versetzen.«

Er zuckt mit den Schultern. »Andy, ich bin froh um jeden Input, der von dir kommt, und du bist jederzeit willkommen, an den Besprechungen teilzunehmen, wie du es jetzt gerade getan hast. Aber ich kann nicht ständig Umwege auf mich nehmen, um dich auf dem neuesten Stand zu halten.«

Na, zwei Schritte zurück in mein Zimmer würde ich nicht unbedingt als Umweg ansehen, aber ich denke mir, der arme Kerl steht schon genügend unter Druck, da musst du nicht auch noch auf ihn einhacken. Trotzdem, ungeschoren will ich ihn auch nicht davonkommen lassen.

»Desperate Dan hat sich gemeldet, oder?«, frage ich.

Er zuckt zusammen. »Ja, der Chief Constable und ich haben uns heute Morgen früh kurz unterhalten.«

»Und wie steht's mit Sammy Ruddlesdin? War der auch schon da für sein tägliches Briefing?«

Ich denke schon, ich wäre damit zu weit gegangen, aber er lässt sich nicht so leicht aus der Kurve drängen.

»Sammy und ich werden heute zweifellos noch miteinander reden«, sagt er. »Aber wie gesagt, Andy, ich freu mich wirklich über alles, was du beizutragen hast.«

Er klingt so ehrlich, dass ich ihm glatt eine Time-share-Ferienwohnung abgekauft hätte.

»Du hast Roote vorhin gar nicht erwähnt«, sage ich.

»Schien mir nicht relevant zu sein.«

»Nein? Es gab mal eine Zeit, da konnten wir nicht über den

Anstieg von Ladendiebstählen in Woollies reden, ohne dass du Roote ins Spiel gebracht hättest«, sage ich. »Und jetzt haben wir ihn am Tatort eines Mordes, und du willst nicht über ihn reden!«

»Wieldy hat, wie du weißt, bereits mit ihm gesprochen«, sagt er. »Und ich werde mich selbst noch mit ihm treffen. Keine Sorge, Andy. Wenn ich das Gefühl habe, dass er irgendwas mit der Sache zu tun hat, dann weiß ich, was die Pflicht mir gebietet.«

Ich klatsche darauf ein paar Mal in die Hände. Es gibt sonst keinen bei der Polizei, der diesen Satz so wie Peter Pascoe rübergebracht hätte!

»Gut, dann ist das ja erledigt«, sage ich. »Also, lässt du mich jetzt einen Blick auf die Mails dieser Charley Heywood werfen?«

Er sieht mich zweifelnd an. »Weiß nicht, ob ich das machen soll, Andy, angesichts der persönlichen Beziehungen.«

»Äh?«, sage ich.

»Du kennst ihren Vater, soweit ich weiß. Und außerdem wirst du im Text erwähnt.«

»Jesus wird auch in den Evangelien erwähnt, soll das heißen, dass er keinen Blick drauf werfen darf, um zu sehen, was die über ihn zusammengesudelt haben?«

»Eine überzeugende Parallele«, sagt er. »Aber wir sollten nicht vergessen, dass Novello Miss Heywood Verschwiegenheit zugesagt hat. Unter der gleichen Bedingung hat Shirley sie mir überlassen. Mit anderen Worten, nicht jeder x-Beliebige wird sie zu Gesicht bekommen. Miss Heywood scheint ein interessantes Mädchen zu sein.«

Beschließe, auf den x-Beliebigen nicht einzugehen, aber man bekommt nicht oft Gelegenheit, Pete mit dem bescheuerten Political-Correctness-Zeugs ein Bein zu stellen, also sage ich: »Ich an deiner Stelle würde sie aber nicht Mädchen nennen. Sie ist eine intelligente junge Frau.«

»Danke, Andy, ich versuche es mir zu merken. Auch wenn sie, wie so viele heutzutage, und obwohl sie so viel Zeit in unserem teuren Bildungssystem verbracht hat, der Rechtschreibung nicht mächtig ist.«

»Pete«, sage ich, »du bist ein wahres Tonikum für einen kranken alten Mann. Bei dir fühlt man sich wieder jung.«

»Gern geschehen«, kommt es von ihm. »Aber es geht nicht nur um das Stöhnen eines mürrischen Alten. Du erinnerst dich an den Brief, den Lady Denham erhalten hat und den du mir gegeben hast? In ihm ist die Konjunktion *dass* mit nur einem *s* geschrieben. Und genau dieser Fehler findet sich auch in diesen E-Mails.«

»Ach ja?«, sage ich unbeeindruckt. »Aber du sagst doch selbst, dass die meisten Jungen heutzutage der Rechtschreibung nicht mehr mächtig sind. Es braucht wohl schon ein bisschen mehr, um sie lebenslänglich einzubuchten.«

»Es gibt noch andere interessante Dinge«, sagt er etwas kühl. »Aber darüber will ich erst reden, wenn ich mich mit dem Mädchen unterhalten habe. Ich meine, der jungen Frau.«

Wield kommt herein.

»Shirley hat mir gerade gesagt, du hättest sie losgeschickt, um Miss Heywood zu holen«, sagt er.

Hallo, denke ich. Pete trifft Entscheidungen, ohne sie mit der verbotenen Visage abzusprechen. Die Zeiten ändern sich.

»Das ist richtig. Irgendein Problem damit?«

»Hab mich nur gefragt, um wen du dich als Erstes kümmern willst, um Miss Heywood oder Mrs. Griffiths?«

»Heywood«, sagt Pete. »Griffiths soll schmoren. Andy, gibt es noch irgendwas? Du siehst, wir sind bis über beide Ohren eingedeckt.«

»Nein«, sage ich, »außer dass ich dieses Heywood-Mädel nicht zu hart anfassen würde. Wie gesagt, die ist nicht dumm.«

»Sei nett zu klugen Menschen. Werde ich mir merken«, sagt Pascoe. »Noch etwas, Sir?«

Er will, dass ich mich verpisse, weshalb er mich provoziert. Aber das haben schon andere mit Elektrostäben probiert und sind daran gescheitert.

»Aye«, sage ich, »und Godley, der Heiler, ist in sie ziemlich verknallt, nur ist sie zu clever, um das schon bemerkt zu haben. Wenn du also wirklich meinst, dass er was zurückhält, dann könntest du vielleicht sie einsetzen, damit er mit der Sprache rausrückt.«

»Danke, Andy«, sagt er nachdenklich. »Ich werde es im Hinterkopf behalten«, und diesmal klingt er, als meint er es ernst.

Solange er bei mir also in der Schuld steht, ergreife ich die Gelegenheit und sage: »Pete, ich sehe, ihr habt hier alle Hände voll zu tun. Ich dachte mir nur: Lester und Pet im Avalon könnten vielleicht meinen, sie würden vernachlässigt, weil du noch nicht dazu gekommen bist, sie zu befragen. Ich bin an Ort und Stelle, ich weiß, wie sie ticken, ich könnte mit ihnen doch mal plaudern, ihnen eine vorläufige Aussage entlocken, so wie du sie auch von Novello oder Bowler bekommst, und dann kannst du entscheiden, ob du selbst noch mit ihnen reden willst.«

Das mit Hat und Shirley habe ich eingeflochten, weil ich meine, es müsste ihm doch zusagen, wenn er mich wie einen DC einspannen kann. Aber das muss ich ihm lassen, er zögert nicht eine Sekunde.

»Das wäre sehr hilfreich, Andy«, sagt er. »Danke. Aber in aller Form, nicht wahr?«

»Du meinst, ich soll auf den Schlagstock verzichten? O Scheiße«, sage ich. »Was ist mit meiner kleinen Freundin?«

Ich ziehe Mildred heraus.

»Ja«, sagt er. »Könnte nützlich sein. Aber diskret, bitte schön.«

Wield gibt ein knurrendes Fauchen von sich, das wohl bedeuten soll, was zum Teufel soll das alles?

Pete kommt zu Hilfe. »Hab ich in der Aufregung gestern Abend ganz vergessen zu erwähnen. Andy macht jetzt auf

Hightech. Er hat Lady D.s Gespräch mit ihm aufgenommen. Wäre schön, wenn ihr zwei euch mal zusammensetzen und es transkribieren könntet. Aber nicht jetzt. Es gibt Wichtigeres zu tun.«

Wieldy und ich kapieren Anspielungen. Er geht, und ich sage: »Gut. Dann mach ich mich jetzt auf den Weg. Und danke.«

»Wofür?«

»Dass du Cap und ANIMA nicht erwähnt hast«, sage ich.

»War nicht nötig«, sagt er. »So wie bei mir und Franny Roote weiß ich, dass auch du dich durch persönliche Beziehungen nicht von deiner Pflicht abhalten lässt.«

Beim großen Katzbuckel, denke ich mir, der Kerl ist wirklich entschlossen, mich auf meinen Platz zu verweisen.

Dann grinst er wie ein Schuljunge und zieht einen grünen Plastikhefter heraus. »Hier«, sagt er. »Es würde mich interessieren, was du davon hältst.«

»Wovon?«

»Miss Heywoods Mails. Hast du wirklich geglaubt, ich würde sie dir vorenthalten? Ich hab sie für dich kopiert.«

»Aber du hast doch gar nicht gewusst, dass ich hier auftauchen werde«, entgegne ich.

»Natürlich nicht, Andy«, sagt er, noch immer grinsend. »So wie ich auch nicht weiß, dass im Frühling die Schwalben zurückkehren.«

Oh, du gerissener Scheißkerl!, denke ich mir, als ich gehe. Wie wirst du erst sein, wenn dir erst mal graue Haare wachsen?

Je früher ich wieder in der Arbeit bin, umso besser, sonst muss ich noch feststellen, dass mein Platz besetzt ist!

3

VON: charley@whiffle.com
AN: cassie@natterjack.com
BETREFF: es wird schlimmer!

Hallo!
Ich bin ziemlich angearscht. Eine Menge ist passiert – viel faszinierendes Zeugs – als würde man in einem Miss-Marple-Film mitspielen – aber sobald du nicht mehr selbst im Bild bist, wird alles unscharf!
Frühstück war ein bisschen wie bei den zehn kleinen Negerlein – hoffe, du fühlst dich jetzt nicht angesprochen!
Tom stopfte sich seines hinein und schoss davon, um zu sehen, was er in Erfahrung bringen konnte – & – was ihm noch wichtiger war – seinen Truppen zu versichern, dass die gewalttätigen Ereignisse des Vortags dem triumphalen Aufstieg Sandytowns in keiner Weise etwas anhaben konnten. Mary machte höflich Konversation – sehr bemüht, gegenüber den Kindern nichts Anstößiges verlauten zu lassen. Die Sorge war unbegründet. Ihre jüngeren Kinder hatten beschlossen, dass das alles Erwachsenenzeugs war – solange es nicht die eigenen Pläne tangierte, interessierte es sie nicht – also stoben sie ins Freie, sobald sie sich vollgestopft hatten.
Bei Minnie war das natürlich anders gelagert – & Mary musste sie – für ihre Verhältnisse – scharf zurechtweisen, damit sie Clara nicht ins Kreuzverhör nahm.
Dann hörten wir draußen in der Einfahrt einen Wagen & Min sah durchs Fenster & kreischte auf – Es ist Novello – sie kommt, um mich zur Befragung abzuholen! –
Mary befahl ihr, stillzusitzen, & ging zur Tür – & wir alle warteten

mit angehaltenem Atem & wollten sehen, wie sie die Dinge regelte. Wäre Tom zu Hause gewesen, bin ich mir sicher, wäre es zu einer Konfrontation gekommen – aber Mary erhob nicht einmal die Stimme. Kurz darauf erschien sie mit Novello – die etwas blass um die Nase wirkte.

Min sprang mit erwartungsfroher Miene auf – aber die DC hatte es auf mich abgesehen.

– Guten Morgen, Miss Heywood – sagte sie sehr förmlich, das hätte mir Warnung genug sein müssen – Mr. Pascoe, unser DCI, würde gern mit Ihnen reden –

– Hier? – sagte ich, dämlich wie ich war – als wäre er im Kofferraum ihres kleinen Wagens mitgefahren.

– Nein – in der Hall – so bald wie möglich – wenn Sie nichts dagegen haben –

Ich zuckte mit den Schultern – Warum nicht? – sagte ich.

Min – die dastand wie eine Schauspielerin, die sich erhoben hatte, weil sie erwartete, gleich einen Oscar zu gewinnen, & jetzt einen anderen Namen hörte – platzte heraus – Aber du hast mir versprochen, dass wir zum Schwimmen gehen! –

– Später – sagte ich – es wird doch nicht lang dauern, oder? –

Ich sah zu Novello, die nur mit den Schultern zuckte.

Wir gingen zu ihrem Wagen hinaus. Hinter uns – auf der Türschwelle – sagte Mary – Sie haben sich gemerkt, was ich Ihnen gesagt habe, Constable Novello? – Falls Sie noch einmal mit einem meiner Kinder zu sprechen wünschen, würde ich es zu schätzen wissen, wenn Sie zuerst mich oder deren Vater informieren –

Keine Änderung des Tonfalls – sie sagte es ganz normal – aber ich sah, wie Novello zusammenzuckte, als hätte sie einen Schlag mit der Rute abbekommen. Sie drehte sich um, wollte noch etwas erwidern, aber Mary schloss bereits die Tür.

Auf dem Weg den Berg hinunter sagte ich – Was soll das alles, Shirley? Ist es wahr, dass Sie Mr. Godley verhaftet haben? –

– Tut mir leid – ich kann über den Fall nicht reden – sagte sie – immer noch ganz förmlich. Ich schrieb es ihrer Zurechtweisung

durch Mary zu – & den Rest der kurzen Fahrt legten wir schweigend zurück.
Ich hatte erwartet, dass sich die Polizei in der Hall breitgemacht hatte. Stattdessen wurde ich in die Wohnung über den Ställen geführt. Sah zu Ginger hinein. Jemand hatte ihn anscheinend gefüttert & ihm Wasser gegeben – sind also doch nicht alles Stadtdeppen!
Die Wohnung war nicht klein, aber ziemlich heruntergekommen. Der erste Raum, den ich betrat, war wahrscheinlich das Wohnzimmer – jetzt standen darin Computer & Telefone & Wandtafeln. 2 Männer hielten sich dort auf. Einer war stämmig und hatte ein Gesicht, bei dem mir die Leute irgendwann einmal viel Geld zahlen würden, damit sie nicht davon träumten. In seiner Gegenwart hätte jeder gut ausgesehen – der andere war aber auch so ziemlich appetitlich – Mitte 30 – hellbrauner Haarschopf, attraktiv zerzaust – oder sorgfältig so hindrapiert – schmales, intelligentes Gesicht – hellblaue Augen, mit denen er mich von Kopf bis Fuß musterte, ohne mich auszuziehen – was ich ziemlich irritierend fand – oder enttäuschend? – & ein nettes Lächeln, als er sagte – Miss Heywood? Ich bin DCI Pascoe – & das ist Detective Sergeant Wield – schön, dass Sie kommen konnten –
Das also war das Superhirn, dachte ich mir. Klar, verständlich, wenn man ihn gesehen hatte – dennoch war ich überzeugt, das er hinsichtlich des armen Mr. Godley völlig auf dem Holzweg war.
Er brachte mich in einen zweiten Raum – das Schlafzimmer, nahm ich an – gewellte Tapeten – Schimmelgeruch – lediglich Platz für einen kleinen Küchentisch – mehrere harte Stühle – auf einem Wandregal ein Knäuel von Aufnahmegeräten.
Der hässliche Sergeant begleitete uns – nicht aber Novello.
Wir setzten uns – ich Pascoe gegenüber – der Sergeant an die Seite.
Eine Zeitlang sagte keiner was – alter Psychologentrick – versuchten das Schweigen so lange auszudehnen, damit ich mich

bemüßigt fühlte, etwas zu sagen – deshalb war ich – kindisch, kindisch – fest entschlossen, nichts zu sagen, bevor er nicht das Wort ergriff.

Schließlich schlug er einen Ordner auf, den er mitgebracht hatte, & breitete auf dem Tisch mehrere engbedruckte Blätter aus. Selbst auf dem Kopf stehend erkannte ich sie. Der Ausdruck meiner Mails, die ich Novello gegeben hatte. Plötzlich schwante mir Übles & ich vergaß meinen Vorsatz.

– Woher haben Sie die? – fragte ich.

– Von DC Novello natürlich – woher sonst? – antwortete er.

Diese lesbische Kuh – dachte ich mir! (Sorry – aber selbst Psychologen vergessen in stressigen Augenblicken die hehre Political Correctness!) – Kein Wunder, dass sie am Morgen so zugeknöpft war. Schuldgefühle!

– Einen Moment – sagte ich. Ich möchte eines klarstellen – ich habe sie DC Novello überlassen unter der strikten Zusage, dass sie nur das herauszieht, was sie für nützlich erachtet – & sie nicht weitergibt, ohne mich darüber in Kenntnis zu setzen –

– In der Tat – sagte er – daher dürfen wir annehmen, dass sie alles darin als nützlich erachtet hat – & was das In-Kenntnis-setzen betrifft – na, das machen wir jetzt – nicht wahr? –

Wieder lächelte er – aber ich wusste jetzt, was gespielt wurde. Er würde mich trotz seines Charmes nicht rumkriegen, nie & nimmer würde ich Novellos Vertrauensmissbrauch hinnehmen. Nein – wahrscheinlich hatte er sich angehört, was sie über mich berichtet hatte, & darauf – ganz richtig – beschlossen, dass ich auf dieses Frauengewäsch nicht noch einmal hereinfallen würde. Also – es mir brühwarm präsentieren – eine Reaktion provozieren – dann kann es aus dem Weg geschafft werden – & wir können zur Sache kommen.

Keine schlechte Psychologie – dachte ich mir. Okay – ich würde dem Miststück Novello so schnell nicht verzeihen – aber das wusste er – & warum sollte es ihn kümmern? Das sie meinen ganzen Zorn abbekam, eröffnete ihm sogar die Möglichkeit, sich als

netter Bulle zu präsentieren & so von meinen interessanten Einblicken auch noch zu profitieren.
Ich lächelte ihn schwach an & sah, dass es ihn freute.
Aber jedes *quid* hat sein *quo* – wie der RS immer so schön sagt – & achte immer darauf, dass du das *quo* zu Gesicht bekommst, bevor du irgendeinem Typen dein *quid* in die Hand drückst.
Für Anzüglichkeiten hat er nicht viel Verständnis, unser Dad – & ich bin mir sicher, er wäre schockiert gewesen, hätte er gehört, wie du & ich gekichert haben, wenn du von den ersten Verabredungen nach Hause kamst & ich fragte, wie groß sein *quo* wäre – & ob du ihm dein *quid* schon in die Hand gedrückt hättest!
– Bevor wir anfangen – sagte ich – stimmt es, dass Sie Mr. Godley verhaftet haben? –
– Er hilft uns bei unseren Ermittlungen – ja – sagte er.
– Dann müssen Sie nicht alle beieinanderhaben – sagte ich. Wenn er es unverblümt haben wollte, dann wollte ich nicht hinterm Berg halten.
– Warum? –
– Weil er ebenso wenig einen Mord begehen würde wie der Papst – sagte ich.
– Und welchen Papst meinen Sie damit? – erwiderte er – Johannes Paul den 2.? Oder Alexander den 6.? –
Ich verstand die Anspielung nicht, aber die Botschaft – ich hatte es hier mit einem richtigen Schlaumeier zu tun – eine Kategorie, die auf der Abschussliste des RS gleich nach dem Armleuchter rangiert!
Aber er war noch nicht fertig. Wie auch immer, Miss Heywood – fuhr er fort – warum halten Sie es für unmöglich, dass jemand, den Sie ausgesprochen verschroben finden – *hat einen Lattenschuss, dass die Tore wackeln,* lautet, wenn ich mich recht entsinne, Ihre Beschreibung –, dass also so jemand einen Mord begehen könnte? –
– Da haben Sie recht, Mr. Pascoe – ich fand ihn wirklich verschroben – tue es noch immer – aber falls Sie – wie ich mutmaße –

mich damit beeindrucken wollen, das Sie alles abrufen können, was Sie in meinen privaten Mails gelesen haben – dann dürfte Ihnen sicherlich nicht entgangen sein, das ich meinen ersten Eindruck beträchtlich modifiziert habe, als mir bewusst wurde, das seine Verschrobenheit die Verschrobenheit der Güte & Unschuld in einer verderbten & schuldbehafteten Welt ist –

So! Wollte ihm nur mal zeigen, dass er hier nicht der einzige Schlaumeier ist!

Klar, im Grunde sagte ich damit nur – lässt man mal die tolle Verpackung weg – dass ich zwar nicht wusste, warum ich es wusste, sondern eben einfach nur wusste, dass Mr. Godley keinen um die Ecke bringen konnte!

Er warf mir einen Ertappt-Blick zu & sagte – Güte & Unschuld können auch Motive sein – aber wir sollten uns nicht in Psychologie & Metaphysik verstricken – betrachten wir uns die Fakten. Godley wurde von 2 Polizeibeamten neben Hollis' Leiche aufgefunden – dabei hatte er die Hand am Mordwerkzeug. Meine Beamten haben nach der Entdeckung unverzüglich das Haus durchsucht und sonst niemanden gefunden –

– Was darauf hinweist – unterbrach ich ihn – falls Sie Ihre Agatha Christie kennen – das er es nicht gewesen sein konnte! –

Was ziemlich dämlich war – aber er nickte höchst erfreut & sagte – Sie lesen auch Christie? Ich sammle ihre Erstausgaben – hab eine oder zwei Raritäten –

– Nein – ich lese die Bücher nicht – aber ich habe viele der Filme gesehen – sagte ich.

– Ja – genau wie bei Jane Austen – sie lässt sich überraschend gut verfilmen – sagte er – aber Sie werden sich erinnern, dass gelegentlich – wie in *Das Eulenhaus* – die Figur, die man bereits abschreibt, weil sie anscheinend auf frischer Tat ertappt wird, sich letztlich doch als der Täter herausstellen kann –

– Sie wollen damit sagen, Mr. Godley hätte sich absichtlich erwischen lassen, um den Verdacht von sich zu lenken! – spottete ich.

– In gewisser Weise – ja – sagte er. Die Geschichte ihm zufolge geht so – er besucht das Hexen-Cottage – Miss Lee ist nicht da – er geht hinein – setzt sich ins Wohnzimmer, um auf ihre Rückkehr zu warten – glaubt ein Geräusch zu hören – steht auf – geht über den Flur ins Behandlungszimmer – entdeckt Ollie Hollis auf dem Tisch – bemerkt, dass etwas nicht stimmen kann, & will gerade die tödliche Nadel herausziehen, als er von zwei meiner Beamten entdeckt wird –

– Eine gute Geschichte – sagte ich – aber Sie haben wahrscheinlich eine bessere –

– Auf jeden Fall eine Alternative – sagte er – Mr. Godley betritt das Cottage – entdeckt Hollis auf dem Tisch – tötet ihn mit der Nadel – dann hört er draußen den Wagen meiner Beamten. Das Haus verfügt über keinen Hinterausgang. Er hätte sich natürlich im Wohnzimmer entdecken lassen & dann behaupten können, er wisse nichts von der Leiche im Behandlungszimmer – aber er weiß, was die Forensik zu leisten imstande ist & er hat keine Zeit mehr, sich zu vergewissern, das er auf der Leiche oder in deren Umfeld keine Spuren hinterlassen hat. Also packt er den Stier bei den Hörnern – & die Nadel – & lässt sich erwischen, als er angeblich versucht, sie Hollis aus dem Rücken zu ziehen –

– Sie reden hier von Mr. Godley – nicht von Professor Moriarty – sagte ich – warum um alles in der Welt glauben Sie, er könnte Ollie umbringen wollen? –

– Weil Mr. Hollis beim Grillfest vielleicht etwas gesehen hat? – schlug er vor.

Mir blieb die Spucke weg.

– Sie meinen, Gordon hätte irgendwas mit dem Mord an Lady Denham zu tun? – rief ich aus – jetzt drehen Sie aber völlig durch! – Woher zum Teufel haben Sie denn den Schwachsinn? –

– Na ja – *von Ihnen* – sagte er – & blätterte durch die Mail-Ausdrucke – als Erstes erwähnen Sie, Sie hätten Godley & das Opfer bei einem Streit gesehen – ein Vorfall, der von mehreren anderen Zeugen bestätigt wurde. Dann – nach der Entdeckung der Lei-

che – beschreiben Sie, wie Sie sich von Godley trösten ließen – dabei war er patschnass –
– Es hat geregnet! – brüllte ich – Regen macht einen nass – oder ist Ihnen das noch nicht aufgefallen? –
– In der Tat – & die übliche Reaktion darauf wäre es gewesen, Schutz zu suchen – sagte er – es sei denn, man hat einen guten Grund, draußen im strömenden Regen zu bleiben –
– Jeder kann vom Regen überrascht werden – protestierte ich – was sagt er dazu? –
– Er sagt, er sei so in Gedanken versunken gewesen & habe den Regen nicht bemerkt – bis er bis auf die Haut nass war –
– & was ist so schlimm daran? – wollte ich wissen – sind Sie denn so bar jeglicher Phantasie, dass Sie sich nicht vorstellen können, so sehr in einer Sache aufzugehen, dass Sie darüber das Wetter ganz vergessen? –
– O doch – sagte er – das letzte Mal, als das passiert ist, habe ich einem Mörder aufgelauert –
Plötzlich wurde mir bewusst, dass er die ganze Zeit total die Kontrolle hatte – während ich mich in der Defensive befand & herumschrie & mir mit Sarkasmus zu behelfen versuchte.
Ich atmete tief durch & sagte – Gut, das war also das Motiv, um Ollie umzubringen – aber welches Motiv hatte er für den Mord an Lady D.? – Er hat sie doch nur zweimal gesehen! –
– Zweimal in Ihrer Gegenwart – meinen Sie? – sagte er.
– Ja, gut – sagte ich – aber ich weiß, er war, bevor Tom Parker ihn dazu überredet hat, noch nie in Sandytown –
– Das wissen Sie? – Woher? –
– Weil er nicht da war – sagte ich kleinlaut.
– Verstehe – aber erschien Ihnen das nicht seltsam, nachdem – wie Sie selbst so scharfsinnig beobachtet haben – seine Beziehung zu Miss Lee offenbar so …
Erneut blätterte er durch die Mails.
– *Kein spitzes Küsschen auf die Backe, sondern volle Breitseite auf die Lippen* – las er vor – *das ist doch Geturtel, was sonst?* – also –

2 Leute in enger persönlicher Beziehung – die keine halbe Stunde voneinander entfernt wohnen – aber trotzdem vom Leben des jeweils anderen nichts wissen sollen? Klingt doch eher unwahrscheinlich – oder? –
Er hatte recht – es war eher unwahrscheinlich.
– Gut – sagte ich – aber mir scheint, Sie sollten sich eher Miss Lee ansehen – wenn Sie meine Privatkorrespondenz so genau gelesen haben, wie Sie behaupten, dann haben Sie sicherlich bemerkt, das sie nicht unbedingt Lady D.s Busenfreundin ist! –
Er lächelte – wandte sich an den hässlichen Typen & sagte – Novello hat recht, Sergeant – Miss Heywood würde eine gute Polizistin abgeben –
Kein sehr subtiler Versuch, die diskreditierte Novello wieder aufzurichten – vielleicht hoffte er, ich würde mich noch mal auf ihre Frauenmasche einlassen. Das kann er sich abschminken! Du erinnerst dich noch an Suzie Bogg, die meine Lieblings-Barbie in den Entenweiher warf, als ich 7 war? Ich hör es noch heute platschen, wenn ich ihr im Dorf begegne.
– Also – sagte ich – wie lautet ihre Geschichte? –
– Sie sagt, Mr. Hollis sei wegen eines akuten Asthmaanfalls zu ihr gekommen – sie habe durch die übliche Behandlung die schlimmsten Symptome lindern können, aber dann musste sie fort – hätte noch einen Termin bei einer alten Dame gehabt, die unter Arthritis leidet –
– Sie haben das nachgeprüft? – fragte ich.
Ich bekam ein weiteres zustimmendes Lächeln & Nicken – & er fuhr fort – sie ließ Mr. Hollis auf dem Behandlungstisch zurück – sie hatte keinerlei Bedenken, da es sich in Mr. Hollis' Fall als sehr wirksam erwiesen hätte, die Nadeln bis zu eineinhalb Stunden lang stecken zu lassen – & sie wollte innerhalb einer Stunde wieder zurück sein. Mr. Godley hatte unterdessen Probleme mit seinem Motorrad. Als ihm klarwurde, dass er es nicht selbst reparieren konnte, ließ er es in einer Werkstatt am Ort stehen – die geschlossen hatte – weshalb er einen Zettel anbrachte mit der Bitte,

am nächsten Morgen mal nachzusehen. Dann – da er ein Bett für die Nacht brauchte – ging er zu Fuß zum Hexen-Cottage. Als er bemerkte, dass Miss Lee nicht zu Hause war – trat er ein …
Er hielt inne. Ich verstand die Anspielung.
– Er hat einen eigenen Schlüssel? – fragte ich.
– Nein – aber er weiß, dass auf dem Steinsims über der Eingangstür ein Ersatzschlüssel liegt – was auf ein großes Maß an Vertrautheit schließen lässt, meinen Sie nicht auch? Dann setzte er sich in die Küche & trank Miss Lees Whisky – bis er glaubte, etwas zu hören. Er ging in den Flur hinaus – sah nichts – & kehrte zu seinem Whisky zurück. Später – nach vielleicht zwanzig Minuten – wollte er auf die Toilette. Im Flur fiel ihm die Tür zum Behandlungszimmer auf – sie war vorher geschlossen gewesen – jetzt stand sie weit offen. Er sah hinein – erblickte Mr. Hollis auf dem Tisch – ihm wurde klar, dass etwas ganz & gar nicht stimmen konnte – dass eine der Nadeln viel zu tief drinsteckte – & er versuchte sie herauszuziehen, als meine beiden Beamten ihn dabei erwischten –
– Wie kamen die rein? – fragte ich.
– Eine weitere gute Frage – die Eingangstür stand offen – sagte er.
– Hat Mr. Godley gesagt, dass er sie offen gelassen hat? – fragte ich.
– Nein – er besteht darauf, er habe sie geschlossen –
– Als Ihre Männer Mr. Godley verhafteten & hierherbrachten – musste er hier auf die Toilette? – fragte ich.
Er wirkte überrascht – dann sah er in seinen Notizen nach & sagte – Tatsächlich, er musste auf die Toilette – dringend – andererseits – Stress erzeugt bei uns Männern oft das Bedürfnis, zu urinieren oder defäkieren – & ein Mord, stelle ich mir vor, dürfte sich als äußerst stressig erweisen – besonders für einen Heiler. Aber das war ein guter Punkt, Miss Heywood – fahren Sie bitte fort –
Er lud mich ein – provozierte mich fast – draufloszuspekulieren, was doch irgendwie schmeichelhaft war. Aber ich wollte weg & über diese Dinge selber nachdenken.

Ich erhob mich & sagte – Wo ist Mr. Godley jetzt? – wäre es möglich, ihn zu sehen? –
Zu meiner Überraschung sagte er – Kein Problem – einer unserer Wagen bringt ihn zu sich nach Hause nach Willingdene – der kann Sie dann unterwegs im Kyoto-Haus absetzen –
Ich war völlig perplex & sagte – Sie meinen, Sie lassen ihn gehen? –
– Miss Heywood, wir halten niemanden fest, außer wir haben einen guten Grund dafür – sagte er.
Was – natürlich – keine Antwort auf meine Frage war.
Pascoe gab mir daraufhin die Hand & sagte – Danke für Ihre Hilfe. Vielleicht muss ich noch mal mit Ihnen reden – wenn Sie nichts dagegen haben – & machen Sie sich keine Sorgen wegen Ihrer Mails. Meine Parole lautet, immer alles wissen zu wollen! Shirley! –
Er hatte die Tür zum größeren Raum geöffnet. Das Miststück Novello war da – sie sah mir immer noch nicht in die Augen.
– Setzen Sie Miss Heywood am Kyoto ab, wenn Sie dort vorbeikommen – sagte Pascoe.
Keiner von uns beiden sagte etwas, als sie mich die Treppe hinunter- & über den Rasen zum wartenden Streifenwagen führte. Mr. Godley saß auf der Rückbank. Novello öffnete mir die Tür hinten – & ich stieg ein.
Jedes Mal, wenn ich Mr. Godley sehe, scheint er sein Alter nach unten zu justieren. Ich hatte ihn eher bei 30 als bei 40 angesiedelt – doch als er mich jetzt mit seinen sanften grauen Augen ansah, hätte er ein verängstigter Teenager sein können – wäre nicht sein grauer Vollbart gewesen. Aus der Nähe fiel mir nun aber auf, dass der Bart weniger grau als golden war – die helleren Haare unter dem Dunkelbraun waren hellgolden, nicht grau. Irgendeine genetische Mixtur – dachte ich mir – oder er ließ sich Strähnchen reinfärben! Er trug Jeans & ein T-Shirt – die Ersteren waren einen Zacken zu groß – das Letztere ein wenig zu klein. Das hieß, sie hatten seine Kleidung zur Untersuchung einbehalten – er war also noch lange nicht aus dem Schneider.

Er tat das, was er immer machte – er wich vor mir zurück – & als ich sagte – wie geht's? – presste er ein – gut – heraus & wandte den Kopf ab, um aus dem Fenster zu sehen.
Novello hatte sich vorn auf dem Beifahrersitz niedergelassen. Sie sah sich um & sagte zu Mr. Godley – Wo ist denn unser Fahrer? –
– Der wollte sich noch einen Kaffee besorgen – sagte Mr. Godley.
– Mein Gott! – entfuhr es Novello – was glaubt er denn, was wir hier machen! Einen Ausflug aufs Land? –
Sie stieg aus & marschierte in Richtung Garage.
– Das ist unsere Chance – sagte ich – wir könnten abhauen –
Er sah mich nur an & sagte – Warum sollte ich abhauen wollen? –
– War nicht so gemeint – antwortete ich – hören Sie, Mr. Godley, solange wir die Möglichkeit haben, miteinander zu reden – ich wollte Ihnen nur sagen, ich halte es für absolut lächerlich, dass Sie irgendwas mit dem Mord an Lady Denham zu tun haben sollen –
Er sah mich eine Weile lang völlig entgeistert an – dann lächelte er – & peng – waren wieder fünf Jahre weg.
– Danke – sagte er – danke –
Zu meinem Entsetzen bemerkte ich, dass er – trotz seines Lächelns – Tränen in den Augen hatte.
– Tut mir leid – sagte er & wischte sie weg – es ist nur – ein freundliches Wort – von Ihnen –
Ich hörte gar nicht richtig hin – sondern starrte nur auf seine Hände. Erst als er sie zum Gesicht hochhob, bemerkte ich, dass er Handschellen trug!
– Ich dachte, man würde Sie freilassen – entfuhr es mir – Pascoe sagte, man würde Sie nach Hause bringen –
– Jaja – sagte er – damit sie dort mein Haus durchsuchen können –
– Dieser Typ ist doch ein elender Scheißkerl! – rief ich.
– Er macht bloß seine Arbeit – sagte er resigniert.
– Ich werde Beschwerde einlegen! – Ich kochte.
Er musterte mich – was mich irgendwie verwirrte – schließlich

hatte er mir bei unseren bisherigen Begegnungen nie länger als den Bruchteil einer Sekunde in die Augen geschaut.
Er sagte – Miss Heywood – könnten Sie etwas für mich tun? – Wenn Sie Doris sehen – könnten Sie ihr dann sagen, dass es mir gutgeht – & dass ich nichts gesagt hätte – egal, was sie behaupten? –
– Doris? – sagte ich.
– Tut mir leid – kam es von ihm – Miss Lee –
– Aber ich dachte, sie heißt Yan – sagte ich.
– So heißt sie von Berufs wegen – getauft wurde sie auf den Namen Doris –
– Getauft? – sagte ich. Aus irgendeinem Grund meinte ich, Miss Lee sei konvertiert, damit sie sich in irgendeiner Ringelpiez-Kirche, in der der göttliche Gordon seinen Gott verehrt, trauen lassen konnten – aber wer war nur auf die bescheuerte Idee gekommen, sie mit dem Namen Doris zu schlagen?!
Dann riss ich mich zusammen & sagte – Tut mir leid, Mr. Godley – das ist Ihre Privatangelegenheit, das geht mich nichts an – aber ja, ich werde Ihre Botschaft ausrichten –
Er sah mich gequält an – wir Psycho-Akrobaten sind gut darin, solche Dinge zu bemerken – zuckende Mimik & zerkaute Lippen sind subtile klinische Anzeichen, nach denen wir ständig Ausschau halten – aber dann platzte es aus ihm heraus – Sie ist meine Schwester! –
Na, das verschlug mir den Atem! – wie vom Donner gerührt war ich – bass erstaunt! – das, was Dad eben immer sagt, wenn er durch irgendwas daran erinnert wird, dass er sich im 21. Jahrhundert befindet!
– Aber Sie sind ja gar kein Chinese – oder? – sagte ich ziemlich blöde.
Wenigstens brachte ihn das wieder zum Lächeln.
– Das ist Ihnen aufgefallen? Es war das 1. Mal, das ich so was wie ein Witzchen aus seinem Mund hörte.
Dann brach alles aus ihm heraus.

Miss Lee ist in Wirklichkeit Doris Godley – Gordons Halbschwester! Sein Dad heiratete die Tochter von Taiwanesen, die in Leeds einen Schnellimbiss hatten. Daraus ging Doris hervor. Als sie 9 war, starb ihre Mutter. An Krebs. Gordons Dad heiratete erneut. Kurz darauf kam Gordon. Als er 5 war, brannte seine Mum mit einem Vertreter durch – & Gordon wurde mehr oder weniger von seiner Schwester Doris aufgezogen. Mit 16 fing sie an, im Imbiss ihrer Großeltern zu arbeiten – bis sie alles verkauften & nach Taiwan zurückkehrten. Danach war sie Kassiererin bei Tesco – begann sich aber für Akupunktur zu interessieren – hervorgerufen von der Akupunkteurin ihrer Großeltern namens Yan Lee – bei der sie später als Lehrling & Aushilfsassistentin tätig war. Als einige Jahre darauf Yan Lee starb, dachte Doris daran, deren Praxis zu übernehmen – aber ihre Kunden – meist Chinesen – hielten nicht viel davon, von einer Doris Godley aus dem Tesco behandelt & gestochen zu werden. Zu dieser Zeit hatte Gordon – er war mittlerweile 19 – seine – angeblichen! – Heilkräfte in sich entdeckt – ein Talent, das in der kommunalen Lohnbuchhaltung, wo er arbeitete, nicht unbedingt geschätzt wurde.
Dann – ein paar Jahre später – starb ihr Dad & hinterließ ihnen eine überraschend hohe Lebensversicherung & das Haus – ein Reihenhaus in einer Gegend in Leeds, die gerade aufgewertet wurde. Daher beschlossen beide – nachdem sie etwas Geld hatten, mit dem sie spielen konnten –, ihrer wahren Bestimmung zu folgen. Doris suchte sich einen wohlhabenderen Kundenstamm – erst zog sie nach Harrogate & übernahm den Namen ihrer alten Mentorin – Yan Lee – & recycelte sogar einige ihrer Urkunden, um sich mehr Authentizität zu verleihen.
Schließlich ließ sie sich in Sandytown nieder – ein Patient, für dessen Arthritis sie wahre Wunder gewirkt hatte, war zufällig Lady Denhams Immobilienmakler! Er war derjenige, den Lady D. dazu abkommandiert hatte, den Deal mit dem Avalon durchzuziehen, während sie Sir Harry durch die Karibik scheuchte. Als er hörte, dass Doris neue Räume für ihre Praxis suchte, meinte er –

warum nicht gleich ganz umziehen? – Sandytown sei im Kommen – wahrscheinlich übertrieb er ein wenig, weil er seine Akupunkteurin bei sich am Ort haben wollte! Als Zuckerstückchen bot er ihr einen großzügigen Mietvertrag über zehn Jahre für das Hexen-Cottage an.
Sie hielt die Stadt anfangs für ziemlich verschlafen – der clevere Makler aber sorgte natürlich dafür, dass sie Tom Parker kennenlernte – der schon damals ganz verrückt war nach der Alternativmedizin. Also blieb sie – & als das große Konsortium ins Leben gerufen wurde & dazu Toms Pläne, alternative Heilmethoden zu fördern – dachte sie, sie hätte es wirklich geschafft.
Es gab nur einen Wermutstropfen. Lady D. begann ihr vieles Land & ihre umfangreichen Immobilien im Licht der neuen Marketingmöglichkeiten zu betrachten. Schließlich schwante ihr, dass das Hexen-Cottage – ein pittoreskes Bauwerk von historischem Wert – eine potenzielle Mini-Goldgrube darstellte. Touristenführungen – Ausstellungen ortsansässiger Künstler – Souvenirladen! Das einzige Problem war Miss Lees Mietvertrag – der war wasserdicht & beinhaltete die Option auf Verlängerung. Doris zeigte sich unnachgiebig. Sie wusste, was sie an dem Häuschen hatte. Aber die liebe alte Daph war auf Zack, wenn es darum ging, sich etwas einfallen zu lassen. Irgendwie kam sie dahinter, wer Miss Lee wirklich war, & konfrontierte sie damit – wenn sie weiterhin auf den Klauseln des Mietvertrags bestünde, würde sie damit an die Öffentlichkeit gehen – sie wollte sich moralisch aufs hohe Ross setzen & darauf bestehen, das der gute Name von Sandytown nicht befleckt wurde – indem man weiterhin erlaubte, das hier eine Betrügerin ihrem unqualifizierten Treiben nachging!
Doris konnte nichts dagegen machen – außer ihrem Auszug zuzustimmen. Als sie Gordon davon erzählte, war er wütend – daher die Auseinandersetzung mit der Gastgeberin beim Grillfest.
Aber nichts davon durfte die Polizei erfahren – andernfalls wäre es mit dem guten Ruf seiner Schwester vorbei.
Ich sagte, er sei verrückt – er stehe, um Gottes willen, unter Mord-

verdacht! – er müsse der Polizei gegenüber endlich mit der Wahrheit herausrücken. Aber er blieb stur. Er schulde Doris mehr, als er ihr jemals zurückzahlen könne. Wie auch immer – sagte er – in diesem Land würden schließlich unschuldige Bürger nicht für Verbrechen verurteilt, die sie nicht begangen hatten.

Ich wollte schon sagen – Wenn Sie das glauben, dann sind Sie naiv –

Doch plötzlich tauchten Novello & Wield auf.

Der Sergeant sagte – Planänderung – wir müssen noch mal mit Ihnen reden, Mr. Godley –

& er half Gordon aus dem Wagen.

Gleichzeitig öffnete Novello die Beifahrertür. Ich sah sie etwas vom Sitz aufnehmen – & sie wollte es sich in die Tasche stecken.

Ich beugte mich vor & hielt sie am Handgelenk fest.

Es war ein Handy – & es war angeschaltet.

Novello riss sich nicht los – sie lief nur knallrot an & bestätigte damit, was mir bereits durch den Kopf ging.

Ich war in den Wagen gesetzt worden, um ihn zum Reden zu bringen – & die hässliche Kröte Wield & der beschissene Schlaumeier Pascoe hatten alles mit angehört!

Was aber noch schlimmer war – Gordon, halb aus dem Wagen, hatte diese kleine Szene mitbekommen – nur – so wie er mich jetzt mit seinen großen braunen Augen ansah – wie ein lieber alter Labrador, dessen Besitzer ihm unerklärlicherweise plötzlich einen fiesen Tritt verpasst hatte – war er zu dem Schluss gekommen, dass ich mit ihnen unter einer Decke steckte!

– Nein – schrie ich – ich hab davon nichts gewusst! – wirklich nicht! –

Aber Wield führte ihn bereits fort.

Novello glitt hinters Steuer & sagte – Gut – ich fahr Sie jetzt nach Hause –

Ich stieß die Tür auf & stieg aus.

– Sie können mich mal – sagte ich – Sie alle können mich mal – ich gehe zu Fuß –

Gut – nicht unbedingt der eleganteste Kommentar – auf dem Rückweg den Hügel hinauf versuchte ich mir bessere auszudenken – aber keiner von ihnen war so gut, um meinen Zorn zu kühlen. Minnie wartete bereits auf mich, als ich im Kyoto eintraf – lechzte nach einem ausführlichen Bericht – aber ich stürmte an dem armen Kind vorbei & ging sofort auf mein Zimmer, um dir zu mailen. O Gott, Cassie – ich wünschte, du wärst hier, damit wir miteinander reden könnten. Es passiert etwas & plötzlich sieht alles ganz anders aus – alles hat eine doppelte Bedeutung – niemandem kann man mehr trauen. Ich würde meine Tasche packen & nach Hause fahren – allerdings weiß ich, dass ich das alles dann in meinem Gepäck mitschleppe. Du hast mal gesagt, eines Tages würde ich richtig Schwierigkeiten bekommen, wenn ich mich immer für die sensationellste Interpretation ganz normaler Ereignisse entscheide. Aber diesmal phantasiere ich mir nichts zusammen.
Hier ist eine Menge Mist passiert – passiert immer noch – hier in Sandytown – & ich fahre nicht eher, bis ich mitgeholfen habe, alles wieder aufzuräumen!

Alles Liebe
Charley xxxxxx

4

Ich muss auf mich aufpassen.

Hab mich doch ziemlich kaputt gefühlt, als ich zurückgekommen bin und noch mal mit Mildred geplaudert habe. Darauf hab ich mich für ein kurzes Nickerchen hingelegt, und als ich aufwache, war ich mindestens eine Stunde lang weggedämmert und hätte nichts dagegen gehabt, es noch weiter auszudehnen! Tat richtig gut, einfach nur auf dem Bett zu liegen – wie zu Hause, wenn man einen Tag freihat und es keinen Grund gibt, aufzustehen, bevor die Kneipen aufmachen. Aber ich weiß, es ist nicht gut. Es ist sogar ausgesprochen schlecht. Wenn man sich in einem Heim wie daheim fühlt, heißt das, dass man Teil der Einrichtung geworden ist! Die stolzen Worte gegenüber Pascoe, ich sei in erster Linie Polizist, in zweiter Patient, scheinen nur heiße Luft gewesen zu sein. Hab keinen einzigen guten CID-Gedanken in mir. So kann es nicht weitergehen, also hab ich mich aus dem Bett gerollt, den Schädel unter kaltes Wasser gehalten und mich hingesetzt, um die Mails dieses Heywood-Mädels zu lesen.

Das hat sehr geholfen und mir die Schamesröte ins Gesicht getrieben. Ich meine, da bin ich, der große Detective, der sich kaum aus dem Bett wälzen kann, und dort dieses junge Mädel, ein heller Kopf, scharfe Augen, denen nichts entgeht, neugierig wie Schmidts Katze, immer Zusammenhänge herstellend, ohne Angst, dass zwei und zwei auch mal fünf ergibt und sie zu Schlussfolgerungen kommt, mit denen sie übers Ziel hinausschießt.

Ich musste laut lachen, als ich die Stellen über mich las.

Könnte Pete recht haben, dass sie Daph diesen Brief geschickt hat? Wahrscheinlich nicht, würde ich sagen. Jedes Mädel, das

auf Stompy Heywoods Bauernhof groß geworden ist, hat eine sehr bodenständige Einstellung gegenüber Viechern. Keine Grausamkeit, aber auch keine Sentimentalitäten. Man sollte allerdings nicht vergessen, als Student ist man zu allem fähig. Wie auch immer, gutes Info-Material, dieses Zeug. Wette, sie hasst Shirley dafür, dass sie es verteilt hat! Hoffe, Pete hat so viel Verstand, ehrlich mit ihr zu sein. Könnte sich als nützlich erweisen, wenn man sie auf seiner Seite hat.
Aber ich kann nicht den ganzen Tag rumsitzen, wenn Arbeit ansteht. Ich hab Pete gesagt, ich würde Lester und Pet befragen. Mit wem anfangen? Pet wäre leichter bei der Hand, aber ich schätze, je länger ich sie warten lasse, umso geschwätziger wird sie. Also erst zur Klinik hochschlendern, mal sehen, ob ich dem Gebiss das Lächeln austreiben kann! Die Mails nehme ich lieber mit. Damit Pet nicht über sie stolpert, wenn sie das Zimmer auf illegale Substanzen durchkämmt. Außerdem sieht man viel offizieller aus, wenn man eine Akte mit sich spazieren führt.
Und nur für den Fall, dass Lester einknickt und ein volles Geständnis ablegt, steck ich meine Freundin Mildred in den Ordner und lass sie angeschaltet!

5

Andy! Hab Sie gar nicht anklopfen hören.
Anklopfen? Oh aye. Das Kurzzeitgedächtnis ist wohl noch nicht in Ordnung. Tut mir leid.
Macht nichts. Schön, Sie zu sehen. Wie geht's? Sie sehen gut aus. Kommen Sie rein, nehmen Sie Platz, dann gehen wir Ihre Fortschritte durch.
Nein, Lester, deswegen bin ich nicht hier. Diesmal nicht Arzt und Patient. Es ist was Offizielles. Ich bin wieder im Dienst. Was dagegen, wenn ich noch ein Kissen unterlege, dann sitz ich ein wenig höher? Schon besser. Schau einem Verdächtigen nämlich gern direkt in die Augen.
Verdächtigen?
Hab ich Verdächtiger gesagt? Zeuge, das meine ich. Wie sollten Sie auch ein Verdächtiger sein? Nach den Gefühlen, die Sie der armen alten Daph entgegengebracht haben.
Und welche Gefühle sollen das gewesen sein, Andy?
Machen Sie lieber Superintendent *draus, nur für die Akten. Sie haben sie geliebt, oder?*
Sie geliebt? Großer Gott, nein. Nicht im romantischen Sinn. Wie waren befreundet, hoffe ich. Und ich habe ihre Tatkraft bewundert, ihren Elan. Aber Liebe …?
Sie meinen also, Sie hatten keine heimliche, leidenschaftliche Affäre?
Nein, die hatten wir nicht. Und ich kann mir nicht vorstellen, dass jemand so etwas behauptet!
Na, dann denken wir mal nach. Ich würde sagen … alle!
Dann haben sich alle geirrt. Das kommt vor, wissen Sie.
Oh aye? Wie bei den Wahlen auf Ihrer Seite des Teichs? Huch, wir wollen wohl besser nicht politisch werden, nicht

wahr? Aber Sie sehen, die Leute kommen hin und wieder zu falschen Schlussfolgerungen. Ich meine, ich hab Sie beide nur ein paar Mal zusammen erlebt, und beide Male hat sie Ihren Mandeln eine Zungenmassage verpasst. Und dann letztes Jahr, als Sie in der Schweiz waren, hat sie dann nicht auch sofort einen Urlaub gebucht, damit sie Ihnen nah sein kann? Sieht von meiner Seite aus wie ein ganz klarer Fall von Liebe.

Nicht von meiner Seite. Ich kann nicht für Lady Denham sprechen, aber es beruhte nicht auf Reziprozität, das kann ich Ihnen versichern.

Rezipro… na, was Sie gesagt haben – nennen so die Seelendoktoren das Vögeln?

Tun Sie nicht so, als würden Sie mich nicht verstehen, Superintendent. *Ich habe die Unterlagen über Sie gelesen, vergessen Sie das nicht. Ich weiß, wie intelligent Sie sind.*

Können Sie mir das schriftlich geben? Okay, lassen wir den Scheiß. Nur um das klarzustellen: Sie ist auf Sie abgefahren, aber Sie nicht auf sie, richtig?

Ja, das trifft es wohl.

Und dieses Rumgesauge, das haben Sie aus Höflichkeit über sich ergehen lassen? Oder was?

Ich wollte sie sicherlich nicht kränken.

Warum nicht? Was die Frau betrieben hat, war Stalking. Warum wollten Sie sie nicht kränken?

Ich denke, Stalking ist ein wenig hochgegriffen.

Wenn sie Ihnen durch halb Europa folgt, das soll kein Stalking sein?

Sie war im Urlaub! Unsere Schweizer Klinik liegt in einem sehr beliebten Wintersportgebiet.

Nein, nein, verheddern Sie sich jetzt nicht in Ihrem Stethoskop. Gut, wie Sie wollen. Sie war keine Stalkerin, und Sie sind nicht vor ihr davongerannt.

Davongerannt? Wer sagt das?

Keiner sagt das. Ich hab gesagt, Sie sind nicht *davongerannt. Ein Mann in Ihrem Beruf sollte etwas besser zuhören. Ein Patient sagt Ihnen, er will flauschige Handtücher, und Sie hören lauschige Wandlichter, das könnte Ihnen einige Schwierigkeiten mit der Ärztekammer einbringen. Hören Sie zu, Lester, seien wir offen. Die arme Daph ist tot. Ich will herausfinden, wer sie umgebracht hat. Sie auch, oder? Also lassen wir den Scheiß, reden wir Tacheles, ohne Zeugen, ohne Aufnahmegerät, nur Sie und ich, von Mann zu Mann.*

Sie haben ganz recht. Ein Mord ist wichtiger als persönliche Eitelkeit. Tut mir leid. Ja. Daphne hatte ein Auge auf mich geworfen; ja, ich habe sie darin bestärkt, weil sie das Avalon sehr großzügig unterstützt hat; und, ja, ich habe wahrscheinlich zugelassen, dass unsere Beziehung, die für mich nicht mehr war als ein harmloser Flirt, viel zu weit ging. Ich, der ich täglich Umgang mit klinisch Verwirrten und Gestörten habe, brüstete mich damit, dass ich mit einer liebenswerten alten Dame leicht zurechtkommen würde. Und wenn ich liebenswert sage, meine ich das in jedem Sinne. Ursprünglich war es für mich …

Erklärungen sind nicht notwendig, Lester. Ich hab einen Burschen unter mir, der kann »und« konjugieren. Aber Sie haben sich getäuscht, stimmt's?

O ja, ich habe mich getäuscht. Mit Schrecken musste ich feststellen, dass ihr Sexualtrieb, weit davon entfernt, allmählich nachzulassen, als … zügellos bezeichnet werden musste. Und, ja, ich lief weg. Natürlich nicht offen. Es gab gute berufliche Gründe dafür, der Tausch mit Dr. Kling vom Avalon in Davos war seit langem geplant. Aber insgeheim musste ich mir eingestehen, dass ich davonlief.

Und sie Ihnen hinterher.

Sie brachte ihre Nichte und ihren Neffen zu einem Skiurlaub nach Davos, ja.

Wie ging es Ihnen damit?

Ich war geschockt, als sie in der Klinik auftauchte – ein Höflichkeitsbesuch, so nannte sie es –, aber auch halbwegs beruhigt, dass sie sich noch einigermaßen unter Kontrolle hatte und sensibel genug war für die Meinung der anderen, so dass sie ihren Besuch als Ferienaufenthalt kaschierte. Sie war noch nicht ganz die Venus toute entière à sa proie attachée.
Sie besprang Sie nicht in aller Öffentlichkeit, wollen Sie damit sagen?
Genau. Sie achtete sehr darauf, sich als Lady Denham von Sandytown Hall zu präsentieren, die Spitze der gesellschaftlichen Pyramide in dieser Gegend. Sie hatte Bedürfnisse, die vom Alter nicht gemildert worden waren, das kann ich bestätigen. Ich nehme an, sie muss sie irgendwie befriedigt haben, aber es musste unter größter Diskretion stattgefunden haben. Nein, das Interesse an mir war ebenso von gesellschaftlicher wie sexueller Natur. Sie wollte ja nicht nur über mich herfallen, sie wollte mich heiraten.
Oh aye, das kenn ich. Wenn eine über einen herfällt, ist das nicht so schlimm, aber das Heiraten, Junge, Junge!
So habe ich das nicht gesehen.
Nein. Verstehe. Sagen Sie mir, Lester, unter Kumpel, Sie meinen, sie musste es sich irgendwo besorgt haben, aber was ist mit Ihnen? Haben Sie es ihr mal, Sie wissen schon, besorgt?
Bitte! Die Formulierung Ihrer Frage ... mir liegt wirklich nichts daran ...
Das heißt ja! Schön für Sie, Bursche! Das muss Ihnen nicht peinlich sein. Wer um was bittet, dem soll gegeben werden, wenigstens einmal. Was ist passiert?
Ich werde nicht in die Einzelheiten gehen. Es war Alkohol im Spiel. Ich vermute, meine Leistung entsprach nicht ihren Erwartungen. Aber das schien sie nicht abgeschreckt zu haben. Sie tat weiterhin so, als hätten wir damit eine Übereinkunft, um nicht zu sagen, eine offizielle Verlobung.
Außer dass sie wohl meinte, Sie würden schon in Form kom-

men, wenn sie Sie erst mal unter ihren Fittichen hatte und dafür sorgte, dass Sie den Tag mit einem richtigen Yorkshire-Frühstück anfangen. Wahrscheinlich wollte sie einen Fortschrittsbericht von Ihnen. Wie schlugen Sie sich vorgestern?

Ich kann Ihnen nicht folgen.

Vorgestern, als Sie Daph zum zweiten Mal gevögelt haben. Wie hat ihr das gefallen?

Jetzt hören Sie, ich weiß nicht, was Sie … einen Moment, die Autopsie weist auf sexuelle Aktivität hin, nicht wahr? Großer Gott, Sie wollen doch nicht sagen, dass die arme Frau vergewaltigt wurde?

Nein, sieht so aus, als hätte sie es mit jemandem getrieben, mit dem sie es hatte treiben wollen, und deswegen hab ich an Sie gedacht.

Na, dann müssen Sie umdenken. Nein, ein kategorisches Nein. Nicht ich.

Nein? Na gut, nichts, was ein DNS-Test nicht beweisen könnte. Also, kommen wir auf das Grillfest zu sprechen, Dr. Feldenhammer.

Was ist mit Lester passiert?

Na, da hab ich mit einem Zeugen auf Kumpel gemacht, um ihm so viel wie möglich zu entlocken. Aber nach dem, was Sie mir erzählt haben, ist der Fall jetzt anders gelagert. Herzlichen Glückwunsch, Sonnenschein, Sie haben sich soeben vom Zeugen zum Tatverdächtigen befördert! Mit Verdächtigen immer höflich und formell anfangen, das ist meine Devise, nur für den Fall, dass es später Beschwerden geben sollte.

Ist das so? Sollten Sie mich dann nicht über meine Rechte aufklären?

Wozu, wenn wir die zu Hause gelassen haben? Hören Sie zu, Bursche, wir wissen beide, wenn die Sache richtig ernst wird, schwenken Sie das Sternenbanner und verlangen den verdammten US-Botschafter zu sehen. Also erzählen Sie mir einfach alles, woran Sie sich vom Fest erinnern können.

Ich bin Ihnen zuvorgekommen, Superintendent. Da ich wusste, dass die Polizei irgendwann eine Zeugenaussage benötigt, und da ich meine Erinnerungen festhalten wollte, bevor sie sich verflüchtigen, schrieb ich das kurz nach meiner Rückkehr auf.

Oh aye. Hübsch getippt, und enthält auch nicht viele lange Wörter. Genau das Richtige für einen Dorfpolizisten. Nur aus Interesse: Haben Sie das aufgeschrieben, bevor oder nachdem Pet bei Ihnen war?

Pardon?

Miss Sheldon, Ihre Oberschwester. Sie kam vom Heim herüber, nachdem sie vom Fest zurückgekehrt war. Ich frage mich nur, ob Sie das vor oder nach dem Plausch mit ihr aufgeschrieben haben.

Jetzt hören Sie zu, Mr. Dalziel, ich weiß nicht, was Sie damit andeuten wollen …

Andeuten? Sie waren beide auf einem Fest, wo Ihre Gastgeberin über dem Barbecue halbgar gegrillt wurde – mein Gott, selbst Leute in Ihrer Branche können doch nicht so an Kadaver gewöhnt sein, dass sie darüber nicht reden würden!

Ja, natürlich haben wir darüber geredet. Ich glaube, ich fing mit der Abfassung meiner Aussage an, als sie auftauchte, und beendete sie danach, ohne dass die Dinge, über die wir sprachen, irgendeinen Einfluss darauf gehabt hätten.

Dann ist es ja gut. Sie haben sie nicht mitgenommen, als Sie zum Fest fuhren? Oder sind von ihr mitgenommen worden?

Sie wissen, dass dem nicht so war. Warum fragen Sie?

Kommt mir seltsam vor, das ist alles. Beide sind Sie eingeladen, haben denselben Anfahrtsweg, ich hätte mir gedacht, Sie hätten eine Münze geworfen, wer fahren müsste und wer sich die Kante geben könnte.

Vielleicht betrachtet keiner von uns beiden solche Einladungen als Gelegenheit, sich die Kante zu geben, wie Sie sich so elegant ausdrücken.

Nein? Vielleicht täusche ich mich, aber Pet scheint mir ein Mädel zu sein, das ihr Quantum wegschlürfen kann. Und nach dem, was Sie mir gerade von sich und der armen Daph erzählt haben, scheinen Sie auch nichts dagegen zu haben, sich einen anzududeln. Vielleicht wollten Sie ja nicht gesehen werden, wie Sie zusammen ankommen, um Daph nicht zu verärgern. Mussten ja vorsichtig sein bei einer so besitzergreifenden Persönlichkeit wie ihr. Aber damit müssten Sie sich ja auskennen, Sie haben ja alle einschlägigen Zeugnisse.
Interessante Spekulationen, aber ich muss Ihnen leider sagen, es war einfach nur eine Sache der Bequemlichkeit. Bei unserer Arbeit sind wir immer auf Abruf, jeder von uns beiden hätte jederzeit weggerufen werden können.
Sei Ihnen zugestanden. Haben Sie auf dem Fest viel mit ihr zu tun gehabt?
Ja. Wir haben vieles gemeinsam – die Arbeit und so, Sie verstehen. Ich mischte mich unter die anderen Gäste, wie man das eben so macht, aber nachdem das Unwetter aufzog und alle ins Haus gingen, fand ich mich zu meiner Freude mit Schwester Sheldon im Wintergarten wieder. Dort blieben wir, bis wir, nachdem der Sturm abgeflaut war, wieder nach draußen gingen, und gleich darauf wurde die Leiche entdeckt.
Wunderbar. Damit ist das abgehandelt. Wenn nur alles immer so einfach wäre. Was war mit der lieben alten Daph, hatten Sie viel mit ihr zu tun, als Sie sich unter die Gäste mischten?
Ein wenig. Wir haben uns unterhalten, aber nur so im Vorbeigehen. Sie war ganz die galante Gastgeberin, die sich uneingeschränkt um die Bedürfnisse ihrer Gäste gekümmert hat.
Und um ihre eigenen Bedürfnisse hat sie sich nicht gekümmert, oder vielleicht um Ihre, Lester, in privateren Gemächern? Vielleicht waren Sie ja auch kühner, geht doch nichts über eine gute Nummer im Freien, solange das Barometer steigt und die Mücken nicht stechen?
Um Gottes willen, ich habe es Ihnen eben schon gesagt. Wir

hatten beim Fest keinen Sex, weder drinnen noch draußen. Für wen halten Sie mich?
Ich bin mir nicht sicher. Für einen Mann jedenfalls. Welcher Art, das ist hier die Frage. Vielleicht sollte ich jemanden fragen, der Sie besser kennt als ich. Schwester Sheldon zum Beispiel.
Was zum Teufel soll das heißen?
Sie waren es, der gesagt hat, Sie hätten vieles gemeinsam. Klingt einleuchtend. Würde mich überraschen, wenn Ihre Oberschwester Sie nicht in- und auswendig kennt. So wie ich davon ausgehe, dass Sie als ihr Chef sie ebenfalls in- und auswendig kennen. Aye, ich wage zu behaupten, Sie beiden kennen die Ein- und Ausgänge des jeweils anderen ziemlich gut.
Jetzt hören Sie zu, Dalziel, ich bin diese Suggestionen langsam leid …
Suggestion? Ist das ein Brettspiel? Nein, ich erinnere mich, es bedeutet, dass man um die Sache herumschleicht, weil man etwas andeuten möchte. Nein, tut mir leid, wenn Sie meinen sollten, ich spreche nicht offen mit Ihnen. Das lässt sich schnell ändern. Also, Lester, sagen Sie mir, Sie und Pet, sind Sie zugange?
Zugange? Womit?
Mit Vögeln, Ficken, Bumsen, Rammeln, Kopulieren, Pimpern, Schnackseln – suchen Sie sich was aus, und dann beantworten Sie die Frage. Sind Sie zugange?
Ich habe genug. Sie sind vielleicht Polizist, Dalziel, und Sie mögen mein Patient sein, aber egal, unter welchem Etikett Sie auftreten, ich muss mir diesen ordinären Mist nicht antun …
Na, wenn Sie unbedingt meinen. Ich hab Sie gefragt, ob Sie die alte Daph begatten, die Frage war Ihnen zwar peinlich, aber Sie haben mir darauf in aller Höflichkeit geantwortet. Jetzt stelle ich Ihnen die gleiche Frage zu Pet, und Sie gehen hoch. Warum? Also ich, ich könnte mir vorstellen, dass jemand sauer ist, wenn man ihn fragt, ob er eine Frau vögelt, die alt

genug ist, um seine Mutter zu sein. Aber bei einem so drallen Mädel wie Pet? Es ist doch nicht diese Doktor-Schwester-Sache, was, Lester? Hätte nicht gedacht, dass ihr Yanks da Snobs wärt. Schande über Sie!

Es reicht! Nur zwei Dinge, die ich Ihnen noch sagen möchte, Andy, bevor ich wieder an meine Arbeit muss. Erstens: Ich brauche niemanden, der mir sagt, welch wunderbare Frau Pet Sheldon ist, schon gar nicht in dem vulgär-provozierenden Ton, in dem Sie sich so gern gefallen. Zweitens: Aufgrund meiner klinischen Beobachtungen während dieser sogenannten Befragung würde ich sagen, dass Ihr körperlicher Heilungsprozess große Fortschritte zeigt, geistig aber gibt es noch viel zu tun. Keine Sorge. Wir im Avalon geben keinen auf. Wir schaffen das schon.

Ist das so? Freut mich zu hören. Dann haben wir viel gemeinsam, Lester, Sie und ich. Schätze, das reicht erst mal. Will Sie nicht länger von Ihrer Arbeit abhalten. Danke, dass Sie sich Zeit genommen haben. Ach, noch was, Sie geben mir Bescheid, falls Sie vorhaben sollten, in nächster Zeit das Land zu verlassen. Bis dann, Bursche. Cheers!

Komm schon! Komm schon! Geh ran … ah, da bist du ja, Pet. Hier ist Lester. Hör zu, ich habe nicht viel Zeit. Dalziel hat mich gerade befragt … ja, Zeugenaussage, Verhör würde es vielleicht besser treffen. Ich vermute, er ist jetzt auf dem Weg zu dir, dachte, ich sollte dich vorwarnen. Lass dich nicht einwickeln, wenn er mit der Patient-flirtet-mit der Krankenschwester-Masche kommt. Er ist wieder ganz der Bulle. Er redet, als wüsste er von dir und mir, aber das ist alles nur geraten. Gib nichts zu. Und vergiss nicht, nachdem das Gewitter losbrach, waren wir die ganze Zeit zusammen, bis die Leiche gefunden wurde. Egal, was passiert, du beharrst darauf … ja, ich weiß … jaja, das wird in Ordnung sein … wir reden, wenn er bei dir gewesen ist … Nein, am besten so wie üblich, bei der

Besprechung vor der Runde … wir sollten vorsichtig sein. Er macht vielleicht den Eindruck eines fetten Clowns, aber glaub mir, der Typ ist richtig gefährlich … ja, ich dich auch. Pass auf dich auf. Bis dann.

Lester! Tut mir leid, muss Sie noch mal stören, aber ich glaub, ich hab meinen Ordner vergessen. Würde noch meinen Kopf liegenlassen, wenn er nicht angeschraubt wäre. Das Alter, was? Schade, dass ihr dafür kein Heilmittel findet, außer dem offensichtlichen, meine ich. Ah, da ist er ja. Jetzt lass ich Sie aber in Ruhe. Noch mal Cheers!

6

So, Mildred, war doch ganz interessant, das alles zu hören! Was haben die beiden vor? Eins ist jedenfalls klar, sie waren nicht die ganze Zeit zusammen, als der Sturm aufzog. Aber wer verschafft hier wem ein Alibi? Oder stecken beide mittendrin?

Wird mir schwerfallen, mir dieses laute Nachdenken wieder abzugewöhnen. Hier fällt es kaum auf, wenn irgendein alter Opa in der Sonne sitzt und vor sich brabbelt, aber im Job werde ich höllisch aufpassen müssen, bevor ich auch nur Mesembryanthemen sagen kann.

Ein kluger Kerl, dieser Katzenjammer. Hatte ihn ein Stück weit, aber er kam stark zurück. Gefiel mir, wie er zu Pet stand – vielleicht geht's ihm wirklich nicht nur ums fidele Vergnügen. Und seine Stichelei über meine geistigen Probleme – das war ein ausgekochter Gegenschlag. Wie das laute Aufstöhnen eines Automechanikers, jedenfalls nicht das, was man von seinem Seelenklempner hören will.

Vielleicht hat er sogar recht. Vielleicht bin ich ein wenig trottelig geworden. Ich meine, was zum Teufel treibe ich hier, stecke meinen Zinken in diesen Fall. Nichts, was Pete nicht auch allein auf die Reihe kriegen würde. Er wollte mich draußen halten, aber nein, dann komm ich, schwing mich von Baum zu Baum, trommel mir auf die Brust und fang an zu jodeln!

Aber ich hab mein Bett gemacht – großer Gott, wie genieß ich es, darin zu liegen – allein! Führe uns nicht in Versuchung. Wenigstens weiß ich nach der Sache mit Pet, dass das Problem mit Cap nicht von Dauer sein wird. Aber es geistert mir durch den Kopf. Plötzlich fühlt man sich von allen Viagra-Witzchen verfolgt! Das passiert mir nie, denkt man sich, solange man schon einen Ständer bekommt, wenn man nur durch die Dessous-Abteilung von Marks and Sparks schlendert. Aber wie bei der Steuer erwischt es einen letztlich doch. Frauen können da von Glück reden. Egal, wie alt sie sind, wenn es sie juckt, müssen sie nur einen harten Stengel finden, mit dem sie sich kratzen können. So wie die alte Daph. Obwohl es nicht so klingt, als hätte sie sich von dem guten Lester kratzen lassen. Und jetzt ist sie tot. Das ist das Einzige, was zählt, Dalziel. Konzentrier dich auf deinen Job. Sie mochte eine kratzbürstige Querulantin gewesen sein, trotzdem hat sie so einen Abgang nicht verdient. Also schauen wir uns mal Lester und Pet an und fragen uns, welche Motive sie haben könnten, die stark genug wären, um Daph um die Ecke zu bringen.

Pet liegt in der Beziehung weit in Führung. Eifersucht und dem Geliebten einen Gefallen zu tun, reicht häufig schon aus, vor allem bei halsstarrigen, leidenschaftlichen Frauen. Körperlich wäre es auch kein Problem – sie kennt die richtigen Stellen, an denen sie drücken muss, und sie hat genügend Erfahrung beim Herumwuchten von Körpern.

Bei Lester sieht es anders aus. Wenn sich nicht herausstellt, dass sich Daph in ihrem Testament an ihn erinnert, sehe ich keinen Grund, warum er sich mit Mordgedanken herumschlagen sollte. Letztendlich hätte er Daph einfach verlassen und, falls nötig, den nächsten Dampfer in die USA nehmen können. Vielleicht hat er Pet gegenüber das sogar angedeutet. Vielleicht hat es sie beunruhigt, dass seine Abkehr von der agilen Daph nicht unbedingt langfristige Pläne für ihre Beziehung beinhaltete. Würde mich nicht überraschen, wenn sie damit recht hätte. Sind doch zwei Paar Stiefel, von einem knackigen Stück wie Pet ein *ja, bitte* zu hören, oder zu wollen, dass sie *ja, ich will* sagt. Wenn ich diesen Katzenjammer richtig einschätze, ist er einer, der seine Position und sein Renommee dazu einsetzt, sich eine von diesen Trophäen-Frauen zu beschaffen, eines von diesen jungen, saftigen Dingern, die in aller Öffentlichkeit an

seinem Arm hängen und ihre Titten rausstrecken, damit den anderen Männern der Geifer rausläuft!
Ist also nicht schwer, sich Pet vorzustellen, die meint: Verlass du ruhig Lady D., wenn du willst, aber mich wirst du nicht verlassen! Und eine kluge Frau wird immer etwas finden, was einen engeren Knoten knüpft als wankelmütige Liebe.
Geteilte Schuld, zum Beispiel.
Pet begeht also die Tat, sorgt aber dafür, dass Lester bei den Aufräumarbeiten beteiligt ist. Sollte nicht schwer sein in der Hitze des Gefechts, und sie weiß, wenn Lester erst mal diesen Schritt getan hat, gibt es kein Zurück mehr. Pet ist ziemlich eingesaut, nachdem sie die arme Daph herumgeschleift hat, als sie daher später Roote sieht, der aus seinem Rollstuhl gefallen ist, krallt sie sich den schlammverschmierten Halunken und hat jetzt allen Grund, selbst patschnass und verdreckt zu sein.
Aber was ist mit Ollie Hollis?
Könnte sein, dass er was gesehen hat, jedenfalls so viel, damit er sich so seine Gedanken macht, aber eben nicht so viel, um gleich zur Polizei zu laufen. Er ruft Pet oder Lester an, sagt ihnen, er will mit ihnen reden, sagt, er gehe noch zu Madame Lee. Einer von den beiden macht sich dorthin auf, der andere bleibt hier, um erneut für ein gemeinsames Alibi zu sorgen.
Hätte ich nicht Pete abgefangen, als er kam, um ihre Aussagen aufzunehmen, dann wüssten wir jetzt, wer was getan hat.
Scheiße. Er wird sicherlich nicht zögern, mich mit der Nase draufzustubsen.
Aber ich greife vor.
Sieht so aus, als wäre der göttliche Gordon aus dem Schneider. Hab das sowieso nicht so recht glauben wollen. Ich weiß, man kann es einem nicht vom Gesicht ablesen, aber ich kann mir einfach nicht vorstellen, dass ein Typ, der so aussieht wie er, ein Mörder sein soll. Wahrscheinlich fühlt er sich schon ganz malad, wenn er auf einen Käfer tritt.
Also, wen sieht der schlaue Pete an erster Stelle?

Weder Lester noch Pet, würde ich sagen, sonst hätte er sich kaum einverstanden erklärt, mich auf die beiden loszulassen. Scheint einen ernsthaften Verdacht gegenüber dem Heywood-Mädel zu haben, aber ich schätze, da hat er sich verrannt. Hat in den prägenden Jahren zu viel Zeit mit bildungsbürgerlichen Wichtigtuern verbracht, die Rechtschreibfehler für Kapitalverbrechen halten! Nein, jede Wette, Stompys Mädel ist okay. Meine einzige Sorge nach der Lektüre ihrer Mails ist, dass das Klima in Sandytown nicht sehr zuträglich ist für jemanden, der so neugierig und aufgeweckt ist wie sie.
Merk's dir, Dalziel. Leg ein gutes Wort ein.
Zurück zu Petes Rangliste. Im Moment, würde ich sagen, liefern sich Hen Hollis und Ted Denham ein Kopf-an-Kopf-Rennen. Dann natürlich noch die Parkers. Vielleicht läuft es aber einfach wirklich mal auf das Nächstliegende hinaus, und es ist diese Tierschützerin, die Seymour aufgegabelt hat. Unwahrscheinlich, meiner Meinung nach, aber vielleicht bin ich wegen Cap nicht vorurteilsfrei.
Ein Name, der auf Petes Liste keinen hohen Stellenwert einnimmt:
Franny Roote.
Schwer zu glauben, dass er nur seiner Gesundheit und seines Wohlergehens zuliebe hier ist.
Außer natürlich, der arme Tropf ist genau deswegen hier!
Werde aufmerksam verfolgen, was sich da noch so tut. Ich hab zu viel kostbare Kneipenzeit in Pascoe investiert, um jetzt mit anzusehen, dass er zu Fall gebracht wird, nur weil er meint, er wäre diesem schlüpfrigen Dreckskerl irgendwas schuldig.
Wie auch immer, Zeit, das Brabbeln einzustellen.
Zeugenbefragung unterscheidet sich nicht so sehr von Begattung.
Lass sie so lange warten, bis sie es genau so sehr will wie du!
Schwester Sheldon sollte mittlerweile weichgekocht sein, hier komme ich also, ob bereit oder nicht!

7

Pet! Da sind Sie ja, Mädel. Was dagegen, wenn ich reinkomme?
Sieht so aus, als wären Sie schon drin.
Ja, bin ich. Muss Ihr tierischer Magnetismus sein, der das zustande bringt. Sie lassen uns arme Kerle herumschlittern wie Eisenspäne.
Schon gut, Andy, oder soll ich Sie Superintendent nennen? Sie können sich das Süßholzgeraspel sparen. Lester hat mich vorgewarnt, dass Sie kommen – und warum Sie kommen.
Vorgewarnt? Nein, das ist kein schönes Wort, wo doch er und ich die besten Kumpel sind. Da müssen Sie was falsch verstanden haben, meine Gute. Wahrscheinlich hat er beiläufig erwähnt, dass ich vorbeischauen werde – und dass Sie mir ja auch kooperieren –, so macht das ein Boss doch mit seinen Angestellten, damit sie wissen, sie können ein paar Minuten von ihren beruflichen Pflichten erübrigen, um mit der Polizei zu reden.
Nett gemeint, Andy, aber meine Lügen kann ich mir schon selbst erfinden, danke. Wenn wir schon dabei sind, und wie Sie, wette ich, auch bereits wissen, hat mich Lester angerufen und gebeten, die Lügen, die er Ihnen aufgetischt hat, zu bestätigen und, falls notwendig, durch neue Lügen zu erhärten. Was ich da in Ihrem Gesicht sehe, zeugt nicht von Überraschung, nicht wahr, Andy?
Nicht nur in meinem Gesicht, Liebe. Auch viel weiter unten. Sie haben mir nicht nur den Wind aus den Segeln genommen, sondern auch das Ruder verbogen! Sie haben also beschlossen, den guten Lester in die Pfanne zu hauen. Nicht schlecht, Pet, in jeder Hinsicht. Sie erfüllen Ihre Bürgerpflicht und sorgen

gleichzeitig dafür, nicht selbst mit hineingezogen zu werden. Also, was hat der verlogene Dreckskerl vorgehabt?
Nichts, außer dass er auf mich aufpassen wollte. Was sehr nett von ihm ist, und ich muss zugeben, es wird mir warm ums Herz, wenn ich sehe, wozu er bereit ist, um mir unter die Arme zu greifen …
Nicht mehr, als Sie für ihn auch getan haben, Pet, und mit welch schönen Armen. Tut mir leid, das war nicht sehr gentlemanlike. Ich wollte Sie nicht aus der Fassung bringen …
Andy, ich bin seit sehr langer Zeit Krankenschwester und hatte mit Patienten zu tun, die alles Mögliche probiert haben, um mich aus der Fassung zu bringen, von schmutzigen Witzen bis zu Angriffen mit vollen Bettpfannen. Sie haben das auch einige Male geschafft, aber ich hab schnell gelernt, und man muss sich nur daran erinnern, wie sie mit dem Gesicht nach unten und einem Thermometer zwischen den Arschbacken auf dem Bett liegen, dann gewinnen die Dinge sehr schnell wieder eine andere Perspektive. Also sparen Sie sich Ihre Provokationen, und hören Sie zur Abwechslung vielleicht einfach mal zu.
Ich höre, ich höre.
Gut. Ich liebe Lester.
Ach ja? Und deshalb haben Sie mich unter der Dusche überfallen?
Das tut mir leid. Ich weiß nicht, was da über mich gekommen ist. Ich war ein wenig deprimiert, mit Lester schien es nicht gut zu laufen. Wir wollten uns am Abend zuvor treffen, aber er sagte ab – hatte ihn wohl ziemlich mitgenommen, dass Lady Denham seine Party gesprengt hat –, und als ich sie dann am nächsten Morgen im Heim sah, fragte ich mich, ob sie die ganze Nacht über hier gewesen war. Und dann, als ich zu Ihnen kam und bemerkte, dass Sie unter der Dusche standen … tut mir leid …
Nein, Mädel, keine Sorgen. Solange es jetzt für Sie mit ande-

ren Männern nicht von vornherein schon verdorben ist. Sie sagten, Sie lieben Lester.
Ja. Ich weiß nicht, was daraus wird, aber auch wenn nichts daraus werden sollte, halte ich so große Stücke auf ihn, dass ich es nicht zulasse, dass er für mich seinen Ruf aufs Spiel setzt. Dabei will ich gar nicht sagen, dass ich völlig untadelig bin. Letzte Nacht, als wir zur Hall zurückkehrten, ließ ich es mir gefallen, dass Lester mich beschützen wollte. Wie gesagt, es tut gut zu wissen, dass er dazu bereit war. Aber heute Morgen, vor allem, nachdem ich von Ollie Hollis hörte, kam mir der Gedanke, dass es hier um mehr geht als um eine abscheuliche Alte, die von jemandem abgemurkst wurde und die es ja regelrecht darauf angelegt hatte. Es ist wichtig, Ihren Leuten die Wahrheit zu sagen, und sei es nur, dass sich die Ermittlungen nicht weiter verzögern, falls die Wahrheit nicht ans Licht kommt. Und wenn noch jemand stirbt, möchte ich in keiner Weise dafür verantwortlich sein. Was ist los? Sie könnten ein wenig freundlicher dreinschauen, statt stöhnend rumzusitzen, als hätte ich Ihnen soeben gesagt, Sie müssten an den Hämorrhoiden operiert werden.
Nein, Mädel, natürlich freut es mich zu hören, dass Sie reinen Tisch machen wollen, nur hab ich halb erwartet, dass Sie mit einem vollen Geständnis rumkommen, so wie Sie losgelegt haben!
Dann muss ich Sie enttäuschen. Aber zwei Dinge sollten Sie wissen. Zum einen: Kurz bevor das Gewitter aufzog, hatten Lady Denham und ich so was wie ein eigenes Gewitter. Sie können sich denken, worum es ging. Ich war auf dem Gelände spazieren und kam auf dem Rückweg an den Ställen vorbei. Es gibt keine Jagdpferde mehr, seitdem sich Sir Harry den Hals gebrochen hat und sie es gut sein ließ. Aber sie hielt sich noch ihren alten Klepper, Ginger. Anscheinend braucht sie immer was zwischen den Beinen, und ich wette, wenn sie im Rollstuhl gelandet wäre, hätte man ihr den doppelt so hoch

wie sonst bauen müssen, damit sie noch auf ihre Bauern herabschauen konnte.

Sie mochten sie nicht besonders, was?

Sie sind wirklich ein toller Polizist, was, Andy! Jedenfalls dachte ich mir, begrüß doch den Gaul. Ich mag Pferde, vor allem, wenn nicht irgendwelche Idioten auf ihnen sitzen. Aber als ich näher kam, sah ich, dass die Tür offen stand, und von drinnen war eine Stimme zu hören. Die von Daph Denham, obwohl ich das nicht gleich erkannte, sie klang so weich und traurig – so menschlich, könnte man sagen, nicht so, wie sie normalerweise spricht, da hört sie sich ja immer an, als redet sie zu einer öffentlichen Versammlung, auf die sie überhaupt keine Lust hat.

Oh aye. Und mit wem hat sie geredet?

Mit Ginger natürlich! Jeder sagt, dass Pferde das Einzige wären, was sie wirklich liebt … liebte. Sie konnte Menschen wie den letzten Dreck behandeln, für ihre Pferde aber gab es immer nur das Beste. Der Pferdestall, vielleicht ging sie da immer hin, wenn sie unglücklich war …

Nein, Mädel! Werden Sie mir jetzt nicht sentimental.

Warum nicht? In jedem von uns steckt auch was Gutes, Andy, obwohl man bei manchen schon einen guten Chirurgen braucht, um es zu finden.

Werde ich mir merken. Also, worum ging es bei diesem traurigen Zeug, das sie von sich gegeben hat?

Ich habe davon nicht viel mitbekommen, es war eher der Ton, der mir auffiel. Aber ich habe einiges aufgeschnappt, sie sprach vom Vertrauen in die Menschen, von einem quiekenden Schwein, glaube ich.

Vielleicht dachte sie, die Tierschutzleute hätten recht, und sie sollte das mit den Schweinen lassen und Vegetarierin werden?

Dann hat sie sich den falschen Zeitpunkt ausgesucht. Wie gesagt, es hat mich selbst überrascht, dass sie mir ein wenig leidtat – sie, die Lady auf ihrer eigenen Party, Herrin über das gemeine Volk, und dann redet sie mit einem Gaul! Ich wollte mich leise zurückziehen, an der Tür aber stand ein alter Futterkübel, und als ich mich umdrehte, stieß ich dagegen. Das Pferd wieherte – hatte wohl gedacht, es gäbe was zu fressen –, und Lady D. rief: »Wer ist da?« Ich hätte wohl immer noch verschwinden können, nur war sie wie der Blitz an der Tür. Musterte mich von Kopf bis Fuß, dann sagte sie: »Ach, Sie sind es nur, Schwester Sheldon.« Sie nannte mich immer Schwester Sheldon, in so einem abwertenden Ton.

Und fühlten Sie sich so? Abgewertet?

Nein. Ich hatte einfach nur Mitleid mit ihr. Ich nahm einen Schluck von meinem Wein – ich hatte ein Glas Rotwein bei mir – Champagner steigt mir immer zu Kopf – und sagte: »Hallo, Lady Denham. Ich habe nur Ihr Anwesen bewundert. Sehr schön alles, nicht wahr?« Das schien sie zu provozieren.

Warum? Klingt doch ganz unverbindlich.

Genau das war vielleicht das Problem. Ich schau ihr immer in die Augen, lass mich, soweit es möglich ist, nicht unterkriegen, ohne unhöflich zu werden. Diesmal, ich weiß nicht, klang ich vielleicht zu höflich, vielleicht sogar freundlich, so, als würde sie mir leidtun. Und als sie das merkte, schürte das ihren Zorn noch mehr.

Wie hat sie reagiert?

Sie flippte völlig aus. Im Nachhinein denke ich mir, es musste etwas vorgefallen sein, was ihren Zorn und zugleich ihr Selbstmitleid erregt hatte. Deshalb hatte sie den Stall aufgesucht und mit Ginger geredet. Was ich belauscht hatte, waren ihre traurigen Gefühle, aber jetzt kam ihr ganzer Zorn hoch – nein, er kam nicht hoch, sie explodierte! Unfassbar, was ich zu hören bekam. Sie sagte mir, ich hätte kein Recht, einfach so über ihr Grundstück zu laufen, ich sei hier nur geduldet als bezahlte Bedienstete des Avalon, als Vertreterin der Angestellten, und wenn ich meinen rechtmäßigen Platz kennen würde,

wäre ich jetzt vor dem Haus und würde mich in angemessener Form um die wirklich wichtigen Gäste wie Dr. Feldenhammer kümmern, statt angetrunken herumzuschleichen und meine Nase in Dinge zu stecken, die mich nichts angingen.
Großer Gott! Und Sie haben sich das gefallen lassen?
Nein. Ich wurde wütend. Nehmen Sie es mir nicht übel, aber ich habe Dinge gesagt, die ich besser für mich behalten hätte.
Zum Beispiel?
Dass sie sich zwar für was Besonderes hält, im Grunde aber eine ganz und gar lächerliche Person sei. Eine geriatrische Nymphomanin, die einem zwanzig Jahre jüngeren Mann nachstellt, der sie im besten Fall für lächerlich, im schlimmsten für abstoßend hält.
Sie nehmen keine Gefangenen, oder, Pet?
Ich bin nicht stolz drauf, Andy. Schließlich sagte ich ihr, es sei an der Zeit, dass alle Welt endlich erfährt, was für ein Ungeheuer sie ist, und dass sie dann noch nicht mal ihr beschissener Adelstitel schützen würde. Sie brüllte nicht mehr, sie stand nur da und sah mich an, als wäre ich ein Stück Hundekacke. Und dann sagte sie: »Ich bin, die ich bin, Schwester Sheldon. Ich mache, was ich machen muss, und ich trage die Konsequenzen. Und jetzt gehen Sie. Sie sind mitleiderregend.« Plötzlich wusste ich nicht mehr, was ich sagen sollte, also kippte ich ihr meinen Wein drüber.
Warum? Ich meine, das war doch nichts, verglichen mit dem, was Sie ihr gesagt haben. Geriatrische Nymphomanin! Da muss sie doch mehr als »Sie sind mitleiderregend« erwidert haben. Etwas wirklich Beleidigendes, Bedrohliches. Und wenn ich darüber nachdenke, alle Welt soll erfahren, welches Ungeheuer sie ist – was soll das heißen? Nur weil sie auf Lester steht, ist sie noch lange kein Ungeheuer, zumindest nicht in meinen Augen.
Sie wissen doch, wie das ist, wenn man sich streitet, Andy. Man lässt sich einfach so hinreißen.

Vielleicht. Okay. Was dann? Gingen Sie beide aufeinander los und zogen sich an den Haaren?
Nein. Sie stand da, als hätte sie den Wein gar nicht bemerkt, als wäre ich ein Nichts. Dann ging ich. Gut, vielleicht ging ich, weil ich Angst hatte, mir könnte noch wesentlich mehr herausrutschen. Aber ich sagte oder tat nichts mehr. Ich ging einfach, dann stieß ich auf Lester und erzählte ihm, was vorgefallen war.
Suchten Trost und eine Umarmung, oder?
Ich wollte ihn warnen, dass der große Augenblick wahrscheinlich bevorstand. Dass er vor die Wahl gestellt werden würde, sie oder ich.
Das ist nie klug, meine Liebe, einen Mann vor die Wahl zu stellen. Wie reagierte er?
Er sagte, er würde mit ihr reden, die Sache regeln. Ich war immer noch ziemlich aufgebracht. Ich sagte, das soll er mal lieber tun, und zwar schnell, ich hätte die Schnauze voll, mich von der alten Schlampe behandeln zu lassen, als wäre ich der letzte Dreck. Dann brach das Unwetter los, und alle eilten ins Haus. Ich ging in den Wintergarten. Dort war es dunkel, und ich ließ mich in einer Ecke hinter einem Strauch nieder.
Allein?
Ja. Ich wollte mit niemandem reden. Andere Leute kamen herein, aber ich glaube nicht, dass mich jemand sah. Ich saß nur da und kochte vor Wut, bis das Unwetter abflaute. Dann ging ich hinaus.
Lester hat also Unsinn verzapft, als er Ihnen ein Alibi gegeben hat.
Ja. Ich wollte das nicht, aber als wir zurückkamen, sagte er, falls Daph Denham irgendjemandem von unserem Streit erzählt hätte, würde es ein schlechtes Licht auf mich werfen. So wäre es einfacher, wenn er sagte, wir seien zusammen im Wintergarten gewesen, damit würden wir es der Polizei auch ersparen, dass sie in einer Sackgasse herumstocherte.

Sehr behördenfreundlich von ihm. Und nach dem Unwetter? Waren Sie dabei, als Lady D. gefunden wurde?
Nein. Jemand entdeckte Ihren Freund, Franny Roote …
Nein, Mädel, das ist nicht mein Freund.
Entschuldigen Sie. Er hält große Stücke auf Sie. Jedenfalls war sein Rollstuhl im Rasen stecken geblieben, der nach den Wassermassen ziemlich aufgeweicht war, und der arme Kerl war umgefallen, als er ins Haus wollte. Ich weiß nicht, wie lang er so dagelegen und versucht hat, ihn wieder aufzurichten und sich reinzuziehen. Er sah grässlich aus, war völlig durchnässt und schlammverschmiert. Jemand musste sich um ihn kümmern, und das blieb natürlich an mir hängen. Ich hievte ihn in den Rollstuhl, und einige der Gäste trugen ihn auf festen Boden. Dann schob ich ihn ins Haus. Hinter mir hörte ich Geschrei – das musste der Zeitpunkt gewesen sein, als Lady Denham gefunden wurde –, aber ich war mit dem armen Franny beschäftigt, den ich reinbringen wollte, um ihn eingehend untersuchen zu können.
Aye, genau, der Patient hat immer Vorrang. Und wie ging es dem armen Roote?
Zum Glück schien er sich nicht verletzt zu haben, ich musste ihn nur waschen und, so gut es ging, wieder trocken bekommen. Währenddessen kamen die Leute rein und sprachen natürlich vom Mord.
Das muss ein Schock für Sie gewesen sein.
Natürlich war es ein Schock! Sie war ein Ungeheuer, aber deswegen hatte sie es noch lange nicht verdient, umgebracht und wie ein Schwein gegrillt zu werden! Ich war fassungslos. Ich konzentrierte mich ganz auf Franny. Er war ziemlich aufgeregt und wollte nicht weg, aber ich sagte ihm, wenn er nicht nach Hause fuhr und sich trockene Sachen anzog, könnte ich nicht für seine Gesundheit garantieren. Jemand in seiner Lage kann sich leicht eine Lungenentzündung einfangen. Ich rollte ihn zu seinem Wagen und half ihm beim Einsteigen. Ich bot

ihm an, ihn zu begleiten, aber er meinte, es ginge schon. Dann fuhr er davon. Und da ich durch Mr. Roote selbst völlig verdreckt war, fuhr ich daraufhin hierher. Ich wusch mich, und dann hatten wir ein kurzes Gespräch, Sie erinnern sich?
Ein Vergnügen, wie immer, Pet, aber warum haben Sie das gemacht?
Ich weiß es nicht. Ich dachte, da Sie Polizist sind, sollten Sie wissen, was vorgefallen ist. Danach ging ich zur Klinik, sah Lesters Wagen und wusste daher, dass er ebenfalls zurück war. Ich ging zu ihm, und wir besprachen alles.
Und heckten Ihre kleine Geschichte aus, um uns überlasteten Bobbys einiges an Arbeit zu ersparen. Nett von Ihnen, nur dass Sie das natürlich nicht getan haben. Weiß Lester, dass Sie Ihre Meinung geändert und mir erzählt haben, was wirklich vorgefallen ist?
Ja. Nachdem er mich angerufen und mich vor Ihnen gewarnt hatte, sah ich aus dem Fenster, und da saßen Sie dort im Garten, und nach einer Weile, als ich Sie so beobachtete, dachte ich mir, das ist keiner, den ich anlügen möchte. Also rief ich Lester zurück und sagte ihm, ich hätte es mir anders überlegt.
War er dagegen?
Im Großen und Ganzen nicht. Er sagte, es liege bei mir. Er wäre noch immer bereit, an unserer Geschichte festzuhalten und, falls nötig, vor Gericht zu lügen. Ich sagte, ich sei ihm dafür wirklich dankbar, aber ich will nicht, dass es so weit kommt, und er sagte, in dem Fall sei es wahrscheinlich das Beste. Ich soll Ihnen auch sagen, es täte ihm leid, und wenn Sie ihn noch mal sprechen wollten, dann wäre er jetzt vollkommen ehrlich zu Ihnen.
Toll von ihm! Also wurde am Telefon geturtelt und ausgemacht, sich später noch mal zu treffen, um sich eine etwas bessere Geschichte auszudenken. Nein, ziehen Sie keine Schnute. Nachdem die alte Daph aus dem Weg geräumt ist, wollen Sie nicht untätig herumhängen. Man muss zuschlagen, solange

das Eisen noch heiß ist. Und wenn Sie beide wieder zu Atem gekommen sind, dann können Sie Lester ja sagen, ich freue mich schon drauf, noch mal mit ihm zu reden. Bis dahin hab ich Wichtigeres zu tun. Kapiert? Und jetzt mach ich mich auf den Weg. Passen Sie auf sich auf, Pet. Und bemühen Sie sich, keine Patienten um die Ecke zu bringen. Nicht, solange die Jungs in den blauen Uniformen durch die Stadt streifen! Cheers!

8

Also, Mildred, was hältst du davon? Könnte gut ein wenig weiblichen Beistand gebrauchen.
Nichts ist beunruhigender als eine Frau, die einen plötzlichen Ehrlichkeitsanfall hat. Was meiner Erfahrung nach nur heißt, dass sie was zu verbergen hat.
Der gute Lester vielleicht auch. Vielleicht kam ihm der Gedanke, ich könnte seinen Anruf bei Pet belauscht haben, als ich noch mal aufkreuzte, um dich und den Ordner abzuholen. Vielleicht war es gar nicht Pets Idee, mit der Sprache herauszurücken, sondern Lesters. Vielleicht bereitet ihm etwas mehr Sorgen als die Gefahr, ich könnte spitzkriegen, dass sich die beiden exakt zu dem Zeitpunkt auf dem Anwesen herumgetrieben haben, als Daph abgemurkst wurde. Wette, es hat mit diesem Liedchen über die Indianer-Maid zu tun, über das sich Lester so aufregte, als der Baronets-Ted es im Pub pfiff. Ich habe es unter der Dusche gesungen, als Pet mich überfiel. Muss ich ihr lassen, ihre Erklärung dafür klang ziemlich überzeugend! Weiß nicht, warum man diesen Hollywood-Stars Oscars verleiht, nur weil sie irgendwelche Zeilen herunterrasseln, die noch nicht mal von ihnen selber stammen, während die Hälfte aller Frauen, die ich kenne, ihnen jederzeit die Show stehlen könnten, ohne sich dafür sonderlich anzustrengen. Nein, Daphs Besuch bei mir war der Auslöser dafür, nicht mein Geträllere der Indianer-Maid.
Ich schätze: Daph muss was über Katzenjammer in der Hand gehabt haben, was ihn davon abhielt, ihr klipp und klar zu sagen, sie solle sich schleichen und anderen auf die Nerven fallen. Sie wollte ihn, aber sie konnte ihn nicht kaufen, erstens, weil es ihm sowieso an kaum was fehlt, und zweitens, weil der

einzige innige Teil ihrer selbst, an den sie niemanden ranließ, die Brieftasche war. Nein, musste was Persönliches gewesen sein, was ihn nach Lady D.s Pfeife tanzen ließ.

Pete wird mir wahrscheinlich Wahnvorstellungen attestieren, wenn ich ihm irgendwas davon erzähle. Wie auch immer, will ja auch keinesfalls, dass er von meinem Techtelmechtel mit Pet Wind bekommt. Glaub nicht, dass er Ellie gegenüber irgendwelche Geheimnisse hat. Okay, die würde nicht sofort zu Cap laufen, aber, mein Gott, was für einen vorwurfsvollen Blick müsste ich mir gefallen lassen! Also bleib ich mal schön darauf sitzen, bis ich weiß, worauf ich überhaupt sitze, wie die Schauspielerin zum Bischof sagt.

Was Pete wahrscheinlich interessieren wird, sind die Weinflecken und wie sie auf Daphs Kleid gekommen sind. Ich sehe schon seine leuchtenden Augen, wenn er sich denkt: Was, wenn es nicht beim Wein geblieben war, sondern damit endete, dass sich Pet auf sie stürzte und die alte Schachtel würgte? Wollte sie ja vielleicht nicht umbringen, aber als sie merkte, was passiert war, rannte sie los und holte Lester. Und die beiden beschließen, dass es das Beste wäre, sie auf den Grill zu stecken!

Klingt nicht sehr wahrscheinlich. Und würde bedeuten, dass das Erdichten und Umdichten ihrer Geschichten noch komplizierter war, als es den Anschein hat. Nein, wie bei allen guten Lügen denke ich, dass Pets Geschichte wahr ist, zumindest bis zu dem Punkt, als das Unwetter aufzog.

Also, worum ging es dann bei diesen quiekenden Schweinen, wie Pet gehört haben will? Vielleicht waren die Tierschutz-Spinner Daph doch so sehr auf die Pelle gerückt, dass sie's mit der Angst bekam. Aber man macht die Leute doch nicht erst mürbe, um sie dann umzubringen, oder?

Was jetzt also? Pete Meldung erstatten?

Nein, der hat eine Menge anderer Sorgen. Außerdem will ich nicht den Eindruck erwecken, als würde ich den Zaungast

spielen, so wie diese erbärmlichen Alten, die auf Parkbänken rumsitzen und den jungen Dingern beim Tennis zusehen.
Wobei ich zur Abwechslung nichts gegen die Gesellschaft von so einem jungen Ding hätte. Das Mädel von Stompy Heywood, die hat einen interessanten Blick auf die Dinge. Und weiß sie nett zu formulieren. Hätte ich sie erwischt, als sie noch etwas jünger war, hätte ich eine gute Polizistin aus ihr gemacht. Ich hab gesagt, ich brauchte ein wenig weiblichen Beistand, oder, Mildred? Dabei könnte ich auch gleich einen Blick auf diese Parkers werfen. Denn so wie es aussieht, profitiert doch vor allem einer von Daphs Abgang, nämlich Tom Parker. Jetzt hat er freie Hand, alle seine blödsinnigen Ideen in die Tat umzusetzen!
Also auf zum Kyoto-Haus. Aber wie dorthin kommen, das ist die Frage. Kein Problem, Pet wird mir schon eine Fahrgelegenheit besorgen. Sie und Lester werden nur allzu froh sein, wenn sie mich eine Weile nicht zu Gesicht bekommen.
Und wenn ich es zeitlich richtig hinkriege, gibt's vielleicht sogar was zum Mittagessen.

9

VON: charley@whiffle.com
AN: cassie@natterjack.com
BETREFF: Wer ist hier der Trottel?!

Hallo!
Ich kann's einfach nicht lassen! Warum sollte mich das überraschen? Alles begann – mehr oder weniger – damit, das ich den Limonadenkrug fallen ließ, der auf den einzigen & letzten Stein der Mill Meadow fiel, fast so, als hätte ich ihn absichtlich draufgeworfen. Das hätte mir eine Warnung sein müssen. He, Charley – da willst du nicht reingezogen werden – aber reingezogen wurde ich!
Tut mir leid – ich plappere – keine Sorge – ich wurde nicht verhaftet oder so – obwohl das vielleicht am besten gewesen wäre.
Zurück auf Anfang – nachdem ich meine letzte Mail an dich abgefeuert hatte, ging es mir sehr viel besser – & ich brauchte einen Kaffee – also ging ich nach unten, wo Mary gerade ein Tablett mit einer Kaffeekanne & einigen Stücken Schokokuchen zusammenstellte, das sie nach oben bringen wollte – falls es mir nicht gutging! Typisch – hat noch Zeit, an andere zu denken – selbst mitten in einer Krise – denn das ist es für sie. Das vergesse ich nämlich gern. Für sie ist es eine Krise – für mich nur große Oper. Ich kann das Theater jederzeit verlassen – nach Hause fahren – in mein altes Leben zurückkehren – & aus dem allen unterhaltsame Anekdoten für meine Freundinnen spinnen.
Aber Tom & Mary werden auf der Bühne bleiben & mit allem zurechtkommen müssen, was eventuell noch passiert.
Die Kids spielten irgendwo im Garten & veranstalteten einen Heidenlärm. Minnie hatte ich kurz gesehen, als ich runterkam. Sie ist

ziemlich angearscht von mir – erntete einen finsteren Blick für mein freundliches Lächeln & dann verschwand sie auch schon. Auf Marys Vorschlag hin trug ich mein Tablett nach draußen auf die Terrasse – & sie setzte sich zu mir – & ich machte mich über den Kaffee & den Kuchen her – lecker! Eine Weile lang war es ganz einfach, alles zu vergessen, was sich ereignet hatte. Die Sonne schien – das Meer funkelte so blau wie die Riviera auf einem Touristenposter – keine Spur vom vergangenen Sturm – & die Sicht war so gut, dass man möglicherweise wirklich bis nach Holland sehen konnte – falls (um Sid zu zitieren) man das wirklich wollte.

Dann kam Tom über die Einfahrt.

Es war schön, ihn zu sehen – klar – aber mit dem ruhigen Zwischenspiel war es damit auch vorbei. Kaum hatte er die Terrasse betreten, als er bereits mit seinem ausführlichen Bericht über die morgendlichen Ereignisse begann.

Die meiste Zeit – soweit ich ihn verstand – hatte er damit verbracht, allen zu versichern, dass sich mit Lady D.s Ableben an den Entwicklungsplänen nichts geändert habe. Trostspender & Hausierer – das ist Tom. Seine Botschaft an die Kompagnons lautete – Lady D. hätte es gewollt, dass man wie geplant das Festival der Gesundheit abhielt – die Tragödie hinter sich ließ – volle Kraft voraus ins gelobte Land – & Sandytown zu dessen konkurrenzloser Hauptstadt machte – ein würdiges Denkmal der lieben, toten Daphne!

Sonniger Optimismus ist allerdings kein Ersatz für richtige Sonne – & vielleicht lag es an meiner Verärgerung über die abrupte Unterbrechung dieses sonnigen Augenblicks, dass ich Einwand erhob – Aber hängt das nicht alles vom Testament ab? Was, wenn Lady D.s Erbe – oder Erben – kein Interesse haben, ihr Investment weiter fortzuführen? –

– Sie wären verrückt, wenn sie es nicht täten – sagte er – uns steht eine goldene Zukunft bevor – außerdem beinhaltet der Konsortiumsvertrag einige Sicherheitsklauseln – zum Schutz des Verbliebenen, sollte einer der Partner vorzeitig sterben –

Sofort – du siehst, wie mein Verstand auf Zack ist! – ging mir durch den Kopf, dass das für den scharfsichtigen Pascoe natürlich ein Motiv sein könnte – vor allem dann, wenn er herausfindet, wie Tom & Daph über verschiedene Aspekte des Plans gestritten hatten.
Das sagte ich natürlich nicht – aber Mary waren die Sorgen ins Gesicht geschrieben. Wie gesagt – trotz aller Vorbehalte gegen Daph sah sie – vermute ich – das alte Mädel auch als eine Art Gegengewicht zu Toms flatterhaften Vorstellungen. Schnell wurde aber klar, das er doch nicht so naiv-optimistisch war, um sich über das Testament keine Gedanken zu machen. Er sagte, er hätte mit seinem Anwalt gesprochen, der Lady D.s Londoner Anwaltskanzlei kontaktiert hätte – die wiederum sagten ihm, ihr Mr. Beard sei bereits auf dem Weg nach Yorkshire. Einzelheiten zum Testament wurden nicht bekanntgegeben.
– Aber ich zweifle nicht, dass Edward den Großteil erben wird – nach Sir Harrys Tod hatten sie sich doch sehr nahgestanden – sagte Tom.
– & was ist mit der armen Clara? – fragte Mary – verdient sie nicht eine Vergütung für alles, was sie durchmachen musste? –
Was mich zu der Frage veranlasste, wo die arme Clara eigentlich steckte. Man sagte mir, sie habe kurz vor meiner Rückkehr das Haus verlassen.
– Ich glaube, sie wollte nur frische Luft schnappen & allein spazieren gehen – erzählte uns Mary – vielleicht holt sie später noch einige Sachen aus der Hall – das arme Kind war bleich wie eine Wand – aber manche haben von Natur aus eine so blasse Haut –
Es gibt wohl nicht viele, die weniger zu Boshaftigkeit fähig wären als Mary Parker – dennoch hatte ich das Gefühl, alle würden auf meine sonnengeröteten Wangen starren.
Tom fuhr fort, er habe Sergeant Whitby getroffen – der ihm mitteilte, das er Hen Hollis suche – um die Ermittlungen voranzutreiben – doch der sei nicht zu Hause & keiner habe ihn gesehen, seitdem er am Tag zuvor das Hope & Anchor verlassen habe.

Das letzte Mal – ging uns wahrscheinlich allen durch den Kopf – als der Beißer Whitby einen Hollis suchte – war der Gesuchte tot!
Tom hatte auch bei Diana vorbeigeschaut. Sie lasse sich entschuldigen, dass sie heute Morgen nicht ihre Aufwartung machen konnte, um moralisch & medizinisch Beistand zu leisten – aber ihre Freundin Mrs. Griffiths habe ihre Sachen gepackt & wolle abreisen – wovon Di sie abzubringen versuchte – wahrscheinlich will sie vermeiden, das S-town zur neuen Mordkapitale im Königreich ausgerufen wird – dann aber war die Polizei aufgetaucht & hatte Sandy zu einer weiteren Zeugenbefragung mitgenommen! Das hatte natürlich verheerende Auswirkungen auf Dis Gesundheitszustand – wovon sie sich immer noch erholen musste – das arme Ding!
Mary drehte die Augen himmelwärts – & ich vermochte nicht zu sagen, ob es aus Entrüstung über die Hypochondrie oder aus Dankbarkeit geschah, das ihr der Besuch erspart geblieben war.
Ich bemerkte, das sich Minnie erneut wie ein Tarnkappenbomber angeschlichen hatte & wie aus dem Nichts in Lauschnähe aufgetaucht war – die frischen Neuigkeiten, die ihr Dad brachte, wollte sie sich auf keinen Fall entgehen lassen. Als ich sie entdeckte, packte mich das schlechte Gewissen – Erwachsene sollten ihren Scheiß nicht auf Kindern abladen – ich hatte Mum im Ohr, die dem RS zu diesem Thema endlose Predigten hielt.
Zeit, Brücken zu bauen.
– Hey, Min – sagte ich – wann sollen wir denn los? –
Sie sah mich finster an & sagte – Wohin denn? –
– Dachte, wir hätten ausgemacht, dass wir im Pool schwimmen gehen wollen – sagte ich – ich weiß, wir sagten Nachmittag, wir könnten aber auch sofort los, wenn du willst – aber falls du zu beschäftigt bist …
Ich konnte sehen, wie sie rumeierte zwischen der Gelegenheit, mich ihren Unmut spüren zu lassen, & der Aussicht, zum Hotel zu fahren & vielleicht Onkel Sid zu treffen. Aber die Sache war

eigentlich entschieden. Mit gelangweilter Miene, die der Eiskönigin Esther alle Ehre gemacht hätte – sagte sie – Ach ja – ich hol meine Sachen –

– Lass Charley noch ihren Kaffee austrinken – befahl Mary – & sag danke –

Minnie sah mich schmollend an & murmelte – fast unhörbar – danke.

– Wie war das? – kam es streng von Mary.

Tom & Mary hatten ihre Aufmerksamkeit auf ihre trotzige Tochter gerichtet – also ergriff ich die Gelegenheit & steckte die Finger in den Mund – zog die Lippen auseinander – & rollte mit den Augen – meine berühmte Mad-Mavis-Nummer, bei der du dich immer überschlagen hast, wenn ich sie hinter dem Rücken des RS abgezogen habe.

Ich hatte mein Mädel richtig eingeschätzt. Sie riss die Augen auf – brach in schallendes Gelächter aus – rannte zu mir & umarmte mich & sagte – tausend Dank! – bevor sie im Haus verschwand.

– Na – sagte Mary – schon erstaunlich, was ein paar wohlgesetzte Worte bewirken können – nicht wahr, mein Lieber? –

– Wie wahr – sagte Tom – weißt du was, ich glaube, ich schlendere mit den beiden Damen zum Hotel – ich wollte sowieso mit Sidney reden & seine Meinung einholen, wie sich das alles auf das Investitionsprogramm auswirken könnte –

Min war nicht besonders erfreut, dass wir auch ihren Dad mitschleppen mussten – wahrscheinlich hatte sie gehofft, sie könnte mir noch das letzte Detail meines Besuchs bei der Polizei aus den Rippen leiern – auf jeden Fall gelang es ihr sehr geschickt, Tom jedes Mal abzudrängen, wenn der Weg so schmal wurde, dass wir 3 nicht nebeneinandergehen konnten.

Ich fing mit einer zensierten Version an – schließlich aber – vielleicht weil ihr kaum entging, wenn ich etwas ausließ – & vielleicht auch, weil ich denke, dass man nicht früh genug lernen sollte, welche hinterhältigen Scheißkerle Polizisten sein können – erzählte ich ihr doch die ganze Geschichte.

Ihr empörter Aufschrei, als ich berichtete, dass Novello meine Mails an alle weitergegeben hatte, musste Tom erst erklärt werden. Er war weniger empört & meinte nur, hätte er gewusst, wofür ich den Drucker brauchte, hätte er mir davon abgeraten.
Als wir in Sichtweite des Hotels waren – & Minnie vorausrannte in der Hoffnung, Sidney würde sie an der Rezeption bereits erwarten – kam Tom auf das Thema zurück & sagte – Apropos diese Mails, Charley – vielleicht sollten Sie sich in Zukunft gut überlegen, was Sie Ihrer Schwester schreiben –
Trotz seiner zuweilen bescheuerten positiven Grundeinstellung ist Tom Parker alles andere als dumm!
– Sie meinen, die hacken meinen Computer? – fragte ich erschreckt.
Er antwortete nicht gleich darauf, sondern sagte nur – Beschreiben Sie mir die Sicherheitseinrichtungen auf Ihrem Rechner –
Hab ich gemacht. Als ich ihm dann auch noch erzählte, ich hätte ständig einen Blue Screen bekommen, den die begleitende Meldung auf meine Firewall zurückführte, weshalb ich sie kurzerhand deaktiviert habe, stöhnte er nur auf.
– Ich werde mich darum kümmern – versicherte ich ihm.
Ich erzählte ihm nicht, dass ich technisch so unbegabt bin, dass der blöde Liam sie deaktivieren musste, als ich das Problem erwähnte. Er wollte mir eine andere Firewall herunterladen – aber dazu kam es nicht mehr, nachdem ich ihn dabei erwischt hatte, wie er meine Freundin gegen einen Baum nagelte!
– Bis dahin sind Sie ein leichtes Opfer – sagte er – für jeden! –
– Würden die Scheißkerle das wirklich machen? – fragte ich.
Natürlich! Fast hoffe ich, dass sie das hier lesen. SCHEISSKERLE! SCHEISSKERLE! SCHEISSKERLE! So – jetzt geht's mir besser.
An der Rezeption fanden wir Minnie im Gespräch mit dem Mädchen an der Theke – die erzählte ihr, Sid sei ganz sicher nicht auf seinem Zimmer, weil er ihr gesagt habe, falls jemand ihn sprechen wolle, sei er im Freizeitcenter zu erreichen.
Im Poolbereich sahen wir ein Handtuch über eine der luxuriösen

Sonnenliegen gebreitet, die das Hotel seinen gutbetuchten Gästen zur Verfügung stellt, aber keine Spur von Sid.
Dann kreischte Minnie auf – Da ist er! Aber es war kein Freudenschrei, sondern einer des Entsetzens!
Auf dem Wasser – mit dem Gesicht nach unten – Arme & Beine weit von sich gestreckt – lag ganz ruhig eine blasse, nackte Gestalt.
Bevor wir sie zurückhalten konnten, stürmte Min ans Becken & sprang hinein. Tom, denke ich, wäre ihr ohne viel Federlesens hinterher – doch als die Wellen von ihrem Aufprall die kopfunter treibende Gestalt erreichten, drehte sich diese langsam um – & Sid Parker – der sich das Wasser vom Kopf schüttelte – sagte – Hallo, Minnie – hast du nicht was vergessen? – zum Beispiel, dich auszuziehen? –
Er schloss Min in die Arme & watete an den Beckenrand. Das Mädchen keuchte vor Erleichterung – vielleicht hatte sie auch einfach nur zu viel Wasser geschluckt. Sid war, wie ich jetzt bemerkte, keineswegs nackt, sondern trug eine Badehose – cremefarben wie seine Haut & eng genug, um nichts der Phantasie zu überlassen.
Nicht dass der Anblick meine anregte. Plötzlich war Sid nicht mehr das Objekt lustvoller Phantasien. Allein die Erinnerung daran reicht aus, das ich mich vor Verlegenheit winde! Was bin ich doch für eine Idiotin, Cass! – sehe alles – & verstehe nichts – aber immer bin ich 100 prozentig davon überzeugt, das ich recht habe.
Wovon ich nun zu 150 Prozent überzeugt bin, ist, dass diese langen weißen Gliedmaßen, die ich im Felsüberhang gesehen hatte – weit gespreizt unter den hüpfenden Hinterbacken des Baronets – nicht die von Clara Brereton gewesen waren – sondern von Sidney Parker!
& jetzt erinnerte ich mich auch daran, als er sich, den Arm um Ted Denhams Schultern geschlungen, in Denham Park von mir entfernt hatte. O Gott! & ich dachte, die beiden steckten die Köpfe

zusammen, weil sie irgendeinen gerissenen Finanzplan ausheckten – & ich überlegte noch, welcher von beiden der Hinreißendere war! Ich bin so dämlich!
& Esther, die mich im Haus empfing & die Türen aufriss. Wette, sie hoffte, ich würde sie in flagranti ertappen! War vielleicht ihre Art, freundlich zu sein. Die dumme Kuh!
Nun, ich habe sie dabei ertappt, oder? Nur wollte mein Verstand nicht zusammensetzen, was ich mit eigenen Augen gesehen habe.
Ich blieb nicht lange am Pool. Tom drängte darauf, mit Sid zu reden & die beiden zogen sich auf sein Zimmer zurück. Minnie war wenig angetan – schmollte wieder – aber Sid weiß sie zu nehmen & versprach ihr, noch mindestens zwei oder drei Tage in Sandytown zu bleiben – & mit ihr einen Ausflug im Maserati zu unternehmen. Warf mir dabei einen reumütigen Blick zu – als hätte er kapiert, das ich es kapiert hatte! Wenn ich raten müsste, würde ich sagen, Sid hat sich ganz der schwulen Hochkirche verschrieben, während ich Ted sehr viel ökumenischer einschätze. Nicht dass das noch irgendwas an meinen Gefühlen ihm gegenüber ändern würde. Hab nichts gegen einen Liebhaber, der meine liebenswürdige Schwester für einen tollen Feger hält – aber es ginge mir dann doch zu weit, wenn er anfängt, George schöne Augen zu machen!
Daher war sowohl mir als auch Min die Lust aufs Schwimmen irgendwie vergangen – & nach ein paar Runden machten wir uns auf den Weg nach Hause. Die Chance, Updates zu bekommen, war dort sowieso größer als im Hotel – & man will ja nicht in einem nassen Badeanzug überrascht werden, wenn was Interessantes passiert.

Hier eine Lücke. Minnie kam mit Schallgeschwindigkeit hereingeplatzt – das heißt, ich hab sie nicht anklopfen hören! Atemlos erzählte sie mir, dass die Polizei hier wäre & erneut nach mir fragte. Ich sagte – wer? – Novello? – & sie sagte – nein – ein gro-

ßer dicker Mann – wenn man ihn kotzgrün anmalt, könnte er Shreks Bruder sein.
Muss Mr. Deal sein – wie immer er sich auch schreiben mag. Was will er? Das wusste Minnie nicht – also scheuchte ich sie raus & sagte, ich würde gleich runterkommen. Aber wenn er hier herumschnüffelt – vom Rest der Bande ganz zu schweigen – will ich nicht riskieren, dass das hier irgendjemand zu Gesicht bekommt. Versenden & löschen! Mach es genauso, okay? Den Scheißkerlen werd ich's zeigen!

Alles Liebe
Charley xxx

Vierter Band

Mein Gefühl sagt mir unmissverständlich,
dass in meinem gegenwärtigen Zustand die Seeluft
höchstwahrscheinlich mein Tod wäre.

1

»Peter! *Salvere iubeo! Willkommen! Bienvenu!* Egal, in welcher Sprache, es freut mich, Sie zu sehen!«

Franny Roote saß in seinem Rollstuhl auf der Schwelle zu seinem Cottage, so dass sie sich, als Pascoe die Beine aus dem Wagen schwang, kurz auf gleicher Augenhöhe und von Angesicht zu Angesicht befanden.

Aus einem anderen Mund hätte eine solche Begrüßung unangemessen überschwenglich, vielleicht sogar gekünstelt geklungen.

Doch das freudestrahlende Antlitz des jungen Mannes konnte doch nur aufrichtig sein.

Oder?

»Schön, Sie zu sehen, Fran«, sagte Pascoe.

Er meinte es auch so, allerdings unter gewissen Vorbehalten.

Er war, als die Verbindung zu Roote abriss, aufrichtig besorgt gewesen, ebenso aufrichtig war seine Erleichterung, als er erfuhr, dass Roote noch am Leben war und es ihm den Umständen entsprechend gutging. Beim Anblick der schmalen Gestalt im Rollstuhl aber fuhr ihm ein Stich durchs Herz, wieder musste er daran denken, wie es dazu gekommen war. Und dann waren da natürlich noch die Umstände, die zu ihrem jetzigen Treffen geführt hatten.

Er hatte Wields Bericht sowie Rootes Zeugenaussage gelesen und dankbar festgestellt, dass Roote allem Anschein nach wirklich nur nebensächlicher Zeuge in dem Fall war.

Jetzt aber, als Roote leibhaftig vor ihm saß, musste er aus irgendeinem Grund an die berühmte Antwort des großen Bill Shankly auf die Frage denken, ob ein Spieler, der nicht ins Spiel eingriff, als abseits gewertet werden konnte.

Wenn ein Spieler nicht ins Spiel eingreift, dann sollte er das gefälligst tun!
Wenn es um Verbrechen ging – und immer schien es um Verbrechen zu gehen, wenn Pascoe auf Franny traf –, dann war nur schwer vorstellbar, dass er nicht ins Spiel eingegriffen hatte.
Er stieg aus, sie schüttelten sich die Hände, jeder bekräftigte mit der freien Hand die Begrüßung, und beide schienen nur ungern den Kontakt wieder abreißen lassen zu wollen.
Schließlich sagte Roote: »Ich dachte mir, wir setzen uns nach draußen und genießen die Wärme, wenn Sie nichts dagegen haben.«
Ein grober Tisch und eine Bank waren an der Cottagemauer aufgestellt. Auf dem Tisch standen eine Kaffeekanne, zwei Tassen und ein Teller mit Kuchen.
Er hatte ihn erwartet, ging Pascoe durch den Kopf. Interessant.
»Maisies Madeira, nehme ich an«, sagte er.
»Ich bin beeindruckt. Sergeant Wield, natürlich! Wenn ich ihn recht einschätze, wurde selbst die kleinste Einzelheit meines einfachen Lebens erfasst und gemeldet.«
»So ist Wieldy«, stimmte Pascoe zu. »Kaum etwas fällt ihm mehr auf als das, was anderen kaum mehr auffällt.«
»Ich sehe, Sie lieben noch immer Paradoxa«, sagte Roote.
»Im Abstrakten. In der Wirklichkeit können sie Probleme bereiten. So zum Beispiel der paradoxe Umstand, dass Sie, nachdem Sie entgegen aller Wahrscheinlichkeit so große Fortschritte gemacht und gewusst haben, wie groß mein Interesse daran war, plötzlich wie vom Erdboden verschluckt waren. Und dass Sie, der Gipfel von allem, sich nur eine kurze Autofahrt von meinem Wohnort entfernt niedergelassen haben, ohne den Kontakt zu mir zu suchen.«
Roote schenkte den Kaffee ein und schnitt den Kuchen.
Dann sagte er: »Vielleicht wollte ich eines Tages auf meinen

eigenen Beinen in Ihr Büro marschieren und sagen: ›Hallo! Hier bin ich! So gut wie neu!‹ Und Sie damit von Ihren Schuldgefühlen befreien.«
»Schuldgefühlen? Sie meinen, ich habe Schuldgefühle?«
»Entschuldigung. Der falsche Ausdruck. Verantwortungsgefühl? So in der Art. Was immer Sie empfinden, wenn Sie meiner ansichtig werden. Das wollte ich Ihnen nehmen. Und nachdem ich dieses Szenario im Kopf hatte, wollte ich es darunter nicht machen. Es tut mir leid. Es war dumm. Egoistisch sogar.«
»Kommt mir gar nicht so unegoistisch vor«, sagte Pascoe. »Selbst Mr. Dalziel war beeindruckt.«
»Der liebe Andy! Welch eine Freude, ihn wiedergetroffen zu haben. Ich wollte meinen Augen nicht trauen, als ich an jenem Tag ins Pub rollerte. Wissen Sie, ich freute mich so sehr, sein Gesicht zu sehen, dass ich im ersten Augenblick gar nicht wahrnahm, dass er nur Morgenmantel und Pantoffeln – Pardon – einen Pantoffel trug!«
»Wird ihn schmeicheln, das zu hören«, murmelte Pascoe.
»Er ist beileibe ein Original, nicht wahr? Aber zum Teil rührte meine Freude, ein großer Teil jedenfalls, von dem Wissen her, dass mir der Zufall damit ermöglichte, was ich schon Monate zuvor hätte tun sollen. Wo der eine auftaucht, ist der andere nicht fern, und so wusste ich, es kann nicht mehr lange dauern, bis diese Ferne in weite Ferne rückt.«
Pascoe griff sich ein großes Stück vom Kuchen, weil er keine Ahnung hatte, wie er auf diesen Gefühlsüberschwang reagieren sollte. Spielte da etwas Homosexuelles mit? Rootes Persönlichkeit offenbarte so viele widersprüchliche Seiten, dass es ihn nicht überrascht hätte …
»Peter, nur um es klarzustellen, ich stehe nicht auf Sie«, sagte Roote. »Nichts mit Kuscheln, Sie müssen sich also keine Sorgen machen, dass auf den festen Händedruck sabbernde Küsse folgen.«

Pascoe schluckte einen großen Bissen vom Madeira und spülte mit Kaffee nach. Er hätte sich daran erinnern sollen, dass einem im Gespräch mit Roote auch gleich die Gedanken gescannt würden.
»Es wäre mir nie in den Sinn gekommen ... na ja, vielleicht habe ich mich gefragt ... hören Sie, es tut mir leid, aber um ehrlich zu sein, als Sie mir die ersten Briefe schickten, dachte ich, Sie wollen mich verarschen.«
Roote grinste.
»Vielleicht habe ich das anfangs, ein wenig. Aber so ist das doch unter Freunden, oder? Hören Sie, es liegt an Ihrem Job, der uns im Wege steht. Stellen Sie sich vor, wir hätten uns einfach kennengelernt, sagen wir, an der Universität, in einer Galerie, einem Theater, irgendwo. Sie hätten mich vielleicht für etwas exzentrisch gehalten, hätten aber darüber gelächelt. Und ich hätte Sie für etwas zugeknöpft gehalten, was mich aber neugierig gemacht hätte. Und hätten wir uns dann einige Male getroffen, hätten wir vielleicht Freunde werden können, so entstehen doch Freundschaften, nicht wahr?«
»Aber ...?«
»Aber wir haben uns unter Umständen kennengelernt, die von Ihnen verlangten, mich als Verdächtigen zu sehen. Und als die wunderlichen Launen der britischen Justiz mich ins Gefängnis brachten, war unsere ursprüngliche Beziehung so eingefroren, dass sie scheinbar nie wieder auftauen konnte. Mir wurde bewusst, dass ich meine Ressentiments und Vorwürfe hinter mir lassen musste. Als ich Sie jedoch wiedertraf, bemerkte ich, dass es Ihnen sehr viel schwerer fiel, Ihr Misstrauen und Ihre Skrupel aufzugeben.«
»Also dachten Sie sich, hey, ich kann diesen Typen ändern«, sagte Pascoe, bemüht um einen leichteren Ton. »Stand dahinter irgendein evangelischer Imperativ, oder war es als unterhaltsame intellektuelle Übung gedacht?«
»Ein bisschen von beidem«, sagte Roote. »Und irgendwann

merkte ich, dass es mir wirklich wichtig war. Ich stellte fest, dass ich Sie wirklich mochte, und das ist ein Scheißgefühl, wenn man weiß, dass jemand, den man mag, einen selbst als Abschaum betrachtet.«

»Sie wollen damit sagen, was Sie für Rosie getan haben, haben Sie nur getan, damit ich Sie mag?«, fragte Pascoe.

»Nein«, sagte Roote. »Ich habe es getan, weil Freunde dazu da sind. Und, hey, wir sollten daraus keine so große Sache machen. Ich wusste nicht, dass zum Deal auch ein Verrückter mit einem Gewehr gehörte, der mich wie die Pest hasste.«

»Aber als Sie das erfuhren, entschieden Sie sich trotzdem für Rosie«, sagte Pascoe. »Sie redet immer noch von Ihnen, wissen Sie.«

»Wirklich? Mir wäre es lieber, wenn sie mich vergessen würde. Das ist ein weiterer Grund, warum ich mich zurückzog. Schon schlimm genug, wenn Sie mich mit Ihren großen, schuldbeladenen Augen ansahen. Es gab keinen Grund, das auch noch einem Kind aufzubürden.«

Einige Minuten lang saßen sie nur schweigend da und tranken ihren kälter werdenden Kaffee.

Bitte, Gott, dachte Pascoe, lass mich nicht herausfinden, dass Roote irgendwie in diesen Fall verwickelt ist. Schlage mich nicht mit dieser Entscheidung!

Bei der, wie er wusste, es nichts zu entscheiden gab.

Er setzte seine Tasse ab. »Erzählen Sie mir von Ihrer Wanderschaft und wie es dazu kam, dass Sie sich in Sandytown niederließen. Wieldy hat mir eine Zusammenfassung geliefert, aber ich ziehe stets die Originalquellen vor.«

»Da sind wir uns sehr ähnlich«, sagte Roote.

Er begann zu erzählen. Sein Stil war anekdotisch, der Ton leicht und amüsant. Es war, dachte Pascoe, als würde er einem jungen Gentleman aus einem früheren Jahrhundert lauschen, der gerade von seiner Grand Tour zurückgekehrt war. Wann immer der Beweggrund für seine Reisen berührt wurde, klang es, als hätte er es lediglich darauf abgesehen gehabt, verschiedene Bäder zu besuchen, um sich dort an den Heilwassern zu erfrischen.

Pascoe unterbrach ihn schließlich.

»Letztendlich gab es also nichts, was noch Hoffnung versprochen hätte?«

Er hatte es nicht so schonungslos formulieren wollen, aber so rutschte es ihm eben heraus.

Rootes Augen weiteten sich vor gespieltem Entsetzen.

»Verbringen Sie vielleicht zu viel Ihrer Zeit mit dem lieben Andy, Peter? Da würde ich aufpassen. Als Antwort auf Ihre Frage: Die Hoffnung stirbt nie, sie ändert sich manchmal nur. Natürlich bleibt mir immer der Trost der Philosophie.«

»Dieses Third-Thought-Zeugs? Andy hat mir erzählt, Sie hätten es ihm schmackhaft machen wollen.«

»Tatsächlich? Vielleicht hat der Same einen Riss selbst in diesem steinigen Grund gefunden. Ja, auch das war etwas, was ich anfangs nicht ganz ernst nahm, was sich aber als stärker erwies, als ich mir vorstellen konnte. So wie die Freundschaft zu Ihnen. Huch, tut mir leid, ich wollte Sie nicht schon wieder in Verlegenheit bringen. Um auf die Hoffnung zurückzukommen, Peter, es gibt etwas, was ich anderen nur ungern erzähle, Sie allerdings haben es wie kein anderer verdient, es zu hören. Es geht nicht eigentlich um die Hoffnung, sondern um die Hoffnung auf Hoffnung. Ich wage kaum daran zu denken, geschweige denn, davon zu reden.«

Er hielt inne, als müsste er sich seine Worte erst zurechtlegen, dann fuhr er fort: »Hinsichtlich Betreuung und Pflege war die Avalon-Klinik in Davos bei weitem die komfortabelste Einrichtung, die ich besuchte. Das meine ich nicht nur physisch, sondern auch psychologisch. Ich fühlte mich dort zu Hause, aber natürlich wollte ich mich nicht in einer Klinik heimisch fühlen, weshalb ich weiterzog, stets auf der Suche. Dabei tauchte immer wieder ein Name auf – ein Dr. Hermann Meitler. Ich fand ihn in einer kleinen Forschungseinrichtung in der Nähe von Dresden. Sein offizielles Fachgebiet waren Sportverletzungen, können Sie sich das vorstellen? Wenn Sie sich erinnern wollen, besaß die alte DDR einen etwas dubiosen Ruf wegen ihrer Haltung zu leistungssteigernden Behandlungsmethoden. Was Medaillen betraf, war man dort immer auf der Suche nach dem Stein des Weisen, der sich irgendwann in Gold verwandeln würde. Auf dem Weg dorthin ließ man sich auch nicht von lästigen Überlegungen abbringen, dass manche dabei auf der Strecke bleiben könnten.«

»Sind Sie sich sicher, dass dieser Typ Meitler und nicht Mengele hieß?«, sagte Pascoe angewidert.

»Vielleicht hinter vorgehaltener Hand«, lachte Roote. »Er war sicherlich jemand, der Menschen als Problem betrachtete, das gelöst werden musste, und nicht als Individuen, die umsorgt sein wollten. Der Mauerfall und die Einführung westlicher Haftungskriterien hatten ihn seines endlosen Vorrats an Experimentiermaterial beraubt. Nachdem ihm klarwurde, dass er in mir jemanden gefunden hatte, der bereit war, einen Schritt weiter zu gehen, und auch noch willens, für das Privileg zu bezahlen, kamen wir hervorragend miteinander aus.«

»Aber er wirkte das Wunder nicht«, sagte Pascoe.

»Nein«, sagte Roote. »Und ja. Er behandelte mich auf eine Art und Weise, wofür ihm im Königreich sicherlich die Berufserlaubnis entzogen worden wäre. Ich hatte nichts dagegen. Und es war gut, dass ich nichts dagegen hatte. Denn schließlich schaffte er es, dass ich wieder etwas spürte, Peter. Ich unterzog mich bis dahin kontinuierlich der elektrischen Muskelstimulation, obwohl ich verdammt noch mal nicht das Geringste spürte. Sollte das Wunder jemals geschehen, wollte ich auf keinen Fall einfach vornüberkippen, weil meine Muskeln völlig atrophiert waren. Dann, eines Tages, spürte ich ein Kitzeln. Ein komisches Wort, ein Kitzeln, nicht wahr? Auf jeden Fall lachte ich vor Freude. Ich spürte ein Kitzeln, da, wo ich nichts gespürt hatte, seitdem ich angeschossen worden war.«

»Aber ist das nicht wunderbar!«, rief Pascoe aus. »Und dann?«

»Dann? Nichts. Ich sprach mit Meitler. Er machte mir klar, dass ich vor einer Entscheidung stand. Nicht, getötet oder geheilt zu werden. Dafür hätte ich mich sofort, ohne zu zögern, entschieden. Nein. Es ging um die Möglichkeit, geheilt zu werden, und die ebenso wahrscheinliche Möglichkeit, als denkendes Gemüse zu enden. Das ließ mich innehalten. War ich bereit, dieses Risiko einzugehen?«

»Sie waren es nicht?«

»Ich brauchte Zeit, um darüber nachzudenken. Ich reiste ab und verbrachte das folgende halbe Jahr damit, eine Entscheidung zu treffen und wieder zu verwerfen. Schließlich kehrte ich ins Avalon in Davos zurück, wo bei meinem vorangegangenen Aufenthalt angedeutet wurde, man könnte eine Lösung für mein Problem finden. Bei meiner Ankunft eröffnete man mir, dass mein alter Mentor, Dr. Alvin Kling, für ein halbes Jahr mit Lester Feldenhammer vom Sandytown-Avalon die Stelle getauscht hatte. Zum Glück stellte sich schnell heraus, dass Lester und ich auf der gleichen Wellenlänge lagen, so dass meine Beziehung zu ihm noch enger wurde als jene vorher zu Alvin.«

»Sie fragten ihn um Rat?«

»Nein«, sagte Roote. »Kurz nachdem ich ihn kennengelernt hatte, las ich in der Zeitung, dass Dr. Meitler tot war. Die deutschen Ärzteverbände hatten seit geraumer Zeit gegen ihn ermittelt. Anscheinend wurde schließlich die Polizei eingeschaltet. Eines Nachts ging Meitlers Labor in Flammen auf. Sein Leichnam wurde in den Trümmern gefunden. Unfall, Selbstmord, unmöglich zu sagen. Alle seine Forschungsunterlagen wurden zerstört, darunter, nehme ich an, auch meine.«

Flüchtig streifte Pascoe der Gedanke, dass der Tod Franny Roote überallhin folgte, doch fand sich neben der Andeutung,

er könnte möglicherweise vollständig wiederhergestellt werden, kein Platz mehr in seinem Gehirn, damit er sich dort einnisten konnte.
»Das muss ein fürchterlicher Schock für Sie gewesen sein, Franny!«, rief er aus.
»Ich denke, ich bin mittlerweile darüber hinweg, Peter«, sagte Roote.
»Aber dieses Kitzeln, ist es noch da?«, fragte Pascoe.
»Ach, das Kitzeln! Ist es das wahre Kitzeln der Erneuerung oder nur das trügerische Kitzeln der Hoffnung? Peter, vielleicht hätte ich es Ihnen nicht erzählen sollen. Der Third Thought hat mich gelehrt, mit der Hoffnung zurechtzukommen, jetzt aber fürchte ich, ich habe alle Schimären der Hoffnung auf Sie losgelassen, um Sie zu quälen.«
»Ich verstehe nur nicht, Sie empfinden dieses Kitzeln zwar, wollen aber nichts dafür tun!«
»Mich erneut piksen und durchbohren und röntgen und untersuchen lassen? Darüber müsste ich erst lange und eingehend nachdenken. Was, wenn man mir sagt, nichts habe sich verändert? Auf Wiedersehen, Hoffnung! Oder was, wenn man bestätigt, es habe sich etwas verändert? Würde ich dann nicht wieder mit einer Entscheidung konfrontiert werden, wie sie schon Meitler für mich parat hatte?«
»Aber wenigstens könnten Sie doch mit Dr. Feldenhammer darüber reden. Oder ist das nicht sein Gebiet?«
»Lester war auf Neurologie spezialisiert, bevor er sich der Psychiatrie zuwandte. Er wäre der perfekte Arzt, den ich konsultieren könnte. Und solange ich zögere, über meine Zukunft zu entscheiden, ist Lester einer der besten Gründe für meinen weiteren Verbleib in Sandytown.«
»Nur einer der Gründe?«
Roote lächelte. »O ja, es gab noch viele andere. Lester erzählte mir von Tom Parker und seinen Plänen für die Stadt. Er war überzeugt, meine Third-Thought-Ideen würden von Tom en-

thusiastisch begrüßt werden, und er würde sich sicherlich freuen, wenn ich sie für alle, die sie hören wollen, in der Klinik zum Besten gebe. Daneben stellte ich fest, dass ich nach meinem langen Aufenthalt in der Fremde Heimweh nach England verspürte, vor allem nach Yorkshire, wo sich so vieles Bedeutsames in meinem Leben zugetragen hatte. Als er daher am Ende seines halbjährigen Austausches nach Sandytown zurückkehrte, kam ich einfach mit.«

Es klang alles vollkommen logisch, aber wann schien das nicht zuzutreffen, wenn der junge Mann irgendwelche Informationen von sich preisgab?

Der Gedanke kam ihm treulos vor, doch solange die brutalen Morde an Lady Denham und Ollie Hollis nicht aufgeklärt waren, musste Pascoe jeder Spur folgen.

Er sagte: »Franny, das ist nicht nur ein gesellschaftlicher Besuch, Sie wissen das!«

»Natürlich. Ich würde mir Sorgen machen, wenn dem nicht so wäre. Es ist eine schreckliche Geschichte. Ich tue alles, um sie aufzuklären, Sie müssen nur fragen.«

»Okay. Also, Sie lernten Lady Denham kennen, als Sie Anfang dieses Jahres nach Sandytown kamen, richtig?«

Es war nicht die hinterhältigste aller hinterhältigen Fragen. Es gab keinen Grund, warum Roote die Frau während ihres in den Heywoodschen Mails erwähnten Schweizurlaubs kennengelernt haben, noch, warum er, falls er sie kennengelernt hatte, es verschweigen sollte, doch das feine Lächeln auf den Lippen des jungen Mannes ließ erkennen, dass er den Winkelzug erkannte.

»Nein. Ich lernte sie im Davoser Avalon Ende des letzten Jahres kennen«, sagte er. »Sie war mit ihrem Neffen und ihrer Nichte zum Skiurlaub dort und stattete Lester Feldenhammer einen Anstandsbesuch ab.«

»Anstandsbesuch?«

Roote lachte laut auf.

»Peter, Sie sind unschlagbar. Kaum vierundzwanzig Stunden hier, und schon ist Ihnen bekannt, dass die liebe Daphne Ernsthaftes mit Lester vorhatte. Ja, ich nehme an, die Wahl des Urlaubsortes – vermutlich der Hauptgrund, den Urlaub überhaupt anzutreten – beruhte auf ihrem Bedürfnis, den Auserwählten nicht von der Leine zu lassen. Umgekehrt würde ich mutmaßen, einer von Lesters Gründen für den Austausch war es, eine Weile außerhalb von Daphs Einflussgebiet zu sein.«

»Das können Sie mit Bestimmtheit sagen?«

»Nein. Lester hat mir sein Privatleben niemals anvertraut«, sagte Roote. »Ich habe das Wort *mutmaßen* bewusst gebraucht, genau wie das Wort *Anstandsbesuch* zur Kennzeichnung von Lady D.s Urlaub. Ihr eigentlicher Grund mochte von räuberischer Natur gewesen sein, aber bei einigen Gelegenheiten sah ich sie in Begleitung ihrer Nichte Esther, falls sie es daher nicht auf eine *Troika* abgesehen hatte, wäre es falsch, ihr bei diesen Gelegenheiten ein tieferliegendes Motiv zu unterstellen.«

»Franny«, seufzte Pascoe, »Sie sind hier nicht auf einer wissenschaftlichen Konferenz. Erzählen Sie es mir einfach so, wie Sie es ... Mr. Dalziel zum Beispiel erzählen würden.«

Erneut brach Roote in schallendes Gelächter aus. »Okay. Daph war eine Frau mit großen Gelüsten, von denen kein einziges vom Alter abgeschwächt worden war. Sie liebte Reichtum, Status und Sex, nicht unbedingt in dieser Reihenfolge. Hollis verschaffte ihr Reichtum und ein gewisses Ansehen. Er hatte Sandytown Hall und die Lordschaft der Hundert erworben. Denham schenkte ihr einen Adelstitel, und sie dirigierte den armen Kerl so, um höchstmöglichen Profit aus ihm zu schlagen. Und Feldenhammer ist wohlhabend genug, sowohl durch sein Einkommen sowie durch das Geld, das er durch seine Familie geerbt hat – er gehört zu den Feldenhammers aus Milwaukee, die in Milchprodukte machen. Gesegnet seien die Käsemacher, denn sie werden stinkreich – Sie haben vielleicht schon mal von ihnen gehört?«

Pascoe schüttelte den Kopf.

»Wie auch immer. Worum es geht: Daph gefiel es hier, hier war sie die Grande Dame. Sie genoss ihr Ansehen, und was ebenfalls für Lester sprach, war sein internationaler Ruf. Sie konnte also in eine Zukunft blicken, in der sie zu Konferenzen an exotischen Orten reiste, und wenn ihr englischer Adelstitel die Eingeborenen nicht zum Kotau animierte, dann ihr berühmter Ehemann.«

»Das klingt ein wenig nach ... Kalkül«, sagte Pascoe.

»Darin war sie unschlagbar. Aber vergessen wir den Sex nicht. Sie ging ihm, möchte ich sagen, mit Feuer und Flamme nach. Sie musste auf jeden Typen abgefahren sein, dem sie nachstieg, das heißt, wenn Geld und Ansehen nicht ausreichten, musste er seinen Job erledigen können.«

»Soll das heißen, sie war promiskuitiv?«

»Ich dachte, wir reden hier *à la Dalziel!* Sie meinen, gründelte sie in fremden Gewässern? Wer weiß? Aber sie achtete darauf, dass alles ganz diskret ablief, keiner bekam etwas davon mit. Wie gesagt, auf ihr Ansehen ließ sie nichts kommen.«

Das passte zu dem, was Esther Denham ihm gesagt hatte. Sie und Roote mochten sonst nicht viel gemeinsam haben, aber beide verfügten über eine scharfe Beobachtungsgabe.

Der Gedanke an Esther erinnerte ihn an ihren Bruder. »Kein Gespiele also? Ich habe gehört, ihr Neffe protzt an ihrem Privatstrand gern mit den Familienjuwelen ...«

»Peter, wie kommen Sie nur an solche Details? Ja, das stimmt, und ich bin mir sicher, Daphne hatte nichts gegen diese Zurschaustellung. Aber was das Anfassen anbelangt sowie das Risiko, sich der Lächerlichkeit preiszugeben, falls es herauskommt, hätte es bedeutet, dass sie ihre Macht über ihn einbüßte. Das war das verbindende Element ihrer drei Leidenschaften – Reichtum, Ansehen, Sex –, sie alle verschafften ihr

Macht. Am Ende aber begehren die Sklaven auf, Schoßhündchen beschmutzen den seidenen Schoß, auf dem sie ruhen. Suchen Sie jemanden, der davon genug hatte, und Sie finden Ihren Mörder!«

Weiter wollte Roote nicht gehen, trotz Pascoes Aufforderung, potenzielle Kandidaten zu nennen. Nur allzu gern aber lieferte er kleine Porträtskizzen der Einheimischen. Was Pascoe auffiel, war das völlige Fehlen jeglicher bösartiger Kommentare, im Gegenteil, vieles zeugte von seiner Zuneigung zu ihnen. Er klang mit sich und seinem Leben im Reinen, fast glücklich.

Vielleicht war er verliebt, dachte sich Pascoe, der gelernt hatte, das Konventionelle nie zu ignorieren. Eingedenk Dalziels Hinweis, Franny könnte ein Auge auf Clara Brereton geworfen haben, lauschte er sorgfältig auf die Andeutung entsprechender Interessen, als Franny von ihr sprach, konnte aber nichts entdecken. Seine offenste Bewunderung sprach er tatsächlich Charley Heywood aus, die er nur einige Male getroffen haben konnte.

»Eine intelligente junge Frau mit scharfem Blick und Verstand. Geben Sie ihr noch ein paar Jahre, und ich hätte nichts dagegen, auf ihrer Couch zu liegen«, schloss er.

Pascoe lachte. »Sie hat von Ihnen auch eine hohe Meinung. Sie gehören mit Ted Denham und Sidney Parker zu den Top-Attraktionen von Sandytown.«

»Wenn dem so ist«, sagte Roote nachdenklich, »so täte die Arme besser daran, einen Traum zu lieben.«

Das fiel in Pascoes Ohren trauriger aus als alles, was er je von dem jungen Mann gehört hatte.

Er sah auf seine Uhr und sagte munter: »Zeit zum Aufbruch, fürchte ich.«

»Sie kommen doch wieder?«, fragte Roote.

»Natürlich. Nachdem ich Sie jetzt gefunden habe, lasse ich Sie nicht von der Leine. Eines noch, Franny. Stimmt es, dass Sie

Berufung gegen Ihr Urteil einlegen wollen? Oder wollten Sie den Superintendenten damit nur aufziehen?«
»Würde es Sie überraschen, wenn es mir ernst damit wäre, Peter?«, fragte er.
Pascoe schüttelte den Kopf.
»Das ist lange vorbei, dass ich mich von Ihnen noch überraschen lasse, Franny.«
»Das nehme ich jetzt als Kompliment. Sagen wir, es hängt von der Tagesform ab. Manchmal erscheint es mir als großartige Idee, manchmal als sinnlos. Aber keine Sorge. Egal was ich mache, ich werde immer versuchen, Sie rauszuhalten. Und was immer ich Ihnen sage, es ist die Wahrheit, die ganze Wahrheit und nichts als die Wahrheit.«
Dann lächelte er sein unschuldigstes, charmantestes Lächeln und fügte hinzu: »Aber nicht unbedingt in dieser Reihenfolge. Auf Wiedersehen, Peter.«
Sie gaben sich die Hand.
Als Pascoe zu seinem Wagen ging, rief Roote ihm nach: »Eines habe ich mich noch gefragt. Natürlich haben Sie und der clevere Sergeant Wield das vermutlich schon längst geklärt, aber warum wurde der zeitliche Ablauf des Grillfestes geändert? Könnte einen näheren Blick wert sein. Alles Gute, Peter.«
Pascoe fuhr auf dem zerfurchten Pfad davon.
An der Straße stieg er aus und schloss das klapprige Tor. Dabei ließ er den Blick über die Umgebung schweifen. Es war nicht zu übersehen, wenn man erst mal genauer hinschaute: In einem der Risse im alten Sandsteinpfosten schimmerte ein Sensor, und hoch oben in der Eiche sah, im glänzend dunkelgrünen Farbton des Laubs, eine winzige Überwachungskamera auf ihn herab.
Er lächelte und winkte ihr zu.
Franny wusste gern, wer seine Anfahrt entlangkam. Warum nicht? Wenn man im Rollstuhl saß, fühlte man sich wahrscheinlich sehr verletzlich. Vor allem, wenn man Feinde hatte.

In einem war er sich nämlich sicher.
In einem Rollstuhl zu sitzen hielt Franny Roote nicht davon ab, sich Feinde zu machen.
Er stieg in seinen Wagen und sah auf die Uhr. Es war eineinhalb Stunden her, dass er zu Wield gesagt hatte: »Hat ja keinen Zweck. Ich muss Franny aufsuchen und es aus dem Weg schaffen.«
Was dieses *es* war, dessen war er sich nicht so sicher. Erleichterung, Verantwortung, Schuldgefühl, Dankbarkeit, Zweifel, Argwohn, all das steckte darin. Jetzt war auch noch Hoffnung dazugekommen.
Sein Handy klingelte, als er losfuhr. Als gesetzestreuer Bürger steuerte er den Straßenrand an, schaltete den Motor aus und griff zum Telefon.
Es war Wield.
»Peter«, sagte er. »Du musst zurückkommen. Es ist was passiert.«
Der gesetzestreue Bürger war vergessen, er ließ den Motor an, gab Gas, peitschte den Wagen über die schmale Straße und sprach ins Handy: »Schieß los, Wieldy.«

2

Sergeant Wield hatte einen anstrengenden Morgen hinter sich.

Peter Pascoe leitete die Ermittlungen nicht so, wie er es erwartet hatte. Normalerweise gaben sie ein hervorragendes Team ab, ergänzten sich mit den ihnen eigenen Fähigkeiten und Talenten auf das Beste, während das Wissen, im Schatten des olympischen Urgesteins Andy Dalziel zu arbeiten, sie zusammenschweißte und einander noch näher brachte.

Pascoes Reaktion auf Dalziels Begegnung mit dem Tod hatte ihn auf Pfade geführt, auf denen Wield ihm nur sehr zögerlich folgen wollte, doch nachdem sich der Dicke auf dem Weg der Besserung befand, schien es, als würde man zum gewohnten Dienst zurückkehren.

Die Besessenheit, die Pascoes Wahrheitsfindung im Zuge des Bombenanschlags begleitet hatte, hatte sich mehr oder weniger verflüchtigt, und die nachfolgende, relativ alltägliche Arbeit im Mid-Yorkshire CID hatte dazu beigetragen, dass sich jeder wieder in die gutgeölte Maschinerie einfand. Selbst die Lücke, die der Dicke hinterlassen hatte, wirkte nicht mehr gar so groß.

Dann waren sie nach Sandytown abberufen worden.

Pascoes späte Ankunft hatte Wield erlaubt, alles auf seine Art und Weise einzurichten, was ihm unter normalen Umständen nichts als Lob und Dankbarkeit eingetragen hätte. Gut, beides war ihm bezeugt worden. Doch immer schwang dabei auch etwas Unausgesprochenes mit, das Gefühl von *Ich weiß, ich kann mich nicht beschweren, ich bin zu spät gekommen, aber wäre ich rechtzeitig hier gewesen, hätte ich alles anders gemacht.*

Die Zeugen hatten sich bereits vor Wields Ankunft in alle Himmelsrichtungen zerstreut, aber ihm war, als machte Pascoe bis zu einem gewissen Grad ihn dafür verantwortlich. Gleichzeitig gab der DCI ihm unterschwellig zu verstehen, dass er gegenüber jenen, die geblieben waren – vor allem gegenüber Edward Denham –, wesentlich härter aufgetreten wäre. So gefiel es ihm ganz und gar nicht, dass die Einsatzzentrale in der Wohnung über den Ställen untergebracht worden war.

Wie er mit Andy Dalziels Anwesenheit umging, bereitete Wield ebenfalls Sorgen. Es war nie leicht, mit dem Dicken auszukommen, aber Wields Meinung nach ging es nur, wenn man sich an die Vorschriften hielt.

Zum gegenwärtigen Zeitpunkt war Dalziel nicht einsatztauglich. Man erwies ihm aufgrund seines Rangs förmlichen Respekt, man könnte mit ihm – inoffiziell – von Zeit zu Zeit über den Stand der Ermittlungen plauschen, aber man sollte ihn noch nicht einmal auf Riechweite an irgendeine offizielle Funktion herankommen lassen. Wie es ihm gelungen war, Pascoe bei seinem Besuch im Avalon abzufangen, wusste Wield nicht. Okay, es hatten sich daraus einige nützliche Informationen ergeben, aber nachdem er diese hatte, hätte Pascoe eine Grenze ziehen und sagen sollen: *Von jetzt an gilt: bis hierher und nicht weiter.* Als Dalziel bei der Einsatzbesprechung auftauchte, hätte man ihn bitten sollen, woanders zu warten. Und als er sich freiwillig meldete, Feldenhammer und Schwester Sheldon zu befragen, hätte Pascoe ihm sagen sollen, *danke, aber definitiv nein, danke.* Wenigstens hätte man ihm eine unmissverständliche Warnung zu seinem kleinen hübschen Aufnahmegerät zukommen lassen sollen, das er bei seinen Befragungen einsetzte. Wie zum Teufel kam der Letzte der Maschinenstürmer überhaupt an dieses Teil?, fragte sich Wield. Und ihm schauderte, wenn er an die juristische Zulässigkeit dieser Aufnahmen dachte, die ohne Wissen oder gar

Einverständnis der betroffenen Personen gemacht wurden. Vielleicht hatte die kurze Zusammenarbeit mit der Anti-Terroreinheit bei Pascoe so einige Grenzen verschoben. Als Wield gezögert hatte, Pascoes Finte seine Zustimmung zu erteilen – Novello solle ein Handy bei Godley und Heywood im Wagen liegenlassen –, hatte der DCI nur herablassend gelächelt und gesagt: »Wenn es funktioniert, Wieldy, großartig. Wenn nicht, wen kümmert es dann?«

In diesem Fall hatte es funktioniert. Aber nur auf Kosten von Charley Heywood, die sowieso schon angepisst gewesen war, weil die E-Mail-Korrespondenz mit ihrer Schwester ihrer Meinung nach missbraucht worden war, und die sie nun endgültig verloren hatten. Selbst der bis dahin zurückhaltende und leise Gordon Godley hatte daraufhin nach seinem Anwalt verlangt. Zur Wiederherstellung seiner Fügsamkeit hatte Pascoe zu Zuckerbrot und Peitsche Zuflucht nehmen müssen. Die Peitsche bestand aus der Drohung, ihn wegen Behinderung der Ermittlungen anzuklagen, weil er seine Beziehung zu Miss Lee verschwiegen hatte, das Zuckerbrot aus dem Versprechen, falls er in Zukunft kooperiere, müsse die Vergangenheit seiner Halbschwester nicht an die Öffentlichkeit gelangen.

Wield äußerte später Zweifel an der Klugheit eines solchen Versprechens, falls die Staatsanwaltschaft beschließen sollte, dass sich Miss Lee unter Vorspiegelung falscher Tatsachen finanziell bereichert habe. Pascoe hatte darüber nur gelacht. »Komm schon, Wieldy! Entweder ist es immer Vorspiegelung falscher Tatsachen, wenn man jemanden heilt, indem man ihm Nadeln reinsteckt, oder eben nicht. Aber jemandem Nadeln reinzustecken und ihn dabei umzubringen, ist Mord, und nur damit müssen wir uns hier beschäftigen.«

Und wie Pascoe mit der Frau aus der Seaview Terrace umsprang, war für Wieldy ebenfalls Grund zur Besorgnis. Bis sie mit Godley fertig waren, hatte Mrs. Griffiths bereits gut eine

Stunde lang gewartet. Seymour hatte sie angetroffen, als sie gerade gepackt hatte und zur Abreise bereit war. In aller Gerissenheit hatte er darauf bestanden, sie solle ihr Gepäck doch mitbringen, zur Sicherheit, wie er beteuerte. Das hieß nun, dass es damit den gleichen Status wie eine Handtasche hatte und wesentlich leichter zu durchsuchen war; wäre es im Haus geblieben, hätten sie dafür einen richterlichen Durchsuchungsbeschluss gebraucht.

Natürlich würde eine Durchsuchung ihrer persönlichen Gegenstände eine wesentliche Änderung ihrer Rechtsstellung voraussetzen. Im Moment war sie nichts anderes als eine freiwillige potenzielle Zeugin. Sie so lange warten zu lassen war eine gefährliche Strategie. Wenn sie sich in den Kopf setzte, einfach zu gehen, müssten sie sie schon festnehmen, wenn sie sie dabehalten wollten. Trotzdem schien es Pascoe nicht eilig zu haben. Er hatte eine Akte aufgeschlagen, die Wield erkannte. Unmittelbar nach dem Mord an Ollie Hollis hatte der Sergeant keine Gelegenheit mehr gefunden, seinen Bericht über das Gespräch mit Franny Roote abzufassen. Erst vergangene Nacht, bevor ihm ein paar Stunden Schlaf vergönnt gewesen waren, hatte er ihn geschrieben und dann Pascoe am Morgen zusammen mit Rootes eigener Aussage vorgelegt.

Als er den DCI jetzt so versunken bei der Lektüre antraf, sah Wield seine Chance, das gefährdete Gleichgewicht wiederherzustellen.

»Peter«, sagte er, »lass dir gesagt sein, irgendwann willst du Roote selber sehen wollen. Warum fährst du nicht gleich raus und bringst es hinter dich? Ich kümmere mich derweil um Griffiths. Falls sie mit drinhängt, wird sie noch da sein, wenn du zurückkommst. Falls nicht, hast du nichts verpasst.«

Pascoe sah ihn mit seinen hellblauen Augen an. Kurz glaubte Wield, der starre Blick verfolge noch die letzten Winkelzüge seiner Gedanken. In der Vergangenheit war nur Dalziel dieses Kunststück gelungen.

Dann grinste Pascoe und sagte: »Und du meinst, ich falle in Ohnmacht, wenn sie ihr Glasauge rausnimmt? Vielleicht hast du recht, Wieldy. Und ich muss zugeben, ich finde es störend, dass meine Gedanken immer wieder zu Franny abschweifen.«

»Ich sehe ehrlich keinen Grund, warum er in die Sache verwickelt sein sollte«, sagte Wield.

»Ich auch nicht, aber das muss ich selbst nachprüfen. Außerdem wollte ich ihn sowieso sehen. Okay. Sie gehört dir.«

So leicht war das gewesen. Vielleicht war Rootes Wiederauftauchen der Grund für Pascoes leicht exzentrische Leitung der Ermittlungen. Nun, das würde sich zeigen.

Er wartete, bis Pascoe davongefahren war, dann sagte er: »Also, Dennis, dann plaudern wir mal mit Mrs. Griffiths.«

Wields Stärke bei Verhören war sein Gesicht. Es war so unergründlich wie eine Backsteinmauer. Nur dass eine Backsteinmauer, wie Dalziel gesagt hatte, wesentlich hübscher war. Beleidigungen, Anklagen, theatralische Enthüllungen, spitzfindige juristische Argumente, uneingeschränkte Geständnisse, leidenschaftliche Dementi, alles prallte an seiner regungslosen Visage ab. Schweigen war keine Waffe, weil er mit Schweigen antworten konnte, bis daraus ein heulender Chor wurde. Er musste nie zu verbalen Drohungen greifen. Seine liebste Strategie bestand darin, den Befragten dazu zu bringen, von sich aus zu erzählen, um sich dann auf das zu konzentrieren, was dieser ausgelassen hatte.

In dem Augenblick, als er Sandy Griffiths gegenüber Platz nahm, wusste er, dass es nicht funktionieren würde.

Sie las eine Zeitschrift mit dem Titel *Tierschutz.* Sie trug ein T-Shirt mit dem Aufdruck *He, Pharmaindustrie, wie viele Ratten wurden heute schon gefoltert?* Und auf dem Tisch vor ihr lag ein Schlüsselbund, an dem sich zweifellos auch die Schlüssel für ihren Koffer befanden.

Seymour schaltete das Aufnahmegerät an und sprach das Einleitungsritual.
»Ratten?«, begann Wield.
»Süße Knuddelkatzen wären besser, meinen Sie? Unsere Argumente sind ethischer, nicht sentimentaler Natur, Sergeant. Auch Ratten haben Rechte.«
»Rechte, zu deren Verteidigung Sie – wie oft insgesamt? – fünfmal das Gesetz gebrochen haben.«
»Viel öfter, aber fünfmal kam es zu einer Verurteilung. Sechsmal, wenn Sie meine erste Demo in Sandytown mit dazunehmen, damals, als ich noch ein junges Mädchen war. Nur dass damals natürlich nicht ich angeklagt wurde, sondern Lady Denham.«
Er hatte sich nicht getäuscht. Sie würde ihm kein Ass im Ärmel lassen. »Erzählen Sie mir davon«, sagte er.
»Ich hab den Hunden dieses Anti-Geruchsspray auf die Nasen gesprüht. Sie schlug mit ihrer Reitgerte zu, und ich hatte eine klaffende Wunde, die sich über den Wangenknochen bis zum rechten Auge zog. Sie behauptete, ich hätte auf das Pferd gezielt, und sie wollte mir das Spray nur aus der Hand schlagen, aber das Pferd hätte sich aus Angst aufgebäumt, weshalb sie mich mit der Gerte irrtümlich im Gesicht getroffen hätte.«
»Aber das stimmte nicht?«
»Warum sollte ich das Pferd einsprühen? Das Pferd spürt den Fuchs nicht auf! Nein, sie wusste genau, was sie machte.«
»Und sie wurde verurteilt?«
»Mein Anblick im Zeugenstand, siebenundzwanzig Stiche auf der Wange, und ein Gesicht, als wäre ich in einen Farbeimer gefallen, verfehlten nicht ihre Wirkung. Das ist die Sentimentalität, von der ich gesprochen habe.«
»War die Strafe Ihrer Meinung nach hoch genug?«
»Für ihren tätlichen Angriff?« Sie zuckte mit den Schultern. »Einige Wochen in einer verdreckten Zelle wären angemessener gewesen, aber wenigstens war es eine Verurteilung. Für

das sehr viel gravierendere Verbrechen, dass sie unschuldigen Tieren Schmerz zugefügt hatte, hätte sie lebenslänglich bekommen müssen.«

»Aber dessen war sie nicht angeklagt.«

»Nicht von euch, nein.«

»Sie meinen, es gibt irgendein anderes Gericht, von dem sie angeklagt und verurteilt werden könnte?«

»Kommt darauf an, ob Sie religiös sind, Sergeant.«

»Ich rede von diesem Leben, nicht vom nächsten. Also, soweit es den tätlichen Angriff auf Sie betrifft, meinen Sie, der Gerechtigkeit sei, mehr oder weniger, Genüge getan worden?«

»Ich denke schon.«

»Obwohl Sie später die Sehkraft des betroffenen Auges verloren?«

»Kein Zusammenhang, sagten die Ärzte.«

»Sind das die gleichen Ärzte, deren Wissen auf den Grausamkeiten beruht, die Ratten angetan werden?«, fragte er und sah auf ihr T-Shirt.

»Die gleichen.«

»Aber Sie waren anderer Meinung, nehme ich an, sonst hätten Sie ja nicht versucht, Lady Denham deswegen anzuklagen.«

Sie lächelte. »Nein, das war nicht meine Idee. Ein Anwalt in unserer Gruppe – unsere Mitglieder kommen aus ganz unterschiedlichen Berufen; ich habe sogar einige Polizisten gekannt, die uns wohlwollend gegenüberstanden –, dieser Anwalt sah die Chance auf Publicity, gut für uns, schlecht für die Jagdlobby. Aber als sich kein medizinischer Experte fand, der den Verlust der Sehkraft auf die Verletzung zurückführen wollte, mussten sie aufgeben.«

»Wie ging es Ihnen damit?«

»Ich war erleichtert. Ich hatte keine Lust, vor Gericht aufzutreten.«

»Nein? Die anderen fünf Mal scheint Sie das nicht gekümmert zu haben.«

»Da erschien ich als Demonstrantin, die für ihre Überzeugungen eintrat, nicht als Opfer, das mit dem Mitleid der Geschworenen spielte.«
»Was machen Sie also hier in Sandytown, Mrs. Griffiths?«
»Urlaub«, sagte sie. »Mit meinen jungen Nichten.«
»Wie jung sind sie?«
»Achtzehn. Neunzehn.«
»Dann sind sie nicht mehr so jung.«
»Im Vergleich zu Ihnen, Sergeant, und mir reine Kinder.«
»Die Kinder Ihres Bruders? Oder Ihrer Schwester?«
Zum ersten Mal landete er einen Treffer.
»Schwester«, sagte sie nach einem Zögern.
»Schwester in welchem Sinn? Religiösem? Feministischem?«
»Ich kann Ihnen nicht folgen.«
»Laut Ihrer Akte waren Sie ein Einzelkind, Mrs. Griffiths.«
Lächelnd nickte sie.
»Das war ich. Bin ich noch immer. Der Schwester meines Mannes. Hätte ich gleich sagen sollen. Tut mir leid.«
Könnte stimmen. Oder auch nicht. Spielte keine Rolle.
»Mir ist zu Ohren gekommen, dass sich eine Ihrer Nichten am Bein verletzt hat und nach Hause abgereist ist. Wurde von einem Hund gebissen, oder?«
»Sie ist hingefallen.«
»Hundebiss, Sturz, ich bin mir sicher, sie hätte auch in Sandytown behandelt werden können.«
»Sie wissen doch, wie die jungen Leute sind. Sie wollte lieber zu Hause in Leeds sein.«
»Die Wahrscheinlichkeit, dass sie auffällt, ist dort vermutlich nicht so groß, oder? Wenn sie hier in Sandytown wegen eines Hundebisses behandelt wird, würde Sergeant Whitby es ein paar Stunden später erfahren.«
Sie erwiderte nichts, sondern lächelte nur, als wollte sie sagen: Wohin soll das alles führen?
»Warum haben Sie sich für Sandytown entschieden?«, sagte

er. »Das doch mit so vielen unschönen Erinnerungen besetzt ist.«

»Es ist der kommende Ort, Sergeant, haben Sie nichts davon gehört? Der gesündeste Ort auf Erden, laut den Werbebroschüren. Wenn ich nur lang genug bleibe, erlange ich, wer weiß, vielleicht sogar meine Sehkraft wieder.«

Ein verbitterter Unterton. Aber verbittert genug, um einen Mord zu begehen?

»Haben Sie bereits vor dem Grillfest das Anwesen der Hall betreten?«

»Möglich«, sagte sie. »Ich gehe gern spazieren. Kann gut sein, dass ich bei meinen Ausflügen das Grundstück betreten habe.«

»Aber das hätten Sie doch sicherlich gewusst?«

»Woher? Ich bin wie Sie, Sergeant, fremd hier.«

Wie eine erfahrene Tanzpartnerin bewegte sie sich exakt im Rhythmus zu ihm.

»Welche Gefühle brachten Sie Lady Denham entgegen?«, fragte er.

»Eine ferne, persönliche Abneigung, natürlich.«

»Stark genug, damit Sie in Ihrer Funktion als Tierschützerin einen Anschlag auf sie verüben?«

»Sicherlich nicht«, sagte sie. »Um sich dieses Privileg zu erwerben, reicht es bereits, dass ihr die Hollis-Schweinefarm gehört, dazu muss nichts Persönliches ins Spiel kommen. Die Zustände im Betrieb sind eine Schande. Ich habe einige Fotos in meinem Koffer, wenn Sie sich persönlich davon überzeugen möchten.«

Da war sie, eine Einladung, ihren Koffer zu durchsuchen. Könnte natürlich ein doppelter Bluff sein in der Hoffnung, dass ihm die Lust darauf verging.

»Danke«, sagte er. »Ja, wir würden uns gern Ihr Gepäck ansehen, wenn Sie nichts dagegen haben.«

Sie schob ihm ihren Schlüsselring zu.

»Nur zu.«
Er fasste den Schlüssel nicht an, sondern sagte nur: »Gibt es irgendwas, was Sie Ihrem Bericht hinzufügen möchten, den Sie DC Seymour von Ihrem Besuch beim Grillfest gegeben haben?«
»Nur dass ich, nachdem ich gut geschlafen hatte, heute Morgen aufwachte und das Gefühl hatte, ich wäre in das Drama einer anderen Person geraten, weshalb ich es für das Beste hielt, abzureisen.«
Es klopfte an der Tür, Bowler steckte den Kopf herein und gab ihm lautlos zu verstehen, dass er ihn sprechen wollte.
»Befragung ausgesetzt«, sagte Wield. »Dennis, werfen Sie schon mal einen Blick auf Mrs. Griffiths' Gepäck, solange ich weg bin.«
Er erhob sich und verließ das Zimmer, ohne die Frau auch nur anzusehen.
Er hätte gern von sich behaupten wollen, dass er sie unterkriegte, aber das Beste, was er sich nach ehrlicher Einschätzung zuschrieb, war ein Unentschieden. Sein Bauchgefühl sagte ihm, dass Lady Denhams Tod nichts mit dem Tierschutz zu tun hatte, aber Bauchgefühle standen Sergeants nicht zu. Seine Aufgabe war es, vorsichtig in der Dunkelheit voranzuschreiten, einen blinden Schritt nach dem anderen.
Das alte Sprichwort kam ihm in den Sinn – *Unter den Blinden ist der Einäugige König.*
Blieb nur, dafür die *Einäugige* und die *Königin* einzusetzen.

3

Hat Bowler begrüßte ihn mit einem so freudestrahlenden Lächeln, dass es gar nicht ehrlich sein konnte.

»Gut, Hat«, sagte Wield. »Was ist so wichtig?«

»Nichts, eigentlich, Sarge«, sagte Bowler. »Es ist nur, Miss Brereton ist in der Hall, sie sagt, sie will einige Kleider und persönliche Sachen abholen.«

Wield, der sowohl in seinem Privat- wie im Berufsleben eine gewisse Sensibilität für ausweichende Antworten entwickelt hatte, erwiderte: »Sie meinen, Miss Brereton wird außerhalb der Hall von PC Scroggs festgehalten, der den strikten Befehl hat, niemanden reinzulassen, ohne mir vorher Bescheid zu geben?«

»Nicht genau«, sagte Bowler.

»Dann fangen wir noch mal von vorn, aber diesmal genau«, sagte Wield.

Es stellte sich heraus, dass Bowler hinter einem der Fenster im ersten Stock eine Gestalt vorübergehen sah, und Mick Scroggs, darauf angesprochen, wen er reingelassen habe, antwortete: »Niemanden.« Unverzügliche Ermittlungen ergaben, dass es sich um Clara Brereton handelte. Sie sagte, sie habe das Gebäude durch eine Hintertür betreten, für die sie einen Schlüssel habe. In Bowlers Augen war Scroggs damit von jeglicher Schuld befreit, der ängstliche Constable aber, der unaufgefordert Wields Ruf als Pascoes Vollstrecker bestätigte, hatte gesagt: »Spielt keine Rolle, der hässliche Dreckskerl wird mich trotzdem kaltmachen!«

Bowler hatte ein weiches Herz, und Scroggs war ein liebenswerter Youngster, und der DC mochte versucht gewesen sein, der Bitte der jungen Frau, sie ihre Sachen einpacken zu lassen und sie dann aus dem Gebäude zu geleiten, einfach zu entsprechen, wäre da nicht ein kleiner Haken an der Sache gewesen.

»Es ist nur so, sie hat sich nicht in ihrem Zimmer aufgehalten, sondern in dem von Lady Denham.«

»Woher wollen Sie das wissen?«, fragte Wield.

»Sah nicht wie das Zimmer aus, das man bei jemandem wie Miss Brereton erwarten würde«, sagte Bowler. »Zu überladen. Und das falsche Zeug lag rum.«

»Vielleicht ist sie ein altmodisches Mädel.«

»Nein. Ich hab sie von Scroggsy nach unten bringen lassen und mich dann mal umgesehen. Es war definitiv das Zimmer der Alten.«

»Sie haben Brereton gefragt, was sie dort gemacht hat?«

»Nein. Dachte mir, falls sie irgendwas sucht, wäre es das Beste, wenn wir sie nicht vorwarnen, dass wir Bescheid wissen. Zumindest nicht, solange ich nicht mit Ihnen gesprochen habe.«

»Das Zimmer ist durchsucht worden, das wissen Sie? Der DCI hat großen Wert darauf gelegt. Es wurde nichts gefunden, was relevant erschienen wäre, was konnte Brereton also gesucht haben?«

»Vielleicht das hier«, sagte Bowler.

Er zog einen A5-Manilla-Umschlag hervor, aus dem er vier Fotos auf den Tisch gleiten ließ. Die Farbe war nicht toll, sie waren auf normales Kopierpapier gedruckt, aber die Bilder waren deutlich genug. Von erhöhter Position aufgenommen, zeigten sie einen Mann mittleren Alters, der auf einer jungen Frau lag. Beide waren nackt. Nach den Schatten zu schließen, musste die Sonne hoch am Himmel gestanden haben. Der Boden unter ihnen schien sandig zu sein, möglicherweise ein Strand.

Wield sah sich die Fotos genauer an. Bowlers verlegenes Herumgedruckse war damit erklärt. Es war ihm hoch anzurech-

nen, dass er die Bilder ausgegraben hatte, aber wenn er dafür Lob einheimsen wollte, musste er unweigerlich Scroggs Rolle darin erwähnen.
»Das ist nicht Brereton«, sagte der Sergeant.
»Nein. Sie sieht mir asiatisch aus. Und den Typen, kennen Sie den, Sarge?«
»Nein. Wo waren die Fotos?«
»In diesem altertümlichen Schreibtisch.«
»Und warum haben wir sie bei der Durchsuchung nicht gefunden?«, fragte Wield nun doch einigermaßen irritiert. »Irgendjemand hat da geschlampt.«
»Glaube nicht, Sarge«, sagte Bowler. »Unter einer der Schubladen gibt es eine versteckte Schublade. Mein Großvater war Schreiner, Möbeltischler. Als ich klein war, hab ich ihm oft geholfen. Er hat mir alles über solche Geheimfächer gezeigt. Alle meinten, ich würde auch diesen Beruf ergreifen, aber es ging nicht um die Holzarbeit, was mich so fasziniert hat, sondern um das Verstecken und Wiederentdecken. Tut mir leid ...«
Er verstummte. Wahrscheinlich hatte er schon mehr erzählt, als der Sergeant hören wollte. Aber Wield nickte nur, als verstünde er. »Gute Arbeit«, sagte er. »Also, was wollte Lady Denham mit schmutzigen Bildern?«
»Und warum wollte Miss Brereton sie haben?«, sagte Bowler.
»Wenn sie sie denn überhaupt gesucht hat«, sagte Wield. »Hatte sie eine Tasche dabei?«
»Nein.«
»Was hat sie an?«
»Ein leichtes Top, weite Baumwolljacke, Tarnhose, so eine mit großen Taschen vorn.«
»Sie haben sie sich gut angesehen.«
Hat bekam einen roten Kopf, dann grinste er.
»Eingehende Beobachtung, haben Sie uns beigebracht, Sarge.«
»Richtig. Dann gehen Sie mal zurück, und beobachten Sie

Miss Brereton weiter eingehend, bis ich hier fertig bin. Sollte nicht mehr lange dauern.«

Er kehrte in das Befragungszimmer zurück. Auf dem Tisch war der Inhalt von Sandy Griffiths' Koffer ausgebreitet, Kleidung, Toilettenartikel, ein Notizbuch, einige Taschenbücher und ein Laptop, das angeschaltet war.

Er sah fragend zur Frau, die sagte: »Ich habe Mr. Seymour gesagt, schon okay, wenn er ihn sich ansieht.«

Sie hielt Ordnung auf ihrem Rechner. Das Adressbuch enthielt wenige Einträge, der Papierkorb war leer, ihre Eigenen Dateien wiesen nur einen Ordner mit dem Namen *Hollis* auf.

Er öffnete ihn. Fotos von Schweinen, die eng gepfercht in Eisengitterverschlägen standen. Er empfand Abscheu, ließ sich aber nichts anmerken. Er wusste nicht, ob hier irgendwelche Tierschutzbestimmungen missachtet wurden, aber es war kein Anblick, den Kotelett-Liebhaber zu sehen wünschten. Einige Bilder zeigten tote Ferkel, die im Dreck lagen.

»Haben Sie die aufgenommen?«

Sie zuckte mit den Schultern.

»Sind Sie deswegen nach Sandytown gekommen – damit Sie einen Anschlag auf die Schweinefarm verüben konnten?«

»Es gab einen Anschlag?«

»Jemand hat das Schild über dem Haupteingang übersprüht, soweit ich weiß. In der Nacht Ihrer Ankunft, denke ich.«

»Sehen Sie! Wir sind nicht allein.«

»Sie streiten also ab, dass das Sie und Ihre *Nichten* waren.«

»Natürlich. Wir wollen legal gegen diese Leute vorgehen. Warum sollten wir durch strafbare Sachbeschädigung die Justiz gegen uns aufbringen?«

»Vielleicht, weil die Mühlen der Justiz langsam und unsauber mahlen und Sie direkte Aktionen verlockend finden?«

»Geht es Ihnen so in Ihrem Job, Sergeant?«

»Nein«, erwiderte Wield. »Ich mag es langsam und unsauber. Dennis? Haben Sie irgendwelche Fragen an Mrs. Griffiths?«

Seymour, der wusste, dass das Aufnahmegerät abgeschaltet und die Befragung offiziell nicht wieder aufgenommen worden war, nahm dies als Einladung, die Sache abzubrechen. Er schloss das Notizbuch, das er sich angesehen hatte, und legte es auf den Tisch.

»Nein, Sarge«, sagte er.

»Gut. Danke für Ihre Hilfe, Mrs. Griffiths.«

»Ich kann gehen?«

»Natürlich. Sollen wir Ihnen helfen, den Koffer zu packen?«

»Nein. Männer können die Sachen ganz gut zerlegen, aber sie wieder zusammenzusetzen sollte man am besten Frauen überlassen.«

»Da haben Sie wohl recht. Jedem das Seine, was?«

»In der Tat. Weshalb es mir seltsam vorkommt, dass Sie während unseres kleinen Plausches kein einziges Mal auf den Mord an Lady Denham zu sprechen gekommen sind.«

Zum ersten Mal lief ein unscheinbares Flackern über Wields Gesicht, das enge Freunde und Bekannte als Lächeln identifiziert haben könnten.

»Nein«, sagte er. »Aber wirklich seltsam finde ich, dass Sie das auch nicht getan haben. Geben Sie DC Seymour Bescheid, wenn Sie gepackt haben, er wird Sie dann zur Seaview Terrace fahren.«

Nachdem die Tür hinter ihnen geschlossen war, sagte er zu Seymour: »Also, was denken Sie, Dennis?«

Die Antwort des DCs war wie immer prompt und direkt.

»Höchstwahrscheinlich verantwortlich für das Besprühen des Schweinefarm-Schilds. Wahrscheinlich hat sie den Wagen gefahren, die jungen Mädels mussten klettern. Und ich bin mir ziemlich sicher, dass sie die Briefe an Lady Denham geschrieben hat. Mir ist aufgefallen, dass Sie die nicht erwähnt haben, Sarge.«

»Nein, hab ich nicht. Sie war auf alles vorbereitet, wahrscheinlich wäre sie auch darauf vorbereitet gewesen. Also war es das Beste, ihre Erwartungen zu enttäuschen. Können Sie, außer mit Ihrem Gefühl, auch begründen, warum sie die Briefe geschrieben haben soll?«

»Die Rechtschreibung. Das Notizbuch, das ich mir angesehen habe, nichts Wichtiges, nur hingekritzelte Notizen, Erinnerungen, solche Sachen, aber mir ist aufgefallen, dass sie zweimal nach einem Komma *dass* mit nur einem *s* geschrieben hat.«

»Kommt drauf an, um welches *das* es sich handelt, Dennis«, sagte Wield nachsichtig.

»Ach ja?«, antwortete Seymour unbeeindruckt. »Aber *hat gesagt, dass,* da schreibt man das *dass* mit zwei *s,* oder?«

»Richtig. Sie hat also die Drohbriefe geschrieben, und wir haben sie hier am Tatort. Warum sehen Sie in ihr keine Verdächtige für den Grillmord?«

»Schätze sie einfach nicht als Mörderin ein, das ist alles«, sagte Seymour.

Er war wohl der Einzige unter den DCs, der eine solche durch nichts gestützte Beurteilung abgab. Im Vergleich zu Novello und Bowler wirkte er manchmal naiv, aber man bekam von ihm immer eine klare, simple Meinung ohne Hintergedanken.

»Es gibt viele Fälle, bei denen Tierrechtsextremisten nicht vor Mord oder Verstümmelung zurückschrecken«, sagte Wield. »Und ich habe das Gefühl, sie nimmt den Verlust ihres Auges nicht so gleichmütig hin, wie sie einem weismachen will.«

»Gut, sie hätte vielleicht einen Stein auf die alte Lady geworfen, vielleicht sogar das Geländer am Kliff angebrochen, um ihr Angst einzujagen. Aber sie erwürgen … so was machen Frauen nicht, oder?«

Wield überlegte, ob das nun sexistisch war oder nicht. Wie auch immer, er stimmte vermutlich zu. Könnte sogar sein, dass die Sache mit dem Zaun und dem Stein reiner Zufall gewesen war. Die Manipulation der Bremsen an ihrem Wagen wäre ein ernsthafter Versuch gewesen, ihr Schaden zuzufügen, doch die

Werkstatt am Ort hatte dafür nur Spott übrig; dort war man überzeugt, dass allein der Widerwille Ihrer Ladyschaft, für die Wartung des Wagens Geld auszugeben, für das Bremsenversagen verantwortlich gewesen war.

»Gut, Dennis. Wenn Sie Lady Nelson zur Terrace gebracht haben, bringen Sie das alles hier für den DCI zu Papier. Ich bin drüben in der Hall und rede mit der armen Verwandtschaft.«

Doch als er an der Hall ankam, war von Clara Brereton nichts zu sehen.

»Ist zum Schwimmen gegangen«, sagte Bowler bemüht fröhlich und unbeschwert, ohne das angestrebte Ziel auch nur annähernd zu erreichen.

»Sie ist was?«

»Ich sagte ihr, sie müsste auf Sie warten, sie saß dann ein bisschen herum, vor ein paar Minuten sprang sie aber plötzlich auf, meinte, ihr wäre heiß, und ob es okay wäre, wenn sie kurz zum Schwimmen runter zum Strand geht und dort auf Sie wartet. Ich sagte, das wäre wahrscheinlich keine so gute Idee, aber sie marschierte schon los. Ich wusste nicht, wie ich sie hätte aufhalten sollen, ohne sie zu verhaften.«

»Warum haben Sie sie nicht einfach begleitet?«

»Dachte, es wäre besser, wenn ich Ihnen Bescheid sage.«

»Sie haben ein Handy.«

»Ja, ich weiß. Na ja, Sarge, sie hat doch nichts dabeigehabt, und wenn sie unter ihrer Kleidung keinen Badeanzug trägt, dann, dachte ich mir, springt sie vielleicht nackt ...«

Mein Gott, dachte Wield. Was war mit diesen sensiblen Heteros nur los? Beim Anblick leichtbekleideter Mädels hängt ihnen die Zunge raus, wenn sie dann aber eine eventuell völlig nackt sehen könnten, kriegen sie sich vor Verlegenheit kaum ein!

»Das ist dann ihr Problem«, sagte Wield. »Kommen Sie.«

Mit einem unheilverheißenden Blick zu Scroggs, der diskret Abstand hielt, schlug er den Weg zum Kliff ein.

»Außerdem, Sarge«, fuhr Bowler fort, »dachte ich mir, es wäre doch sowieso irgendwie egal. Ich meine, wir haben die Fotos …«

»Woher wollen Sie wissen, dass sie hinter den Fotos her war?«, unterbrach Wield. »Vielleicht hat sie sie liegenlassen, weil sie nach was anderem gesucht hat.«

Oben am Rand des Kliffs hielten sie inne. Vor ihnen lag das unter der mittäglichen Sonne seidenblau schimmernde Meer, das sich bis zum in der Hitze flirrenden Horizont erstreckte. Kurz fühlten sich beide der schäbigen Sorgen enthoben, derentwillen sie hier waren.

Vielleicht, dachte Wield, während er die Schönheit und den Frieden der Szenerie auf sich wirken ließ und tief die berühmte Seeluft einatmete, von der Tom Parker behauptete, sie heile jede Krankheit – vielleicht, dachte Wield, war es ihnen bestimmt, den Weg hinunterzugehen und, wenn sie das Mädel beim Nacktbaden antrafen, sich ebenfalls die Kleider vom Leib zu reißen und zu ihr ins Wasser zu hüpfen!

Er schüttelte die alberne Vorstellung ab und machte sich an den Abstieg.

Der Weg, zunächst gleichmäßig abfallend, wurde schnell steiler, was allerdings kein Problem war, wenn man nicht unter Schwindelanfällen litt, denn die Zeit hatte feste Stufen in den Fels gegraben. Trotzdem konzentrierte sich der Kluge darauf, wo er seine Schritte setzte, und ignorierte die grandiose Aussicht. Bowler ging voran, bewegte sich mit dem zwanglosen Selbstvertrauen der Jugend, doch plötzlich blieb er stehen und rief: »Sarge?«

Unter ihnen wurde das Kliff so steil, dass selbst die Jungen und Aktiven Anlass zu Besorgnis haben mussten. Ein Vorsprung ragte aus der Wand, hinter dem die Wand senkrecht abfallen musste, hier vollführte der Pfad eine enge Kehre nach rechts und folgte dem Vorsprung, um dann im Zickzack die Felswand hinunterzuführen. Entlang des Vorsprungs und des

gesamten Pfads verlief zum Schutz vor einem möglichen Sturz ein Holzzaun.
Das war der Zaun, von dem Lady Denham geargwöhnt hatte, er wäre sabotiert worden. Daran bestand jetzt kein Zweifel mehr, obwohl Sabotage zu beschönigend klingen mochte. Die obere Stange war zerbrochen und hing trunken an ihrem Pfosten.
Bowler sprang die letzten Meter nach unten, stützte sich an einem der Pfosten ab, spähte in die Tiefe und sagte: »O Scheiße!« Dann rannte er mit halsbrecherischem Tempo den steilen Pfad hinunter.
Wield erreichte den durchbrochenen Zaun, sah nach unten und erkannte, was die Reaktion des jungen DCs ausgelöst hatte.
Unter ihm, ausgebreitet auf einem riesigen, vom Meer glattgeschliffenen Felsen, lag mit dem Gesicht nach unten Clara Brereton.

4

Als Charley das Wohnzimmer betrat, versuchte Dalziel, der einen von Tom Parkers tiefgeschwungenen skandinavischen Sesseln okkupiert hatte wie die USA den Irak, sich aufzurichten, hatte allerdings Schwierigkeiten bei der Formulierung einer befriedigenden Abzugsstrategie.

»Bitte«, sagte sie, »bleiben Sie ruhig sitzen.«

»Nein, ich gebe mich nicht geschlagen«, sagte er. »Ha! Geschafft! Schön, Sie wiederzusehen, Miss Heywood. Wie geht es Ihnen?«

»Gut, Mr. Deal.«

Er ging über die absichtlich falsche Aussprache seines Namens nonchalant hinweg und sagte: »Nein, Mädel, sparen wir uns die Förmlichkeiten. Ich bin ein alter Freund Ihres Dads. Nennen Sie mich Andy. Onkel Andy, wenn Sie wollen. Und ich nenne Sie Charley, richtig?«

Onkel Andy! Großer Gott!

»Natürlich, Andy«, erwiderte sie schmallippig. »Jeder Freund von meinem Dad ist auch ein Freund von … meinem Vater.«

Er röhrte vor Lachen. Mary Parker, erfreut zu sehen, dass ihre Gäste so gut miteinander auskamen, sagte: »Wenn Sie mich entschuldigen wollen, ich habe einiges zu tun. Danach rühr ich ein Mittagessen zusammen. Nur was Leichtes. Wollen Sie sich dazugesellen, Mr. Dalziel?«

»Das ist sehr nett von Ihnen, Missus. Nichts ist mir lieber als ein leichtes Mittagsmahl. Außer vielleicht einem schweren.«

Mary lächelte höflich über den, wie sie hoffte, Witz und sagte: »Gut. Ich bring es dann nach draußen, oder? Es ist ja so ein schöner Tag.«

Charley ging zur Terrasse voran. Minnie folgte mit gebühren-

dem Abstand. Sie war Expertin beim Einschätzen von Distanzen. Zu nah, und man erregte Aufmerksamkeit, zu weit entfernt, und man bekam verdammt noch mal nichts mit. Zu Hilfe kam ihr bei ihren Bemühungen um Unauffälligkeit das ferne Geheul einer Sirene.
»Sind das Ihre Leute, die den Frieden stören?«, fragte Charley.
Dalziel legte die Hand ans Ohr. »Gehört nicht zu uns. Ein Krankenwagen, würde ich sagen. Kommt von der Stadt. Wahrscheinlich hat sich so ein Knallkopf einen Hitzschlag am Strand geholt.«
Minnie nutzte diesen Wortwechsel, um sich unterdessen an den Rand der Terrasse zu kauern, keine vier Meter entfernt, wo sie sich so klein wie möglich machte und mucksmäuschenstill dasaß.
»Also, Andy, worüber wollen Sie mit mir reden?«, fragte Charley, entschlossen, die Kontrolle über das Gespräch an sich zu reißen.
»Über Mord«, sagte er.
»Ach. Als Zeugin? Verdächtige? Oder wegen meiner psychologischen Ausbildung? Als operative Fallanalytikerin verfüge ich allerdings über keinerlei Erfahrung.«
»Nein, aber Sie haben einen wachen Blick, einen wachen Verstand, und Sie sind neugierig.«
»Das ist Ihre Einschätzung? Nach zwei kurzen Begegnungen? Kein Wunder, dass die Polizei so häufig danebenliegt.«
»Das passiert. So wie den Seelenklempnern, die Psychopathen wieder auf freien Fuß setzen, damit sie ein paar weitere Unschuldige kaltmachen.«
»Kann man doch kaum vergleichen.«
»Nein. Ihr macht das nicht nach zwei kurzen Begegnungen, sondern meist nach jahrelangem Studium der Fallakten. Wie auch immer, ich habe mir kein vorschnelles Urteil über Sie gebildet. Ich hab mich in Ihrem Kopf rumgetrieben; ich hab nämlich Ihre Mails gelesen.«

»Mein Gott!«, sagte Charley. »Gibt es irgendjemanden in Sandytown, der sie nicht gelesen hat?«

»Oh aye. Es gibt immer ein paar, die erst auf den Film warten«, sagte Dalziel grinsend. »Aber keine Sorge, Mädel. Ich werde Sie nicht wegen Diffamierung anzeigen. Hören Sie zu, aber jetzt im Ernst, bevor unser leichtes Mahl kommt. Ich denke nämlich, es könnte sehr nützlich sein, wenn wir unsere Ressourcen zusammenwerfen.«

»Ach ja? So in der Art, dass ich dem Miststück Novello meine Mails zeige, meinen Sie?«

»Nein, nicht so. Gehen Sie mit der armen Shirley nicht zu hart ins Gericht. Sie ist ein nettes Mädel und eine gute Polizistin, aber sie ist noch ganz unten im Haufen. Sie muss tun, was andere Leute ihr sagen.«

»Und Sie sind ganz oben, wie ich annehme.«

»O ja. Der König vom Schloss, das bin ich«, sagte der Dicke selbstzufrieden.

»Dann war es Ihre Idee, mich und Mr. Godley im Streifenwagen zu belauschen?«

»Hä?«

Dieses *Hä!* klang so glaubwürdig, dass es sie – mehr als ein heiliger Schwur oder irgendein anderes Argument – davon überzeugte, dass er von der Handy-Geschichte wirklich nichts wusste. Kurz erklärte sie ihm, was geschehen war. Sie sah keinen Grund, ihm nicht zu erzählen, was Godley ihr anvertraut hatte. Schließlich ließ sich damit das seltsame Verhalten des Heilers erklären, außerdem hatte der verschlagene Dreckskerl Pascoe wahrscheinlich sowieso alles auf Band.

Dalziel nahm Pascoe das falsche Spiel alles andere als übel, vielmehr neigte er sogar dazu, einiges davon auf die eigene Kappe zu nehmen.

»Eine Spürnase wie ein Retriever, dieser Pete«, sagte er. »Man gibt ihm eine Fährte zum Schnuppern, und schon ist er auf und davon.«

»Es war geschmacklos. Und wahrscheinlich illegal«, erwiderte sie.
»Ruhig, Mädel. Es ist die Aufgabe eines Polizisten, mit allen ihm zur Verfügung stehenden Mitteln an die Wahrheit zu kommen.«
»Auch wenn dabei die Gefühle von Menschen verletzt werden?«
»Warum sollte sich Godley verletzt fühlen? Das alles ist doch nur notwendig geworden, weil er nicht mit der Sprache rausrücken wollte.«
»Ich rede von mir! Es hatte den Anschein, als wäre ich in das Spielchen mit eingeweiht. Jedenfalls muss Mr. Godley sich das denken.«
»O mein Gott«, sagte Dalziel. »Jetzt verstehe ich, warum ihn das verletzen könnte. Keine Sorge. In der Shit-Lit kommen solche Missverständnisse ständig vor, oder? Dann ist es aber nur umso schöner, wenn er die Wahrheit herausfindet und feststellt, dass Sie nichts dafür können.«
In der Annahme, dass er Chick-Lit meinte und dass er wirklich wusste, wovon er redete, versuchte Charley sich die Bedeutung dessen klarzumachen.
»Einen Moment«, sagte sie. »Sie sagen, Sie selbst hätten Pascoe den Wink gegeben. Was meinen Sie damit?«
»Ich hab irgendwas anklingen lassen, dass Godley wie verrückt in Sie verknallt ist, und das hat Pete wahrscheinlich auf den Gedanken gebracht, der Kerl könnte Ihnen gegenüber vielleicht auspacken. Schlau, was?«
Charley schüttelte vehement den Kopf. Allmählich entglitt ihr das Gespräch. Sie wollte laut loslachen – was er gerade gesagt hatte, war so ein Schwachsinn, dass man darüber nur lachen konnte –, aber irgendwie schaffte sie es nicht.
»Sie sind verrückt«, sagte sie. »Für ihn bin ich doch nur ein nutzloses Ding, er hält es ja kaum im gleichen Raum mit mir aus.«

»Manchmal braucht es genau solche Burschen«, sagte der Dicke. »Er ist verrückt nach Ihnen, glaubt aber, er hätte nicht die geringste Chance, weil Sie so attraktiv und überlegen und weit über seiner Liga sind.«

»Ich?«

»Aye. Liebe ist ein wenig kurzsichtig, sagt man das nicht so? Kommen Sie, Charley. Ist doch nichts Schlimmes dabei, wenn man einem jungen Mann ein paar Flausen in den Kopf setzt.«

»Na, so *jung* ist er auch nicht mehr«, antwortete Charley, die das alles nicht recht fassen konnte. Wie schaffte er es, solch ausgemachten Blödsinn mit solcher Selbstsicherheit vorzutragen?

»Pingelig sind wir auch noch«, sagte Dalziel. »Dreißig ist in meinen Augen jung.«

»Dreißig?«

»Gerade erst geworden, ich hab's auf dem Anschlagbrett in der Einsatzzentrale gesehen. Okay, dieses krause Gestrüpp im Gesicht lässt ihn älter aussehen, aber wahrscheinlich ist das genau der Grund dafür, warum er ihn sich stehen lässt. Verleiht ihm was Gravitätisches.«

Charley versuchte sich einen rasierten Mr. Godley vorzustellen, doch das wollte ihr nicht gelingen. Spielte ja außerdem keine Rolle. Dreißig, vierzig, fünfzig, selbst für den unwahrscheinlichen Fall, dass Dalziel recht haben sollte, würde es dem armen Kerl beschieden sein, an seiner Liebe zu leiden, bis er sie überwunden hatte.

»Hören Sie«, sagte sie. »Das alles tut hier nichts zur Sache. Worauf es ankommt: Nach dem, was er mir erzählt hat, ist er als Tatverdächtiger doch aus dem Schneider, oder?«

»Meinen Sie?«, sagte Dalziel zweifelnd. »Ich dachte eher, es verleiht ihm und Miss Lee ein schönes Motiv, von Lady D. ziemlich angepisst zu sein. Er wurde gesehen, wie er sich mit ihr gestritten hat, Sie wissen das. Sie waren es doch, die mit dem Finger auf ihn gezeigt hat.«

»Nein, hab ich nicht«, protestierte sie wütend. »Alles, was ich sagte, war … und ich habe nicht gewusst, dass es als Aussage vor Geschworenen herhalten muss … außerdem ist das doch keine Sache, wegen der man jemanden umbringt, oder?«
»Ich kenne Leute, die aus Geringerem getötet haben«, sagte er. »Es könnte ja auch ein Unfall gewesen sein.«
»Jemanden zu erwürgen? Kommen Sie!«, höhnte sie. »Und was ist mit Ollie Hollis? Das war kein Unfall. Warum sollte Mr. Godley *ihn* umbringen wollen?«
»Weil Ollie vielleicht was gesehen hat, was Godley mit dem Mord in Verbindung bringt?«
»Das ist doch lächerlich! Wenn er sich mit Lady Denham gestritten hat, weil er seine Schwester schützen wollte, dann wird er doch kaum jemanden in deren Behandlungszimmer umbringen, oder?«
Dalziel nickte zustimmend mit seinem wuchtigen grauen Schädel.
»So«, sagte er. »Wusste ich's doch, dass ich mich in Ihnen nicht irre, Charley. Hübscher logischer Gedankengang, der untermauert, was wir uns auch ohne logische Gedankengänge denken – dass Mr. Godley kein Mörder ist. Wer ist also der Nächste?«
»Sie sind der Polizist«, sagte sie. »Außerdem habe ich langsam die Schnauze voll von diesem einseitigen Gespräch. Sie haben meine Mails und die Aufzeichnung eines vertraulichen Gesprächs. Ich würde sagen, langsam ist es an der Zeit, dass Sie ebenfalls damit rausrücken, was Sie wissen. Oder ist dieses *Heiliger Strohsack, Sie und ich, wir könnten doch ein wunderbares Team abgeben*-Getue auch nur eine Masche wie bei Novello oder Pascoe?«
»Ist berechtigt«, sagte er, ohne zu zögern. »Erst Sie, dann ich, darum geht es. Und ich verspreche, nichts, was Sie mir erzählen, wird ohne Ihre Einwilligung weitergegeben.«
»Gut«, sagte sie. »Also, Andy, Sie sind an der Reihe.«

»Okay. Gehen wir die Verdächtigen durch. Sie, nehme ich an, sollten wir als Erstes ausschließen.«

»Mich?«

»Aye. Pete Pascoe meint, Ihre lausige Rechtschreibung macht Sie zu einer Tatverdächtigen.«

Er erklärte ihr die Sache mit den anonymen Briefen und dem Rechtschreibfehler.

»Ich hatte schon immer Probleme mit dem *dass* mit Doppel-s, aber in einer Mail kümmert man sich darum doch nicht, oder?«

»Erzählen Sie das nicht Pete Pascoe«, sagte Dalziel. »Sollte er bei seinem Selbstmord einen Abschiedsbrief hinterlassen, weiß ich, dass der gefälscht wurde, wenn auch nur ein einziger Kommafehler drin ist. Aber Sie müssen sich keine Sorgen machen. Falls Sie sich jemals dazu entschließen sollten, anonyme Briefe zu verfassen, wären alle Fehler darin bewusst gesetzte falsche Fährten – so schätze ich Sie ein.«

Er schien es als Kompliment gemeint zu haben.

»Sie wollen damit sagen, ich würde eine gute Verbrecherin abgeben?«, fragte Charley.

»Das muss man sein, wenn man ein guter Polizist sein will«, sagte er. »Schauen Sie mich an. Ein Gen mehr oder weniger, und ich hätte zum Napoleon des Verbrechens werden können!«

Er steckte die Hand ins Hemd und sah mit so schwermütiger Miene aufs Meer hinaus, dass sie lachen musste.

»Wenn das Napoleon sein soll, dann will ich nicht wissen, wie Ihr Jimmy Cagney aussieht!«

»Jimmy Cagney? Ist der nicht ein bisschen zu alt für Sie? Nein, einen Moment, das sind die Filme, die sich Ihre Mam so gern ansieht, nicht wahr? Tut mir leid, wollte nicht in Ihr Privatleben eindringen, aber in Ihren Mails ist das ja alles so verknäuelt. Gut, Sie bekommen noch einen, umsonst, nur um meinen guten Willen zu zeigen. Katzenjammer und Pet!«

»Wer?«
»Dr. Lester Feldenhammer und Schwester Petula Sheldon. Sie haben sie bei der Einladung in der Klinik getroffen. Und beim Grillfest gesehen.«
»Richtig. Was ist mit denen?«
»Kommen Sie schon, Mädel. In Ihren Mails erwähnen Sie Mary Parker, die Ihnen erzählt hat, dass Daph es auf Lester abgesehen hatte. Und dass seine Zuneigung schon anderweitig vergeben ist.«
»Dieses anderweitig ist Schwester Sheldon? Was wollen Sie damit sagen? Ein Mord aus Leidenschaft? Sind sie dafür nicht schon ein wenig zu alt?«
»Mein Gott, was haben Sie bloß gegen das Alter? Pet und Lester sind jünger als ich, und wenn ich mich anstrenge, kann ich immer noch ziemlich in Leidenschaft geraten. Sie hatten beim Fest eine verflucht hitzige Auseinandersetzung, die damit endete, dass Pet Daph ihren Wein übers Kleid kippte.«
»Das ist kaum tödlich, oder?«
»Nein, aber ein Schritt in die falsche Richtung.«
Sie schüttelte den Kopf.
»Nein. Eine Frau kippt einer anderen ihren Wein drüber, wenn sie wütend auf sie ist. Ein Mord erfordert leidenschaftliche Eifersucht, und ich sehe nicht, dass Sheldon auf jemanden, der dreißig Jahre älter ist als sie, eifersüchtig sein kann. Außerdem steckt man nicht aus irgendeinem Impuls heraus eine Leiche in den Grill, da war Absicht dahinter, oder?«
Er nickte zufrieden. Er hatte recht. Sie war flink. Pete würde ihn wahrscheinlich umbringen, dass er mit vertraulichen Informationen zum Fall herausrückte, aber er hatte das Gefühl, die junge Heywood würde wie die heilige Inquisition jede Tatsachenverdrehung wittern.
»Vielleicht gab es ja einen Vorsatz«, sagte er. »Vielleicht waren Pet und Lester wegen Daph mehr als nur verärgert.«
»Ja«, erwiderte sie nachdenklich. »Ja, das hab ich mich auch

schon gefragt. Wenn Feldenhammer von Daph nicht mehr belästigt werden wollte, warum ihr nicht einfach sagen, dass Schluss ist? Okay, sie war hartnäckig. Die meisten Frauen hätten den Wink verstanden, als er für ein halbes Jahr in die Schweiz flüchtete. Und als sie ihm dahin folgte, warum sagte er ihr nicht einfach: Es reicht jetzt, benimm dich deinem Alter gemäß, Frau! Es sei denn ...«

Dalziel beugte sich vor und nickte ermutigend.

»Es sei denn was?«, fragte er.

»Es sei denn«, sagte Charley, »sie hatte was gegen ihn in der Hand. Danach zu schließen, wie sie Miss Lee aus dem Hexen-Cottage warf, war sie über Erpressungsversuche nicht erhaben!«

Der Dicke lehnte sich auf seinem Stuhl zurück und strahlte sie an. »Wenn ich nicht schon versprochen wäre, Charley, würde ich Stompy um Erlaubnis bitten, Sie zu heiraten.«

»Wenn Sie das täten, würde ich noch viel weiter flüchten als in die Schweiz«, gab sie zurück. »Gut, zu dieser Schlussfolgerung sind Sie also auch gekommen, dann muss sie richtig sein! Irgendeine Vorstellung, worum es sich handeln könnte?«

»Noch nicht, aber das werde ich herausfinden. Dann werden wir ja sehen, womit sie bei ihm die Fäden zog und was so wichtig war, dass er den Wunsch verspürte, sie bei ihr zu kappen.«

Erneut ertönte von der Stadt das Heulen der Sirene.

Dalziel wartete ab, bis es nicht mehr zu hören war, dann beugte er sich vor und sagte: »Also, was hältst du von dem allen, Minnie?«

Charley sah sich um. Erst jetzt bemerkte sie die kleine, am Rand der Terrasse kauernde Gestalt. Langsam erhob sich das Mädchen, streckte die Arme und gähnte, als wäre sie soeben aus einem tiefen Schlaf erwacht.

»Wie bitte?«, sagte sie.

Der Dicke klatschte donnernd in die Hände.

»Bei Gott, sie ist gut, was, Charley? Maggie Smith muss aufpassen! Komm schon, Liebes, du hast jetzt deinen Oscar gewonnen, jetzt kannst du an der Party teilnehmen. Erzähl uns alles, was du über die arme Lady Denham oder irgendeinen anderen weißt und was uns weiterhelfen könnte.«

Wie Charley war Minnie kein Freund von langen Überlegungen. »Was für Sachen denn?«, kam es wie aus der Pistole geschossen.

»Irgendwas, solange es Sachen sind, von denen andere nichts wissen.«

Minnie kniff konzentriert das Gesicht zusammen, dann sagte sie: »Na ja, was Sie über Breitarsch ... tut mir leid, über Lady Denham und Dr. Feldenhammer gesagt haben ... ich glaube, sie hat ihn wirklich sehr gerngehabt, weil ... als Miss Watson, unsere Klassenlehrerin, nämlich Mr. Standfast, unseren stellvertretenden Klassenlehrer, dabei erwischt hat, wie er mit der Küchenhilfe Sex gehabt hat, da hat sie gleich beide rausgeschmissen, obwohl sie es doch auch mit Mr. Standfast gemacht hat.«

Charley sah sie schockiert und verwirrt an, aber Dalziel nickte nur mit seinem riesigen Schädel, als ergäbe das alles Sinn und könnte gar nicht anders sein. »Lady Denham hat also nichts dagegen gehabt?«

»Na ja, ich weiß nicht, ob sie wirklich nichts dagegen gehabt hat, aber sie hat Dr. Feldenhammer immer noch gerngehabt, auch nachdem sie gesehen hat, wie er es mit der indischen Lady gemacht hat.«

Es wurde immer verworrener, dachte sich Charley und huschte in Gedanken durch ihre Lehrbücher auf der Suche nach einer subtilen psychologischen Technik, um das Mädchen dazu zu bringen, noch mehr zu erzählen.

Der Dicke sagte: »Die indische Lady ...«, als klingelte es bei ihm irgendwo, dann bleckte er seine großen gelben Zähne und riss erwartungsfroh die Kiefer auf wie ein schläfriges Krokodil, das das rhythmische, zunehmend als störend empfundene Platschen als das eines näher kommenden Schwimmers identifiziert hatte.

»Oh aye«, sagte er. »Ja, ich erinnere mich. Der gute Lester und die indische Lady. Richtig! Aber ich glaube nicht, dass Charley schon von ihr weiß. Magst du uns nicht die ganze Geschichte erzählen?«

Wusste er wirklich, wovon Minnie sprach, oder war das lediglich seine persönliche, ganz ohne Lehrbücher entwickelte Technik, um das Mädchen zum Reden zu bringen? Letzteres, nahm sie an. Der alte Bursche war viel gerissener, als er wirkte. Was nicht sonderlich schwerfiel, wenn man wie ein Cro-Magnon-Mensch aussah.

Minnie, die sich im Scheinwerferlicht sonnte, sagte: »Das war bei meinem letzten Geburtstag, Onkel Sid hat mir ein neues Fahrrad geschenkt, ein richtiges, kein Kinderfahrrad. Mum sagte, es ist viel zu teuer, und Onkel Sid sagte, Quatsch, er kauft den Menschen, die er am liebsten mag, immer ein Bike, er meint, das liegt so in der Familie. Jedenfalls haben Mum und Dad mir eine Digitalkamera geschenkt, und die war wirklich teuer.«

»Aye, na ja, den Besten nur das Beste, was?«, sagte Dalziel.

Minnie fuhr zufrieden fort: »Ich hab einen Ausflug gemacht, an der Küste, und nach einer Weile hab ich eine Pause eingelegt und Breitarsch ... tut mir leid, Lady ...«

»Breitarsch ist schon in Ordnung, Kleine«, sagte Dalziel. »Ich glaube nicht, dass sie jetzt noch was dagegen hat. Übrigens, wann hast du denn Geburtstag?«

»Am neunten September, nächsten Monat. Dann werde ich zehn«, sagte sie hoffnungsvoll.

»Werde ich nicht vergessen«, sagte Dalziel. »Das ist der Festtag der Heiligen Wulfhilda. Die war auch ein ziemlich schlaues Mädel. Erzähl weiter.«

»Ich hab das Pferd von Breitarsch gesehen, Ginger. Ich hab ihn schon vorher gesehen, hinter der Hecke, aber jetzt hat er nur Gras gefressen. Ich wollte ihn fotografieren, aber da ist Breitarsch gekommen, ich hab mich für ihre Geburtstagskarte bedankt, aber sie hat mich angesehen, als würde sie gar nicht wissen, wovon ich rede. Dann fragte sie mich, ob sie sich meine Kamera leihen kann. Ich wollte sie eigentlich nicht hergeben, aber sie hat sie sich einfach genommen und ist wieder gegangen.«

»Wohin ist sie gegangen?«

»Zum Kliff. Es ist dort nicht sehr hoch, nicht so wie das Nordkliff, eher wie eine große Sanddüne. Nach einer Weile ist sie zurückgekommen und hat gesagt, sie brauchte die Speicherkarte. Aber dann kann ich keine Fotos mehr machen, hab ich gesagt, und sie, gut, dann will ich sie mieten, für zehn Pfund am Tag.«

»Zehn Pfund? Und hast du die zehn Pfund bekommen?«

»Nein. Ich hab fünfzehn bekommen«, sagte das Mädchen. »Onkel Sid sagt, wenn einem jemand ein Angebot macht, soll man immer das Doppelte verlangen und sich höchstens um die Hälfte runterhandeln lassen.«

Dalziel warf Charley einen warnenden Blick zu, die sich das Lachen verkneifen musste.

»Und was ist dann passiert?«, fragte er.

»Ich bin weitergefahren, dann hab ich mich umgedreht, und als sie weg war, bin ich zurück, weil ich sehen wollte, was sie fotografiert hat.«

»Und was war es?«

»Dr. Feldenhammer mit der indischen Lady am Strand. Sie haben Sex gemacht.«

»Du bist dir sicher, dass es Dr. Feldenhammer war?«, sagte Dalziel, der ganz vergaß, dass er ja eigentlich bereits alles wissen sollte.

»O ja. Dr. Feldenhammer war ein paar Tage vorher bei uns zum Abendessen. Er hat mir einen Zwanzig-Pfund-Schein gegeben, als er gehört hat, dass ich bald Geburtstag habe, und er hat gesagt, ich soll mir davon was kaufen, was ich mir wirklich wünsche, aber Mum hat mich gezwungen, dass ich das Geld auf mein Sparbuch lege.«

»Das ist das Problem mit Mums«, sagte Dalziel. »Immer denken sie an deine Zukunft. Fahr fort.«

»Na ja, ich hab gewusst, wenn sie mich erwischen, würde ich Ärger kriegen, also bin ich weggekrochen, zurück zu meinem Rad, und nach Hause gefahren.«

»Minnie«, sagte Charley, »du sagst, sie hatten Sex, was genau ... meinst du damit, haben sie sich geküsst oder ...«

»Sie haben sich ganz ausgezogen – daher weiß ich auch, dass es die indische Lady war, sie war nämlich überall ganz braun – und sie haben sich zusammen auf und ab bewegt. Schon gut, Charley, wir haben das alles schon in der Schule gelernt.«

Ihr Ton war so herablassend, dass Dalziel laut lachte.

»Diese indische Lady«, sagte Charley recht scharf, »hat die auch einen Namen?«

»Das nehme ich doch an«, sagte Minnie. »Jeder hat einen Namen. Ihrer ist wohl indisch.«

»Und wer ist sie?«

»Sie war von der Klinik. Ich hab sie einmal in der Stadt gesehen, sie hat eines von diesen schönen Seidendingern getragen, die die immer anhaben, aber jetzt hab ich sie schon lange nicht mehr gesehen, vielleicht hat sie also woanders einen Job gefunden. Hilft das weiter, Mr. Andy?«

»Ich denke doch, Minnie. Was meinen Sie, Charley?«

»Möglicherweise«, sagte Charley. »Hast du das jemals einem anderen erzahlt, Minnie?«

»Sue Locksley, meiner besten Schulfreundin, aber die hat gesagt, ihr Kindermädchen macht es jeden Samstagabend mit ihrem Freund im Wohnzimmer, und es ist wirklich langweilig. Also hab ich's sonst keinem mehr erzählt. Außer Onkel Sid.«

»Du hast es Onkel Sidney erzählt?«, sagte Charley. »Warum das denn?«

»Er war da, als ich nach Hause gekommen bin, und hat mich gefragt, wie mir das Rad gefällt. Ich hab ihm gesagt, das war das beste Geschenk, das ich jemals bekommen habe, und dann hat er gefragt, wie weit ich gefahren bin, also hab ich's ihm erzählt. Onkel Sid und ich erzählen uns immer alles. Ich wünsche mir, ich wäre alt genug, um ihn heiraten zu können.«

Nein, das wünschst du dir nicht, dachte sich Charley.

»Und was hat Onkel Sid gesagt?«, fragte Dalziel.

»Er hat gesagt, Sex geht nur die was an, die es gerade machen, und deshalb soll ich es auch nicht weitererzählen. Aber für Sie gilt das ja nicht, oder, Mr. Andy, weil Sie ja ein Polizist sind.«

»Richtig, Kleine, für mich gilt das nicht«, sagte der Dicke. »Hat er sonst noch was gesagt?«

»Nein. Ich hab mich noch mal fürs Fahrrad bedankt, und er hat gesagt, ich sei ein ganz tolles Mädchen, und ich hab ihn gefragt, heißt das, dass er mir, wenn ich achtzehn bin, auch ein Motorrad kauft? Und er hat gelacht und gesagt, vielleicht.«

»Warum hast du an ein Motorrad denken müssen, Min?«, fragte Charley und wünschte sich im gleichen Augenblick, sie hätte sich die Frage verkniffen.

»Weil er Teddy zu seinem Geburtstag auch eins gekauft hat«, sagte das Mädchen, »und als ich gehört habe, wie sich Teddy bei ihm bedankt hat, haben sie gesagt, es wäre ein Geheimnis, ich hätte es dir also vielleicht gar nicht erzählen sollen.«

»Dann denk dir einfach, ich wäre auch eine Polizistin«, sagte Charley.

Sie sah nicht zum Dicken, spürte aber dessen Blick.

»Was ist mit deiner Mum und deinem Dad?«, sagte er. »Die müssen sich doch gewundert haben, dass du vom Breitarsch fünfzehn Pfund bekommen hast, damit sie deine Speicherkarte benutzen konnte.«

»Ich hab's ihnen nicht erzählt«, antwortete Minnie ohne Umschweife. »Sie hätten nur wieder gewollt, dass ich sie aufs

Sparbuch lege wie Dr. Feldenhammers zwanzig Pfund, aber ich hatte doch gewisse Ausgaben.«

Wofür?, fragte sich Charley und war sich nicht sicher, ob sie es wirklich erfahren wollte.

Dalziel sagte: »Das war sehr interessant, Minnie, sehr hilfreich. Und meinst du, du kannst mir jetzt einen Gefallen tun? Dieses viele Reden hat mich durstig gemacht. Lauf doch zu deiner Mum und frag, ob die Möglichkeit besteht, zu meinem leichten Mahl auch ein leichtes Bier zu bekommen?«

Minnie erhob keinerlei Einwände, sondern flitzte ins Haus davon.

Als sie außer Hörweite war, herrschte Charley ihn an: »Warum haben Sie sie nicht fortgeschickt, als Sie merkten, dass sie uns belauscht?«

»Um uns dadurch um diesen Goldschatz zu bringen?«, erwiderte Dalziel. »Ich musste Min nur sehen, und mir war klar, dass ihr in Sandytown nichts entgeht. Versteht zwar nur die Hälfte von dem, was sie weiß, aber alles wird abgespeichert, ob verstanden oder nicht. Wette, in ihrem Alter waren Sie genauso. So, ich denke also, unser kleines Problem, was Daph gegen Katzenjammer in der Hand hatte, ist damit gelöst.«

»Jemanden dabei zu erwischen, wie er eine aus seinem Personal vögelt, hat doch kaum Erpressungspotenzial«, sagte Charley.

»Was, wenn sie nicht zum Personal gehörte?«

»Ich dachte … oh, verstehe, was Sie meinen … sie war vielleicht eine Patientin? Aber jemand wie …«

»Jemand wie der nette, korrekte Dr. Feldenhammer würde keine von seinen Patientinnen vögeln, wollen Sie mir das sagen? Hören Sie, Liebes, wenn Sie es in Ihrem Gewerbe zu was bringen wollen, dann machen Sie sich darauf gefasst, noch weitaus schlimmere Dinge zu hören. Dinge, die meilenweit von dem entfernt sind, wie Sie und ich handeln und denken.«

»Oh. Sie meinen, solche Dinge zu wissen wie das über diese Heilige?«, gab Charley zurück.

»Wulfhilda?«, lachte Dalziel. »Nein, wir haben vieles gemeinsam. Ein helles Köpfchen, sehr tugendhaft. Sie floh durch das Abflussrohr, als der König sie sich schnappen wollte. Und sie konnte ihre Alkoholvorräte vermehren, wenn unerwartet Gäste auftauchten. Den Trick würde ich auch gern lernen.«
Der Typ hatte definitiv mehr auf dem Kasten, als auf den ersten Blick ersichtlich war, dachte sich Charley.
»Sehr interessant«, sagte sie. »Ich halte es trotzdem für verantwortungslos, Minnie mithören zu lassen, obwohl Sie wussten, dass sie da war.«
»Ich glaub nicht, dass sie was gehört hat, was heutzutage nicht auf dem Stundenplan steht«, sagte Dalziel. »Mr. Standfast und die Küchenhilfe haben alles vielleicht noch plastischer gemacht. Wie auch immer, deswegen hab ich das Mädel jetzt auch fortgeschickt. Klar, für sie scheint die Sonne aus dem Hintern ihres Onkels Sid. Ich wollte nicht, dass sie hört, wenn wir uns über ihn unterhalten. Was sollte das mit dem Motorrad, das er dem Baronet-Teddy geschenkt hat?«
»Keine Ahnung. Das hab ich jetzt auch zum ersten Mal gehört«, sagte Charley bemüht gleichgültig. »Ich kenne Sid kaum.«
»Außer dass er einen roten Maserati fährt und absolut umwerfend ist, meinen Sie? Kommen Sie, Mädel. Ihr Nicht-Wissen klingt so überzeugend wie Minnies Nicht-Belauschen!«
O Scheiße, dachte Charley. Prinzipiell stimmte sie Sid zu, Sex ging niemanden etwas an außer dem betreffenden Pärchen. Und deren Psychologen, natürlich. Und vielleicht die Polizei, wenn er im Zusammenhang mit einem schwerwiegenden Verbrechen stand …?
Worauf es jedoch ankam, war, dass die Polizei ihre Mails gelesen hatte. Okay, sie war darüber noch immer ziemlich sauer, aber es war nun nicht mehr zu ändern. Und sie hatte die Polizei bei zwei Dingen unbeabsichtigt auf eine falsche Fährte gelenkt, erstens, was die enge Beziehung zwischen Ted und

Clara betraf, zweitens, wo Clara und Sid sich aufhielten, als das Unwetter losging. Das war vielleicht nicht wichtig, aber nachdem mittlerweile zwei Menschen tot waren …
»Spucken Sie's aus, bevor Sie noch dran ersticken«, drängte Dalziel.
»Sid ist schwul«, sagte sie. »Ted auch. Weiß nicht, ob sie es ausschließlich sind – zumindest in Teds Fall würde ich es bezweifeln.«
Sie hatte keine überraschte Miene von ihm erwartet, und den Gefallen tat er ihr auch nicht.
»Oh aye? Das sind viele. Ist nicht ansteckend, Gott sei Dank. Verstehe, für Sie muss es ein kleiner Schock gewesen sein, als Sie dahinterkamen. Apropos, wie sind Sie überhaupt dahintergekommen?«
»Heute Morgen sah ich Sid im Swimmingpool, und da wurde mir klar, dass es nicht stimmen kann, was ich in der Mail geschrieben habe. Teddy hat in der Höhle am Kliff nicht Clara gevögelt, sondern Sid!«
Dalziel stieß einen Pfiff aus. »Ein schwerer Schnitzer, Mädel. Sie sind ein wenig kurzsichtig, was?«
Sie erzählte ihm die Geschichte und war trotz allem entrüstet, als er sie skeptisch betrachtete.
»Es war dunkel dort«, erklärte sie. »Es ging alles so schnell, er war mit dem Gesicht nach unten, und ich sah nur seine langen weißen Beine, und als ich sie dann im Pool wiedersah, war mir schlagartig klar, dass er das in der Höhle gewesen sein musste. Ich glaube, er rasiert sie sich.«
»Verfluchte Scheiße!«, entfuhr es dem Dicken. »Wie weit nach oben geht denn die Rasur?«
Die weitere Erörterung dieses interessanten Themas wurde ihnen durch das Dröhnen eines Motors erspart. Er klang nicht wie das Sexy Beast, eher wie ein asthmatischer Eunuch. Charley wusste sofort, worum es sich handelte, lange bevor das vertraute Seitengespann um das Haus gebogen und auf dem

Kies, eine Staubwolke aufwirbelnd, zum Halt kam. Gordon Godley schwang sich unter Zurschaustellung einer Sportlichkeit, die die Behauptung des Dicken über dessen Alter zu bestätigen schien, vom Sattel und kam auf die Terrasse. Sein Blick war auf Charley gerichtet, aber er schien erst überzeugt zu sein, sie zu sehen, als er nur wenige Schritte von ihr entfernt war. Er streckte die Hand aus, als wollte er sie berühren, sackte dann aber auf einem Stuhl zusammen und sagte: »Gott sei Dank, Sie sind es nicht!«

Charley, erneut ihre Lehrbücher auf einen Hinweis durchforstend, wie mit einer solchen Situation am besten zu verfahren sei, fiel nichts Besseres ein als »doch, das bin ich«.

»Nein, tut mir leid«, sagte Godley atemlos, ohne sie eine Sekunde aus den Augen zu lassen. »Es ist nur … als sie mich endlich freigelassen haben und ich zur Werkstatt bin, um meine Maschine abzuholen, hat die Polizei für einen Krankenwagen den Verkehr aufgehalten, und als ich einen Polizisten darauf angesprochen habe, sagt er, eine junge Frau sei vom Kliff gestürzt, und auf die Frage, wer, sagt er nur, keine Ahnung, außer dass er gehört hätte, sie würde im Kyoto-Haus wohnen, also bin ich auf meine Maschine gesprungen und sofort hierhergefahren, weil ich mir gedacht habe …«

Er verstummte, entweder, weil er Atem holen musste, oder, weil er seinem Gedanken nicht unnötig Gewicht verleihen wollte, indem er ihn laut aussprach.

Als Charley und der Dicke sich fragend ansahen, kam Mary auf die Terrasse geeilt, dicht gefolgt von Minnie.

Die Augen des Kindes leuchteten vor Aufregung, die Mutter war blass vor Entsetzen.

»Mary, was ist los?«, fragte Charley.

»Es ist Clara!«, rief die Mutter. »Ich hatte gerade Tom am Telefon. Es gab einen schrecklichen Unfall bei der Sandytown Hall. Die arme Clara, sie ist vom Kliff gestürzt, und so, wie es aussieht, wird sie nicht überleben.«

5

Nachdem sich Peter Pascoe auf den Weg gemacht hatte, schenkte sich Franny Roote eine weitere Tasse Kaffee ein und rollte mit seinem Stuhl ins Haus. Er hielt die Fernbedienung in Richtung LCD-Bildschirm an der Wand, das scharfe Bild des Eingangstors kam ins Blickfeld.

Pascoes Wagen erschien.

Er nickte zustimmend, als er sah, wie Peter den Sensor entdeckte und dann in die Kamera winkte. Lächelnd winkte Roote zurück.

Als der Wagen davonfuhr, nippte er an seinem Kaffee und überließ sich der Selbstbetrachtung. Er war von Natur aus kein grüblerischer Mensch, der viel über sich nachdachte, sein Selbsterhaltungstrieb allerdings hatte ihn schon vor langer Zeit gelehrt, dass er sich selbst kennen musste, wenn seinem Handeln Erfolg beschieden sein sollte. Ohne sich gleich als Soziopath einstufen zu wollen, erkannte er bei sich doch das eine oder andere, was als soziopathisches Element bezeichnet werden konnte. Die Gesellschaft war für ihn ein Meer, das einen entweder nach oben spülte oder in die Tiefe riss. Er wusste mit ihren Strömungen und Tiden umzugehen, so dass sie ihn dorthin trugen, wohin er wollte, und nicht gegen sie ankämpfen und dabei riskieren musste, erschöpft an Land geworfen zu werden. Aber das hieß nicht, dass ihm alle gesellschaftlichen Konventionen fremd waren. Seine Unmoral hatte Grenzen, seine Amoralität war weit davon entfernt, Werturteilen gegenüber völlig gleichgültig zu sein. Die Menschheit war für ihn eher Quell beständiger Unterhaltung denn das verderblichste Geschlecht von kleinem Gewürm. Es gab einige wenige Menschen, die in ihm Gefühle von Loyalität und

Liebe wachriefen, aber selbst diese betrachtete er als Ungeheuer, denen er mit fast liebevollem Amüsement begegnen konnte, das dem Mitgefühl gelegentlich nahekam.
Lady Denham hatte ganz weit oben auf seiner Liste der Ungeheuer gestanden, aber er bewunderte ihre Energie, ihre kompromisslose Offenheit und ihre ungebändigte Sexlust, obwohl er dankbar war, nicht ebenfalls zu einem Objekt ihrer Begierde geworden zu sein. Sie war wie eine große, ausladende, die Sicht versperrende Buche, deren Entfernung den Blick auf alle möglichen fernen Dinge freigab, deren Abwesenheit man aber auch bedauern konnte. Dass sie etwas gegen Lester Feldenhammer in der Hand gehabt hatte, davon war er überzeugt. Worum es sich dabei handelte, hatte er nicht eruieren können, aber er wollte wetten, dass Andy Dalziel es herausfinden würde, wenn er es nicht schon getan hatte. Das zeichnete diesen Mann aus. Kaum vierzehn Tage in Sandytown, und schon wusste er Dinge, die das berühmte Roote-Näschen auch nach einem halben Jahr nicht erschnuppert hatte! Man musste den dicken Scheißkerl bewundern. Okay, wie Lady D. gehörte er dem Genus *monstrum* an – allerdings war er zehnmal gefährlicher als sie –, aber obwohl er ihn zu fürchten hatte, war er weit davon entfernt, ihn zu hassen.
Ursache für diese Innenschau allerdings war keines dieser beiden Ungeheuer gewesen.
Sondern Pete Pascoe. Kein Ungeheuer, sondern ein Mensch, dem er anfangs Respekt entgegengebracht hatte und den er mittlerweile liebte.
Nicht im körperlichen Sinn. Er war ehrlich gewesen, als er dem Polizisten versicherte, dass seine Gefühle nicht homoerotischer Natur waren. Er war bewandert in der sexuellen Liebe, ihren trügerischen Momenten, ihren Wonnen. Darum ging es nicht. Nein, das Maß seiner Gefühle für Peter war der Schmerz, den es ihm bereitete, wenn er ihn belügen musste.
In der Welt des Franny Roote war ein geglücktes Täuschungs-

manöver normalerweise Grund zur Freude, führte zu einer Aufwallung des Blutes, die ihn so geschmeidig machte, dass er das Gefühl hatte, er könnte schlangengleich aus der Haut schlüpfen. Aber nicht dieses Mal. Er hatte seine Unruhe mit Winkelzügen zu kaschieren versucht – *aber nicht unbedingt in dieser Reihenfolge* –, mit raffinierten Ausflüchten, allerdings wollte er Pascoe gegenüber nicht mehr raffiniert, er wollte offen sein. Er hatte vom unverfälschten Geschmack der Offenheit gekostet, und der machte süchtig. Es gab in der Welt Ungeheuer zuhauf, mit denen man seine Psychospielchen treiben konnte, aber das Herz war zu weich, um es mit solch scharfen Windungen und Drehungen nicht zu verletzen.

Er sehnte sich nach einem Ende aller Täuschungen, und zum Glück war die Zeit nun dafür reif. Jedoch nicht durch eine Beichte. Seinen Beobachtungen und Erfahrungen in der Welt zufolge entließ einen die Wahrheit nur selten in die Freiheit. Eher brachte man sich dadurch hinter Gitter!

Nein, aufgrund eines dieser Paradoxa, die er so sehr liebte, führte sein Weg zur Offenheit durch das außerordentlich spitzfindige, labyrinthische Hinterland seines Geistes, der von Loki beherrscht wurde, der nordischen Gestalt, die sich durch Tücke und Listenreichtum auszeichnete. Er zweifelte nicht daran, dass sie ihm den richtigen Zeitpunkt, den richtigen Ort weisen würde.

Unterdessen war, wie bei allen menschlichen Unternehmungen, die Information der Schlüssel zum Erfolg – und dass man bei deren Beschaffung nicht zu viele Skrupel haben durfte. Jeder gute Polizist wusste das, und Peter Pascoe war ein sehr guter Polizist. Er hatte es nicht ausdrücklich erwähnt, aber irgendwie war klar, dass er Zugang zu Charley Heywoods Mails hatte und sie für sehr nützlich erachtete. Vermutlich benutzte sie ihren Laptop, an dem sie ihr Handy anschloss. Er ging zu seinem Rechner und zog aus einer Schublade einen

Zettel mit ihrer Mail-Adresse und ihrer Handy-Nummer. Er erwartete nicht, mit den Schwierigkeiten konfrontiert zu werden, auf die er beim Zugang zu Wields System in der Hall gestoßen war; und im weiteren Verlauf musste er feststellen, dass sich Charley mit der Arroganz der Jugend in ihrer Ungeschütztheit fast noch gefiel.

Zwanzig Minuten später machte er sich eine weitere Tasse Kaffee und ließ sich zur Lektüre nieder.

6

Erneut traf Pascoe in der Sandytown Hall ein, und erneut hatte Wield alles im Griff.

»Es sieht nicht gut aus«, sagte der Sergeant. »Kopfverletzungen, weiß Gott wie viele Knochen gebrochen, sehr schwacher Puls. Hab es nicht gewagt, sie anzurühren, weil ich Sorge um ihre Wirbelsäule hatte. Die Krankenwagen-Leitstelle meinte, es würde mindestens eine halbe Stunde dauern, vielleicht sogar länger. Nördlich von York gab es einen großen Stau, alle Straßen verstopft. Aber es war nicht klar, ob sie länger als eine halbe Stunde durchhält. Dachte schon, einen Hubschrauber zu ordern, als Bowler meinte, wie wär's mit dem Avalon? Ich rief dort an, die haben anscheinend alles, was man so braucht, einen kleinen Krankenwagen, Sanitäter, dazu eine voll ausgestattete Intensivstation. Zum Glück herrschte Ebbe, der Krankenwagen konnte um die Felsen herumfahren. Hab nicht gedacht, dass ich einem Privatkrankenhaus noch mal dankbar sein würde.«

»Und was sagen sie?«

»Bislang keine Rückmeldung. Ich hab Novello hochgeschickt, sie soll die Augen und Ohren offen halten. Den Weg zum Kliff und den Privatstrand habe ich absichern lassen. Und die Spurensicherung ist auch bereits bestellt.«

Sie standen auf dem Felsvorsprung und sahen zu dem gebrochenen Geländer. Das Holz um die Schrauben, mit denen es an den Metallpfosten befestigt war, wirkte morsch. Das Seil, als behelfsmäßige Befestigung gedacht, war noch um die Pfosten gewickelt, das Geländer allerdings war einige Zentimeter davon entfernt gebrochen, dort, wo das Holz noch fest war.

»Man muss schon einigen Druck ausüben, damit es bricht«,

sinnierte Pascoe. »Und gab es hier nicht auch noch ein Warnschild?«
»Dort drüben«, sagte Wield und deutete auf einen Pappkarton, der mit der Aufschrift nach unten einige Schritte vom Vorsprung entfernt lag. »Könnte vom Sturm weggeblasen worden sein.«
»Und die Stange?«
»Brereton bleibt stehen, um zu verschnaufen, und bewundert die Aussicht. Stützt sich mit dem gesamten Gewicht gegen das Geländer. Knack, und weg ist sie.«
»Sie schien mir nicht so schwer zu sein. Könnte noch jemand anderes beteiligt gewesen sein?«
»Bowler und ich waren höchstens ein paar Minuten hinter ihr. Wäre er hochgekommen, hätten wir ihn auf jeden Fall gesehen. Und wenn er nach unten unterwegs war, muss er wie der Blitz gerannt sein. Als wir den Felsvorsprung erreichten, war der Strand vollkommen leer.«
»Trotzdem hast du die Spurensicherung gerufen?«
»Die hätte ich auch gerufen, wenn ich sie hätte fallen sehen«, sagte Wield. »Bei Mordermittlungen ist jeder Todesfall verdächtig.«
»Richtig«, sagte Pascoe und machte sich auf den Weg hinauf zum Garten. »Klingt nicht so, als würde Brereton uns in nächster Zeit irgendwelche Fragen beantworten. Du sagst, sie war in Lady Denhams Zimmer angetroffen worden. Wir sollten herausfinden, was sie dort gesucht hat.«
»Das hier vielleicht«, sagte Wield und hielt ihm die Fotos hin. »Bowler hat sie gefunden. Er hat eine Schublade im Sekretär entdeckt, die uns entgangen war. Er sollte ursprünglich wohl Möbelschreiner werden, das war der Wunsch der Eltern.«
»Vielleicht hätte er auf ihren Rat hören sollen«, grummelte Pascoe. Er betrachtete die Fotos. »Sehen aus, als hätten sie ihren Spaß miteinander. Haben wir schon eine Identifizierung?«

»Hatte nicht viel Zeit, seitdem wir sie gefunden haben«, sagte Wield. »War viel los.«
»Tut mir leid. Überlass sie mir. Ich werde Frodo Leach an diese Schublade setzen, er soll sie mal genauer unter die Lupe nehmen. So, dann reden wir mit Bowler, mal sehen, ob er sich noch an andere Dinge erinnern kann.«
»Hat ist ein bisschen durcheinander, Pete«, sagte Wield. »Wahrscheinlich meint er, er hätte früher zum Hexen-Cottage fahren sollen, dann hätte er vielleicht Ollie Hollis retten können. Und jetzt macht er sich Vorwürfe, dass er das Mädel nicht davon abgehalten hat, zum Schwimmen zu gehen.«
»Dann ist er ja schon mal auf dem richtigen Weg«, kam es ungerührt von Pascoe.
Oben am Ende des Pfades trafen sie auf Bowler, der aussah, als würde er gleich zusammenbrechen. Wield tat er leid, Pascoe aber sagte nur: »Hat, Sie sehen beschissen aus. Entweder Sie reißen sich zusammen, oder Sie fahren nach Hause. Aber so nützen Sie keinem was.«
Es hatte Zeiten gegeben, dachte sich Wield, in denen er dem Burschen die Hand gehalten und besänftigend auf ihn eingeredet hätte.
Andererseits schien seine neue Vorgehensweise sehr viel wirksamer zu sein. Bowler straffte die Schultern und sagte: »Es geht mir gut, Sir. Wirklich.«
»So ist's recht«, kam es herzhaft von Pascoe. »So, dann gehen wir alles noch mal durch, angefangen von dem Zeitpunkt, als Sie bemerkten, dass jemand in der Hall ist.«
Schritt für Schritt leitete er den jungen DCI durch die Ereignisse. Als er damit fertig war, sagte Pascoe: »Danke. So, und jetzt gehen Sie, und schreiben Sie Ihre Aussage auf, solange alles noch frisch ist.«
»Ja, Sir. Danke, Sir«, sagte Bowler.
Er machte noch immer keinen glücklichen Eindruck, aber wenigstens wirkte er nicht mehr völlig am Boden zerstört.

»Vielleicht sollte er, wenn er damit fertig ist, nach Hause fahren«, schlug Wield vor.
»Wozu um alles in der Welt?«, sagte Pascoe. »Wir brauchen jeden, den wir hier kriegen können, und wenn's ein wandelnder Leichnam ist.«
»Die Leichen gehen uns ja kaum aus«, erwiderte Wield, der sich nun doch provozieren ließ.
Pascoe musterte ihn starren Blicks, dann entspannte sich seine Miene zu einem reumütigen Lächeln.
»Tut mir leid, Wieldy«, sagte er. »Vielleicht sollte man mich nach Hause schicken. Zwei Leichen, dazu eine Person, die kurz davorsteht, eine zu werden. O Scheiße. Und hier kommen auch noch drei Leutchen, auf die ich gut und gerne verzichten könnte.«
Sie sahen über die Rasenfläche. Ächzend um die Hausecke kam ein Motorradgespann gefahren. Die Ursache für den aufheulenden Motor war schnell erkannt. Hinter Godley auf dem Sozius saß Charley Heywood, die Arme um die Hüften des Heilers geschlungen, im Seitenwagen aber prangte, wie das Bildnis einer ostasiatischen Gottheit, die zur Segnung der Reisernte über die Lande kutschiert wurde, ein ernst dreinblickender Andy Dalziel. Gordon Godley dagegen hatte ein glückseliges Lächeln auf den Lippen.
Das Gespann hielt an. PC Scroggs, eifrig bemüht, seine kürzliche Pflichtversäumnis wiedergutzumachen, kam herangeeilt, sein Blick so ernst und entschieden wie jener von Horatius, der den Etruskern entgegentrat. Dann entdeckte er Dalziel, kam schlitternd zum Halt und legte den Rückwärtsgang ein.
Pascoe rührte sich nicht, sondern wartete, bis der Dicke über den Rasen auf ihn zukam.
»Pete, Bursche«, sagte er. »Hab's soeben erfahren. Wie geht's dem armen Mädel?«
»Wir warten auf Neuigkeiten. Andy, was machst du hier? Und warum hast du die beiden mitgebracht?«

»Wenn man es recht betrachtet, glaub ich, haben die beiden mich mitgebracht. Und keine Sorge, ich hab ihnen wohl ausgeredet, gegen dich Beschwerde einzureichen. Und wenn du noch irgendwie bei Trost bist, dann wirst du dich mit Charley verständigen und sie mit Kusshand an Bord nehmen. Sie ist so helle wie das Gebiss vom guten Lester. Ach ja, das ist einer der Gründe, warum ich hier bin. Du hast mich gebeten, mit Pet und Lester zu reden, du erinnerst dich? Aber das Wichtigste zuerst: Diese Clara, ist sie gesprungen, oder wurde sie gestoßen?«

Pascoe bemerkte den vertrauten imperialen Tonfall und erinnerte sich an sein Gefühl des Verlusts und seine Verzweiflung, als er den Dicken zum ersten Mal auf der Intensivstation gesehen hatte, so leblos und verloren wie ein verlassener Kahn auf windstiller See. Dass seine Masten jetzt wieder aufgerichtet waren, die Segel vom Wind gebläht, hätte ihm ungetrübte Freude sein sollen; woher aber kam dann dieser Atem der Nostalgie, der sein Gemüt streifte?

Er ignorierte es und sagte: »Sieht wie ein Unfall aus. Sie wollte den Pfad hinunter, erreichte den Felsvorsprung mit dem kaputten Geländer, lehnte sich dagegen, und es gab nach. Aber wir ziehen alle Möglichkeiten in Betracht.«

»Um Himmels willen!«, rief Charley Heywood aus, die dem Dicken gefolgt war. »Können Sie beide nicht mal für eine Minute den Polizisten seinlassen? Wen interessiert schon, wie es passiert ist? Wie geht es Clara? Das ist alles, was zählt.«

Pascoe starrte sie eine Weile an, dann sagte er ruhig: »Natürlich, Miss Heywood. Aber da keiner von uns wissen kann, wie es ihr geht, solange wir vom Avalon nichts hören – wohin sie nämlich gebracht wurde –, müssen Sie schon verzeihen, wenn ich unterdessen weiterhin den Polizisten gebe.«

Dalziel verzog das Gesicht in Charleys Richtung, was sie dazu veranlasste, den Mund zu halten, dann sagte er: »Was ist also passiert?«

Auf ein Nicken von Pascoe erzählte Wield seine Geschichte.
»Wenn also«, sagte daraufhin Dalziel, »noch jemand daran beteiligt gewesen wäre, hätte er so schnell den Pfad hinunterspurten müssen, wie das arme Mädel gebraucht hat, um runterzufallen, damit ihr ihn nicht mehr zu Gesicht bekommen konntet.«
»Richtig, Sir«, sagte Wield. »Und dort unten war definitiv keiner mehr zu sehen.«
»Er hätte sich in der Höhle verstecken können.«
Alle Blicke richteten sich auf Charley.
»Wenn jemand Clara hinuntergestoßen hat, dann hat er Sie vielleicht kommen hören und sich daraufhin in der Höhle versteckt, bis Sie unten am Strand waren, dann hätte er nach oben flüchten und durch die Wälder verschwinden können.«
Dalziel betrachtete sie mit väterlichem Stolz.
»Sagte doch, sie hat einiges auf der Pfanne.«
»Ach ja, die Höhle«, sagte Pascoe. »Ich erinnere mich. In Ihrer Mail. Die Höhle, in der Sie Sir Edward und Miss Brereton angeblich in Aktion erwischt haben.«
Charley entging nicht das *angeblich* und musste an den Dicken denken, der ihr gesagt hatte, Pascoe würde jede ihrer Aussagen nur mit spitzen Fingern anfassen.
Bevor sie zu einer Retourkutsche ansetzen konnte, schaltete sich Wield ein. »Wo genau liegt diese Höhle, Miss?«
»Links vom Felsvorsprung«, sagte sie. »Ein Stück nach oben, dann durch die Sträucher. Wenn man genau hinschaut, kann man einen Weg erahnen.«
Pascoe und Wield tauschten einen Blick aus.
»Soll ich …?«, sagte Wield.
»Nein«, sagte Pascoe. »Wir wollen keine Kontaminierung, nur für den Fall. Soll sich die Spurensicherung darum kümmern. Danke, Miss Heywood. Noch etwas, was Sie gern beitragen möchten?«
Er klang höflich und kühl, für Charley aber troff sein Satz vor

Sarkasmus. Ihr Blick ging zum Dicken. Dort sah sie nichts als eine leere Miene, glaubte aber die Versicherung herauszulesen: *Ich hab versprochen, nichts ohne deine Einwilligung zu sagen. Es liegt nur an dir, Mädel.*

»Da ist noch etwas, Mr. Pascoe«, sagte sie. »Was die Höhle betrifft. Mir ist da ein Fehler unterlaufen. Es war nicht Clara, die ich mit Teddy Denham gesehen haben wollte. Sondern Sidney Parker.«

Pascoe strich sich mit der Hand übers Gesicht und verbarg damit jegliche Reaktion.

»Nicht Clara Brereton, sondern Sidney Parker, verstehe«, sagte er nachdenklich. »Na, das kann man wohl als Fehler bezeichnen, Miss Heywood. Ich weiß nicht, wie relevant es ist, aber bevor wir daraus irgendwelche Schlussfolgerungen ziehen, müssen wir uns dessen absolut sicher sein ...«

Dalziel, der sehr wohl sah, wie die junge Frau erneut kurz davorstand, sich provozieren zu lassen, drängte sich dazwischen. »Wir haben das alles durchgesprochen, Pete. Miss Heywood ist sich sicher. Und ich auch.«

»In dem Fall, Sir, ist die Sache natürlich über jeden Zweifel erhaben«, sagte Pascoe ohne jegliche Ironie in der Stimme. »Um es noch mal klarzustellen, Miss Heywood, Ihr Irrtum bezieht sich lediglich auf die beteiligten Personen, nicht auf deren Aktivitäten? Sie haben die beiden Männer *in flagranti* ertappt?«

»Ja«, antwortete Charley, »Ted hat ihm definitiv einen Arschfick verpasst.«

Der Dicke grinste. Das Mädel gefiel ihm immer besser.

Pascoe zeigte keinerlei Regung. »Im Lichte dessen sagen Sie also, dass die Ausführungen in Ihren Mails über Ted Denham, der sich an Miss Brereton heranmacht, von Ihnen ganz zu schweigen, ebenfalls als Fehlinterpretation aufzufassen sind?«

Charley sah aus, als überlegte sie kurz, ob sie nicht körperliche Gewalt anwenden sollte, dann sagte sie: »Nein. Gut, bis zu einem gewissen Grad könnte alles vorgeschoben gewesen sein, um Lady Denham irrezuleiten, aber ich würde sagen, Ted ist bisexuell.«

»Vorgeschoben?«, wiederholte Pascoe. »Um was zu verbergen? Und warum?«

»Nach dem wenigen, was ich über Lady Denham erfahren habe, dürfte sie einem Schwulen wohl kaum etwas vererbt haben«, sagte Charley.

»Außer vielleicht ein paar von ihren Nachthemden«, kam es fröhlich von Dalziel.

Erneut blickte Pascoe von der jungen Frau zum Dicken.

»Könnten wir uns unter vier Augen unterhalten, Sir?«, sagte er.

Er marschierte in Richtung Hall. Dalziel zwinkerte Charley zu und folgte.

»Du warst also nicht da, als das Mädel angegriffen wurde?«, fragte er, als er ihn eingeholt hatte.

»Nein«, kam es von Pascoe schroff. »Ich hab Franny Roote besucht.«

»Du meinst, du hast ihn befragt?«

»Das auch. Schon gut, Andy. Wie ich dir letzten Abend gesagt habe, ich kann private Gefühle und dienstliche Pflichten durchaus auseinanderhalten.«

»Sagt der Bischof zur Schauspielerin«, erwiderte Dalziel. »Also, dieses Vier-Augen-Gespräch, das du mit mir wolltest – ich steck doch nicht in Schwierigkeiten, oder?«

»Keine, aus denen du dich nicht wieder herausreden könntest«, sagte Pascoe, der stehen blieb und sich dem Dicken zuwandte. »Ich möchte, wenn du nichts dagegen hast, auf deine vereinbarte professionelle Beteiligung an den Ermittlungen zurückkommen. Vielleicht magst du mir erzählen, wie es bei der von dir freiwillig übernommenen Zeugenbefragung im Avalon gelaufen ist.«

Dalziel verzog das Gesicht. »Bin ein wenig übers Ziel hinausgeschossen, was? Die Macht der Gewohnheit. Die wird man – wie mich – so schnell nicht los. Von jetzt an halt ich mich an die Buchstaben des Gesetzes. Du bist der Boss.«

»Das weiß ich«, sagte Pascoe. »Die Befragungen, Sir.«

Dalziel lieferte ihm eine Zusammenfassung der Gespräche mit Sheldon und Feldenhammer.

»Und deine Schlussfolgerungen?«

»Einen Moment. Ich bin noch nicht fertig.«

Es folgte der Bericht seines Besuchs im Kyoto-Haus. Pascoe stöhnte auf, als er von Minnie Parkers Beiträgen erzählte.

»Großer Gott, Andy«, sagte er. »Uns hat schon Tom Parker die Hölle heißgemacht, weil Novello das Mädchen nicht im Beisein von Erziehungsberechtigten befragt hat. Wenn er dahinterkommt, dass du sie über Leute, die am Strand vögeln, ausgequetscht hast, dann steckst du in ziemlich großen Schwierigkeiten.«

»So war es nicht«, protestierte Dalziel. »Sie hat von sich aus davon erzählt. Könnte ja alles einfach nur ein Produkt ihrer Phantasie sein.«

»Glaube ich nicht«, sagte Pascoe und zog den Umschlag mit den Fotos heraus. »Kennst du da jemanden?«

Dalziel betrachtete sie eine geraume Zeit. »Hoffentlich hat der gute Lester seinen Hintern mit Sonnencreme eingeschmiert.«

»Lester? Dann ist das Dr. Feldenhammer?«

»Oh aye. Kein Zweifel. Und das Mädel muss diese indische Lady sein, von der Minnie uns erzählt hat.«

»Tatsächlich. Ich fürchte, wir werden noch einmal mit dem Mädchen reden müssen. Ich werde versuchen, nicht groß darauf herumzureiten, woher wir die Informationen haben, aber vielleicht legst du dir schon mal eine gute Erklärung zurecht, wie es dazu kam, dass du dich ohne Beisein eines Erziehungsberechtigten mit dem Mädchen unterhalten hast.«

»Spar dir deine Predigten, Bursche, solange du dich noch

nicht rasieren musst«, gab Dalziel zurück, der seinen Vorsatz, den Untergebenen zu spielen, ganz vergessen hatte. »Wie auch immer, Charley Heywood geht als Erziehungsberechtigte durch, und als eine intelligente noch dazu. Ich bin nicht der Einzige hier, der vom rechten Weg abgebogen ist. Wenn sie Beschwerde einreicht, weil ihr ihre vertrauliche Unterhaltung abgehört habt, wirst du merken, was Schwierigkeiten sind. An deiner Stelle würde ich langsam mal anfangen, mich mit ihr gutzustellen.«

»Unterhaltungen mit einem in Gewahrsam genommenen Verdächtigen sind nie vertraulich«, erklärte Pascoe.

»In Gewahrsam genommen?«, blaffte Dalziel. »Quatsch! Du hast gewusst, dass Godley sauber ist, was dadurch bezeugt wird, dass er jetzt frei herumläuft.«

»Was er nicht tun würde, wenn ich nicht Miss Heywood benutzt hätte, um die Wahrheit über seine Beziehung zu Miss Lee herauszufinden«, entgegnete Pascoe. »Du warst doch früher nie so pingelig, Andy.«

»Und du hast nie deine verdammten eigenen Regeln aufgestellt, Bursche!«

Die beiden Männer starrten sich finster an, dann grinsten sie beide.

»Na«, sagte Pascoe, »im Moment sieht er jedenfalls nicht so aus, als wollte er sich beschweren.«

Sie warfen einen Blick zu Charley und Godley, die sich mitten auf dem Rasen lebhaft unterhielten.

»Weil der arme Kerl meint, der jungen Charley scheint die Sonne aus den Ohren«, sagte der Dicke. »Trotzdem ist sie noch lange nicht dein größter Fan.«

»Und du hältst sie für jemanden, der sich beschweren könnte?«

»Sie vielleicht nicht, aber wenn ihr Dad, Stompy Heywood, hört, dass du mit seiner Tochter Schindluder getrieben hast, dann sieh zu, dass du mit deiner Krankenversicherung nicht im

Rückstand bist. Denk drüber nach, und währenddessen erzähle ich dir, wie ich die Dinge sehe. Katzenjammer passt ins Profil. Daph hat ihn hart rangenommen, aber er konnte es sich nicht leisten, sie allzu brüsk abzuwehren, weil sie von seinem unartigen Treiben mit der indischen Patientin wusste.«

»Wow!«, sagte Pascoe. »Wir wissen nicht, ob sie Patientin war. Könnte auch eine Krankenschwester gewesen sein.«

»Sie war Patientin. Ich hab das im Urin«, sagte der Dicke.

»Das gleiche Argument für die Existenz Gottes, und die ganze Welt wird religiös«, sagte Pascoe.

»Ha, ha. Hör zu, sie muss Patientin gewesen sein. Ärzten wird nicht die Approbation entzogen, weil sie Schwestern vögeln, sonst wäre unser Gesundheitssystem in einem noch schlechteren Zustand, als es eh schon ist.«

»Und du glaubst, Lady Denham wäre in der Lage gewesen, Feldenhammer zu sagen, wenn er sie nicht heiratet, würde sie die Bilder von ihm am Strand veröffentlichen? Ich meine, die meisten Frauen wären davon abgestoßen gewesen.«

»Nicht Daph«, kam es fast bewundernd von Dalziel. »Hat darin vielleicht nur einen Beleg gesehen, dass er sich für ihre Zwecke eignet. Das eine Mal, als sie ihn ins Bett lotsen konnte, scheint nicht ganz so befriedigend gewesen zu sein, muss ihr also gefallen haben, ihn mal in Topform zu erleben.«

Pascoe schüttelte nur den Kopf. »Aber er ist doch Arzt.«

»Er ist ein Mann.«

»Nein. Ich meine, Ärzte erwürgen keine Menschen. Sie geben ihnen Gift oder führen durch eine hohe Rechnung einen Herzinfarkt herbei.«

Dalziel lachte. »Aye, aber man kann sie wie jeden anderen auch provozieren.«

»Wahrscheinlich. Wer weiß sonst noch von dieser angeblichen Patientin? Du sagtest, Minnie hat es Sid Parker erzählt?«

»Richtig. Und ich schätze, er hat es Ted Denham erzählt. Der Kerl ist offensichtlich ganz verrückt nach Ted! Hat ihm ein

Motorrad mit dem Namen Sexy Beast gekauft. Will ihn glücklich machen, darum geht's in der Liebe, richtig? Hübsche Geschenke, Hilfe bei Problemen wie dem, was aus der verfallenen Bruchbude seines Hauses gemacht werden könnte, Süßholzgeraspel, heißes Geturtel, aye, so wird Ted von der Indianer-Maid gehört haben.«

»Stopp, Andy. Warum plötzlich Indianer-Maid? Ich dachte, sie wäre Inderin und Patientin?«

»Sorry. Nur so eine Assoziation, mehr nicht.«

Er pfiff die Eröffnungstakte des Rugby-Lieds. Pascoe, ein in der Wolle gefärbter Fußballfan, sah ihn entgeistert an. Also steuerte Dalziel auch noch den Text bei. Pascoe, leicht prüde, wirkte noch entgeisterter.

»Als ich Denham und Katzenjammer zum ersten Mal gemeinsam begegnet bin, hat Ted dieses Lied gepfiffen, und der gute Lester wäre fast ausgeflippt. Ich nehme an, Ted hat die ganze Sache mit diesem Lied abgerundet, als er Lester davon in Kenntnis setzte, und wenn er ihn danach auf die Palme bringen wollte, musste er nur noch die Melodie pfeifen.«

»Das klingt, als hätte er auch noch ein Motiv, Denham gleich mit loszuwerden. Soweit ich weiß, ist der aber noch quicklebendig.«

»Pete, was ist aus deinem scharfen Verstand geworden? Ist Roote daran schuld? Nach einem Treffen mit ihm bist du immer wie eine Schnecke, die man mit Salz bestreut.«

»Das Schnecken-Bild ist mir egal, aber klär mich auf, Andy.«

»Das Letzte, was Teddy wollen konnte, war, dass Daph Katzenjammer vor den Altar schleift. Dann hätte er alle Hoffnungen, irgendwas zu erben, begraben können. Mit der Indianer-Maid konnte Ted Katzenjammer warnen, ja die Hände oder was auch immer von Daph zu lassen. Und Daphne tat wahrscheinlich genau das Gegenteil, sie benutzte die Indianer-Maid, um Katzenjammer unter Druck zu setzen, damit er seine Hände eben nicht bei sich behielt! Der arme Kerl. Zwei

Erpresser, und wenn er dem einen nachkam, brachte er den anderen gegen sich auf! Muss sich gefühlt haben, als hätten ihn die beiden an den Eiern und zerrten in verschiedene Richtungen!«

»Das heißt also, nachdem Lady Denham nicht mehr ist, muss sich Feldenhammer um Ted keine Sorgen mehr machen?«

»Gut gemacht, Bursche! Hat lange gedauert, aber letztlich ist es dir doch noch gekommen.«

»Wie die Schauspielerin zum sehr alten Bischof sagt.«

»Zum Henker, jetzt klaust du mir auch noch meine Sprüche!«

»Andy, du hast mir mal gesagt, wenn es nützlich ist, soll man es auch nutzen, egal wie verseucht die Quelle ist. Miss Heywood!«

Charley sah in ihre Richtung, beendete in aller Ruhe ihr Gespräch mit Gordon Godley, bevor sie langsam auf sie zukam. Pascoe, der wusste, wie solche Dinge zu regeln waren, ging ihr einige Schritte entgegen.

»Miss Heywood«, sagte er, »ich möchte mich entschuldigen, falls ich mich Ihnen gegenüber bislang nicht unbedingt als Kavalier erwiesen haben sollte.«

»Nicht als Kavalier? Ich würde Sie eher als Rundkopf einschätzen«, sagte Charley. »Wenn man etwas für richtig hält, dann wird es gemacht, und zum Teufel mit den Rechten und Gefühlen anderer Menschen!«

Pascoe strich sich mit der Hand durchs Haar, als wollte er prüfen, ob es auch wirklich ganz geschoren war. »Vielleicht, aber dann hoffentlich als einen protestantischen und nicht als puritanischen Rundkopf. Ich denke, es ist an der Zeit, dass ich mich bei Ihnen dafür entschuldige, dass wir ohne Ihre Zustimmung Ihr Gespräch mit Mr. Godley abgehört haben.«

»Das ist nett. Er ist auch da, wissen Sie? Entschuldigen Sie sich bei ihm auch?«

»Nein«, sagte Pascoe. »Wäre er von Anfang an ehrlich zu uns gewesen, wäre es gar nicht so weit gekommen.«

Dann grinste er sein berühmtes jungenhaftes Grinsen, von dem Dalziel behauptete, es könnte Kröten die Warzen wegzaubern, und fügte hinzu: »Jedenfalls könnte er mittlerweile geneigt sein, es als *felix culpa* zu betrachten. Schließlich ist er Ihnen dadurch doch nähergekommen.«

Charley wurde rot.

»Was ist das mit euch Leuten nur?«, fragte sie. »Ich dachte, Sie betreiben Mordermittlungen, keine Partnervermittlung!«

»Nochmals Entschuldigung, ja, es geziemt sich wirklich nicht für einen Kavalier, so etwas zu sagen, nicht wahr?«

Er setzte seine reumütige Miene auf, worauf sich die junge Frau ein Lächeln verkneifen musste.

Das Motorengeräusch eines Wagens setzte den Belustigungen ein Ende. Wobei sich der Lärmpegel in Grenzen hielt. Es handelte sich um einen taubengrauen Daimler mit getönten Scheiben, so dass die Insassen kaum auszumachen waren. Der Chauffeur, der ausstieg, entsprach perfekt seiner Rolle. Er war groß, schlank, trug einen dunklen Anzug, der eher einer Uniform ähnelte, ein Eindruck, der sich noch verstärkte, als er eine Schirmmütze aufsetzte, bevor er zum Fond ging und die Tür öffnete.

»Pete, du hast nichts davon gesagt, dass die Queen kommt«, sagte Dalziel.

Die Beine des Passagiers erschienen. Falls Ihre Majestät nicht auf graue Nadelstreifen umgesattelt hatte, würde es mit dem königlichen Besuch wohl doch nichts werden.

Dann erschien der ganze Mann und richtete sich auf. Allerdings nicht sehr weit. Er war breit und gedrungen und hatte einen buschigen, schwarzen, quadratisch gestutzten Vollbart. Er ging seinem Chauffeur bis etwa zur dritten Rippe.

»Es ist Gimli aus *Herr der Ringe*«, sagte Charley.

Gleichzeitig, nahezu unbeachtet, glitt aus der anderen Fondtür eine schlanke junge Frau in einem reihergrauen Businesskostüm, in der Hand eine schwarze Leder-Aktentasche.

Erneut trat PC Scroggs den Ankömmlingen entgegen und sprach den Mann an. Worte wurden gewechselt. Scroggs sah aus, als wäre er gezüchtigt worden. Er deutete zur Gruppe auf dem Rasen, und der Mann marschierte auf sie zu. Seine Schritte ließen nicht unbedingt den Boden erbeben, vermittelten aber den Eindruck, dass sie genau das könnten, wenn er nur wollte.

Bei ihnen angekommen, stieß er ein einziges Wort heraus.

»Beard!«

Pascoes Empfänglichkeit für unversehens hereinbrechende, absonderliche Launen kam ihm in seinem Beruf manchmal zugute, genauso oft aber ließ er sich von ihnen auf gefährliche Weise ablenken. Statt sich darauf zu konzentrieren, einen Kniff zur Identifizierung des Neuankömmlings zu finden, der wichtig genug aussah, um der neue Innenminister sein zu können (oder sogar der alte – wer zum Teufel war überhaupt Innenminister?), blieb er an dem Gedanken hängen, dass es sich hier um eine dieser märchenhaften Begegnungen handeln könnte, in der unweigerlich Unheil über einen hereinbrach, wenn man nicht das richtige Wort aussprach. Er oszillierte noch zwischen *Kahlschlag* und *Sporran,* als der Dicke vortrat und überschwenglich sagte: »Schön, Sie zu sehen, Mr. Beard. Wir haben Sie erwartet. Ich bin Dalziel, und das ist Detective Chief Inspector Pascoe, der die Ermittlungen leitet.«

Pascoe kam ins Hier und Jetzt zurück. Es handelte sich um Lady Denhams Anwalt, Mr. Beard aus der Gray's Inn Road, und Dalziel hielt sein Versprechen, sich im Hintergrund zu halten, auch wenn das hieß, höflich gegenüber einem Anwalt zu sein – keine leichte Aufgabe für jemanden, der Metzger Märtens Forderung, nach der Revolution alle Rechtsgelehrten umzubringen, als Gnadenakt verstand.

»Nett, Sie kennenzulernen, Sir«, sagte Pascoe und gab ihm die Hand. »Und Ihre Kollegin.«

Er sah zu der Frau. Beard nicht.

»Sekretärin. Tut mir leid, dass ich nicht früher gekommen bin. Straßenbauarbeiten.«
Seine Stimme war so tief und resonant, dass sie einem fast eine Massage verabreichte, dachte sich Charley. Hätte man ihn am Telefon, würde man mit ihm jederzeit ein Date ausmachen, auch wenn er *Sekretärin* und *Straßenbauarbeiten* im selben abfälligen Ton aussprach.
»Gehen wir nach drinnen«, sagte Pascoe.
Er drehte sich noch zu Charley um, bevor er sich entfernte, sah sie reumütig an und murmelte: »Tut mir leid. Das Testament. Wenn Sie noch etwas hierbleiben, können wir nachher darüber reden. Das heißt, falls Sie noch hierbleiben können. Danke.«
Wie hatte Dalziel ihn genannt? *Einen alten Schmeichler.* Nun, für Süßholzraspler hatte sie noch nie viel übrig. Andererseits, wenn das Süßholzgeraspel beinhaltete, dass ein paar Info-Brocken zum Testament für sie abfielen, wollte sie sich diese Gelegenheit keinesfalls entgehen lassen.
Sie drehte sich um. Godley war so dicht an sie herangerückt, dass sie unweigerlich einen Schritt zurück machte, während er gleichzeitig doppelt so weit nach hinten hopste.
»Mr. Godley«, sagte sie, »wenn Sie es sich zur Angewohnheit machen sollten, sich an mich heranzuschleichen, dann müssen Sie wirklich was mit Ihrem Bart unternehmen.«
»Ja. Tut mir leid.«
Er sah so jämmerlich aus, dass sie sich fühlte, als hätte sie ihm einen Tritt verpasst.
Auf Wiedergutmachung bedacht, sagte sie: »Mir fällt ein – Sie müssen doch von Ihrer Schwester … Halbschwester … Doris alles über Tom Parkers Pläne für Sandytown gehört haben. Oder?«
»Ja. Doris war vom Festival und dem allen sehr begeistert.«
»Aber Sie nicht?«
»Nicht so ganz. Ist nicht meine Sache. Ich mag es nicht, wenn

so viele Leute um mich herum sind, ich kann mit dem ganzen Getue nichts anfangen. Und nachdem Doris … na ja … Miss Lee …«

Sie verstand, was er sagen wollte. Er liebte seine Halbschwester, aber er wollte mit dem Schwindel nichts zu tun haben. Es musste ihm schwerfallen, in ihrer unmittelbaren Nähe zu arbeiten.

»Warum haben Sie dann Ihre Meinung geändert?«

Dumme Frage. Sie kannte die Antwort, noch bevor sie die Frage gestellt hatte, aber es war zu spät.

Er sah sie nicht an, sondern starrte zu Boden und plapperte etwas kaum Hörbares.

Das war ihr gerade recht, also sagte sie nicht »Pardon?« oder »was?«, er allerdings fasste ihr Schweigen als »sorry, ich hab's nicht verstanden« auf, drückte die Schultern durch und sah ihr in die Augen.

»Als Sie und Mr. und Mrs. Parker zur Mühle kamen und sagten, Sie würden ein paar Tage bei ihnen verbringen, dachte ich, wenn ich die Einladung annehme, könnte ich Sie vielleicht wiedersehen. Deshalb bin ich gekommen.«

»Aber das ist doch … doof!«, sagte Charley.

»Ja, sehe ich genauso«, kam es von ihm postwendend. »Daher dachte ich mir, wenn ich herausfinden will, wie doof es ist, wäre es am einfachsten, wenn ich Sie wiedersehe und mich dann frage, wie ich überhaupt auf die Idee kommen konnte.«

Für eine vernünftige erwachsene Frau, die es nicht mochte, von einem Wirrkopf gemocht zu werden, war es im Grunde genommen dämlich, darüber enttäuscht zu sein, aber es versetzte ihr einen Stich, der sich doch ziemlich nach Enttäuschung anfühlte.

»Eine sehr einsichtige Überlegung«, sagte sie beherzt.

»Eigentlich nicht. Es kommt mir jetzt nämlich überhaupt nicht mehr doof vor«, sagte er. »Im Gegenteil, mir erscheint es als vollkommen logisch. Und es tut mir leid, dass ich auch nur eine Sekunde lang geglaubt habe, Sie würden, als Sie mich zum Reden gebracht haben, mit der Polizei unter einer Decke stecken. Als ich später darüber nachdachte, wurde mir klar, dass ich mich irrte, und nachdem ich jetzt soeben mitbekommen habe, wie Sie sich gegenüber den beiden verhalten haben, war ich mir dessen sicher. Nehmen Sie das zur Kenntnis. Meine Gefühle Ihnen gegenüber mögen hoffnungslos sein, aber sie sind auf keinen Fall doof. Und jetzt muss ich los.«

»Wohin? Warum?«, wollte sie wissen.

»Zum Avalon. Sie haben recht, Clara sollte unsere Hauptsorge gelten.«

Er drehte sich um und marschierte steif davon.

Sie war versucht, ihm nachzurufen, ihm zu sagen, dass sie sich unterhalten müssten, fürchtete aber, dass alles, was sie sagte, als Ansporn aufgefasst werden konnte. Wenn er schon wusste, dass alles hoffnungslos war, wollte sie es auf keinen Fall riskieren, dass sich daran etwas änderte.

Als er auf seine Maschine stieg, hielt ein vertrauter, verstaubter alter Defender neben dem Daimler des Anwalts an, und der Fahrer sprang heraus. Es war ein großer junger Mann mit breiten Schultern und entsprechend breitem Lächeln, während er über den Rasen auf sie zukam.

»Hallo, Charley«, sagte er, sobald er nahe genug war. »Sei nicht böse, aber als wir deine Nachricht bekommen haben, konnten wir Dad nur davon abhalten, sofort selber zu kommen und nach dem Rechten zu sehen, indem ich das übernahm. Ich schätze, das ist das kleinere Übel.«

Er hatte recht. Sie hätte sauer sein sollen oder zumindest rechtschaffen empört über die Tatsache, dass der Rammschädel sie immer noch für ein hilfloses Kind hielt, das es zu beschützen galt.

Aber als ihr Bruder sie in die Arme schloss, überraschte es sie selbst noch mehr als ihn, als sie »o George!« sagte und in Tränen ausbrach.

7

Mit aristokratischer Gleichgültigkeit blickte der verstorbene Sir Harry Denham auf das Männerquartett herab, das den großen Salon betreten hatte.

War das leichte Schielen Zeugnis von Geshmerays Entschlossenheit, ein wirklichkeitsgetreues Porträt zu malen inklusive sämtlicher Warzen et cetera?, fragte sich Pascoe. Oder hatte er nur die Schnauze voll gehabt, ständig von oben herab behandelt zu werden?

Mr. Beard hatte sich für den Salon entschieden und sie ohne Absprache dorthin geführt. Vermutlich war er hier gewöhnlich von Daphne Denham empfangen worden. Außerdem war er es sichtlich gewohnt, das Kommando zu übernehmen, sogar oder vielleicht besonders in Gesellschaft von Polizisten. Er setzte sich auf das riesige Sofa. Seine Sekretärin legte neben ihn den Aktenkoffer, das unmissverständliche Signal, dass er allein hier zu sitzen gedenke, dann nahm sie am kleinen, vergoldeten Tisch an der Wand neben dem großen Sekretär Platz, Stift und Notizblock bereit.

Pascoe, Dalziel und Wield rückten ihre Armsessel so, dass sie sich um den Anwalt gruppierten, und ließen sich darauf mit einer Synchronizität nieder, die eines Busby Berkeley würdig gewesen wäre.

»Mr. Pascoe«, begann Beard, »nach allem, was bislang in Erfahrung gebracht wurde, nehme ich an, dass Sie den Täter dieses monströsen Verbrechens noch nicht in Gewahrsam haben?«

»Leider nicht«, sagte Pascoe.

Beard nickte, als konnte ihn das nicht überraschen.

»Und Sie haben auch noch keine Abschrift von Lady Denhams Testament gesehen?«

»Nein.« Sonst würden sie ja kaum ihre Zeit damit verschwenden, mit ihm hier herumzusitzen, dachte sich Pascoe und ließ Dalziel einen kurzen finsteren Blick zukommen, damit er es nicht laut aussprach.

»Verstehe«, sagte Beard und klang dabei, als könnte er durchaus überrascht klingen, falls er sich dazu herablassen würde. »In diesem Fall und in der Annahme, dass Sie jeden als potenziellen Tatverdächtigen einstufen, der sich wohlberechtigte Hoffnungen machen könnte, vom Testament meiner Mandantin zu profitieren, bin ich wohl dazu berechtigt, Ihnen den Inhalt des Testaments noch vor den Begünstigten zu eröffnen.«

Dalziel kratzte sich die Falten seines Doppelkinns mit der verblüfften Miene desjenigen, dem nicht in den Kopf wollte, wie zum Teufel der Anwalt meinen konnte, er hätte hier irgendeine andere Wahl, selbst wenn er noch so sehr wie das Selbstporträt von Toulouse-Lautrec aussah.

»Das wäre sehr hilfreich«, murmelte Pascoe.

Mr. Beard ließ die Schlösser seines Aktenkoffers aufschnappen und zog einen Ordner heraus, der aussah, als bestünde er aus Pergament. Ihm entnahm er ein Dokument.

»Hier«, verkündete er, »halte ich den vermutlich Letzten Willen und das Testament von Lady Daphne Denham in Händen.«

»Vermutlich?«, sagte Pascoe. »Gibt es irgendeinen Grund zur Annahme, dass es noch ein weiteres gibt?«

Beard seufzte wie ein Französisches Horn und sagte: »Keinen spezifischen Grund, sonst hätte ich das gesagt. Nur entwickelte Lady Denham in den letzten Jahren die Angewohnheit, Testamente abzufassen. Das ist nichts Ungewöhnliches. Manche lösen im hohen Alter Kreuzworträtsel, andere beschäftigen sich mit der Kreuzstichstickerei, einige wenige mit dem Dichten von Haikus. Viele jedoch verbringen ihre Zeit mit der Abfassung und Änderung ihrer Testamente. Die Höhe der Vermögenswerte spielt im Grunde keine Rolle. Solange bewegliche Werte jeglicher Art in ausreichender Zahl vorliegen, schafft sich der gewohnheitsmäßige Testamentsverfasser durch deren Verteilung und Neuverteilung so manche vergnügliche Stunde. Handelt es sich aber wie in diesem Fall um einen beträchtlichen Vermögenswert, kommt als zusätzliches Element das der Machtausübung hinzu.«

»Wie oft also hat Lady Denham ihr Testament umgeschrieben?«, frage Pascoe.

»Viermal in diesem Jahr, soweit ich weiß«, sagte Beard. »Das heißt, viermal waren die beabsichtigten Änderungen so weitgehend, dass meine professionelle Unterstützung notwendig wurde. Ich nehme an, nein, ich bin überzeugt, dass es zahlreiche kleinere Änderungen gab, möglicherweise sogar größere, deren zeitliche Geltungsdauer aber nicht ausreichte, um mich dazu konsultieren zu können. Solche Dokumente haben natürlich keinerlei Gültigkeit, wenn sie nicht ordnungsgemäß unterzeichnet und bezeugt wurden. Daher ist meines Wissens dieses Dokument der Letzte Wille von Lady Denham. Es handelt sich um eine äußerst detailreiche Abhandlung von entsprechender Länge. Wünschen Sie alles davon zu hören?«

Dalziel gab ein seufzendes Stöhnen oder ein stöhnendes Seufzen von sich, einen Laut, der einem unmusikalischen Menschen entweichen mag, dem soeben klarwird, dass der zweite Akt der *Götterdämmerung* nicht der letzte ist.

»Ich glaube, Sie können uns die Einzelheiten ersparen, Mr. Beard«, sagte Pascoe. »Mich interessieren selbstverständlich die wichtigsten Erben.«

»Wie Sie wünschen. Auf welcher Stufe setzt Ihre Definition von *wichtigste Erben* ein?«

Ein weiterer Laut von Dalziel, diesmal eher bärenartig als menschlich.

Hastig setzte Pascoe hinzu: »Fangen Sie oben an, und arbeiten Sie sich nach unten durch.«

»Das heißt, dass wir am Ende anfangen«, sagte Mr. Beard

widerwillig. »Aber wenn Sie darauf bestehen. ›An meinen angeheirateten Neffen, Sir Edward Denham von Denham Park in der Grafschaft Yorkshire, den gesamten Rest meiner unbeweglichen und persönlichen Vermögenswerte …‹ Sie sehen das Problem, Chief Inspector? Ohne im Einzelnen auf die anderen Erbbegünstigten einzugehen, ergibt dieser Ausdruck wenig bis gar keinen Sinn …«

»Ich bin mir sicher, Sie haben den Wert dessen überschlagen«, sagte Pascoe. »Wir werden Sie nicht darauf festnageln.«

»Das ist nicht leicht, der Immobilienmarkt ist ständig in Bewegung. Ich würde sagen, mindestens zehn Millionen. Tatsächlich könnte es sich auf bis …«

»Zehn Millionen reicht«, sagte Pascoe. »Fahren Sie fort.«

Er fuhr fort. Esther Denham bekam eine Million sowie allen Schmuck bis auf den einen Gegenstand, den sich Clara Brereton neben ihren fünftausend Pfund aussuchen durfte.

»Fünftausend«, unterbrach Pascoe. »Nicht fünfhunderttausend?«

»Nein, fünftausend«, sagte Beard.

»Das ist nicht viel, wenn man bedenkt … ich meine, im Vergleich zu den anderen.«

»Es ist nicht die Aufgabe eines Anwalts, Bedenken zu äußern noch Vergleiche anzustellen, Chief Inspector. Ich möchte sagen, es war typisch für die Änderungen, die Lady Denham von Zeit zu Zeit anbrachte. Es gab Phasen während der letzten zwölf Monate, in denen Miss Brereton die Hall und einige Millionen dazu geerbt hätte. Als meine Mandantin dieses Testament aufsetzen ließ, glaubte sie Gründe gehabt zu haben, Miss Brereton besonders übelgesinnt zu sein. Hätte sie eine Woche oder so länger gelebt, wäre dies ohne Zweifel geändert worden.«

»Wussten die Erbbegünstigten von den Veränderungen, die Lady Denham von Zeit zu Zeit vornahm?«, fragte Pascoe.

»Ich glaube nicht, dass sie es öffentlich verkündete, aber sie hat die Hauptbetroffenen zweifellos darüber in Kenntnis gesetzt.«

Das würde Ted Denhams Zuversicht erklären, dass die Hall und der Großteil des Vermögens ihm zufiel, dachte sich Pascoe. Aber warum hatte er dann den Sekretär im Salon durchwühlt? Suchte er die Kopie des Testaments? Aber wozu, wenn er den Inhalt doch kannte? Und außerdem wäre Beard so oder so im Besitz des Originals gewesen.

Geheimnisse – die jedoch für seine lukrative Anstellung sorgten!

»Darf ich fortfahren?«, sagte Beard und riss ihn in die Gegenwart zurück.

»Bitte.«

»Der andere wesentliche Begünstigte ist Mr. Alan Hollis, dem das volle Eigentumsrecht am Hope and Anchor zufällt.«

»Das Pub, was? Ist einen Mord wert«, sagte Dalziel. »Erscheint mir als eine saubere Sache.«

»Das ist es, wie ich bezeugen kann. Ich steige dort immer ab, wenn ich Sandytown besuche.«

»Oh aye? Hätte Sie eher für einen Brereton-Manor-Typen eingeschätzt«, sagte Dalziel.

»Ich komme mittlerweile seit einigen Jahren hierher, und das Hotel hat natürlich erst vor kurzem eröffnet«, sagte Beard. »Wie auch immer, ich ziehe das einfache Leben vor.«

»Und was machen Sie, wenn das Pub ausgebucht ist?«, fragte der Dicke.

Es klang wie irrelevantes Geplauder, doch Pascoe, der jahrelang miterlebt hatte, wie das ziellose Herumgeschweife des Dicken ihn an die langersehnte Küste brachte, hielt seinen Mund.

»Die beiden Gastzimmer im Hope and Anchor werden ausschließlich von mir und Miss Gay oder anderen Besuchern benutzt, die auf Einladung meiner verstorbenen Mandantin hier weilen. Lady Denham sorgte sicherlich dafür, dass

Mr. Alan Hollis durch dieses Arrangement keinen Verlust zu beklagen hatte, jedenfalls dürfte er aufgrund seiner großen Erwartungen hinsichtlich der Erbschaft mehr als willens gewesen sein, seiner Schutzherrin gefällig zu sein.«

Vom vergoldeten Tischchen kam ein Geräusch. Die Sekretärin hatte ihren Notizblock auf den Boden fallen lassen. Sie beugte sich nach unten, hob ihn auf und entschuldigte sich mit geröteten Wangen.

»Große Erbschaftserwartungen sind für mich ein ebenso großes Motiv«, sagte Dalziel schläfrig.

»Generell würde ich Ihnen zustimmen. In diesem Fall allerdings befindet sich Mr. Hollis in einer sehr komfortablen Situation, und an seiner zu erwartenden Erbschaft bestand niemals Zweifel. Er schien die glückliche Gabe zu besitzen, es sich mit seiner Arbeitgeberin nie zu verscherzen, und diese Erbregelung war die einzige, die in Lady Denhams sämtlichen Testamenten nie geändert wurde. Was mir als kluger Schachzug meiner Mandantin erscheint, da Mr. Hollis dadurch den starken Anreiz hatte, das Geschäft, das eines Tages seines sein würde, so effizient und ehrlich wie nur möglich zu führen.«

»Dieses Vertrauen hat sie aber nicht davon abgehalten, wenigstens einmal in der Woche die Bücher zu überprüfen«, bemerkte Pascoe trocken, eingedenk des Tagebuchs der Verstorbenen.

»Aye, sie war eben ein Yorkshire-Mädel. Und hatte Gürtel und Hosenträger an, Sie wissen schon«, sagte Dalziel, ein Satz, der ihm das anerkennende Lächeln der Sekretärin eintrug.

»Noch etwas, auf das Sie uns aufmerksam machen möchten, Mr. Beard?«, fragte Pascoe.

»Wie bereits angedeutet, ergibt sich der Umfang des Testaments aus der Akribie, mit der noch kleinste Dinge geregelt sind«, sagte der Anwalt. »Keine dieser nachrangigen Hinterlassenschaften sind dergestalt, dass sie jemanden zu einem

Verbrechen animieren könnten, aber ein oder zwei davon sind doch bezeichnend für den Geisteszustand von Lady Denham, als sie ihre Verfügung aufsetzte.«

»Zum Beispiel?«

»›An Harold Hollis, die Rasierschale, den Rasierpinsel aus Dachshaar und das Rasiermesser seines verschiedenen Halbbruders, meines ersten Ehemanns, damit er über die Utensilien verfügt, um sich zu meiner Beerdigung in einen präsentablen Zustand zu versetzen. Dazu die Summe von fünf Pfund, die ausreichen sollte, um so viel Seife zu kaufen, damit sie für den Rest seines Lebens genügt.‹«

»Wow«, sagte Pascoe.

»Wow, in der Tat. Sie verstanden sich nicht, aber, wie Sie wahrscheinlich bereits wissen, fällt aufgrund des Testaments des verstorbenen Mr. Howard Hollis das Bauernhaus der Hollis-Familie beim Ableben seiner Witwe zurück an den Halbbruder.«

»Ja, das ist uns bekannt. Noch irgendwelche Dinge, die Sie für erwähnenswert halten?«

»Lassen Sie sehen. Miss Petula Sheldon von der Avalon-Klinik vermacht sie ein Bett.«

»Ein Bett?«

»Ja. Ein Einzelbett, im Weiteren beschrieben als *das schmale, harte Einzelbett, das sich im ehemaligen Hausmädchenzimmer befindet.* Die Bedeutung dessen entzieht sich mir, allerdings bezweifle ich, dass es nett gemeint ist. Solche spitzen Bemerkungen, deren Reiz darin liegt, dass man nichts mehr darauf erwidern kann, sind für Testamente nichts Ungewöhnliches.«

»Außer, man tanzt auf dem Grab der Toten und lebt weitere fünfzig Jahre«, sagte Dalziel.

»Was für uns alle wohl keine Option ist. Aber ich möchte nicht den Eindruck erwecken, dass die nachrangigen Hinterlassenschaften meiner verstorbenen Mandantin nur von Bosheit geprägt waren. So vermachte sie zum Beispiel jeweils tausend Pfund an die Kinder von Mary und Tom Parker, wohnhaft Kyoto-Haus. Das Geld soll zugunsten der Kinder angelegt werden, bis sie achtzehn sind, unter der Zusatzklausel, dass ein kleiner Teil der Zinsen zu ihren Geburtstagen für Eiscreme ausgegeben werden dürfe. Ein weiterer Begünstigter ist Mr. Francis Roote, wohnhaft Lyke Farm Barn. Er erhält tausend Pfund für die Anschaffung eines motorisierten Rollstuhls. Und die Summe von zehntausend Pfund geht an die Yorkshire-Pferdestiftung mit der Auflage, sich um ihr Pferd Ginger bis zu dessen Tod zu kümmern.«

Pascoe musste lächeln. Franny hatte recht. Ein Ungeheuer mit Herz.

»Vielleicht war es das Pferd«, murmelte der Dicke.

Pascoe runzelte missbilligend die Stirn. Sein Handy klingelte. Er sah aufs Display, deutete gegenüber Dalziel und Wield den Namen *Novello* an und entschuldigte sich.

Draußen sagte er: »Hallo, Shirley. Wie sieht's aus?«

»Gute und schlechte Neuigkeiten. Die schlechten: Sie hat sich das rechte Bein, den rechten Arm, das Schlüsselbein und mehrere Rippen gebrochen und sich den Schädel aufgeschlagen. Die guten: Man geht davon aus, dass das Rückgrat nicht ernsthaft verletzt ist, und ihr Zustand ist stabil.«

»Bei Bewusstsein?«

»Nein. Und solange das so ist, wird man auch das Ausmaß der Hirnverletzungen nicht beurteilen können. Im schlimmsten Fall ist mit bleibenden Folgeschäden zu rechnen.«

»Hat man vor, sie in eine Spezialklinik zu verlegen?«

»Nein, man ist sich nicht sicher, ob durch die Verlegung nicht noch mehr Schaden angerichtet wird. Wie auch immer, ich bin ja keine Expertin, aber verglichen mit dieser Einrichtung, sah das staatliche Krankenhaus, in dem ich das letzte Mal zu Besuch war, wie eine Obdachlosenunterkunft aus. Dr. Feldenhammer berät sich mit den relevanten Spezialisten der

Zentrale und anderer Kliniken. Die machen so was, scheint es, ständig für ihre reiche Kundschaft. Er wartet erst deren Ratschläge ab, bevor er eine Entscheidung trifft. Wenn Clara keine gute Krankenversicherung hat, sollte sie so früh wie möglich von dort raus, sonst bringt sie der Anblick der Rechnung um!«

»Ich hoffe bloß, keiner verlässt sich darauf, dass sie sehr viel aus Lady Denhams Testament zu erwarten hat«, sagte Pascoe.

»Warum, Sir?«

»Sie bekommt nicht viel.«

»Dieses Testament, auf wann ist es datiert?«

»Vor ein paar Wochen. Warum?«

»Noch was, was ich Ihnen sagen muss. Ich hab mir ihre Kleidung angesehen. In einer ihrer Hosentaschen hab ich ein handgeschriebenes Testament gefunden, unterschrieben von Lady Denham und datiert auf vorgestern.«

»Was steht drin?«

»Nicht viel«, sagte Novello, die es sichtlich genoss, im Scheinwerferlicht zu stehen. »Alles wird irgendeiner Pferdestiftung in Yorkshire vermacht. Aber das Interessante daran ist, Sir: Die Zeugen sind Mr. Oliver Hollis und Miss Clara Brereton. Sie wusste also davon, und ich schätze, wenn sie im früheren Testament nur wenig bekommt, dann war das besser als nichts, und so wie es aussieht, hatte sie nicht vor, dass dieses Testament bekannt wird.«

Pascoe sagte lange nichts, während er sich die Folgen klarzumachen versuchte.

»Sir? Sind Sie noch dran?«

»Ja, Shirley. Sie haben dieses Testament noch niemandem gezeigt, oder?«

»Nein, Sir!« Novello klang gekränkt.

»Gut. Noch irgendwas gefunden, was nützlich sein könnte?«

»Nur ihr Handy.«

»Okay. Wo sind Sie jetzt, Shirley?«

»Im Gang vor der Intensivstation.«
»Ausgezeichnet. Bleiben Sie dort. Notieren Sie sich jeden, der irgendwas mit ihr zu schaffen hat, und machen Sie keinen Hehl daraus. Ich schicke jemanden vorbei, der Sie ablösen wird, dann kommen Sie so schnell wie möglich hierher. Zum Zeitvertreib können Sie überprüfen, wen Miss Brereton heute angerufen hat, wer sie angerufen hat und wann. Schaffen Sie das?«
»Denke schon, Sir«, kam es von Novello im gelangweilten Ton von jemandem, der es gewohnt ist, mit dem Handy Fotos zu schießen, während er Sudokus löst, Nickelback hört und Mails abruft.
»Gut, vor allem aber lassen Sie Brereton keine Sekunde aus dem Auge. Wenn Sie pinkeln müssen, lassen Sie sich eine Flasche geben!«
Den saloppen Ausdruck wählte er bewusst, um seinem Befehl Nachdruck zu verleihen. Bei Dalziel wäre eine solche Redeweise kaum wahrgenommen worden.
Statt sich wieder in den Salon zu begeben, ging er nach draußen. PC Scroggs ging in Habtachtstellung. Charley Heywood saß mittlerweile auf dem Rasen und unterhielt sich ernsthaft mit jemandem. Nicht mit Godley. Ihr Gefährte war ein großer, breitschultriger, glattrasierter junger Mann. Vom Heiler war nichts zu sehen.
»Wer ist das?«, fragte er Scroggs.
»Miss Heywoods Bruder, Sir. Dachte, das geht schon in Ordnung, schließlich ist sie mit dem Superintendenten gekommen.«
Manche Dinge änderten sich nie. Selbst wenn der Fürst der Finsternis mit dem Superintendenten eintraf, wäre das Passierschein genug für alle nachfolgenden gehörnten und behuften Neuankömmlinge.
Ihm wurde bewusst, dass Scroggs ihn furchtsam ansah.
»Ja, schon gut«, sagte er. »Tut Ihnen der Rücken weh oder

was? Sie stehen so steif herum. Ich würde mich mal darum kümmern, Junge. Therapeuten gibt es hier ja zuhauf.«
Damit ließ er den verwirrten Constable stehen und ging zur Einsatzzentrale, wo er Seymour und Bowler vorfand.
Letzterem reichte er den Umschlag mit den Fotos. »Der Mann«, sagte er, »ist Dr. Feldenhammer. Vergrößern Sie den besten Ausschnitt vom Gesicht der Frau, entfernen Sie den Doktor, und fahren Sie damit zum Avalon. Könnte sein, dass sie letzten Herbst dort Patientin gewesen ist. Wahrscheinlich eine Inderin. Wir wollen sie identifizieren. Aber seien Sie diskret. Hören Sie sich um, ob Sie Gerüchte aufschnappen, aber setzen Sie keine in die Welt.«
»Gut«, sagte Bowler, der es als Zeichen auffasste, dass ihm vergeben war.
Pascoe wandte sich an Seymour. »Dennis, ich will Sie oben in der Klinik haben. Lösen Sie Novello ab. Sie passen auf Clara Brereton auf. Sie lassen niemanden in ihre Nähe, wenn kein triftiger medizinischer Grund vorliegt. Und haben Sie auch ein Auge aufs Personal, okay?«
»Ja, Sir. Nehme an, es gibt dafür einen triftigen ermittlungstechnischen Grund, warum ich das mache?«
Pascoe lächelte. »Tut mir leid. Ich denke, sie wurde vielleicht angegriffen, und ich will nicht, dass es noch mal passiert. Und jetzt gehen Sie!«
»Hallo«, hörte er hinter sich. »Wir haben schon wieder das Vergnügen, Pete.«
Er drehte sich um. Vor ihm stand mit fröhlichster Miene Frodo Leach, der Leiter der Spurensicherung. Pascoe ging mit ihm nach draußen und erklärte, was sich zugetragen hatte.
»Also, ist sie gefallen, oder wurde sie gestoßen? Wird nicht leicht sein, das festzustellen, Pete, aber wer mag schon leichte Sachen.«
»Wäre zur Abwechslung auch mal ganz nett«, sagte Pascoe. »Noch etwas, falls sie gestoßen wurde. In der Felswand gibt

es eine Höhle, in der sich der Täter vor der Flucht hätte verstecken können. Sehen Sie sich die mal genauer an. Die junge Frau dort drüben kann Ihnen zeigen, wo sie ist.«

Er deutete auf Charley Heywood.

»Wunderbar. Entspannen Sie sich, mein Chef, die Experten nehmen die Sache in die Hand.«

»Freut mich zu hören! Wenn Sie dort fertig sind, werfen Sie noch mal einen Blick auf Lady Denhams Schlafzimmer in der Hall.«

»Dachte, Ihre Leute hätten das schon durchsucht?«

»Es ist ihnen gelungen, eine Geheimschublade im alten Schreibtisch zu übersehen. Einer von meinen Leuten hat sie zum Glück später entdeckt.«

»Ich liebe Geheimfächer!«, sagte Leach. »Was hat Ihr cleverer DC darin gefunden?«

»Einige Fotos«, sagte Pascoe. »Aber ich vermute, etwas ist rausgenommen worden. Das ist Ihre Aufgabe, Frodo. Ich will wissen, wer sonst außer Lady Denham seine Finger dort drin gehabt hat, okay?«

»Und wenn es eine Maus war, haben wir ihre DNS und ihre Fingerabdrücke«, erklärte Leach selbstbewusst. »Apropos, von den Dingen aus dem Schuppen – ein paar Teilabdrücke. Zwei passen auf die Proben, die Ihre Jungs geliefert haben, beide auf den Namen Hollis. Ein Abdruck von dem armen Teufel, der umgebracht wurde, der Typ am Grill, was nicht überraschen dürfte. Der andere passt zu einem Mr. Alan Hollis. Der Abdruck stammt von der Silberfolie einer Champagnerflasche.«

»Er ist der Wirt vom örtlichen Pub, das die Getränke geliefert hat. Ist also auch nicht wirklich überraschend«, sagte Pascoe. »Ich hoffe, Sie haben noch was Besseres auf Lager.«

»Tut mir leid! Noch etwas, auf der Bluse des Opfers, vorn, wo der rote Weinfleck war, da haben wir einen kleinen Riss gefunden, als wäre irgendwas daran hängengeblieben.«

»Etwas wie …?«
»Weiß der Himmel!«, kam es fröhlich von Frodo. »Kein Dorn, so wie es aussieht, auch kein Fingernagel – die hätten Spuren hinterlassen. Metall vielleicht.«
»Toll«, sagte Pascoe überdrüssig. »Glaube nicht, dass wir aufgrund dessen jemanden hängen können.«
»Das ist Ihr Job. Meiner, Ihnen zu sagen, was ich weiß«, sagte Leach. »Bis dann!«
Als Pascoe zum Hauptgebäude zurückkehrte, ging die Eingangstür auf, und Mr. Beard erschien, gefolgt von seiner Sekretärin.
»Da sind Sie ja, Chief Inspector«, sagte er. »Ich denke, ich habe lange genug gewartet. Ich kann Ihnen wohl kaum weiter behilflich sein, außerdem muss ich Vorbereitungen treffen, um die Erbbegünstigten über die Bedingungen des Testaments zu unterrichten, und dann, als Testamentsvollstrecker, die komplizierte Aufgabe in Angriff nehmen, die Verfügungsberechtigung über Lady Denhams Vermögenswerte zu erwirken.«
Hinter dem Anwalt waren Wield und Dalziel zu sehen, die sich ihre Niederlage eingestanden, wie ihre respektiven Mienen bezeugten. Beard musste in der Tat über eine sehr starke Persönlichkeit verfügen, wenn er den beiden entkommen konnte, dachte sich Pascoe.
Vom Daimler ertönte ein geradezu erlesenes Klicken, als der Chauffeur die Fondtür öffnete.
»In diesem Fall danke ich Ihnen für Ihre Hilfe, Sir«, sagte Pas coe.
»Ja. Auf Wiedersehen.«
Dalziels Miene schien lediglich zu verstehen zu geben, wenn schon er den Anwalt nicht festhalten konnte, so vermochte es kaum zu überraschen, dass Pascoe es ebenfalls nicht konnte.
»Eines noch«, sagte Pascoe zum Rücken des Anwalts. »Vielleicht sollten Sie keine allzu große Eile an den Tag legen, wenn

Sie die vermeintlichen Erbbegünstigten in Kenntnis setzen. Wie Sie schon selbst sagten, das Testament ist das letzte, *von dem Sie wissen.* Es ist nie gut, falsche Hoffnungen zu wecken, meinen Sie nicht auch?«

Er wartete die Antwort nicht ab, sondern ging, vorbei an seinen beiden Kollegen, ins Haus und in den Salon.

Erst folgte Wield, dann der Dicke. Die drei nahmen wieder ihre vorherigen Plätze ein.

Nach etwa dreißig Sekunden trat Miss Gay ein, den Blick zu Boden gerichtet wie eine scheue Braut, und setzte sich an ihren Platz am Nebentisch.

Eine Pause, dann erschien der Anwalt.

Pascoe wartete, bis er erneut auf dem Sofa Platz genommen hatte.

Dann sagte er: »Gut, ich erzähle Ihnen, was ich weiß.«

8

Charley und George saßen auf dem Rasen und unterhielten sich. Polizeibeamte, die gelegentlich zur Einsatzzentrale gingen oder von ihr kamen, warfen ihnen einen argwöhnischen Blick zu, eine kurze Nachfrage bei PC Scroggs aber bestätigte die überraschende Legitimität ihres Aufenthalts. Überraschend zumindest für Charley. Ursprünglich als widerspenstige Zeugin und Verdächtige behandelt, wurde ihr nun freier Zugang gewährt, um sich fast in Sichtweite von zwei Tatorten in der Sonne zu aalen. Sie war fest davon überzeugt, dass Claras Sturz kein Unfall gewesen war. Liebend gern hätte sie darüber mit dem dicken Andy gesprochen. Sie wusste, dass Pascoe die Ermittlungen leitete, sein Gesinnungswandel allerdings hatte sie noch vorsichtiger werden lassen. Allmählich wurde ihr bewusst, dass an Dalziel wesentlich mehr war, als auf den ersten Blick ersichtlich wurde, und mit jeder neuen Enthüllung kam das wahre Wesen des Mannes weiter zum Vorschein. Pascoes Veränderungen dagegen waren eher proteischer Natur. Den Kern seines Wesens bekam sie deswegen noch lange nicht zu fassen.

Eine Zeitlang konzentrierte sie sich darauf, ihren Bruder davon zu überzeugen, dass ihr Tränenausbruch ein natürliches weibliches Phänomen war ohne jede psychologische Signifikanz. Das Problem war nur, er hatte sie bislang kaum jemals weinen sehen. Ihr Stoizismus war legendär, und wenn Schmerz oder Enttäuschung George den Tränen nahegebracht hatte, hatte er immer nur die mahnenden Worte zu hören bekommen: »Nimm dir an Charley ein Beispiel – glaubst du, die würde deswegen flennen?« Seine jetzige Bestürzung war rührend und irritierend zugleich.

Charley wollte keinesfalls, dass ein negativer Bericht nach Willingden gelangte. Sie mochte eine unabhängige erwachsene Frau sein, sollte aber der Rammschädel spitzkriegen, dass sein kleines Mädchen seines Schutzes bedurfte, dann würde ihn nichts davon abhalten, in Sandytown einzufallen – so wie der Stompy in jüngeren Jahren, wenn er sich vorgenommen hatte, einem pintgroßen Gedrängehalb ein wenig Respekt einzubleuen.
Zugute kam ihr, dass sie, da sie altersmäßig George am nächsten stand, häufig als sein Schutzengel, als seine Mentorin, Unterhalterin und Mitverschwörerin fungiert hatte. Er war es gewohnt, sich ihr unterzuordnen; das war ihm so sehr in Fleisch und Blut übergegangen, dass er sich schnell beruhigen ließ und ihre Tränen für nichts weiter als so eine Frauensache hielt, die wie dunkle Wolken kurz am Horizont des Mannes auf-, aber ebenso schnell wieder abziehen konnte, wenn man ihr keine weitere Beachtung schenkte.
George war ein simpler Geist im besten Sinn des Wortes. Er war nicht dumm, gehörte zur oberen Hälfte in der Schule und bewies von klein auf praktisches Verständnis für die Landwirtschaft und deren Ökonomie. Seine Einstellung zum Leben aber war geprägt von sonnigem Optimismus. Er sah alles in Schwarz und Weiß; er mochte jeden, den er kennenlernte, bis sich herausstellte, dass man den anderen nicht mögen konnte, was er mit einem Schulterzucken abtat, um darauf in der Überzeugung weiterzuziehen, die Welt und ihre Bewohner seien im Großen und Ganzen unverdorben. Die Mädchen liebten ihn, und er liebte sie, bislang aber hatte sich nichts Festes ergeben. Er erklärte, er möchte jemanden wie seine Schwester Charley, aber von der gab es nur eine.
Auf dem College, fern von zu Hause, hatten Charleys Erkundungen in die Tiefen und Untiefen der menschlichen Seele bei ihr eine Zeitlang schreckliche Besorgnis über inzestuöse Liebe geweckt, doch wenn sie in den Ferien nach Hause kam und sein

offenes, ehrliches Gesicht und sein breites Grinsen sah, waren solche Ängste mit einem Schlag verflogen. Und als sie mitbekam, wie sehr er den Skiurlaub in Davos genossen hatte – wie ein Kind in einem Süßigkeitenladen –, und als sie verzückte Berichte ihrer glücklichen Freundinnen über deren Begegnungen hörte, wurden auch die letzten Zweifel zerstreut.

Erinnerungen an ihren Skiausflug wurden nun aber wieder wachgerufen, als sie ihm ausführlich von den Ereignissen der vergangenen zwei Tage berichtete. Der Tod bedeutete George nicht viel, solange es nicht jemanden betraf, den er persönlich kannte, und als sie Lady D.s Ende beschrieb, reagierte er darauf wie auf einen Horror-Schocker, ließ es an ehrlichem menschlichen Mitgefühl aber eher mangeln.

Dann sagte er, mit der Fröhlichkeit desjenigen, dessen persönlicher Kompass immer in die günstigste Richtung wies: »Na, wenigstens müssen jetzt Ess und Em nicht mehr ihr Versteckspiel abziehen.«

»Was?«

»Als ich dir von Emil erzählt habe, hast du gesagt, wahrscheinlich will er niemandem begegnen, den er kennt, weil er und Ess die Sache nicht an die große Glocke hängen wollen, aus Angst vor der Tante. Aber wenn sie jetzt tot ist, müssen sie doch keine Angst mehr haben, oder?«

»Nein. Da hast du recht. Das müssen sie nicht mehr …«

Ihre Gedanken rasten. Warum hatte sie nicht schon vorher daran gedacht? Solange sie nicht wusste, was im Testament stand, hatte sie keine Ahnung, in welchem Ausmaß Esther vom Mord profitieren würde. Doch trotz der intuitiven Abneigung, die sie Esther gegenüber hegte, traute sie ihr – nur des Geldes wegen – keinen kaltblütigen Mord zu. Andererseits musste ihr das Versteckspiel, wie George es bezeichnet hatte, ziemlich gestunken haben, nur weil die herrische, vulgäre Frau, ein Parvenu par excellence, ihren Freund nicht gutheißen wollte.

Und sie hätte einen Verbündeten gehabt, einen tatkräftigen jungen Mann, der sich nach allem, was Charley wusste, vor allem durch Kaltblütigkeit auszeichnete. Auch wenn wohl Esthers Wissen um die Auseinandersetzungen ihrer Tante mit den Tierschützern den Ausschlag gegeben haben musste, statt des Schweins sie in den Grillkorb zu klemmen …

Sie probierte das alles gleich an George aus, der so gebannt zuhörte wie früher, wenn sie Gutenachtgeschichten erfunden hatte, in denen Leute vom Ort vorkamen. Doch statt ihn mit ihrem Hang für Gruselabenteuer einzuschläfern, hatte sie oft genug das Gegenteil bewirkt.

»Ja, das ist toll«, sagte er. »Du kannst das noch genauso gut wie früher.«

»Wie früher? Nein, George, das ist keine Geschichte, das ist eine Hypothese. Es könnte wirklich so passiert sein!«

Seine Miene änderte sich.

»Ich hab gedacht, das hättest du jetzt erfunden, so wie das mit dem Pfarrer und den Vampiren oder das über Miss Hardy in der Schule und der vergifteten Milch. Das war meine Lieblingsgeschichte …«

»Das war was anderes. Das waren nur alberne Geschichten. Das hier ist die Wirklichkeit.«

»Aber was du über Emil gesagt hast … er ist doch so ein netter Kerl. Ich mag ihn wirklich. Nein, ich glaube, da täuschst du dich. Nicht Emil. Das passt nicht zu ihm.«

Sie betrachtete ihn, liebevoll und konsterniert zugleich, und sagte: »Woher willst du das wissen? Du hast ihn in Davos nur ein paar Mal getroffen, oder? Und seitdem hast du ihn einmal gesehen …«

»Zweimal«, sagte er.

»Zweimal?«

»Ja. Du erinnerst dich, ich hab ihm meine Nummer gegeben, als ich ihm zufällig an der Tankstelle begegnet bin, und ihm gesagt, er soll mich anrufen, wenn er in der Gegend ist? Na ja, und Freitagnachmittag hat er angerufen, er war auf dem Weg nach Hause und wollte in der Nacht noch eine Fähre erwischen, also hat er gefragt, ob ich Lust hätte, mit ihm davor noch schnell was trinken zu gehen. Also haben wir uns im Nag's Head getroffen.«

Was hatte das zu bedeuten? Charley versuchte ihre Gedanken zu ordnen, logische Schlussfolgerungen auf der einen Seite, phantasievolle Einbildung auf der anderen. Das war nicht leicht. Einer ihrer Dozenten hatte einmal trocken bemerkt: »Der Anfang jeder Analyse ist die Selbstanalyse. In Ihrem Fall, Miss Heywood, endet es damit vielleicht auch schon.«

»Worüber habt ihr euch unterhalten?«, fragte sie.

»Wir haben viel über dich geredet.« George grinste.

»Über mich? Aber ich kenne ihn doch nur vom Sehen. Es war ja an ihn kein Rankommen, solange dieser giftige Efeu von Ess um ihn geschlungen war!«

»Na, jedenfalls scheinst du großen Eindruck gemacht zu haben. Er wollte alles über dich wissen.«

Charley wollte das nicht in den Kopf. Sie war sich sicher, dass Emil sie noch nicht einmal wahrgenommen hatte!

Dann aber erinnerte sie sich plötzlich. Am Freitag war sie in Denham Park gewesen und hatte aus reiner Boshaftigkeit Esther darauf hingewiesen, dass sie vergangenen Dezember sie und Em in der Bengel-Bar gesehen hatte. Plötzlich überschlug sich ihre kreative Einbildungskraft. An Ess' Stelle hätte sie das alles natürlich bei erstbester Gelegenheit an Emil weitergegeben. Er, der sich an sein kürzliches Zusammentreffen mit George erinnerte, witterte Gefahr. Er kramte Georges Telefonnummer heraus, rief an und vereinbarte ein Treffen. Charley kannte ihren Bruder. Nach dem Geplauder würde der Schweizer jedes Detail wissen, was George ihr erzählt und wie sie darauf reagiert hatte. Em war daraufhin wahrscheinlich beruhigt, dass sie, Charley, nicht gleich zu Lady D. laufen und ihr erzählen würde, Em sei im Lande. Trotzdem, schlug er möglicherweise Esther vor, sei es vielleicht angeraten, auf Schönwetter zu machen, was ihren unerwarteten Freundlichkeitsanfall beim Grillfest erklären könnte!

Nichts davon passte in das Bild der unglücklich Liebenden, die einen perfiden Plan zur Ermordung von Lady Denham ausheckten. Aber das spielte keine Rolle. Charley kam die ganze Sache sowieso sehr improvisiert vor. Vielleicht war Emil aus irgendeinem Grund zur Sandytown Hall gekommen, weil er Esther sehen wollte ... vielleicht hatte Daph sie dabei überrascht ... vielleicht ...

»Ach, hätte ich beinahe vergessen, für dich ist ein Brief gekommen. Mum sagt, sieht wie Liams Handschrift aus«, sagte George grinsend.

Ihre Mutter hatte natürlich recht, dachte sich Charley, als sie den Umschlag in Empfang nahm. Wahrscheinlich war sie versucht gewesen, ihn über Dampf vorsichtig zu öffnen!

Sie war bemüht, nicht nach Anzeichen irgendwelcher Manipulationen Ausschau zu halten, konnte es sich aber doch nicht verkneifen. Nichts zu sehen.

Sie überflog die Seite. Es war eine schonungslose, freimütige und überschwengliche Entschuldigung. Alles seine Schuld, er sei ein Schuft, wisse nicht, was über ihn gekommen sei.

Die verfluchte Dot, die war über ihn gekommen, dachte sich Charley.

Aber er kroch zu Kreuze, voll und ganz, und beendete die Ausführungen mit der Versicherung, ihm sei klargeworden, dass er ohne sie nicht leben könne, sowie der flehentlichen Bitte, ihm noch mal eine Chance zu geben.

»Wer ist das denn?«, fragte George plötzlich.

Sie blickte auf. Andy Dalziel kam auf sie zu. Schnell verstaute sie den Brief in ihrer Tasche.

»Superintendent Dalziel, Dads alter Rugby-Kumpel«, sagte sie.

George erhob sich und streckte ihm die Hand entgegen. Dalziel war kein Zwerg, aber Charley gefiel es doch sehr, dass er zu ihrem Bruder aufsehen musste.

»Hallo, Mr. Dalziel«, sagte George und strahlte übers ganze Gesicht. »Ich bin George Heywood. Dad hat mir viel von Ihnen erzählt!«

»Oh aye? Hat mir nie gesagt, dass er Riesen in die Welt setzt. Schön, Sie kennenzulernen, Bursche. Welche Position spielen Sie?«

»In der Schule zweite Reihe, aber seitdem ich da raus bin, spiele ich nicht mehr.«

»Nein? Was hält Stompy davon? Mit fallen ein halbes Dutzend Top-Teams ein, die für einen Youngster Ihrer Statur eine Menge geben würden.«

Charley hätte ihm erzählen können, wie ihr Vater nur widerstrebend einsah, dass sein hünenhafter Sohn alles hatte, nur nicht den Killerinstinkt. Die Gegner prallten von ihm ab, wenn er nach vorn stürmte, doch statt über sie hinwegzutrampeln, half George ihnen wieder auf die Beine und erkundigte sich, ob noch alles in Ordnung sei.

Dafür war jetzt allerdings keine Zeit.

»Was ist los?«, fragte sie. »Haben Sie das Testament gesehen?«

»Ich habe *ein* Testament gesehen. Sir Ted bekommt den Löwenanteil, die Schwester ein großes Stück, Clara nicht viel. Aber es scheint noch ein weiteres Testament zu geben, und wenn das anerkannt wird, bekommt keiner was, dann geht alles an ein paar altersschwache Schindmähren. Vielleicht sollten wir den alten Klepper im Stall ins Verhör nehmen.«

Charley lächelte. »Sie sagen, wenn es anerkannt wird. Bestehen denn Zweifel?«

»Werden wir erst erfahren, wenn dieser heikle Anwalt einen Blick darauf geworfen hat. Clara hatte es in der Tasche. Ihre Freundin Novello bringt es gerade von der Klinik. Dachte, ich schnapp mal frische Luft und halt Sie auf dem Laufenden.«

Er hielt sich an die Abmachung, dachte sich Charley. Und erzählte ihr alles. Jedenfalls klang es so. Nun war sie an der Reihe.

»George«, sagte sie, »erzähl Andy doch von deinem Treffen mit Emil Künzli-Geiger.«

Als ihr Bruder fertig war, gab sie ihren eigenen Senf dazu.

Der Dicke rieb sich das Gesicht, die Hautfalten unter den Fingern wellten sich, als wären sie eine Gummimaske, die man abziehen konnte, so dass darunter … was zum Vorschein kam?

Sie verfolgte den Gedanken nicht weiter. Manchmal ging einfach die Phantasie mit ihr durch.

Dalziel sah sie an, als hätte ihre Phantasie sie weit über die vorliegenden Tatsachen hinausgeführt.

»Aber …«, begann er.

Seinem Aber folgte nichts nach. Ein Wagen fuhr vor der Hall vor, und Shirley Novello stieg aus. Sie sah in ihre Richtung, ließ sich nichts anmerken und ging hinein.

»Ich lass mich lieber auch wieder blicken«, sagte Dalziel. »Sie warten hier?«

»Darauf können Sie Gift nehmen.«

»Wir sehen uns dann später. Das gilt auch für Sie, Bursche. Hoffe, wir haben mal Zeit für ein Pint. Ich kann Ihnen ein paar Geschichten über Ihren Dad erzählen, die Sie von ihm wahrscheinlich nie zu hören bekommen.«

Er traf Pascoe und Novello im Flur vor der geschlossenen Tür zum Salon. Pascoe studierte das Dokument.

»Das ist das Testament?«

»Ja«, sagte Pascoe. »Hier.«

Dalziel betrachtete es. Es war ein Vordruck aus einem Schreibwarengeschäft, die Verfügung war handschriftlich notiert, unterzeichnet und von den Zeugen beglaubigt. Datiert war es auf Freitag, den Tag, an dem sie ihn im Pflegeheim besucht und er sie mit dem Rat entlassen hatte, sie solle ihr Testament ändern und alle streichen, von denen sie sich bedroht fühlte. Beseitigen Sie das Motiv, und Sie beseitigen auch die Gefahr, hatte er gesagt.

Seine Gedanken drehten sich im Kreis, als er überlegte, ob er die Sache hätte anders angehen können.

»Sieht für mich okay aus«, sagte er.

»Mal sehen, was Beard dazu sagt«, kam es von Pascoe. »Shirley, es ist Ihnen gelungen, Breretons Anrufe zu überprüfen?«

»Ja, Sir.« Novello zog ihr Notizbuch heraus. »Heute Morgen um neun-fünfzehn ein Anruf von einem Handy, das auf Sir Edward Denham in Denham Park registriert ist. Dauer: zehn Minuten. Neun-dreißig rief sie ein Handy an. Ich hab die Nummer, die gehört aber zu so einem unregistrierten Prepaid-Ding. Dauer: fünf Minuten. Fünf nach zehn rief sie Edward Denham an. Dauer: dreizehn Minuten. Zwölf Uhr siebzehn sprach sie erneut mit ihm. Dauer: fünfzig Sekunden.«

»Gute Arbeit, Shirley«, sagte Pascoe. »Noch ein Job für Sie. Fahren Sie nach Denham Park. Schnappen Sie sich Ted Denham. Seine Schwester auch, falls sie da sein sollte. Laden Sie sie zu einem Plauderstündchen bei uns ein.«

»Einladen?«, fragte Novello, die auf Nummer sicher gehen wollte. »Sie meinen, ich soll sie höflich fragen?«

»Ich hoffe doch, das tun Sie immer, Shirley«, sagte Pascoe lächelnd. »Ja, fragen Sie sie nett. Einmal. Und wenn sie Ausflüchte machen, verhaften Sie sie. In Handschellen, wenn es nötig ist. Oder auch, wenn es nicht nötig ist.«

Herausfordernd sah er zum Dicken.

»Dein Spiel, Bursche«, sagte Dalziel. »Aber wenn sie hier in Handschellen vorgeführt werden, fallen die Medien über dich her.«

»Das wäre nichts Neues. Nach dem Zeitpunkt zu schließen, schien Brereton den letzten Anruf getätigt zu haben, als sie sich noch in Lady Denhams Schlafzimmer aufhielt. So wie ich es sehe, war Lady D., auch wenn sie nicht ganz davon überzeugt war, dass die Drohbriefe von Ted stammten, so angearscht, als sie erfuhr, dass er und Sid Parker hinter ihrem Rücken irgendeinen Finanzierungsdeal abzogen, dass sie beschloss, dem Rat ihres ortsansässigen Experten zu folgen – verbeuge dich, Andy …«

»Spar's dir«, grummelte der Dicke, der das alles überhaupt nicht amüsant fand.

»Also setzte sie ein neues Testament auf, enterbte alle, und zeigte es ihm vor dem Grillfest, um ihm gehörig in den Hintern zu treten. Und nach ihrem Tod wollte Ted natürlich als Erstes …«

»Willst du sagen, er hätte sie getötet?«

»Er steht weit oben auf meiner Liste. Als Erstes wollte er das neue Testament finden und es vernichten. Aber es war nirgends zu finden. Kein sonderlicher Grund zur Panik. Wenn *er* es nicht finden konnte, wer dann? Und wenn er die Hall erbte, würde noch viel Zeit bleiben, danach zu suchen. Das einzige Haar in der Suppe waren die Zeugen. Wenn die sich zu Wort meldeten, musste er mit einer gründlichen Suchaktion rechnen. Glücklicherweise folgte einer von ihnen bald darauf Lady Denham nach …«

»Du behauptest, Teddy hat Ollie Hollis auch noch umgebracht?«

»Er hatte sicherlich ein Motiv«, sagte Pascoe. »Blieb noch Clara, die andere Zeugin. Sie wusste nicht nur vom zweiten Testament, sie war höchstwahrscheinlich auch jene Person, die wissen konnte, wo Lady D. es versteckt hatte – dieser Gedanke kam vielleicht ihm, vielleicht auch seiner Schwester. Andererseits würde auch sie einiges zu verlieren haben, falls das Testament auftauchte. Das Vernünftigste wäre es daher, einfach nichts zu tun und darauf zu bauen, dass Brereton schon aus Eigeninteresse den Mund hielt. Ich vermute, dass das die Schwester vorgeschlagen hat.«

Dalziel nickte. Es passte zu seiner Einschätzung von Esther.

»Aber«, sagte er, »Ted glaubt doch, er könnte mit seinem bezaubernden Charme jeder Frau das Höschen ausziehen ...«
»Genau. Und er würde nicht eher ruhen, bis er das Testament verbrannt hat. Also ruft er Brereton an und bequatscht sie. Sie sagt ja, könnte schon sein, dass sie weiß, wo das Testament ist, worauf sie vorschlägt, man solle sich treffen, nachdem sie nachgesehen hat.«
»Wofür? Warum sagt sie nicht gleich, dass sie es verbrennt, falls das ihre Absicht ist? Oder es Mr. Beard gibt, wenn sie ihr Gewissen plagt.«
»Weil«, sagte Pascoe, »sie ihr Gewissen so arg nicht plagt. Sie glaubt, sie hätte sich ihr Erbe verdient, nachdem sie viele Monate lang Tante Daphs Launen ertragen hat. Es ärgert sie nur, dass ihre Belohnung nur ein paar Tausender beträgt, während der brünstige Baronet und seine Schwester Millionen einsacken! Sie geht also in die Hall, sieht in der Geheimschublade nach, findet das Testament, ruft Ted an und sagt, sie hätte es und mache sich nun auf den Weg, um sich mit ihm am Strand zu treffen. Er aber wartet auf sie am Felsvorsprung.«
»Und stößt sie in die Tiefe? Warum sollte er das tun, bevor er das Testament hat?«
»Vielleicht war es wirklich ein Unfall«, sagte Pascoe. »Vielleicht hat sie auch nicht gesagt, dass sie es in der Hosentasche hat, sondern in seinem Versteck gelassen hätte, wo sie es jederzeit wieder holen könnte. Und er dachte sich, wenn es so gut versteckt ist, muss ich mir keine Sorgen machen. Und mir jedenfalls nicht gefallen lassen, dass mir Cousine Clara wegen ihres Erbanteils auf den Sack geht. Also ab mit ihr in die Tiefe, dann versteckt er sich in der Höhle, als er Wieldy kommen hört. So sehe ich das alles. Was meinst du dazu, Andy?«
»Mehr lose Fäden als bei einem alten Flickenteppich«, sagte Dalziel. »Trotzdem, lohnt sich wohl, den Kerl antanzen zu lassen. Bei Esther bin ich mir da nicht so sicher.«
»Nein? Na, ich glaube, sie steckt bis über ihren schwanenglei-

chen Hals mit drin«, sagte Pascoe. »Sie hatte sich umgezogen, als ich in der Hall ihre Aussage aufnahm. Das weiß ich aufgrund dessen, was Charley Heywood über sie in ihren Mails schrieb, die Shirley so scharfsinnig ergattert hat.«
Novello wand sich, als sie wieder daran erinnert wurde – vielleicht wollte sie das Kompliment aber auch nur in aller Bescheidenheit entgegennehmen.
»Na und, sie ist nass geworden, es hat geregnet.«
»Laut ihrer Aussage ging sie sofort in die Hall, als das Unwetter aufzog. Daneben hat sie sich anscheinend am rechten Arm verletzt. Eine Verbrennung, denke ich.«
»Weil sie am Grillkäfig hantiert hat? Okay, sie verbrannte sich, als die Leiche gefunden wurde, und saute sich ein, als sie mithalf, die Tote vom Grill zu nehmen.«
»Du lässt nicht viel auf die junge Dame kommen, Andy. Du wirst doch nicht auf deine alten Tage noch zum Kavalier?«
Mein Gott, er wird richtig aufmüpfig, dachte sich der Dicke. Und auch noch vor dem Gesinde!
»Ich denke mir, sie hatte eine Menge durchzumachen, nachdem Daphne die Grande Dame spielte und ihr nutzloser Bruder in jeder Bedeutung des Wortes herumsudelte«, sagte er.
»Meine Rede! Von der Tante provoziert, getrieben von der Fürsorge für ihren Bruder, war sie wohl zu allem bereit. Zufällig berichtet keiner, sie draußen gesehen zu haben, als die Tote entdeckt wurde, und sie selbst sagte, sie sei im Haus geblieben, als die anderen nach dem Gewitter wieder rausgingen. Irgendeinen Kommentar dazu, Andy? Bin immer froh um deine Meinung.«
»Nur, dass ich lieber mal Shirley begleite, wenn zwei solche Verbrecher, die zu allem fähig scheinen, geholt werden sollen.«
Er genoss die Reaktionen, die sich nach seinem großzügigen Hilfsangebot auf den Mienen der beiden abzeichneten. Pascoe wirkte argwöhnisch, Novello sah verärgert aus. Er konnte sie verstehen. Sie war von der verantwortlichen Beamtin zur

Hilfskraft degradiert worden. Und was Pascoe betraf, dachte sich dieser wahrscheinlich: Gibt es keine Möglichkeit, den fetten Scheißkerl davon abzuhalten, dass er sich hier einmischte? Nein, mehr als das: dass er einem die Show vermasselte?

»Pete«, sagte er, »es ist deine Sache. Du hast das Sagen. Und es geht um Shirleys Kragen. Ich komme nur zur Verstärkung mit.«

»Gut«, sagte Pascoe kurzentschlossen. »Wenn du willst. Noch eins. Bringt Teds Uhr mit, eine große, klobige Rolex. Wenn er sie nicht trägt, dann sucht sie.«

»Ohne Durchsuchungsbeschluss?«, fragte Dalziel.

»Lass dir was einfallen«, kam es kühl von Pascoe.

»Warum wollen wir die Uhr, Sir?«, fragte Novello, wie immer eifrig bemüht, dazuzulernen.

»Die Bluse des Opfers ist durch etwas aufgerissen worden, und als ich Sir Edward befragte, fummelte er ständig mit der Schließe seiner Uhr herum.«

»Bei einer Rolex geht die nicht kaputt, wenn man damit an einem bisschen Seide hängenbleibt«, warf Dalziel ein.

»Nein. Aber wie die aufmerksame Miss Heywood für uns herausgefunden hat, ist sie ein Imitat, du erinnerst dich?«, sagte Pascoe triumphierend. »Da kannst du den Verschluss wahrscheinlich schon verbiegen, wenn du ihn nur anhauchst. So, jetzt sollte ich aber zurück, bevor sich Wield und Beard noch in die Wolle geraten, wer der Schönste im Land ist.«

Er kehrte in den Salon zurück, wo er den Anwalt und den Sergeant, alles andere als im Zwist, in einem lebhaften Gespräch über Gilbert und Sullivan vorfand.

»Tut mir leid, wenn ich Sie unterbrechen muss«, sagte Pascoe, »aber ich wäre Ihnen dankbar, wenn Sie darauf einen Blick werfen könnten, Mr. Beard.«

Der Anwalt nahm den Testamentsvordruck zur Hand und las ihn sorgfältig durch. Nach einem Fingerschnippen seinerseits reichte ihm Miss Gay ein Vergrößerungsglas, worauf er einzelne Teile noch eingehender studierte. Schließlich zufrieden, legte er das Glas weg und lehnte sich auf dem Sofa zurück.

»Was wir hier haben«, sagte er, »ist ein Testament, einfach in seinem Zweck, unzweideutig in seiner Sprache, das alle vorhergehenden Testamente aufhebt, mich als alleinigen Testamentsvollstrecker bestimmt und sämtliche Vermögenswerte der kürzlich verschiedenen Lady Denham der Yorkshire-Pferdestiftung vermacht. Es ist handschriftlich verfasst, und ich kann nach billiger Maßgabe bestätigen, dass es sich dabei um Lady Denhams Handschrift handelt, was ebenfalls auf ihre Unterschrift zutrifft. Es ist auf vorgestern datiert und damit jünger als das Testament in meinem Besitz, über dessen Verfügungen wir vorhin gesprochen haben.«

Er hielt inne.

»So, um jeglichen Zweifel zu vermeiden«, sagte Pascoe, »Sie können also bestätigten, dass das Testament, dessen Inhalt Sie uns vorgetragen haben, nicht mehr gültig ist und wir hier – es sei denn, es taucht ein weiteres, noch jüngeres Testament auf – das derzeit gültige Testament der verschiedenen Lady Denham vor uns haben?«

»Ich glaube nicht, dass ich das gesagt habe, Chief Inspector«, sagte Mr. Beard.

»Wie bitte? Ich dachte, Sie sagten, Sie seien überzeugt, dass die Unterschrift echt ist?«

»Das war ich, und das bin ich, in der Tat. Lady Denhams Unterschrift ist sicherlich echt. Aber jetzt kommen wir zu den beiden Zeugen, die als Mr. Oliver Hollis und Miss Clara Brereton angegeben werden. Ich hatte nur einmal zuvor Gelegenheit, Miss Breretons Unterschrift zu Gesicht zu bekommen, daher bin ich mir nicht absolut sicher, aber sie stimmt nicht mit der in meiner Erinnerung überein. Was Mr. Oliver Hollis betrifft, so war er zufällig oder vielleicht auch bedeutsamerweise neben Miss Gay« – die Sekretärin nickte dazu, ohne die Miene zu verziehen – »Zeuge des Testaments, das sich in meiner Aktentasche befindet. Wenn Sie wünschen, können Sie die Unterschrift dort mit der Unterschrift hier vergleichen. Ich meinerseits bedarf dessen nicht. Ich kann ohne jeden Zweifel bestätigen, dass sie nicht von seiner Hand stammt.«

Beard und Wieldy hatten recht getan, sich über Gilbert und Sullivan zu unterhalten, dachte Pascoe. Sie waren hier in Titipu!

»Was wollen Sie uns also damit sagen, Mr. Beard?«, fragte er.

Zum ersten Mal zeigte der Anwalt ein Lächeln, weiße Zähne, die durch seinen schwarzen Vollbart durchschimmerten, als hätten sie ihr Leben lang auf diesen großen Moment gewartet.

»Ich sage damit, dass Lady Denham anscheinend ihr eigenes Testament gefälscht hat!«

9

Dennis Seymour konnte nicht mit Krankenhäusern. Als seine Zwillingstöchter geboren wurden, schaffte er es noch, die Ankunft der ersten mitzuerleben, als jedoch die zweite erschien, lag er flach auf dem Boden und musste selbst behandelt werden. So machte er sich ohne großen Enthusiasmus auf den Weg zum Avalon und bat, zur Intensivstation gebracht zu werden.

Shirley Novello ließ sich widerstandslos ablösen. Die einzige Hoffnung, die sie ihm anbieten konnte, um die Langeweile etwas zu mindern, war die Warnung, dass Gordon Godley aufgetaucht sei und darum gebeten habe, ein paar Minuten mit der Patientin allein zu sein.

»Klang harmlos, aber das ist bei Durchgeknallten immer so«, sagte Novello. »Hab ihn auf der Stelle rausgeschmissen, aber halt die Augen offen. Trau nie einem Typen mit Bart, die haben meistens was zu verbergen.«

»Dann hab ich ja noch eine Chance«, grinste Seymour und strich sich über das Kinn.

»Nein, nein. Glattrasierte sind noch schlimmer. Die haben nämlich nichts zu verbergen. Cheers, Dennis.«

Seitdem hatte er auf einem harten Stuhl im Gang gesessen und zur Ablenkung nichts anderes gehabt als das Piepen der Herz-Lungen-Maschine, an die die reglose Gestalt auf dem Bett angeschlossen war. Die Ankunft der Schwester, die zum Nachsehen kam, ob alles in Ordnung wäre, stellte – so wie es sein sollte – eine angenehme Abwechslung dar. Sie war sehr hübsch, und er versuchte mit ihr zu flirten, leider war sie auch jung genug, um einen Mann jenseits der dreißig als verlorene Sache anzusehen, so dass ihr das alles nur peinlich war. Als sie eine Viertelstunde später wieder auftauchte, machte er auf armen Alten und fragte, ob er irgendwo eine Tasse Kaffee bekommen könnte.

Sie deutete durch den Gang. »Besucherlounge, dritte rechts, bedienen Sie sich.«

Sie betrat das Zimmer. Angesichts ihres vorhergehenden Besuchs, schätzte Seymour, würde sie mehrere Minuten beschäftigt sein, daher machte er sich auf den Weg und schlenderte durch den Gang. Die Besucherlounge hatte nichts mit den Wartezimmern gemein, die er sonst so kannte. Seine Füße schwebten geradezu über den tiefen Teppich, eine Gruppe weichgepolsterter Armsessel lud ein, darin zu versinken, ein Gestell an einer Wand bot aktuelle Zeitungen und Zeitschriften, und auf einem alten Sideboard an der gegenüberliegenden Wand ruhte ein Teller mit, dem Geruch nach zu schließen, frisch gebackenen Scones und einem hochmodernen Kaffeeautomaten.

Gewohnt, einen Knopf zu drücken und dann zuzusehen, wie ein Plastikbecher mit brauner Brühe volllief, stand Seymour noch immer staunend vor dem verwirrenden Gerät, als die Tür aufging und die hübsche Krankenschwester hereinsah.

»Ich wette, mit Autos kennen Sie sich aber aus«, sagte sie, als sie ihm eine Tasse köstlichsten Kaffee machte.

»Ja, die Headhunter von Ferrari waren immer hinter mir her, aber ich mach mir nichts aus der Farbe.«

Er hielt das für einen ziemlich guten Spruch, bekam dafür aber nur ein höfliches, leicht verdutztes Lächeln. Er schnappte sich einen Scone und wollte zur Tür. Die ging auf, und Hat Bowler kam herein.

»Hallo, Dennis. Hätte ich mir denken können, dass du dir hier die Backen vollstopfst. Mein Onkel belästigt Sie doch nicht, Miss?«

Die Krankenschwester lachte und sagte: »Findet hier ein Polizistentreffen statt, von dem ich nichts weiß?«

»Nein, ich bin nur geschickt worden, um nachzusehen, ob dieser Typ seinen Job macht. Außerdem suche ich jemanden. Wette, Ihren hellen blauen Augen entgeht nicht viel. Haben Sie die Frau hier schon mal gesehen?«

Er reichte der Krankenschwester das bearbeitete Foto und machte sich daraufhin mit einer Beiläufigkeit Kaffee, die Seymour noch mehr als die Reaktion der Krankenschwester deutlich machte, dass er langsam alt wurde.

»Es könnte Miss Bannerjee sein«, sagte die Schwester. »Vor einem Jahr, als ich hier anfing, war sie Patientin, aber ich kenn sie eigentlich nicht, sie ist nämlich kurz darauf heimgekehrt.«

»Heimgekehrt? Sie meinen doch nicht, Sie wissen schon, dass sie *gestorben* ist?«, sagte Hat mit düsterster Betonung.

»Nein, natürlich nicht. Ich meine, sie ist nach Hause abgereist«, sagte die Schwester lachend.

»Gott sei Dank!«, sagte Hat und fiel in ihr Lachen mit ein. »Hab mir schon Sorgen gemacht. Sie ist also entlassen worden, bei ihr funktioniert also alles wieder? Das ist schön. Ich nehme an, im Büro gibt es eine Adresse, wo sie nach der Entlassung zu erreichen war.«

»Ich denke doch«, sagte die Schwester. »Obwohl, es könnte da ein Problem geben. Wenn ich mich recht erinnere, wurde sie eigentlich nicht entlassen, eher so, na, wie ich sagte … sie ist abgereist.«

»Abgereist? Sie meinen … verschwunden? Den einem Moment war sie noch da, im nächsten fort? Ein indischer Seiltrick?«

»Nein, nein! Ich glaube, ihre Familie meinte, sie solle weg, sie haben sich Sorgen gemacht … Hören Sie, ich sollte wirklich nicht mit Ihnen über eine Patientin reden …«

»Tun Sie auch nicht, denn sie ist ja keine Patientin mehr, oder?«, sagte Hat triumphierend. »Außerdem achtet doch keiner darauf, wenn Sie von den Gerüchten zwischen ihr und Dr. Feldenhammer erzählen. So was passiert doch ständig bei

Ärzten. Und bei Polizisten auch. Ich meine, Sie und ich, wir unterhalten uns, ganz unschuldig, aber wenn nun jemand meint, er müsste das Gerücht in die Welt setzen, dass ich wirklich auf Sie abfahre, dann können wir nichts dagegen machen, oder? Vor allem dann, wenn ein Gerücht wie dieses auch noch so glaubwürdig klingt. Ich hab es selbst erst gehört, und schon fang ich an, es zu glauben!«

Es war die pure Anmache, was aber der Wirkung keinen Abbruch tat, dachte sich Seymour mit einem Anflug von Neid. Noch ein paar Minuten, und Bowler würde ihr alles aus der Nase gezogen haben, was sie über die angebliche Beziehung zwischen Feldenhammer und Miss Bannerjee wusste.

Zeit, Bowler das Feld zu überlassen.

»Ich geh mal lieber zurück«, sagte er.

Er steckte sich das Scone in den Mund, um eine Hand freizubekommen, mit der er sich eine Zeitung griff. Dadurch gewann er einige wertvolle Minuten im Kampf gegen die Langeweile.

Als er die Intensivstation erreichte, warf er einen Blick durch die Glastür, und plötzlich erschien ihm die Langeweile als ein höchst wünschenswerter Zustand.

Jemand war im Raum, tief über die ruhende Gestalt auf dem Bett gebeugt, die Hände schwebten über dem Kopf der Patientin.

Gordon Godley.

Seymour ließ Tasse und Zeitung fallen, stieß ein Bellen aus, das als »Hat!« zu identifizieren war und auf das Dalziel stolz gewesen wäre, drückte die Tür auf und stürmte hinein.

»Was zum Teufel treiben Sie da?«, herrschte er den Mann an, packte ihn und zerrte ihn weg.

Godley leistete keinen Widerstand.

»Es ist alles gut«, sagte er. »Wirklich. Es ist alles in Ordnung.«

»Wehe, wenn es nicht so ist, Sie Scheißkerl!«, stieß Seymour heraus und drückte den Mann gegen die Wand, hielt ihn mit

einer Hand fest, während die andere, zur Faust geballt, halb erhoben war, um sofort zuschlagen zu können, falls der andere Sperenzchen machte.
Hat Bowler kam durch die Tür, gefolgt von der hübschen Krankenschwester.
»Brauchst du Hilfe?«, fragte Bowler.
»Nein, hab ihn unter Kontrolle«, sagte Seymour, irritiert, dass er wesentlich mehr außer Atem schien als Godley. »Schauen Sie nach, ob sie okay ist.«
Finster musterte er seinen widerstandslosen Gefangenen, bis die Schwester sagte: »Scheint alles in Ordnung zu sein. Kein Schaden angerichtet.«
»Gut«, sagte Bowler. »Gut gemacht, Dennis. Du hast ihn gerade noch rechtzeitig erwischt, bevor er was anstellen konnte.«
»Gott sei Dank«, sagte Seymour. Ihm wurde heiß und kalt, wenn er an Pascoes Reaktion dachte, falls er zu spät gekommen wäre.
Mr. Godley jedoch schüttelte nur den Kopf.
»Nein, ich glaube nicht«, sagte er. »Ich hatte Zeit genug, schätze ich.«
»Wofür, Sie Scheißkerl?«, schnauzte Seymour, von neuem alarmiert. »Was haben Sie mit ihr gemacht?«
Dann rief die Krankenschwester aus: »Sehen Sie nur!«
Ängstlich drehte er den Kopf herum.
Clara Brereton hatte die Augen aufgeschlagen. Unruhig sah sie sich um, erfasste den Raum, die Menschen darin. Mit den Fingern tastete sie an den Schlauch, der in ihren Mund führte, als wollte sie etwas sagen.
»Ich hole einen Doktor«, sagte die Schwester und drückte auf einen Knopf an der Wand.
Seymour sah zu Godley.
Der Mann nickte lächelnd.
»Da«, sagte er. »Sagte doch, dass Zeit genug war.«

10

Seymour war in seinem Wesen und durch seine Erziehung ein ehrlicher, geradliniger Mensch, so sehr, dass ihm – anders als seinen Kollegen – noch nicht einmal in den Sinn kam, er könnte durch ein wenig Unaufrichtigkeit auf der Karriereleiter sehr viel weiter vorankommen.

Als Pascoe im Avalon eintraf, versuchte der DC daher gar nicht, sein Pflichtversäumnis zu verschleiern, das Godley den Zugang zu Clara Brereton ermöglicht hatte, außer dass er vielleicht strafmildernd ein bisschen zu sehr die wundersamen Umstände ihrer Gesundung betonte.

Aber Pascoe war weder in der Stimmung für einen Anschiss noch für eine Diskussion über Wunder.

»Kann man mit ihr reden?«, wollte er wissen.

»Weiß nicht. Dr. Feldenhammer hat uns aus dem Raum geschickt.«

Ebenfalls war Pascoe nicht in der Stimmung, sich von Ärzten aufhalten zu lassen, die mit ihren Fachkenntnissen nichts gegen den Hokuspokus eines haarigen Heilers ausrichten konnten.

Er ging in die Intensivstation. Clara Brereton lag im Bett, sah noch immer sehr blass aus, wurde aber nicht mehr von Atem- oder Nährlösungsschläuchen behindert. Ihre intelligenten Augen registrierten seine Ankunft.

Mehrere Schwestern und Ärzte standen um das Bett. Einer von ihnen begann empört in seinem amerikanischen Akzent: »Hören Sie, wer immer Sie sein mögen …«

»Pascoe. DCI Pascoe. Sie sind Dr. Feldenhammer, richtig. Ich habe Ihr Foto gesehen.«

»Ja. Sie sind also Pascoe. Ich habe von Ihnen gehört.«

»Und ich von Ihnen«, entgegnete Pascoe bedeutungsschwanger. »Ich würde gern mit Miss Brereton reden.«
»Das wird nicht möglich sein, solange meine Leute hier zugange sind.«
»Wenn sie reden kann, ist es möglich«, sagte Pascoe.
Die beiden starrten sich an, was durch ein Flüstern vom Bett beendet wurde.
»Mr. Pascoe ...«
»Ja. Ich bin hier, Miss Brereton.«
»Es tut mir leid«, sagte sie mit Tränen in den Augen, »aber ich kann mich an nichts erinnern ... Was ist mit mir passiert? ... ich kann mich nicht erinnern ...«
Pascoe ließ sich von Feldenhammer aus dem Zimmer geleiten.
»Wie lautet die Prognose?«, fragte er, nunmehr versöhnlicher gestimmt.
»Überraschend gut. Wie Sie selbst sehen konnten, ist sie in der Lage, selbständig zu atmen, und wenngleich sie aufgrund der Frakturen und möglichen inneren Verletzungen noch eine Weile ans Bett gefesselt sein wird, scheinen die Gehirnfunktionen unbeeinträchtigt zu sein. Gedächtnislücken sind nichts Ungewöhnliches in solchen Fällen. Oft kehrt die Erinnerung zurück, zumindest in Teilen, aber Sie werden sich in Geduld üben müssen.«
»Einer meiner Beamten wird die ganze Zeit bei ihr oder in ihrer Nähe bleiben. Ich hätte von Ihnen gern die Zusicherung, dass alles, was sie sagt, unmittelbar an meine Mitarbeiter weitergegeben wird.«
»Das Gebot der ärztlichen Schweigepflicht, Mr. Pascoe ...«
»Freut mich zu hören, dass Sie Ihre Pflichten gegenüber den Patienten so ernst nehmen, Doktor«, sagte Pascoe mit einem gewissen Unterton. »Ohne Ansehen von Hautfarbe oder Religion. Ein Gebot, über das ich mich mit Ihnen in naher Zukunft mal unterhalten möchte. Unterdessen hätte ich gern Ihre Zusicherung ...«

Feldenhammer sah ihn nervös an, vielleicht erinnerte er sich an die Bemerkung, dass Pascoe sein Foto gesehen habe. Schließlich sagte er: »Ja, natürlich, wir kommen Ihrem Wunsch nach Kooperation gern nach. Und jetzt entschuldigen Sie mich.«

Er kehrte ins Krankenzimmer zurück.

»Dennis«, sagte Pascoe, »versauen Sie es nicht wieder. Das nächste Mal haben Sie vielleicht nicht so viel Glück.«

»Ja, Sir.«

»So, und wo ist Hat?«

Bowler saß in der Besucherlounge und trank Kaffee.

»Wollen Sie auch eine Tasse, Sir?«, fragte er. »Er ist wirklich gut.«

»Nein danke. Ihrem Benehmen nach zu urteilen, haben Sie einige Neuigkeiten für mich.«

»Ja, Sir. Die Dame auf dem Bild ist Miss Indira Bannerjee, eine ehemalige Patientin. Litt an psychischen Problemen, nähere Einzelheiten konnte meine Quelle nicht nennen, sie wollte sowieso kaum …«

»Jaja, ärztliche Schweigepflicht, ich weiß«, sagte Pascoe.

»Aber gegen Klatsch hatte sie nichts einzuwenden. Miss Bannerjee war anscheinend, was man ein superscharfes Gerät nennen könnte …«

Pascoe bemerkte die Bemühungen des jungen Mannes, ein Idiom zu finden, das er vielleicht verstand.

»Sie meinen, sie war sexuell ein wenig zu aktiv?«

»Ja«, grinste Bowler. »Fing jung an, was man so weiß. Sie war erst siebzehn, als sie hier eingeliefert wurde. Die Krankenschwestern sprechen seitdem anscheinend vom Bannerjee-Jumping.«

»Sehr witzig. Und sie und Feldenhammer?«

»Ach ja. Es gab Gerüchte. Nichts Bestimmtes, aber man war sich im Allgemeinen darin einig, dass Indira auch bekam, was Indira wollte.«

»Was war mit der Familie? Falls die befürchtete ...«

»Die Befürchtungen waren wohl schon da, aber es hat vermutlich niemanden überrascht«, sagte Bowler. »Allerdings wollten sie auf keinen Fall, dass die Sache weiter verfolgt und die Boulevardpresse damit auf die anderen Fälle aufmerksam wurde. Also haben sie sie einfach mitgenommen.«

»Großartig. Gut gemacht, Hat. Ein weiterer Job für Sie. Sie scheinen doch ganz gut mit Sidney Parker auszukommen? Also, schaffen Sie sich ins Hotel und reden noch mal mit ihm.«

»Ja, Sir. Sir, stimmt es, was man sagt, dass er schwul ist?«

»Das stört Sie doch nicht, oder?«

»Nein, Sir«, kam es ungehalten von Hat.

»Ach, jetzt verstehe ich. Sie meinten, er mag Sie wegen Ihrer Kultiviertheit und geistreichen Konversation! Machen Sie sich mal darüber keinen Kopf, Hat – setzen Sie es ein! Lösen Sie, wenn es hilft, noch einen Knopf an Ihrem Hemd. Ich möchte den genauen Zeitpunkt, wann er und Ted Denham mit ihrem Treiben im kleinen Liebesnest am Kliff fertig waren. Vielleicht führt Sid ja Buch darüber, wie lange es jeweils dauert. Er ist doch Buchhalter. Okay?«

»Ja, Sir«, kam es nicht sonderlich glücklich von Hat.

»Wenn er sich nicht kooperativ erweisen sollte, dann stellen Sie sich laut die Frage, warum er nicht die Behörden informierte, als seine Nichte Minnie ihm erzählte, sie wäre zufällig über Dr. Feldenhammer gestolpert, der mit einem minderjährigen Mädchen, das noch dazu seine Patientin war, unsittlichen Umgang pflegte.«

»Aber Miss Bannerjee war siebzehn, Sir«, warf Hat ein.

»Das wissen Sie, und das weiß ich, aber es gibt keinen Grund zur Annahme, dass es auch Sidney Parker weiß«, sagte Pascoe. »Rufen Sie mich an, wenn Sie alles erfahren haben.«

Er erhob sich und ging hinaus zu seinem Wagen. Als er an der Hall eintraf, waren wie erwartet Dalziel und Novello mit den beiden Denhams zurückgekehrt. Er hatte Wield angewiesen, sie getrennt warten zu lassen, Ted in der Einsatzzentrale, Esther in der Hall.

Dalziel saß auf dem Rasen und unterhielt sich mit Charley Heywood und ihrem Bruder. Bei ihnen befand sich ein weiterer Typ. Sammy Ruddlesdin.

»Was zum Teufel macht der hier?«, fragte Pascoe PC Scroggs.

»Sagte, er würde sich gern mit Ihnen unterhalten, Sir. Sagte, Sie würden ihn erwarten.«

Das war in gewisser Weise richtig. Aber er war nicht in der Stimmung, jetzt mit dem Reporter Freundlichkeiten auszutauschen.

Dalziel, der ihn erblickt hatte, erhob sich nicht ohne Ächzen vom Rasen. Auch Ruddlesdin wollte hoch, aber der Dicke legte ihm die Hand auf die Schulter und schob ihn wieder nach unten.

»Was hat sie gesagt?«, fragte er, als er bei Pascoe an der Treppe war.

»Ein Blackout, der ihr wie gerufen kommt«, sagte Pascoe.

»Sei nicht zynisch«, sagte Dalziel. »Bei solchen Dingen, schwerer Schlag auf den Schädel, passieren komische Sachen im Kopf, ich weiß das. Selbst jetzt noch ist alles, was sich davor ereignet hat, wie ein alter Film, den ich vor Jahren mal gesehen habe und der mich nicht mehr interessiert. Außerdem, warum sollte sie lügen?«

»Weil sie nicht recht weiß, woher der Wind weht«, sagte Pascoe.

»Woher weht denn der Wind?«

»Aus Ted Denhams Richtung. Wie hat er es aufgenommen, als ihr ihn abgeholt habt? Irgendwelche Probleme?«

»Zahm wie ein Lamm. Als ich die Uhr erwähnte, hat er sie gleich geholt. Hab sie deinem Frodo zur Untersuchung gegeben. Du hattest recht, die Schließe war ziemlich klapprig.«

»Ausgezeichnet. Und Esther?«

»Ebenfalls kein Problem. Aber ich würde sagen, es hat keinen sonderlich überrascht, dass wir sie abgeholt haben.«
»Das heißt, sie haben möglicherweise was einstudiert«, sagte Pascoe. »Wobei die Frau das Drehbuch verfasst hat und Regie führt. Dürfte interessant sein zu sehen, ob sich Ted seinen Text merken kann. Ich denke, ich fange mit Esther an. Dann weiß ich, wie der Text zu lauten hat.«
»Pete«, sagte Dalziel, »was Ted und Clara betrifft, da vergisst du eines, oder? Als du mich und Shirley nach Denham Park geschickt hast, hast du nicht gewusst, dass das Testament ungültig ist.«
»Und?«
»Die hübsche Geschichte, die du darum gesponnen hast, ergibt keinen Sinn mehr. Denn wenn der Baronet gegenüber Clara das Testament erwähnt, wird sie darauf sagen, ›wovon zum Teufel redest du da?‹. Ich meine, sobald er begreift, dass ihre Unterschrift gefälscht ist, hat er nichts mehr zu befürchten, oder? Sollen Sie doch das Testament finden. Es wird nicht das Geringste ändern!«
Pascoe gab sich unbesorgt.
»Spielt keine Rolle. Clara ist ein ziemlich aufgewecktes Mädel. Ich kann mir vorstellen, Denham quatscht auf sie ein, lässt seinen Charme spielen und glaubt, er hätte mit seinen subtilen Argumenten ihre Skrupel überwunden, während er ihr damit nur Zeit verschafft, sich alles durch den Kopf gehen zu lassen. Sie sagt ihm, sie müsste erst darüber nachdenken. Er meint, sie meint damit, ob sie eine gute, ehrliche Bürgerin sein will oder das Testament zerreißt. In Wirklichkeit aber denkt sie sich: Ich muss dieses Testament sehen. Und als sie es findet, ist ihr klar, dass es keine Rolle spielt, ob es gültig oder ungültig ist, solange Sir Ted es für gültig hält! Wie gesagt, sie ist ein aufgewecktes Mädel.«
»Aber nicht ganz so helle«, sagte der Dicke. »Sonst wäre ihr auch klar gewesen, dass Ted derjenige ist, der am meisten von

Daph und Ollies Tod profitiert, und dass es deswegen vielleicht nicht so klug ist, sich mit einem potenziellen Killer an einem leeren Strand zu treffen. Und noch etwas. Wenn Ted wusste, dass er enterbt worden war, warum zum Teufel hat er dann seine Tante überhaupt umbringen wollen?«
»Das weiß ich nicht, Andy«, sagte Pascoe irritiert. »Vielleicht war es irgendeine Affektsache. Ich werde ihn danach fragen, wenn ich ihn mir vorknöpfe. Übrigens, war Ruddlesdin schon da, als du die Denhams gebracht hast?«
»Fürchte, ja.«
»Scheiße. Sag ihm, wenn er irgendwas ohne meine ausdrückliche Einwilligung rausgibt, bringe ich ihn um.«
»Pete, es ist zwecklos, den *Mid-York News* einen Maulkorb zu verpassen. Mittlerweile dürften die landesweiten Geier in Sandytown einfallen. An deiner Stelle würde ich eher an eine Pressekonferenz denken.«
»Ich habe nicht gedacht, dass ich noch den Tag erlebe, an dem du das vorschlägst, Andy.«
»Ich habe nicht gedacht, dass ich noch den Tag erlebe, an dem du so etwas nicht vorschlägst, Pete.«
Die beiden Männer sahen sich für einen Moment schweigend an, dann rang sich Pascoe ein Lächeln ab. »Nun, ich sollte Esther nicht länger warten lassen.«
»Du willst nicht, dass ich dabei bin?«
»Ich glaube nicht«, erwiderte Pascoe. »Aber danke für das Angebot.«
»Keine Ursache«, sagte der Dicke. Er drehte sich um und ging zu dem Trio auf dem Rasen zurück. Als er bei ihnen war, sagte er: »Ratsch!«
»Was?«, fragte Charley.
»Nichts. Nur das Geräusch einer reißenden Nabelschnur.«
»Also, Mr. Dalziel, was ist los?«, sagte Ruddlesdin. »Wann werden wir davon hören, dass Anklage gegen Sir Edward erhoben wird?«

»Glaube nicht, dass Sie irgendwas anderes hören werden als das Knurren meines Magens«, erwiderte Dalziel. »Ich bin am Verschmachten. Charley, George, ihr könnt nicht den ganzen Tag hier rumlümmeln und einen Tatort verunzieren. Hoch mit euch. Wir fahren ins Hope and Anchor. Mr. Ruddlesdin lädt ein.«

Sammy Ruddlesdin wollte bereits Einwände erheben, doch dann sah er zu Dalziels mächtiger Gestalt auf, die über ihm aufragte wie der Old Man of Hoy.

»Ist mir ein Vergnügen, Mr. Dalziel«, sagte er. »Ein Vergnügen.«

11

Pascoe hatte sich seine Strategie sorgfältig zurechtgelegt, als er sich auf den Weg in den großen Salon machte. Esther würde auf dem Sofa sitzen, das auch Beard für sich beansprucht hatte, in ihrer Miene eine Mischung aus gleichgültigem Überdruss und intellektueller Überlegenheit. Novello ihr wachsam gegenüber. Bei seinem Erscheinen würde sich die DC von ihrem Platz erheben. Er würde sich setzen und sich lächelnd bei Esther entschuldigen, dass er sie hatte warten lassen. Dann mit ihr ihre Zeugenaussage durchgehen und sich jeden einzelnen Punkt bestätigen lassen, bis er sie schließlich sacht zu kleineren Abweichungen ermunterte. Warum hatte sie sich umgezogen, wenn sie sich doch gar nicht draußen im Unwetter aufgehalten hatte? Wie hatte sie sich am Arm verbrennen können, wenn sie doch gar nicht dabei war, als man die Leiche vom Grill nahm? Wie bitte? Sie haben sich gar nicht den Arm verbrannt? Vielleicht wollen Sie so freundlich sein und den rechten Ärmel hochrollen …?

Schließlich würde sie von ihrem Drehbuch abweichen und sich seinem zuwenden müssen. Und dann würde das ganze Drama aufgedeckt werden.

Als er die Tür aufdrückte, wurde ihm allerdings klar, dass er das falsche Stück geprobt hatte.

Esther Denham saß nicht auf dem Sofa, sondern am offenen Sekretär und schrieb etwas. Sie trug keine die Arme verdeckende Bluse, sondern ein ärmelloses Top, das den Blick auf einen ordentlichen Verband am rechten Unterarm freigab. Novello hinter ihr drehte sich zu Pascoe um und zuckte hilflos mit den Achseln.

»Miss Denham«, sagte Pascoe.

»Fast fertig«, sagte die Frau, ohne aufzublicken. »Als man mir sagte, Sie kämen etwas später, dachte ich mir, ich könnte die ganze Sache beschleunigen, indem ich Ihnen schon mal meine revidierte Aussage aufschreibe. Hier, sie ist fertig.«
Sie unterschrieb schwungvoll, schob die Blätter zusammen und reichte sie Novello.
»Sie sollten als Zeugin unterschreiben«, sagte sie. »Ich finde, wir hatten heute schon genug Ärger mit Fälschungen.«
Wieder sah Novello zu Pascoe. Er nickte, und sie nahm den Stift, unterschrieb und reichte die Papiere an Pascoe weiter.
Wie kooperativ sich doch jeder in diesem Fall erwies, dachte er sich. Roote hatte seine Aussage für Wield vorbereitet; Feldenhammer hatte seine Dalziel gegeben. Und jetzt machte es Esther Denham ebenso.
Er nahm in einem Armsessel Platz. Die Frau verließ den Sekretär und ließ sich elegant auf dem Sofa nieder.
Die Szene war nun also nach außen hin so, wie er es sich vorgestellt hatte, doch noch bevor er einen Blick auf die Blätter in seiner Hand geworfen hatte, vermutete er, dass er sein vorbereitetes Drehbuch vergessen konnte.
Die neue Aussage, in eleganter, dynamischer Handschrift auf Briefpapier mit dem Siegel von Sandytown Hall verfasst, war Beichte und Widerlegung gleichermaßen.

Nachdem ich über das Anwesen gestreift war, stolperte ich auf dem Rückweg zur Hall über die Leiche von Lady Denham, die, nicht weit vom Grill entfernt, verborgen im Gras lag. Nachdem ich mich vergewissert hatte, dass sie tot war, wollte ich Hilfe rufen. Doch dann bemerkte ich eine Herren-Armbanduhr, die sich in ihrer Bluse verhakt hatte. Bei näherer Betrachtung erkannte ich, dass sie meinem Bruder gehörte, Sir Edward Denham. Da ich wusste, dass er sich zuvor wegen Änderungen an ihrem Testament sehr mit Lady Denham gestritten hatte, kam mir der fürchterliche Verdacht, er könnte etwas mit ihrem Tod zu tun haben. Spuren am Hals der Leiche deuteten auf eine Auseinandersetzung hin. Hätte ich Zeit gehabt, mir alles in Ruhe durch den Kopf gehen zu lassen, wäre ich sicherlich zu dem Schluss gekommen, dass mein Bruder zu einer solchen Tat nicht fähig gewesen wäre. Diese Zeit aber fehlte mir. Alle meine Gedanken drehten sich ausschließlich um Edward. Ich nahm die Uhr an mich. Dann überlegte ich, wie ich die polizeilichen Ermittlungen in die falsche Richtung lenken konnte. Aufgrund ihrer langjährigen Feindschaft mit den Tierschützern suchte ich nach einer Möglichkeit, den Anschein zu erwecken, dass sie etwas damit zu tun hatten. Der Grill war nicht weit. Mir kam der Gedanke, wenn ich das Schwein im Grillkorb durch Lady Denham ersetzte, könnte dies als eindeutiger Verweis auf das dem Mord zugrundeliegende Motiv aufgefasst werden. Von Ollie Hollis, der für den Grill verantwortlich zeichnete, war nichts zu sehen, und durch das aufziehende Gewitter schien es wenig wahrscheinlich, dass jemand auftauchen und mich stören würde. Also kurbelte ich den Korb von der Grillstelle, entfernte mit Hilfe der schweren Grillhandschuhe, die ich in der Hütte gefunden hatte, das Schwein und brachte an seiner Stelle die Tote an, wobei ich mich leicht am Unterarm verbrannte.

Daraufhin kehrte ich zur Hall zurück, betrat sie unbemerkt durch eine Hintertür und ging in das Zimmer, in dem sich mein Bruder umzuziehen pflegt, wenn er zum Schwimmen geht. Dort traf ich ihn an, während er sich gerade abtrocknete. Als ich ihm von meinem Tun berichtete, stellte sich schnell heraus, dass er nicht die geringste Ahnung hatte, wovon ich eigentlich sprach. Er hatte die vergangene Stunde in Gesellschaft von Sidney Parker verbracht, seinem Geliebten. Als ich ihm von Lady Denham erzählte, fiel er aus allen Wolken. Ich war von seiner Unschuld überzeugt. Und mir wurde klar, dass jemand durch die Uhr, die am Tatort lag, den Verdacht auf ihn lenken wollte. Da ich nicht wusste, welche weiteren falschen

Indizien möglicherweise ausgestreut waren, erschien es mir das Beste, nichts verlauten zu lassen, sondern herauszufinden, wer der Täter war. Zu diesem Zweck einigten wir uns darauf, dass Edward, wenn der Leichnam entdeckt wurde, unter den Ersten am Tatort sein musste, damit weitere auf seine Beteiligung hinweisende Indizien, die dort möglicherweise abgelegt waren, erklärt werden konnten. Edward, obgleich nicht unbedingt mit einem klaren Denkvermögen gesegnet, zeichnet sich jedoch unter fordernden Umständen stets durch ein hohes Maß an Selbstbeherrschung aus, so fiel ihm die Durchführung dessen, obwohl er natürlich äußerst erschüttert war, relativ leicht.

Ich hatte gehofft, die polizeilichen Ermittlungen würden schnell zur Ergreifung des wahren Täters führen, so dass meine Rolle in der Angelegenheit niemals offenkundig werden würde. Das jedoch trat nicht ein. Im Grunde bin ich froh um diese Gelegenheit, mich von der Bürde meiner heimlichen Tat zu befreien.

Ich bedaure zutiefst, durch mein Eingreifen mögliche Spuren vernichtet zu haben, und hoffe, durch diese freiwillig abgegebene Aussage für die Polizei den Weg freizuräumen, um den wirklichen Täter zu ergreifen.

Pascoe seufzte tief auf, als er zu Ende gelesen hatte. »Miss Denham, Ihnen ist klar, dass Sie sich durch diese Aussage, falls wir sie akzeptieren, selbst einer sehr schwerwiegenden Straftat bezichtigen?«

»Ja.«

»Und dass Sie sich einer noch schwerwiegenderen Straftat schuldig machen, falls Ihre Zusicherung, Sie hätten fälschlicherweise versucht, Ihren Bruder zu decken, lediglich der Versuch sein sollte, Ihren Bruder zu decken?«

»Ich habe das alles genau durchexerziert. Meine Aussage entspricht der Wahrheit.«

»Wirklich? Sie exerzieren eine ganze Menge durch, nicht wahr, Miss Denham?«

»Ich verstehe Sie nicht.«

»Zwei-, dreimal pro Woche ins Fitnessstudio? Hanteltraining, solche Dinge?«

»Sicherlich nicht.«

»Stimmt. Ich sehe bei Ihnen keinen besonders ausgeprägten Bizeps oder Trizeps, wie es bei einem solchen Training gewöhnlich der Fall ist.«

»Was ist mit meiner Brustmuskulatur, Chief Inspector? Ist die Ihnen genügend ausgeprägt?«

»Hervorragend, falls Ihnen das alles von Gott gegeben ist«, sagte Pascoe. »Aber worauf ich hinauswill – Sie scheinen mir jung, gesund und fit zu sein, dennoch kann ich nur schwer glauben, dass Sie alles, was Sie angeblich getan haben wollen, allein geschafft haben. Ihre Tante war kein Brathühnchen. Um die Winde und den Flaschenzug zu betätigen, ist ein erhebliches Maß an Muskelkraft erforderlich.«

»Was wollen Sie damit sagen?«

»Ich will damit sagen, dass es mir sehr viel wahrscheinlicher erscheint, dass Sie und Ihr Bruder das gemeinsam bewerkstelligt haben.«

»Sie glauben, wir hätten uns dazu verschworen, Lady Denham zu ermorden?« Sie lächelte. »Ich kann Ihnen versichern, falls ich jemals diesen Gedanken gehegt haben sollte, wäre mir etwas eingefallen, was weniger schmutzig gewesen wäre.«

»Das glaube ich Ihnen gern«, sagte Pascoe und erwiderte das Lächeln. »Das alles riecht nach männlicher Wut und Impulsivität. Ich denke mir, Sie stießen zufällig dazu, als das Geschehen seinen Höhepunkt erreichte. Zu spät, um den Mord noch zu verhindern, weshalb Sie sich sofort daranmachten, falsche Fährten auszulegen. Was Sie dazu schreiben, entspricht der Wahrheit, außer natürlich, dass Edward bei Ihnen war und Ihren Anweisungen Folge leistete.«

»Nein«, beharrte sie mit ernster Miene. »Ich war allein. Teddy hatte damit nichts zu tun. Ich bin mir sicher, Sid Parker wird ihm ein Alibi liefern können.«

»Dessen bin ich mir auch sicher«, sagte Pascoe. »Wenn die Liebe einer Schwester zu vielem fähig ist, dann wird die Liebe des Liebhabers dem nicht nachstehen. Man wird Mr. Parkers Aussage, fürchte ich, ebenso viel oder wenig Gewicht beimessen können wie Ihrer.«

»Sie scheinen keine hohe Meinung von der Liebe zu haben, Mr. Pascoe.«

»Oh, doch, doch. In meinem Pantheon kommt sie gleich nach der Wahrheit«, sagte Pascoe. »Ich werde jetzt mit Ihrem Bruder reden. Nachdem Sie ihn doch so gut kennen, wie wird er die Befragung Ihrer Meinung nach durchstehen?«

»Sehr gut. Er muss Ihnen nur das wenige erzählen, was er weiß. Und wenn Sie ein so treuer Jünger der Wahrheit sind, werden Sie nicht umhinkönnen, die Anwesenheit Ihrer Göttin anzuerkennen.«

Allmählich sah er, was Andy Dalziel von Anfang an so klar gesehen hatte – die wahre Frau unter der glatten Oberfläche. Der Dicke hatte ihr Sympathie entgegengebracht, er selbst lediglich Bewunderung.

Ihr einziger Schwachpunkt war Ted. Er zweifelte keine Sekunde daran, dass sie ihn zu decken versuchte.

Ebenfalls zweifelte er nicht, dass ihre gelassene Zuversicht, ihr Bruder würde das Verhör überstehen, unangebracht war. Das war das Problem mit der Liebe. Sie verleitete zu Dummheiten und, schlimmer noch, machte blind gegenüber den Schwächen des anderen.

»Ich halte Sie auf dem Laufenden, wie ich vorankomme«, sagte er.

Damit stand er auf und verließ den Raum.

12

Als sie das Tor von Sandytown Hall erreichten – Sammy Ruddlesdins alter verbeulter Fiesta vorneweg, Georges Landrover hinterher –, erkannte Dalziel, dass er bezüglich des wachsenden Medieninteresses recht gehabt hatte. Der Weg wurde ihnen von einer Meute Journalisten und Fotografen versperrt.

Sammy ging auf die Bremse, aber die Hand des Dicken legte sich wie eine Parkkralle um dessen Oberschenkel.

»Aufs Gas, Sammy, nicht auf die Bremse«, sagte Dalziel. »Wenn die Typen nicht aus dem Weg gehen, dann fahr sie übern Haufen. Dann links den Berg hinauf.«

Oben auf dem Nordkliff dirigierte er den Fiesta durch ein Gewirr von Landstraßen, bis sie eine halbe Stunde später überzeugt waren, auch den letzten Verfolger abgeschüttelt zu haben. Dann navigierte er den Wagen zurück zur Küstenstraße, auf der sie über das Südkliff die Stadt erreichten, der Landrover immer dichtauf.

Sie parkten hinter dem Hope and Anchor und betraten durch die Hintertür das Pub. Ein gewiefter Journalist, der mit ihm vertraut gewesen wäre, hätte dort auf ihn warten können, doch diese Beschreibung traf nur auf Ruddlesdin zu. Als sie eintraten, war der Raum leer.

»Das hat aber Spaß gemacht«, sagte George Heywood grinsend. »Mr. Dalziel, Sie haben sicherlich Durst. Was darf ich Ihnen bringen?«

Dalziel nickte billigend. Genauso sollte es sein, ein junger Mann, der dem Älteren sein Getränk zahlte. Aber nicht in diesem Fall. »Bursche, du kannst mir später eins spendieren. Diese Runde geht auf Mr. Ruddlesdin.«

»Sagen Sie mir, welches Gebräu Sie wollen«, kam es von Sammy mit der Selbstgefälligkeit desjenigen, der wusste, dass jede mit *Getränke für DS Dalziel* überschriebene Spesenrechnung anstandslos durchging.
Er marschierte an die Bar und drückte auf die Klingel. Nach einer Weile erschien Jenny, die Barfrau.
»Tut mir leid«, sagte sie. »Wir sind etwas unterbesetzt. Alan ist im Avalon.«
»Oh aye?«, sagte Dalziel. »Fehlt ihm auch was?«
»Nein, haben Sie es nicht gehört? Die Verwandte von Lady Denham, Clara, liegt dort oben. Wir haben gehört, dass sie nach ihrem Sturz wieder bei Bewusstsein ist, und wir haben den Hut rumgehen lassen für ein paar Blumen, und die bringt ihr Alan jetzt.«
»Sie sind befreundet?«
»Wir mögen sie alle, und sie hat uns immer ein bisschen leidgetan, vor allem Alan, wir wissen ja, wie Lady Denham sein konnte. Er hat immer gesagt, sie überfliegt seine Abrechnungen wie ein Spionagesatellit und konnte aus fünfzig Kilometern Entfernung einen Fehler entdecken. Ich hoffe bloß, die alte Kuh – tut mir leid, man soll über Tote nicht schlecht reden –, ich hoffe bloß, die alte Dame hat Clara in ihrem Testament ausreichend bedacht. Sie soll ja Millionen wert sein, sagt man?«
Dabei sah sie erwartungsvoll zu Dalziel.
Jeder in Sandytown dürfte mittlerweile wissen, wer er war, ging Charley durch den Kopf. Und alle nahmen anscheinend an, wenn es jemand wusste, dann er.
Seltsamerweise, musste sie sich eingestehen, traf das mehr oder weniger auch auf sie zu.
»Aye«, sagte er, »mit Testamenten ist das so eine komische Sache. Aber ist nicht Mr. Beard hier abgestiegen? Am besten fragen Sie ihn.«
»Da wäre es ja noch leichter, meinen Großvater zum Reden

zu bringen, und der hat zehn Jahre lang nichts anderes als *dieser Scheißkerl Blair!* gesagt«, erwiderte Jenny. »Und jetzt sagt er nichts anderes als *dieser Scheißkerl Brown!*«

Sie nahm die Bestellung entgegen und schenkte ein. Die Tür ging auf, und Franny Roote rollte herein. Auf seinem Gesicht erstrahlte der bühnenreife Ausdruck des Erstaunens, womit er, so schien es Charley, nur seine wahren Gefühle verbarg.

»Meine liebsten Menschen, alle unter einem Dach«, sagte er. »Mr. Dalziel. Charley. Und George. Sie sind George, nehme ich an? Ich erkenne die Familienähnlichkeit, außerdem hat Charley mir so viel von Ihnen erzählt, dass es mir glatt vorkommt, als kenne ich Sie bereits.«

Die beiden jungen Männer gaben sich die Hand. Als Ruddlesdin mit den Getränken von der Bar zurückkam, sah Roote grinsend zu ihm auf.

»Und das ist Mr. Ruddlesdin, der Starreporter der *News*, wenn ich mich nicht irre. Schon lange nicht mehr gesehen, Mr. Ruddlesdin.«

»Wie?«, kam es von Ruddlesdin, der daraufhin den Blick vom Mann im Rollstuhl zu Dalziel und zurück schweifen ließ. »Das ist doch Roote, oder?«, sagte er vorsichtig. »Franny Roote?«

»Ja. Sie haben mich einmal interviewt. Oder war es zweimal? Guter Artikel, lausiges Foto.«

»Ich erinnere mich. Was machen Sie denn hier?« Er versuchte so beiläufig wie möglich zu klingen, seinem Blick aber war anzusehen, wie die Spekulationen in seinem Kopf nur so hin und her flogen.

»Ach, ein wenig von diesem, ein wenig von jenem«, antwortete Roote lächelnd. »Und, wie steht es oben in der Hall, Andy? Ich habe gehört, der Baronet und seine Schwester sind zum Verhör abgeholt worden. Es wird ernst, nicht wahr? Ich meine, können wir bald was Definitives erfahren?«

Alle Aufmerksamkeit richtete sich auf den Dicken.

Er nahm einen langen Schluck von seinem Bier, dann sagte er: »Das wage ich zu behaupten.«
»Mr. Ruddlesdin«, schaltete sich Roote ein, »notieren Sie sich das. Zitat der Woche. Detective Superintendent Dalziel sagt: ›Ich wage zu behaupten.‹«
Roote, erschien es Charley, war in aufgekratzter Stimmung. Anders als sonst, wenn er sich mit einer Aura kühler Kontrolliertheit umgab, konnte er jetzt seinen Überschwang kaum im Zaum halten.
Dalziel reagierte nicht. Er war auf die Tür konzentriert, die Roote nicht geschlossen hatte. Plötzlich setzte er sein Glas ab. »Ich muss mal pinkeln. Und dass mir niemand mein Bier anrührt, ich hab reingespuckt«, sagte er, stand auf und ging hinaus. Charley sah noch, wie er einer jungen Frau, die soeben die Treppe zwischen dem Gastraum und dem Nebenzimmer heruntergekommen war, in den Weg trat. Er blieb stehen, als wollte er sich entschuldigen, doch dann schwang hinter ihm die Tür zu.
»Also, George«, sagte Roote, »sind Sie hier, um Ihre Schwester zu retten? Ihre Familie muss sich doch Sorgen machen, wenn aus der Stadt der Erholung und Gesundheit plötzlich eine *Costa de Muerte* wird!«
»Charley retten! Sie machen Witze«, lachte George. »Sie war immer diejenige, die mich gerettet hat.«
»Das glaube ich gern«, sagte Roote. »Seitdem sie hier ist, sind wir alle zum Gegenstand ihrer Aufmerksamkeit geworden. Wir werden sie vermissen, wenn sie abreist.«
Es war nicht mehr als der höfliche Ausdruck des Bedauerns, trotzdem fühlte sich Charley geschmeichelt.
»Worum ging es in diesem Interview?«, fragte sie. »Ich wusste nicht, dass Franny berühmt ist.«
Fragend sah Roote zum Reporter, der sich – vielleicht zum ersten Mal in seinem Erwachsenenleben – peinlich berührt fühlte.

Eine Antwort blieb ihm allerdings erspart, denn erneut ging die Tür auf, und diesmal trat Alan Hollis ein.
»Tut mir leid, Jenny«, sagte er. »Du bist klargekommen?«
»Jaja, alles wunderbar. Wie geht es Clara?«
»Hat sich einen Arm und ein Bein und ein paar Rippen gebrochen, steht noch unter Schock, aber die Ärzte sind sehr zufrieden mit ihr«, erwiderte Hollis. »Ich durfte nur ganz kurz rein, konnte nur die Glückwünsche und natürlich die Blumen loswerden. Ich soll euch allen danken, mehr brachte die Ärmste kaum heraus.«
»Weiß man denn schon, was genau passiert ist?«, fragte Ruddlesdin.
»Noch nicht. Sie kann sich anscheinend an nichts erinnern.«
»Man sagt, wer in der Hall wohnt, der ist nicht vom Glück verfolgt«, sagte Jenny. »Deswegen hat sie auch so lange leergestanden, bevor Hog Hollis sie gekauft hat. Und dann schaut euch an, was mit ihm geschehen ist. Und jetzt Lady Denham. Und die arme Clara.«
»Wollen Sie damit sagen, sie hat die Hall geerbt?«, kam es von Ruddlesdin.
»Keine Ahnung«, erwiderte Jenny. »Wenn jemand sie verdient hätte, dann sie.«
»Mach dir mal keine Sorgen, Mädel. Jeder bekommt, was er verdient«, sagte Dalziel, der sich irgendwie unbemerkt wieder zu ihnen gesellt hatte. Recht geschmeidig unterwegs für seine Größe, dachte sich Charley.
Die Barfrau ließ sich von der Bemerkung des Dicken nicht beeindrucken. »Gut, Jenny«, sagte Hollis, »ich übernehme dann mal wieder. Kümmere dich um den Gastraum.«
»Hallo, Mr. Hollis«, sagte Dalziel. »Alles in Ordnung im Avalon?«
Der Wirt wiederholte, was er den anderen erzählt hatte, und fügte hinzu: »Die Krankenschwestern haben nur von diesem Heiler gesprochen, diesem Godley, einer von Tom Parkers

Kurpfuschern. Anscheinend waren alle besorgt, sie könnte nicht mehr aufwachen oder, wenn doch, nicht ganz richtig im Kopf sein, aber dann war er ein paar Minuten bei ihr, und sie schlägt die Augen auf, und es geht ihr gut. Da kommt man schon ins Grübeln, oder?«

»Godley? Der, der bei der Akupunkteurin auf frischer Tat ertappt worden ist?«, fragte Ruddlesdin, der bereits Witterung für eine gute Human-Interest-Story aufnahm.

»Der Typ, von dem du *glaubst,* er wäre auf frischer Tat ertappt worden«, sagte Dalziel mit Nachdruck. »Wenn er die *News* wegen deines Artikels verklagt, dann wirst du seine Heilkräfte brauchen, wenn der Verleger mit dir fertig ist.«

Er setzte sich, leerte sein Bierglas, sah zu George und sagte: »So, Bursche, jetzt können Sie mir ein Pint spendieren.«

Und während George an die Theke ging, raunte der Dicke Charley zu: »Aber ins Grübeln kommt man schon. Kann doch ganz nützlich sein, diesen Godley in der Nähe zu haben, wenn er wirklich damit gesegnet ist.«

Mit einem herzhaften Gähnen brachte Charley ihre Gleichgültigkeit gegenüber der geriatrischen Kuppelei zum Ausdruck.

»Kann für Ihre Doktorarbeit ganz nützlich sein, Charley«, sagte Roote. »Oder hat sich in den letzten Tagen Ihr Interesse von der Alternativmedizin auf die operative Fallanalyse verlagert?«

»Ich werde froh sein, wenn ich mich wieder meiner eigentlichen Arbeit zuwenden kann«, erwiderte sie kühl.

»Dann kommst du nach Hause?«, fragte George, der dem Dicken ein schäumendes Pint hinstellte.

Sowohl Roote als auch der Dicke sahen erwartungsvoll zu ihr.

»Ja«, sagte sie, »aber ich bleibe, solange ich im Kyoto-Haus noch eine Hilfe bin. Mary steht im Moment doch sehr unter Druck.«

Was, wie sie dachte, nett und altruistisch klang, solange sich

niemand die Mühe machte, darüber nachzudenken, wie sie einer Freundin und deren Familie eine Hilfe sein konnte, wenn sie in einem Pub herumsaß.
Erneut ging die Tür auf, und herein kam Sergeant Whitby. Er hatte den Tunnelblick desjenigen, dem viel zu lange die Vision eines Getränks vor Augen gestanden hatte, das so kalt war, dass man seinen Namen ins Kondenswasser malen konnte. Ohne auch nur einen Blick auf die Runde am Tisch zu werfen, marschierte er zur Theke, sank auf einem Hocker nieder und sagte: »Ein Pint, wie üblich, Alan. Das hab ich mir verdammt noch mal verdient.«
»Keinen guten Tag gehabt, Beißer?«, fragte der Wirt, der, kaum war die Tür aufgegangen, das Pint bereits gezapft hatte. »Keinen guten Tag?«, wiederholte der Sergeant. »Ich bin die halbe Grafschaft abgelaufen, um diesen Dämlack von deinem Verwandten aufzutreiben, und das nur, weil dieser Schnösel vom CID meint, *es ist zwingend nötig, dass wir mit Mr. Hen Hollis reden.*«
Als Parodie auf Pascoe war das gar nicht schlecht, ging Dalziel durch den Kopf. Kurz überlegte er, ob er den Sergeant unterbrechen sollte, bevor es ins Persönliche ging, beschloss aber, noch etwas zu warten, was ganz amüsant werden konnte.
»Der Kerl ist nirgends zu finden, also geb ich's auf und geh zur Hall, um mich zu melden. Und was seh ich da? Sie haben diesen Ted Denham und seine Schwester verhaftet und verfrachten sie ins Präsidium zum Verhör. Glaubst du, irgendeiner hat mich angerufen und mir Bescheid gesagt? Irgendeiner von diesen Wichsern? Nein, dieser Haufen Möwenscheiße, dieser Schwulenverein denkt doch nur …«
»Beißer!«
Das Wort traf auf Whitbys Ohren wie das Donnerkrachen des Jüngsten Gerichts.
Er fuhr auf seinem Hocker herum. Gegenüber seiner Miene war Munchs *Schrei* das reinste Lächeln.

»Mr. Dalziel«, stammelte er.
»Raus«, sagte der Dicke.
Er knallte so fest die Tür hinter sich zu, dass die Gäste drinnen den Luftzug spürten.
»Wie lange noch bis zur Rente, Beißer?«, fragte er.
»Neun Monate, Sir.«
»Die volle Sergeantpension?«
»Ja, Sir.«
»Nein, Sir! Wenn mir auch nur der Hauch eines Gerüchts zu Ohren kommt, dass du in einem Pub herumlungerst, über deine Vorgesetzten herziehst und vertrauliche Informationen preisgibst, dann bekommst du einen Tritt in den Arsch und wirst so hochkant rausgeschmissen, dass du ein Kissen brauchst, wenn du auf dem Sozialamt um deine Stütze bettelst. Hast du mich verstanden, Bursche?«
»Ja, Sir.«
»Gut. So, jetzt wieder rein mit dir und trink dein Bier aus. Und kein Wort, zu niemandem. Und wenn das Pub in Flammen aufgeht, will ich noch nicht einmal ›Feuer‹ hören! Verstanden?«
»Verstanden, Sir.«
Er wartete, bis der zusammengestauchte Sergeant wieder im Nebenzimmer verschwunden war, dann ging er hinaus auf die Straße und drückte mit dem Daumen auf die Tasten seines Handys. »Pascoe.«
»Was zum Teufel geht da vor?«
»Dir auch einen schönen Tag, Andy. Schön, dass du anrufst. Ich wollte mich gerade bei dir melden und dich auf den neuesten Stand bringen. Ich habe beschlossen, die Dinge etwas zu beschleunigen. Die Denhams wurden beide verhaftet und sind im Augenblick unterwegs zum Polizeipräsidium, um offiziell verhört zu werden. Hier fehlen uns die nötigen Einrichtungen, außerdem können wir natürlich nicht für ihre sichere Unterbringung sorgen.«

»Du willst sie einsperren?«, fragte Dalziel ungläubig.

»Ich habe nicht vor, sie in den nächsten Stunden wieder freizulassen«, erwiderte Pascoe vorsichtig.

»Was hat dich dazu bewogen?«

Pascoe erzählte Esthers Version von der Entdeckung der toten Lady Denham.

»Sie hält daran fest. Und ihr Bruder hält an seiner Geschichte fest, das heißt, er hätte Sidney Parker gevögelt, bis das Unwetter aufzog. Und sowohl Ted als auch Esther versichern mir, sie seien den gesamten Tag zusammen gewesen, bis du sie aufgegriffen hast, womit sie ihm ein Alibi für Clara Brereton verschafft.«

»Die Telefonanrufe?«

»Ach ja. Auch hier hat er auf alles eine hübsche Antwort. Er rief sie am Morgen an, um nachzufragen, wie es ihr ging. Sie wurde dabei gestört, versprach aber, ihn später zurückzurufen. Das tat sie und sagte ihm, dass es ihr gutging.«

»Ein wenig riskant für eine Lüge, wenn er nicht weiß, was sie sagen wird, wenn sie wieder aufwacht.«

»Vielleicht wusste er davon. Wir haben sein Handy sichergestellt. Der letzte Anruf, bevor du und Novello bei ihnen zu Hause aufgetaucht seid, galt dem Avalon. Wahrscheinlich hat er Feldenhammer ein paar Takte von diesem schweinischen Lied vorgeflötet, von dem du mir erzählt hast …«

»Die Indianer-Maid.«

»Genau. Dann brachte er den Doktor dazu, ihm frank und frei von den Fortschritten der Patientin zu berichten. *Wundersamerweise wieder bei Bewusstsein* dürften für ihn schlechte Neuigkeiten bedeutet haben. *Völliger Gedächtnisverlust* muss Musik in seinen Ohren gewesen sein.«

»Ist das nicht alles ein wenig zu überkandidelt für einen, der sein Hirn in der Hose spazieren trägt?«

»Nicht, wenn man eine Sibylle zur Schwester hat, die einem ins Ohr flüstert.«

»Dachte, die heißt Esther.«
»Ach, Andy, Andy. Ich muss jetzt los. Ich fahre ins Präsidium zurück, um die Verhöre zu leiten.«
»Natürlich. Schon mit Desperate Dan gesprochen?«
»Ich hab dem Chief versprochen, ihn umgehend über bedeutsame Entwicklungen in Kenntnis zu setzen. Er war erfreut über die Fortschritte.«
»Das denk ich mir. Fortschritte, schön und gut, aber übereile nichts. Pass auf dich auf.«
»Du auch, Andy. Bis bald, hoffe ich. Das nächste Mal denke ich an die Trauben.«
Dalziel beendete das Gespräch und stand lange nachdenklich da. Er ließ sich den Fall noch einmal in aller Ruhe durch den Kopf gehen. Was ihm dabei aber in die Quere kam, war die Tatsache, dass er sich plötzlich verdammt geschlaucht fühlte. War das Unbehagen, das sich ihm bei den Ermittlungen aufdrängte, nur ein Symptom seiner eigenen Debilität oder ein Zeichen, dass Peter Pascoe hier einiges nicht richtig auf die Reihe bekam?
»Andy, alles in Ordnung?«
Er drehte sich um. Charley Heywood betrachtete ihn besorgt. Er musste länger hier gestanden haben, als er gedacht hatte.
»Nein, Mädel, es geht mir gut.«
»Wirklich? Wir haben uns Sorgen gemacht, Sie waren so lange weg.«
Wir bestanden, wie er sah, als er sie wieder ins Nebenzimmer begleitete, aus den Heywoods und Franny Roote.
»Wo ist Ruddlesdin?«
»Hat sich vor ein paar Minuten aus dem Staub gemacht.«
Scheiße. Er musste durch die Hintertür zum Parkplatz gegangen sein und war vermutlich mittlerweile unterwegs in die Stadt, um vor Ort zu sein, wenn Neuigkeiten aus dem Präsidium eintrudelten. Selbst wenn in den nächsten Stunden nichts Neues verlautbart wurde, lieferte die Verhaftung der Denhams

seiner fruchtbaren Phantasie genügend Stoff für eine Sensationsmeldung.
Das war nicht sein Problem, redete er sich ein.
»Soll George Sie ins Avalon zurückfahren?«, fragte Charley.
»Nicht bevor ich das Pint ausgetrunken habe, das Ihr Bruder so freundlich war mir zu spendieren.«
Hollis und Whitby hatten über der Theke die Köpfe zusammengesteckt, jegliches Gespräch zwischen den beiden aber endete abrupt, als der Dicke den Raum betrat.
Nach einer Weile sagte der Wirt: »Mr. Dalziel, wie sieht das rechtlich aus? Ich hab gerade den Beißer gefragt: Was passiert mit dem Geld, das Lady D. Ted hinterlassen hat, wenn sich herausstellt, dass er was mit ihrem Tod zu tun hat?«
»Bin ich ein verdammter Anwalt?«, grummelte Dalziel. »Und wenn ich einer wäre, könnten Sie sich mich wahrscheinlich nicht leisten.«
Ein wenig Dampf ablassen sowie ein Schluck vom Bier erinnerten ihn daran, welch guten Keller der Wirt bereithielt. Außerdem hatte er ihn kommentar- und widerstandslos reingelassen, als er in Pyjama, Morgenmantel und mit einem Pantoffel aufgekreuzt war. Ein solcher Mann verdiente keine unverschämte Antwort.
»Aber«, sagte er, »falls Sir Ted wegen Mordes verurteilt wird, dann kommt er an das Geld nicht ran, so viel steht fest. Ich schätze, die anderen Erben sind davon nicht berührt, Sie dürften also dieses Verlies, das Sie Keller nennen, ordentlich aufräumen können, falls Sie sich deswegen Sorgen machen sollten.«
Alan Hollis sah ihn kühl an.
»Nein, deswegen mach ich mir keine Sorgen, Mr. Dalziel, und deswegen werde ich mir auch keine Sorgen machen, solange Lady Denham nicht anständig beerdigt ist und der Dreckskerl, der sie umgebracht hat, nicht hinter Schloss und Riegel sitzt.«

»Tut mir leid, Bursche«, sagte Dalziel. »Ich bin nicht ganz auf der Höhe. Ich schätze, Teds Anteil wird behandelt, als hätte Daph kein Testament hinterlassen. Die Familie kann daher Ansprüche geltend machen. Das heißt, die Blutsverwandten.«

»Sie meinen die Breretons?«, sagte Hollis.

»Aye. Bezweifle, dass die Hollis' irgendwelche Ansprüche haben«, sagte Dalziel. »Tut mir leid, ich greife mal wieder vor. Wir Bullen haben eben große Hände.«

»Und ich nehme an, Sie wissen gewöhnlich, was Sie anzufassen haben«, sagte Hollis mit einem leisen Lächeln. »Aber ich bin mit dem, was ich bekommen habe, wirklich zufrieden. Es ging mir eher um Clara.«

»Das hängt davon ab«, sagte Dalziel. »Wie eng ist sie mit der Verstorbenen verwandt? Und wie viele andere Breretons gibt es noch, die gesund und munter sind?«

Whitby räusperte sich und sah den Dicken an wie ein Schulbub, der im Klassenzimmer die Hand hob.

Dalziel nickte ihm zu.

»Daph Brereton war ein Einzelkind«, begann er, »aber es gab zwei Onkel und eine Tante, die sind mittlerweile aber wohl schon tot. Derek, das ist der Älteste, hatte zwei Töchter und einen Sohn. Michael, sein Bruder, hatte mindestens einen Jungen, vielleicht auch mehr, und Edith drei Söhne. Clara, glaube ich, ist die Enkeltochter von Dereks ältestem Sohn, damit ist sie die Großnichte, nicht wahr, oder die Urgroßnichte ...?«

»Viel zu entfernt«, unterbrach Dalziel. »Wenn noch irgendwelche Neffen und Nichten am Leben sind sowie deren Kinder, dann ist Clara so weit aus dem Rennen, dass sie noch nicht mal bei den Buchmachern auftaucht.«

»Um Gottes willen!«, kam es von Franny Roote. »Wir reden hier von einer ermordeten Frau! Von Leuten, die wir kennen und die verhaftet worden sind, zu Recht oder zu Unrecht – auch wenn das kaum eine Rolle spielt, wenn die Justiz in die-

sem Land einen erst mal in den Klauen hat. Das System braucht seine Opfer, und manchmal ist es dabei nicht sehr wählerisch, wen es sich dabei vorknöpft!«
Mit rotem Kopf hielt er abrupt inne.
Dalziel musterte ihn mit aufgerissenen Augen.
»Zum Teufel noch mal, Bursche«, rief er aus. »Ich dachte, du hättest was mit diesem Third-Thought-Mist zu tun, nicht mit Amnesty International!«
»Sie kennen mich doch«, sagte Roote, der sich wieder unter Kontrolle hatte. »Auf Ungerechtigkeiten reagiere ich immer sensibel. Wobei ich davon ausgehe, dass so etwas hier nicht vorkommt. Nicht, wenn Peter Pascoe die Sache leitet und Sie wieder auf dem besten Weg zurück zu Ihrer alten unverwüstlichen Gesundheit sind, Andy.«
»Die nicht mehr so unverwüstlich ist«, erwiderte der Dicke. »Sergeant Whitby, nachdem du uns mit deinen Kenntnissen der örtlichen Gegebenheiten beeindruckt hast, wie wär's, wenn du sie auch praktisch umsetzen würdest? Du hast dich beschwert, du hättest mit der Suche nach diesem Hen Hollis deine Zeit verschwendet. Hat dir irgendjemand gesagt, die Suche einzustellen?«
»Nein, nicht direkt, aber ich dachte mir …«
»Hör auf zu denken, Beißer, in deinem Alter verwirrt das nur. Mach, was man dir sagt. Und such weiter.«
»Warst du schon in Millstone?«, fragte Alan Hollis.
»Nein. Da war er nicht mehr, seitdem Daph ihn nach Hogs Tod rausgeworfen hat«, wandte Whitby ein. »Dort ist ja alles verfallen. Warum soll ich da raus?«
»Weil«, sagte Hollis, »es jetzt wieder ihm gehört, oder? Jedenfalls gehören wird, wenn das Testament anerkannt wird.«
»Was ist Millstone?«, fragte Dalziel.
»Millstone Farm, wo Hog und Hen aufgewachsen sind«, erklärte Hollis. »Hog hinterließ den Hof seiner Frau, aber nur, solange sie lebt. Jetzt fällt er an Hen zurück.«

»Und Sie meinen, er wartet den ganzen juristischen Kram nicht ab, bevor er dort wieder einzieht?«
»Mit dem juristischen Kram hat er's nicht so«, sagte der Wirt lächelnd.
»Siehst du, Beißer? Mach dich auf die Socken, sieh dich um. Und wenn der Kerl dort ist, bring ihn mit und gib mir Bescheid.«
»Ja, Sir. Und wo finde ich Sie?«
Wo findet er mich?, fragte sich Dalziel. Jedenfalls nicht in der Hall. Der Zirkus und sein neuer Direktor hatten die Stadt verlassen. Hatte keinen Sinn, hier noch länger wie ein übriggebliebener Clown herumzuhängen. Er könnte noch ein Stündchen hier herumsitzen und ein paar Pint nuckeln. Das war verlockend. Aber ebenso verlockend war die Aussicht auf sein hübsches, bequemes Bett oben im Heim.
»Wahrscheinlich bin ich im Avalon«, sagte er, »für meine wohlverdiente Ruhepause. George, wenn's nichts ausmacht, wär ich jetzt bereit, hochgekarrt zu werden.«
»Ist mir ein Vergnügen«, sagte George Heywood.

13

Sergeant Whitby war kein Revoluzzer. Nie und nimmer würde er die Flagge der Freiheit an sich reißen und zum Sturm auf das fürchterliche Regiment des Andy Dalziel blasen. Dalziels Dienstrang, seine Persönlichkeit, seine schiere Masse hielten ihn fest unter der Knute.

Und dennoch war er aus demselben harten Stein gemeißelt wie der Superintendent, gehörte zur selben langen Tradition verflucht unabhängiger Geistesart, betrachtete er die Welt durch die gleichen dunkel getönten Brillengläser. Kurz, auch er war ein Yorkshireman. Apropos, wahrscheinlich war er als ein Whitby sogar von blaublütigerer Yorkshire-Abstammung als der dicke derbe Drecksack. Was war Dalziel schon für ein Name? Der Namen klang nach Schottentuch, ihm haftete der Odeur der durchgeknallten Macs jenseits der Grenze an.

Daher, auch wenn er sich dem Dicken nie widersetzen und ihm ein *Verpiss dich!* entgegenschleudern würde, kehrte mit jedem Meter, den er zwischen sich und der furchteinflößenden Gestalt des Superintendenten brachte, mehr und mehr der Sinn für das zurück, was ihm, der nunmehr seit dreißig Jahren Gesetzeshüter in Sandytown und dem Distrikt gewesen war, rechtmäßig zustand.

Ja, er würde dem Befehl Folge leisten, mochte er seiner Meinung nach noch so sinnlos und dämlich sein. Aber er würde ihn ausführen, allerdings in seiner Zeit und in seinem Tempo. Zuvor aber wollte er sein ihm gesetzlich zugestandenes Recht auf Erfrischung geltend machen, indem er nach Hause eilte zu den mittäglichen Bratenresten, die ihm seine Frau ungeachtet der Jahreszeit oder des Wetters jeden Sonntagabend zubereitete. Dann machte er sein gesetzlich zugestandenes Recht auf

Ruhe geltend, indem er sein halbstündiges Nickerchen in seinem Lieblings-Armsessel hielt, gefolgt vom gesetzlich zugestandenen Recht auf Erholung, indem er sich seine Lieblings-US-Krimiserie in der Glotze anschaute.
Und erst dann, erfrischt und erholt, würde er hinausgehen zur Millstone Farm, um zu bestätigen, wovon er felsenfest überzeugt war, dass nämlich dort niemand zu finden wäre außer Nagetiere, Fledermäuse und Spinnen.
»Du kannst doch jetzt nicht mehr raus!«, herrschte seine Frau ihn an, als er gegen halb zehn die Stiefel anzog.
»Ich hab's dir doch gesagt. Muss noch einen Blick auf Millstone werfen.«
»Bis du dort bist, ist es stockfinster. Und im Stockfinsteren will man dort nicht sein«, sagte sie. »Hat das nicht bis morgen Zeit?«
Nach einem langen, vorwiegend für sie bestimmten Ringen mit sich selbst, das notwendig war, bevor jeder Yorkshireman mit ein wenig Respekt vor sich selbst einen weiblichen Ratschlag annahm, nickte er und sagte: »Zufällig hast du recht. Aber wenn das Telefon klingelt, gehst du ran, und wenn es dieser fette Dreckskerl ist, dann sagst du ihm, dass ich außer Haus bin!«
In aufrechter Stellung, im Licht und in der Wärme des Wohnzimmers, fühlte sich dieser mutige Entschluss gut an. Liegend im Bett aber, in der Dunkelheit des Schlafzimmers, kam er ihm sehr schnell als tollkühn vor und wurde immer tollkühner, je öfter er in der ruhelosen Nacht aus dem Schlaf fuhr.
Nicht lange nach Anbruch der Morgendämmerung stand er daher auf, entschlossen, die sinnlose Aufgabe hinter sich zu bringen, bevor er seine Saumseligkeit erklären musste.
Und während er den langen, von tiefen Furchen durchzogenen und von hohen Gräsern überwucherten Weg zur Millstone Farm entlangfuhr, kam ihm der Gedanke, dass er das letzte Mal hier gewesen war, als er die traurige Nachricht von

Hog Hollis' Tod übermittelt hatte. Er war damals von Hen, dem einzigen Bewohner, nachdem der Erfolg seinen Bruder zur Sandytown Hall und zur Lordschaft der Hundert geführt hatte, nicht ins Haus gebeten worden, obwohl es ein ungemütlicher Tag gewesen war und Windböen heftig an seinem ungeschützten Rücken zerrten. Daher hatte er nicht viele Worte gemacht.

»Hog ist tot.«

»Tot«, hatte Hen geantwortet.

Ohne Fragezeichen, dennoch hatte der Beißer es als Bitte um Bestätigung aufgefasst.

»Aye«, hatte er gesagt. »Schlaganfall. Die Schweine haben schon an ihm rumgefressen, als man ihn gefunden hat.«

»Na, dann.«

Und die Tür wurde geschlossen.

Vielleicht hatte sich Hen Hollis in die Küche zurückgezogen und sich vergangene, glücklichere Tage mit seinem Bruder ins Gedächtnis gerufen. Vielleicht hatte er geweint.

Wahrscheinlicher aber, laut den Gerüchten im Ort, war er durchs Haus geschlendert und hatte sich gedacht, das alles gehöre jetzt ihm.

Falls dem so war, erwartete ihn ein größerer Schock als die Nachricht vom Tod seines Bruders.

Die Enthüllung, dass alles an Hogs Witwe fiel, hatte Hen den Rest gegeben. Unter den Einheimischen kursierten auch gleich genügend Erklärungen für Hogs Entscheidung.

»Hog hat von seiner Familie nicht viel gehalten. Alan, hat er immer gesagt, ist der Einzige, dem er zutrauen würde, einen Topf Wasser zu kochen. Er hat gewusst, was er wollte, geschäftlich und im Bett, und hat seine Ziele konsequent verfolgt, und was die Sache mit Daph Brereton anging, da war sie ja diejenige, die schon zu ihm unterwegs war! Eine Frau wie sie war für Hog ein Gottesgeschenk, und er hat immer seine Schulden bezahlt.«

Trotzdem, Familie war Familie, und die Einheimischen waren der Meinung, der Gerechtigkeit sei Genüge getan durch die Klausel, aufgrund derer die Witwe zu Lebzeiten über Millstone verfügen könne, der Bauernhof aber an Hen zurückfiel, falls er sie überlebte.

Alles, was er daher zu tun hatte, war, es auszusitzen, weiterhin auf dem Bauernhof zu leben und das Gebet zu sprechen, dass das Schicksal oder ein hoher Zaun seine Schwägerin lieber heute als morgen zu Fall bringen möge.

Ihm fehlte zwar der Geschäftssinn seines Halbbruders, aber er teilte sich mit ihm dessen Ungeduld. Er zog gegen Daphne vor Gericht und verlor. Daraufhin ging er außerhalb des Gerichts gegen sie vor, bezichtigte sie gegenüber der Polizei, der Presse und jedem, der ihm zuzuhören geneigt war, des Mordes und verlor auch hier.

Alles, inklusive seiner Arbeit und seines Zuhauses.

Er versuchte durchzusetzen, als Mieter anerkannt zu werden, da er aber niemals auch nur einen Penny Miete gezahlt hatte, kam er damit nicht weit. Er behauptete, sein Wohnrecht in Millstone sei Teil seines Arbeitsvertrages mit Hollis's Ham, doch da er die Stelle von sich aus gekündigt hatte, half auch das nicht.

Daher hatte er das Haus räumen müssen, das seitdem viele Jahre lang leerstand. Hier auf dem Land wartet die Natur nur darauf, sich zurückzuholen, was der Mensch ihr entrissen hat. Menschliche Anwesenheit mit den Bedürfnissen nach Wärme, Geborgenheit und einem gewissen Maß an Sauberkeit kann zu einem langen Waffenstillstand führen, doch sobald die Wachsamkeit nachlässt, sobald man sich auch nur für einige Monate zurückzieht, erobert sich die Natur ihre einstigen Besitztümer zurück. Ob aus Geiz oder Boshaftigkeit, Hogs Witwe hatte noch nicht einmal die nötigsten Maßnahmen ergriffen, um Wetter oder Fauna auf Abstand zu halten. Dachschindeln wehten davon, Fensterrahmen wurden morsch,

Scheiben splitterten, die Hausverkleidung wurde löchrig, Leitungen froren ein, Ratten nagten, Kaninchen unterhöhlten, Käfer bohrten, und nichts wurde getan, den Verwüstungen Einhalt zu gebieten.

Noch war es nicht ganz verfallen, aber ein weiteres Jahrzehnt der Vernachlässigung, und es wäre so weit.

Es musste jemand schon sehr viel bescheuerter als Hen Hollis sein, um auch nur eine Nacht hier zu verbringen, bevor Bauarbeiter nicht mindestens zwei Wochen lang Hand angelegt hätten, dachte sich Sergeant Whitby, als das Haus mitsamt Schuppen und Scheunen aus dem Morgennebel auftauchte.

Es gab keinen Türklopfer am Eingang, nur ein dunkel abgesetztes Oval, das anzeigte, wo vor vermutlich hundert Jahren einer befestigt gewesen war, bevor die Schrauben im morschen Holz lose geworden waren.

Whitby ballte die Faust und ließ sie auf die Eichentür niedergehen, so dass die gesamte Tür in ihrem Rahmen erbebte.

Der Schlag schien noch lange nachzuhallen, als schlängelte sich das Geräusch drinnen von Zimmer zu Zimmer, immer auf der Suche nach einem Lebewesen, das es vernehmen könnte.

Schließlich, als es niemanden fand, verklang es von selbst.

Zufrieden, nicht noch einmal klopfen zu müssen, überdachte Whitby den nächsten Schritt. Was für ein Spaß, den dicken Dalziel aus dem Bett zu scheuchen, um ihm zu sagen, dass es nichts zu sagen gab! Doch während er hin und her überlegte, ob er den Mumm dazu hatte, verspürte er den heftigen Drang, seine Blase zu entleeren.

Er knöpfte sich die Hose auf, dann, aufgrund seiner tiefverwurzelten gesellschaftlichen Hemmung, selbst auf Hen Hollis' verfallene Türschwelle zu pinkeln, trat er um das Haus.

Und dort lag es, verborgen hinter der Hausecke, so dass er es bei seiner Ankunft nicht gesehen hatte.

Hens altersschwaches Rad.

Jeden weiteren Gedanken stellte er zurück, bis er den Boden bewässert hatte.

Ein letztes Abschütteln, dann war es Zeit, zur Tat zu schreiten. Ein Schritt nach dem anderen, kein Grund, voreilige Schlüsse zu ziehen, die waren blasierten CID-Jungspunden wie Pascoe vorbehalten.

Als Erstes ein weiterer donnernder Schlag gegen die Tür, begleitet von einem Ruf: »Hen! Bist du da? Hier ist Whitby! Spar dir den Blödsinn!«

Wieder nur der Widerhall der Leere.

Er ging um das Haus herum, spähte durch die kleinen Fenster, doch selbst dort, wo die Sonne auf die schmalen Scheiben fiel, waren sie zu sehr verstaubt und von der Witterung verdreckt, um im Inneren irgendetwas erkennen zu können.

Die Hintertür war von einfacher Natur. Kein Schloss, nur ein Riegel. Der innen natürlich mit schweren Schrauben befestigt war, damit der misstrauische Yorkshire-Bauer nachts ruhig in seinem Bette schlafen konnte.

Er hob den Riegel an. Kein Widerstand. Knarrend ging die Tür auf.

Jetzt konnte selbst ein so sturköpfiger, alternder Yorkshire-Sergeant wie er nicht verhindern, dass seine Gedanken einige Schritte zu einer höchst unliebsamen Schlussfolgerung vorauseilten.

Er betrat die große Küche des Bauernhauses.

Hier hatte sich der Lebensmittelpunkt befunden, als die Hollis-Familie noch auf Millstone gewohnt hatte. Dort stand der alte Küchenherd, auf dem die alte Ma Hollis die Mahlzeiten zubereitet hatte, hier der lange, verschrammte Tisch, wo die Männer sich niedergelassen hatten, um das Essen einzunehmen, hier der hohe, gewölbte offene Kamin, vor den man sich drängte, um sich nach einem Tag im kalten Nieselregen trocknen zu lassen, oder vor dem man saß, um an kalten Winterabenden aus der rötlichen Glut die Zukunft zu lesen.

Auf einer Tischecke stand ein überfüllter Aschenbecher. Daneben ein umgedrehtes Glas. Und genau in der Mitte beschwerte eine leere Whiskyflasche ein Blatt Papier.
Whitby beachtete es nicht. Es würde noch Zeit genug sein, es zu lesen – dann, wenn er sich sicher war, dass außer der Lektüre nichts anderes mehr zu tun war.
Aus langer Erfahrung wusste er, dass ein Bauer, falls er sich nicht mehr zu helfen wusste und die Familie anwesend war, in die Scheune oder in den Stall ging, wo nur die Tiere Zeuge davon wurden, wenn er sich das Gewehr unters Kinn hielt.
War er aber allein, würde er hier am heimischen Herd seinen Abschied nehmen.
Daher war es ein Grund zur Erleichterung, dass die Küche leer war.
Du lässt dich von dieser düsteren Bruchbude nur verrückt machen, tadelte Sergeant Whitby sich selbst. Er meinte, warum zum Teufel sollte Hen ausgerechnet dann, nachdem Daph Breretons Tod sein eigenes Leben so verbessert hatte, beschließen, diesem ein Ende zu setzen?
Vielleicht hatte er die Rückgewinnung des Familienhofs durch ein typisch einsames Gelage gefeiert, war nach oben getorkelt und lag jetzt bewusstlos in seinem alten, verstaubten Bett.
»Hen? Bist du da?«, rief er.
So laut er auch rief, er konnte damit den Gedanken nicht übertönen, dass Hen sich ja schlecht erschießen konnte, weil er kein Gewehr mehr besaß. Das wusste er, weil er es im Jahr nach Hens Zwangsräumung selbst konfisziert hatte. Waffenbesitz wurde in den letzten Jahren von der Polizei sehr genau kontrolliert. Als Hen seinen Waffenschein nicht verlängern ließ, war Whitby ihn besuchen gekommen und hatte, nachdem er sich einen langen Katalog von Beschwerden anhören musste, das Gewehr mitgenommen.
Daher hatte er sich im unwahrscheinlichen Fall eines beabsichtigten Selbstmords also nicht erschießen können.

Und erneut ließ seine lange Erfahrung mit den Traumata bäuerlichen Lebens gewisse Bilder vor sein geistiges Auge treten. Wenn nicht das Gewehr, dann der Strick. Das Gebälk einer hohen Scheune war in diesem Fall der bevorzugte Ort. Den meisten niedrigen Bauernhäusern fehlte es an vertikalem Raum, damit ein erwachsener Mann genügend Spielraum nach unten hatte, nur manchmal erlaubte es die Lage der Treppe, ein kurzes Seil sorgfältig an einem Balken über dem Treppenabsatz zu befestigen, damit ein entschlossener Bauer sodann im eigenen Stiegenhaus baumeln konnte.

Aber, drehten sich seine Gedanken im Kreis, es gab für Hen ja keinen Grund, sich umzubringen, nicht jetzt, nicht hier! Überhaupt keinen Grund.

Es blieb nur eine Möglichkeit, sich dessen zu versichern.

Langsam drückte Whitby die Klinke der Tür nach unten, die zum Treppenhaus führte. Langsam schob er sie auf.

»O Scheiße«, entfuhr es ihm. »O Scheiße, Scheiße, Scheiße, Scheiße, Scheiße!«

14

Andy Dalziel saß im morgendlichen Sonnenschein auf den Treppenstufen der Millstone Farm und las den Brief, der in einem transparenten Beweisbeutel steckte.

Er war mit Bleistift geschrieben, in runder, wackliger Handschrift.

Es war alles bloß ein Unfall ich war nur da um Ollie zu helfen weil der ein Problem mit dem Grill gehabt und mich angerufen hat ob ich ihm nicht zur Hand gehen kann.

Dann hat Daph mich gesehen und wir haben uns gestritten und sie sagt mir sie will dafür sorgen dass ich nie mehr Millstone betreten werde und wenn sie es eigenhändig niederbrennen muss, deswegen bin ich auf sie losgegangen und sie ist hingefallen und hat sich den Kopf angeschlagen und als sie so dagelegen hat hat sie zu mir aufgeschaut und gesagt: Und was willst du jetzt machen, Hen Hollis? Mich erwürgen? In meinem Kopf ist alles schwarz geworden und als es wieder hell war hab ich gesehen was ich gemacht habe. Ich hab sie nämlich erwürgt. Ollie war in heller Aufregung. Er wollte Hilfe holen. Ich hab gesagt sei nicht blöd die machen uns beide fertig. Keiner weiß dass ich da bin. Sollen die anderen sie finden. Es gibt eine ganze Menge die einen guten Grund haben Daph Brereton umzubringen so wie zum Beispiel dieser Ted Denham. Das hat mich auf die Idee gebracht ob ich den Verdacht nicht irgendwie auf ihn lenken könnte. Er behandelt mich immer wie den letzten Dreck. Ollie sagt er wäre mit den Kindern zum Schwimmen gegangen und er weiß, in welchem Zimmer er seine Kleidung hinlegt. Ich hab ihn losgeschickt damit er was holt was ihm gehört damit ich die Bullen auf eine falsche Fährte lenken kann und so lange er weg war hab ich die Leiche vom Schuppen weggeschleift. Als Ollie mit dieser schnieken Uhr vom Denham zurückkommt sag ich ihm er soll sich verpissen und irgendwo Unterschlupf suchen aber nicht im Schuppen wegen der Blitze. Dann hab ich die Uhr auf das Kleid von der Lady geworfen und sie einfach im Gras liegen lassen. Wie sie in den Grillkorb gekommen ist weiß ich nicht. Vielleicht hat Ollie sie aus irgendeinem Grund dort reingetan. Aber er hat gesagt er war es nicht als ich ihn im Hexen-Cottage gefunden hab. Ich wollte sicherstellen dass er bei seiner Geschichte bleibt aber das Weichei war so durcheinander dass er sagt, er will sofort zu Whitby wenn Miss Lee zurück kommt und ihm die Nadeln rausnimmt. Er hat gesagt er will der Polizei sagen dass alles nur ein Unfall war. Ich hab ihm gesagt: Du dämlicher Arsch wie soll es ein Unfall sein wenn jemand erwürgt wird? Und dann hab ich gespürt wie mir wieder alles schwarz vor Augen geworden ist und ich hab eine von den Nadeln genommen und sie ihm in den Rücken gestochen. Ich wollte ihn nicht umbringen. Ich wollte auch Daph Brereton nichts antun jedenfalls nicht am Anfang aber ich weiß wie das jetzt alles für die anderen aussieht.

Die letzten Jahre habe ich nur dafür gelebt Millstone wieder zu bekommen und jetzt hab ich es aber für wie lang? Man wird mich einsperren und wahrscheinlich wird man mir noch nicht mal Millstone lassen wenn ich noch so lange lebe damit ich nachher wieder rauskomme. Also könnt ihr mich alle mal. Wenn ich hier schon nicht wohnen kann, dann kann ich wenigstens hier sterben.

Ihr könnt mich alle mal

»Der arme Kerl«, sagte Dalziel.

Whitby sah ihn überrascht an, dann nickte er und wiederholte: »Aye, der arme Kerl. Was machen wir jetzt, Sir?«

Er verließ sich ganz auf Dalziel. Es hatte ihn noch nicht einmal der Gedanke gestreift, jemand anderen zu kontaktieren, bevor er nicht mit dem Dicken gesprochen hatte.

Dalziel, aus dem Bett gerissen, hatte ihn mit schläfriger Stimme angeherrscht: »Wehe, es ist nichts Schlimmes, Beißer.« Doch als er erfahren hatte, wie schlimm es war, war der Schlaf wie verflogen und an seine Stelle kalte Klarheit getreten.

»Er ist tot?«

»Definitiv.«

»Und es gibt einen Abschiedsbrief?«

»Aye. Auf dem Küchentisch unter einer leeren Whiskyflasche.«

»Tüte den Brief ein, verlass das Haus, warte auf mich.«

Er hatte sich Pet Sheldons Wagen geborgt. Nach einem Blick auf seine Miene hatte sie nicht nach einer Erklärung verlangt. Und als er das Tor des Avalon passierte, bog soeben der Lieferwagen des örtlichen Zeitungshändlers mit der Morgenausgabe ein. Er hielt ihn an und schnappte sich ein Exemplar.

Ein Blick auf die Titelseite der *Mid-Yorkshire News* genügte. Ohne explizit darauf hinzuweisen, dass formell Anklage erhoben worden war, vermittelte Sammy Ruddlesdin wieder einmal den Eindruck, dass man erneut sicher durch die Straßen von Mid-Yorkshire wandeln könne, nachdem DCI Pascoe, der hiesige Poirot, den adeligen Täter (und seine Komplizin) hinter Schloss und Riegel gesetzt hatte.

»Oh, Pete, Pete«, stöhnte Dalziel. »Ich hab dich gewarnt. Ignorier ihren Dreck, der wird schon irgendwann wieder von dir abfallen. Aber ihr Lob wirst du nie wieder los!«

Das einzig Gute war, nur die *Mid-York News* hatten so schweres Geschütz aufgefahren, und er zweifelte keinen Augenblick daran, dass die anderen Zeitungen sich diebisch über

die Gelegenheit freuten, einen der Ihren als Arschloch hinzustellen.
Pascoe blieb also noch genügend Zeit, sich umzugruppieren. Die Denhams zu verhaften war schon in Ordnung. Schließlich hatten sie ein schwerwiegendes Vergehen eingestanden. Aber wenn man die Tatsachen nur ein kleines Stück verdrehte – und Pete war ein großartiger Verdreher! –, sollte es leichtfallen, ihre Überführung ins Präsidium als subtiles Ablenkungsmanöver hinzustellen, damit die Presse von Sandytown abließ und der verbliebene Beamte vor Ort seinen Anweisungen Folge leisten und den Fall zu einem befriedigenden Ende bringen konnte.
Dan Trimble dürfte erfreut sein. Fall gelöst, ein volles Geständnis, der Täter tot, kein Gerichtsverfahren. Was könnte befriedigender sein?
»Was wir jetzt machen?«, wiederholte er Whitbys Frage. »Ruf Mr. Pascoe an.«
»Ich? Ich dachte, vielleicht könnten Sie …«
»Nein. Das ist dein Revier, Beißer. Du bist hier, weil du dich hier auskennst. Alles Lob gebührt dir. Und Mr. Pascoe. Du sagst der Presse, du bist hierhergekommen, weil du Mr. Pascoes Anweisungen ausgeführt hast, stimmt's? Das stimmt doch? Er hat dir doch nicht gesagt, dass du mit der Suche nach Hen aufhören sollst.«
»Aye, Sir, aber Sie haben doch …«
»Ich bin nie hier gewesen, Beißer. Ich liege in meinem Bett und schlafe tief und fest. Ich bin ein Rekonvaleszent auf Reha, vergiss das nicht.«
Er erhob sich von den Stufen und streckte sich im Sonnenlicht.
Pascoe würde ohne jeden Zweifel bereits auf sein und konnte es kaum erwarten, wieder zu den Denhams zu kommen, in der Hoffnung – in der Überzeugung! –, durch ein bisschen mehr Druck, ein bisschen mehr List von ihnen die Antworten

zu erhalten, damit die Schlagzeilen, die er wahrscheinlich beim Frühstück gelesen hatte, auch wahr würden.

Die Neuigkeiten über Hen Hollis würden erst für großen Schrecken, dann aber für Erleichterung sorgen.

Aber er durfte sie nicht von Dalziel zu hören bekommen.

Nie und nimmer könnte er es vermeiden, dass dabei ein schadenfrohes *Hab ich dir doch gesagt* mitschwang!

»Was«, sprach der Dicke zur desinteressierten Sonne, »ich doch verdammt noch mal getan habe!«

Fünfter Band

Miss Heywood, ich erstaune Sie. –
Sie wissen nicht, was Sie von mir halten sollen. –
Ich sehe es Ihnen an, Sie sind solch
kurzentschlossenes Handeln nicht gewohnt.

1

VON: charley@whiffle.com
AN: cassie@natterjack.com
BETREFF: Abschied & Festival!

Hallo, Cass!
Meine letzte Mail aus Sandytown! Wie nach dem großen Anti-Klimax geschrieben, war ich bereit, umstandslos nach Hause zu fahren & mich in das geruhsame Leben auf der Willingden Farm zu fügen. Das Gewöhnliche – Durchschnittliche – Langweilige – nie war es mir attraktiver erschienen. Tom & Mary jedoch ließen nicht locker – ich hätte die finsteren Tage durchgestanden, ich würde doch sicherlich auch den Anbruch der Morgendämmerung miterleben wollen – so in der Art – zumindest von Tom. Von Mary dagegen eher – sie könne verstehen, dass ich zu meiner Familie zurückwollte, allerdings hoffe sie, dass sie jetzt auch zur Familie gehören würden – sie jedenfalls würde das so sehen – & Minnie würde mich auf alle Fälle vermissen – davon sei sie überzeugt – aber ich soll mich auf keinen Fall genötigt fühlen! –
Mary hat kein Wort darüber verlauten lassen, aber ich denke, mitten in der Nacht dürfte sie von Alpträumen geplagt worden sein, dass Tom irgendwie in Lady D.s Tod mitverstrickt wäre – vielleicht sorgten aber auch ihre Abneigung & ihr Misstrauen gegen die Frau für Schuldgefühle – & nachdem die Krise nun vorüber war, kamen – wie so oft – die Belastungen zum Vorschein!
Wie konnte ich sie daher im Stich lassen! Also sagte ich zu – hatte allerdings versprochen, zum Feiertag wieder zu Hause zu sein – denn sollte ich am Montag nicht bei der Willingden Country Show auftauchen und miterleben, wie Dad Preise für die betörendste Färse einheimste & Mum für den tollsten Victoria Spon-

ge – würde ich die Goldmedaille für das Schwärzeste Schaf der Familie Heywood erhalten!

Also stimmte ich zu, bis Samstag zu bleiben – zur großen Eröffnung des ersten Festivals der Gesundheit in Sandytown. Einen besseren Ort & Zeitpunkt für die versehrte Gemeinde, um ihre Wunden zu heilen, konnte es nicht geben – sagt Tom – ich glaube, er probiert an mir seine Eröffnungsrede aus! – wahrscheinlich liegt er damit aber gar nicht so weit daneben. Sandytown jedenfalls zeigt eine bemerkenswerte Unverwüstlichkeit – erst 4 Tage ist es her, dass der arme Hen gefunden wurde – & schon haben die Einheimischen von Schock & Horror zu einer Art wissendem Fatalismus gefunden – die Hollis' seien ein zum Untergang bestimmter Clan – Glück sei ihnen nie beschieden – lediglich Alan vom Hope & Anchor scheint dem Fluch entgangen zu sein – vielleicht hatte sich seine Mutter auf einen Seitensprung eingelassen! Ich habe sogar gehört, wie einer meinte – Hen habe immer gesagt, er sei in Millstone geboren – & keiner – weder Gott im Himmel noch die alte Kuh in der Hall – würden ihn davon abhalten, dort auch zu sterben!

Ich habe mir viele Notizen gemacht – vielleicht schreibe ich eines Tages einen Artikel darüber – *Tragödie & das Bewusstsein der Menge* – nicht reißerisch genug? – Okay – wie wär's mit *Schweine, Nadeln & zwei Meter Seil!* Tut mir leid. Du siehst, ich bin keinen Deut besser – mache aus einer Tragödie ein wissenschaftliches Thema.

Meine Doktorarbeit allerdings habe ich nicht vergessen. Verband einen Besuch an Claras Krankenbett mit einem verstohlenen Interview. Das angebliche Wunder des göttlichen Gordon ist zu einem noch beliebteren Gesprächsthema geworden als Hens Selbstmord – Tom kann kaum an sich halten, ständig beglückwünscht er sich zu seinem genialen Schachzug, Gord überredet zu haben, sich seinen Alternativmedizinern anzuschließen – natürlich sagte ich ihm nicht, der einzige Grund, warum sein kostbarer Heiler nach Sandytown kam, war, dass er sich in mich verknallt hatte!!!! Ich fühle mich deswegen natürlich geschmeichelt, auch wenn ich mit dem Typen nie & nimmer etwas anfangen kann – obwohl ich zugeben muss, dass ich ihn mittlerweile doch recht mag. Jedenfalls scheint die Botschaft bei ihm angekommen zu sein – in den letzten Tagen hat er sich nicht blicken lassen – Tom macht sich wohl Sorgen, dass er nicht zur Festivaleröffnung auftaucht – aber ich versicherte ihm, Gord würde ihn nicht im Stich lassen – so einer sei er nicht.

Wie auch immer – Clara geht es gut – letztlich stellte sich heraus, dass sie sich nur ein paar Knochenbrüche & eine Gehirnerschütterung zugezogen hatte – war also von Anfang an nicht so schlimm, trotzdem wird in der Stadt alles einzig & allein Gord zugeschrieben! Sie könnte mittlerweile in eine Spezialklinik verlegt werden – Ted Denham allerdings besteht darauf, das sie im Avalon bleibt & die Spezialisten zu ihr kommen – auf seine Rechnung! Ted – vor kurzem von der *News* noch als Hauptverdächtiger an den Pranger gestellt – hatte – wie nicht anders zu erwarten – seinen großen Auftritt.

Er zog auf dem Sexy Beast in die Stadt ein wie einst Alexander der Große, um sich als Gott verehren zu lassen – was er auch wird – jeder mag einen reichen jungen Gutsherrn, der mit seinem Geld wesentlich freizügiger umgehen dürfte als die liebe alte Daph! Er hat Tom versprochen, ihren Platz im Entwicklungskonsortium einzunehmen & alle von ihr eingegangenen Verpflichtungen zu erfüllen – & mehr! Das Festival der Gesundheit ist natürlich Toms besonderes Baby – Teds erster spektakulärer Auftritt wird nächste Woche folgen, wenn Daphs Beerdigung stattfindet. Ich wage gar nicht daran zu denken, was er für den Leichenschmaus auserkoren hat!

Esther lässt sich kaum blicken – als ich ihr dann aber begegnete, fand das beim Grillfest eingesetzte Tauwetter seine Fortsetzung – vielleicht richtete sich ihr Groll nicht gegen mich im Besonderen, sondern gegen ihr Leben in Daphs großem Schatten. Kein Wort bislang von der Rückkehr des Schweizer Gespielen. Vielleicht

findet sie es unschicklich, ihn vorzuführen, solange ihre Tante nicht sicher unter der Erde ist.
Zurück zu Clara – für meine Doktorarbeit gab sie nicht viel her – ich hatte auf ein Tunnel-Erlebnis gehofft – wobei Gord am anderen Ende steht & ihr zuruft – *komm zurück!* – aber sie kann sich nur an einen Traum über einen Süßigkeitenladen erinnern, in den sie nicht reinkommt! Wahrscheinlich mehr was für Jungianer – muss nach meiner Rückkehr mal einen Blick in meine Bücher werfen.
Die Polizei hat ihre Sachen gepackt & die Hall verlassen. Bin davor noch Novello übern Weg gelaufen – vielleicht hat sie es auch so hingedreht, dass sie mir übern Weg lief. Entschuldigte sich bei mir – sei eben ihr Job. Ich sagte – ja – bei mir ist es das Gleiche – muss die Menschen dazu bringen, mir zu vertrauen – der Unterschied ist nur – wenn ich sie hintergehe, habe ich versagt –
Das kannst du jetzt nachtragend nennen!
Hab Andy Dalziel im Pub getroffen. Er erkundigte sich nach meinem Befinden. Ich sagte, ich sei froh, das alles vorbei ist – ihm müsse es doch ähnlich ergehen, oder? Er meinte, darüber froh zu sein gehört nicht zu seinem Beruf. Weiß nicht recht, was er damit meint. Muss darüber nachdenken. Auch er macht sich von hier fort – nach dem Wochenende. Sagt, die Aufregung habe ihm trotz allem gutgetan & wieder auf die Beine gebracht, er freue sich schon, in einigen Wochen wieder den Dienst anzutreten. Ich sagte – das wird Mr. Pascoe aber freuen – & er antwortete – meinen Sie wirklich? –
Das Komische an Mr. Deal ist – egal, wie belanglos er etwas rüberbringt – man ist immer versucht, auf die Zwischentöne zu achten.
Minnie ist gerade hereingekommen & sagt mir, es sei Zeit zum Aufbruch! Sie sitzt auf dem Bett & starrt mich anklagend an. Wahrscheinlich nimmt sie es als persönlichen Affront, das ich nach der Eröffnung nach Hause fahre. Außerdem ahnt sie wahr-

scheinlich, was zwischen Onkel Sid & dem Baronet abgeht. Was kaum überraschen kann – wie schon gesagt – wenn ich die Leiterin des MI5 wäre, würde ich Min vom Fleck weg rekrutieren! Zum Glück hat sie George kennengelernt, als er mich zum Kyoto-Haus brachte – es war Liebe auf den ersten Blick! Sie hat beschlossen, wenn ich schon nicht ihre Schwägerin werden wolle, indem ich Sid heirate – dann könnte sie es umgekehrt machen & George heiraten! Die einzige Entschädigung für meine Abreise nach der Festivaleröffnung ist, dass George kommt, um mich abzuholen!

Sid ist wieder in London – weiß nicht, ob er heute auftaucht – wäre interessant zu sehen, was die Zukunft für das Paar bereithält, nachdem Ted jetzt stinkreich ist. Die Liebe ist schon was Komisches. Im Gedicht heißt es, sie währt ewig, auch wenn sich alles außenrum ändert. Das kann ich aus eigener Erfahrung nicht bestätigen. Sie ist ein Ding der Gelegenheit. Sie braucht nicht mehr als eine griffige Fichte & eine noch griffigere Ex-beste-Freundin – & schon kann's losgehen! Überlege noch immer, was ich mit dem Reuebrief des lausigen Liam machen soll. Hoffe, du & der Mahagonibrocken erweist euch als Ausnahme von der Regel & bleibt zusammen & lasst euch irgendwann in einem hübschen kleinen, geißblattüberwucherten Cottage in Willingden nieder!

Muss jetzt aufhören, sonst explodiert Min noch.

Die nächste Mail dann von zu Hause!

Alles Liebe

Charley xxx

2

So, Mildred, das ist das letzte Mal, dass wir beide uns unterhalten. Es ist immer traurig, wenn man Abschied nehmen muss, aber machen wir uns nichts vor, die Sache zwischen uns ist zu Ende. Schon komisch, wie sich manches so entwickelt; als ich dich zum ersten Mal gesehen habe, dachte ich mir, nie im Leben werde ich diesem Ding süße Nichtigkeiten zuflüstern! Und jetzt werde ich dich womöglich richtig vermissen.

Deshalb ist es an der Zeit, die Sache zu beenden, klar. Ich muss zugeben, ich hab's mit der Zeit genossen, aber es wäre viel zu gefährlich, noch weiterzumachen, so wie der Pfarrer zur Frau des Küsters sagte, als sie vor der Morgenandacht am Seilzug der Glocke zog. Hier sind Dinge drauf, die andere nicht hören sollen – Dinge, die sogar ich nicht mehr hören will!

Also, zum letzten Mal, letzte Gedanken, letzte Dinge.

Alles ist zusammengepackt und fort, Pete und Wieldy und der Rest vom Wanderzirkus. Erst als sie weg waren, wurde mir bewusst, wie sehr sie mir fehlen. Dieses ganze Reha-Zeug, schön und gut, aber ich schätze, hätte die gute alte Daph nicht das Zeitliche gesegnet und hätte ich mich nicht so sehr in den Fall eingemischt, würde ich mindestens noch drei Wochen brauchen, bis ich da wäre, wo ich jetzt bin.

Bei Cap musste ein wenig Überzeugungsarbeit geleistet werden, als sie am Donnerstag zu Besuch kam. Wollte mir die Leviten lesen, als ich sagte, ich hätte mich selbst entlassen und würde am Wochenende nach Hause gehen. Schließlich musste ich sie aufs Bett niederringen und ihr zeigen, wie viel besser es mir schon geht. Ich versuche Pet als Trainingssitzung zu sehen, um mich für die wahrhaft ernsthaften Aufgaben in Form zu bringen. Komisch, was? Ich suche nach Ausreden, obwohl ich weiß, dass ich mich in jeder Hinsicht schoflig benommen habe. Pet wenigstens kann behaupten, sie hätte es aus Liebe getan – auch wenn sie Lester vielleicht nur sein Bannerjee-Jumping heimzahlen wollte. Pet musste davon wissen. An Orten wie diesen passiert nichts, ohne dass es eine gute Oberschwester erfährt!

Wie auch immer, es gibt mir zumindest das Selbstvertrauen, mit Cap wieder engeren Kontakt aufnehmen zu können. Muss wohl wieder meine alte Form erreicht haben, denn als wir fertig waren, fragt sie: Was hält dich noch bis Sonntag fest? Ich sage ihr, ich möchte noch zur Eröffnungszeremonie des Festivals der Gesundheit, worauf sie fragt, warum zum Teufel das denn? Als ich erkläre, ich würde eine Menge Leute kennen, die daran beteiligt sind, und es für eine gute Gelegenheit halten, mich von ihnen allen zu verabschieden, wirft sie mir so einen tadelnden Blick zu, der mich zwingt, ihre Gedanken auf was anderes zu lenken.

Wenigstens könnte ich sie davon überzeugen, dass meine Fortschritte kein Strohfeuer waren. Und wie ich und ihre Tierschützer weiß auch sie, wenn es an der Zeit ist, keine weiteren Fragen mehr zu stellen.

Die Wahrheit lautet aber: Hätte sie mir ein Wahrheitsserum eingeflößt, wüsste ich nicht, welche Antworten sie von mir bekommen hätte. Hier ist alles erledigt. Oder? Pete hat die Kurve gekriegt, ohne dass sein Heiligenschein allzu sehr verbeult wurde. Er hat es exakt so durchgezogen, wie von mir vorausgesagt, jetzt muss er sich nur noch zurücklehnen und den Applaus über sich ergehen lassen. Aber dass er beinahe danebengelegen hätte, hat sein feines Näslein noch feiner gemacht, und er hat mich angerufen und gefragt, was ich davon halte. Nicht dass er ausdrücklich verlauten ließ, er hätte mich deswegen angerufen. Nur um mich auf dem Laufenden zu halten und seiner Hoffnung Ausdruck zu verleihen, ich könnte bald in den Dienst zurückkehren. Aber wir wissen beide, dass er nur wissen wollte, ob er die Sache jetzt richtig auf die Reihe bekommen hat.

Was zum Teufel sollte ich schon sagen? Wäre ich ein Ire, hätte ich ihm vielleicht auf seine feine Nase gebunden, dass ich es von Anfang an anders angegangen wäre. Vielleicht hätte ich sagen sollen, es ist so, wie wenn du auf dem Scheißhaus sitzt und meinst, jetzt bist du fertig, aber irgendwas tief in dir rät dir, sitzen zu bleiben, weil noch was nachkommt.

Aber wozu? Lose Fäden? Hab noch keinen Fall erlebt, bei dem nicht irgendwelche losen Fäden übrig geblieben wären. Wir sind Polizisten, Herrgott! Staatsdiener, keine göttlichen Instrumente. In all den Jahren habe ich eines gelernt: Wenn man es mit Menschen zu tun hat, erfährt man nie alles, selbst dann nicht, wenn man alles weiß, was es zu wissen gibt. Also hab ich ihm gesagt, gut gemacht, Bursche. Kein Gerichtsverfahren, nichts, was noch mal hochkommen könnte! Entspann dich und genieß es!

Trotzdem macht man sich so seine Gedanken, wie der Pfarrer sagte, als er zwanzig Pfadfinderinnen im städtischen Schwimmbad taufte.

Aber ich hab mich beherrscht, bis ich heute Morgen zum Frühstück runtergehe, und da sitzt Franny Roote und plaudert mit einigen anderen Insassen. Er grinst mich an und winkt fröhlich, und ich bin kurz davor, seinen Rollstuhl zu packen und ihn von der Terrasse zu befördern. Stattdessen warte ich, bis er, wie vorherzusehen, angerollt kommt, und frage ihn, warum er so glückselig strahlt.

Er sagt: »Weiß nicht, Andy. Aber irgendwie hab ich das Gefühl, es ist einer dieser Tage, an denen alles möglich ist. Sie kennen das sicher auch, einer von den Tagen, an denen man weiß, man wird seine Putts einlochen, die Gespräche über der Theke werden nur so hin und her fliegen, das Bier wird genau

die richtige Temperatur haben, und hinter der nächsten Ecke wird man auf das Mädchen seiner Träume stoßen.«
Er hat recht. Ich kenne das. Es gibt so Tage, an denen man, wenn man bei Verstand ist, jeden erbettelten, geliehenen oder gestohlenen Penny auf das Pferd setzt, das man sich ausgesucht hat, indem man eine Nadel auf den Wettschein steckt! Aber dieses Gefühl vermittelt er nicht, jedenfalls nicht mir.
»Hoffentlich hast du recht, Bursche«, sage ich.
Und fort ist er, um wieder seinen Third-Thought-Scheiß zu verbreiten wie ein Bauer mit seinem Miststreuer.
Was mich auf den Gedanken gebracht hat, dass es hier noch einen losen Faden gibt, den ich vor meiner Abreise nur zu gern festschnüren möchte. Vielleicht treffe ich ihn ja bei der Eröffnungszeremonie zum Festival und kann ihn mir da noch mal zur Brust nehmen. Dazu kommen noch ein, zwei andere, mit denen ich reden will, und sei es auch nur, um mich zu verabschieden. Sie werden alle da sein im Brereton Manor. Manchen werde ich ein Küsschen verpassen, anderen einen Tritt, wahrscheinlich wird einiges an Alkohol fließen, und diesmal lasse ich mich nicht um meinen Anteil bringen, also sollte ich besser drauf sein! Denn morgen früh kommt Cap mich abholen, und dann heißt es Abschied nehmen von Sandytown!
Davor sollte ich meine Aufzeichnungen auf Mildred noch löschen.
Mal sehen …
Scheiße! Ich wette, es ist todeinfach, aber wie man löscht, hat mir der hintertriebene Katzenjammer nie gezeigt. Jedenfalls muss alles weg sein, bevor ich ihm das Gerät zurückgebe. Oder ich behalte es, geh mit dem Ding an einem Samstagabend zum Rugby-Club und lass die Burschen fünfzig Mal »Die Indianer-Maid« über das grölen, was ich darauf gesprochen habe, bevor ich es Katzenjammer mit der Post zuschicke! Pet kann jetzt jeden Moment kommen, um mich abzuholen.

Will nicht das Risiko eingehen, dass ich es bei den trunkenen Orgien verliere, am besten versenke ich es also wieder im Spülkasten. Die junge Charley kennt sich mit elektronischen Sachen aus, muss mit ihr reden, wahrscheinlich weiß sie, wie man löscht.

Auf Wiedersehen, Mildred. Ich habe es genossen, aber so können wir nicht mehr weitermachen.

Leb wohl.

3

VON: charley@whiffle.com
AN: cassie@natterjack.com
BETREFF: definitiv das Ende! oder ein Anfang!!

Cass, ich habe gelogen! Ich habe gesagt – das nächste Mal würde ich von zu Hause aus schreiben. Ich hätte es besser wissen müssen – man kommt von Oz nicht los, außer es lässt einen gehen! Ich bin also immer noch hier – George ist unten & trinkt mit den Parkers Tee – Min ist um seine Beine gewickelt! – während ich hier oben packe – wie er glaubt! Aber dafür muss ich zu viel loswerden. Also, Folgendes.

Alle waren bei der Eröffnungszeremonie des Festivals der Gesundheit – & ich meine wirklich alle. Es lag ein Summen in der Luft – komisch – der Tod konnte Sandytown nichts anhaben – im Gegenteil, er hat es zum Leben erweckt! Die Stadtratschnorrer waren in voller Stärke versammelt – bereit, dort mit dem Alkohol weiterzumachen, wo sie beim Grillfest unterbrochen wurden. Dazu natürlich die Denhams – Ess sah grandios & sexy aus in ihrem – wie ich meine – Versace-Zweiteiler – hätte ihr die Augen auskratzen können! – Ted in einem Leinenanzug direkt aus Jenseits von Afrika – ganz der wohltätige Lord. Dann die Parkers – Tom – vor Energie bebend wie eine Weltraumrakete kurz vor dem Start – Mary – cremefarbenes Laura-Ashley-Kleid, fast so blass wie ihr Gesicht – sah aus wie eine Avalon-Insassin – die Kinder liefen Amok – Min fragte mich alle zwei Minuten, wann George denn käme. Auch Diana war da – klar! Zu beschäftigt, um irgendwo stehen zu bleiben und sich zu unterhalten – benahm sich, als wäre sie die Hauptperson des Ganzen – versicherte mir, sie wäre schon den ganzen Morgen auf den Beinen – trotz des hohen Prei-

ses, den sie für solche Anstrengungen gewiss zu gegenwärtigen habe.
Das Wesen der Veranstaltung erforderte eine starke Präsenz seitens des Avalon – an dessen Spitze Dr. Feldenhammer in einem weißen Anzug – als wäre er bereit, beim geringsten Anlass loszuoperieren – im Schlepp Schwester Sheldon – die unter der Hitze litt – ihrem Boss aber nicht von der Seite wich & ihre ausladende Statur zwischen ihn & jedes hübsche junge Ding schob, das sich an ihn heranmachte – sie tat das mit einer Bestimmtheit, die den Eindruck erweckte, das er nur die eine strenge Aufseherin gegen eine andere eingetauscht hatte.
Ein Gedanke kam mir – du erinnerst dich, ich habe mich gefragt, warum Feldenhammer so bereitwillig Toms Faible für Alternativtherapien unterstützt hat. Die einfache Antwort – Sidney Parker! Min erzählte ihm, dass sie den Doc & seine indische Patientin am Strand gesehen hätte – & ich wette, Sid hat einige schwerwiegende Andeutungen fallenlassen, um den Doktor zu veranlassen, mit auf Toms Steckenpferd aufzuspringen! Fast tut mir Feldenhammer schon wieder leid – wird für 1 Vergehen von 3 Seiten erpresst!
Natürlich waren auch sämtliche von Toms Quacksalbern da. Ich unterhielt mich mit Miss Lee – die asiatischer denn je aussah – auch wenn in den letzten Tagen bekannt geworden war, das sie – als Miss Doris Godley – ursprünglich aus Leeds & von Tesco stammt – alles kein Geheimnis mehr – das aber als unerheblich abgetan wurde! Ich fragte sie nach ihrem Bruder – er müsse schon irgendwo sein, sagte sie – aber ich konnte ihn nirgends entdecken.
Ich dachte mir – na, vielleicht meidet er mich ja. Ich meine, es muss sehr schmerzhaft sein, wenn man sich in der Nähe jener Person befindet, der man eine tiefe, aber unerwiderte Leidenschaft entgegenbringt. Ein schlechtes Gewissen hatte ich deswegen schon – aber ziemlich selbstgefällig war ich auch. Ich beschloss, ihn ein bisschen aufzumuntern, falls ich ihn sehen sollte.

Als Objekt der Begierde hat man eine gewisse Verantwortung – aber das weißt du ja!
Jemand klopfte mir so heftig auf die Schulter, das es mich fast umriss. Es war Andy Dalziel. Ich sagte – Erinnern Sie mich daran, das ich mich von Ihnen nicht verhaften lasse! Er grinste & sagte – Dann bleiben Sie mal schön sauber, Mädel! – ich bin bald wieder im Dienst –
Ich sagte – um ihn aufzuziehen – & werden Sie den Fall wieder eröffnen? –
Das entlockte ihm eine Reaktion.
– Wie? – Was meinen Sie? – kam es von ihm, sehr verwirrt.
Ich sagte – Ich meine Dr. Feldenhammer & sein Techtelmechtel mit einer Patientin – nach allem, was wir wissen, ist er doch ein Serientäter! –
Er schüttelte den großen Kopf & sagte – Nein, Mädel – ein bisschen Menschlichkeit, was? – wir Männer sind schwache Gefäße – wir sind Wachs in den Händen einer entschlossenen Frau – & nach allem, was ich gehört habe – war dieses indische Mädel sehr entschlossen –
– Dann ist es also – wie immer – die Schuld der Frau? –
– Nein – sagte er – ein Fehler im Design – geben Sie dem Ingenieur die Schuld – nicht der Maschine –
Interessant – schien aus tiefstem Herzen zu kommen – aber bevor ich nachhaken konnte – kam Franny Roote angerollt.
– Hab dich schon gesucht, Roote – sagte Andy – was hat dich so lange aufgehalten? –
& Franny erwiderte – Meine Seelsorge hält sich an keinen Stundenplan, Andy – wie Sie sicherlich feststellen werden, wenn Sie sich bei meinem nächsten Besuch im Avalon zu Ihren Mitpatienten gesellen würden –
– Es gibt kein nächstes Mal – sagte Andy – morgen geht es ab nach Hause – aber es gibt ein paar Dinge, die ich davor noch auf die Reihe kriegen möchte – angefangen mit dir! –
Das klang vielversprechend – doch bevor irgendwas anderes

geäußert werden konnte, stimmte die Blaskapelle von Sandytown – die bislang ein Potpourri diverser Lieder aus Fernsehshows gespielt hatte – eine Fanfare an, die sonst der Queen vorbehalten ist, wenn sie irgendwo auftaucht – & nachdem sie verstummt war, kam über Lautsprecher eine Stimme, die ich als die von Diana Parker erkannte – Ladys & Gentlemen – wir fahren mit der Eröffnungszeremonie fort – wenn Sie Ihre Aufmerksamkeit auf den Mann des Tages richten wollen – Mr. Tom Parker! –

Vor dem Hotel war ein Podium aufgebaut – hoch genug, damit alle darauf von der Menge auf dem Rasen zu sehen waren. Tom trat ans Mikro & bekam tosenden Applaus. Er hob die Hände, bis der Lärm verebbt war – dann sagte er – Das hier ist ein großartiges & bedeutsames – & lang erwartetes – Ereignis – das nur von der Abwesenheit einer der Hauptbeteiligten überschattet wird, die mir & allen in Sandytown eine liebe Freundin war. Legen wir daher eine Schweigeminute ein zum Gedächtnis jener, die uns auf so tragische Weise genommen wurde – der lieben Daphne Denham –

Man hätte eine Feder fallen hören können – von einer Nadel ganz zu schweigen.

Dann beendete Tom die Schweigeminute, indem er in die Hände klatschte – worauf alle mit einfielen & in einen noch größeren Applaus ausbrachen als den zu seiner Begrüßung – & das alles für Lady D. Ich hatte Tränen in den Augen – selbst Andy schien gerührt zu sein & der arme Franny neigte den Kopf, um sein Antlitz zu verbergen.

Dann hielt Tom seine Rede. Ich hatte befürchtet, er könnte sich mitreißen lassen – er kann unendlich über die Wunder von Sandytown schwadronieren, wie ich dir zu zeigen versucht habe – aber das hier war ein Meisterstück der Prägnanz – klug – geistreich – & auf den Punkt gebracht.

Gesundheit ist die Basis des Glücks – sagte er – Glück das Resultat der Gesundheit. Sandytown hat sich vorgenommen, beides seinen Besuchern zu bieten.

Eine kurze Auflistung der Attraktionen, die die Stadt im Angebot hat – darunter natürlich das Avalon & seine Alternativtherapeuten – die allesamt in kleinen, über das Grundstück verstreuten Zelten konsultiert werden konnten – & dann – unter dem Ausruf – Bleibt gesund – seid glücklich! – erklärte er das Festival für eröffnet.
Während all dessen hatte es Franny geschafft, sich ein Stück weit von Andy Dalziel zu entfernen, worauf der meinte – Er kann schon abhauen – aber er kann sich nicht verstecken. –
Ich sagte – Was ist denn so eilig, dass es nicht warten kann – an einem so schönen Tag wie heute? –
– Wie wär's mit der Wahrheit? – sagte er.
– Wahrheit worüber? – fragte ich.
– Enttäuschen Sie mich nicht, Mädel – kam es von ihm.
& mir wurde ganz mau – ich wollte doch, dass alles vorbei war & hatte mir eingeredet, die Zweifel, die ich noch hatte, wären doch blöd – ich bin eine frisch diplomierte Psychologin, keine Polizistin – & wenn die Profis mit dem Ergebnis zufrieden waren, warum sollte ich mir dann zum Teufel noch Sorgen machen? So demütig war ich! Aber jetzt hatte der große dicke Andy Dalziel nichts anderes zu tun, als auf mich einzutreten, während ich bereits am Boden lag.
Er zog weiter – & erneut tappte mir jemand auf die Schulter – was verglichen mit dem Dalziel-Prankenschlag kaum als Tappen bezeichnet werden konnte – eine einfühlsame Berührung – als wäre ich von einem fallenden Blatt gestreift worden.
Gordon Godley, schätzte ich – doch als ich mich umdrehte, stand ein junger Typ vor mir – glattrasiert – Haare kurzgeschnitten – & lächelte mich schüchtern an.
Es war das schüchterne Lächeln, das ihn verriet.
– Großer Gott – sagte ich – sind das wirklich Sie? – Gord?
Er sagte – Ja – tut mir leid – ich wollte Sie nicht überraschen –
Ich sagte – Nein – ja – ich meine, überrascht bin ich – aber es steht Ihnen – wirklich –

Er grinste wie ein Schuljunge – & ich überraschte mich selbst, als ich sein Grinsen erwiderte.
Es stand ihm wirklich – ich meine – aus ihm war kein Brad oder Leonardo geworden – aber es war okay – mehr als okay – er sah ziemlich süß aus!
Ich sagte – Aber warum – dann verstummte ich, weil ich mir dachte – du willst die Antwort nicht hören. Und dann dachte ich mir – sei nicht blöd – warum sollst du die Antwort nicht hören? – bislang hat noch keiner dir zuliebe sich den Bart & die Haare abgeschnitten – & wird es vielleicht auch nie mehr tun – genieße es, solange es möglich ist! –
– Warum haben Sie das getan? – fragte ich.
– Ich habe gehofft – na ja, nicht wirklich – nicht erhofft – aber ich hab mir gedacht – wenn auch nur die geringste Chance besteht, das es was ändert, dann wäre ich verrückt, es nicht zu tun – aber ich erwarte nicht, das Sie sofort sagen, es würde was ändern – nicht solange Sie sich nicht daran gewöhnt haben – ich meine, ich muss mich ja selbst erst daran gewöhnen –
Wahrscheinlich hätte er noch ewig weitergeplappert, wenn ich ihn nicht gestoppt hätte.
Ich sagte – Ja, schön – & ja, so ist es mir lieber – aber das heißt noch gar nichts – außer das es mir so lieber ist! –
– Ein Schritt in die richtige Richtung – sagte er – das heißt also, ich muss nicht mehr die Perücke & den falschen Bart tragen! –
Er hatte wirklich einen Witz gemacht! Der göttliche Gordon hatte Sinn für Humor! Für mich war das ein größerer Schritt als kurz vor & wieder zurück – aber das band ich ihm natürlich nicht auf die Nase!
– Ich sagte – Ich hab von Ihnen & Clara gehört – oben im Avalon –
Da überkam ihn wieder seine Schüchternheit – nicht die Schüchternheit wie zwischen Junge & Mädchen – sondern wie die, wenn es um private Dinge geht.
Er sagte – Ja – na ja – wissen Sie –
– Nein, eigentlich nicht – sagte ich – also, wie funktioniert es? –

Dann sah er mich unverwandt an – keine Spur von Schüchternheit – & er sagte todernst – Es ist der Geist, der durch mich strömt – ich weiß nicht wie – ich weiß noch nicht mal, welcher Geist – ich weiß nur, nicht ich benutze ihn – er benutzt mich –
Ich wollte noch mehr fragen – aber das hätte einen weiteren Schritt bedeutet – diesmal von mir – hin zu der Nähe, die nötig wäre, dass er sich öffnete –
Vorsicht, Mädel – ermahnte ich mich.
Ich sagte – Vielleicht ruf ich Sie mal an – falls ich Kopfschmerzen haben sollte –
– Ja – sagte er – machen Sie das – aber ich denke sowieso an Sie – ich meine, ich halte Sie im Licht –
– Wie bitte? – sagte ich – & er sagte – Ich meine – Sie müssen nicht anwesend sein, damit meine Gabe auf Sie wirkt – zumindest nicht ständig – wenn ich Sie im Licht halte –
Ich sagte – Oh – ist das die einzige Art, wie Sie an mich denken können? –
Das hätte ich vielleicht nicht sagen sollen – zu provokant – & ich bekam schon wieder ein schlechtes Gewissen, als ich sah, wie er rot wurde & wegschaute & zu stottern anfing – Nein – tut mir leid – aber manchmal …
Ich kam ihm zu Hilfe – Hey – schon in Ordnung – wirklich – eine Frau will aber manchmal auch im Dunkeln sein – genauso wie im Licht! – hören Sie – sollten Sie nicht in Ihrem Zelt sein – um Leprakranke etc. zu heilen? –
– Ja, wahrscheinlich – sagte er – weiß aber nicht genau, wo es ist – dabei sah er sich um wie ein Marsianer, der auf einer Pferderennbahn ausgesetzt worden war. Also sagte ich – Na, dann suchen wir es doch –
Wir machten uns gemeinsam auf den Weg – gelegentlich streiften sich unsere Arme – irgendwie kumpelhaft – bis wir ein kleines Zelt mit einem am Eingang plazierten, geschmackvollen Schild entdeckten, auf dem stand – Gordon Godley – Heiler. Aber keine Schlange – die meisten Gäste hielten sich wohl an die Getränke

& ans Büfett – vor der Heilung kommt der Appetit! – lediglich eine Person hielt sich vor dem Zelt auf – Franny Roote – ich nahm an, er spielte mit Andy Dalziel noch immer Verstecken.
& als wir das Zelt erreichten, sah ich Andy auch schon in unsere Richtung kommen. Vielleicht hatte Fran ihn ebenfalls gesehen – denn plötzlich schwang er seinen Rollstuhl herum & legte auf ihm so was wie einen Schnellstart hin!
Unglücklicherweise befand er sich direkt neben einer straff gespannten Zeltleine. Eines der Räder verhedderte sich darin – wurde angehoben – & schon geriet der Rollstuhl in gefährliche Schräglage – & im nächsten Moment lag der arme Franny ausgestreckt vor unseren Füßen.
Gord eilte sofort zu Hilfe. Er beugte sich zu ihm hinunter – legte Franny beide Arme um den Oberkörper & hievte ihn hoch – während ich den Rollstuhl aufrichtete & so hinstellte, dass Roote sich darauf niederlassen konnte.
Aber das tat er nicht – er klammerte sich an Gord – & das äußerst heftig – ich meine, so, als würden sie Tango tanzen! Ich konnte sein Gesicht sehen – Frannys, meine ich – er strahlte – die Augen leuchteten – die Lippen bewegten sich – aber es kamen keine Worte heraus.
So standen sie da – wie zusammengeschweißt – keiner bewegte sich – wie die Statue zweier Liebender.
Dann löste sich Franny aus Gords Griff – & stieß ihn von sich – schließlich ließ er auch selbst von Gord los – bis er vor ihm stand – ganz allein – ohne Stütze – ohne Hilfe.
Dann machte er einen kleinen Schritt nach vorn – dann einen weiteren – dann einen dritten – & er warf den Kopf zurück & rief zum Himmel empor – Ich kann gehen! –
Damit hatte er die Aufmerksamkeit aller, das kann ich dir sagen. Plötzlich dachte keiner mehr daran, sich den Wanst vollzustopfen. Die Leute am Büfett drehten sich um & kamen angerannt & bildeten einen Kreis um Franny & Gord.
Tom erschien – erfasste, was geschehen war – strahlte vor Entzü-

cken – etwas Besseres hätte nicht passieren können. Auch Andy Dalziel stieg in den Ring – sah Fran in die Augen – schwer zu sagen, was er sich dachte – doch bevor er etwas äußern konnte – wer kam da angerauscht & drängte sich nach vorn? Ess Denham! Ich habe nie gehört, dass sie ein gutes Wort über Franny Roote hatte fallenlassen – jetzt aber packte sie ihn, als wäre er ihr lang vermisster Zwillingsbruder – & schlang die Arme um ihn, so dass sich die vorherige Umarmung durch Gord daneben harmlos ausnahm!

Was zum Teufel geht hier ab? – fragte ich mich.

Dann setzte Ess Fran zurück in seinen Rollstuhl & sagte – Übertreib es nicht.

Die Leute drängelten sich näher – brachen in Ohh & Ahh aus & bombardierten ihn mit Fragen, ohne auf Antworten zu warten – & ich sah Gord in sein Zelt schlüpfen.

Ich folgte ihm & hielt ihn an der Schulter fest. Er drehte sich um & fragte – Was? – ich sagte – Herzlichen Glückwunsch! Er sagte – Das war ich nicht. Ja, ich weiß – sagte ich – der Geist, der durch Sie wirkt. Nein – sagte er – ich weiß nicht – ich bin mir nicht sicher – & ich sagte – Ach, seien Sie doch nicht immer so negativ! – lassen Sie es sich doch mal gutgehen – seien Sie doch einmal in Ihrem Leben positiv! –

Er sah mich unverwandt an – dann sagte er – Gut! – ich bin es! – & als Nächstes packte er mich – als wollte er mich erwürgen! & drückte seine Lippen auf meine –

Meine erste Reaktion war – sollte ich ihm das Knie zwischen die Beine rammen oder ihn nur wegschubsen?

Dann dachte ich mir – ist ihm nicht klar, dass er der schlechteste Küsser auf Erden ist! – & rein aus Wohlgefälligkeit & zu Unterrichtszwecken fuhr ich mit der Zunge über seine Lippen, bis er den Mund öffnete – & steckte ihm die Zunge rein –

Es war, als hätte man die Zündschnur an einem Feuerwerkskörper entfacht – nur das keine Chance mehr bestand, sich zurückzuziehen. Es war für ihn merklich unbekanntes Terrain – so wie er

meinen Rachen hinuntertauchte & mich an sich zog, so heftig, dass meine Wirbelsäule knackte. Als eine seiner Hände zu meinem Hintern hinunterstrich – zur linken Backe – glaube ich – zog ich den Kopf zurück & sagte – willst du jetzt ein Furunkel an meinem Hintern heilen oder was? –
Er riss die Hand weg, als wäre ich urplötzlich glühend heiß geworden.
Ich nahm sie & legte sie wieder zurück.
– Sei nicht so schüchtern – sagte ich – oder falls doch – dann kann ich das heilen –
Vielleicht schlummert in mir doch eine Krankenschwester.
Vielleicht war mir aber auch nur bewusst geworden, dass es mir Spaß machte!
Obwohl es eine Spitzhacke gebraucht hätte, um uns zu trennen – reichte dann doch eine schmale Gestalt aus, die ins Zelt platzte – Minnie Parker natürlich.
Sie sagte – während sie argwöhnisch Gord ansah – Wenn du ihn heiratest – ist er dann mein Schwager, wenn ich George heirate? –
– Min – sagte ich – was soll das immer mit dem Heiraten? – so haben früher immer die Romane aufgehört. Heutzutage allerdings ...
Ich wusste nicht recht, wie ich den Satz beenden sollte. Aber die Gedanken hätte ich mir sparen können. Min war der Aufgabe vollends gewachsen.
– hat man einfach nur Sex – sagte sie – aber bist du trotzdem meine Schwägerin, wenn ich mit George nur Sex habe – oder? –
– Ich werde immer deine Freundin sein, Minnie – sagte ich – & jetzt verzieh dich! –
Weil ich mit Gords Unterricht weitermachen wollte!
Da hast du's also. Verrückt, was? Ich & der Heiler! Natürlich wird es zu nichts führen – aber irgendwie freu ich mich darauf, mit ihm dieses Zu-nichts-Führen auszuprobieren!
Was ist mit dem lausigen Liam & seiner überschwenglichen Entschuldigung? – fragst du.

Nun – ich hab den Brief ein Dutzend Mal gelesen – konnte mich zu nichts durchringen – den einen Augenblick wollte ich ihm verzeihen – den anderen ihn vergessen! – was jetzt kein Problem mehr ist. Weißt du, was ich als Erstes gemacht habe, als ich hier ankam? – ich hab ihn zerrissen! Warum alte Fehler wiederholen, wenn es dort draußen eine ganze Welt neuer gibt, die nur darauf warten, dass man sie begeht!

Kann es nicht erwarten, dass der Rammschädel Gord kennenlernt. Heute Abend vielleicht – oder morgen in der Früh. Hab George noch nichts erzählt – aber er bringt nur meine Tasche nach Hause – ich – ich werde im berühmten Seitenwagen hinkutschiert – & ich habe vor, nach Willingden über Willingdene zurückzukehren – wo ich mich schon darauf freue, des göttlichen Gordons Wunderkräfte einem eingehenden & ausführlichen Test zu unterziehen!

Ich sollte keine Witze machen. Schließlich bin ich heute Zeuge von etwas geworden, was in einem anderen Jahrhundert als Wunder bezeichnet worden wäre. Ich hoffe nur – Franny zuliebe – dass es von Dauer ist.

& ich denke – mein Geknutsche mit Gord ist – in gewisser Weise – ebenfalls so was wie ein Wunder – oder? Oder ist es nur der übertriebene Ausdruck für das total Unerwartete?

Spielt keine Rolle. Wenn man bekommt, von dem man weiß, das man es will, macht man selten großes Aufhebens darum. Außerdem gibt es immer irgendwo das Kleingedruckte, das man übersieht.

Bekommt man aber, was zuvor unvorstellbar gewesen war – das man sich noch nicht einmal in den dümmsten Träumen ausgemalt hatte – dann hat man das Gefühl, man hätte das große Los gezogen!

Abgebrüht? Egoistisch? Dumm wie Brot? – höre ich dich sagen.

Aber das ist nichts Neues. Das alles hast du mir häufig genug an den Kopf geworfen, seitdem ich alt genug war, mir deine Worte zu merken.

Im Moment aber zählt nur eines – ich bin glücklich. Wie du – hoffe ich. Deine guten Werke mögen dich in den Himmel bringen – aber ich wette, es ist der Mahagonibrocken, warum du dich jeden Morgen darauf freust, wieder aufzuwachen!
Dir also süße Träume, Schwester. Komm bald gesund zu uns nach Hause. Bring den M. B. mit. Und falls alles den Bach runtergeht – na ja – mach dir keine Sorgen. Der göttliche Gordon wird dich – völlig kostenlos – von deinen körperlichen Leiden kurieren – & deine clevere kleine Schwester wird dir für ein angemessenes Honorar eine Analysesitzung zukommen lassen.

Alles Liebe Liebe Liebe
Charley xxx

Sechster Band

... Da stimmt etwas nicht ...
Aber keine Sorge, meine Liebe ...
Es hätte ja an keinem günstigeren Ort geschehen können. –
Glück im Unglück. –
Vielleicht das Beste, was uns zustoßen konnte.

1

Es war später Nachmittag, als Andy Dalziel ins Avalon zurückkehrte.

Es war ein ungewöhnlich unbefriedigender Tag gewesen. Er hatte sich zur großen Eröffnung aufgemacht, entschlossen, einige der Fragen zu klären, die immer noch an ihm nagten. Doch statt mit Antworten war er mit noch mehr Fragen zurückgekehrt.

Viele davon drehten sich um Franny Roote, aber er war nicht dazu gekommen, sie ihm zu stellen. Der delirierend glückliche junge Mann war von Lester Feldenhammer in Beschlag genommen worden, der, von Pet Sheldon unterstützt, an den Beinen gezogen und gezerrt und dann zugesehen hatte, wie er einige zittrige, doch zunehmend sicher werdende Schritte machte, bevor er ihn ins Avalon zu einer eingehenden Untersuchung lud. Danach hatte sich Roote wieder in seinen Rollstuhl gesetzt – hatte mit der Menschenmenge geredet, die gekommen war, um ihm zu gratulieren oder einfach nur zu gaffen, hatte sich gelegentlich erhoben, als wollte er sich vergewissern, dass er es noch konnte – und dabei fortwährend übers ganze Gesicht gestrahlt, dass schon eine härtere Natur als Andy Dalziel hätte kommen müssen, um ihm sein Lächeln auszutreiben.

Vielleicht war es am besten so, dachte sich Dalziel. Vielleicht sollte er wenigstens einmal in seinem Leben die schlafenden Hunde ruhen lassen.

Doch ein alter Löwe auf Pirschjagd kümmert sich nicht um die Köter, weder um wache noch um schlafende. Es liegt ihm im Blut, so lange zu jagen, bis er die Zähne in seine Beute schlagen kann.

Seine Laune hatte sich nicht gebessert, als er beschloss, auf dem Rückweg zum Avalon im Hope and Anchor vorbeizuschauen.
Ein perfektes Pint und ein beschaulicher Plausch mit Alan Hollis, für den er ebenfalls ein paar Fragen hatte, erschienen ihm als angemessener Abschluss seines Ausflugs nach Sandytown. Ein Aushang im Fenster allerdings teilte ihm mit, dass das Pub am Samstag erst um achtzehn Uhr aufmachte, vermutlich, damit Hollis und seine Angestellten ebenfalls an der Festivaleröffnung teilnehmen konnten, obwohl sich Dalziel nicht erinnern konnte, den Wirt dort gesehen zu haben.
So kam es, dass er in leicht mürrischer Stimmung die Tür zu seinem Zimmer aufdrückte.
Obwohl noch helllichter Tag, waren die Vorhänge zugezogen. Er schaltete das Licht an.
Die Lichtstrahlen wurden von der silbernen Oberfläche Mildreds zurückgeworfen, die sittsam auf seinem Kopfkissen ruhte.
Sein Verstand warf die Möglichkeit auf, eine mehr als gewissenhafte Putzfrau hätte in den Spülkasten gesehen, das eingedrungene Objekt entdeckt, es herausgenommen und seinem Besitzer auf dem Bett hinterlassen.
Sein Verstand warf den Gedanken auf und verwarf ihn noch im selben Augenblick.
Langsam ging er auf das Aufnahmegerät zu und nahm es zur Hand.
Sofort wusste er, dass es nicht seines war. Das gleiche Gerät, das gleiche Modell, was hieß, dass es wahrscheinlich die gleiche Form, das gleiche Gewicht besaß. Die erste Berührung aber sagte ihm, es war nicht Mildred. Ein Mann überlebt nicht lange, wenn er nicht augenblicklich die Frau zu identifizieren weiß, die er berührt.
Schnell ging er ins Badezimmer, um sich bestätigen zu lassen, was er bereits ahnte – dass Mildred nicht mehr da war.

Dann setzte er sich mit der falschen Mildred auf die Tagesdecke und betrachtete sie lange.
Schließlich ließ er seinen Daumen über dem *Play*-Knopf kreisen.
Und drückte drauf.

2

Einen schönen Tag, Andy.
Erstaunt, meine Stimme zu hören?
Natürlich, aber wahrscheinlich nicht so erstaunt, wie es ein gewöhnlicher Sterblicher wäre. Denn Ihre Fähigkeit, mit langen Schritten eine Richtung anzusteuern, für die es nicht den geringsten Grund gibt, dazu natürlich Ihre Zielstrebigkeit haben mich dazu veranlasst, mit Ihnen auf diese Weise Kontakt aufzunehmen.
Ich weiß, Sie hassen lose Fäden, Sie hassen Geschichten ohne Ende – genau wie ich. Also lassen Sie mich wie der allwissende, allsehende Autor eines alten Romans hinter den von ihm geschaffenen Kulissen hervortreten und den Leser direkt ansprechen, um diese Geschichte für Sie zu Ende zu bringen. Dabei handelt es sich keineswegs um einen simplen Akt meines aufgeblasenen Egos, dessen Sie mich in der Vergangenheit bezichtigt haben. Denn lässt man Sie wie gewohnt machen, besteht die große Gefahr, dass Sie beträchtliche Kollateralschäden hinterlassen, wenn Sie auf Ihrem geläufigen Elefantenweg zu den sonnigen Hochlanden der Erkenntnisse marschieren, die ich Ihnen jetzt eröffnen werde – Schaden für mich selbst, ich gebe es zu, aber auch und wichtiger noch für Peters Karriere, für das Leben mehrerer anderer, die ich zu lieben gelernt habe, für die Zukunft und den Ruf des lieben, kleinen Sandytown, das in jüngster Zeit so schwere Tiefschläge hat einstecken müssen, und vielleicht sogar Schaden für Sie.
Soll die Feder anderer von Schuld und Elend berichten. Ich werde mich mit solch verabscheuenswürdigen Themen nicht abgeben, meine Ungeduld treibt mich dazu, jedem, der selbst nur wenig Schuld auf sich geladen hat, angemessene Gerech-

tigkeit zuteilwerden zu lassen. Mich selbst eingeschlossen. Das hier ist keine Beichte. Ich habe kein Verbrechen begangen, zumindest keines, das so gravierend wäre, damit mir von einem so großmütigen Richter, wie Sie es sind, nicht verziehen werden könnte.

Zuerst etwas Autobiographisches, um Ihre Spekulationen zu bestätigen oder weiterzuspinnen. Ich ging nach Europa, um Heilung zu finden, ohne mich sonderlich dafür zu interessieren, in welcher Form ich sie finden sollte. Letztendlich aber ist der Tod das Heilmittel aller Gebrechen, nicht wahr? Ich fand einen Arzt, dem das Leben seiner Patienten so gleichgültig war wie mir das meine. Für ihn war jeder Tod ein notwendiger Schritt auf dem Weg zu größerer Erkenntnis. Ich will die Monate der Schmerzen und des Kampfes, die darauf folgten, überspringen. Es geht mir nicht darum, Ihr Mitgefühl zu wecken. Sollten Sie daran interessiert sein, ich habe Peter einige Einzelheiten dazu mitgeteilt, etwas nebulös natürlich, da ich ihn nur mit der Hoffnung auf Wiederherstellung, nicht mit deren Tatsache entlassen konnte. Es mag genügen, wenn ich sage, dass ich wieder zu gehen gelernt habe. Nichts wäre mir lieber gewesen, Dr. Meitler, meinen Retter, mit Lob und Dankbarkeit zu überschütten und zu fordern, dass seine bahnbrechenden Techniken weltweit anerkannt und weiterentwickelt würden. Leider war ihm sein eigenes Wohlergehen so gleichgültig wie das seiner Patienten, sein Labor war eine Feuerfalle, und während ich gerade lernte, aus meinem Rollstuhl zu kriechen, gingen der gute Doktor und all seine Forschungsaufzeichnungen in Flammen auf.

Also hielt ich den Mund. Mein Motiv dazu war zunächst Eitelkeit. Ich wollte völlig wiederhergestellt sein, wenn ich vor jenen, die mich kannten, erschien. Ich wollte sie in Erstaunen versetzen! Doch im Lauf der langen Monate, in denen ich zu meinen alten Kräften zurückfand, erkannte ich, dass es von Vorteil sein konnte, meine Veränderungen für mich zu behalten. Bei Reisen, zum Beispiel. Wie ich Ihnen erklärt habe, war davon auszugehen, dass ich unter den gegenwärtigen Verhältnissen nie mehr würde nach Amerika einreisen können. Aber sollte ich ein anderes Erscheinungsbild, eine andere Identität für meine aufrecht wandelnde Person finden …

Meine Gedanken waren noch recht wirr, als ich zum Davoser Avalon zurückkehrte, und vielleicht hätte ich dem Klinikchef, Dr. Kling, mit dem ich eine wunderbare Beziehung aufgebaut habe, alles offenbart. Doch musste ich feststellen, dass er mit Lester Feldenhammer die Stelle getauscht hatte. Daher schwieg ich weiterhin und blieb in meinem Rollstuhl. Dann geschahen zwei Dinge. Zuerst und traurigerweise starb ein junger Mann, mit dem ich mich während meines ersten Klinikaufenthalts angefreundet hatte. Emil Künstli-Geiger. Er war eben erst eingeliefert worden, und es gab berechtigte Hoffnungen auf seine Genesung. Doch nach einigen Fehlschlägen verschlechterte sich sein Zustand, und nun war das Ende nah. Er freute sich, mich wiederzusehen, und ich spendete ihm allen Trost, zu dem ich fähig war.

Seltsamerweise waren es, neben meinem eigenen Schicksal, die Gespräche mit Emil, warum ich die Vorstellungen des Third Thought ernst nehmen konnte. Mein erster und zweiter Gedanke aber drehte sich immer um das Leben, und eines Tages, als ich ihm in seinem Zimmer etwas aus der Schublade holte, entdeckte ich seinen Pass und seinen Führerschein. Und während ich den traurigen Vergleich zwischen seinem jetzigen und früheren Aussehen zog, fiel mir auf, dass zwischen uns eine gewisse Ähnlichkeit bestand: Gesichtsform, Größe et cetera.

Einige Tage darauf starb er. Bevor er verschied, dankte er mir für meine Fürsorge und drängte mich, mir etwas zu nehmen, was mich an ihn erinnern würde. Ich nahm mir seinen Pass und seinen Führerschein.

Eine lange Perücke und ein dünner, fransiger Bart, und ich

hatte eine neue Identität. Was ich damit anstellen wollte, wusste ich allerdings noch nicht.
Die Beziehung zu Lester hatte sich mittlerweile entwickelt. Hier war jemand, mit dem ich reden konnte. Wir waren noch nicht so miteinander bekannt, um Vertraulichkeiten auszutauschen. Doch als vergangenes Weihnachten Daphne Denham und ihre Entourage auftauchte, war mir schnell klar, was das zu bedeuten hatte. Sie war die Räuberin, er die Beute! Aber mir blieb nicht viel Zeit, um Lesters Problem zu analysieren. Denn ich wusste, ich hatte selbst eines.
Glauben Sie an Liebe auf den ersten Blick, Andy? Als Sie Ihrer Lebensgefährtin Cap Marvell zum ersten Mal begegneten, wussten Sie da, dass sie genau die Richtige für Sie ist? So, wie Sie von ihr reden, weiß ich, wie viel sie Ihnen bedeutet – ja, Sie dürften mittlerweile herausgefunden haben, dass ich Ihren faszinierenden Aufzeichnungen gelauscht habe –, aber es lässt sich unmöglich sagen, ob es lang und langsam vor sich hin gelodert hat oder zu einer plötzlichen Explosion gekommen ist.
Bei mir und Esther Denham verlief es explosiv. Es war, als wäre mir mit einem glühend heißen Bügeleisen die Botschaft in die Seele gebrannt worden – das ist die richtige Frau für dich! Bei ihr war es etwas anders. Eher in der Art: Nicht zu fassen – stehe ich wirklich auf einen Typen im Rollstuhl? Mach auf der Stelle Schluss damit, du durchgeknalltes Miststück!
Mir blieb nicht verborgen, wie hingezogen sie sich zu mir fühlte und wie sehr sie das zugleich schockierte. Ich wusste, sie würde alles tun, um mich nie wiederzusehen, war sie erst einmal zur Tür draußen. Tatsächlich brachte sie sofort eine Entschuldigung vor und meinte, sie müsse aufs Klo. Kühn erbot ich mir an, ihr es zu zeigen, ein Verhalten, das Lester und Daph als äußerst ungewöhnlich hätte erscheinen müssen, hätte er sich nicht in einem geradezu panischen Zustand und sie sich in einem der Lust befunden.

Wir erreichten die Toilette, sie öffnete die Tür und trat ein, ich rollte ihr hinterher, sie drehte sich um vor Wut, aus der Erstaunen wurde, als ich mich aus meinem Stuhl erhob und sie küsste.
Es folgte ihrerseits ein Augenblick des Schocks und des Widerstands, meinerseits der Angst, sie könnte loskreischen und die Schwestern auf den Plan rufen.
Doch dann erwiderte sie meine Küsse, was nur deshalb ein Ende fand, weil sie zu sehr lachen musste. Das alles, sagte sie, sei so völlig unerwartet, so völlig unvorstellbar, dass es schon wieder komisch sei!
Da wusste ich, dass ich recht hatte. Sie war die richtige Frau für mich. Nur dass ich natürlich in Daphnes Augen, ob mit oder ohne Rollstuhl, nicht der richtige Mann für sie war. Und falls Ess auch nur zwei Finger gegen Daph erhob, würde nicht nur sie ohne jeden Penny dastehen, sondern auch ihr lieber Bruder Ted.
Ted ist, wie Sie selbst bereits beobachtet haben, nicht unbedingt die größte Leuchte. Ess hat sich ihr Leben lang um ihn gekümmert. Durch die Familienbande hat, denke ich, Gott sichergestellt, dass selbst jene, die es am wenigsten verdienen, ihr Quentchen bedingungslose Liebe abbekommen. Wenn ich Esther wollte, dann war Ted Teil des Geschäfts.
Wir trafen uns in der Folgezeit, oder besser, sie und Emil trafen sich, in gehöriger Entfernung zum luxuriösen Teil des Ferienorts, wo Daph Hof hielt, und lungerten mit den Studenten in der Bengel-Bar herum, wo ich George Heywood und der netten Charley begegnete.
Mit jedem Treffen wurde es besser, und am Ende ihres Urlaubs wusste ich, dass ich ihr, egal, was noch kommen sollte, nach Hause zu folgen hatte.
Und Gott, der in tiefstem Herzen ein alter Romantiker ist, schrieb das perfekte Drehbuch dazu!
Trotz aller Versuche, den Aufenthalt so lange wie möglich

hinauszuzögern, war es für Lester an der Zeit, nach Sandytown zurückzukehren. Mittlerweile waren wir die besten Kumpel, und nichts erschien natürlicher, als dass ich mit ihm nach England ging, nach Yorkshire, das ich so gut kannte, um mich nahe des Avalon niederzulassen, wo ich behandelt werden konnte.

Ich kann kaum beschreiben, mit welcher Freude ich die Reise antrat – und mit welchem Widerwillen Lester die seine!

Ich richtete mich in meinem Cottage ein, das ich so sicher wie nur möglich machte. Manchmal kam mich Ess auf Teds Bike besuchen. Manchmal trafen wir uns woanders, in einiger Entfernung, wo ich zu Emil wurde und wir ganze Wochenenden zusammen verbringen konnten. Ich genoss meine beiden Leben, freute mich aber immer auf den Tag, an dem ich, mit Esther an meiner Seite, erneut und für immer auf meinen eigenen Beinen stehen konnte.

Das konnte nicht geschehen, solange Daph am Leben war. Aber ich schwöre Ihnen, Andy, kein einziges Mal ging mir auch nur der Gedanke durch den Kopf, sie loszuwerden! Denn, ich kann es nicht anders sagen, ich schloss sie zunehmend ins Herz und genoss es, sie bei ihren Spielchen zu beobachten. Ich wurde zu so etwas wie ihrem Günstling. Sie sah, wie nahe ich Lester stand, und hielt es für durchtrieben, wenn sie mir aus der Nase ziehen konnte, welche Gefühle er ihr entgegenbrachte und was alles mit Pet Sheldon ablief. Aber ich glaube, sie erkannte in mir auch einen verwandten Geist, jemanden, der nicht viele Skrupel kannte, wenn es darum ging, das zu bekommen, was er wollte.

Damit zum Tag des Grillfests.

Ich saß in meinem Rollstuhl, genoss den Champagner und beobachtete das Unwetter, das das Meer zum Schäumen brachte, als Esther zu mir kam. Sofort wusste ich, dass etwas nicht stimmte. In der Öffentlichkeit behandelte sie mich gewöhnlich wie ein Möbelstück.

Sie war schrecklich aufgewühlt. Etwas Furchtbares sei geschehen, sagte sie mir.
Teddy habe Tante Daphne umgebracht!
Mir blieb, wie Sie vielleicht sagen würden, die Spucke weg. Esther erzählte mir, sie sei herumspaziert und dabei zufällig auf die Tote gestoßen, die hinter dem Grill im hohen Gras lag. Ich fragte sie, woher sie wisse, dass Ted es gewesen war. Sie zeigte mir das klobige Uhrenimitat, das er trägt, und sagte, es habe an Daphs Kleid gesteckt. Daneben habe Daph an jenem Tag Ted ein neues Testament vorgelegt, in dem er enterbt worden sei, und sie hätten deswegen eine fürchterliche Auseinandersetzung gehabt.
Nun, Andy, Sie und ich, vernünftige Burschen, die mit einem Auge immer die Realität im Blick behalten, hätten sofort schlussfolgern können, dass es der denkbar schlechteste Moment wäre, jemanden umzubringen, wenn man von dieser Person soeben aus dem Testament gestrichen worden war.
Ted jedoch lässt sich in seinem Verhalten nur selten von der Vernunft leiten, daher zögerten weder Ess noch ich auch nur eine Sekunde, ihn für die Tat verantwortlich zu machen. Und auch die Dummheit, seine Uhr am Tatort zurückzulassen, erschien uns als außerordentlich typisch für ihn.
Ich fragte, wo Ted sich im Moment aufhalte. Sie wisse es nicht, aber sie könnte ihn suchen gehen. Das Unwetter setzte gerade ein, alle eilten ins Haus, daher sagte ich: »Zeig mir die Leiche.« Sie führte mich hin. Von Ollie Hollis am Grill fehlte jede Spur, was mir seltsam vorkam. Daphne tot im Gras liegen zu sehen war wirklich ein erschütternder Anblick. Sie war so voller Leben, so vital für ihr Alter gewesen, ein Energiebündel! Ein Ende wie dieses hatte sie nicht verdient. Ich war wütend auf Ted, um Esthers willen musste ich allerdings versuchen, ihn zu schützen.
Esther hatte die Uhr an sich genommen, aber Gott allein wusste, welche Spuren der Idiot noch hinterlassen hatte. Ich

sah mich um, wie ich sie verwischen und die Ermittlungen in eine falsche Richtung lenken konnte. Blitzartig kam mir, was ich zu tun hatte.

Also hievte ich mit Esthers Hilfe den Grillkorb von der Feuerstelle, nahm das Schwein heraus und legte die arme Daphne hinein.

Es brach mir das Herz, ihr diese weitere Demütigung zufügen zu müssen. Mir standen Tränen in den Augen, und seitdem flehe ich ihren Geist um Vergebung und Verständnis für meine Tat an. Die ich zweifellos erhielt angesichts dessen, dass ich nur getan habe, wozu auch sie fähig gewesen wäre.

Esther war wunderbar, sie tat alles, was ich ihr auftrug. Als wir fertig waren, schüttete es aus vollen Kübeln, wir waren bis auf die Haut durchnässt, schlammverschmiert, und Ess hatte sich am Arm verbrannt.

Ich sagte ihr, sie solle ins Haus zurück, sich umziehen, Ted auftreiben und dafür sorgen, dass er nicht noch weiteren Unfug trieb.

Ich eilte unterdessen zur tiefsten Stelle des Rasens, wo sich das Wasser gesammelt hatte, warf meinen Rollstuhl um und suhlte mich im Dreck, um so meine derangierte Erscheinung zu rechtfertigen. Dann lag ich da und harrte geduldig der Dinge, die da kommen würden.

Nachdem Pet Sheldon sich meiner angenommen hatte, blieb mir nichts anderes übrig, als nach Hause zu fahren und zu warten, bis Esther von den weiteren Entwicklungen berichtete.

Sie kam am Abend noch selbst auf dem Motorrad zu mir. Was sie mir erzählte, war kaum zu glauben. Sie hatte Ted gefunden, nachdem er sich im Haus umgezogen hatte. Er stritt jedes Wissen um Daphs Tod ab. Er sagte, er sei mit den Kindern zum Strand hinunter. Sid habe ihn begleitet. Nach einer Weile, als sie sahen, dass genügend Aufsichtspersonen anwesend waren, verzogen sie sich in die Höhle auf halber Höhe des Kliffs,

wo sie sich miteinander vergnügten, bis das Unwetter losbrach.
Liebhaber sind nicht die zuverlässigsten Alibilieferanten, aber wie wir wissen, lässt sich dies zum Teil zumindest durch Charley Heywoods Aussage bestätigen. (O ja, natürlich habe ich einen Blick auf Charleys Mails geworfen. Warum nicht? Wenn die zügellosen und ungehörigen Constables sich an ihnen vergreifen können, warum nicht auch ich? Außerdem, obwohl dies sehr viel schwieriger war, gelang es mir sogar, Ed Wields digitales Abwehrbollwerk zu umgehen und mir seine interessante Analyse der Zeugenaussagen zu Gemüte zu führen. Glück und Zufriedenheit lassen ihn möglicherweise unvorsichtig werden!)
Mir selbst genügte Esthers Versicherung, dass Ted unschuldig sei. Nie und nimmer hätte er ihr bei einer Sache wie dieser etwas vormachen können.
Somit verblieb die interessante Frage – was war wirklich geschehen?
Und wer war der gerissene Dreckskerl, der Teds Uhr auf der Toten deponiert hatte?
Nichts wäre mir lieber gewesen, als Ihnen und Peter von Anfang an reinen Wein einzuschenken. Aber da ich wusste, wie schnell Sie, Andy, bei der Hand sind, mich ins Zentrum jedweden Verbrechens zu rücken, wären die Ermittlungen damit nur in eine falsche Richtung gelenkt worden. Von denen musste der arme Peter sowieso schon einer ganzen Menge folgen. Nein, ich musste unbehelligt bleiben, um meine eigenen Ermittlungen anstellen zu können.
Ich nahm an, dass Ollie Hollis' Verschwinden vom Tatort kurz vor dem Unwetter etwas zu bedeuten haben musste. Ebenfalls stellte ich mir die Frage, warum es beim Grillen zu einer Verzögerung gekommen war. Mir war aufgefallen, dass die Flaschenzugkonstruktion Spuren aufwies, die von einer kürzlichen Reparatur zeugten. Ollies Werk? Möglich. Aber

alle wussten, dass der eigentliche Schöpfer des komplizierten Mechanismus Hen Hollis war, seit Hogs Tod Persona non grata in der Hall, aber der Erste, an den Ollie sich wenden würde, wenn ernsthafte Schwierigkeiten auftreten sollten. Konnte es daher sein, dass Hen anwesend war, dass er einem aus seinem Clan einen Gefallen getan und dann Daphs Getränke und Speisen genossen hatte, ohne dass sie davon wusste? Und sie dann über ihn gestolpert war …

Ich versuchte Peter auf diese Möglichkeit hinzuweisen, aber er war in Gedanken woanders. Etwas schwieriger war es, Ollies Tod in meine Theorie einzupassen. Für Peter lieferte dieser zweite Mord lediglich einen potenziellen Schurken, der dabei scheinbar in flagranti ertappt worden war und mit dem Opfer des anderen Mordes angeblich über Kreuz gelegen hatte.

Enthusiastisch unterstützt vom Teufelsreporter Ruddlesdin, wurde Peter am folgenden Morgen zum geschwindesten Polizisten des Ostens ausgerufen, nur um dann feststellen zu müssen, dass die Lorbeeren bereits verwelkt waren, bevor er gekrönt werden konnte. Bei Freunden wie Ruddlesdin hat Peter Freunde wie Sie, Andy, und mich wirklich nötig.

Darauf folgte die undurchsichtige Sache mit dem gefälschten Testament und Clara Brereton. Dadurch rückte Teddy vollends in den Vordergrund. Der dumme Tropf! Hätte er auf Esther gehört, hätte er nie versucht, mit Clara Kontakt aufzunehmen. Er gehört zur schlimmsten Sorte von Dummköpfen – jenen, die sich für gerissen halten.

Zur selben Zeit jedoch, als Claras »Unfall« Peter auf eine weitere falsche Fährte lockte, brachte Claras Beteiligung mich auf einige seltsame Gedanken.

Wieldy war dabei sehr hilfreich, da er seinen Computer und damit auch meinen mit allen Indizien und Aussagen fütterte. Nachdem Esther in Peters Netz gezogen wurde, wusste ich, dass ich mich stellen und meine Beteiligung offenbaren müsste, außer ich konnte dem allem doch noch irgendeinen Sinn abringen. Basierend auf dem alten Grundsatz, dass eine gute Lüge am besten auf der festen Grundlage der Wahrheit errichtet werden sollte, schien es vernünftig zu sein, etwas vorzubereiten, was Peter glücklich machen würde, als er sich mehr und mehr Esthers Beteiligung näherte. Daher bereiteten wir eine Version vor, die die Wahrheit erzählte, mich aber außen vor ließ.

Vom Idioten Ruddlesdin ermutigt, trompeteten die Medien bereits einen weiteren Triumph Peters hinaus. (Apropos, hat es Sie, Andy, nicht gestört, dass zumindest die Lokalmedien es kaum erwarten konnten, »der König ist tot, lange lebe der König« zu rufen?)

Natürlich hätte ich es nie so weit kommen lassen, dass Peter formell Anklage erhob, dennoch hoffte ich, irgendwie meine Hypothese untermauern zu können, dass Hen Hollis auf die eine oder andere Art seine Finger mit im Spiel gehabt hatte, bevor ich mich stellte und meine Beteiligung am Drama eingestand.

Dann folgte die traurige Entdeckung auf der Millstone Farm. Alles passte zusammen. Hen, Daphs Erzfeind, der sich ohne ihr Wissen oder ihre Zustimmung in der Hall aufhielt, musste der Hauptverdächtige sein, oder? Sein von Schuldgefühlen getriebener Selbstmord in dem Haus, aus dem sie ihn verjagt, das Haus, wo er das Licht der Welt erblickt hatte, bildete das perfekte Ende der perfekten Ermittlungen Peters. So sah es nun aus. Ein Ergebnis auch, das die Denhams von jeglicher Schuld freisprach, mir die Möglichkeit meiner wunderbaren Genesung verschaffte (die Sie hoffentlich genossen haben!) und mir erlaubte, mit meiner geliebten und nunmehr recht wohlhabenden Esther in den goldenen Sonnenuntergang zu schreiten. Ich hätte bei diesem Abschluss so glücklich wie Peter und die Presse sein können.

Aber wie Sie, Andy, bin ich sowohl gesegnet als auch geschlagen mit einem Verstand, der die Dinge nicht einfach auf sich beruhen lassen kann.

Ich erinnerte mich an Pet Sheldons Beschreibung ihrer Begegnung mit Daph im Stall kurz vor deren Tod. Sie war wütend, ja. Daneben aber fiel Pet auf, dass sie zutiefst verletzt und völlig außer sich war.

Daphs Zorn zu erregen war nicht schwer. Sie aus der Fassung zu bringen allerdings sehr wohl.

Ebenfalls wollte mir Teds Uhr nicht aus dem Sinn, die bei der Leiche abgelegt worden war. Das ließ auf jemanden schließen, der sich unter Kontrolle hatte, nicht auf jemanden, der zunehmend in Panik geriet, um bald darauf einen weiteren Mord zu verüben, gefolgt vom suizidalen Ende.

Ganz praktisch ausgedrückt: Woher sollte Hen wissen, dass er Teds Uhr bei seiner Kleidung in der Hall finden würde, wo er sich umgezogen hatte?

Neben diesen Zweifeln und Vorbehalten verfügte ich jedoch über einige besondere Kenntnisse.

Das Verhalten meiner Mitmenschen hat mich schon immer fasziniert, ihre Eitelkeiten, ihre Hoffnungen, Ängste, Stärken und Schwächen, vor allem aber die Trugbilder, die sie sich von sich und anderen machen.

In den Monaten, in denen ich nunmehr hier in Sandytown lebe, habe ich sorgfältig notiert, was sich um mich herum abgespielt hat. Schon erstaunlich, wie solche Notizen von scheinbar unzusammenhängenden und unerheblichen Dingen in ihrer Gesamtheit, solange man nicht versucht, ihnen ein bestimmtes Muster überzustülpen, letztendlich ein klares und oftmals überraschendes Bild ergeben.

Charley Heywood hat eine Ahnung davon, weshalb sie meiner Meinung nach zu einer sehr guten klinischen Psychologin werden dürfte. Auch Sie selbst, lieber Andy, malen auf Ihre Art solche Bilder, was Sie zeitweilig sogar zu einem Künstler macht. Wie gesagt, ich vermute, Sie ahnen bereits in groben

Zügen, was sich abgespielt haben könnte, weshalb es mich dazu drängte, mit Ihnen zu reden.

Mir war klargeworden, dass die liebe Daphne, eine Frau mit großem Appetit, der auch durch das Alter nichts von seiner Unersättlichkeit verloren hatte, mehr als eine ungelenke Begegnung mit einem widerwilligen Lester benötigte, um ihre Bedürfnisse zu befriedigen. Wäre er erst einmal im ehelichen Schlafzimmer angekettet gewesen, hätte sie ihn zweifellos gelehrt, wie er für sein Abendessen zu singen hatte. Doch solange sie noch auf der Jagd war, brauchte sie jemand anderen, um sich in Form zu halten, jemanden, der vital genug war, um ihren hohen Ansprüchen zu genügen, und jemanden, der einen guten Grund hatte, die Liaison diskret zu behandeln.

Sie fand ihn in Alan Hollis. Er war ihr Angestellter. Daneben würde er nach ihrem Tod das Hope and Anchor übertragen bekommen. Sie konnte ihn regelmäßig aufsuchen, »um die Rechnungen durchzugehen«. Die Häufigkeit dieser Besuche konnte niemanden überraschen, der wusste, wie penibel sie in Gelddingen war. Die Gästezimmer im Pub wurden ausschließlich von Hollis sowie vom Anwalt Beard und seiner Sekretärin genutzt, wenn diese in die Stadt kamen. (Ihr Gefühl, es könnte sich vielleicht lohnen, mal mit Miss Gay zu reden, lässt darauf schließen, dass Sie, lieber Andy, selbst Gedanken in diese Richtung anstellten. Habe ich recht?)

Sie fühlte sich also sehr sicher, wenn sie in Alan jemanden hatte, der ihr regelmäßig zu Diensten war. Und hätte sie das auch weiterhin als rein mechanische Transaktion angesehen, wäre vielleicht alles gutgegangen. Doch leider (wie es eben oft der Fall ist bei halsstarrigen und egoistischen Persönlichkeiten) erwuchs aus der Vertrautheit nicht Verachtung, sondern Zuneigung.

Mit der Zeit stellte sie fest, dass sie Alan Hollis mochte und ihm vertraute. Und sie glaubte, ihre Gefühle beruhten auf Gegenseitigkeit.

Oh, Andy, das hier hält eine Lehre für Sie und für mich bereit. Glauben Sie niemals, dass jene, die wir für unsere Zwecke gebrauchen, uns auch mögen!
Und jetzt muss ich Zugriff nehmen zu den letzten Mitteln der Hypothese, die auf solch fadenscheinigen Fundamenten wie Indizien und tragischen Hinweisen ruht, so dass ich sie vor mir selbst nur rechtfertigen kann, wenn ich sie in Form einer fiktionalen Erzählung präsentiere. Lassen Sie mir eine Weile lang freien Lauf!

Daphne Denham, ungewöhnlich stark aufgewühlt nach der Auseinandersetzung mit ihrem trügerischen Neffen, sah aus ihrem Fenster und erblickte bei seiner Arbeit den Einzigen, von dem sie wusste, dass er ihren inneren Frieden wiederherstellen konnte.
»Alan«, rief sie. »Wollen Sie bitte kurz reinkommen. Ich muss mit Ihnen eine Rechnung durchgehen.«
Hollis gehorchte, sie gingen zu ihrem Zimmer hinauf, und nach einer Weile erschien sie mit dem gelassenen Lächeln einer Frau, deren Zu- und Abgänge doppelt geprüft und deren Bücher vollkommen in Ordnung waren.
Die nächste Stunde mischte sie sich unter ihre Gäste, nahm huldvoll deren Komplimente und deren Dankbarkeit entgegen, bis eine ungebührliche Begegnung mit dem ungeschlachten Mr. Godley, einem Gast auf ihrem Fest, weil Protegé ihres Nachbarn Mr. Parker, den gleichförmigen Tenor ihres Betragens empfindlich störte.
Auf der Suche nach Einsamkeit, um ihr inneres Gleichgewicht wiederzufinden, entfernte sie sich von der Party und näherte sich unwillkürlich der Grillstelle. Bereits aufgebracht, nachdem ihr Bediensteter Ollie Hollis hatte verlauten lassen, es werde aufgrund eines mechanischen Defekts zu einer Verzögerung kommen, war sie noch mehr verärgert, als sie ihn nicht am Grillkäfig vorfand.

Ein Geräusch oder mehrere Geräusche erregten ihre Aufmerksamkeit.
Sie kamen aus dem Schuppen. Es klang nach einem ploppenden Champagnerkorken, begleitet von lauten Stimmen und rauhem Gelächter.
Sie trat näher, auf den Lippen bereits wütende Vorwürfe, wobei sich ihre Wut noch steigerte, als sie eine der Stimmen als die ihres liebsten Hassobjekts erkannte, Hen Hollis.
Und dann blieb sie wie angewurzelt stehen, als eine andere, noch vertrautere Stimme an ihre Ohren drang. Es war die Stimme von Alan Hollis, ihres Dieners und, wie sie dummerweise annahm, ihres Freundes.
Bei seinen Worten gefror ihr das Blut in den Adern.
»Aye, schenk uns ein, Hen, was für eine Schinderei heute. Und das Schlimmste war, ich musste auch noch Ihre Ladyschaft vögeln! Mein Gott, was für ein Fettwanst. Als steigt man mit einer Preissau ins Bett. Und genau so klingt sie auch, wenn sie kommt, ihr wisst schon, wie ihre Schweine, wenn man denen den Kragen aufschlitzt. Iee, iee, iee, quieken die, und genau so macht es Daph. Iee, iee, iee – ah, mach weiter so, Alan – iee, iee, iee!«
Lady Denham machte auf dem Absatz kehrt und eilte fort, erst als sie die Ställe erreichte, blieb sie stehen. Hier schüttete sie ihrem geliebten alten Pferd Ginger das Herz aus. Ihre Wut wurde von Schmerz verdrängt. Der Mann, dem sie sich überschwenglich hingegeben hatte, der Mann, dem sie vertraut und den sie sogar gemocht hatte, der Mann, der schon zu Lebzeiten von ihrer Großzügigkeit profitierte und noch mehr nach ihrem Tod profitieren würde, dieser Mann hatte sie verraten, hatte sie verspottet, hatte sich in Gesellschaft seiner niederen Verwandten über sie ausgelassen, hatte ihrem Erzfeind Hen Hollis eine Waffe an die Hand gegeben, mit der er sich über sie lustig machen konnte … Wie sollte sie diesen Schmerz, wie diese Schande ertragen?, fragte sie den geduldigen Ginger.

Sie hörte etwas hinter sich. Sie drehte sich um und erblickte ein weiteres Objekt ihres Hasses, Schwester Sheldon, ihre Rivalin um die Gunst von Dr. Feldenhammer. Was hatte diese belauscht? Hatte sie irgendetwas zu dem Pferd gesagt, das Sheldon gegen sie verwenden konnte?
Diese schreckliche Person wagte es doch glatt, eine mitfühlende Miene aufzusetzen, sie zu fragen, ob alles in Ordnung sei! Es war unerträglich! Sie wischte sich die Tränen aus den Augen und machte sich daran, diese Person auf ihren Platz zu verweisen. Kurz darauf hatte sie sie zu einem zitternden Etwas herabgewürdigt, das nur noch zu der sinnlosen Geste imstande war, ihr ein Glas Wein übers Kleid zu schütten.
Gestärkt durch diesen Triumph, verspürte Lady Denham erneut die Wut, die nunmehr wieder anstelle von Schmerz und Kummer, Gefühle eines Schwächlings, durch ihre Adern floss. Diese Hollis' sollten sehen, wo der Hammer hängt!
Zurück zum Grillschuppen. Schweigen breitete sich aus, als sie im Eingang erschien. Hinter ihr färbte sich der Himmel gespenstisch fahl. Das Unwetter zog auf, die Blitze in der Ferne ummalten grell ihre Silhouette.
»Ollie Hollis«, rief sie, »du kannst dich morgen in der Früh nach einem neuen Job umsehen. Hen Hollis, du befindest dich unerlaubt auf meinem Grund und Boden. Wenn du nicht in fünf Minuten fort bist, lasse ich die Hunde auf dich hetzen. Und was dich angeht, Alan Hollis, eröffne ich dir, das Hope and Anchor zu verlassen. Und wenn du gehst, dann wirf noch mal einen langen Blick zurück, denn bis dahin werde ich deinen Namen aus meinem Testament getilgt haben, und das Hope and Anchor wird dir so fern sein, wie es Treue und Anstand deiner Seele sind!«
Donnergrollen untermalte ihre Worte. Sie drehte sich um und ging triumphierend davon, überzeugt, dass alles, was Hollis sagen konnte, dem Ruf der Lady Daphne Denham so viel anhaben konnte wie ein Mückenstich ihrer Gesundheit.

Dann spürte sie eine Hand auf ihrer Schulter. Sie wandte sich um. Es war Alan Hollis. Seine einst ersehnte Berührung war ihr nun ein Greuel. Sie gab ihm eine Ohrfeige. Zu ihrem Entsetzen und Erschrecken schlug er zurück. Sie fiel nach hinten und stieß mit dem Kopf gegen einen Stein. Es sollte noch schlimmer kommen. Zum zweiten Mal an diesem Tag spürte sie sein Gewicht auf ihr. Wieder quiekte sie wie eine angestochene Sau, diesmal aber ging der Vergleich weiter. Denn er hatte ihr die Hände um den Hals gelegt, und jetzt lag sie wirklich im Sterben.

Das, denke ich, kommt der Wahrheit so nahe wie jede Fiktion. Ollie, vermute ich, geriet wahrscheinlich in Panik und machte sich aus dem Staub. Hen bedachte nach anfänglicher Freude über den Tod seiner alten Feindin die Folgen für sich, konnte aber von Alan, der kühlen Kopf bewahrte, dazu überredet werden, Daphne ins hohe Gras zu zerren; dann dürfte er ihm gesagt haben, er solle verschwinden, es gebe keinen Grund, dass irgendjemand von seiner Anwesenheit erfahren sollte.

Alan eilte in die Hall zurück. Das Unwetter rückte näher, es herrschte allgemeine Aufregung. Er entdeckte Clara und erzählte ihr, was vorgefallen war. Warum sollte er das tun?, fragen Sie. Weil, mein lieber Watson, ich aufgrund eines weiteren Bruchstücks meiner lokalen Kenntnisse, die ich mir mit Hilfe meiner scharfen blauen Äuglein erworben habe, weiß, dass die ruhige und gefasste Clara Tantchens Beispiel gefolgt und sich ebenfalls an Alan gütlich getan hatte! Sie, vermute ich, dürfte auch die schlaue Idee ausgeheckt haben, den Verdacht auf Ted zu lenken. Ich meine, er war der offensichtlichste Verdächtige, und zufällig wusste sie, wo er seine Sachen und seine Uhr abgelegt hatte, als er sich zum Schwimmen umzog. Während sich also Alan darum kümmerte, die Getränke ins Haus zu schaffen, schlüpfte sie davon, brach die Schließe am Armband ab und steckte sie Daph ans Kleid. Dann kehrte sie zurück, und sie und Alan halfen sich gegenseitig mit einem Alibi für den fraglichen Zeitraum aus.

Später an jenem Abend erschien Ollie im Pub, noch immer durcheinander. Sein Asthma war so schlimm, dass er sich zu Miss Lee zur Behandlung begab. Alan war bewusst, dass er sich auf Ollie nicht verlassen konnte. Früher oder später würde er damit herausrücken, was vorgefallen war. Als kurz darauf Hen auftauchte, machte er ihm als Erstes klar, dass sie in den Augen des Gesetzes gleichermaßen schuld sein würden. Okay, Hen könnte mit einer leichteren Strafe davonkommen, weil er Daphne nicht erwürgt hatte, aber er würde trotzdem ins Gefängnis wandern. Und, hier kommt das entscheidende Argument, wahrscheinlich würde er nicht Millstone Farm erben können. (Juristisch interessant ist natürlich, dass die Farm aufgrund von Hogs Testament, nicht dem von Daphne, an Hen zurückfallen sollte, aber ich glaube kaum, dass er in seinem Gemütszustand solche Spitzfindigkeiten in Erwägung gezogen hatte!)

Dann sagte er ihm, wo Ollie zu finden war. Ich will ihm Gerechtigkeit widerfahren lassen – vielleicht hatte er lediglich gewollt, dass Hen mit ihm reden und ihn zur Vernunft bringen solle, doch als sich herausstellte, dass Hen übers Ziel hinausschoss und dem armen Kerl eine Nadel durchs Rückgrat stach, musste es ihm als Fingerzeig Gottes erschienen sein, dass alles nach seinem Plan lief.

Blieb als alleiniger Schwachpunkt Hen. Das war leicht erledigt. Alan weiß, wo er sich aufhält, und noch in der gleichen Nacht fuhr er mit einer Flasche Scotch nach Millstone hinaus. Es könnte natürlich sein, dass Hen bereits die Tat vollbracht hatte, doch das glaube ich nicht. Wie auch immer, als Alan jedenfalls wieder abfuhr, baumelte Hen an einem Seil im Treppenhaus, auf dem Küchentisch lag ein Abschiedsbrief, und Alan hatte mit einem Schlag den einzig verbliebenen Zeugen erledigt und der Polizei einen Täter geliefert, der sich selbst des Mordes bezichtigte.

Wie sich herausstellt, hat dies einen weiteren positiven Effekt. Nachdem Ted nun nicht mehr der Tat verdächtig ist, kann ihn nichts mehr davon abhalten, sein rechtmäßiges Erbe anzutreten. Clara hatte bereits versucht, an Teds gewaltiges Erbe zu kommen – indem sie drohte, das zweite Testament zu veröffentlichen. Was natürlich zwecklos war, jeder wusste, dass es sich um eine Fälschung handelte. Aber sie hatte noch einen weiteren Trumpf im Ärmel. Ist sie von allein gestürzt, oder wurde sie gestoßen? Nun, ich habe keine Ahnung. Wenn man Ted kennt, ist beides möglich. So oder so, die Drohung, Clara könnte plötzlich ihr Gedächtnis zurückerhalten, wird noch sehr nützlich sein.

Aber Sie müssen sich keine Sorgen machen, Andy. Ich persönlich werde dafür sorgen, dass Ted nichts zahlt, bevor sie nicht öffentlich kundtut, dass es ein Unfall gewesen ist. Das sollte ein paar Tausender wert sein, oder? Außerdem hat Clara eine Aufbesserung ihrer mageren Erbschaft verdient, finde ich. Daph war sie eine meistenteils gute und treue Dienerin.

Die große Frage, die sich einem solch großen Anhänger der Gerechtigkeit wie Ihnen stellt, lautet natürlich: Was macht man mit dem hinterhältigen, skrupellosen Alan Hollis?

Seien Sie unbesorgt, Andy. Es gibt Formen der Gerechtigkeit, die man am besten in den Händen Gottes belässt. Warum es nicht ihm überlassen, Alan vor das große Gericht im Himmel zu zitieren, wo er, daran zweifle ich nicht, seine Gerechtigkeit ausübt, assistiert zu seiner Rechten von der lieben alten Daphne Denham, zu seiner Linken vom alten widerlichen Hen Hollis. Wäre es nicht überaus passend, wenn der Herr die Dinge so hindreht, dass Alans wohlverdiente Strafe, wenngleich auf Umwegen, auf Daphne selbst zurückzuführen wäre? Nun, nichts ist unmöglich, Andy. Wer sollte das besser wissen als ich selbst?

Das war es also. Natürlich wird sich kaum etwas davon leicht beweisen lassen, und wozu auch? Was ich von mir gebe, ist größtenteils Spekulation. Pete hat seinen abgeschlossenen Fall, und falls Sie alles noch mal von neuem aufrühren wollen, werden Sie nichts bezwecken, außer ihn oder sich selbst zum Narren zu machen.
Ich nehme an, Sie könnten diese kleine Aussage von mir als Indiz für alles x-Beliebige verwenden. Würde sie vor Gericht anerkannt werden? Ich weiß es nicht, aber falls dem so wäre, würde es bedeuten, dass alles, was Sie Mildred anvertraut haben (der Name gefällt mir übrigens sehr), ebenfalls vor Gericht anerkannt würde. Vorausgesetzt, jemand hat eine Kopie davon und einen Grund, sie der Öffentlichkeit zugänglich zu machen. Unsere privaten Gedanken können ja so peinlich sein, ganz zu schweigen von der Enthüllung all der kleinen Abkürzungen, die wir genommen, den kleinen Vergnügungen, denen wir uns hingegeben haben. Ich muss sagen, Andy, Sie haben mich überrascht, dass Sie Mildred im Spülkasten versteckt haben! Mal abgesehen von der Demütigung, die Sie ihr damit zugefügt haben, sind wir heutzutage durch das Fernsehen so sehr über die Kriminalität unterrichtet, dass jeder dort als Erstes nachsehen würde.
Aber Sie müssen sich keine Sorgen um sie machen. Sie ist in Sicherheit. Und um mich auch nicht. Durch ein Wunder in meiner Gesundheit wiederhergestellt (und es war ein Wunder, Andy; nur das Timing war ein wenig daneben), werde ich so schnell nicht vergessen, dass ich Gott ein Leben schulde. Ich habe meine literarische Arbeit, ich habe meine Third-Thought-Berufung, ich habe an meiner Seite die Frau, die ich liebe – welche Gefahr kann ich für die Welt im Allgemeinen und für Sie im Besonderen also schon darstellen? Wie Scrooge bin ich ein bekehrter Sünder. Mein Name wird zukünftigen Generationen vielleicht ein Synonym für Wohltätigkeit und Großmut sein!

So weit, so gut, Andy. Sagen Sie Peter, ich werde ihn bald besuchen, damit sich die liebe Rosie mit eigenen Augen davon überzeugen kann, dass ich noch immer derselbe aufrechte junge Mann wie immer bin!
Werden sich unsere Wege wieder kreuzen?
Natürlich, in diesem Leben oder im nächsten.
Ich will also nicht mit einem endgültigen Adieu schließen, sondern mit einem hoffnungsfrohen Auf Wiedersehen!
Übrigens, zum Löschen drücken Sie einfach das kleine L-Symbol links unten auf der Bedienfläche. Und wenn Sie alles löschen wollen, drücken Sie es ein zweites Mal.
Seien Sie klug, liebster Andy, und lassen Sie jene in Ruhe, die rechtschaffen sein werden!
Slainte!

3

Andy Dalziel marschierte dreimal im Uhrzeigersinn durchs Zimmer, dann dreimal gegen den Uhrzeiger.

Das hatte keinerlei abergläubische Bedeutung, sondern zeugte nur von dem Mahlstrom widerstreitender Gefühle, der in ihm wütete.

Wut, die spürte er, Wut, dass die hinterhältige Schlange Roote sich in seinen Verstand schleichen konnte und in seinem tiefsten Inneren seine schleimige Spur hinterlassen hatte. Aber auch Angst, Angst vor den möglichen Folgen dieses Eindringens. Von Anbeginn aller Zeiten war dem Mann die Lehre erteilt worden, dass es unweigerlich in einer Katastrophe enden würde, falls man seine geheimsten Gedanken einer Frau anvertraut. Aber er hatte es immer noch nicht lernen wollen!

Trotz allem verspürte er aber auch freudige Genugtuung, dass seine vagen Spekulationen bestätigt worden waren. Über Roote, über Alan Hollis, über die ganze verdammte Sache!

Damit verbunden waren Schuldgefühle. Schuldgefühle, dass er seine Gedanken nicht laut ausgesprochen hatte. Aber wie wäre das möglich gewesen?, rechtfertigte er sich vor sich selbst. Nachdem Peter Pascoe die Ermittlungen leitete, hätte alles, was er von sich gegeben hätte, selbst in seinen Ohren wie die neunmalklugen Kommentare allwissender Zuschauer an der Seitenlinie geklungen. Doch es steckte mehr dahinter, musste er zugeben. Er hatte seine Verdachtsmomente unterdrückt, weil er Alan Hollis mochte – er mochte ihn wegen seines ausgezeichneten Biers und seiner Freundlichkeit. Wie hatte er ihn genannt? Den Prinz der Wirte!

Und er verspürte Groll. Groll, dass ihm gerade jetzt diese Entscheidung aufgenötigt wurde, als er glaubte, er könnte

Sandytown verlassen, das Buch zuklappen, es ins Regal stellen und nie mehr aufschlagen. Er hatte es sogar geschafft, sich mit dem angeblichen Wunder von Rootes Heilung anzufreunden. Der Gedanke, der manipulierende Dreckskerl könnte nun ganz offen mit Esther Denham vögeln, hatte ihm gefallen. Sie war ziemlich intelligent und ziemlich verquer, eine Mischung, die mit einigem Glück ausreichte, um dem vernarrten Roote von seiner eigenen Medizin kosten zu lassen! Daneben – und das war noch viel mehr wert – hatte die »Wunderheilung« die sexuelle Atmosphäre, die seinem Gefühl nach Charley Heywood und den Heiler von Anfang an umgeben hatte, zum Knistern gebracht. Jede Geschichte sollte damit enden, dass zumindest ein Paar gemeinsam in den Sonnenuntergang schritt, und es hatte ihm gefallen, dass dieses ungleiche Paar schließlich zueinandergefunden hatte.
Welche Auswirkungen die Enthüllung der Wahrheit auf sie beide haben konnte, wusste er nicht. Wahrscheinlich überhaupt keine. Sie waren jung, sie waren unverwüstlich. Aber andere würden zu leiden haben. Cap, nahm er an, würde ihm seinen Ausrutscher mit Pet wohl verzeihen, aber es würde das Ende des absoluten Vertrauens bedeuten, das stillschweigend zwischen ihnen herrschte. Wie würde der gute Katzenjammer reagieren, wenn er erfuhr, dass Pet ihn so sehr liebte, dass sie ihm zuliebe für einen anderen die Beine breitmachte? Vielleicht würde er sich an seine eigenen Sitzungen mit der indischen Maid erinnern. Vielleicht aber auch auf das altertümliche Recht der Männer bestehen, von den Frauen ein besseres Betragen einzufordern, als sie selbst zu leisten imstande sind. Natürlich ging er davon aus, dass Roote, sollte er dessen Ratschlag ignorieren und die Dinge wieder aufrühren, Mildred der Öffentlichkeit preisgeben würde.
Natürlich würde er das tun! Warum denn nicht?
Nicht zu bestreiten war, dass Peter Pascoe, gelinde gesagt, als ziemlicher Idiot dastehen würde, sollte der Fall so kurz nach

seiner scheinbar befriedigenden Lösung wiederaufgenommen werden. Für Roote mit seiner auf Pascoe bezogenen Bruder/Vater-Fixierung war das das entscheidende Argument, um nichts zu unternehmen.

Aber warum zum Teufel hatte der Scheißkerl diese verdammte Nachricht hinterlassen?

Was sollte dieser ganze Mist, dass die Gerechtigkeit Gott überlassen werden soll? Glaubte er mittlerweile wirklich diesen Third-Thought-Schwachsinn, mit dem er ständig hausieren ging? Der alte Roote hätte sicherlich gewusst, dass ein Andy Dalziel mit vagen Verdachtsmomenten möglicherweise stillhielt, lieferte man ihm aber Gewissheiten, konnte das nur eins zur Folge haben.

Er blieb stehen. Sein Verstand lief auf Hochtouren. Nur eines zählte. Daph Denham, dieses prächtige Ungetüm von Frau, die, auf die siebzig zugehend, mehr Leben in sich gehabt hatte als die meisten mit siebzehn, war tot. Und der Drecksack, der sie ermordet hatte, lief frei herum.

Egal, welche Konsequenzen das nach sich ziehen sollte, Detective Superintendent Andrew Dalziel, Leiter des Mid-Yorkshire CID, konnte das nicht Gott überlassen.

Er sah auf seine Uhr. Kurz vor sechs. Hollis würde sich darauf vorbereiten, das Hope and Anchor zu öffnen.

Die Klugheit hätte es geboten, Pete Pascoe anzurufen und alles vor ihm auszubreiten. Doch Dalziel gestand sich endlich ein, dass er nicht über die Statur oder die notwendigen Fertigkeiten verfügte, um auf Zehenspitzen um die vermeintlichen Empfindlichkeiten seines Stellvertreters herumzuschleichen. Außerdem wäre das ja verdammt noch mal herablassend gewesen! Peter war jetzt ein großer Junge, er konnte auf sich selbst aufpassen.

Und gewichtiger als jedes andere Argument war der brennende Wunsch, Hollis' Gesicht zu sehen, wenn ihm bewusst wurde, dass das Spiel aus war.

Es war seine Aufgabe, Alan Hollis zu Fall zu bringen, ganz egal, wen er damit noch ruinierte.
Er verließ sein Zimmer und ging nach unten zu Pet Sheldons Büro.
Sie saß hinter ihrem Schreibtisch.
»Liebes, ich würde mir gern noch mal Ihren Wagen leihen«, sagte er. »Das letzte Mal, was?«
Sie seufzte und warf ihm die Schlüssel hin. Sie war ein tolles Mädel, zu gut für den alten Katzenjammer, schätzte er. Er würde sie vermissen.
»Danke«, sagte er.
Als er sich umwandte, sagte sie: »Ach, Andy, jemand hat das für Sie abgegeben. Ein Abschiedsgeschenk vielleicht.«
Sie reichte ihm einen gefütterten Umschlag mit seinem Namen.
»Eher eine Briefbombe«, sagte er.
Er legte den Umschlag ungeöffnet auf den Beifahrersitz und fuhr nach Sandytown hinunter.
Es war ein, zwei Minuten vor sechs, als er sich dem Pub näherte. Er bog zum Parkplatz ein und sah, dass die Eingangstür noch geschlossen war. Die Hintertür aber, die er bei seinem letzten Besuch benutzt hatte, stand weit offen.
Er ging darauf zu. Er hörte eine Frau kreischen.
Er begann zu laufen. Schon nach den ersten Schritten war er außer Atem. Den berühmten Heilkräften von Sandytown stand noch eine Menge Arbeit bevor, sein Momentum aber reichte aus, um ihn durch die Tür und die Küche zu tragen, bis er oben an den Kellerstufen schwer keuchend zum Halt kam.
Er sah hinunter. Gott war schon vor ihm da gewesen.
Die nackte Glühbirne warf harte, schwarze Schatten über die Szene, die von Caravaggio hätte stammen können.
Jenny, die Barfrau, kniete zwischen herumliegenden Bierfässern und gesplittertem Holz. Darunter begraben lag Alan Hollis, den leeren Blick zur Decke gewandt.

Als sie Dalziels Schritte auf den Stufen hörte, drehte sie sich um. In ihrer Miene spiegelte sich blankes Entsetzen, aber sie war ein Yorkshire-Mädel mit starken Nerven. Ein Schrei, dann war sie hinuntergestiegen, um den Zustand ihres Arbeitgebers zu überprüfen, während viele andere Frauen einfach nach draußen gelaufen wären, um Hilfe zu holen.

»Er ist tot«, sagte sie. Tränen stiegen ihr in die Augen. »Diese alte Kuh hat ihn schließlich doch noch zur Strecke gebracht. Monatelang hat er ihr in den Ohren gelegen, den Keller zu renovieren. Und jetzt ist er deswegen tot.«

Genauso würden es auch die meisten in Sandytown sehen, dachte sich Dalziel, während er das eingestürzte Fassregal betrachtete. Es war nicht sofort ersichtlich, was als Erstes nachgegeben hatte, eines der alten Regale oder einer der Stützpfosten. Aber nachdem erst mal alles in Bewegung gekommen war, war es wie eine Lawine nicht mehr aufzuhalten gewesen.

Andere hingegen würden nicht Daphne die Schuld zuschreiben oder in ihr höchstens ein Instrument des Schicksals sehen. Die Hollis' waren zum Untergang bestimmt, wie jeder wusste. Selbst wenn ihnen das Schicksal scheinbar eine Verschnaufpause einräumte, schien diese nie lange anzuhalten.

»Nein, Mädel«, sagte er, als er Jenny die Treppe hinaufführte. »Wir wollen doch nicht voreilig jemandem die Schuld geben. Es war Gottes Werk.«

Oder das seines Vertreters Roote, dachte er.

Während er Sergeant Whitby und den Notarzt verständigte, überdachte er fieberhaft die Folgen. Der Fall hatte sich zweifellos geändert. In jeder Hinsicht.

Konnte wirklich Roote für das, was im Keller vorgefallen war, verantwortlich sein?

Natürlich, verdammt noch mal!

Und damit würde seine aufgezeichnete Nachricht in einem ganz anderen Licht erscheinen. Jetzt ergab sie Sinn als eine Warnung, nicht voreilig zu handeln, sondern sich zurückzulehnen und Gott eine Chance einzuräumen. Es war mehr als eine Warnung. Eine durch eine Drohung untermauerte Anweisung.

Drohungen mochte Dalziel nicht. Wäre er jemand, der sich wegen solcher Dinge Sorgen machte, hätte er sich selbstgefällig dazu beglückwünschen können, dass er sie im Namen der Gerechtigkeit ignoriert hatte. Stattdessen fragte er sich, ob dieselbe Gerechtigkeit es erforderlich machte, alles, was er wusste oder vermutete, auf Pascoe abzuladen. Keine sehr erfreuliche Aussicht, im Gegenteil, es wäre eher rücksichtslos, erschütternd und langfristig wohl auch unproduktiv.

Und würde er sich überhaupt darüber Gedanken machen, wenn nicht die Drohung über seinem Haupt schwebte, die Roote in Form von Mildred gegen ihn in der Hand hatte? Es war eine Sache, eine Drohung um der Gerechtigkeit willen zu ignorieren, ignorierte man sie aber, weil sie einen anarschte, dann war es reine Dummheit!

Dieses Hin und Her wütete noch in seinem Kopf, als er eine Stunde später das Hope and Anchor den Rettungskräften überließ und in Pets Wagen stieg, um zum Avalon zurückzukehren. Das Wetter hatte umgeschlagen. Der strahlend warme Tag, der der Eröffnung des Festivals beschert gewesen war, war nur noch eine blasse Erinnerung. Auffrischender Wind trieb Wolkenfetzen über den sich verdunkelnden Himmel, auf die Windschutzscheibe platschten die ersten Regentropfen.

Schließlich war es ja ein Feiertag.

Als er den Zündschlüssel einsteckte, bemerkte er den gefütterten Umschlag auf dem Beifahrersitz.

Wenn es wirklich eine Briefbombe ist, dachte er, dann mache ich eben wieder auf armen Reha-Bullen. Nur würde er diesmal definitiv im Cedars einchecken!

Er nahm ihn zur Hand und riss ihn auf.

Mildred rutschte heraus.

Beigelegt war ein nicht unterzeichneter Zettel.

Andy, wie gesagt, ich habe Mildred aus Sicherheitsgründen an mich genommen. Passen Sie in Zukunft besser auf sie und auf alle Ihre Frauen auf. Gute Rückreise!

Dalziel sank auf seinem Sitz zurück. Ein seltsames Gefühl beschlich ihn. Kurz wehrte er sich dagegen, dann gab er nach. Er empfand Bewunderung für Franny Roote! Das musste man dem Mistkerl lassen, er hatte die Drohung einer Drohung benutzt, um ein Innehalten zu erzwingen, aber gewusst, dass eine tatsächliche Drohung letztlich kontraproduktiv gewesen wäre. Charley Heywood könnte bei sehr viel schlechteren Lehrern als Roote in die Lehre gehen!

Er ließ den Motor an, fuhr aus dem Parkplatz und bog in Richtung Südkliff ab.

Plötzlich war das Problem, ob Roote irgendetwas mit dem Tod von Alan Hollis zu tun hatte, kein Problem mehr.

Wäre ich im Pub eingetroffen und hätte ihn unten im Keller vorgefunden, hätte ich ihm doch selbst das ganze Zeugs auf den Schädel donnern lassen!, dachte Dalziel.

Dann also los! Die Verantwortung liegt immer beim Typen an der Spitze, und der bin ich!

Und was Franny Roote anbelangte, soll der ausgebuffte Scheißer doch diese Schlacht gewinnen. Sie hatten noch ein ganzes Leben lang Zeit, um den Krieg zu entscheiden!

Er kurbelte das Fenster herunter. Plötzlich schien das kalte, stürmische Wetter genau das Element zu sein, das er in vollen Zügen genießen wollte, statt es auszusperren.

»Passt auf, ihr Armleuchter!«, brüllte er durchs offene Fenster hinaus. »Dalziel ist wieder da!«

Eine Windböe, die die halbe Nordsee in ihrem Rücken hatte, blies die Worte umgehend zurück in den Wagen.

Hastig kurbelte er das Fenster hoch.

Es war ihm scheißegal, was Tom Parker sagen würde, jeder Trottel wusste, dass es nichts Schlimmeres als eine kalte Mee-

resbrise gab, wenn man sich eine fiese Erkältung einfangen wollte.
Vor ihm, als er unten am Fuß des Südkliffs die Stadtgrenze passierte, fing sich der Wind in einem quer über die Straße gespannten, bunten Transparent, ließ es hochflattern, zerrte an den Leinen und verdrehte es zu einem unleserlichen Knäuel. Es spielte keine Rolle, er hatte es auf dem Hinweg schon gelesen.

Willkommen in Sandytown,
Stadt der Erholung und Gesundheit!

»Scheiß drauf«, sagte Andy Dalziel. »Wenn das bei der Erholung herausspringt, fang ich wieder mit dem Rauchen an!«

Reginald Hill

Der Tod und der Dicke

Kriminalroman

Weil er wieder einmal auf seine große Klappe und die Überzeugungskraft seiner gut zwei Zentner Lebendgewicht vertraut, fliegt Superintendent Andy Dalziel eine Bombe um die Ohren. Schwer verletzt liegt der Dicke nun im Koma und ringt mit dem Tod. Chief Inspector Peter Pascoe will die Schuldigen dingfest machen und stößt dabei auf eine Allianz höchst merkwürdiger Verschwörer. Wäre doch bloß der Dicke mit von der Partie …

»Hill knüpft Fädchen zu Fallstricken.
Kunstvoll, human, göttlich!«
KrimiZeit-Bestenliste

KNAUR

»Ein Muss!«
WDR

Reginald Hill im Knaur eBook:

Das Dorf der verschwundenen Kinder

Das Haus an der Klippe

Der Lüge schöner Schein

Der Schrei des Eisvogels

Der Wald des Vergessens

Die Launen des Todes

Die rätselhaften Worte

Ein nasses Grab

Ins Leben zurückgerufen

Mord auf Widerruf

Welchen langen Weg die Toten gehen

KNAUR